Marie Lacrosse

Das Weingut.
In stürmischen Zeiten

Roman

GOLDMANN

Sollte diese Publikation Links auf Webseiten Dritter enthalten,
so übernehmen wir für deren Inhalte keine Haftung,
da wir uns diese nicht zu eigen machen, sondern lediglich auf
deren Stand zum Zeitpunkt der Erstveröffentlichung verweisen.

Dieses Buch ist auch als E-Book erhältlich.

MIX
Papier aus verantwortungsvollen Quellen
FSC® C083411

Verlagsgruppe Random House FSC® N001967

1. Auflage
Deutsche Erstveröffentlichung Juli 2018

Neumarkter Str. 28, 81673 München
Dieses Werk wurde vermittelt durch die
Montasser Medienagentur, München.
Gestaltung des Umschlags und der Umschlaginnenseiten:
UNO Werbeagentur, München
Umschlagmotiv: gettyimages/ © Max shen und FinePic®, München
Redaktion: Heike Fischer
BH · Herstellung: kw
Satz: Uhl + Massopust, Aalen
Druck und Bindung: CPI books GmbH, Leck
Printed in the Czech Republic
ISBN: 978-3-442-20554-7
www.goldmann-verlag.de

Besuchen Sie den Goldmann Verlag im Netz

Meinem Mann Jürgen für seine unverbrüchliche Treue

Man mag es beklagen, aber es bleibt richtig,
dass die Humanität im Kriege dem Kriege nachstehen muss
und dass die energische Kriegführung zugleich
die humanste ist.

Helmuth von Moltke der Ältere,
preußischer Generalfeldmarschall

Man muss doch durch so ergreifende Beispiele
wie diejenigen, welche Sie erzählen, erkannt haben,
was der Ruhm auf den Schlachtfeldern an Martern und Tränen
kostet. Man lässt sich nur zu oft verleiten, die glänzenden
Seiten eines Krieges zu sehen und die Augen vor den traurigen
Folgen desselben zu verschließen.

Der Schweizer General Dufour an Henry Dunant,
den Begründer des Roten Kreuzes

Cambrai
Avesnes
Givet
Oise
Péronne
Rocroi
BELGIEN
St. Quentin
Mézières
Sedan
Ham
La Fère
Bazeilles
Arlo
Laon
Rethel
Aisne
Montmédy
Vouziers
Soissons
Reims
Clermont-
en-Argonne
Verdu
Château-
Thierry
Marne
Epernay
Châlons-sur-Marne
St. Mihiel
nach Paris
Meuse
VII. Armeekorps
Bar-le-Duc
Vitry-le-
François
St. Dizier
Nogent
Aube
FRANKREICH
Troyes
Chaumont
Joigny
Seine
Langres
Kampfgebiete Oktober
1870 bis Ende Januar 1871
Große Festungen
Kleine Festungen
von deutschen Truppen
belagerte Festungen
Gebiet der drei General-
gouvernements Elsaß,
Lothringen und Reims
0
20
40
60 km
Dijon

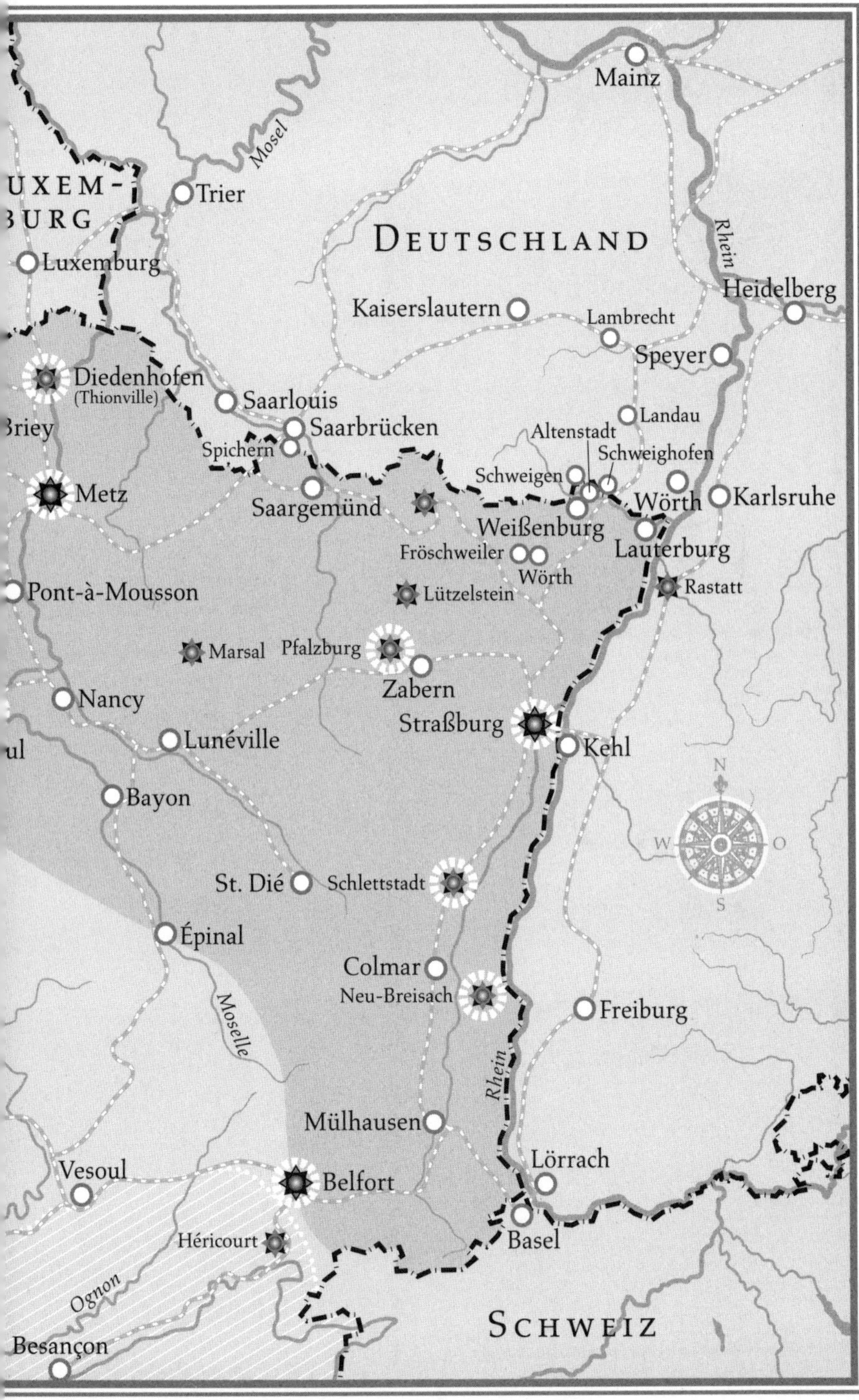

Mainz
Mosel
UXEM-
BURG
Trier
Deutschland
Rhein
Luxemburg
Heidelberg
Kaiserslautern
Lambrecht
Speyer
Diedenhofen
(Thionville)
Saarlouis
Landau
Briey
Saarbrücken
Altenstadt
Spichern
Schweighofen
Schweigen
Metz
Saargemünd
Wörth
Karlsruhe
Weißenburg
Lauterburg
Fröschweiler
Wörth
Pont-à-Mousson
Lützelstein
Rastatt
Marsal
Pfalzburg
Zabern
Nancy
Straßburg
Lunéville
Kehl
Bayon
N
W
O
S
St. Dié
Schlettstadt
Épinal
Colmar
Neu-Breisach
Freiburg
Moselle
Rhein
Mülhausen
Lörrach
Vesoul
Belfort
Basel
Héricourt
Ognon
Schweiz
Besançon

JÜNGSTBERG
491m
Birkenhördt
Berwartstein
KAHLENBERG
406m
Bergzabern
Bundenthal
472m
HOHE DERST
561m
Dörrenbach
Niederschlettenbach
OBERER
MUNDATWALD
Ruine Guttenberg
Oberotterbach
497m
HOHER KOPF
Bobenthal
Lauter
Schweigen
Château de
Saint Paul
Schweighofen
Château de
Vogelsberg
Windhof
N
W
O
S
506m
Rott
Weißenburg
Altenstadt
Climbach
Château de Geisberg
Steinseltz
GEISBERG
FRANKREICH
HOCHWALD
Riedseltz
Drachenbronn
Birlenbach
Seebach
Keffenach
Hunspach
Retschwiller
Soultz
Aschbach
Hoffen
0
2
4
6 km
Schloß

Steinweiler
pellen-Drusweiler
Erlenbach
Erlenbach
Barbelroth
Winden
Oberhausen
Dierbach
Dierbach
Kandel
Ruine
Hochhaus
Minfeld
Niederotterbach
Freckenfeld
Otterbach
Steinfeld
Vollmersweiler
apsweyer
DEUTSCHLAND
Heilbach
UNTERER
MUNDATWALD
BIENWALD
nach Karlsruhe
Büchelberg
Lauter
Wiebelsbach
Schleithal
Berg
Salmbach
Lauterburg
Niederlauterbach
Siegen
Neuwiller
Trimbach
Wintzenbach
Rhein
Mothern
Croettwiller
Eberbach

Dramatis Personae

*Es werden nur die handlungstragenden Figuren aufgeführt. Historische Persönlichkeiten werden mit einem * gekennzeichnet.*

Irenes Familie

Irene Weber, unehelich geboren in einer Gebäranstalt, aufgewachsen in Waisenhäusern; »Weber« ist nicht ihr echter Familienname
Klara, Deckname von Irenes anonym bleibender Mutter
Tante Erna, Klaras Begleiterin in die Gebäranstalt

Franz Gerbans Familie

Wilhelm Gerban, deutscher Weinhändler mit Firmensitz im elsässischen Weißenburg
Pauline Gerban, seine französische Ehefrau
Franz Gerban, Wilhelms und Paulines ältester Sohn
Mathilde Gerban, ihre jüngere Tochter
Gregor Gerban, Wilhelms Bruder, Leiter des familieneigenen Weinguts im pfälzischen Schweighofen
Ottilie Gerban, Ehefrau von Gregor und Wilhelms Schwägerin
Fritz Gerban, Gregor und Ottilies Sohn
Sophia, die jüngere Schwester von Ottilie

Hauspersonal der Gerbans in Altenstadt

Niemann, erster Hausdiener
Frau Burger, Hausdame
Frau Kramm, Köchin
Gerda, erstes Hausmädchen
Minna, zweites Hausmädchen
Riemer, Kutscher

Weitere Personen von Bedeutung

(Es werden nur die wichtigsten Personen in der Reihenfolge ihres Erscheinens im Roman aufgeführt.)

Schwester Agnes, Hebamme in der Gebäranstalt, später Leiterin des Waisenhauses in Heidelberg
Schwester Gertrude, Leiterin des Mädchentrakts im Waisenhaus in Speyer
Mutter Ignatia, Oberin des Waisenhauses in Speyer
Dr. Frey, Hausarzt der Gerbans
Karl Krüger, Arbeiter auf dem Weingut der Gerbans
Major von Kaisenberg*, Bataillonskommandant von Fritz Gerban
Edgar Hepp*, Unterpräfekt von Weißenburg
General Abel Douay*, französischer Befehlshaber der Schlacht von Weißenburg
Pfarrer Klein*, evangelischer Pastor in Fröschweiler
Albert Valon, französischer Deserteur
Louis Rousser, Sanitätsfeldwebel in der französischen Armee
Gérome, französischer Kriegsversehrter
Jacques, französischer Sanitätsgefreiter
Claire Rocher, Bewohnerin von Bazeilles
Dr. Etienne, Arzt für Frauenheilkunde in Weißenburg

Dr. Berger, Lazarettarzt in Saint-Quentin
Marianne Serge, eine begüterte Dame in Saint-Quentin
Paul, ihr bei Sedan gefallener Sohn
Gilbert, kriegsversehrter französischer Soldat
Otto, Minnas Ehemann
Magda Färber, Zimmerwirtin in Landau
Emma, Textilarbeiterin in Lambrecht

Im Roman erwähnte historische Persönlichkeiten ohne aktive Rolle

König Wilhelm von Preußen*, späterer deutscher Kaiser
Otto Graf Bismarck*, sein Reichskanzler
Kronprinz Friedrich Wilhelm von Preußen*, deutscher Oberbefehlshaber der Schlachten von Weißenburg und Fröschweiler-Wörth
Napoleon III.*, französischer Kaiser
General Mac-Mahon*, Marschall von Frankreich, Oberbefehlshaber der französischen Truppen in der Schlacht bei Sedan, wo er auf sein Pendant auf gegnerischer Seite, General Helmuth von Moltke den Älteren, trifft

Prolog

Heidelberg, *Februar 1851*

Das Krähen des Säuglings riss sie aus dem Erschöpfungsschlaf, in den sie nach der schweren Geburt für einige Minuten gesunken war. Mühsam richtete sie sich auf den Ellenbogen auf und blickte umher. Kein Lichtstrahl fiel durch das trübe Milchglas des kleinen Fensters zu ihrer Rechten, draußen herrschte mittlerweile finstere Nacht.

Als sie sich vorbeugte, um den Vorhang zurückzuziehen, der ihr Bett rechter Hand auf Kopfhöhe umgab, schoss ein rasender Schmerz durch ihren Unterleib. Mit einem leisen Schrei sank sie zurück in die Kissen.

Wenig später wurde der Vorhang zur Seite gezogen. Ohne ein Lächeln tauchte das Gesicht ihrer Tante Erna vor ihr auf. Es zeigte den Ausdruck Fleisch gewordener Missbilligung.

»Was gibt es, Klara?« Auch die Stimme ihrer Tante klang hart. »Du sollst ruhen, damit wir diese unwürdige Örtlichkeit so schnell als möglich verlassen können.«

»Bitte!« Die junge Frau leckte sich über die spröden, aufgesprungenen Lippen. »Bitte, ich will das Kind doch nur einmal sehen. Ist es ein Junge oder ein Mädchen?«

Ihre Tante schüttelte den Kopf. »Es ist ein Bastard«, antwortete sie brutal. »Das weißt du genauso gut wie ich, und mehr musst du nicht wissen!«

»Bitte, um Christi willen, ich bitte dich! Ich will es nur einmal halten! Ich habe es neun Monate in meinem Leib getragen! Es ist mein Kind!«

»Ich habe Nein gesagt! Das gehört nicht zu den Gepflogenheiten dieses Hauses! Wir müssen schon genug dafür bezahlen, dass deine Schande unentdeckt bleibt, Klara!«, betonte die Tante den Namen in verächtlichem Tonfall. Es war nicht der richtige Vorname der Wöchnerin. Wie jeder Tochter aus gutem Hause, die die Dienste dieser Anstalt in Anspruch nahm, hatte man ihr am Tag der Aufnahme einen Decknamen zugewiesen.

»Bitte!« Klaras Stimme wurde lauter. »Bitte! Ich schreie das ganze Haus zusammen, wenn ich das Kind nicht sehen darf!«

Der Ausdruck im Gesicht ihrer Tante wandelte sich von Missbilligung zu unverhohlener Verachtung und kaltem Zorn. »Hättest du geschrien, bevor dieser Bastard gezeugt wurde, hättest du wohlgetan! Aber damals hast du es vorgezogen, dich in sündiger Lust zu wälzen! Nun füge dich in dein Schicksal. Ich werde dir einen Schlaftrunk bringen lassen. Wir reisen so bald wie möglich ab!«

Mit diesen Worten trat sie vom Bettrand zurück und riss den Vorhang mit einer herrischen Bewegung wieder zu.

Tränen der Empörung und Demütigung rannen der jungen Frau über die Wangen. Noch einmal versuchte sie, sich aufzurichten, noch einmal warf sie der Schmerz zurück auf ihr schweißdurchtränktes Lager. Nicht einmal die Laken hatte man nach der stundenlangen Tortur der Geburt gewechselt. Nur das blutige Ledertuch, das man ihr untergeschoben hatte, war entfernt worden.

Verzweifelt lauschte sie auf die Geräusche um sich herum. Sie hörte den Säugling leise im Nebenraum weinen, der von ihrer Kammer abging, und erkannte nun auch die Stimmen der Hebamme und der Schwester, die sie während der Geburt betreut hatten. Wasser plätscherte. Wahrscheinlich wurde das Kind gerade gebadet. Doch niemand reagierte auf ihr leises Rufen, obwohl die Tür zwischen ihrer Kammer zum Nebenraum offen stand. Klara fühlte sich völlig hilflos. Einmal mehr verfluchte sie die Abgeschiedenheit ihres Zimmers.

Da niemand ihre wahre Identität kennen sollte, hatte sie in diesem »Haus für gefallene Mädchen«, wie ihre Tante es nannte, den kleinen Raum für sich allein. Ihre Leidensgenossinnen, die aus ärmeren Verhältnissen stammten, lagen dagegen in einem großen Schlafsaal. Von deren Schicksal hatte ihr Schwester Agnes erzählt. Die mütterlich wirkende Frau war die einzige Person, die in den zwei Monaten ihres Aufenthaltes ein freundliches Wort an sie gerichtet hatte.

Wie oft hatte sich Klara in diesen endlosen Wochen nach der Gesellschaft der Frauen und Mädchen gesehnt, die vom gleichen Unglück heimgesucht worden waren! Wie gerne hätte sie ihr weiches Federbett in der kleinen Kammer mit einem der harten Strohlager im großen Saal getauscht, den sie tief verschleiert jeden Sonntagmorgen durchquert hatte, wenn man sie zur heiligen Messe führte. Auch in der kleinen zugigen Kapelle musste sie abseits in dem unbequemen geschnitzten Chorgestühl sitzen, während sie den Worten des Priesters lauschte, der seiner ausschließlich weiblichen Gemeinde in jeder Predigt ihren sündigen Lebenswandel vorhielt.

Allerdings hätte Schwester Agnes ihr sagen können, dass das Geschwätz und Geplauder, nach dem sich Klara so sehnte, auch im großen Schlafsaal streng unterbunden wurde. Dass die Frauen und Mädchen dort, solange sie dazu fähig waren, tagsüber harte Arbeit verrichten mussten. Sie webten oder spannen zwölf Stunden lang, die Geschickteren klöppelten Spitze oder bemalten Holzspielzeug. Klara konnte nicht wissen, dass keine dieser Unglücklichen dafür Verständnis aufgebracht hätte, dass sich das Fräulein in der Kammer langweilte, weil man ihr außer der Bibel nicht einmal Bücher zugestanden hatte. Dass sie für das nahrhafte Essen, das man ihr dreimal am Tag servierte, beneidet worden wäre: Weizenbrot mit Marmelade zum Frühstück, Hühnchen und frisches Gemüse zu Mittag, Käse und Wurst zum Abendessen, so viel sie begehrte. Während sich die armen Bewohnerinnen der Anstalt mit einem faden Haferbrei am Morgen, einer dünnen Gemüsesuppe am Mittag und hartem Brot mit Quark oder Schmalz am Abend begnügen mussten.

»Schließlich sind diese Frauen nicht einmal zahlende Gäste, sondern liegen der Wohlfahrt auf der Tasche.« In diesem oder ähnlichem Tenor hätte Tante Erna über ihre Leidensgenossinnen gesprochen, wenn Klara je das Gespräch mit ihr darüber gesucht hätte. Die Häme und Verachtung, mit der diese sich im Bewusstsein ihrer eigenen altjüngferlichen Tugend über »die in Schande Geratenen« äußerte, wäre dabei wahrscheinlich noch deutlicher als sonst zum Ausdruck gekommen.

Jetzt krähte der Säugling wieder heftiger. »Sch, sch, alles ist gut«, hörte Klara die beruhigende Stimme der Hebamme, der unmittelbar Tante Ernas schnarrende folgte.

»Sind wir hier drin jetzt endlich fertig? Ich sehne mich nach einer anständigen Mahlzeit und dem Frieden meines Zimmers.«

»Sofort, meine Gnädigste. Sie müssen mich nur noch zur Mutter Oberin begleiten und die Übergabe des Kindes an unsere Anstalt bescheinigen.«

Nein, sie sollen es noch nicht wegbringen! Mit letzter Kraft zog Klara an ihrem Bettvorhang, doch niemand im Raum schien es zu bemerken oder zu beachten. Dann hörte sie, wie die Tür ihrer Kammer geöffnet und geschlossen wurde und sich die Schritte mehrerer Personen den Gang hinunter entfernten. Sie war allein. Verzweifelt begann sie zu schluchzen.

Das ganze Elend der letzten furchtbaren Monate brach wie eine Lawine über sie herein. Die Tante hatte von sündiger Lust gesprochen, in der sie sich gewälzt habe. Stattdessen hatte sie nur Entsetzen und Scham empfunden, als der Mann, dem sie vorbehaltlos vertraut hatte, völlig unvermutet über sie hergefallen war. Er hatte ihre Schreie mit einem Kissen erstickt, während er ihre Röcke hochschob, ihren Schlüpfer zerriss und brutal in sie eindrang. Der hilflos Weinenden drohte er hinterher, sie in Schimpf und Schande aus dem Haus zu werfen, sollte sie auch nur ein Sterbenswörtchen von dem verraten, was in dieser Nacht geschehen war. Klara glaubte ihm das aufs Wort.

Wie gerne hätte sie geschwiegen und alles verdrängt und vergessen! Doch dann begann diese merkwürdige Übelkeit, die sie jeden Morgen heimsuchte. Um die Taille herum wurde sie fülliger, sodass sie nicht mehr so eng geschnürt werden konnte und all ihre Kleider weiter gemacht werden mussten. Ihre Brüste schwollen an.

In ihrer Unschuld konnte sie sich diese Veränderungen ihres mädchenhaften Körpers anfangs gar nicht erklären. Bis ihre Schwester, alarmiert durch die Zofe, die Klara täglich aufwartete, ihr eines Morgens auf den Kopf zusagte, dass sie schwanger sei. Und dabei den Vater des Kindes gleich mit benannte. In ihrer grenzenlosen Verwirrung hatte Klara den Verdacht ihrer Schwester bestätigt.

Unmittelbar danach setzte hinter der gutbürgerlichen Fassade ihres Heims hektisches Treiben ein. Nachdem der langjährige Hausarzt der Familie unter dem Siegel strengster Verschwiegenheit die Schwangerschaft bestätigt hatte, tagte der Familienrat. Klara war davon ausgeschlossen, ihr wurde nur das Ergebnis mitgeteilt.

»Du wirst in Begleitung von Tante Erna zunächst aufgrund deiner schwachen Konstitution einen Kuraufenthalt in Baden-Baden antreten. Dort kennt euch niemand. Sobald dein Zustand sich nicht länger verbergen lässt, wird Tante Erna dich in eine Gebäranstalt nach Heidelberg bringen. Dort wird das Kind zur Welt kommen, ohne dass dein richtiger Name jemals genannt werden wird. Nach der Geburt verbleibt es im der Anstalt angeschlossenen Waisenhaus. Du selbst verbringst zwei weitere Monate in Baden-Baden und kehrst dann als genesen nach Hause zurück.«

Ein Blick in die unerbittlichen Gesichter rings um den polierten Nussbaumtisch zeigte Klara sofort, dass jeder Widerspruch zwecklos war. Man hatte über ihr Schicksal und das des Ungeborenen unwiderruflich entschieden.

Während der folgenden Monate in Baden-Baden durfte Klara mit niemandem in Kontakt treten. »Möchtest du dich und die Familie endgültig in Verruf bringen?«, hielt ihr die gestrenge Tante vor, als sie Klara beim Plaudern mit einem jungen Offizier erwischte. Er hatte sie im Speisesaal des vornehmen Kurhotels angesprochen, während sich Tante Erna im Büro der Hausdame über die Frechheit eines Zimmermädchens beschwerte, das ihr am Morgen Widerworte gegeben hatte. Von da an ließ sie Klara keinen Moment mehr aus den Augen.

Waren ihr die Monate in Baden-Baden ohne jede gesellschaftliche Zerstreuung bereits öde und trostlos vorgekommen, so empfand sie ihre Lage in der Gebäranstalt in Heidelberg bereits nach wenigen Tagen als schier unerträglich. Sie durfte ihre Kammer tagsüber nicht verlassen, erst im Schutze der Dunkelheit unternahm sie in Begleitung einer Pflegerin einen kurzen Spaziergang im Hof. Am Sonntag nahm sie an der heiligen Messe teil, am Nachmittag kam Tante Erna zu Besuch. Bei beiden Gelegenheiten mangelte es nicht an Ermahnungen und Vorhaltungen über ihren Fehltritt. Trotz ihrer flehentlichen Bitten verweigerte man ihr jede Literatur, verbot ihr, Briefe zu schreiben, und gestand ihr selbst einen Stickrahmen und einen Malkasten erst zu, nachdem sie zwei Tage hintereinander apathisch im Bett gelegen und jede Nahrung zurückgewiesen hatte.

Am schlimmsten waren die medizinischen Visiten. Klara hatte bereits die Untersuchung durch den Hausarzt, der sie seit frühester Kindheit kannte, als überaus peinlich empfunden. Doch was sie in Heidelberg erwartete, stellte dies noch bei Weitem in den Schatten. An jedem zweiten Tag musste sie, nur mit einem losen Hemd bekleidet, mit weit gespreizten Beinen erdulden, dass ihre geheimsten Stellen den Blicken zweier Medizinstudenten dargeboten wurden, während der Professor, der die Gebäranstalt zu Studienzwecken nutzte, sie innen und außen, oben und unten abtastete.

Schwester Agnes teilte Klara mit, dass im Gegenzug für die

täglichen »Lehrveranstaltungen« kein Honorar für die medizinischen Dienstleistungen in der Anstalt berechnet wurde. Was ihr Agnes verschwieg, war die Tatsache, dass rund um die Betten der mittellosen Frauen ganze Heerscharen von männlichen Studenten standen, die die Unglücklichen oft mehrmals hintereinander unter der Aufsicht eines Assistenten des Professors untersuchten und dabei nicht mit zotigen Bemerkungen sparten.

Deshalb wusste Klara auch nicht, dass sie trotz ihres Elends als einzige Insassin der Anstalt Privilegien genoss, die nur den reichen und damit zahlungskräftigen Kundinnen gewährt wurden. Dennoch hatte auch sie für ihre Sünde hier zu büßen. Die Nonnen, die die Anstalt führten, behandelten Klara ohne jede Wärme und ließen sie unter der steifen Höflichkeit, mit der sie ihr begegneten, deutlich ihre Verachtung spüren.

»Lassen Sie sich dadurch nicht aus der Fassung bringen, liebes Fräulein. Die Schwestern glauben nun einmal, das müsse so sein, weil sie es nicht besser wissen«, tröstete Agnes, Laienschwester und ebenfalls Hebamme in diesem Konvent, sie eines Tages, als sie Klara nach einer Visite der Mutter Oberin hilflos weinend auf ihrem Lager fand. »Denken Sie an Ihr Kindchen, so viel Kummer könnte ihm schaden.«

Das Kind ... Anfangs hatte Klara es aus tiefstem Herzen gehasst. Doch als sie die ersten zarten Bewegungen des Wesens spürte, das da in ihr heranwuchs, verwandelte sich ihre Abneigung mit jedem Tag mehr in Liebe und Zärtlichkeit. Daran änderte sich auch nichts, als sie erfuhr, dass ihr eine schwere Geburt bevorstand.

»Man fürchtet, das Kind und sogar Sie selbst könnten dabei sterben«, gestand ihr Agnes auf ihre drängenden Fragen hin, nachdem sie wieder einmal den Austausch zunehmend bedenklicher Blicke und Tuscheleien des Professors mit seinen Studenten beobachtet hatte. Doch anstatt erschrocken zu sein, fühlte Klara sich erleichtert. »Dann müsste ich das Kleine wenigstens nicht hergeben, sondern wäre auf immer mit ihm vereint.«

»Reden Sie nicht so, ich bitte Sie, gnädiges Fräulein«, entgegnete die entsetzte Agnes. »Sie haben Ihr ganzes Leben noch vor sich und sind zum Sterben noch viel zu jung. Hätte ich Ihnen doch nur nichts gesagt!«

Doch das Kind wollte sich bis zuletzt nicht drehen, um mit dem Kopf voran das Licht der Welt zu erblicken. Obwohl es den Gepflogenheiten des Hauses widersprach, die Schmerzen der Geburt durch die Vergabe von Betäubungsmittel zu lindern, verabreichte ihr der Professor nach Stunden fruchtloser Wehen schließlich ein wenig Morphium, um das Kind mithilfe einer Zange mit dem Steiß voran aus dem Geburtskanal herausziehen zu können. Hinterher musste er noch den tiefen Dammriss vernähen, eine überaus schmerzhafte Prozedur, die Klara wieder bei vollem Bewusstsein erdulden musste.

Doch das Kind hatte aus Leibeskräften gebrüllt, nachdem es endlich zur Welt gebracht worden war. Hinter ihrem Bettvorhang hörte Klara trotz der getuschelten Unterhaltung, dass es anscheinend gesund und kräftig war.

Warum lässt man es mich nicht wenigstens ein einziges Mal sehen? Wieder übermannte Klara die Verzweiflung. Deshalb bemerkte sie auch nicht, dass jemand auf leisen Sohlen ihre Kammer betrat, bis der Bettvorhang an ihrer rechten Seite behutsam zurückgezogen wurde. Erleichtert blickte Klara in das rotwangige Gesicht von Schwester Agnes, die zu ihrer Enttäuschung nicht bei der Geburt dabei gewesen war.

»Ich bringe Ihnen einen Schlaftrunk, liebes Fräulein«, lächelte sie. »Sie waren sehr tapfer und müssen jetzt ruhen.«

»Ist das Kleine wohlauf?«

Agnes' Lächeln vertiefte sich. »Oh ja, es ist ein kräftiges Kind.«

»Ist es ein Junge oder ein Mädchen?«

Agnes' Miene verdüsterte sich. »Das darf ich Ihnen nicht sagen, gnädiges Fräulein. Darauf stehen die strengsten Strafen.«

Alles in Klara lehnte sich dagegen auf. »Bitte, ich muss es wissen! Ich flehe Sie an und werde Sie reich belohnen!«

Agnes verzog unwillig den Mund. »Dafür nehme ich kein Geld, mein Fräulein. Es wäre gegen die Christenpflicht, Ihre Notlage derartig auszunutzen.«

Klara griff nach dem Strohhalm. »So sagen Sie es mir ohne Entgelt, liebe Agnes. Sehen Sie denn nicht, wie ich leide?«

Gespannt beobachtete sie den inneren Kampf auf dem Gesicht der Hebamme. Schließlich seufzte Agnes tief auf. »Es ist ein Mädchen, gnädiges Fräulein. Doch wenn herauskommt, dass ich Ihnen das gesagt habe, werde ich noch in derselben Stunde davongejagt.«

Klara war so erleichtert, dass sie den letzten Satz gar nicht mehr hörte. »Ein Mädchen! Ich wusste es.« Spontan griff sie nach Agnes' Hand. »Sagen Sie mir, Schwester Agnes, ist es normal, dass eine Mutter das Geschlecht ihres Kindes ahnt?«

Die Hebamme nickte, nun wieder lächelnd. »Viele Mütter wissen es vor der Geburt«, bestätigte sie.

»Darf ich es sehen? Können *Sie* es mir heimlich bringen? Bitte, nur ein einziges Mal!«

Erschrocken wich die Schwester zurück und hob abwehrend beide Hände. »Das kann ich nun wirklich nicht für Sie tun, gnädiges Fräulein. Das Kind ist bereits in der Obhut des Waisenhauses.«

Klaras Freude erlosch. Sie fühlte sich unendlich kraftlos.

Agnes hielt ihr den mitgebrachten Becher hin. »Nun trinken Sie das! Sie müssen endlich zur Ruhe kommen.«

Folgsam schluckte Klara das bittere Gebräu. Plötzlich kam ihr ein neuer Gedanke. Sie griff nach Agnes' Hand.

»Der Name! Wie wird sie heißen?«

Wieder schüttelte Agnes den Kopf. »Auch das darf ich Ihnen nicht sagen.«

Klara überging diesen Einwand, indem sie einfach weitersprach. »Als ich hier tagelang einsam in meiner Kammer saß, habe ich mir Namen für das Kind überlegt. Einen Jungen wollte ich Maximilian, ein Mädchen Irene nennen.«

»Irene? Das ist ein seltener Name!«

Klara nickte. »Doch mit einer wunderbaren Bedeutung: Die Friedliche. Das ist von der griechischen Friedensgöttin Eirene abgeleitet.«

»Ein heidnischer Name?«

Trotz ihrer Erschöpfung und Traurigkeit musste Klara lächeln. »Schon lange verwendet man ihn auch in der Christenheit. Es gibt sogar mehrere heiliggesprochene Frauen, die Irene hießen.«

Agnes zögerte. Kurz nach der Geburt hatte die Schwester Oberin ihr befohlen, Klaras Tante danach zu fragen, ob sie dem Kind einen Namen zu geben wünschte. Diese hatte es unwirsch abgelehnt. Doch wer außer ihr und Klaras Tante wusste das schon? Bei ihrer Unterhaltung war sonst niemand zugegen gewesen.

»Bitte, erfüllen Sie mir wenigstens diesen Wunsch.« Klaras Stimme klang verwaschen und schwach. Das Schlafmittel begann bereits zu wirken. »Es ist das Einzige, was ich meinem Kind, das ich niemals kennenlernen werde, mitgeben kann.« Sie schluchzte auf. Tränen rannen über ihr bleiches Gesicht.

Agnes fühlte tiefes Mitleid mit dieser Unglücklichen. *Warum ist die Welt nur so hart? Selbst zu denen, die doch vom Glück begünstigt zu sein scheinen.*

Sie gab sich einen Ruck. Es war riskant, doch es konnte gelingen. Klaras Tante hatte ausdrücklich betont, dass sie weder das Kind sehen noch in die Anstalt zurückkommen wolle, bis Klara reisefähig sei. Bis zu diesem Zeitpunkt wäre die Kleine schon längst getauft.

Liebevoll beugte sie sich über das Bett und streichelte Klara über die Wange. »Ich will sehen, was ich tun kann, liebes Fräulein. Doch nun schlafen Sie endlich ein.«

Teil 1

Scheinfrieden

Kapitel 1

Waisenhaus in Speyer, *April 1866*

Erst als sie in der Dunkelheit des Karzers allein war, ließ Irene ihren Gefühlen freien Lauf. Sie kauerte sich in die ihr bereits wohlvertraute Ecke, zog die Knie an, legte ihren Kopf darauf und begann zu weinen, erst leise und zögerlich, dann immer heftiger, bis sie vor lauter Schluchzen kaum noch Luft bekam.

Warum ging es nur so ungerecht in der Welt zu? Warum wurde immer nur sie zur Zielscheibe des Spotts der anderen Mädchen? Diese teilten als Waisen doch das gleiche elende Schicksal wie sie selbst! Und warum bestraften die strenge Leiterin der Mädchenabteilung oder gar die Mutter Oberin des Waisenhauses meistens nur sie, wenn sie sich zur Wehr setzte? Diejenigen, die ihren Zorn durch Hänseleien und Gemeinheiten provoziert hatten, kamen in der Regel ungeschoren davon.

So war es auch heute gewesen. Bärbel, bekannt für ihre Ungeschicklichkeit, hatte beim Abräumen des Geschirrs nach der dünnen Mittagssuppe einen der irdenen Suppenteller fallen gelassen. Da das Mädchen wusste, dass es dafür bestraft werden würde, wandte es sich plötzlich gegen Irene, die mit ihm Tischdienst hatte und ihm gerade den Rücken zukehrte.

»Pass doch auf, du dumme Trine!«, rief Bärbel durch den ganzen Speisesaal, kaum dass der Teller auf den Steinfliesen zerschellt war. Sofort wurden die Zöglinge, die sich unter den wachsamen Augen der Aufseherinnen vor dem Ausgang stauten, um ihre Arbeit in der Küche, der Nähstube, dem Waschkeller oder dem Garten wieder aufzunehmen, aufmerksam. Neugierig drehten sie sich um und folgten der Leiterin des Mädchentrakts,

Schwester Gertrude, die nun zu den beiden Mädchen zurückging. Auf deren Wink hin blieben die anderen Aufseherinnen vorerst an der Tür stehen.

»Was ist denn los, Bärbel?«, fragte Gertrude.

»Die Irre da«, Bärbel zeigte mit dem Finger auf Irene, »die Irre hat einen Teller zerbrochen.«

Zorn durchflutete Irene angesichts der Ungerechtigkeit der Beschuldigung. Aber noch mehr kränkte sie der Spottname, den ihr die anderen Mädchen schon wenige Tage nach ihrer Ankunft gegeben hatten. Er war eine Verballhornung ihres Vornamens Irene, den die wenigsten kannten. Indem sie die zwei letzten Buchstaben einfach wegließen, verliehen sie dem Namen eine völlig andere Bedeutung. Noch kränkender war es allerdings, dass Schwester Gertrude ihnen die Beschimpfung ungestraft durchgehen ließ. Irene hatte die säuerliche Mittvierzigerin noch nie leiden können.

»Du lügst«, zischte Irene Bärbel an. »Du warst es selbst und willst nun mir die Schuld in die Schuhe schieben.«

»Warum sollte ich lügen?«, entgegnete Bärbel frech. Ihr Blick glitt zu Hanna, zu deren engstem Kreis sie dazugehörte. Hanna war die ungekrönte Herrscherin im Schlafsaal der Waisenmädchen. Siebzehn Jahre alt, korpulent und überaus stark, hatte sie sich diese Position gleichermaßen durch Bauernschläue wie durch Gewaltanwendung erworben. Wen sie in ihr Gefolge aufnahm, durfte sich mit Fug und Recht in der Gemeinschaft der Waisenkinder am untersten Rand der Gesellschaft als etwas Besonderes fühlen. Und Bärbel, die es verstanden hatte, sich durch kleine Gefälligkeiten und Schmeicheleien bei Hanna beliebt zu machen, gehörte zu ihren augenblicklichen Favoritinnen.

»Also, warum streitest du es ab, Miststück?«, herrschte Hanna Irene an. »Bist wohl wieder zu feige, um für deine Missetaten einzustehen?«

Wieder blieb Schwester Gertrude passiv. Sie trat sogar einen Schritt zurück und überließ es den Mädchen selbst, den Streit zwischen sich auszutragen.

Irene bemerkte es wohl. Ihr Zorn wurde noch größer und drängte nach Entladung. »Ich? Zu feige?«, zischte sie. »Feige sind deine Speichelleckerinnen, die dich hofieren und dir schöntun, obwohl du sie den ganzen Tag herumkommandierst.«

Hannas grobes Gesicht verfinsterte sich. »Hüte deine Zunge, Irre! Sonst wird es dir leidtun!«

Irene ballte die Hände zu Fäusten. »Was willst du denn tun, fette Henne, äh, Hanna?«, zahlte sie es der Älteren mit gleicher Münze heim. »Stolziere doch gleich zur Mutter Oberin und gackere deine Gemeinheiten heraus! Das passt zu dir. Du und deinesgleichen scharren ohnehin den ganzen Tag im Mist.«

Mit einem Wutschrei hatte sich Hanna daraufhin auf sie gestürzt. Bevor Schwester Gertrude und weitere hinzueilende Aufseherinnen eingreifen konnten, rissen sich die beiden wie Furien an den Haaren, stießen gegen Tische und Stühle, kratzten und bissen einander, bis sie sich schließlich sogar auf dem Boden wälzten. Bei dem Gerangel gingen drei weitere Teller und sogar eine irdene Suppenschüssel zu Bruch.

Der Zorn verlieh Irene Riesenkräfte. Obwohl Schwester Gertrude und einige Mädchen aus Hannas Clique dieser zu Hilfe eilten, mit Fäusten auf Irenes Rücken eintrommelten und sie ihrerseits an den langen braunen Zöpfen rissen, gelang es ihr, Hanna am Boden festzunageln. Mit beiden Beinen auf Hannas Armen ohrfeigte sie die verhasste Gegnerin mit den teigigen Gesichtszügen wieder und wieder.

Selbst als sie starke Arme schließlich nach hinten rissen, strampelte und wehrte sie sich und versuchte weiterhin, Hanna zu treten, bis sie von der schieren Übermacht der Gegnerinnen überwältigt wurde.

Als ihre blinde Wut langsam abklang, erschrak Irene zutiefst. Nicht nur Schwester Gertrude, nein, auch die gestrenge Mutter Oberin hatte höchstpersönlich eingegriffen. Offensichtlich hatte einer von Irenes ungezielten Schlägen sie getroffen, denn sie rieb sich die gerötete Wange.

Demonstrativ langsam nahm Mutter Ignatia auf einem der Stühle des Speisesaals Platz. »Was geht hier vor?« Ihre braunen Augen mit gelblichen Einsprengseln funkelten unheilverkündend.

Mit auf den Rücken gedrehten Armen wurde Irene vor sie hingestoßen, wo sie wie in einem Schraubstock von Schwester Gertrude und der Köchin festgehalten wurde, die der Lärm ebenfalls auf den Plan gerufen hatte.

»Bärbel hat einen Teller zerbrochen und will nun mir die Schuld dafür geben.« Obwohl Irene die Aussichtslosigkeit ihrer Lage bereits klar war, weigerte sie sich, klein beizugeben.

»Das ist nicht wahr!«, schrie Bärbel mit überzeugend gespielter Empörung. »Sie lügt, die Irre lügt!«, fielen nun auch andere Mädchen aus Hannas Gefolge ein.

Mittlerweile hatte sich auch Hanna wieder erhoben. Sie blutete aus der Nase, ein Auge begann bereits zuzuschwellen. »Und dann hat sie mich angegriffen, grundlos, denn ich habe ihr nichts getan«, schrie sie mit schriller Stimme. »Schauen Sie, ehrwürdige Mutter, ich blute sogar.«

»Auch das ist nicht wahr, Hanna hat zuerst mit der Prügelei angefangen!« Verzweifelt blickte Irene in die Runde. Schwester Gertrude blieb stumm und sah an ihr vorbei. Andere Mädchen schauten zu Boden oder grinsten ihr frech ins Gesicht. Schließlich griff Irene ein junges schmächtiges Mädchen am Arm. »Sag du ihnen, wie es war, Katharina!«, flehte sie. Der Dreizehnjährigen hatte sie erst gestern geholfen, ihr Tagespensum in der Nähstube zu schaffen. Doch das Mädchen senkte ebenfalls den Kopf und wich Irenes Blick aus.

»Also, wie war es, Katharina?« Mit schneidender Stimme nahm Mutter Ignatia den Faden wieder auf. »Was hast du gesehen? Tritt näher!«

Katharina knickste erschrocken. »Nichts, gar nichts habe ich gesehen, ehrwürdige Mutter. Ich war schon an der Tür, als das Getöse losging.«

Natürlich hatte sich auch sonst niemand bereitgefunden, für Irene zu sprechen. Und so kam es, wie es immer kam. Zwar wurde auch Hanna für die Prügelei mit dem Verzicht auf das Abendbrot bestraft, doch darüber hinaus traf Mutter Ignatias ganzer Zorn eindeutig Irene.

»Zehn Hiebe auf jede Hand und eine Woche Karzer bei Wasser und Brot.«

In der Dunkelheit der Zelle versuchte Irene nun, ihre immer noch wie Feuer brennenden Handflächen an der Wand zu kühlen. Es half nur wenig.

Ach, hätte ich doch in Heidelberg bleiben können, dachte sie sehnsüchtig.

Der Konvent der Schwestern von der »Unbefleckten Empfängnis Mariens« unterhielt Waisenhäuser in der ganzen Region. Bis zu ihrem zwölften Lebensjahr hatte Irene in Heidelberg gelebt, in einem Waisenhaus, dem auch eine Gebäranstalt für ledige Mütter angeschlossen war. So war sie schon früh mit dem Gedanken vertraut gemacht worden, ein Bastard zu sein, den seine Mutter nach der Geburt einfach zurückgelassen hatte. Dieser Gedanke schmerzte sie fast noch mehr als die Schläge mit der Rute, die sie heute erhalten hatte, und die Prellungen aus dem Kampf mit Hanna, die sich jetzt ebenfalls bemerkbar machten.

Immerhin war die Leiterin des Mädchenschlafsaals in Heidelberg eine freundliche Frau gewesen, die sich nach Kräften bemüht hatte, ihren Zöglingen zumindest ein wenig mütterliche Fürsorge angedeihen zu lassen.

Als Schwester Agnes eines Tages hinzugekommen war, wie Irene wegen ihres ungewöhnlichen Namens gehänselt wurde – auch in Heidelberg pflegten die Bösartigen unter den Mädchen sie »Irre« zu schimpfen –, ergriff sie nicht nur Irenes Partei und belegte die Spötterinnen mit einer für ihre sanfte Wesensart ungewohnt harten Strafe. Nein, sie nahm Irene sogar mit in ihre Schreibstube, um sie dort zu trösten.

»Du darfst dich wegen deines Vornamens nicht grämen. Es

ist ein schöner Name, viel schöner als Anna, Emma und Liesel, wie hier eine Menge Mädchen heißen.«

»Aber ich wünschte, ich würde Anna oder Liesel oder Emma heißen«, begehrte Irene auf. »Warum musste ausgerechnet ich ›Irene‹ getauft werden?«

Ein merkwürdiger Ausdruck huschte über Schwester Agnes' gütiges Gesicht. Sie seufzte tief und kämpfte offensichtlich mit sich. »Es war der Wunsch deiner Mutter«, sagte sie schließlich leise.

Anfangs glaubte Irene, sie habe sich verhört. »Der Wunsch meiner Mutter? Ja, kannten Sie meine Mutter denn?«

Diesmal ließ Schwester Agnes' Antwort noch länger auf sich warten. Schließlich nickte sie ergeben. »Ich hätte dir das gar nicht sagen dürfen, Mädchen. Doch nun, wo du es weißt, will ich dir Auskunft geben. Ja, ich kannte deine Mutter. Sie war eine liebe, gefühlvolle Frau.«

»Die mich hier einfach zurückgelassen hat!« Wieder begehrte Irene auf, noch heftiger als zuvor wegen ihres Namens.

Schwester Agnes schwieg.

»Warum, warum nur hat sie das getan? Warum, wenn sie liebevoll und gefühlvoll war!«

Diesmal sprach das reine Mitleid aus Agnes' Augen. »Ich glaube, weil sie keine andere Wahl hatte.«

»Weil sie dachte, sie könnte mich nicht ernähren und ich würde am Ende hungers sterben? Wie erbärmlich von ihr! Sie hätte sich doch als Magd verdingen können oder als Wäscherin, so wie Luises Mutter, die ihre Tochter zumindest jeden zweiten Sonntag hier besucht!«

Schwester Agnes schüttelte den Kopf. »Das verstehst du noch nicht, mein Kind.«

Trotz Irenes Drängen war keine weitere Antwort mehr von ihr zu bekommen gewesen. Doch von diesem Tag an hielt Agnes ihre Hand über sie und schützte sie vor den Schikanen ihrer Leidensgenossinnen, wann immer sie konnte.

Mit Irenes zwölftem Geburtstag war dann die Zeit des Abschieds gekommen. Jugendliche Waisen mussten bis zu ihrer Volljährigkeit mit einundzwanzig Jahren in das Haus nach Speyer umsiedeln, sofern es nicht gelang, sie schon vorher als Magd oder Dienstmädchen in Stellung zu bringen.

»Ich wünsche dir von Herzen alles Glück dieser Erde! Möge die Gnade unserer Heiligen Jungfrau beständig mit dir sein!« Agnes schlug das Kreuzzeichen über Irene und nahm dann ihre beiden Hände. »Ich möchte dir etwas zum Abschied geben.«

Aus der Lade ihres Schreibtischs zog Agnes ein zerknittertes Stück Papier, das sie Irene reichte. »Dies hier stammt von deiner Mutter. Ich habe es als Erinnerung an sie aufbewahrt. Nun sollst du es bekommen.«

Verblüfft starrte Irene auf das Papier. Es war ein verblasstes Bild, mit zarten verwaschenen Farben gemalt. »Das stammt von meiner Mutter? War sie eine Künstlerin?«

Agnes verneinte. »Es ist ein Aquarell. Man malt es mit Wasserfarben.«

Irene betrachtete das seltsame Bild. Es stellte eine Landschaft im Gewitter dar. Düstere Wolken verdunkelten den Himmel, grelle Blitze zuckten aus ihnen heraus, die Äste der Laubbäume bogen sich im Sturm. »Es ist kein fröhliches Gemälde.«

»Ich sagte es dir schon einmal: Deine Mutter war sehr unglücklich, als sie bei uns war. Möchtest du das Bild trotzdem haben?«

Irene zögerte. »Ich habe einmal gehört, dass reiche Damen zu ihrer Zerstreuung malen. Bitte, was wissen Sie sonst noch über meine Mutter?«, drängte sie.

Agnes' Gesicht nahm einen verschlossenen Ausdruck an. »Nichts weiter, mein Kind.«

Irene spürte, dass das nicht die Wahrheit war. Doch mehr konnte sie nicht in Erfahrung bringen. Schließlich nahm sie das Bild und verstaute es in ihrem schmalen Bündel zusammen mit den wenigen Habseligkeiten, die sie besaß.

Seit ihrer Ankunft in Speyer hatte sie die Zeichnung nun schon mehrmals in der Hand gehabt, um sie in winzige Fetzen zu zerreißen, insbesondere, wenn sie wieder einmal wegen ihres schrecklichen Namens gehänselt worden war. Doch immer hatte sie etwas in letzter Minute davon abgehalten.

Wird mich das Bild irgendwann einmal zu meiner Mutter führen? Werde ich jemals erfahren, wer ich bin? Habe ich da draußen überhaupt eine Familie, vielleicht Brüder und Schwestern, die nichts von mir wissen? Auch jetzt grübelte Irene wieder über diese Fragen.

Plötzlich wurde sie aus ihren Gedanken gerissen. Auf dem Gang näherten sich Schritte. Was hatte das zu bedeuten? Sie befand sich doch noch kaum mehr als zwei Stunden in ihrer Haft. Zudem war sie für den Rest des Tages zum Fasten verurteilt. Auch den Blecheimer für ihre Notdurft würde sie nicht vor dem Morgen entleeren dürfen. Sie lauschte angespannt.

Tatsächlich, die Schritte verharrten vor ihrer Tür. Wenig später drehte sich der Schlüssel knarzend im Schloss. Irene blinzelte in den Lichtschein einer Petroleumlampe. Vor ihr stand Schwester Gertrude, die Leiterin des Mädchensaals, mit verkniffener Miene.

»Steh auf und folge mir, Irene. Du musst dich waschen und dein Sonntagskleid anziehen. Jemand besteht darauf, dich zu sehen.«

Waisenhaus in Speyer
April 1866, eine halbe Stunde zuvor

»Aber gnädiger Herr, ich bitte Sie! Dieses Mädchen ist keinesfalls dazu geeignet, in einem solch vornehmen Hause wie dem Ihren in Dienst zu gehen! Ich kann Ihnen ein Dutzend unserer Zöglinge empfehlen, die ich für weitaus angemessener erachte.«

»Ehrwürdige Mutter, erlauben Sie, dass ich mir darüber

selbst ein Urteil bilde. Irene wurde mir von Schwester Agnes aus Heidelberg ausdrücklich empfohlen!«

Wilhelm Gerban, ein wohlhabender Weinhändler aus dem elsässischen Weißenburg, bemühte sich nur mit Worten, aber nicht dem Ton nach zu verbergen, dass er Widerspruch gegen seine Wünsche nicht gewohnt war. Doch Mutter Ignatia ließ sich so schnell nicht einschüchtern.

»Ich weiß nicht, warum Schwester Agnes sich so für Irene ins Zeug gelegt hat. Vielleicht war sie in Heidelberg ja noch folgsamer und sanfter als hier bei uns in Speyer. Das Mädchen gibt beständig Widerworte, ist altklug und kann sich nicht in die Gemeinschaft der anderen Zöglinge einfügen. Gerade büßt Irene eine Strafe ab, da sie heute schon wieder eine Rauferei angezettelt hat.«

»Wie gut hat sie die Hauswirtschaft in Ihrer Anstalt erlernt?« Gerban ging gar nicht auf Mutter Ignatias Worte ein. »Ihr Haus ist doch angeblich dafür bekannt, Mädchen zu guten Dienstboten auszubilden.«

Als die Oberin mit zusammengepressten Lippen schwieg, fügte er hinzu: »Oder gab man mir diesbezüglich eine falsche Auskunft?«

Mutter Ignatia sog hörbar die Luft ein. »Keineswegs, mein Herr. Mädchen aus unserer Anstalt sind landauf, landab als Dienstmädchen oder Mägde sehr begehrt.«

»So kann also auch Irene kochen und putzen, waschen und nähen?«

Die Oberin nickte widerwillig. »Das kann sie.«

»Beherrscht sie auch das Lesen, Schreiben und Rechnen? Schwester Agnes erzählte mir, sie habe in Heidelberg zu den besten Schülerinnen gehört.«

Auf den Wangen der Oberin erschienen nun hässliche rote Flecken. »Irene hat auch hier sehr gute Zeugnisse.«

»Also kann man sie auch auf den Markt zu Besorgungen schicken.« Gerban lächelte zufrieden.

»Das kann man wohl, sofern man ihr vertraut.« Mutter Ignatia konnte ihren Zorn immer schlechter verbergen.

Wilhelm Gerban runzelte seine eisgrauen buschigen Augenbrauen und betrachtete Ignatia mit forschendem Blick. Er stand schon hoch in den Fünfzigern und war mit seiner stattlichen Figur und seinem teuren Gehrock aus feinem Tuch eine imposante Erscheinung.

»So hat das Mädchen schon einmal gestohlen oder eine andere unehrliche Tat begangen?« Seine Stimme hatte nun einen schneidenden Unterton. »Das müsste dann ja in ihrer Akte verzeichnet sein.« Er streckte gebieterisch die Hand aus. »Darf ich die Akte einmal sehen?«

Die roten Flecken auf Ignatias Wangen verstärkten sich. Noch ehe sie antworten konnte, mischte sich Schwester Gertrude ein. »Gestohlen hat Irene noch nichts, aber sie lügt alleweil.«

Mit einer für sein Alter und seine Statur erstaunlichen Behändigkeit fuhr Gerban zu ihr herum. »Ich erinnere mich nicht, Sie um Ihre Meinung gebeten zu haben, Schwester …?« Die Frauen konnten nicht erkennen, ob er Gertrudes Namen tatsächlich bereits vergessen hatte oder nur so tat.

Gertrudes Gesicht färbte sich blutrot. Gerban fuhr unerbittlich fort: »So haben Sie also Beweise dafür, dass Irene lügt? Was für Beweise sind das?«

»Die … die Aussagen der anderen Mädchen«, stotterte Gertrude. »Und woher wissen Sie, dass diese Mädchen die Wahrheit sagen und Irene nicht einfach nur anschwärzen? Viele Mädchen in diesem Alter neigen dazu!«

»Es ist … es ist ihr … ihr Charakter«, stammelte Gertrude weiter. »Sie trägt die Nase hoch und bildet sich etwas auf ihre Nähkunst und ihre guten Noten ein. Das erzürnt die anderen Insassinnen.«

»Sodass sie also umso mehr Grund haben, das arme Ding anzuschwärzen«, konstatierte Gerban trocken. Er wandte den Blick ab und ignorierte Gertrudes empörtes Schnaufen.

Mittlerweile hatte sich Mutter Ignatia wieder gefasst. Sie wechselte die Taktik. »Da ich Ihnen, verehrter Herr Gerban, denn nun durchaus keines der Mädchen, das ich für geeigneter halte, vorstellen darf, möchte ich Sie zumindest fragen, was Sie dazu veranlasst hat, nur und ausschließlich nach Irene zu verlangen. Woher kennen Sie sie überhaupt?«

Wäre Mutter Ignatia geschulter in der Beobachtung von Männern gewesen, wäre ihr der Moment der Unsicherheit, der einen Wimpernschlag lang über Gerbans markante Gesichtszüge huschte, nicht entgangen. So aber bemerkte sie nichts.

Gerban räusperte sich. »Nun, ich sehe wohl ein, dass Sie ein Recht darauf haben, dass ich Ihre Frage beantworte«, begann er umständlich. »Es ist eine traurige Geschichte, die ich nur sehr oberflächlich kenne.«

Er räusperte sich wieder. »Meine liebe Frau, die seit vielen Jahren aufgrund ihrer zarten Konstitution kränkelt, hatte eine Freundin, die an der Schwindsucht litt. Auf dem Sterbebett nahm diese Freundin meiner Frau das Versprechen ab, nach einem Waisenmädchen zu forschen, das in der Heidelberger Anstalt leben sollte. Das Mädchen habe einen ungewöhnlichen Namen, es hieße Irene.«

»Welche Verbindung hatte die Freundin Ihrer verehrten Gattin zu diesem Kind?«

»Das konnte meine Frau leider nicht mehr in Erfahrung bringen. Noch in derselben Nacht, in der sie ihrer Freundin das Versprechen gab, nach dem Kind zu forschen, erlitt diese einen Blutsturz und fiel danach in tiefe Bewusstlosigkeit, aus der sie nicht mehr erwachte. So blieb das Geheimnis ungelüftet.«

»Wie schade«, entfuhr es Schwester Gertrude. Ignatia warf ihr einen missbilligenden Blick zu.

»Bei allem Respekt, verehrter Herr Gerban, ist es denn nicht überaus leichtsinnig, sich das Mädchen nur aufgrund dieser unzureichenden Empfehlung ins Haus zu holen? Schließlich haben Dienstmädchen eine besondere Vertrauensstellung inne.«

Zur Überraschung der Frauen seufzte Gerban. »Seien Sie versichert, Mutter Oberin, dass ich diesen Einwand ebenfalls viele Male mit meiner Gattin erörtert habe. Doch sie ließ nicht locker und kam immer wieder auf ihre Bitte zurück. Der Tod ihrer Freundin ist bereits mehr als ein Jahr her. Daran können Sie erkennen, dass ich nicht leicht zu überzeugen war.«

»Und was hat Ihre Meinung dann schließlich geändert?«

Gerban seufzte noch einmal. »Wie ich bereits erwähnte, ist die Gesundheit meiner geliebten Gattin sehr zart. Sie grämte sich ununterbrochen über das nicht eingehaltene Versprechen, und ich fürchtete, das könne ihr auf die Dauer schaden. Deshalb erklärte ich mich am Ende unter der Bedingung, dass das Mädchen ehrlich, fleißig und klug ist, dazu bereit, nach ihm zu forschen und eine Aufnahme in unseren Haushalt in Erwägung zu ziehen. Und siehe da, Schwester Agnes lobte Irene genau in diesem Sinne über alle Maßen.«

Ignatia schürzte die Lippen, aber Gerban ließ sie nicht zu Wort kommen. »Daher habe ich meine Reise noch einmal verlängert und bin heute nach Speyer gekommen, um mir selbst ein Bild von dem jungen Ding zu machen.« Diesmal wehrte er einen Einwand Ignatias mit einer Geste ab. »Und ich versichere Ihnen, Mutter Oberin, ist mir das Mädchen nicht angenehm, lasse ich es nur zu gerne in Ihrer Obhut. Eine andere Dienstmagd aus Ihrer Anstalt benötige ich in diesem Fall allerdings nicht.«

»Doch wenn mir Irene gefällt«, schloss Gerban seine Rede, »zahle ich Ihnen den doppelten Abstand, den Sie sonst erhalten.«

Dieses Argument gab den Ausschlag. Mutter Ignatia wandte sich an Schwester Gertrude. »So bringen Sie das Mädchen in Gottes Namen herbei. Doch sorgen Sie dafür, dass es anständig ausstaffiert ist.«

Als Irene das Kontor der Mutter Oberin betrat, in dem auch Besucher empfangen wurden, musterte Gerban sie intensiv mit seinen stahlgrauen Augen, die jetzt im fortgeschrittenen Alter besser zu seinen bereits ergrauten Haaren passten als zum blassen Blond seiner Jugend. Was er sah, gefiel ihm.

Das Mädchen war mittelgroß und schlank und in seinem einfachen grauen Leinenkleid mit der blütenweißen Schürze reinlich gekleidet. Die schweren braunen Zöpfe waren zu einem Kranz um den Kopf herum gewunden, auf dem ein schlichtes weißes Leinenhäubchen saß.

Am markantesten war zweifellos Irenes Gesicht. Die dunkelblauen Augen bildeten einen reizvollen Kontrast zu den braunen Haaren. *Eine seltene Kombination,* schoss es Gerban durch den Kopf. Mit den breiten Augenbrauen, der kleinen spitzen Nase und dem schmallippigen Mund war Irenes Gesicht nicht eigentlich hübsch zu nennen, dennoch wirkte es anziehend.

Er winkte Irene heran. Obwohl sie schon beim Eintreten geknickst hatte, wiederholte sie die Geste ohne Aufforderung noch einmal.

»Hat man dir gesagt, warum man dich kommen ließ, Mädchen?«

Irene senkte den Kopf. »Nein, verehrter Herr.«

»Nun, dann möchte ich dich noch eine Weile darüber im Unklaren lassen und dir erst ein paar Fragen stellen.« Obwohl er es bereits wusste, fragte er sie: »Wie lautet dein Name?«

»Irene, mein Herr. Ich heiße Irene.« Ihre Stimme war so leise, dass er sie kaum verstand.

»Sprich lauter, Irene. Wie ist dein Nachname?«

Nun schwang ein leichtes Zittern in ihrem Tonfall mit. »Man nennt mich Weber, mein Herr. Doch das ist nicht mein richtiger Name. Man gab ihn mir in der Anstalt in Heidelberg, da er gerade im Alphabet an der Reihe war. Wie mein wirklicher Name lautet, weiß ich nicht. Ich kenne weder meinen Vater noch meine Mutter.«

»Irene Weber«, murmelte Gerban. *Auch eine ungewöhnliche Kombination.* Laut fuhr er fort: »Irene ist ein seltener Name. Magst du ihn leiden?«

Nun zeigte sich so etwas wie Unwillen im Gesicht des Mädchens. Es hob den Kopf und sah ihm in die Augen. »Meistens mag ich ihn nicht, mein Herr. Ich werde deswegen oft verspottet. Aber manchmal weiß ich ihn auch zu schätzen. In Heidelberg habe ich erfahren, dass meine unbekannte Mutter ihn auswählte.«

Mutter Ignatia und Schwester Gertrude sogen scharf den Atem ein. »Wer behauptet das?«, mischte sich Ignatia ein, und an Gerban gewandt, erläuterte sie: »Das widerspricht den Gepflogenheiten unseres Hauses.«

Der Weinhändler winkte unwillig ab. »Mir scheint, das spielt hier keine Rolle, ehrwürdige Mutter. Erlauben Sie, dass ich mit meinen Fragen fortfahre.« Er wartete ihre Antwort nicht ab.

»Man hat mir berichtet, du seist oft frech, gäbest Widerworte und wärst sogar in Raufereien verwickelt.«

Irene errötete. Fasziniert beobachtete Gerban, wie Trotz und Traurigkeit in ihrem Gesicht miteinander kämpften. Sie holte tief Luft. »Ich wehre mich, mein Herr, wenn man mir etwas vorwirft, das ich nicht getan habe. Und ich stelle richtig, wenn etwas Falsches gesagt wird.«

»Nenn mir für beide Situationen ein Beispiel.« Irene begann mit der Begebenheit des zerbrochenen Tellers, die ihr den Arrest eingebracht hatte. Gerban lauschte gebannt.

Das Mädchen versteht sich weit über seinen Stand hinaus auszudrücken. Es scheint mir ungewöhnlich begabt.

»Und ein Beispiel für etwas, das du richtiggestellt hast?«

Irene zögerte und warf Schwester Gertrude einen verstohlenen Blick zu. Die erwiderte ihn finster. Gerban machte eine ermutigende Handbewegung. Seine Neugier wuchs.

»Im Unterricht schrieb Schwester Gertrude ein Wort falsch an die Tafel.«

Irene stockte. Wieder färbte sich das Gesicht der Leiterin der Mädchenabteilung blutrot.

»Was war das für ein Wort?«

»Sie schrieb die sieben Untugenden junger Mädchen auf. Das Wort: ›Trägheit‹ buchstabierte sie mit einem ›k‹ anstatt mit einem ›g‹.«

Gerban grinste belustigt. »Und das hast du vor den Ohren aller Mitschülerinnen korrigiert?«

»Natürlich habe ich das«, entgegnete Irene einfach. »Schließlich hätten sich die anderen das Wort doch sonst falsch gemerkt.«

Gerban warf einen Blick auf die beiden Ordensschwestern. Gertrude starrte tief gedemütigt zu Boden, Mutter Ignatia fixierte Irene mit wütend zusammengezogenen Augenbrauen.

Der Weinhändler deutete eine Verbeugung an. »Ich sehe, die ehrwürdigen Schwestern haben das Mädchen richtig beschrieben. Es sagt unbedingt die Wahrheit und könnte dabei auch vorlaut und altklug wirken.«

In Irenes dunkelblauen Augen begann es, verdächtig zu schimmern. Sie schwieg und senkte den Blick wieder zu Boden. Doch Gerban ließ nicht locker.

»Sag an, Irene, kannst du auch rechnen?«

Das Mädchen nickte.

»Wie viel ist zwölf mal zwölf?«

»Einhundertvierundvierzig.« Die Antwort kam wie aus der Pistole geschossen.

»Und dreizehn mal sechsundzwanzig?«

»Dreihundertachtunddreißig.« Diesmal dauerte die Antwort einen Augenblick länger. Doch sie war richtig wie auch die folgenden Aufgaben, die ihr Gerban stellte. Der Weinhändler nickte zufrieden.

»Und hast du in diesem Hause auch noch etwas anderes als Schreiben und Rechnen gelernt?«

Etwas wie Hoffnung blitzte in Irenes Augen auf. »Oh ja, mein

Herr. Ich kann einen ganzen Haushalt besorgen. Man lehrte mich Kochen, Putzen, Waschen, Flicken, Nähen und alle anderen Arbeiten.«

Gerban war amüsiert. »So ahnst du jetzt, warum ich dich befrage?«

Irene nickte. »Sie suchen wahrscheinlich eine Dienstmagd für Ihren Haushalt.«

Gerban lächelte. »Ein zusätzliches Dienst- oder Küchenmädchen, um genau zu sein. Du wärst eine von vielen Dienstboten in unserem großen Haus in Altenstadt bei Weißenburg. Doch warum sollte ich dich nehmen? Du hast selbst zugegeben, dass du immer wieder in Händel mit anderen Waisenmädchen verstrickt warst. Könntest du dich denn in meinen Haushalt einfügen?«

Fast tat sie Gerban leid, als er beobachtete, wie der Glanz aus Irenes Augen wich und einer stumpfen Resignation Platz machte.

»Ich würde es nach besten Kräften versuchen, mein Herr«, antwortete sie mit erstickter Stimme.

»Und wenn man dir dort ebenfalls einmal Unrecht tut?«

Von dieser Antwort hängt ab, ob ich sie mitnehme, erkannte der Weinhändler plötzlich zu seiner eigenen Überraschung.

Irene schwieg und kämpfte sichtbar mit sich. »Gib Antwort und lass den Herrn nicht warten«, fuhr Ignatia sie schließlich grob an.

Irene seufzte. »Ich würde mich auch in Ihrem Hause dagegen zur Wehr setzen, mein Herr.« Sie war kaum zu verstehen. Dann knickste sie wieder. »Doch nun lassen Sie mich gehen, da Sie mich ja doch nicht mitnehmen werden.«

Wider Willen war Gerban beinahe gerührt. »Wer sagt denn, dass ich dich nicht mitnehmen möchte?«

Jetzt mischte sich die Oberin ein. »Herr Gerban, lassen Sie uns dieser Sache nun ein Ende bereiten. Sie sehen, dass wir mit all dem Recht haben, was wir Ihnen über den Charakter des Mädchens sagten. Sie ist nicht geeignet, in Ihrem Hause … «

Gerban fiel der Oberin mitten ins Wort. Ohne die Nonne auch nur anzusehen, sprach er wieder zu Irene.

»Du würdest in Altenstadt leben. Das ist im französischen Elsass.«

Irene nickte. »Das weiß ich, mein Herr. Doch es macht mir nichts aus.«

»Im ersten Jahr erhältst du keinen Lohn. Du arbeitest nur für deine Unterkunft, dein Essen und deine Kleidung.«

Irene nickte wieder. »Auch das macht mir nichts aus. Wenn ich nur recht rasch von hier wegkomme.«

Wieder schnauften die Schwestern empört. Gerban drehte sich zu ihnen um und lächelte spöttisch. »Ich sehe, dieses reizende Kind ist ein Rohdiamant. Augenscheinlich haben Sie es nicht verstanden, ihn zu schleifen. Daher möchte ich nun mein Glück versuchen.«

Mutter Ignatia nickte steif. »Wie Sie wünschen, mein Herr. Also geh nun, Irene und packe deine Sachen. Schwester Gertrude wird dich begleiten.«

Nachdem sich die Tür hinter den beiden geschlossen hatte, erhob sich Ignatia und entnahm einem verkratzten Kontorschrank eine Akte und ein großes, in Leder gebundenes Buch. Dann setzte sie sich wieder hinter ihren Schreibtisch und zückte eine Feder.

»So lassen Sie uns nun zu den Formalitäten kommen, Herr Gerban. Sie wissen, dass Sie sich selbst um das Gesindedienstbuch Irenes kümmern müssen, da sie noch nicht volljährig ist. Ich übergebe Ihnen hiermit eine Abschrift ihrer Geburtsurkunde sowie ihre Schulzeugnisse.«

Ein rascher Blick zeigte dem Weinhändler, dass Irene tatsächlich in allen Fächern die besten Noten vorzuweisen hatte. Die einzige Ausnahme bildeten die Beurteilungen für ihr »Betragen«. Diese schwankten zwischen »ausreichend« und »nicht genügend«.

»Und hier bitte ich um Ihre Unterschrift und Ihr Siegel, Herr

Gerban.« Der Weinhändler unterzeichnete und drückte seinen Ring in das Wachs, das Mutter Ignatia auf das Papier tröpfelte.

»Nun wäre nur noch der Abstand zu entrichten. Üblicherweise beträgt er zehn Gulden …«

»Ja, ja«, winkte Gerban ungeduldig ab. »Ich gebe Ihnen dreißig Gulden.«

Einen Moment war Ignatia sprachlos. Dann streckte sie fordernd die Hand aus.

»So sei es denn, Herr Gerban. Was auch immer Ihre Beweggründe sein mögen, Irene in Ihr Haus zu holen, Sie werden sehen, dass Ihnen das Mädchen nichts als Scherereien und Ungemach bereiten wird. Glauben Sie mir, ich kenne unsere Zöglinge durch und durch.«

Papperlapapp. Fast wäre Gerban das respektlose Wort herausgerutscht. Stattdessen verbeugte er sich mit ironisch übertriebener Höflichkeit.

»Ich bedanke mich für Ihren wohlgemeinten Rat, ehrwürdige Oberin. Doch wie ich bereits sagte, wir werden sie uns zurechtschleifen.«

Das leichte Gefühl von Unbehagen in seiner Magengrube drängte er energisch beiseite.

Kapitel 2

Altenstadt, ***April 1866, am nächsten Tag***

Als der Zweispänner, der sie vom Weißenburger Bahnhof abgeholt hatte, sich dem imposanten Wohnsitz der Familie Gerban näherte, lugte Irene gespannt aus dem Fenster. Vor Staunen entfuhr ihr ein überraschter Laut, so sehr war sie von dem Anblick, der sich ihr bot, überwältigt.

Durch eine mit Kies bestreute Allee, die zu beiden Seiten von mächtigen Eichen, Platanen und Buchen im zarten Laub des Frühjahrs gebildet wurde, näherte sich die Kutsche einem weiß gestrichenen Herrenhaus mit dunkelblauen Fensterläden. Der Eingangsbereich wurde von zwei mächtigen Säulen gerahmt, die am Fuße der breiten überdachten Treppe standen und mit ihren Kapitellen einen halbrunden Balkon mit fein ziseliertem Geländer trugen. Zu beiden Seiten der makellos geharkten Auffahrt blühten Tulpen, Narzissen und Kaiserkronen in den gepflegten Rabatten.

Die Kutsche kam im Kies knirschend zum Stehen. Ein Mann im schwarzen Anzug mit blütenweißem Hemd öffnete den Schlag und verneigte sich, als Wilhelm Gerban ausstieg. »Willkommen zu Hause! Hatte der gnädige Herr eine angenehme Reise?«

Gerban nickte leutselig. »So angenehm, wie man mit der Bahn eben reisen kann, Niemann. Aber sicherlich weit angenehmer als mit der schlecht gefederten Postkutsche auf den holprigen rheinbayerischen Straßen.«

Niemann verneigte sich noch einmal. »Es ist eine Schande, wie unsere schöne Pfalz unter der bayerischen Herrschaft verkommt.«

»Na, na, Niemann.« Gerban schnalzte missbilligend mit der Zunge. »So schlimm ist es nun auch wieder nicht, dass Sie sich dem Verdacht mangelnder Königstreue aussetzen sollten.«

Irene beobachtete, wie das Gesicht des ersten Dieners, für den sie Niemann zu Recht hielt, rot anlief. »Ich möchte dem gnädigen Herrn versichern, dass ich der Überzeugung bin, unser hochverehrter König Ludwig II. weiß nichts von den Schlampereien seiner Verwaltungsbeamten.«

»Nun ja, wie dem auch immer sei, Niemann«, beendete Gerban das heikle Thema. »Ich habe ein neues Dienstmädchen als Ersatz für Herta mitgebracht. Sie heißt Irene.« Niemann zog erstaunt die Augenbrauen hoch. Gerban übersah es geflissentlich. »Helfen Sie ihr aus dem Wagen! Frau Burger soll sie in ihre zukünftigen Pflichten und die Gepflogenheiten des Hauses einweisen, ihr ihre Kammer zeigen und sie angemessen einkleiden. Morgen nach dem Frühstück soll sie meiner Gattin vorgestellt werden.« Damit strebte er auf den Eingang des Hauses zu, der zu beiden Seiten von weiteren Dienstboten gesäumt war, ohne sich noch einmal umzudrehen.

Da Niemann keine Anstalten machte, der noch immer in der Kutschentür stehenden Irene die Hand zu reichen, raffte sie schließlich ihre Röcke und stieg ohne seine Hilfe aus. Der Diener betrachtete sie mit einem unergründlichen Gesichtsausdruck, der auf Irene weder freundlich noch unfreundlich wirkte. Immerhin erwiderte er ihren Gruß mit einem kurzen Kopfnicken, als sie vor ihm knickste.

Während sie ihm über die Auffahrt zur Gruppe der übrigen Dienstboten folgte, sah sie sich erneut dem Wechselspiel aus Freude und Enttäuschung ausgesetzt, welches sie schon kurz nach dem Verlassen des Waisenhauses ergriffen hatte.

Da Schwester Gertrude aufgrund der erlittenen Demütigungen immer noch außer sich gewesen war, erfuhr Irene mehr über die Hintergründe ihrer Einstellung, als es der Leiterin der Mädchenabteilung im Nachhinein lieb sein konnte. Während sie ihr kleines Bündel packte, entnahm Irene Gertrudes hämischen Bemerkungen, dass der reiche Weinhändler aus Weißenburg sie und nur sie als Dienstmädchen für seinen Haushalt gewünscht hatte. Vorgeblich aufgrund einer Marotte seiner Frau Gemahlin.

Irenes Hoffnung, von Herrn Gerban mehr über die seltsamen Hintergründe ihrer Dienstverpflichtung zu erfahren, schwand jedoch rasch dahin. Schon auf der Fahrt in den gehobenen Gasthof, in dem sie übernachteten, bevor sie am nächsten Morgen die Reise nach Weißenburg antreten würden, sprach er nur noch das Nötigste mit ihr. Den herzlichen, tief empfundenen Dank über ihre Einstellung quittierte er nur mit einem knappen Nicken, begleitet von einem undefinierbaren kehligen Laut. Auch auf ihre höflichen Versuche, mehr über ihr neues Heim und seine Bewohner zu erfahren, antwortete er nur einsilbig.

»Du wirst einen ganzen Stab von Dienstboten vorfinden, die dir alles erläutern werden, was du wissen musst.«

»Darf ich fragen, gnädiger Herr, was genau meine Aufgabe sein wird?«

Gerban zuckte mit den Achseln. »Das entscheidet in letzter Instanz meine Gattin oder Frau Burger, die Hausdame. Ich vermute, du wirst als Haus- oder Küchenmädchen arbeiten.« Damit griff der Weinhändler nach einer Zeitung, in die er sich demonstrativ vertiefte. Irene wagte ihn nicht mehr zu fragen, warum seine Frau Gemahlin auf ihrer Anwerbung bestanden hatte.

Eine weitere Gelegenheit zu einem Gespräch hatte sich danach nicht mehr ergeben. Die Nacht im Gasthof verbrachte Irene in einer schlicht möblierten Kammer. Die Mahlzeiten nahm sie in einem gesonderten Raum ein, der offensichtlich weniger begüterten Gästen vorbehalten war. Dennoch genoss sie den ungewohnten Luxus in vollen Zügen. Noch nie hatte sie eine Schlafkammer ganz für sich allein gehabt, und auch die einfache, aber reichliche Hausmannskost schmeckte ihr nach der spärlichen Verpflegung im Waisenhaus vorzüglich. Außerdem war sie noch nie mit der Eisenbahn gefahren und freute sich auf die lange gemeinsame Zugfahrt am nächsten Tag. Sie hoffte, ihrem wortkargen Dienstherrn dabei doch noch die eine oder andere Einzelheit über ihr Schicksal entlocken zu können.

Doch erneut wurde sie enttäuscht. Während der Weinhändler im Salon erster Klasse reiste, wurde Irene auf der harten Holzbank eines Wagens dritter Klasse durchgeschüttelt. Erst kurz vor Weißenburg ließ Gerban sie dort von einem Schaffner abholen.

Dass sie wahrhaftig in ein sehr reiches Haus kommen würde, zeigte Irene schon der in eine tadellose Livree gekleidete Kutscher, der Gerban und sie am Bahnhof erwartete. Und nun schritt sie ehrfürchtig auf das palastartige Anwesen zu, das ihr neues Heim werden sollte.

Alles wäre besser gewesen als das Waisenhaus, versuchte sie tapfer, sich selbst zu beschwichtigen. *Ich wäre lieber Magd auf jedem noch so ärmlichen Bauernhof geworden, als dort noch einen Tag länger zu bleiben. Und nun solch ein vornehmes Haus! Auch wenn ich nicht weiß, welchen Umständen ich dieses Glück verdanke, will ich mich nach Kräften bemühen, um mich dankbar zu zeigen. Mit Fleiß und Ausdauer wird es mir schon gelingen. Und wer weiß, wie weit ich es damit noch bringen kann. Vielleicht zum ersten Hausmädchen oder gar eines Tages zur Hausdame!*

Sie holte tief Luft. *Und womöglich erfahre ich schon morgen früh mehr, wenn ich der Hausherrin vorgestellt werde.*

Mit neuer Hoffnung folgte sie Niemann, der schließlich vor einer ältlichen Frau mit mürrischer Miene stehen blieb. Sie war in ein hochgeschlossenes schwarzes Kleid gekleidet und erinnerte Irene auf Anhieb an Mutter Ignatia. Erneut verließ sie der Mut.

»Das ist Frau Burger, die Hausdame. Sie ist für all deine Belange zuständig und wird dich einweisen.« Irene knickste tief.

Niemann wandte sich an die ältliche Frau. »Hier bringe ich Ihnen Irene, das neue Dienstmädchen, das Herr Gerban mitgebracht hat.«

Frau Burger fixierte Irene scharf. Dann seufzte sie vernehmlich. »Nur der gnädige Herr allein weiß, warum er selbst ein neues Dienstmädchen ausgesucht hat. Hoffentlich stellt sie sich nicht allzu ungeschickt an.«

»Ich werde mir größte Mühe geben, Frau Burger«, antwortete Irene, während Niemann gleichzeitig verlauten ließ: »Sie wird die Gelegenheit schon zu schätzen wissen.«

Frau Burger musterte die erschrockene Irene kühl. »Nun, sie scheint vorlaut zu sein. Ich hoffe, sie kann nicht nur tüchtig arbeiten, sondern lernt auch noch, sich zu benehmen.«

Damit winkte sie Irene, ihr zum Dienstboteneingang an der Rückseite des Hauses zu folgen.

Anwesen der Gerbans bei Altenstadt

April 1866, wenig später im kleinen Salon

»Nun, meine Liebe, wie geht es dir heute?« Wilhelm Gerban nippte an seinem Tee, den Niemann gerade serviert hatte.

»Ich persönlich bin wohlauf, danke der Nachfrage.« Am zögerlichen Ton seiner Gattin merkte Gerban sofort, dass etwas ganz und gar nicht in Ordnung war.

Während er seine Tasse absetzte und demonstrativ nach einem Stück Kuchen griff, wartete er zunächst auf das, was sie ihm gleich erzählen würde, kaute und schwieg.

Pauline Gerban spielte nervös mit ihren Händen. Obwohl er an der Größe ihrer Pupillen erkannte, dass sie auch heute wieder Laudanum, ihr probates Mittel gegen jede Unbill des Lebens, eingenommen hatte, schien sich dessen beruhigende Wirkung diesmal nicht in vollem Ausmaß eingestellt zu haben.

Pauline räusperte sich mehrmals vernehmlich, kam aber immer noch nicht zur Sache. Langsam wurde Gerban unruhig. *Was kann denn nun wieder geschehen sein?*

Er musterte seine Frau mit zusammengezogenen Augenbrauen. Obwohl sie schon lange ihren sexuellen Reiz für ihn verloren hatte, war Pauline noch immer von jener zarten Schönheit, die ihn vor mehr als fünfundzwanzig Jahren so angezogen hatte, dass er sich tatsächlich in die gebürtige Straßburgerin verliebte.

Er hatte Pauline im Haus ihres Vaters kennengelernt, eines schwerreichen französischen Weinhändlers, der seiner einzigen Tochter nicht nur eine großzügige Mitgift ausgesetzt hatte, sondern sie auch zur Erbin seines gesamten Vermögens bestimmen wollte. Als Wilhelm dies im Rahmen seiner Geschäfte mit Paulines Vater erfuhr, war das Grund genug für ihn gewesen, nach Straßburg zu kommen, um dort um ihre Hand anzuhalten.

Doch als er der damals Neunzehnjährigen zum ersten Mal begegnete, war er aufrichtig überrascht gewesen, dass sie nicht nur reich, sondern zudem noch anmutig und gebildet war. Obwohl er schließlich unter vielen Bewerbern das Rennen um ihre Hand machte, verlief ihre Ehe nicht glücklich.

Über zehn Jahre musste ich auf die Geburt meines Sohnes und Erben warten. Noch heute dachte Gerban mit Ingrimm daran. Was hätte ihm sein riesiges Vermögen, das er hauptsächlich mit Paulines Geld erwirtschaftet hatte, genutzt, wenn es nach seinem Tode dem Sohn seines jüngeren Bruders zugefallen wäre! Denn die Kinderlosigkeit ihrer Ehe lag nicht an ihm! Das wusste er aufgrund seiner zahlreichen Affären, die er vor und auch nach der Heirat unterhalten hatte, nur zu genau!

Dass Pauline an seiner Seite verkümmerte wie eine Blume ohne Wasser, wäre ihm damals wie heute nicht in den Sinn gekommen. Schließlich hatte er seinen Teil der Verpflichtungen mehr als erfüllt. Mit Paulines Geld war das heruntergewirtschaftete Weingut im pfälzischen Schweighofen, das nach dem Tode des Vaters nunmehr sein Bruder leitete, aufgeblüht und brachte einen Spitzenjahrgang nach dem anderen hervor. Ihm selbst hatte seine Ehe mit einer französischen Frau ermöglicht, seine Weinhandlung jenseits der deutschen Grenze ins benachbarte elsässische Weißenburg zu verlegen. So sparte er die hohen

Steuern und Ausfuhrzölle, die die bayerische Regierung, zu deren Gebiet die Pfalz seit dem Wiener Kongress 1816 gehörte, den dortigen Weinhändlern auferlegte. Deshalb konnte er seine Produkte konkurrenzlos preiswert anbieten.

Heute genoss die vornehme Gesellschaft die feinen Gerbanschen Rieslinge, Grauburgunder und Gewürztraminer in London ebenso wie in Brüssel, Prag oder Stockholm und sogar New York. Hatte er Pauline also nicht genau das Leben in sorglosem Luxus ermöglicht, das er ihrem Vater bei seinem Heiratsantrag versprochen hatte? Hatte sie nicht alles erhalten, was sich eine Frau nur wünschen konnte? Kleider und Schmuck im Überfluss, ein prächtiges Heim, das selbst ihr Straßburger Elternhaus weit in den Schatten stellte, eine eigene Kutsche und so viele Dienstboten, dass sie sich nicht einmal all deren Namen merken konnte?

Doch solange er zurückdenken konnte, war Pauline immer niedergeschlagen und kränklich gewesen. Dabei gab es dafür keinen einzigen Grund! Auch mit ihren fünfundvierzig Jahren hatte sie sich ihre zarte Gestalt bewahrt. Sie war fast sogar ein wenig zu mager. Ihr Gesicht mit den hohen Wangenknochen und den vollen Lippen war immer noch hübsch. Nur der Blick ihrer ehemals ausdrucksstarken dunklen Augen war durch den Gebrauch von zu viel Laudanum stumpf geworden. Pauline nahm das Mittel seit Jahren gegen ihre Migräne und ihre Verstimmungen ein. Es hatte allerdings, wenn überhaupt, immer nur eine vorübergehende Besserung gebracht.

Die Erinnerung an ein unangenehmes Gespräch mit Dr. Frey, dem jetzigen Hausarzt der Familie, schoss Gerban durch den Kopf. Der junge Mediziner hatte die Praxis des alten Wilbert übernommen, der mit über siebzig Jahren in den wohlverdienten Ruhestand gegangen war. »Ich rate davon ab, die Dosis Laudanum noch weiter zu erhöhen«, hatte der junge Mensch ihm kürzlich vorgehalten. »Stattdessen sollte man sie sogar schrittweise reduzieren. Zu viel Laudanum über einen zu langen Zeitraum hinweg kann sehr schädlich für die Gesundheit sein.«

Papperlapapp, dachte Gerban. In diesem Punkt waren Pauline und er sich ausnahmsweise einmal auf Anhieb einig gewesen. Pauline schwor, dass ihr kein anderes Heilmittel zuträglich sei, und so machte Wilhelm dem jungen Springinsfeld eindrücklich klar, dass er seine reichlichen Pfründe im Hause Gerban aufs Spiel setzte, würde er weiterhin solche absurden Ratschläge erteilen. Natürlich gab der junge Arzt, hoch verschuldet durch die Ablösesumme, die er dem alten Wilbert für seine wohleingeführte Praxis zu zahlen hatte, nach. Es war nie wieder die Rede von einer Reduzierung der Dosis gewesen.

Also, was ist denn nun wieder los? Wilhelm verlor langsam die Geduld. Nach einem letzten Schluck Tee setzte er die Tasse mit deutlich vernehmbarem Klirren ab und schaute Pauline auffordernd an. Sie seufzte laut, rückte aber immer noch nicht mit der Sprache heraus.

Plötzlich hatte er es satt. »Nun sprich endlich! Was ist geschehen?«

Ihr Gesichtsausdruck glich dem eines verschreckten Kaninchens. »Es hat mit Franz zu tun«, sagte sie leise.

»Mit Franz? Ist dem Jungen etwas geschehen?«

»Er kommt morgen wieder nach Hause.«

Gerbans Furcht schlug in jähen Zorn um. »Was heißt das, er kommt wieder nach Hause?«, polterte er. »Das Schuljahr endet doch erst im Juli.«

Plötzlich kam ihm ein schrecklicher Verdacht. »Jetzt sage nur nicht, man hat ihn schon wieder hinausgeworfen?«

Paulines Schweigen war Antwort genug.

Erregt sprang Gerban auf und stieß dabei an den zierlichen Teetisch. Die Kanne aus feinem chinesischem Porzellan fiel zu Boden und zerbrach beim Aufprall in tausend Scherben. Der Tee ergoss sich über den kostbaren Perserteppich.

»Verschwinden Sie«, schnauzte Gerban den Hausdiener an,

der nach dem klirrenden Geräusch erschrocken die Tür aufriss, um zu sehen, was passiert war.

»Also, was hat der Kerl diesmal wieder angestellt? Ich prügele ihn windelweich, wenn ich seiner habhaft werde.«

»Bitte!« Paulines Stimme klang flehend. »Bitte, tu ihm nichts! Soviel man mir berichtet hat, hat er gegenüber seinem Geschichtslehrer die Ideale der Französischen Revolution verteidigt.«

»Die Ideale der Französischen Revolution? In einem bayerischen Internat im erzkatholischen Augsburg?« Gerban stutzte. »Aber das allein ist doch noch kein Grund, ihn hinauszuwerfen. Was verschweigst du mir also?«

Pauline senkte den Blick. Sie wies mit zitternder Hand auf ihr Nähtischchen aus Rosenholz, auf dem ein zusammengefaltetes Schreiben lag. »Hier, lies selbst. Das ist der Brief des Rektors.«

Was dort stand, ließ Gerban das Blut in den Adern gefrieren. »Er hat den bayerischen König einen Tyrannen genannt? Ja, ist er denn vollends wahnsinnig geworden? Warum hat er nicht gleich vorgeschlagen, ihn wie den Bourbonenkönig, seinen Namensvetter, zu guillotinieren?«

Pauline wurde bei seinen Worten kreidebleich.

»Wie, hat er das etwa getan? Nein, das kann und darf einfach nicht wahr sein!« Gerban vertiefte sich wieder in den Brief.

Doch die Szene, die der Rektor beschrieb und die sich in seinem Kontor mit dem Geschichtslehrer als Zeugen zugetragen hatte, ließ keinen Zweifel offen. »Mir bleibt zu meinem Bedauern nichts anderes übrig, als Ihren Sohn mit sofortiger Wirkung des Hauses zu verweisen. Nur meine Hochachtung vor Ihnen hindert mich daran, seine Rede öffentlich zur Anzeige zu bringen, was sicherlich eine harte Strafe nach sich ziehen würde. Doch ich kann es mit meinem Gewissen nicht vereinbaren, das Leben eines solch begabten, wenn auch bedauerlicherweise verblendeten jungen Menschen aus bester Familie zu ruinieren.«

Lauter nichtssagendes Gerede! Gerbans Blick flog zum Ende des Schreibens. Da stand, was er erwartet hatte. »Sie werden sicherlich Verständnis dafür aufbringen, dass ich Ihnen das bereits entrichtete Schulgeld nicht zurückerstatten kann.«

Gerban knirschte vor Wut mit den Zähnen. »Ich habe bis zum Ende der regulären Schulzeit bezahlen müssen, damit sie Franz überhaupt aufgenommen haben. Schließlich wurde er bereits aus zwei anderen Internaten hinausgeworfen. Nun kehrt er wieder um Jahre vorzeitig ohne Abschluss nach Hause zurück. Na warte, diesmal wird er die Hundepeitsche zu schmecken bekommen.«

»Wilhelm!« Pauline ergriff Gerbans Hand. Eine solche Geste war schon jahrelang nicht mehr vorgekommen. »Wilhelm, ich flehe dich an. Schlage ihn nicht! Du weißt, das würde Franz dir niemals verzeihen. Höre dir erst einmal an, was er zu all dem zu sagen hat. Bestrafe ihn meinetwegen, so hart du es für nötig hältst, aber schlage ihn nicht. Er ist dein einziger Sohn!«

Das ist nur zu wahr: mein einziger Sohn. Hätte er doch nur mehr von seiner jüngeren Schwester Mathilde. Das Mädchen bereitet mir nichts als Freude.

Doch tief in seinem Innern wusste Gerban, dass Pauline mit ihrer Warnung Recht hatte. Er selbst hatte Franz seinen Jähzorn vererbt, auch das war ihm klar. Und der Junge war überaus stolz! Das war ja gerade der Grund, warum er dauernd aneckte. Wahrscheinlich hatte ihn dieser Gimpel von Geschichtslehrer vor den Ohren der Mitschüler zurechtgewiesen, ein Wort hatte das andere gegeben, und schließlich war es zu diesem Eklat gekommen.

Mühsam versuchte er, sich zu beruhigen. »Nun gut, Pauline, ich will auf deinen Rat hören. Doch nur unter zwei Bedingungen. Ich werde Franz nicht schlagen, aber eine Strafe muss er bekommen. Ich werde darüber nachdenken, was ich für angemessen erachte.«

Pauline nickte erleichtert. »Wenn du seinen Stolz nicht verletzt, wird er das sicherlich akzeptieren. Ich habe heute auch noch ein Schreiben von ihm selbst erhalten. Er ist ganz zerknirscht!«

»Soso, ganz zerknirscht. Er hätte sich lieber früher überlegen sollen …«

»Und die zweite Bedingung?«, lenkte Pauline ab.

»Es geht um das neue Dienstmädchen, Irene.«

Pauline war verwundert. »Ja, was ist denn mit ihr?«

Sie lauschte verwundert, als ihr Gatte ihr seinen Wunsch erläuterte. »Ich verstehe zwar nicht, was du damit bezwecken willst, aber natürlich werde ich tun, was du verlangst. Du kannst dich darauf verlassen.«

Anwesen der Gerbans bei Altenstadt
April 1866, am nächsten Morgen

Vor der Tür des kleinen Salons wartete Irene nervös darauf, dass man sie hereinrufen würde. Soeben hatte Frau Burger angekündigt, dass die Hausherrin sie jetzt zu sehen wünsche.

Anders als erhofft, war der Beginn ihrer Tätigkeit als Haus- und Küchenmädchen nicht sehr vielversprechend gewesen. Während Irene ein einfaches hellblau gestreiftes Leinenkleid mit grauer Schürze und Häubchen anprobierte, das sie an die Waisenhausuniform erinnerte, ließ Frau Burger weiterhin deutlich durchblicken, was sie vom Entschluss der Herrschaft hielt, Irene ohne ihren Rat eingestellt zu haben.

Als Frau Burger die Daten für Irenes Gesindedienstbuch abfragte, das für deutsches Personal auf einer pfälzischen Polizeidienststelle ausgestellt werden musste, erfuhr sie zu ihrer noch größeren Missbilligung, dass Irene weder Angaben zu ihrem Vater noch zu ihrer Mutter machen konnte.

»Du stammst also aus einem Waisenhaus?«

Irene nickte stumm.

»Nun verstehe ich den Herrn gar nicht mehr! Aber unsereins muss die hohen Herrschaften mit ihren zahllosen Grillen ja auch nicht verstehen.«

Beim Abendessen, für das Irene eifrig Gemüse geputzt und Kartoffeln geschält hatte, war schon in der ganzen Dienerschaft bekannt, woher sie kam.

»Und wie ist es denn so in einem Waisenhaus?«, fragte Gerda, ein hübsches Hausmädchen in schwarzem Kleid mit weißer, spitzenbesetzter Schürze und Häubchen, Irene hochnäsig.

Die bemühte sich, keine freche Antwort zu geben. *Ich darf nicht gleich am ersten Abend unangenehm auffallen.* »Nicht besonders schön. Wir mussten dort sehr viel arbeiten«, antwortete sie einsilbig mit leiser Stimme.

»Recht so«, fiel die dicke Köchin ein. »Wenn man schon der Wohlfahrt auf der Tasche liegt, soll man zumindest eine Gegenleistung dafür erbringen.«

Irene wusste keine Antwort darauf und schwieg.

»Nun, Arbeit gibt es auch hier genug, du wirst sehen.«

»Faulenzerinnen können wir hier nicht gebrauchen.«

»Die Arbeit geht uns hier niemals aus.« In diesem Tonfall ging es noch eine Weile weiter. Irene blieb der würzige Rindfleischeintopf zunehmend im Halse stecken.

»Lasst sie jetzt endlich in Ruhe«, mischte sich zu Irenes Erleichterung schließlich ein weiteres Hausmädchen ein. Es gehörte zu den älteren Dienstboten und hatte die dreißig sicher schon überschritten. »Sie wird schon tüchtig und fleißig sein.«

Gerda musterte ihre Kollegin hochnäsig. »Gut gesprochen, Minna. Dann wirst du auch sicherlich bereit sein, die Neue in deiner Kammer aufzunehmen.«

Wenn Gerda gehofft hatte, die Ältere dadurch zu provozieren, wurde sie enttäuscht. »Gerne! Mir soll es nur recht sein. Meine Kammer ist groß genug für ein weiteres Bett, und ich habe gerne Gesellschaft.«

Ohne Frau Burgers missbilligendes Stirnrunzeln zu beachten,

wandte sich Minna an Irene. »Dir ist das doch hoffentlich recht, meine Liebe?«

Irene war klug genug, keinen Einwand vorzubringen. »Wenn es auch Ihnen recht ist, Frau Burger, bin ich gerne damit einverstanden.«

Nachdem sie noch beim Aufschlagen der Bettstelle und danach in der Küche geholfen hatte, ging der lange Tag gegen zehn Uhr abends endlich zu Ende. Als Irene die gemeinsame Schlafkammer betrat, lag Minna schon im Bett. Sie las einen Groschenroman im Schein einer Petroleumlampe und hatte offensichtlich auf ihre Zimmergenossin gewartet.

»Du wirst sehen, hier ist es gar nicht so schlimm, wie es scheint«, tröstete sie Irene unaufgefordert, während die sich an der Waschschüssel mit eiskaltem Wasser Gesicht und Hände wusch, wie sie es aus dem Waisenhaus gewohnt war. »Gerda trägt zwar die Nase hoch und lässt jedermann spüren, dass sie sich etwas auf ihre hübsche Visage einbildet. Aber das solltest du nicht weiter beachten. Die restlichen Dienstboten sind meistens ganz umgänglich.«

»Aber Frau Burger scheint mich ebenfalls nicht leiden zu können.«

Minna winkte ab. »Du wirst sehen, das gibt sich, wenn du nur ehrerbietig bleibst und ihr in allem gehorchst. Die Alte ist eine verbiesterte Witwe, die einmal bessere Tage gesehen und nicht damit gerechnet hat, sich einmal selbst ihr Brot verdienen zu müssen. Ihr Mann war Lehrer, bevor er an Auszehrung starb und sie mittellos zurückließ. Wenn man die beiden zu nehmen weiß, ist es hier schon ganz erträglich.«

»Und das Essen ist reichlich und gut. Das kann man selbst in einem vornehmen Haus keineswegs immer erwarten«, fügte sie noch hinzu.

Irene nickte, schon etwas getröstet. In der Tat hätte die Rindfleischsuppe, in der fette Fleischbrocken schwammen, im Waisenhaus eine gestreckte Brühe für den ganzen Mädchenschlafsaal ergeben. Daher hatte sie ihre erste Nacht einigermaßen ruhig verbracht. Auch ihr Bett war bequem und reinlich, mit Laken und sogar mit Federkissen bestückt.

Allerdings musste sie schon um halb sechs in der Früh als allererste Dienstmagd aufstehen, um die zahllosen Kamine zu fegen und in den Zimmern Feuer zu machen, wo Frau Burger es am Vorabend angeordnet hatte. Noch war es draußen sehr kühl.

Nach dem Frühstück, bestehend aus Hafergrütze und Brot mit verschiedenen Marmeladen, half sie wieder in der Küche und schrubbte hernach auf den Knien die Dielen in der großen Eingangshalle. Bis Frau Burger sie holen kam und ihr eine reine weiße Schürze reichte, die sie sich umbinden sollte.

»Die Herrin wünscht dich in Kürze zu sehen, sobald wir den morgigen Speiseplan besprochen haben. Halte dich bereit.« Seither wartete Irene in der Halle.

Müßig betrachtete sie die Möbel aus schwerem dunklem Holz. Der mächtige doppeltürige Garderobenschrank, in dem die Mäntel und Hüte der Bewohner und Gäste aufbewahrt wurden, war mit aufwändigen Schnitzereien verziert. Im Halbdämmer der Halle glaubte Irene, Blumen und sogar Tiere zu erkennen. Neugierig trat sie näher und strich mit dem Finger vorsichtig über das blank polierte Holz. Da wurde sie plötzlich schroff von hinten angesprochen.

»Was tust du da?« Es war die etwas piepsig klingende Stimme eines jungen Mädchens. Irene schätzte sie ein wenig jünger, als sie selbst es war. Sie trug ein geschmackloses Kleid aus grellrosa Stoff. *Das muss Mathilde, die Tochter des Hauses, sein.* Frau Burger hatte ihr am Vorabend die Mitglieder der Herrschaft kurz beschrieben.

Irene knickste erschrocken. »Nichts, Fräulein Gerban. Ich warte hier darauf, dass Ihre Mutter mich rufen lässt!«

Das Fräulein trat näher und fixierte Irene mit zusammengezogenen Augenbrauen.

»Wo sind deine Manieren geblieben?«, stellte die Tochter

des Hauses eine für Irene unverständliche Frage. »Was fällt dir ein, mich so respektlos anzusprechen?«

Dann zuckte plötzlich die Erkenntnis über ihr pausbäckiges Gesicht. »Ach, du musst dieses Waisenmädchen sein, das Vater aus Speyer mitgebracht hat. Hat man dir dort keinen Benimm beigebracht?«

In ihrer tödlichen Verlegenheit knickste Irene wieder. »Entschuldigung«, murmelte sie. Eine andere Antwort fiel ihr nicht ein.

Zu ihrer Erleichterung öffnete sich in diesem Moment die Tür zum kleinen Salon, den Irene bereits vom morgendlichen Einheizen kannte. Frau Burger winkte ihr. »Du kannst jetzt kommen.«

Irene knickste noch einmal vor dem jungen Mädchen und trat mit klopfendem Herzen näher. Beim Eintreten warf sie einen flüchtigen Blick auf Frau Gerban, die am Kamin in einem hohen Lehnsessel saß, und musterte sie dann verstohlen, nachdem sie einen weiteren, besonders tiefen Knicks gemacht hatte.

Die zarte Frau mittleren Alters betrachtete sie aufmerksam, aber im Gegensatz zu ihrer Tochter mit einem freundlichen Gesichtsausdruck. »Du bist also Irene, unsere neue Hausgehilfin.« Auch Frau Gerbans Stimme klang freundlich und zart.

»Ja, gnädige Frau, ich bin Irene.«

»Schau mir einmal gerade in die Augen!«

Irene hob den Kopf. Ihr Blick traf sich mit dem Frau Gerbans. Die dunkelbraunen Augen schauten sie weiterhin aufmerksam an.

»Nein, du gleichst niemandem, den wir kennen«, konstatierte die Hausherrin schließlich.

»Wem könnte ich denn gleichen, gnädige Frau?« Die Worte waren heraus, bevor das empörte »Pst« Frau Burgers Irene unterbrechen konnte.

Frau Gerban winkte ab. »Lassen Sie sie, liebe Frau Burger. Sie tut ja nichts Unrechtes.« An Irene gewandt, fuhr sie fort: »Du möchtest sicherlich wissen, warum mein Gatte dich aus dem Waisenhaus hierhergeholt hat.«

Irenes Herz begann, noch rascher als bisher zu schlagen. »Ja, gnädige Frau, das wüsste ich sehr gerne.«

»Nun, dann möchte ich es dir sagen. Ich hatte eine liebe Freundin namens Adele. Sie bat mich auf ihrem Sterbebett, nach dir forschen zu lassen.«

»Darf ich Sie fragen, aus welchem Grund Ihre Freundin Sie darum bat?«

Wieder zischte Frau Burger, und wieder machte Frau Gerban eine beschwichtigende Handbewegung. Doch zu Irenes Enttäuschung zuckte sie darauf mit den Schultern und seufzte schwer.

»Das wüsste ich auch zu gerne, mein Kind, doch leider nahm meine Freundin ihr Geheimnis mit sich ins Grab. Das Einzige, was ich sicher sagen kann, ist, dass du ihr nicht ähnlich siehst. Weder ihr noch jemand anderem aus ihrer Familie.«

Trotz Frau Burgers Stirnrunzeln wagte Irene eine weitere Frage. »Könnte denn ein anderes Familienmitglied etwas darüber wissen?«

Einen kurzen Moment lang wirkte Frau Gerban überrascht. Zu Irenes Enttäuschung schüttelte sie dann den Kopf. »Das glaube ich nicht, mein Kind. Adele bat mich, niemandem aus ihrer Familie etwas von ihrem Wunsch zu verraten. Das war wohl auch der Grund dafür, warum sie sich mit ihrer Bitte an mich gewandt hat.«

Als ahnte sie, dass Irene dennoch hartnäckig bleiben könnte, fügte sie hinzu: »Zudem lebt von der Familie niemand mehr hier in der Region. Nach dem Tod seiner Gattin zog ihr Gemahl mit den Kindern ins ferne Berlin. Der Kontakt zu uns ging dadurch gänzlich verloren.«

Sie musste Irene die Enttäuschung vom Gesicht abgelesen haben. Mit sanfter Stimme ergänzte sie: »Doch ich bin froh, dass ich ihren Wunsch erfüllt habe und du jetzt bei uns bist. Ich hoffe, du fühlst dich wohl und hast dich schon ein wenig eingelebt.«

Unwillkürlich warf Irene einen verstohlenen Blick auf Frau Burger. »Ja, gnädige Frau, ich danke auch recht von Herzen.«

Frau Gerban war weder Irenes Geste noch der starre Gesichtsausdruck von Frau Burger entgangen. Sie wandte sich an die Hausdame.

»Dann danke ich Ihnen herzlich für Ihre Fürsorge, Frau Burger. Machen Sie weiter so, das Mädchen steht unter meinem besonderen Schutz.«

Mit zusammengepressten Lippen neigte Frau Burger den Kopf. »Ganz wie es der gnädigen Frau beliebt.«

»Das ist gut zu hören. Nun gehen Sie beide wieder zurück an Ihr Tagewerk. Wie Sie wissen, Frau Burger, erwarten wir heute unseren Sohn. Er wird am frühen Abend eintreffen. Sorgen Sie dafür, dass alles aufs Beste zu seiner Ankunft vorbereitet ist.«

Anwesen der Gerbans bei Altenstadt
April 1866, am gleichen Abend

Gerade als die Mietkutsche, die Franz am Weißenburger Bahnhof genommen hatte, in die lange Allee einbog, die zu seinem Elternhaus führte, brachen die letzten Strahlen der Aprilsonne durch den grau verhangenen Himmel und tauchten das Herrschaftshaus am Ende der Straße in ein goldenes Licht. Trotz seiner Beklommenheit freute sich Franz, nach Hause zu kommen.

Da er die Ankunftszeit seines Zuges telegrafisch mitgeteilt hatte, wusste er den Umstand, dass ihn Reimer, der Kutscher, nicht am Bahnhof abgeholt hatte, sofort richtig zu deuten. Sein Vater war also mehr als zornig. Franz versuchte, sich darauf einzustellen, während die Droschke die letzte Strecke zum Haus zurücklegte.

Natürlich erwartete ihn auch kein Dienstbote vor dem Eingang, geschweige denn die sonst übliche Gesinderiege, die aufgeboten worden wäre, hätte man ihm einen ehrenvollen Empfang bereiten wollen. *Was zweifellos der Fall wäre, wenn ich dieses Schuljahr abgeschlossen hätte.* Franz seufzte.

Zu stolz, um seine Eltern um das Geld zu bitten, entlohnte er den Kutscher von seinem letzten Taschengeld selbst und gab ihm sogar noch ein großzügiges Trinkgeld. Dann packte er seine Reisetaschen und stieg die breite Eingangstreppe empor. Auf sein Läuten hin öffnete ihm das nette Hausmädchen, das ihm immer so freundlich zulächelte. *Wie heißt es doch gleich noch mal, ah ja, Gerda!*

Sie war offensichtlich überrascht von seiner Ankunft. »Nein, das ist ja der junge Herr!« Sie errötete und versank in einen hastigen Knicks. »Der junge Herr möge bitte entschuldigen, ich wusste nicht, dass man ihn heute erwartet.«

Franz lächelte gequält. »Ja, ja, ist schon gut, Gerda. Bitte sorgen Sie dafür, dass mein Gepäck hinaufgeschafft wird, und sagen Sie meinen Eltern Bescheid, dass ich da bin.«

Er hatte kaum in einem der tiefen Sessel in der Bibliothek mit ihren beeindruckenden, bis an die Decke reichenden Bücherregalen Platz genommen, da wurde die Tür auch schon aufgerissen. Mit raschelnden Röcken und weit ausgebreiteten Armen eilte seine Mutter auf ihn zu, dicht gefolgt von seiner Schwester Mathilde.

»Ich habe gerade erfahren, dass du schon angekommen bist, Franz. Wir hatten dich erst am späteren Abend erwartet.« Sie schloss ihn so stürmisch in die Arme, dass er die weit ausladende Krinoline unter ihren Röcken spürte, dieses Ungetüm aus kreisförmig übereinander angeordneten, beweglichen Stahlringen mit bis zu acht Metern Saumweite, die gerade in Mode war und die Franz so lächerlich fand.

Einen Moment lang genoss er den ihm vertrauten Veilchenduft seiner Mutter, den er schon seit seinen Kindertagen liebte. Dann machte er sich sanft von ihr los. »Ich hatte Vater ein Telegramm geschickt, wann ich ankommen würde.«

»Ein Telegramm? Davon wusste ich gar nichts.« Pauline

stutzte. »Und ich habe Reimer noch vor einer Viertelstunde bei den Ställen gesehen. Wieso hat er dich nicht …?« Ihre Stimme erstarb.

Franz winkte mit einem schmerzlichen Lächeln ab. »Auch Gerda wusste nicht Bescheid, dass ich erwartet wurde.«

»Gerda wusste es auch nicht? Aber ich habe Frau Burger doch extra angewiesen, alles für deine Ankunft vorzubereiten.«

»Das hat sie auch getreulich befolgt, Mama«, mischte sich Mathilde ein. »Doch Vater hat ihr und Niemann verboten, allzu viel Aufheben um Franz' Ankunft zu machen.« Ihre piepsige Stimme hatte einen spöttischen Unterton.

Sie wandte sich Franz zu und bot ihm die Hand. »Willkommen daheim, Bruderherz.« Trotz der herzlich anmutenden Worte fehlte ihnen jegliche Wärme.

Franz stöhnte insgeheim. *Das fängt ja gut an,* dachte er, übersah die ihm dargebotene Hand und drückte seiner Schwester stattdessen einen Kuss auf die Wange. Dabei spürte er deutlicher denn je, dass er Mathilde nicht leiden konnte.

In der Tat hätte man sich kaum zwei unterschiedlichere Geschwister vorstellen können. Obwohl sie im Alter nur etwas mehr als ein Jahr auseinander lagen, hatten sie weder äußerlich noch vom Charakter her irgendetwas gemeinsam.

Der fünfzehnjährige Franz kam ganz nach Pauline, das sah man bereits auf den ersten Blick. Die Ähnlichkeit war unverkennbar. Er hatte ihre schlanke Gestalt ebenso geerbt wie ihre ausdrucksvollen dunkelbraunen Augen und die lockigen braunen Haare. Seine Gesichtszüge waren wie die Paulines fein geschnitten, mit den hohen Wangenknochen und vollen Lippen fast schon zu weiblich für einen Mann.

Die vierzehnjährige Mathilde kam dagegen ganz nach ihrem Vater. Von kleiner und gedrungener Gestalt, besaß sie zu dicke Arme und Hände mit zu kurzen Fingern. Die sandfarbenen Haare waren so dünn, dass keine der gerade modischen, komplizierten Frisuren lange hielt. Auch jetzt hatten sich wieder einige

Strähnen aus dem kunstvollen Geflecht gelöst. Franz bezweifelte nicht, dass Mathilde ihre Kammerzofe hart dafür tadeln würde, sobald sie den Schaden entdeckte. Sie behandelte grundsätzlich alle Dienstboten von oben herab, wenn nicht sogar verächtlich.

Obwohl die derzeitige Mode mit den riesigen Reifröcken ohnehin nicht gerade vorteilhaft für Mathilde war, verstand sie es, durch die Farbauswahl der Stoffe und Schnitte alles noch viel schlimmer zu machen. So trug sie an diesem Abend ein mit Spitzen und Volants überladenes rosafarbenes Kleid, das ihrem pausbäckigen Gesicht ein ferkelähnliches Aussehen verlieh.

Dagegen wirkte Pauline in ihrer weich um ihre Gestalt fließenden moosgrünen Nachmittagsrobe aus feiner Seide wie eine vollendete Dame.

Auch die blassblauen, wässrig anmutenden Augen mit den hellen Wimpern machten Mathildes Gesicht nicht attraktiver. Nun musterte sie Franz kühl. »Vater hat erzählt, sie haben dich schon wieder expediert?«

Zu seinem Ärger bemerkte Franz, dass er errötete. »Ich werde ihm alles erklären können«, wehrte er ab.

Doch Mathilde ließ nicht locker. »Nun, darauf bin ich gespannt. Vater ist jedenfalls sehr wütend auf dich.«

»Das mag sein«, entgegnete Franz barsch. »Doch ich sehe beim besten Willen nicht, was dich das anginge.«

Pauline hob hilflos die Hände. »Liebe Kinder, so streitet euch doch nicht schon in der ersten Stunde nach Franz' Heimkehr.«

In diesem Augenblick ertönte draußen ein lauter Gong. Offensichtlich dankbar für die Unterbrechung sprang Pauline auf. »Doch nun müssen wir uns für das Abendessen umkleiden. Danach wird sich alles finden.«

Anwesen der Gerbans bei Altenstadt
April 1866, nach dem Abendessen

»Also, ich höre. Was hast du diesmal zu deiner Rechtfertigung vorzubringen?«

Nun, da der gefürchtete Augenblick endlich gekommen war, versuchte Franz, sich zu sammeln und sich seine Aufregung nicht allzu sehr anmerken zu lassen.

Während des Abendessens hatte er diesen Moment geradezu herbeigesehnt. Nach einigen fruchtlosen Versuchen seiner Mutter, eine leichte Konversation in Gang zu bringen, hatte lähmendes Schweigen rund um den ovalen Esstisch im sogenannten Frühstückszimmer geherrscht, in dem die Familie ihre Mahlzeiten einzunehmen pflegte, wenn keine Gäste im Haus waren.

Außer Mathilde schien zudem niemand rechten Appetit zu haben. Auch Franz stocherte lustlos in den Speisen herum und rührte nicht einmal den Grießpudding mit Erdbeerkompott an, den er seit seinen Kindertagen liebte. Nur Mathilde sprach wie gewohnt jedem Gang eifrig zu und ließ sich sogar eine Extraportion Sahne zum Nachtisch reichen.

Sie wird so dick wie eine Mastsau sein, noch bevor sie die zwanzig erreicht, dachte Franz respektlos. *Der Mann, der sie einmal zur Gattin nehmen muss, tut mir heute schon leid.* Denn dass Mathilde schon allein aufgrund ihrer stattlichen Mitgift eine gute Partie machen würde, stand fest. Bereits jetzt gab es Bewerber um ihre Gunst.

»Also, ich höre.« Wilhelm Gerban verlor selbst an guten Tagen leicht die Geduld.

Franz holte tief Luft. »Ich hatte eine unbedeutende Auseinandersetzung mit meinem Lehrer für Geschichte, Vater. Leider machte er daraus eine große Sache und bestand darauf, den Rektor einzuschalten.«

»Soso. Eine unbedeutende Auseinandersetzung. Deine Mutter deutete an, es wäre dabei um die Französische Revolution gegangen.«

Franz blickte trotzig auf. »Jawohl, Vater, das ist richtig. Herr Krämer, unser Lehrer für Geschichte, nannte sie eine gewissenlose Revolte von Aufrührern und schalt den ersten Kaiser Napoleon einen gottlosen Emporkömmling.«

»Nun, das ist ein Standpunkt, der mich für ein katholisches Internat in Bayern keineswegs außergewöhnlich anmutet.«

Franz ballte die Hände zu Fäusten. »Dennoch konnte ich das nicht auf sich beruhen lassen, Vater. Ich bin anders als du Franzose und kann nicht dulden, dass jemand mein Vaterland in meiner Gegenwart derart herabwürdigt.«

Am Gesichtsausdruck seines Vaters erkannte Franz, dass dieses Argument bei ihm nicht verfing. Ganz im Gegenteil stellte dieser auch sofort klar: »Ich habe es schon mehr als hundert Mal bereut, dass ich diesem Passus im Ehevertrag mit deiner Mutter zugestimmt habe.«

»Aber so ist es nun einmal. Großvater bestand darauf, dass ich als dein ältester Sohn und letztendlicher Erbe seines Vermögens die französische Staatsbürgerschaft erhalten soll. Und ich fühle mich damit durchaus wohl.«

Wilhelm Gerban schnaubte. »Lass uns aufhören, um den heißen Brei herumzureden. Der springende Punkt ist doch der, dass Herr Krämer in Augsburg nicht nur dein Geschichtslehrer, sondern auch dein Klassenlehrer war. Und dass du seinen und *meinen* König beleidigt hast und damit auch *unser* bayerisches Heimatland, als es im Zimmer des Rektors zum Streit kam.«

Franz spürte, wie ihm wider Willen die Hitze ins Gesicht stieg. Doch noch war er nicht bereit nachzugeben. »Es ist wahr, ich habe König Ludwig von Bayern im Zorn einen Tyrannen genannt. Aber erst nachdem der Rektor und Herr Krämer den jetzigen Kaiser Napoleon III. einen machtbesessenen Diktator geschimpft haben. Und nachdem sie das Hambacher Fest geschmäht haben.«

Dieser Aspekt war Gerban neu. »Das Hambacher Fest geschmäht? Wie das?«

»Sie schalten mich als einen vom Revolutionsfieber Infizierten und sagten, ich sei um keinen Deut besser als die aufrührerischen Pfälzer von Hambach, die der bayerische König alle hätte aufknüpfen lassen sollen.«

Gerban ging ein Licht auf. »Und darauf hast du entgegnet, man solle den bayerischen König guillotinieren wie seinerzeit Ludwig XVI.?«

Franz schüttelte den Kopf. »Ganz so war es nicht, Vater. Wörtlich habe ich gesagt, dass Ludwig XVI. nicht der letzte Ludwig sein könnte, der eines Tages auf dem Schafott endet.«

»Spitzfindigkeiten, Sohn, nichts als Spitzfindigkeiten«, winkte Gerban ab und bemühte sich krampfhaft, die Belustigung zu unterdrücken, die Franz' letzte Ausführungen in ihm ausgelöst hatten. Stattdessen setzte er erneut eine finstere Miene auf.

»Was auch immer in Augsburg geschehen ist, Franz, du hast jedenfalls mir gegenüber dein Ehrenwort gebrochen. Du hast mir im letzten Sommer in die Hand versprochen, dein Temperament zu zügeln, dich auf keine Händel mehr mit deinen Lehrern und Mitschülern einzulassen und ohne weitere Probleme schlussendlich ein gutes Abitur nach Hause zu bringen.«

Franz senkte zerknirscht den Kopf. »Das ist wahr, Vater, und deshalb bitte ich dich um Verzeihung.«

Doch Wilhelm Gerban war mit dem Thema noch nicht zu Ende. »Die beiden ersten Internate, in denen du aufsässig geworden bist, haben dich wenigstens bis zum Ende des jeweiligen Schuljahrs behalten, sodass du bislang keine Klasse wiederholen musstest. Diesmal hat man dich aber sogar mitten im Schuljahr hinausgeworfen. Selbst wenn ich dir also noch einmal vergeben würde, was vorerst nicht infrage kommt, hast du dir schon einmal überlegt, wie es nun weitergehen soll? Keine deutsche Schule, die auch nur im Geringsten auf sich hält, wird dich noch aufnehmen, selbst wenn ich ihnen das dreifache Schulgeld anbiete.«

Darüber hatte Franz in der Tat bereits nachgedacht. »So lass mich nach Straßburg gehen, Vater. Ich spreche Französisch so gut wie Deutsch und werde dort sicher nicht abgewiesen werden, weil ich die Ehre Napoleons verteidigt habe.«

»Mit einem französischen Abitur wirst du es schwer haben, eine gute deutsche Universität zu finden.«

Franz zuckte mit den Achseln. »Dann studiere ich eben in Paris. Wenn ich den Weinhandel einmal übernehme, wird es mir ohnehin mehr von Nutzen sein, mich im französischen Recht auszukennen als im deutschen. Es sei denn, du denkst daran, den Firmensitz zurück in die Pfalz zu verlegen.«

Alles in Wilhelm Gerban sträubte sich gegen diese Argumentation seines Ältesten. Franz konnte ihm das vom Gesicht ablesen. Aber sein Vater wusste genauso gut wie er selbst, dass ihnen gar keine andere Wahl blieb.

Eine kurze Weile herrschte Schweigen. Dann räusperte sich Gerban.

»Ich sehe, du hast alles bereits gründlich bedacht, mein Sohn. Doch du weißt sehr gut, wie zuwider es mir als deutschem Patrioten ist, dich dem welschen Einfluss derartig ausgesetzt zu sehen. Schweig nun!«, kam er Franz' Gegenrede zuvor. »Schweig und lass mich ausreden!« Franz biss sich auf die Lippen.

»Da deine Mutter für dich gebeten hat, verzichte ich darauf, dir die Tracht Prügel zu verabreichen, die du mehr als verdient hast.« Franz holte auf diese Bemerkung hin mehrmals tief Luft.

Sein Vater beachtete es nicht weiter. »Doch ganz ohne Strafe kommst du mir nicht davon. Ein gebrochenes Ehrenwort ist nicht auf die leichte Schulter zu nehmen.«

Franz spürte, dass sein Trotz erlahmte. *Darin hat Vater ja Recht.* Er senkte den Kopf und wartete.

»Da ich nun Unsummen für dein Schulgeld entrichtet habe

und weiter entrichten muss, werde ich an erster Stelle deine Schwester angemessen dafür entschädigen. Ihre Mitgift stocke ich um die Summe auf, die ich bislang umsonst für dich gezahlt habe.«

Franz war erleichtert. Das machte ihm rein gar nichts aus. Doch sein Vater war noch nicht fertig.

»Wirst du auch in Straßburg der Schule verwiesen, bevor du deinen Abschluss gemacht hast, werde ich keinen weiteren Versuch mehr unternehmen, dir eine gute Ausbildung angedeihen zu lassen. Dann gehst du bei einem örtlichen Kaufmann in die Lehre, ohne jegliche Sonderrechte wie ein gewöhnlicher Junge in deinem Alter.«

Diese Drohung war schon ernster zu nehmen. Alles, was Franz über das Schicksal von Lehrlingen wusste, war nicht dazu angetan, ihn kaltzulassen. Insbesondere in den ersten Jahren mussten Lehrlinge vom Morgengrauen bis zum späten Abend schuften und hatten oft keine eigene Kammer, sondern schliefen in der Werkstatt oder dem Laden. Viele erhielten nicht einmal ausreichend zu essen, geschweige denn Lohn.

»Vater, ich verspreche dir, dass ich diesmal erfolgreich sein werde«, versuchte Franz dieser deprimierenden Aussicht entgegenzuwirken.

Gerban nickte. »Daran tust du gut, mein Sohn. Doch das ist noch nicht alles. Da dir die Werte Freiheit, Gleichheit und Brüderlichkeit offensichtlich so sehr am Herzen liegen, wirst du ein ganzes Jahr lang Gelegenheit haben, dich darin zu üben. Du weißt, dass das neue Schuljahr in Frankreich bereits begonnen hat. Ich bin bereit, dich im Straßburger Lyzeum für das nächste Jahr anzumelden. Bis dahin arbeitest du allerdings in den Weinbergen in Schweighofen – wie ein gewöhnlicher Arbeiter und für den gleichen Lohn. Wohnen darfst du im Haus meines Bruders, und jeden zweiten Sonntag kannst du uns besuchen kommen. Doch weitere Vorrechte genießt du nicht.«

Franz war völlig verblüfft. Das hatte er nicht erwartet. Auf der Fahrt nach Weißenburg hatte er sich vorgenommen, seinen Vater davon zu überzeugen, ihn bereits für das laufende Schuljahr nach Straßburg zu entsenden. Da er dadurch fast ein Jahr gewinnen würde, hatte er nicht angenommen, auf allzu großen Widerstand gegen diesen Plan zu stoßen.

Darüber hinaus hatte er mit solchen Sanktionen wie Ausgangsverbot, Verzicht auf alle Vergnügungen und Entzug seines Taschengeldes gerechnet. Aber mit einem Jahr Schufterei in den Weinbergen? Mitnichten!

Sein Vater schien ihm seine Verwirrung anzusehen. »Nun, mir scheint, das ist der Unterschied zwischen Theorie und Praxis, was die Werte deiner viel gelobten Revolution angeht«, sagte er mit einem mokanten Lächeln. »Also, nimmst du die Strafe an, oder bist du dir als Herrensöhnchen zu fein für die Arbeit mit deinen eigenen Händen?«

Er traf genau den richtigen Ton, um Franz' Trotz erneut anzufachen. Die Augen seines Sohnes sprühten Funken, als er den Kopf hob, um seinem Vater ins Gesicht zu sehen.

»Selbstverständlich nehme ich diese Strafe an, Vater. Sie ist mir sogar eine Ehre!«

Gerbans Triumph wich einer leisen Beklommenheit, als er den Blick seines Sohnes erwiderte. *Vielleicht war das doch keine so gute Idee. Aber jetzt ist es zu spät, um sie zurückzuziehen,* schoss es ihm durch den Kopf.

»Gut, gut«, antwortete er laut. »Ich gebe deinem Onkel Gregor gleich morgen Bescheid. Nächsten Montag fängst du dort an.«

Kapitel 3

Schweighofen, *1. Oktober 1866*

Franz streckte sich, als der Wecker neben seinem Bett laut zu schrillen begann. Schlaftrunken öffnete er die Augen. Es war genau sechs Uhr.

Draußen war es noch dämmrig. Als Franz durch das kleine Fenster seiner Kammer im Hofgut der Gerbans in Schweighofen sah, stellte er fest, dass es ein sonniger, klarer Tag werden würde. Wie geschaffen für den Beginn der Weinlese!

Er benutzte den Nachttopf und wusch sich rasch mit dem Wasser, das er sich wie immer am Abend zuvor bereitgestellt hatte. Dann schlüpfte er in seine Arbeitskleidung: Hemd, Hose und Jacke aus grobem Leinen, die frisch gewaschen und gebügelt über seinem Stuhl hing. Nachdem er die dicken Wollstrümpfe und die schweren, knöchelhohen Arbeitsschuhe angezogen hatte, machte er sein Bett und ging Waschschüssel und Nachttopf ausleeren.

Während er die gespülten Geschirre zurück auf sein Zimmer brachte, begegnete ihm eines der Schweighofener Dienstmädchen auf dem Gang. Es knickste wie selbstverständlich vor ihm, dem jungen Herrn, obwohl er sich diese Demutsgeste vonseiten der Dienerschaft mehrmals verbeten hatte. Doch in allem hatte er sich leider nicht durchsetzen können.

Allerdings war sein Aufenthalt bei seinem Onkel im unmittelbar an der Grenze zum Elsass gelegenen pfälzischen Schweighofen im Laufe der Monate nach seinem Dafürhalten eher zu einem Triumph über die spießigen großbürgerlichen Sitten geworden als zu der harten Strafe, die sein Vater für ihn vorgesehen hatte. Gut, er konnte nicht selbst waschen und bügeln, und auch die Reinigung seiner Kammer oblag einer Hausmagd. Doch ansonsten hatte Franz sich nach und nach durchgesetzt, was seinen einfachen Lebensstil anging.

Anfangs waren diese Maßnahmen allerdings aus der reinen Not heraus geboren. Gleich in der ersten Woche teilte Wilms, der Vorarbeiter, Franz einer Arbeitskolonne zu, die die Fläche für einen neuen Weinberg zu roden hatte. Die ersten Tage waren die reine Hölle für ihn gewesen.

Schon am ersten Abend waren seine Hände voller Blasen, die am zweiten Tag aufplatzten und zum Teil heftig bluteten. Jeder Knochen seines Körpers tat ihm weh. Die Arbeit begann um halb sieben Uhr morgens und endete erst um sechs Uhr abends. Dazwischen gab es nur wenige Pausen. Und sosehr sich Franz auch abmühte, konnte er dennoch nicht mit den seit ihren Kindertagen an harte körperliche Tätigkeiten gewohnten Arbeitern mithalten.

Noch mehr als seine Blessuren schmerzte ihn jedoch die Isolation, in der er sich anfangs befand. Die Arbeiter, einfache Leute aus dem nahen Umland, hielten größtmöglichen Abstand zu ihm und sprachen ihn wie selbstverständlich als jungen Herrn Gerban an. Wenn er sich in den Pausen zu ihnen setzte, erstarb jede Unterhaltung. Man wich seinen Blicken aus und war angesichts der ungewohnten Situation, Seite an Seite mit einem Sprössling der Herrschaft arbeiten zu müssen, sichtlich verlegen.

Des Weiteren stellte sich schnell heraus, dass die beiden Welten, in denen sich Franz nun bewegte, in keinerlei Hinsicht zueinander passten. Zwar erhielt er morgens ein reichliches Essenspaket für den ganzen Tag und gewöhnte sich rasch daran, wie die Arbeiter erst in der ersten Pause gegen neun Uhr morgens zu frühstücken. Doch wenn er abends gegen halb sieben Uhr zu Tode erschöpft und hungrig wie ein Wolf zurück ins Herrenhaus kam, erwartete ihn bereits ein Diener mit einem Bad, um ihn für das Abendessen vorzubereiten, das erst gegen zwanzig Uhr dreißig begann und den täglichen Höhepunkt im eintönigen Tagesablauf des Schweighofener Haushalts darstellte. Die Wartezeit zwischen seiner Rückkehr aus den Weinbergen und dem Beginn des Abendessens wurde ihm schnell zur Qual. Mehrmals schlief er in der Badewanne ein und konnte kaum mehr geweckt werden. Die Reinigung seiner schwarz geränderten Fingernägel, das Herrichten seiner Frisur und das Anlegen des Abendanzugs nahmen weitere kostbare Zeit in Anspruch, die Franz viel lieber zum Ausruhen verwendet hätte.

Beim Abendessen an der Tafel seines Onkels zitterten ihm die Hände vor Schwäche oftmals so sehr, dass er die Suppe verschüttete und Messer und Gabel nur mit Mühe halten konnte. Er beteiligte sich kaum an der Konversation, zumal ihn die Gesellschaft seiner Tante Ottilie noch mehr anödete als die seiner Schwester Mathilde zu Hause in Altenstadt.

Schon nach zwei Wochen zog er die Konsequenz daraus. »Ich möchte ab sofort an allen Werktagen abends um halb sieben Uhr in den Gesinderäumen für mich allein essen«, verkündete er seiner entsetzten Tante.

»Aber Franz, das ist vollkommen ausgeschlossen«, wandte sie in ihrer affektierten Art ein. »Was sollen denn die Dienstboten und überhaupt die Leute von uns denken?«

»Dass ich zur Strafe für meinen Rauswurf aus Augsburg eine Zeit lang auf dem Weingut schuften muss und währenddessen nicht mehr in eure feine Gesellschaft passe!«

Natürlich gab Tante Ottilie anfangs kein Jota nach. Erst als Franz eines Abends, an dem Gäste geladen waren, verschmutzt, ungekämmt und ohne Krawatte zum Souper erschien, bekam er seinen Willen. Dass es zuvor eine heftige Szene zwischen Tante Ottilie und seinem Onkel Gregor gegeben hatte, bekam Franz allerdings genauso wenig mit wie den Umstand, dass die Haushälterin ihren Aufenthaltsraum im Untergeschoss des Herrenhauses räumen musste, damit Franz dort abends essen konnte.

Die nächsten Probleme gab es mit seinem Zimmer. Mehr

verwöhntes Herrensöhnchen, als es ihm bewusst war, lief Franz jeden Abend mit seinen erdverkrusteten Schuhen über die blank gewienerten Dielen und kostbaren Teppiche der Eingangshalle und des Treppenhauses bis in sein Zimmer hinauf. Einmal mehr bemerkte er nicht, dass eine Dienstmagd jedes Mal hinter ihm herwischen musste.

Ihn störte außerdem, dass der Tagesablauf der Dienstboten nicht mehr zu dem seinigen passte. Mehrmals betrat das Hausmädchen sein Zimmer, um die Vorhänge zu schließen und die Kissen aufzuschütteln, wenn Franz schon erschöpft im Bett lag. Eines Tages kam es zum Eklat. Die ältliche Frau, die für den Trakt des Hauses zuständig war, in dem sein Zimmer lag, fand ihn splitternackt vor, als sie hereinkam. Franz wies die erschrockene Frau barsch aus dem Raum und sprach bereits am nächsten Abend erneut bei Tante Ottilie vor.

»Ich möchte eine schlichtere Kammer, in der ich abends meine Ruhe habe«, erklärte er. »Das Zimmer, in dem ich jetzt wohne, ist mit all dem Tand und Plunder, der dort herumsteht, für mich nicht länger geeignet. Gibt es weniger Möbel und Nippes, muss dort auch nicht jeden Tag abgestaubt werden, und ein Bett, das nur aus ein paar Laken, einem Kissen und einem Federbett besteht, kann ich mir abends auch selbst herrichten, ohne zuvor ein Dutzend Zierkissen und eine bleischwere Tagesdecke verstauen zu müssen. Zudem bin ich einfache Zimmer aus den Internaten gewohnt.«

Diesmal stieß Franz auf weitaus weniger Widerstand, als er erwartet hatte. Ottilie, der beständigen Störungen ihres wohlgeordneten Haushalts überdrüssig, schlug Franz vor, in eine Dienstbotenkammer unter dem Dach zu ziehen, die auch vom Dienstboteneingang her zu erreichen war, ohne dass Franz den Weg durch die Eingangshalle nehmen musste. Wieder entging es Franz völlig, dass der zweite Hausdiener ebendiesen Raum frei machen musste, damit er dort einziehen konnte.

Als er dann noch darauf bestand, täglich selbst Waschschüssel und Nachttopf zu besorgen und sein Bett zu machen, war Ottilie klug genug, sich ihre Erleichterung darüber nicht anmerken zu lassen und Franz seinen scheinbaren Triumph zu gönnen. Denn sie wusste genau, dass sich jeder Hausdiener geweigert hätte, eine solch niedrige, den weiblichen Dienstboten vorbehaltene Arbeit zu verrichten. Eine halbe Nacht lang hatte sie sich den Kopf darüber zerbrochen, wie sie das moralische Dilemma lösen könnte, zweimal täglich ein Hausmädchen in den für die weibliche Dienerschaft streng verbotenen Männertrakt zu schicken. Dieses Problem war damit gelöst.

Doch davon wusste Franz nichts, als er an diesem strahlenden Oktobermorgen die Hintertreppe hinuntereilte und dabei immer zwei Stufen auf einmal nahm. Er freute sich auf die Lese, den Höhepunkt des Weinjahres.

Anwesen der Gerbans bei Altenstadt
1. Oktober 1866, am selben Tag

Zur gleichen Zeit, in der sich Franz auf den Weg zum Sammelplatz machte, wo die Einteilung der zahlreichen Stamm- und Gastarbeiter für den ersten Weinlesetag stattfinden sollte, kniete Irene vor dem Kamin im Frühstückszimmer der Gerbans. So wurde das kleine Esszimmer genannt, in dem die Familie speiste, wenn sie unter sich war. Schon lange verwechselte Irene die vielen Wohn- und Repräsentationsräume des Gerban'schen Anwesens nicht mehr, wie es ihr in den ersten Tagen nach ihrem Dienstantritt noch öfter passiert war.

Nachdem sie die kalte Asche vorsichtig ausgekehrt hatte, ohne dabei den Boden oder gar den kostbaren blau-rot gemusterten Orientteppich zu beschmutzen, schichtete sie einige der neben dem Kamin aufgestapelten Holzstücke ein und fügte Späne und Zeitungspapier hinzu. Dann griff sie nach der Schachtel mit den Schwefelhölzchen. *Wahrlich eine wunderbare*

Erfindung, dachte sie einmal mehr dankbar. Im Waisenhaus war noch mit Zunder und Feuerstein angeheizt worden, eine mühsame Sache, die sehr viel Geschick erforderte, obwohl Irene sie zuletzt perfekt beherrscht hatte.

Bevor sie den Raum verließ, um sich dem nächsten Kamin zu widmen, warf sie einen prüfenden Blick zurück. *Ich muss daran denken, das Feuerholz noch aufzufüllen.* Viele ihrer täglichen Pflichten waren ihr mittlerweile in Fleisch und Blut übergegangen.

Trotz der harten Arbeit, die sie Tag für Tag verrichtete, bereute Irene auch nach sechs Monaten nicht, das Waisenhaus gegen die Stelle im Gerban'schen Haushalt eingetauscht zu haben. Dass sie sich inzwischen ganz gut eingelebt hatte, lag allerdings nicht nur daran, dass sie eine gute Ausbildung genossen hatte und es bislang auch verstand, ihr Temperament zu zügeln und sich demütig und gehorsam zu geben. Dies gelang ihr sogar gegenüber Mathilde, die sie von Anfang an schikaniert hatte und dies auch heute noch bei jeder Gelegenheit tat.

Ich hoffe, Minna freut sich ein wenig über mein Geburtstagsgeschenk. Ohne sie hätte ich es vielleicht nicht geschafft.

Tatsächlich verdankte sie ihrer Zimmergenossin, die ihr mittlerweile zu einer mütterlichen Freundin geworden war, dass sie recht schnell etwas gelernt hatte, was ihr im Waisenhaus nicht beigebracht worden war. Der Großteil der elternlosen Mädchen wurde in kleinbürgerliche Haushalte oder Bauernfamilien vermittelt. Umgangsformen, wie sie Dienstboten in einem herrschaftlichen Hause vorzuweisen hatten, gehörten nicht zum Lehrstoff der Anstalt in Speyer.

Heute verstand Irene, warum Herr Gerban damals auf der Fahrt nach Weißenburg nur das Nötigste mit ihr gesprochen hatte. Ihn ohne dienstliche Notwendigkeit anzusprechen und das auch noch mit der direkten Anrede, stand ihr als einfachem Dienstmädchen schlichtweg nicht zu. Auch Frau Burgers kritisches Zischen während ihrer Vorstellung bei Pauline Gerban konnte sie jetzt nachvollziehen. Und natürlich erst recht, welche Manieren Mathilde bei ihrer ersten Begegnung von ihr erwartet und vermisst hatte.

»Du musst die Herrschaften immer in der dritten Person anreden und dabei ihren Titel benutzen«, erklärte ihr Minna schon an ihrem zweiten Tag. »Eigenständig das Wort an sie richten solltest du nur, wenn es sich nicht vermeiden lässt. Gibt es ein Anliegen, zu dem du ihre Zustimmung brauchst, kann Frau Burger es für dich vortragen.«

»Herrn und Frau Gerban habe ich bereits mit: ›gnädiger Herr‹ und ›gnädige Frau‹ angesprochen. Doch was ist mit den jungen Herrschaften?«

Minna lächelte. »Manche von ihnen nehmen es mit der Höflichkeit noch weit genauer als ihre Eltern. Mathilde ist so eine. Vor der musst du dich vorsehen. Achte darauf, sie immer mit ›gnädiges Fräulein‹ anzusprechen!«

Irene ging ein Licht auf. »Ach, deshalb hat sie mich gestern gescholten. Weil ich sie ›Fräulein Gerban‹ genannt habe.«

Minna schnaufte. »Mathilde ist ein niederträchtiges Biest, ein vom Vater verwöhntes Miststück. Sie nimmt alles zum Anlass, um sich aufzuspielen. Geh ihr nach Möglichkeit aus dem Weg!«

Minna las Irene die Beklommenheit vom Gesicht ab. »Aber Franz, der Sohn des Hauses, ist weit umgänglicher«, tröstete sie sie. »Dennoch solltest du ihn vorsichtshalber mit ›junger Herr‹ anreden. Wer weiß, wer dir zuhört und dich tadelt, wenn du es unterlässt, auch wenn er selbst es dir gar nicht verübeln würde. Mathilde würde es auf jeden Fall als respektlos erachten.«

Irene verdankte Minna auch so manch guten Rat, wie sie die ranghöheren Dienstboten zu nehmen hatte. Mit ihrem unermüdlichen Fleiß hatte sie sich auf diese Weise schnell den Respekt von Frau Kramm, der Köchin, erworben. Vor allem in der anstrengenden Zeit der Obst- und Gemüseernte war Irene keine Arbeit zu viel. Da im Gerban'schen Haushalt noch das Prinzip der Selbstversorgung vorherrschte und man an Vorräten außer den Kolonialwaren nur wenig beim Kaufmann erstand, hatte sie von morgens bis abends Bohnen gefädelt und Erbsen enthülst, Kirschen und Zwetschgen entsteint und Äpfel und Birnen geschält. Weil sie außerdem Marmelade einkochen und Obst einwecken konnte, überließ ihr die Köchin schnell einen Großteil dieser Arbeiten und lobte sie dafür über den grünen Klee.

Irene dagegen fielen diese Tätigkeiten trotz der körperlichen Anstrengung leicht. Anders als im Waisenhaus durfte sie vom reifen Obst naschen, so viel sie wollte, und das Ausschlecken der Marmeladentöpfe machte den Tag zu einem regelrechten Fest für sie. Was spielte es da für eine Rolle, dass sie abends oft erst gegen elf Uhr todmüde ins Bett fiel? Seitdem sie bei der Familie Gerban arbeitete, wurde sie jeden Tag satt, und das oft mit Speisen, die sie im Waisenhaus nur vom Hörensagen gekannt hatte.

Während sich Niemann, der erste Diener, ohnehin nicht um die weiblichen Dienstboten kümmerte, verstand es Irene, Frau Burger nach und nach durch kleine Gefälligkeiten, die sie ihr ohne Aufforderung erwies, für sich zu gewinnen. Einmal brachte sie der Haushälterin eine Tasse Kamillentee für ihren empfindlichen Magen, ein anderes Mal eine kühle, selbstgemachte Limonade an einem heißen Sommertag. Sie suchte und fand Frau Burgers Lieblingsschal, den diese auf einer Gartenbank vergessen hatte, und meldete sich zweimal freiwillig an ihrem freien Nachmittag, um für ein erkranktes Hausmädchen einzuspringen. Den Vogel schoss sie jedoch mit dem Kirschkernkissen ab, das sie selbst genäht und mit sorgfältig ausgekochten Kirschkernen gefüllt hatte. Da Frau Burger zunehmend an Gliederreißen litt, leistete ihr das erwärmte Kissen vor allem an feuchten Tagen unschätzbare Dienste, wenn sie es sich auf die schmerzenden Stellen legte.

Und immer wieder war es Minna, die Irene über die großen und kleinen Unbilden des Alltags hinweghalf. Sie besorgte ihr den Stoff für das Kirschkernkissen und lieh Irene Nadel und

Faden aus ihren eigenen Beständen. Sie lud die Mittellose zum Jahrmarkt ein und spendierte ihr eine Karussellfahrt und kandierte Mandeln. Vor allem nahm sie Irene vor Gerdas Sticheleien in Schutz, die tatsächlich irgendwann die Lust daran verlor und Irene von da an meist einfach ignorierte. Wenn Irene das Leben in Altenstadt also nicht nur erträglich, sondern immer öfter sogar angenehm fand, verdankte sie das vor allem Minna.

Wenn nur Mathilde nicht wäre, seufzte sie innerlich. Anders als Gerda wurde es die Tochter des Hauses nie müde, Irene zu drangsalieren, wann immer sie ihr begegnete. Einmal schickte sie sie in den Garten, um einen vergessenen Hut zu holen, den sie im strömenden Regen dort liegen gelassen hatte, und beschuldigte Irene hernach, das Stück durch ihre Ungeschicklichkeit verdorben zu haben. Ein anderes Mal behauptete sie, Irene habe den Teppich im Frühstückszimmer befleckt, obwohl Minna gesehen hatte, dass es Mathilde selbst gewesen war, die ihre schmutzigen Schuhe nicht abgetreten hatte, als sie von draußen hereinkam.

Allerdings hatte Mathilde keinen Erfolg damit, wenn sie Irene bei Frau Burger oder ihrer Mutter anschwärzte. Frau Burger hörte Mathildes Beschwerden mit unbewegter Miene an und gab Irene, anstatt sie zu bestrafen, im Anschluss daran den Rat, der Tochter des Hauses weitgehend aus dem Weg zu gehen.

Frau Gerban hingegen hatte Mathilde einmal sogar in Irenes Gegenwart getadelt. »Ich kann mir nicht vorstellen, meine Liebe, dass dir Irene mit Absicht den Respekt verweigert«, erwiderte sie, als sich Mathilde darüber beklagte, Irene habe sie nicht vorschriftsmäßig gegrüßt. »Vielleicht hat sie dich nicht gleich gesehen. Du hast ja selbst gesagt, dass sie gerade die Treppe scheuerte, als du hinaufgehen wolltest. Eine vornehme Dame sieht ohnehin großmütig über solche Kleinigkeiten hinweg.«

Mathilde sah bei diesen Worten ihrer Mutter aus, als müsse sie einen Frosch hinabwürgen, erwiderte jedoch nichts. Und wenn Irene danach mehr als einmal bemerkte, dass frühmorgens

Asche vor dem Kamin lag oder der gerade frisch geputzte Boden hässliche Schmutzspuren aufwies, befolgte sie Minnas Rat, sich nicht provozieren zu lassen, und wischte den Dreck klaglos weg.

Auch dank Minnas unermüdlichem Zuspruch hatte Irene sogar im Laufe der Wochen gelernt, sich nicht über Mathildes Verhalten zu ärgern, sondern es einfach als unvermeidliche Unannehmlichkeit hinzunehmen.

Ich freue mich jedenfalls auf Minnas Geburtstagsfest und bin gespannt, was sie sonst noch alles geschenkt bekommt, lenkte sich Irene jetzt von ihren Gedanken an Mathilde ab. In ihren wenigen Mußestunden hatte sie ein neues Häubchen für Minna genäht und bestickt. Den Stoff dafür hatte ihr diesmal Frau Burger aus dem Haushaltsleinen überlassen. Mittlerweile verfügte Irene auch über ein kleines Nähkörbchen, damit sie ihre Kleidung in Stand halten konnte.

Doch das seidene weiße Garn, mit dem sie die feine Lochstickerei ausführte, die sie im Waisenhaus erlernt hatte, verdankte sie allein dem Zufall. Ein Gast hatte der Hausherrin einen Blumentopf mitgebracht, der ihm in der Eingangshalle aus der Hand gerutscht und am Boden zerschellt war. Irene eilte mit Besen und Schaufel herbei, um das Malheur zu beseitigen, und erhielt zu ihrer unendlichen Freude dafür eine Zwanzig-Kreuzer-Münze Trinkgeld. Die Münzen, die nach dem Kauf des Stickgarns übrig geblieben waren, hütete sie wie ihren Augapfel. Noch nie zuvor hatte sie eigenes Geld besessen.

Heute Nachmittag würde nun Minnas Geburtstag gefeiert werden. Auch das war eine nette Sitte im Hause Gerban. Die Dienstboten saßen nach dem Tee für die Herrschaft am späten Nachmittag für eine Stunde bei Kaffee und Kuchen zusammen.

Und Frau Kramm hat den Apfelkuchen mit Zimt und Schmand gebacken, den Minna so liebt. Irene schlug das Herz höher, während sie den nächsten Kamin anfeuerte. Sicherlich würde es ein ganz wunderbares Fest werden!

Weingut in Schweighofen
1. Oktober 1866

Als Franz in den noch jungfräulichen Oktobermorgen hinaustrat, sog er die würzige Luft in vollen Zügen ein. Es roch nach dem ersten gefallenen Laub und den sorgfältig gestutzten Buchsbaumhecken, mit denen die Blumenbeete eingefasst waren. Darunter mischten sich die zarten Düfte der letzten Rosen. Der Tau, der auf den feinen Gespinsten der Spinnen lag, die diese zwischen den Dahlienstauden gewebt hatten, glitzerte wie Perlen.

Je näher er dem Kelterhaus kam, vor dem sich die Arbeiter morgens versammelten, desto mehr wurden alle anderen Düfte vom säuerlich-herben Geruch der Maische überdeckt. Der stieg aus der noch leeren Kelter empor, die unter dem Vordach bereitstand, um die Ernte des ersten Tages aufzunehmen und den kostbaren Saft aus den Trauben zu pressen.

Eine Probepressung am Vortag hatte tatsächlich ergeben, dass die Riesling-Trauben, die heute gelesen werden sollten, eine außergewöhnliche Süße aufwiesen. *Mit etwas Glück kann es sogar ein Jahrhundertjahrgang werden, vergleichbar mit dem des Kometenjahres 1811,* hoffte Franz. Und er hatte seinen Anteil daran! War das nicht besser als jede gute Note im Abitur? Manchmal bedauerte Franz es fast, dass er im nächsten Jahr wieder die Schulbank drücken musste. *Aber bis dahin ist ja noch Zeit.*

Er gehörte zu den Ersten, die zum Sammelplatz kamen. Die wenigen Arbeiterinnen und Arbeiter, die sich bereits eingefunden hatten, kannte Franz nicht. *Sie müssen zu den Tagelöhner-Familien gehören, die nur zur Weinlese eingestellt werden,* überlegte er.

Eine Gruppe von Frauen und Kindern weckte seine Aufmerksamkeit. Die jüngere Frau, die er für die Mutter der vier Kinder hielt, sah vergrämt und verhärmt aus. Die zweite Frau war schon sehr alt und wirkte gebrechlich. Im Verhältnis zu ihr waren die beiden Mädchen noch viel zu klein für die Weinlese. *Das Jüngste ist sicherlich kaum fünf Jahre alt.*

Als er herankam, erwiderten die Frauen seine Blicke scheu, boten ihm mit leisen Stimmen einen guten Morgen und knicksten. Die Mutter zog den beiden Jungen die Mützen vom Kopf und zischte ihnen etwas zu. Daraufhin verbeugten sich die Burschen. Die kleinen Mädchen verbargen ihre Gesichter in den Röcken der Mutter.

Während Franz den Gruß erwiderte, versuchte er, seinen Unwillen zu verbergen. Es hatte seine Zeit gedauert, bis die Stammbelegschaft ihn als vollwertige Arbeitskraft akzeptierte, womit auch einherging, die übliche Ehrerbietung gegenüber dem jungen Herrn auf das Notwendigste zu beschränken. *Aber woher sollten die beiden Frauen das wissen? Sie wurden ja nur zur Weinlese eingestellt.*

Während er mit der stetig größer werdenden Schar auf den Vorarbeiter Wilms und seinen Onkel wartete, ließ Franz seine Gedanken schweifen. Gregor Gerban würde die Arbeiter am ersten Tag der Lese persönlich begrüßen. So war es seit Generationen Brauch. Doch sonst hielten Herren und Knechte sorgfältig Abstand voneinander.

Deshalb hatte es nach dem Beginn seiner Tätigkeit auf dem Weingut auch volle vier Wochen gedauert, bis Karl Krüger, ein Mann in den Dreißigern, der zu den besten Arbeitern des Weinguts gehörte, ihm die Rebschere aus der Hand nahm und mit einer knappen Verbeugung fragte: »Darf ich dem jungen Herrn einmal zeigen, wie er es besser machen könnte?«

Als Franz nur verdattert nickte, erklärte ihm Karl, wie er die Reben zurückschneiden könnte, ohne dabei den Weinstock und seine Hände gleichermaßen zu verletzen. Tatsächlich ging Franz sein Tagewerk danach zum ersten Mal leichter von der Hand. Er erkannte, dass ihn Wilms, der Vorarbeiter, sei es aus Respekt vor der Gutsbesitzerfamilie, sei es aus Unmut über seine unwillkommene Mitarbeit, nur sehr oberflächlich in die verschiedenen Tätigkeiten im Weinberg eingewiesen hatte.

In der Mittagspause dieses wolkenverhangenen Maitages fasste sich Franz ein Herz und ging auf Karl zu, der etwas abseits von der Gruppe der anderen saß. »Ist es dir recht, wenn ich mich zu dir setze?« Diesmal war die Überraschung aufseiten des Arbeiters. »Wenn Sie meine einfache Gesellschaft nicht stört, junger Herr.«

»Sie stört mich nur unter einer Bedingung, Karl. Nenne mich bitte nicht mehr ›junger Herr‹!«

Karls grob geschnittenes Gesicht zeigte Verwirrung. »Aber wie soll ich Sie denn sonst anreden?«

»Sag einfach Franz zu mir und duze mich wie deine anderen Kameraden!«

Karl wirkte bestürzt. »Das kann ich keinesfalls tun, Herr ... Herr Franz. Weder der Vorarbeiter noch der Gutsherr würden es mir durchgehen lassen.«

Franz seufzte, sah aber letztlich ein, dass der Mann Recht hatte. Noch war es mit den Werten der Gleichheit und Brüderlichkeit in den deutschen Landen nicht allzu weit her. Sie einigten sich schließlich darauf, dass es bei der Verlegenheitsanrede »Herr Franz« bleiben sollte, die Karl spontan gewählt hatte. Noch am gleichen Abend teilte Franz dies auch dem Vorarbeiter mit, der es achselzuckend zur Kenntnis nahm.

Karl Krüger zeigte Franz die Tricks und Kniffe, die er seit vielen Jahren beherrschte, auch bei allen folgenden Arbeiten rund um den Weinanbau. Allmählich begann Franz, die Arbeit richtiggehend Spaß zu machen.

Mit Karls Hilfe bekam Franz auch Kontakt zu den übrigen Arbeitern. Außerhalb der Lese beschäftigte das Weingut ungefähr fünfzehn von ihnen fest angestellt über das ganze Jahr. Bei unterjährigen Arbeitsspitzen stockte man die Mannschaft vorübergehend mit Tagelöhnern auf. In den Wochen der Weinlese halfen dagegen alle mit, die Ernte einzufahren. Auch die

Frauen und älteren Kinder der Arbeiter und Tagelöhner waren dann im Einsatz. Dieser Zusatzverdienst war eine willkommene Einnahmequelle, mit der die Familien fest rechneten. Das Weingut war ebenfalls auf seine Stammarbeitskräfte angewiesen, da während der Lese keine anderen Arbeiter im weiten Umkreis frei waren.

Franz erfuhr im Laufe der Zeit, dass die fest angestellten Arbeiter und auch etliche Tagelöhner aus Familien kamen, die dem Weingut schon seit Generationen verbunden waren. Sie lebten am Rand eines weitläufigen Geländes sogar in einem eigenen kleinen Dörfchen, das die Gutsherren einst errichtet hatten und für das die Arbeiter Miete zahlten.

Eine solche Verantwortung für ihre Arbeiter hätte ich bei den Männern meiner Familie in Anbetracht ihres Charakters gar nicht für möglich gehalten! Ich hielt sie immer für knausrig und ohne Mitgefühl für diejenigen, denen es schlechter geht als ihnen. Vielleicht habe ich ihnen ja doch in mancherlei Hinsicht Unrecht getan, dachte Franz zunächst.

Seine idealistische Vorstellung der Verbundenheit von Herr und Knecht war allerdings nicht von langer Dauer. Als er seinen ersten Wochenlohn empfing, hielt er die mehr als bescheidene Summe von vier Gulden zunächst noch für die Konsequenz seiner Unbeholfenheit. Es dauerte Wochen, bis ihm klar wurde, dass ein so ausgezeichneter Arbeiter wie Karl nicht mehr verdiente als er.

»Aber wie kannst du denn von diesem kargen Lohn deine Familie ernähren?« Franz wusste, dass Karl vier Kinder hatte, das kleinste davon noch in den Windeln lag und ein fünftes bereits unterwegs war.

Karl sah ihn mit unergründlicher Miene an. »Es geht schon irgendwie, Herr Franz. Meine Frau wirtschaftet sparsam und hilft zudem regelmäßig im Gutshof bei der großen Wäsche. Das bringt ein paar zusätzliche Kreuzer. Im Vergleich zu vielen anderen geht es uns gut. Denken Sie nur an den Klaus, der hat mit seinen gebrechlichen Eltern und seinen vielen Kindern elf Mäuler zu stopfen! Und den Bernhard hat man letzte Woche entlassen, weil er ein Trunkenbold ist. Ich leiste mir höchstens am Samstagabend einmal im Wirtshaus ein Bier!«

Franz war betroffen. Zum ersten Mal wurde ihm zur Gänze bewusst, in welch sorglosem Luxus er aufgewachsen war. Daran änderte auch die Strafarbeit in den Weinbergen nichts.

Dennoch hatte er noch lange nicht ausgelernt. Als er eines heißen Mittags sein Essenspaket inspizierte, rümpfte er die Nase über die leicht grünlich gewordene Leberwurst, mit der zwei seiner Brote geschmiert waren. »Donnerkeil«, schimpfte er laut. »Der Köchin werde ich heute Abend den Marsch blasen. Wie kann sie mir bei dieser Hitze Leberwurst auftun, die doch so schnell verderben kann.«

Er hob schon den Arm, um das Brot weit weg in die Wiese zu schleudern, auf der sie gerade rasteten, als Karl ihn ansprach: »Wenn Sie die Brote nicht essen möchten, nun, ich würde sie nehmen!«

»Das kommt überhaupt nicht infrage«, wehrte Franz ab. »Du könntest dir den Magen verderben.«

Statt einer Antwort klappte Karl die fingerdicken Scheiben seines Roggenbrotes auseinander. Franz sah, dass sie nur dünn mit Schmalz bestrichen waren, das überdies bereits ranzig roch. »Bei uns gibt es Wurst, wenn überhaupt, nur am Sonntag«, erklärte Karl einfach. »Wenn Sie also nichts einzuwenden haben, würde ich die Brote sehr gerne essen.«

Tief beschämt und mit hochrotem Kopf reichte Franz sie ihm hinüber. Als er danach in seine knusprige Schinkensemmel biss, fühlte sich sein Hals plötzlich wie zugeschnürt an. »Weißt du was?«, sagte er. »Ich habe heute überhaupt keinen Appetit. Wenn du sie haben willst, kannst du auch die Schinkensemmel essen.«

Seine Betroffenheit wuchs, als er beobachtete, mit welch verzückter Miene Karl die ungewohnten Leckereien verspeiste.

Von diesem Tag an bestellte Franz die doppelte Essensration in der Küche und begründete dies mit seinem großen Hunger aufgrund der harten Arbeit. Jeden Mittag verteilte er nun einen Teil seiner Brote unter seinen Arbeitskollegen, die sich nicht lange zierten, bevor sie zugriffen.

Auch an diesem Tag musterte Franz nachdenklich das dicke Bündel voller belegter Brote, Äpfel und Birnen, das ihm die Köchin heute früh eingepackt hatte. Er wusste, dass es zusätzlich noch zwei Stück Nusskuchen enthielt, die gestern vom Tee übrig geblieben waren. Das Paket wirkte größer als das Körbchen, in dem sich augenscheinlich die Mahlzeit für die gesamte Familie der verhärmten Frau befand. *Sollten sie meiner Gruppe zugeteilt werden, will ich zumindest den Kindern etwas abgeben,* beschloss Franz spontan.

»Gott zum Gruße, Herr Franz«, ertönte auf einmal Karls volle Bassstimme in seinem Rücken. »Was für ein herrlicher Tag für den Beginn unserer Weinlese!«

Franz drehte sich um. Neben Karl stand sein zehnjähriger Sohn Hansi, der seinem Vater wie aus dem Gesicht geschnitten war. »Heute ist keine Schule, Herr Franz«, versicherte der Junge nach der Begrüßung. »Ich habe also nicht geschwänzt.«

Franz nickte. »Ich weiß! Während der Weinlese haben alle Schüler frei.«

»Da kommt auch schon Wilms mit Ihrem verehrten Herrn Onkel, um uns einzuteilen«, sagte Karl. Bedauernd fügte er hinzu: »Doch wir werden nicht in derselben Gruppe sein, Herr Franz. Jede Lesegruppe hat in der Regel nur einen Hottenträger aus der Stammbelegschaft.« Hotte wurde der dicht geflochtene Korb genannt, der einer Kiepe glich und mit dem die kräftigen Männer die gelesenen Trauben zu den bereitstehenden Ochsenkarren brachten.

Franz lächelte mit einer Mischung aus Bedauern und Stolz, wobei der Stolz überwog. »Das weiß ich doch, Karl. Schön, dass ich nun auch dazugehöre.«

Anwesen der Gerbans bei Altenstadt
1. Oktober 1866, am selben Tag

Das Glöckchen am Klingelzug im kleinen Salon läutete Sturm. Irritiert sah die Köchin auf die große Wanduhr im Aufenthaltsraum des Gesindes, wo sie mit Irene gerade den Tisch für Minnas Geburtstagsfeier deckte. Es war kurz vor halb fünf.

»Was hat das jetzt wieder zu bedeuten?«, brummte sie unwillig, während das Hausmädchen Gerda im Sturmschritt die Treppe hinaufeilte. Wenig später kehrte sie mit vom Laufen erhitztem Gesicht zurück.

»Das gnädige Fräulein«, sie betonte den Titel spöttisch, »beliebt zu fragen, warum der Tee noch nicht serviert wurde, obwohl es doch Hunger und Durst habe.«

»Aber es ist doch noch gar nicht fünf Uhr«, wandte die Köchin ein.

»Das spielt keine Rolle, Frau Kramm. Auch die gnädige Frau ist noch nicht da. Aber Fräulein Übellaunig wünscht, sich bereits jetzt an den Sahnetörtchen zu delektieren, ohne auf ihre Mutter zu warten. Ihr wisst doch alle, wie es sich benimmt, wenn der verehrte Herr Vater nicht im Haus ist.« Wilhelm Gerban befand sich gerade auf einer mehrtägigen Geschäftsreise.

Unwillkürlich musste Irene über Gerdas respektlose Auslassungen schmunzeln. Obwohl sie das hübsche Hausmädchen eigentlich nicht leiden konnte, war sie sich mit ihr und dem ganzen Gesinde darin einig, dass Mathilde eine regelrechte Plage war.

Murrend brühte Frau Kramm den Tee auf und schickte Irene in den Kühlkeller, um das Gebäck zu holen. Nach ihrer Rückkehr legte Irene die mit Blaubeer- und Himbeermarmelade gefüllten und mit dickem Schmand bedeckten Törtchen vorsichtig auf die zum Teegeschirr gehörende Kuchenplatte. Dabei lief ihr das Wasser im Munde zusammen. So gut das Essen im Hause Gerban auch war und sosehr sie sich auf den Apfelkuchen freute, den Frau Kramm für Minna gebacken hatte, so sehr verlangte es sie dennoch nach einem dieser Törtchen. Die waren allerdings erst einmal der Herrschaft vorbehalten und …

»Von denen wird wohl nichts übrig bleiben. Dabei wird das eingebildete Stück täglich fetter und fetter.« Gerda sprach die Gedanken aus, die Irene gerade durch den Kopf schossen.

»Gerda, ich verbiete Ihnen, sich derart unverschämt über die Herrschaft zu äußern.« Unbemerkt hatte Frau Burger die Küche betreten. Gerda fuhr herum und errötete.

In diesem Moment kam auch Minna die Treppe hinunter. Frau Burger musterte sie kurz. Wie immer war Minnas Hausmädchenuniform tadellos. »Zur Strafe serviert heute Minna den Tee. Du, Irene, kannst ihr dabei zur Hand gehen.«

Gerda schnappte empört nach Luft. Doch Minna ließ sich diese Chance nicht entgehen und griff nach dem bereitstehenden Tablett mit dem Teegeschirr und der Kanne. Als zweites Hausmädchen hatte sie selten die Gelegenheit zu servieren. Irene stand allerdings wie erstarrt.

Natürlich war sie bereits für die Feier umgezogen und hatte ihre einfache Küchen- und Putzkleidung gegen das adrette Hauskleid aus dunkelblauer und mit weißen Borten verzierter Baumwolle samt passender Schürze getauscht, das sie an Sonntagen trug, nachdem die schmutzige Arbeit getan war. *Aber servieren helfen? Oh Gott, das habe ich doch noch nie gemacht!*

Minna schien ihre Gedanken zu erraten. »Also, Irene, nimm die Platte mit den Törtchen. Worauf wartest du noch?« Sie zwinkerte ihr unauffällig zu.

Mit klopfendem Herzen griff Irene danach. Ihre Hände waren feucht vor Schweiß. Nicht auszudenken, wenn sie den Kuchen fallen ließe!

Auf der Treppe zischte ihr Minna zu: »Nun reiß dich zusammen und gib dein Bestes! Tu nur, was ich dir sage, dann wirst du die Probe bestehen!«

Irene war völlig verwirrt. »Welche Probe?«

»Still jetzt! Konzentriere dich und lächele vor allem, wenn du eintrittst.«

Minna stellte ihr Tablett auf einer Kommode ab und klopfte an die Tür des kleinen Salons. Auf das Zeichen von drinnen öffnete sie die Tür und knickste. »Gnädige Damen, wir bringen den Tee.«

Hinter Minna betrat Irene den Raum. Jetzt war auch Frau Gerban anwesend, hinreißend gekleidet in eine hochgeschlossene königsblaue Nachmittagsrobe, die mit schwarzen Spitzen besetzt war. Mathilde dagegen sah in ihrem weißen Kleid mit den schwarzen Volants, das ihr offensichtlich mittlerweile zu eng war, eher wie ein kugelrundes Schaf aus. Irene versuchte angestrengt, ihre unangemessenen Gedanken zu verdrängen.

Minna stellte das Tablett auf einen Serviertisch und knickste wieder vor den Damen. Dann gab sie Irene ein Zeichen, das Gleiche zu tun.

Geschickt verteilte Minna Teetassen, Kuchenteller und das schwere Silberbesteck vor den Damen. Zuletzt legte sie eine gestärkte, zu einem Dreieck gefaltete Serviette neben jeden Teller.

Sie knickste wieder. »Darf ich den Damen den Tee einschenken?«

Pauline Gerban nickte mit einem freundlichen Lächeln, während Mathildes Miene starr blieb. »Gerne, Minna. Und ich habe gehört, Sie haben heute Geburtstag. Dazu möchte ich Ihnen sehr herzlich gratulieren!«

Minna errötete vor Freude. »Ich danke der gnädigen Frau von Herzen.«

Frau Gerban wandte sich an Mathilde. »Möchtest du Minna nicht auch gratulieren, meine Liebe?«

Mathildes Mund verzog sich unwillig. Doch sie gehorchte. »Ich gratuliere Ihnen, Minna.« Hätte sie gerade Minnas Entlassung ausgesprochen, hätte diese nicht kühler ausfallen können. Doch das erfahrene Hausmädchen ließ sich nichts anmerken.

»Ich danke auch dem gnädigen Fräulein von Herzen. Darf ich nun Irene bitten, Ihnen den Kuchen aufzutun? Was beliebt den Damen mehr, ein Himbeer- oder ein Blaubeertörtchen?«

»Ich möchte von beiden eines haben.« Mathildes Antwort ließ keine Sekunde auf sich warten. Ihre blassblauen Augen funkelten vor Gier.

Irene knickste, beugte sich über die Kuchenplatte, ergriff den silbernen Tortenheber und legte die Törtchen ohne jedes Zittern auf Mathildes Teller.

Die nickte kurz anstelle eines Danks und griff nach der Kuchengabel. Sie hatte schon ein Stück des Törtchens aufgespießt, als ihr auffiel, dass ihre Mutter noch nicht bedient worden war. »Wo ist eigentlich Gerda?«, fragte sie barsch, um von ihrem Fauxpas abzulenken. »Wieso seid ihr überhaupt zu zweit? Und die da«, sie wies auf Irene, »ist außerdem nur ein Küchenmädchen.«

Minna neigte den Kopf. »Ich weiß nicht, wo Gerda ist, gnädiges Fräulein. Frau Burger bestimmte, dass unsere Wenigkeit den Tee auftragen sollte.«

»Und das tun Sie beide überaus geschickt«, mischte sich Frau Gerban mit einem tadelnden Blick auf Mathilde ein. »Darf ich um ein Himbeertörtchen bitten?«

»Gerne, gnädige Frau.« Irene knickste wieder.

»Ich danke Ihnen beiden. Doch nun sollten Sie sich sputen. Minna, Ihre Geburtstagsfeier wird gleich beginnen. Wir kommen jetzt auch allein zurecht.«

Erst als die Tür hinter ihnen ins Schloss fiel, atmete Irene auf. »Und habe ich die Probe nun bestanden oder was auch immer du genau gemeint hast?«

Minna lächelte herzlich. »Meines Erachtens schon, Irene, und ob es wirklich so ist, wie ich meine, wird sich schon bald zeigen.«

»Wovon redest du überhaupt?«

Um Minnas Mund spielte nun ein geheimnisvolles Lächeln.

»Nicht so ungeduldig mit den jungen Pferden. Warte es ab, du erfährst es noch früh genug.«

Natürlich ging Irene die Geschichte mit ihrer »Probe« nicht mehr aus dem Kopf. Sie verdarb ihr sogar Minnas Feier ein wenig. Von Frau Kramms köstlichem Apfelkuchen konnte sie nur ein Stück essen. Minnas Strahlen, als sie das Häubchen auspackte, und der feuchte Glanz in ihren Augen, als sie sich bei Irene bedankte, berührten sie nicht so tief, wie es an jedem anderen Tag der Fall gewesen wäre. Über allem lag der Schleier einer unspezifischen Erwartung.

Erst als sie abends beide in ihren Betten lagen und das Licht gelöscht war, erklärte sich Minna.

»Ich habe gehört, dass Elsa demnächst heiraten wird.« Elsa war nach Gerda und Minna das dritte Hausmädchen.

Irene war erstaunt. »Tatsächlich? Aber dann muss sie den Dienst ja quittieren!«

Im Dunkeln ahnte sie mehr, als sie es sah, dass Minna nickte. »So ist es, mein Kind. Elsa oder besser gesagt Tilda wird in ihr Dorf zurückkehren und dort einen Bauern heiraten, der sie schon seit ihrem Neujahrsbesuch zu Hause umwirbt. Sie hat viel Glück. Er hat den elterlichen Hof geerbt und ist eine gute Partie.«

»Oh!« Irene war sprachlos. Von einem solchen Aufstieg konnten die meisten Dienstmädchen nur träumen. Plötzlich fiel ihr etwas auf.

»Wieso hast du Elsa eigentlich gerade Tilda genannt?«

Minna schnaubte. »Weil dies ihr richtiger Name ist. Sie wurde Mathilde getauft. Doch da dieser Name in unserem Hause ja schon durch das gnädige Fräulein besetzt ist, wurde sie Elsa gerufen. Es schickt sich nicht, dass ein Dienstbote so heißt wie die Herrschaft.«

»Wie bitte?« Irene war entsetzt. »So etwas habe ich ja noch nie gehört!«

Sie spürte regelrecht, dass Minna mit den Achseln zuckte.

»Das ist gang und gäbe. Also lerne endlich, deinen seltenen Namen zu schätzen. Er bewahrt dich auch vor so etwas.« Irene hatte Minna natürlich von den Hänseleien im Waisenhaus erzählt.

»Aber«, kam Minna nun von selbst auf das Thema zu sprechen, das Irene vor lauter Staunen für einen Moment vergessen hatte, »du willst doch sicher wissen, was das alles mit dir zu tun hat?«

»Mit mir zu tun?«, echote Irene verständnislos.

»Ach, Irene, was bist du doch manchmal für ein Schaf. Hast du es denn immer noch nicht verstanden? Ich glaube, Frau Burger erwägt, dich anstelle von Tilda zum dritten Hausmädchen zu befördern.«

»Mich???« Diesmal war Irene tatsächlich fassungslos. »Aber … das hieße ja …!«

»Ja, mein Lämmchen! Das hieße, du musst nicht mehr in der Küche arbeiten oder Feuer anmachen und andere schmutzige Arbeiten verrichten. Außerdem bekommst du natürlich ab sofort Lohn dafür und musst nicht noch ein halbes Jahr darauf warten. Frau Kramm wird es sicher sehr bedauern, dich in der Küche zu verlieren.«

Irene war überwältigt. »Und du meinst, das war heute eine Probe, ob ich mich dafür eigne?«

»Wie erklärst du dir denn das Ganze? Weshalb sonst sollte Frau Burger ein Küchenmädchen damit beauftragen, Tee zu servieren?«

»Das habe ich mich auch gefragt«, murmelte Irene.

»Siehst du! Also warte mal ab, was passiert.« Minna drehte sich im Bett auf die andere Seite. »Doch nun sollten wir endlich schlafen. Heute war ein anstrengender Tag, und morgen wird es nicht besser!«

In den Weinbergen des Schweighofener Guts
1. Oktober 1866, am Mittag desselben Tages

Franz achtete sorgfältig auf seine Schritte, als er mit der schweren Hotte auf dem Rücken den steilen Pfad zwischen den Weinstöcken hinabstieg. Die Sonne stand mittlerweile schon hoch am Himmel, der Tag war außergewöhnlich warm geworden. Franz wischte sich mit dem Ärmel den Schweiß von der Stirn, als er am Wagen angelangt war. Er atmete tief durch und versuchte, seine schmerzenden Muskeln zu lockern, die von der Anstrengung bereits zu zittern begannen. Dann stieg er die fünf Sprossen der kleinen Leiter empor, die seitlich am Wagen angebracht war, fasste die dafür vorgesehenen Griffe mit beiden Händen und beugte sich schwungvoll vornüber. Mit einem leisen Schmatzen ergossen sich die goldgelben Riesling-Trauben in den Wagen. Aufatmend richtete sich Franz mit der nun federleicht anmutenden Hotte wieder auf.

Nachdem er die Leiter hinabgestiegen war, streckte er seinen schmerzenden Rücken und sah sich um. Von den zwölf Frauen, die ihm morgens zugeteilt worden waren, hatten die meisten bereits mehr als die Hälfte ihrer Reihe gelesen und näherten sich langsam dem Weinbergweg, auf dem der Erntewagen stand. Nur von der verhärmten Frau und der Alten, welche die Großmutter der vier Kinder war, wie er mittlerweile wusste, war noch nichts zu sehen.

Sorgenvoll runzelte Franz die Stirn. Dass die Familie, die unbedingt zusammenbleiben wollte, keinem Hottenträger willkommen war, hatte sich schon am Morgen bei der Einteilung herausgestellt. Gregor Gerban setzte nämlich eine Tagesprämie für die Gruppe aus, die die meisten Trauben gelesen hatte. Deshalb bemühte sich jeder um möglichst kräftige Pflückerinnen.

Um zu verhindern, dass letztlich das Los entschied, meldete Franz sich daher freiwillig, um die Familie bei sich aufzunehmen. Dabei versuchte er zunächst, die mürrischen Gesichter der beiden anderen Träger und übrigen Leserinnen seiner Gruppe zu ignorieren. Doch die Stimmung war gereizt und dämpfte Franz' gute Laune vom frühen Morgen.

Jetzt stapfte der junge Klaus, einer der beiden im Tagelohn arbeitenden Träger, auf den Weg. Schon von Weitem sah Franz ihm an, dass er sich ärgerte. Als er herankam, zeigte sich, dass seine Hotte nur halb gefüllt war.

»Das geht mit der Liese und ihrem Anhang nicht mehr so weiter, Herr Franz«, schimpfte er. »Sie können einfach nicht mit den anderen mithalten. Ich muss den steilen Hang zu ihren zwei Reihen eigens emporsteigen, nachdem alle anderen Frauen bereits schon viel weiter unterhalb von ihnen arbeiten. Jetzt hat eines der Mädchen auch noch den Leseeimer umgestoßen, sodass die Trauben den ganzen Hang hinabgekullert sind. Und die Alte sitzt schon zum zweiten Mal einfach nur da und tut gar nichts.«

»Beruhige dich, Klaus«, versuchte Franz, den jungen Mann zu beschwichtigen. »Ich tausche meine Reihen mit dir und steige gleich einmal selbst zu der Familie hinauf, um nach dem Rechten zu sehen.«

»Ich danke Ihnen, Herr Franz.« Klaus' Miene war zugleich erleichtert und betreten. »Die Liese ist ja tüchtig und tut, was sie kann. Auch die Buben stellen sich recht geschickt an. Aber die Elsbeth ist einfach zu alt, und die beiden Mädchen sind noch zu klein für die Lese.«

Franz legte die Hand über die Augen und blinzelte gegen die Sonne den Weinberg hinauf. Sie waren mittlerweile beim zweiten von insgesamt drei Leseabschnitten angekommen. Jeder Weinberg war von den schmalen Wegen für die Erntewagen deutlich in solche Abschnitte unterteilt. Um die schwere Arbeit zumindest ein wenig zu erleichtern, wurde mit der Lese immer im höchstliegenden Abschnitt des Weinbergs begonnen.

Dabei standen die Erntewagen, schwere, von Ochsen gezogene offene Holzkarren, immer auf dem Weg unterhalb des

Abschnitts, der gerade gelesen wurde. So konnten die Träger, die ihre Trauben abgeladen hatten, mit leeren Hotten wieder aufsteigen. Ihr Weg wurde bei jedem Aufstieg von Mal zu Mal kürzer, da sich die Leserinnen in den ihnen zugewiesenen Reihen gleichzeitig von oben nach unten auf sie zubewegten.

Franz seufzte, rückte die Lederriemen seiner Hotte zurecht und machte sich an den Aufstieg. Ihm war klar, warum Liese mit ihrer Familie zunehmend den Unmut der Leute erregte.

Eine gute Gruppe gleich starker Leserinnen hatte nämlich ein ungefähr gleiches Arbeitstempo. Die Leserinnen blieben, eine jede in ihrer jeweiligen Reihe, stets miteinander auf gleicher Höhe. Was gleich mehrere Vorteile hatte: Der Hottenträger erreichte auf diese Weise bei jedem Aufstieg die ganze Gruppe auf einmal. Denn da die Reihen mit den Weinstöcken viel zu dicht bepflanzt waren, als dass der Mann mit seiner schweren Kiepe quer unter ihnen hätte hindurchgehen können, wählte er in der Regel beim Aufstieg jedes Mal eine andere Reihe. Eine jede Leserin war in ihrer Reihe daher im Turnus dazu verpflichtet, sowohl ihren eigenen als auch die schweren Eimer ihrer Kolleginnen in die Hotte zu füllen. Die Frauen reichten dazu der Leserin, in deren Reihe der Träger gerade stand, ihre Gefäße jeweils in einer Kette von außen nach innen unter den Stöcken hindurch. Jede Hotte fasste ungefähr vier Eimer Trauben, sodass jeweils vier Frauen eine Lesegruppe bildeten.

Während der Mann danach mit seiner Last zum Wagen hinabstieg, nahmen die Frauen die nächsten Rebstöcke in Angriff. Und sobald die vier Eimer erneut fast voll waren, gaben sie dem Träger das verabredete Zeichen, worauf sich dieser wieder an den Aufstieg machte.

Lieses Familie scherte jedoch von Anbeginn an aus diesem bewährten Muster aus. Franz musste ungefähr zwanzig Schritte höher hinaufsteigen, um sie zu erreichen, als zu den beiden anderen Frauen, die zur selben Lesegruppe gehörten. Das allein war schon ärgerlich genug.

Noch mehr Unmut, als dass der Träger nicht alle Leserinnen einer Gruppe gleichzeitig erreichen konnte, verursachte jedoch der Umstand, dass die beiden anderen Pflückerinnen einen völlig anderen Leserhythmus hatten als Liese und ihre Familie. Denn dies bedeutete für den Träger, dass er die steilen Weinberge doppelt so oft hinauf- und hinabsteigen musste, einmal um die Trauben von Lieses Familie zum Erntewagen zu bringen, und danach, um die Ernte der zwei anderen Frauen abzuholen.

Zu guter Letzt war dadurch auch das System, dass jede der Frauen einmal die Eimer der anderen mit in die Hotte zu leeren hatte, außer Kraft gesetzt. Während das Stemmen der schweren Gefäße in Lieses Gruppe deshalb von ihr allein übernommen werden musste, konnten sich auch die beiden schnelleren Pflückerinnen diese Aufgabe nur teilen, anstatt nur jedes vierte Mal an der Reihe zu sein. Weil sie in ihren Reihen außerdem schneller arbeiteten und oftmals auf den Träger warten mussten, der gerade damit beschäftigt war, die von Liese gefüllte Hotte hinabzutragen, hatte sich jede der beiden schon vor zwei Stunden einen zweiten Eimer geben lassen, den sie füllte, bevor der Träger wieder gerufen wurde. Den bereits vollen ersten Eimer mussten die Frauen jetzt aber zusätzlich vorsichtig von Rebstock zu Rebstock mit sich nehmen, immer darauf bedacht, dass er nicht umkippte und sein kostbarer Inhalt den Weinberg hinabrollte.

Franz musste Klaus Recht geben, während er sich an den Aufstieg zu Lieses Familie machte. Diese verursachte tatsächlich ein heilloses Durcheinander in ihrer Gruppe. Und es sah nicht so aus, als würde sich dies im Laufe des noch lange währenden Arbeitstages bessern.

Tatsächlich saß die alte Frau auf der Erde und hielt den Rand ihres Eimers mit beiden Händen umklammert. Als die Greisin Franz kommen sah, stand sie mühsam auf, stellte das Holzgefäß hinter einen Rebenstamm, damit es auf dem steilen Hang Halt hatte, und beugte sich über ihren Weinstock. Auch die Jungen, die in ihrer Reihe mitarbeiteten, bewegten sich sichtlich schneller.

Schließlich hatte Franz die alte Frau erreicht und sah, dass sie ganz rot im Gesicht war und sich ihre Brust in schnellem Rhythmus hob und senkte.

»Mütterchen«, sagte er fürsorglich, »mir scheint, du bist zu alt und gebrechlich, um eine Reihe allein zu bearbeiten. Warum hilfst du nicht deiner Enkelin? Dann wärt ihr alle nicht dauernd hinter den anderen zurück.«

In den wässrigen Augen der Alten erschien ein Ausdruck von Panik. »Bitte, Herr!«, flehte ihn die Frau schwer atmend an. »Bitte, wir brauchen das Geld für die zusätzlichen Reihen, um über den Winter zu kommen.« Franz wusste, dass die Frauen nach der Anzahl der gelesenen Rebenreihen entlohnt wurden, während die Hottenträger einen festen Tagessatz für ihre Arbeit erhielten. Die Kinder bekamen gar nichts, sondern halfen ihren Müttern, so viel und so schnell zu ernten, wie sie nur konnten.

Trotz der Not, die ihn nicht zum ersten Mal vonseiten der Arbeiter ansprang, war Franz nicht überzeugt. »Wie alt bist du, Mütterchen?«, fragte er.

»Sie wird nächsten Monat zweiundachtzig Jahre alt«, antwortete eine Stimme in seinem Rücken. Franz fuhr herum. Liese hatte sich vorsichtig unter den Rebstöcken ihrer Reihe hindurchgezwängt und war unbemerkt hinter ihn getreten.

»Aber dann sollte sie wirklich nicht mehr so schwere Arbeit verrichten«, entgegnete Franz betroffen. »Warum lässt du sie nicht zu Hause die beiden Mädchen betreuen und nimmst nur die Buben mit? Zusammen wärt ihr sicherlich so schnell wie jede andere Leserin.«

»Vielleicht sogar noch schneller«, fügte er hinzu.

Liese wich seinem Blick aus. Um ihren Mund erschien ein harter Zug, der Franz erschreckte. »Wir brauchen das Geld, gnädiger Herr. Zu Hause bei Tisch wollen alle essen, also müssen auch alle dafür arbeiten.« Ohne seine Antwort abzuwarten, wandte sie ihm den Rücken zu und kehrte in ihre Reihe zurück. »Flink, ihr beiden!«, wies sie ihre Töchter an. »Else, du schneidest die Dolden an den unteren Ästen. Und du, Grete, sammelst die abgefallenen Beeren auf. Und passt auf, dass der Eimer nicht umfällt!«

Auch die Alte mühte sich weiter mithilfe der beiden Buben ab. Franz beobachtete die kleine Gruppe mit einer Mischung aus Mitleid und Sorge. Alle, selbst die kleinen Mädchen, arbeiteten nun so eifrig und schnell, wie sie nur konnten, um ihn nicht zu lange warten zu lassen. Am liebsten hätte Franz ebenfalls zur Schere gegriffen, um mitzuhelfen, auch weil allein schon das Warten mit leerer Kiepe seine schmerzenden Beinmuskeln zum Zittern brachte. Doch die sperrige Hotte konnte er auf dem Steilhang weder abstellen noch sich mit ihr auf dem Rücken zwischen den eng gepflanzten Reben niederbücken.

Während er also schweigend wartete, ging ihm eine andere Szene durch den Kopf, die er vor einigen Monaten erlebt hatte. Nach einem heißen Julitag war er wie jeden Abend das Stück des Heimwegs, das er mit den Dörflern teilte, gemeinsam mit Karl gegangen. An der Stelle, wo sich die Wege zum Gutshaus und den Arbeiterunterkünften teilten, wartete zu Franz' Erstaunen der Schweighofener Pfarrer Meinhardt auf sie.

Nach einem kurzen Gruß wandte sich der Pfarrer an Karl. »Der Schullehrer war heute bei mir, Karl. Dein Ältester fehlt nun schon die vierte Woche. Muss ich dich daran erinnern, dass in unseren Landen die Schulpflicht herrscht? Du musst den Jungen zur Schule schicken, sonst bleibt uns nichts anderes übrig, als dich bei der Schulaufsicht anzuzeigen. Das geht dann nicht ohne Ermahnung und Geldstrafe ab, und den Jungen musst du uns trotzdem schicken.«

Karls Miene nahm den gleichen bockigen Ausdruck an, den Franz gerade eben auch bei Liese festgestellt hatte. »Der Junge wird zu Hause gebraucht, Herr Pfarrer. Das wissen Sie sehr wohl. Die Lena, mein Weib, trägt schwer an unserem nächsten

Kind und kann nicht mehr auf dem Gutshof helfen. Die Kreuzer, die uns fehlen, muss nun der Hansi verdienen! Wie sollen wir sonst über die Runden kommen?«

Trotz des mitleidigen Ausdrucks in seinen Augen blieb der Pfarrer hart. »Aber du weißt, wie begabt der Hansi ist. Er kann es einmal zu etwas bringen! Willst du ihm die Gelegenheit nehmen, später ein besseres Leben zu führen als du?«

Doch auch Karl blieb stur. »Und was sollen wir derweil essen, Hochwürden?«

Der Pfarrer versuchte es mit einem letzten Argument. »Wärst du damals in die Schule gegangen, Karl, könntest du heute lesen und schreiben und wärst vielleicht schon der Vorarbeiter auf diesem Gut. Du musst an die Zukunft deines Sohnes denken.«

»Guten Abend, Hochwürden Meinhardt.« Ohne weitere Antwort drehte Karl dem Pfarrer den Rücken zu und setzte seinen Weg nach Hause fort. Franz, der das Gespräch wie versteinert verfolgt hatte, lief ihm nach.

»Versuchen Sie es erst gar nicht, Herr Franz!«, wollte Karl weiteren Vorhaltungen zuvorkommen. »Hätte ich eine andere Wahl, würde ich meinen Sohn gerne zur Schule schicken. Doch ich habe sie nicht!«

Franz holte tief Luft. In einem für ihn ungewohnten Befehlston antwortete er: »Jetzt bleib einmal stehen und schau mir ins Gesicht! Was ist das für eine Geschichte mit deiner kranken Frau und dem Hansi? Warum weiß ich davon denn nichts? Ich dachte, wir wären Freunde!«

Als Karl aufblickte, sah Franz zu seiner Bestürzung, dass dessen Augen feucht waren. Franz machte eine einladende Handbewegung hin zum schattigen Stamm einer Eiche, unter der eine einfache Holzbank stand.

»Also, jetzt erzähl mir die ganze Geschichte einmal von Anfang an!« Was er im Folgenden erfuhr, gab ihm zum ersten Mal einen ungeschönten Einblick in die Lebensverhältnisse der Gutsarbeiter und erschütterte ihn zutiefst.

»Sie wissen, Herr Franz, dass meine Frau schwanger mit unserem nächsten Kind geht. Bislang war sie bei allen Schwangerschaften gesund wie ein Fisch im Wasser und arbeitete fast bis zum Tag der Geburt. Doch diesmal ist alles anders. Von Anfang an fühlte sie sich elend und kraftlos. Im letzten Monat ist sie dann bei der großen Wäsche im Gutshaus in den Dämpfen ohnmächtig geworden und hat sich die linke Hand verbrüht. Das Geld für die Hebamme, die sie beständig betreuen muss, und jetzt auch noch für die Behandlung der Brandwunden hat unseren Notgroschen aufgezehrt. Zudem fehlt uns Lenas Verdienst. Was bleibt mir da anderes übrig, als den Hansi zu Hause zu lassen? Zum einen muss er sich um seine jüngeren Geschwister kümmern, zum anderen kann er dabei zum Stücklohn Besen binden. Das damit verdiente Geld reicht zwar lange nicht an Lenas Lohn heran, aber es stopft zumindest die schlimmsten Löcher.«

»Wie alt ist dein Sohn?«

»Hansi ist zehn.«

»Und gibt es denn keine Nachbarin, die auf die Kleinen aufpassen könnte, während Hansi in der Schule ist?«

Karl schüttelte den Kopf. »Selbst den geringen Lohn, den sie erwarten würde, kann ich nicht zahlen. Schließlich haben alle Nachbarinnen ja auch ihren eigenen Hausstand zu versorgen. Und Anni, meine Zweitälteste, ist erst sechs. Sie müssen wissen, zwischen ihr und dem Hansi gab es noch zwei weitere Geschwister, die beide als Säugling gestorben sind. Anni kann die beiden Jüngeren nicht alleine beaufsichtigen, Erna kann ja noch nicht einmal laufen. Und Lena, mein Weib, muss strikte Bettruhe einhalten, wenn sie nicht vorzeitig niederkommen und damit ihr Leben und das des Ungeborenen gefährden will. Das sagt zumindest die Hebamme.«

Franz ließ sich das alles durch den Kopf gehen. »Ich weiß noch nicht wie, aber ich werde eine Lösung finden.«

An diesem Abend suchte Franz zum ersten Mal das Gespräch mit seinem Onkel Gregor.

»Es kann nicht angehen, dass einer deiner besten Arbeiter in eine solche Notlage gerät, ohne dass für ihn gesorgt wird. Das ist eine Schande für unseren guten Namen.«

Gregor Gerban hob die Augenbrauen. »Das sind starke Worte, Franz. Was schlägst du also vor, das ich tun soll?«, fragte er spitz.

»Schicke unseren Hausarzt zu der kranken Frau, bezahle eine Aufseherin für die Kinder und gib der Familie einen Ausgleich für den fehlenden Waschlohn. Oder besser noch, erhöhe den Lohn von Karl Krüger!«

»Sonst noch etwas? Soll ich vielleicht auch noch ein Hospital auf unserem Grundstück errichten, eine Krankenschwester einstellen und eine Kinderfrau?«

Das wäre gar keine schlechte Idee, schoss es Franz durch den Kopf. Doch sein Onkel ereiferte sich weiter: »Glaubst du etwa, ein Weingut ist eine Art Wohlfahrtsinstitut?«

An diesem Abend eskalierte die Diskussion zum Streit, der ohne Ergebnis endete.

Nach einer fast schlaflosen Nacht kam Franz zu der bitteren Erkenntnis, dass es Karl und seiner Familie nur schaden würde, wenn er weiterhin mit dem Kopf durch die Wand wollte. Und so stand er, anstatt zur Arbeit zu gehen, pünktlich um acht Uhr morgens erneut im Kontor seines Onkels. Im jetzt ruhiger verlaufenden Gespräch erfuhr er zunächst, warum es den Gerbans selbst bei gutem Willen nicht ohne Weiteres möglich war, das Entgelt ihrer Arbeiter zu erhöhen.

»Es gibt ein Abkommen aller südpfälzischen Gutsbesitzer über die Löhne, die wir bezahlen. Würde einer von uns aus der Reihe ausscheren und mehr bieten, würden die Arbeiter in Scharen versuchen, in diesem Betrieb eine Anstellung zu finden. Die schlechter gestellten unter den Gutsbesitzern können sich höhere Lohnkosten aber gar nicht leisten. Daher sind die Folgen sonnenklar: Der Gutsbesitzer, der das Abkommen bricht, würde geächtet und aus der Gemeinschaft der südpfälzischen

Weinerzeuger ausgestoßen werden. Obwohl wir untereinander im Wettbewerb stehen, verschafft uns die Gemeinschaft auch etliche Vorteile, zum Beispiel gegen die Weingüter aus anderen Teilen Bayerns. Du siehst also, ich kann Karl Krüger unmöglich mehr bezahlen.«

»Und was ist mit dem Arzt für seine Frau?«

Gregor Gerban seufzte. »Hier könnte ich dir entgegenkommen, da Lena Krüger im Gutshaus geholfen hat, bevor sie krank wurde. Daher kann ich es vertreten, sie wie einen kranken Dienstboten zu behandeln. Ich will unseren Arzt also bitten, die Lena in sein Spital aufzunehmen, bis sie niedergekommen ist.«

»Und die Aufseherin für die Kinder, damit Hansi zur Schule gehen kann?«

Hierin blieb sein Onkel stur. Das sei allein die Angelegenheit der Familie Krüger, nicht die seine. Schließlich machte Franz einen Kompromissvorschlag. »Ich suche eine Frau aus dem Dorf, die die Kinder tagsüber betreut, und bezahle sie von meinem eigenen Lohn. Aber du sorgst dafür, dass Hansi am Nachmittag nach der Schule hier auf dem Gutshof arbeiten kann, damit er etwas dazuverdient, solange die Lene noch krank ist.«

Nach einigem Hin und Her einigten sie sich schließlich darauf, dass Hansi als Stallbursche aushelfen sollte.

Erst am Abend konnte Franz Karl Krüger vom Ergebnis seiner Bemühungen berichten, wobei er verschwieg, dass er etwas aus eigener Tasche beisteuerte. Der Mann strahlte über das ganze Gesicht. »Ich weiß gar nicht, wie ich Ihnen danken kann, junger Herr«, fiel er in seiner Freude in die alte Anrede zurück.

»Freue dich nicht zu früh, Karl! Ich knüpfe nämlich eine Bedingung daran!«

»Eine Bedingung? Ja, welche denn, Herr Franz?«

»Du lernst lesen und schreiben. Dreimal die Woche setzen wir uns abends zusammen, und ich bringe es dir bei!«

Mittlerweile hatte sich alles zum Besten gewendet. Lena Krüger hatte einen gesunden Jungen entbunden und würde schon bald wieder als Wäscherin auf dem Gutshof arbeiten können. Hansi ging morgens zur Schule, und sein Vater hatte sich ebenfalls als gelehriger Schüler erwiesen und übte eifrig in seiner knapp bemessenen Freizeit.

Könnte ich doch auch etwas Gutes für die Liese und ihre Familie tun! Plötzlich fiel Franz ein, dass er nicht einmal ihren Nachnamen kannte. *Aber Onkel Gregor hat ganz unmissverständlich gesagt, dass die Sache mit Karl eine Ausnahme bleiben muss. Dieser Bedingung habe ich zugestimmt.*

In diesem Moment richtete Liese sich auf. »Die Eimer sind jetzt voll, junger Herr«, sagte sie. Franz stützte sich breitbeinig am Steilhang ab und ging etwas in die Knie. Es entging ihm nicht, dass die Frau leise ächzte, als sie die Trauben im Eimer in die Hotte schüttete.

»Vergiss nicht, dass gleich die Mittagspause beginnt, Liese«, sagte er, bevor er sich zum Abstieg bereit machte.

Liese winkte ab. »Wir essen unser Schmalzbrot hier oben im Wingert und arbeiten dabei weiter.«

Franz öffnete den Mund, doch die Frau kam seinem Einwand zuvor. »Machen Sie sich keine Gedanken um uns, junger Herr. Wir alle sind harte Arbeit gewohnt und kommen zurecht.«

Die Worte klangen Franz noch den ganzen Tag über in den Ohren und vergällten ihm die Freude über die reiche Lese.

Kapitel 4

Weingut in Schweighofen
8. Oktober 1866, eine Woche später

»Karl, weißt du, wo die Liese heute abgeblieben ist?« Erst auf dem Heimweg konnte Franz seinem Freund die Frage stellen, die ihn schon seit dem frühen Morgen beschäftigte, nachdem ihm eine andere Leserin für seine Gruppe zugeteilt worden war.

Der Arbeiter sah ihn mit einer Miene an, von der Franz mittlerweile wusste, dass sie nichts Gutes bedeutete.

»Wilms hat der Liese schon am Freitag gesagt, dass sie nicht wiederkommen soll.«

Franz war fassungslos. »Aber warum denn? Die Frau und ihre Buben haben am Ende doch gut gearbeitet.«

Karl hob die Schultern. »Aber davor gab es zu viel Ärger mit der Großmutter und den Mädchen. Sie wissen doch, dass die Alte am Mittwoch ohnmächtig wurde und ein Teil ihrer Gruppe die Lese unterbrechen musste, um sie zurück in ihre Hütte zu schaffen. Und den Mädchen sind immer wieder die Eimer umgefallen. Sie waren einfach zu schwer für die Kleinen, um sie zu halten.«

»Das weiß ich doch längst«, warf Franz ungeduldig ein. »Ich habe der alten Elsbeth persönlich verboten, es noch einmal zu versuchen. Aber ich dachte, sie hütet nun die Mädchen, damit wenigstens Liese und ihre Buben sich etwas dazuverdienen können.«

»Wilms hat trotzdem anders entschieden, auch weil sich die Männer und Weiber aus ihrer Gruppe wohl arg beschwert haben.« Karl machte eine kurze Pause. Dann überwand er sich sichtlich und fuhr fort: »Ich habe Ihnen doch irgendwann einmal von dem Bernhard, Lieses Mann, erzählt.« Franz blickte verständnislos. »Der, den Wilms im Frühjahr entlassen musste, weil er ständig betrunken war«, erläuterte Karl.

Jetzt erinnerte sich Franz undeutlich. »Ja und?«

»Er ist auf die Walz gegangen und hat seine Familie im Stich gelassen. Eigentlich sollte er sich woanders eine Arbeit suchen und der Liese regelmäßig Geld nach Hause schicken. Aber nun hat sie schon seit Wochen nichts mehr von ihm gehört.«

»Ja, aber dann braucht die Familie den Verdienst aus der Weinlese doch erst recht.« Franz war entsetzt.

Karl seufzte. »Das ist wahr, Herr Franz. Doch für Wilms, den Vorarbeiter, und Herrn Stromberg, den Gutsverwalter, sind Liese und ihr Anhang eine rechte Last. Sie sind schon seit Monaten die Miete für ihre Kate schuldig, obwohl sie bereits das schlechteste Loch im ganzen Dorf bewohnen.«

»Aber wovon lebt die Familie denn überhaupt, wenn der Ernährer nichts mehr beiträgt?«

Karl hob erneut die Schultern. »Von dem, was die Liese durch Waschen und Nähen verdienen kann, und von dem, was ihr kleiner Garten hergibt. Manchmal bringt auch der Pfarrer ein paar Lebensmittel vorbei. Die Kinder dürfen ab und zu bei den anderen Familien mitessen. Und die Großmutter hatte wohl noch ein paar Münzen im Sparstrumpf, die mittlerweile aber nahezu aufgebraucht sind. Wie sie über den Winter kommen sollen, weiß der Herrgott allein.«

Franz straffte entschlossen den Rücken. »Ich spreche noch heute Abend mit Stromberg und Wilms.«

Karls Gesicht nahm wieder jenen unergründlichen Ausdruck an. »Dann wünsche ich Ihnen viel Glück, Herr Franz.«

Kaum auf dem Gutshof angekommen, stürmte Franz mit großen Schritten ins Kontor des Verwalters, wo er Wilms erwartungsgemäß beim abendlichen Rapport vorfand.

Er grüßte nur knapp. »Guten Abend, die Herren. Ich möchte etwas mit Ihnen besprechen, Wilms.«

»Worum geht es denn, Herr Franz?«

»Für Sie noch immer junger Herr!« Kaum waren die Worte heraus, bereute Franz sie schon.

Der Vorarbeiter führte eine übertrieben tiefe Verbeugung aus. »Ganz wie Sie wünschen, junger Herr!«

Franz suchte nach dem richtigen Anfang. »Ich hatte Ihnen am Freitagabend doch gesagt, dass Liese …«, er stockte. *Verdammt, ich weiß ihren Nachnamen noch immer nicht!*

»Sie meinen wahrscheinlich Liese Hellmann«, half Wilms ihm grinsend auf die Sprünge.

»Ja, die meine ich.« Franz ärgerte sich über sich selbst, auch weil er spürte, dass ihm das Blut ins Gesicht schoss. »Sie haben sie entlassen, obwohl ich Ihnen gesagt habe, dass die Liese Hellmann mit ihren Buben am Donnerstag und am Freitag sehr gute Arbeit geleistet hat.«

»Das ist richtig, junger Herr. Doch zuvor ist eine Menge in ihrer Gruppe nicht gut gelaufen. Sie hat das schlechteste Leseergebnis der Woche eingefahren. Und die anderen Arbeiterinnen und Arbeiter haben sich bei mir über sie beschwert. Denen habe ich schon am Mittwoch versprochen, die Liese nicht weiter zu beschäftigen. Daran fühle ich mich gebunden.«

»Aber die Familie ist ganz unverschuldet in Not geraten und braucht das Geld.«

Wilms grinste wieder. »Ganz unverschuldet, nun ja, darüber kann man sich streiten. Die Liese hätte den Bernhard, diesen unverbesserlichen Taugenichts, ja nicht heiraten müssen, zumal sie damals auch andere Verehrer hatte. Aber mit einem Balg im Bauch wollte sie kein anständiger Kerl mehr nehmen.«

»Sie meinen damit sich selbst?« Es war ein Schuss ins Blaue gewesen, aber Wilms' von der Sonne wie Leder gegerbte Gesichtshaut rötete sich.

Dadurch ermutigt, setzte Franz nach. »Und jetzt rächen Sie sich an ihr für die damalige Zurückweisung?«

Wilms schnaufte empört. »Ich verbitte mir Ihre Unterstellungen, junger Herr.« Die letzten Worte spuckte er nahezu heraus. »Ich habe der Liese Hellmann mit ihrer Bagage eine echte Chance gegeben, wider besseres Wissen, weil sie mir leidtat. Was kann ich dafür, dass sie sie nicht nutzen konnte!«

»Liese Hellmann hat sie genutzt, sogar sehr gut«, beschied Franz dem Vorarbeiter kurz. »Daher befehle ich Ihnen, die Frau ab morgen wieder zu beschäftigen.«

Jetzt platzte Wilms der Kragen. »Zu befehlen haben *Sie* mir gar nichts, *junger* Herr Gerban. Ihr Onkel hat *mich* dazu ermächtigt, über jede Einstellung und Entlassung zu entscheiden. Hier«, er wies mit dem Finger auf den Verwalter, der den Disput bislang schweigend verfolgt hatte. »Hier, der Herr Stromberg kann Ihnen das bestätigen.«

Stromberg, ein dünnes Männlein mit schütterem Haar und einem gezwirbelten Schnurrbart, auf den er, wie jedermann wusste, ungeheuer stolz war, räusperte sich. Mit einer kurzen Verbeugung gab er dem Vorarbeiter Recht. »Es ist wahr, junger Herr. Wilms hat die Vollmacht, über die Zusammensetzung der Belegschaft zu entscheiden.«

Franz machte einen letzten Versuch. »Ich habe gehört, dass Frau Hellmann die Miete für ihre Wohnung seit Längerem schuldig ist. So geben Sie ihr doch die Gelegenheit, den Rückstand durch weitere Lohnarbeit zu verringern.«

Strombergs Blick begann darauf zu flackern. Er verbeugte sich wieder. »Das ist wohl wahr, junger Herr. Ich habe mir deshalb erlaubt, den Lohn der Großmutter mit der ausstehenden Summe zu verrechnen.«

»Und haben die Frau dann trotzdem entlassen? Das ist … das ist …« Franz fehlten die Worte. »Ungeheuerlich ist das, Herr Stromberg.«

Das Gesicht des Verwalters versteinerte. »Ich habe damit im

Sinne der Gutsfamilie gehandelt. In jedem Fall im Sinne Ihres Herrn Onkels, aber wenn ich es recht bedenke, auch in Ihrem Sinne. Sie gehören doch ebenfalls zur Familie.«

»Oh ja, ich gehöre zur Familie. Und werde eines Tages den Weinhandel meines Vaters übernehmen. Sie wissen, dass meinem Vater auch das Gut zur Hälfte gehört.« Die großspurigen Worte kamen Franz, kaum dass er sie ausgesprochen hatte, selbst falsch und aufgesetzt vor.

Erwartungsgemäß verfingen sie auch nicht. Der Verwalter verbeugte sich ein weiteres Mal steif. »Das meinte ich ja, junger Herr.«

»Also werden Sie die Liese Hellmann nicht wieder einstellen?«

Diesmal erhielt Franz erst gar keine Antwort. Wilms blickte stur zu Boden, Stromberg an ihm vorbei.

»Na gut, wir werden ja sehen! Noch heute Abend spreche ich mit meinem Onkel darüber.«

Erst als er die Tür zum Kontor mit Schwung hinter sich ins Schloss geworfen hatte, fiel Franz ein, dass sein Onkel heute Abend gar nicht da war. Gemeinsam mit seinem Vater Wilhelm besuchte er die monatliche Versammlung der südpfälzischen Weinerzeuger.

Dann eben morgen, versuchte Franz, sich selbst zu beruhigen.

Anwesen der Gerbans bei Altenstadt
8. Oktober 1866, am selben Tag

»Sitzt mein Häubchen richtig? Bitte Minna, schau doch einmal nach!«

Irene drehte und wendete sich vor dem kleinen Spiegel der Mägdekammer in einem der zwei neuen Kleider, die sie bereits am vergangenen Samstag erhalten hatte. Dieses war das schlichtere, das sie bei der Hausarbeit tragen sollte. Es war aus dunkelblauem Baumwollstoff. Zu ihm gehörte eine weiße, mit Rüschen versehene Latzschürze und das soeben aufgesetzte, dazu passende Häubchen. Beides war aus Batist gefertigt.

Die alte Hausschneiderin hatte die Kleider, die einmal die degradierte Tilda alias Elsa getragen hatte, auf Irenes Körpermaße angepasst. Schon heute sollte ihr Dienst als drittes Hausmädchen beginnen.

Mit einem nachsichtigen Lächeln trat Minna hinter Irene und zupfte ihr das Häubchen über dem dicken Knoten zurecht, zu dem Irene ihr Haar gewunden hatte. »So, jetzt ist es gut. Und sei um Himmels willen nicht so zappelig, du machst mich ja ganz nervös.«

Dann kniff sie Irene in die Wange. »Du wirst sehen, es wird schon werden!«

»Frau Burger hat gesagt, es ist erst einmal vier Wochen zur Probe. Erst danach habe ich die neue Stelle sicher.«

»Ach, das musst du nicht allzu ernst nehmen. Was soll denn schon groß schiefgehen? Anstatt die Kamine zu heizen und die Dielen zu scheuern, machst du jetzt Betten, wischst Staub und putzt Silber. Das ist alles kein Hexenwerk. Und Frau Burger findet leichter ein neues Küchen- und Putzmädchen als ein gutes Stubenmädchen. Du müsstest dich also schon sehr dumm anstellen, damit du den Posten wieder verlierst.«

Irene war schon etwas getröstet, hatte aber noch immer Zweifel. »Aber ich muss auch ab und zu servieren und die Haustür besorgen.« Für diese Pflichten war das zweite schwarze Kleid aus glänzendem feinem Wollstoff gedacht, das nur mit einer spitzenbesetzten Halbschürze getragen wurde.

»Serviert hast du doch schon ganz gut«, erwiderte Minna. »Und es sind keine ständigen Aufgaben. Du bedienst nur beim Frühstück und beim Nachmittagstee, wenn die Damen unter sich sind. Die großen Mahlzeiten betreffen dich nicht, sie bleiben die Sache von Niemann und den Dienern. Und die Haustür besorgst du im Wechsel mit uns anderen Stubenmädchen.

Das heißt, du bist nur in jeder dritten Woche dran.« Nun klang Minna ein wenig gereizt.

Irene bemerkte es sofort. »Verzeih mir, liebste Freundin, aber ich kann mein Glück noch gar nicht so recht fassen.«

Tatsächlich war Minnas Vorhersage schneller wahr geworden, als die beiden erwartet hatten. Bereits in der vergangenen Woche hatte Frau Burger Irene von ihrer Beförderung unterrichtet.

Für diese Eile gab es allerdings einen unschönen Anlass, über den in den Dienstbotenräumen hinter vorgehaltener Hand noch immer getuschelt wurde. Minna hatte ihn bislang nicht erwähnt. Nun fasste sich Irene ein Herz und fragte beklommen: »Ist es wahr, dass Elsa, ich meine Tilda, in ihren letzten Wochen meine ehemalige Arbeit machen muss?«

Minna seufzte. Der sonst gutmütige Blick ihrer graugrünen Augen veränderte sich. »Ja, es ist wahr. Frau Burger ist zu Ohren gekommen, dass Tilda ein Kind erwartet. Wäre sie nicht verlobt, hätte sie genau wie Herta, deine Vorgängerin, das Haus sofort verlassen müssen. So wurde sie bis zum Ende ihrer Dienstzeit lediglich degradiert.«

Irene war entsetzt. Was Minna gesagt hatte, entsprach dem Getuschel. Doch dass es noch weit schlimmer hätte kommen können, hatte sie bislang nicht gewusst.

»Du meinst also, wenn der Vater des Kindes Tilda nicht heiraten würde, hätte man sie sofort auf die Straße geworfen?«

Minnas breites Gesicht mit der etwas zu groß geratenen Nase und den vollen Lippen nahm nun einen grimmigen Ausdruck an. »Oh ja, mein Unschuldslämmchen. Ohne mit der Wimper zu zucken, und ohne Zeugnis, aber mit einem Vermerk über den Grund des Rausschmisses im Gesindebuch. So erging es Herta, und so ist es auch anderswo Sitte und Brauch.«

»Aber wovon sollen die Mädchen dann leben? Sie haben doch überhaupt keine Chance mehr, eine andere Stellung zu finden.«

Minna zuckte mit den fülligen Schultern. »Das kümmert die

hohen Herrschaften einen feuchten Kehricht. Aber nun lass uns endlich zum Frühstück gehen. Es ist schon spät. Zum Glück ist es für Tilda ja noch glimpflich ausgegangen.«

Sie lächelte geheimnisvoll. »Und du wirst staunen, was Frau Burger uns beiden für heute aufgetragen hat.«

Mit Staubwedel, Putztüchern und Besen bewaffnet folgte Irene Minna in einen Trakt des Hauses, den sie bislang noch nie betreten hatte. Das Anwesen in Altenstadt bestand aus zwei Flügeln, die sich in vollendeter Symmetrie zu beiden Seiten des vorgesetzten Mittelbaus erstreckten, zu dem auch der Eingangsbereich mit der überdachten Treppe und der großen Halle gehörte. Im vorderen Teil der Eingangshalle gingen Türen in die Bibliothek und den großen Salon ab. Im ersten Stock des Mittelbaus lagen dagegen nur noch der große Speisesaal und der Tanzsaal. Beide Räume wurden nur wenige Male im Jahr für besonders festliche Gelegenheiten genutzt. Vom Tanzsaal aus betrat man den prächtigen halbrunden Balkon mit seinem Geländer aus durchbrochenem Marmor. Auf vier Podesten standen dort weibliche Statuen aus dem gleichen kostbaren Material. Sie stellten griechische Göttinnen dar, wie Irene erfahren hatte. Das schien auch der Grund dafür zu sein, dass sie nahezu nackt waren. Anfangs hatte Irene deren Blöße irritiert, war sie im Waisenhaus doch zur Schamhaftigkeit erzogen worden, wie sie allerorten, auch im Hause Gerban, üblich war, sobald es um Körperliches ging.

Vom hinteren Teil der Eingangshalle ging rechts ein Flur in den Flügel ab, den Wilhelm Gerban und seine Familie bewohnten. Dort lagen die Wohngemächer, zu denen der kleine Salon, das Frühstückszimmer, ein Rauch- und ein Schreibzimmer gehörten. Über eine breite Treppe erreichte man im ersten Stock die Schlafräume der Familie im rechten Hausflügel sowie die Gästezimmer mit den dazugehörigen Ankleideräumen und Bädern im linken Flügel.

Der zweite Stock wurde über die ganze Länge des Hauses hinweg als Dienstbotentrakt genutzt und war nur über die Hintertreppe erreichbar. Diese betrat man entweder über den Dienstboteneingang an der Rückseite des Hauses oder über einen Flur vom ersten Stock aus. Küche, Vorrats- und Aufenthaltsräume der Dienerschaft lagen im Untergeschoss. Der Zugang zu diesen Räumen erfolgte ebenfalls über die Hintertreppe.

So weit war Irene mit den Räumlichkeiten des Anwesens mittlerweile vertraut. Doch hatte sie sich immer wieder gefragt, was sich wohl im linken unteren Flügel des Hauses befände, den sie noch nie betreten hatte. Minna hatte ihr einmal erzählt, dass dort vor etlichen Jahren, weit vor ihrer Zeit, Wilhelm Gerbans jüngerer Bruder Gregor mit seiner Familie gewohnt hatte, bevor er ins Schweighofener Gutshaus umgesiedelt war.

Nun schloss Minna eine schwere geschnitzte Tür aus dunklem Holz auf, die links im hinteren Teil der Eingangshalle gegenüber dem Wohntrakt der Familie lag.

»Merkwürdig«, sinnierte Irene laut. »Auf der rechten Seite gibt es keine ähnliche Tür.«

Minna grinste. »Das liegt daran, dass Wilhelm Gerbans Schwägerin Ottilie darauf bestand, sie einbauen zu lassen, als die Familie noch hier wohnte.«

»Warum denn das«?

»Die Brüder, aber vor allem ihre Ehefrauen waren heillos zerstritten, weshalb Ottilie Gerban darauf bestand, nur dann im linken Wohntrakt leben zu wollen, wenn es im Mitteltrakt eine Tür gäbe, die sie hinter sich abschließen könnte. Doch letztlich nutzte es nichts. Sie zogen schließlich ganz aus. Im unteren linken Trakt ließ man danach alles unverändert. Im ersten Stock gab es wohl einmal eine ähnliche Tür zum linken Flur mit den Schlafkammern der Familie des Bruders. Die wurde mittlerweile entfernt und diese Räume zu den Gästezimmern umgestaltet, wie du sie heute kennst.«

»Woher weißt du das denn alles, wenn es doch vor deiner Zeit war?«

»Die Lieblingsbeschäftigung aller Dienstboten ist es, über ihre Herrschaft zu klatschen. Ich habe im Laufe der Zeit das ein oder andere aufgeschnappt.«

Während Irene Minna durch den düsteren Gang folgte, in dem es muffig und nach abgestandener Luft roch, ließ sie diese Neuigkeiten auf sich wirken. »Also haben auch die wohlhabenden Leute ihre Sorgen und ihren Zwist«, konstatierte sie schließlich.

Minna grinste noch breiter. »Reichlich, mein unbedarftes Mäuschen, reichlich. Die Gerbans noch weit mehr als andere begüterte Familien. Doch nun lass uns anfangen. Frau Burger besteht darauf, dass hier zumindest zweimal im Jahr gelüftet und Staub gewischt wird.«

Sie trat an das mit schweren dunkelgrünen Samtportieren verhängte Fenster des ersten Zimmers, das die Frauen gerade betreten hatten, zog sie beiseite und öffnete die großen Fenster, die auf die Auffahrt hinausgingen.

Irene erkannte sofort, dass es sich um ein Gegenstück des kleinen Salons im rechten Flügel handelte. Die Möbel waren mit weißen Tüchern verhängt, die Minna und sie jetzt nach und nach abzogen und erst einmal gründlich vor dem offenen Fenster ausschüttelten. Wolken von Staub stiegen daraus empor. Irene musste niesen.

Dann drehte sie sich um und musterte den Raum. Die Polstermöbel, ein dreisitziges Sofa, eine Chaiselongue und zwei Ohrensessel waren mit einem protzig wirkenden hellgrünen Brokatstoff mit Goldfäden überzogen. Zwei leere Vitrinen zu beiden Seiten der Tür, ein mit Schnitzereien überladener, fast bis zur Decke reichender Schrank und etliche Tee- und Nippes-Tischchen bildeten den Rest des Mobiliars. Von der Decke hing ein mächtiger Kronleuchter, der Irene viel zu groß für den Raum vorkam.

»Ziemlich geschmacklos und überladen, nicht wahr?«, sprach Minna ihre Gedanken aus.

Irene nickte. »Ganz anders als drüben«, bestätigte sie.

»Das liegt an den Hausherrinnen. Pauline Gerban hatte schon immer einen exquisiten Geschmack. Die Möbel in ihrem Trakt sind sicher genauso oder sogar noch teurer gewesen als die Einrichtung hier. Aber sie zieren das Haus, anstatt es zu einer Schaubühne zu machen.«

Irenes Neugier war nun endgültig geweckt. »Woher mag das kommen?«, fragte sie, während sie mit dem Staubwedel über die Schnitzereien des protzigen Schrankes fuhr.

»Nun, Pauline Gerban stammt aus einer reichen Familie und hat seit ihrer Kindheit gelernt, was guter Geschmack ist. Ottilie Gerban ist dagegen die Tochter eines Emporkömmlings aus kleinen Verhältnissen. Es heißt, ihr Vater hätte sein Vermögen durch zweifelhafte Geschäfte mit der bayerischen Armee gemacht. Er verkaufte ihr Stiefel aus schlechtem Leder und halb verdorbene Vorräte. Doch das ging auf Dauer nicht gut.«

Minna machte eine Kunstpause und genoss es sichtlich, Irene auf die Folter zu spannen, während sie mit einem Klopfer die Polstermöbel bearbeitete, aus denen neue Staubwolken emporstiegen.

»Nun sag schon«, drängte Irene. »Was ging nicht gut?«

Minna hob die Hände und traf dabei mit dem Klopfer eine kleine Standuhr auf einem der Tischchen, die hinunterzustürzen drohte, hätte Irene sie nicht mit einem beherzten Sprung gepackt und wieder auf ihren alten Platz gestellt.

»Uff, das war knapp«, schnaufte Minna erschrocken. »Ich danke dir vieltausendmal. Das Ding ist zwar scheußlich, aber ich möchte lieber nicht wissen, wie viel es wert ist.«

»Gerne geschehen. Aber nun erzähl endlich weiter.«

»Gerüchteweise habe ich gehört, dass es kurz nach Gregor Gerbans Hochzeit mit Ottilie zum Skandal kam. Ein neuer Zahlmeister trat seinen Posten im Heer an, entdeckte den Filz und die Korruption, in die Ottilies Vater und sein Vorgänger verstrickt waren, und brachte die Sache zur Anzeige. Gregors Schwiegervater entging dem Gefängnis nur mit knapper Not, angeblich weil Wilhelm Gerban seinen Einfluss geltend machte. Er verlor aber sein ganzes Geld aufgrund der hohen Summe Schadenersatz, die er leisten musste. Man sagt, er konnte Gregor Gerban nicht einmal mehr die versprochene Mitgift auszahlen.«

»Und deshalb konnte sich die Familie dann kein eigenes Heim leisten?«

»Möglicherweise war es so. Dieses Haus war gerade fertig geworden, es gab mehr als genug Platz. Und nach Schweighofen hätten sie damals nicht ziehen können, da dort noch der alte Vater der Gerban-Brüder lebte. Auf jeden Fall hat Wilhelm Gerban diese Einrichtung bezahlt, auch wenn Ottilie sie ausgesucht hat. Als sie dann im Streit auseinandergingen, mussten sie die Möbel hierlassen.«

Eine Weile arbeiteten die beiden schweigend weiter und wandten sich dann anderen Themen zu. Als sie mit dem Salon fertig waren, kam das Esszimmer an die Reihe, das ebenso protzig eingerichtet war. Minna verabschiedete sich für einen kurzen Moment, um den Abtritt aufzusuchen.

Derweil staubte Irene eine klobige Anrichte ab. Um auch den Staub aus den Ritzen zu entfernen, öffnete sie die beiden Schubladen, in denen vormals wahrscheinlich das Tafelsilber verwahrt worden war. Die erste war leer, aber als Irene die zweite aufzog, hörte sie etwas klappern. Neugierig zog sie die Lade noch weiter auf. Sie enthielt die vergilbte Fotografie einer jungen Frau, sicher nicht älter als Anfang zwanzig, in einem vergoldeten Rahmen.

Als Minna zurückkam, betrachtete Irene immer noch nachdenklich das Bild. Die junge Frau trug ein hochgeschlossenes weißes Kleid mit einem heute altmodisch wirkenden Hut. Obwohl ihr schmaler Mund ein leichtes Lächeln zeigte, war der Blick ihrer dunklen Augen von einer anrührenden Traurigkeit.

»Weißt du, wer das ist?«, fragte Irene.

Minna runzelte die Stirn. »Die Frau habe ich noch nie gesehen. Aber ich habe eine Ahnung, wer es sein könnte. Ottilie hatte eine jüngere Schwester, die durch einen tragischen Unfall ums Leben kam. Ich glaube, sie hieß Sophia. Sie fiel bei einem Bootsausflug ins Wasser und ertrank. Das muss ein paar Jahre nach Gregor Gerbans Hochzeit gewesen sein.«

»Aber warum hat ihre Schwester das Bild hier zurückgelassen?«

Minna hob die Schultern. »Vielleicht erinnerte es sie zu sehr an ihren Verlust.«

Irene leuchtete diese Erklärung nicht so recht ein. Aber eine andere hatte sie auch nicht.

Mit einem ihr unverständlichen Bedauern legte sie das Bild zurück in die Lade und schloss sie vorsichtig, damit es nur ja keinen Schaden nehmen konnte. Den restlichen Tag verbrachte sie in gedrückter Stimmung, ohne sich diese erklären zu können.

Der traurige Ausdruck in den Augen der Unbekannten verfolgte sie bis in ihre Träume.

Weingut in Schweighofen
9. Oktober 1866, am nächsten Abend

Der schwere Henkelkorb schnitt Franz in die Finger, als er sich am nächsten Abend der Weggabelung näherte, wo Karl ihn erwartete. Schon am Morgen hatte Franz in der Küche erfahren, dass sein Onkel auch an diesem Abend nicht zurückkäme. Gregor und Ottilie Gerban waren zu einer Gesellschaft geladen und würden bereits am späten Nachmittag aufbrechen. Da er vorläufig nichts anderes tun konnte, beschloss Franz im Laufe des Tages, den Hellmanns am Abend zumindest ein paar Lebensmittel vorbeizubringen.

Die Köchin staunte nicht schlecht, als Franz den Schlüssel zur Speisekammer verlangte und den größten Weidenkorb, den er finden konnte, mit Brot, Eiern, Wurst, Butter, Käse, Marmelade und sonstigen Lebensmitteln aus den überreichlichen Vorräten des Haushalts füllte. Auf dem Rücken trug er noch einen Rucksack mit Kartoffeln und Möhren.

»Da wird sich die Liese aber freuen«, kommentierte Karl den Inhalt des Weidenkorbs, nachdem er das darüber gebreitete Tuch gelüftet hatte. Dann griff er nach dem Henkel. »Lassen Sie mich das tragen, Herr Franz. Sie schleppen schon genug auf dem Rücken.« Dann ging er mit großen Schritten voraus.

Anfangs führte der Weg über saftige Weiden und an den abgeernteten Getreide- und Kartoffeläckern vorbei, die ebenfalls zum Gut gehörten. Hinter einer Biegung kam dann das Dörfchen in Sicht. Von Weitem wirkte es wie eine adrette Ansammlung weiß gekalkter kleiner Häuser, aus deren Kaminen der Rauch gemütlicher Herdfeuer aufstieg.

Doch je näher Franz dem Dorf kam, desto mehr erkannte er, dass es sich dabei um eine Sinnestäuschung handelte. Zuerst stach ihm ein beißender Geruch in die Nase, der sich zum Gestank auswuchs, als sie die ersten Behausungen erreichten. Er rührte von dem Rinnsal in der Mitte der einzigen Straße her, an der entlang die Häuschen standen. Vielerlei Unrat und offensichtlich auch Fäkalien schwammen darin. Franz bemühte sich, ein Würgen zu unterdrücken.

Auch die Häuschen selbst waren, aus der Nähe besehen, oftmals in einem erbärmlichen Zustand. Grüner Schimmel wuchs die Mauern empor, deren Kalk brüchig war und das nackte Mauerwerk darunter erkennen ließ. Die Farbe der Türen und Fensterläden war abgeblättert, so manch eine Scheibe zerbrochen.

Karl suchte sich seinen Weg sorgfältig an der stinkenden Kloake vorbei und warf nur ab und zu einen Blick zurück, ob Franz ihm noch folgte. Magere Kinder in schäbigen Kleidern lugten scheu um die Ecken. Ein paar zerzauste Hühner und Enten wateten durch den Morast.

Karl blieb kurz vor einem Haus stehen, das einen besseren Eindruck als die umliegenden machte. Ein paar Herbstastern wuchsen in Töpfen auf den Fensterbänken, ein Steg führte über das Rinnsal zur Eingangstür. »Da wohne ich, Herr Franz. Wenn es Ihnen nicht unangenehm ist, lade ich Sie später gerne noch auf ein Glas Bier ein. Der Hansi hat welches aus dem Wirtshaus besorgt.«

Franz nickte abwesend. Seine Bestürzung wuchs mit jedem Schritt. Zwar war das Schweighofener Gutshaus, das Elternhaus seines Vaters, lange nicht so prächtig wie das Anwesen in Altenstadt, wo er aufgewachsen war. Aber im Vergleich zu diesen elenden Behausungen hier glich es einem Palast.

»Karl, bleib einmal stehen!« Die Fragen konnten nicht länger warten, sondern drängten aus ihm heraus. »Du hast gesagt, ihr alle zahlt Miete für eure Häuser. Wie viel müsst ihr denn bezahlen?«

Karls Miene wurde schon wieder starr. »Für die größeren wie das meine, die zwei voneinander getrennte Räume haben, einen Gulden, zehn Kreuzer die Woche, Herr Franz. Die kleineren Katen kosten die Hälfte.«

»Du zahlst siebzig Kreuzer die Woche? Aber das ist ja fast ein Drittel deines Lohns!«

Karl nickte. »So ist es, Herr Franz.«

»Und warum ist hier dann alles so verwahrlost und verfallen? Sorgt mein Onkel als Vermieter denn nicht dafür, dass alles in Ordnung gehalten wird?«

»So war es einmal vereinbart.« Karl wich seinem Blick aus. »Doch in den letzten Jahren ist es ein wenig in Vergessenheit geraten.«

»In den letzten Jahren? Ein wenig? Wie lange ist hier nichts mehr in Stand gesetzt worden?«

»Es werden wohl an die zehn Jahre sein.« Karls Stimme klang gleichmütig. »Genauer gesagt, seitdem Herr Stromberg zum Verwalter bestimmt worden ist.«

Franz spürte, wie sein Herz vor Wut schneller zu schlagen begann. »Und wissen mein Onkel oder mein Vater davon?«

Karl hob schweigend die Schultern.

Schließlich waren sie am Ende der Dorfstraße angelangt, die sich, allmählich etwas steiler werdend, einen flachen Hügel hinaufzog. Der Gestank war mittlerweile so unerträglich geworden, dass Franz fürchtete, sich jeden Moment übergeben zu müssen. Zu Beginn war ihm gar nicht aufgefallen, dass ihnen die Kloake entgegenfloss, also ihren Ursprung irgendwo dort oben haben musste.

Karl hielt vor der letzten Hütte des Dorfes an, deren Zustand man nicht anders als abbruchreif bezeichnen konnte. Die Haustür hing schief in den Angeln, die Scheiben der beiden einzigen kleinen Fenster waren blind. Das Dachstroh wirkte an mehreren Stellen verfault. Oberhalb der Hütte befand sich seitlich in Richtung der Straße ein windschiefes Holzhäuschen, offensichtlich der Abort der Kate, schloss Franz.

Nach einem kurzen Anklopfen trat Karl ohne Aufforderung ein. Franz musste sich bücken, als er ihm in die Hütte folgte. Sie bestand nur aus einem einzigen Raum. Drinnen war die Luft voller Qualm, der von dem kleinen Herd in der Ecke aufstieg, auf dem irgendetwas brodelte. Die Wände waren vom Ruß geschwärzt.

»Guten Abend, Liese«, grüßte Hans die verhärmte Frau, die überrascht von einem wackligen Stuhl aufsprang. Auf dem Holztisch vor ihr lagen Kartoffelschalen, die meisten davon bereits in kleine Stücke geschnitten.

»Hier komme ich mit dem jungen Herrn Franz. Er hat von deiner Entlassung gehört und möchte dir ein paar Lebensmittel bringen.«

Zu Franz' Überraschung verzog Liese keine Miene, während ihre Kinder aus allen Ecken herbeistürzten und sich rund um den Henkelkorb versammelten. Im dämmrigen Licht, das von einer ebenfalls rauchenden Petroleumlampe herrührte, erkannte Franz in der Ecke ein Bett, auf dem die alte Elsbeth lag.

»Ich danke Ihnen, junger Herr.« Lieses Stimme klang kühl.

Sie kämpfte offensichtlich mit sich, doch schließlich brach es aus ihr heraus. »Tut es Ihnen jetzt doch noch leid, dass ich entlassen wurde?«

Franz war verwirrt. »Wie meinst du das? Natürlich tut es mir leid.«

Lieses Mund verzog sich spöttisch. »Warum haben Sie dann darauf bestanden, Herr Gerban?« Ihr Blick huschte zu dem Henkelkorb. »Was nutzen mir die paar Lebensmittel, wenn ich doch nichts weiter verdienen kann? Elsa, nein!« Sie schlug ihrer kleinen Tochter, die das Tuch gehoben und nach einem obenauf liegenden rotbackigen Apfel gegriffen hatte, hart auf die Finger. Das Mädchen begann zu weinen.

Liese biss sich auf die Lippen. »Doch es ist besser als nichts, junger Herr. Also danke ich Ihnen für Ihr Mitleid und Ihre Wohltätigkeit! Wären meine Kinder nicht so hungrig, würde ich nichts von Ihnen annehmen. Aber so bleibt mir nichts anderes übrig.«

»Liese«, mischte sich Karl jetzt ein, da Franz vor Bestürzung noch immer die Worte fehlten. »Wilms hat dich belogen. Herr Franz hat nichts mit deiner Entlassung zu tun. Im Gegenteil, er hat sogar vergeblich darum gebeten, dich wieder einzustellen.«

»Was … was hat das alles zu bedeuten?« Plötzlich fiel es Franz wie Schuppen von den Augen. »Hat Wilms, dieser Schurke, behauptet, ich hätte deine Entlassung verlangt?«

Liese nickte. Auch sie wirkte jetzt völlig verwirrt. Franz ballte die Hände zu Fäusten.

»Na warte«, knirschte er zwischen den Zähnen hervor. »Diesmal ist der Kerl zu weit gegangen. Dafür wird er mir büßen.«

Anwesen der Gerbans bei Altenstadt
13. Oktober 1866, am Samstagnachmittag der gleichen Woche

»Also, nun wiederhole noch einmal in Ruhe, was du im Dorf der Gutsarbeiter erfahren hast.«

Wilhelm Gerban strich sich über seinen sorgfältig gepflegten grauen Schnurrbart. Franz kannte seinen Vater gut genug, um zu wissen, dass dies ein Zeichen von Nervosität war. *Also sind sie zumindest beunruhigter, als sie zu erkennen geben wollen.*

Erwartungsgemäß war sein erstes Gespräch mit Onkel Gregor über die Wohnverhältnisse der Arbeiter erfolglos verlaufen. Es endete, wie es enden musste, mit gegenseitigen Vorwürfen. Gregor Gerban bezichtigte seinen Neffen des Wortbruchs, da er versprochen hätte, die Hilfe für Karls Familie bliebe die Ausnahme. Franz wiederum bestritt, dass die eine Sache mit der anderen überhaupt etwas zu tun hätte, verlangte die Entlassung von Wilms und Stromberg und warf seinem Onkel »Ausbeutung« vor.

Dann hatten sich beide an Wilhelm Gerban gewandt, um sich über den jeweils anderen zu beklagen und den Patriarchen auf ihre Seite zu ziehen. Für dieses Gespräch mit seinem Vater hatte sich Franz zum ersten Mal seit Monaten werktags in seinen guten Anzug und ein reines Hemd gekleidet, sich den unbequemen Binder um den steif gestärkten Kragen geschlungen und sogar eigenhändig seine Schuhe geputzt, ehe er über die Grenze ins benachbarte Altenstadt geritten war.

Wilhelm hörte sich seine Argumente ruhig an, verbat sich aber energisch jeden ausfallenden Ton seines im letzten Monat gerade sechzehn Jahre alt gewordenen Sohnes und nahm keine Stellung zu dessen Vorwürfen.

»Ich muss darüber erst mit deinem Onkel sprechen, Franz. Eine Entscheidung kann ich ohnehin nicht über seinen Kopf hinweg treffen.«

Das Gespräch der beiden Brüder schien mittlerweile stattgefunden zu haben, denn am gestrigen Abend hatte der erste Diener in Schweighofen Franz die Einladung nach Altenstadt überbracht. »Pünktlich am Samstag um sechzehn Uhr, junger Herr.«

Franz protestierte. »Aber da ist meine Schicht doch noch nicht zu Ende.«

Der Diener verbeugte sich. »Das ist es, was ich dem jungen Herrn ausrichten soll.«

Also hatte Franz den Grauburgunderweinberg, in dem sie an diesem Tag arbeiteten, schon um vierzehn Uhr verlassen, sich gebadet und umgezogen und war sogar eine Viertelstunde vor dem verabredeten Treffen in Altenstadt eingetroffen.

Zeit genug, um seiner Mutter noch einen Kuss zu geben. »Du bist so selten zu Hause, Franz.« Liebevoll strich Pauline Gerban ihm über die Wange. »Und nun ist es ein solch unerfreulicher Anlass.«

Sie beugte sich dicht an sein Ohr und sagte beschwörend: »Bleibe besonnen, mein Junge. Ich glaube, sie werden einlenken, wenn du ihnen keinen Anlass gibst, dir nicht entgegenzukommen.«

Der Rat seiner Mutter fiel auf fruchtbaren Boden. Franz hatte sich bereits selbst vorgenommen, diesmal ruhig zu bleiben und nur auf der Basis von Fakten zu argumentieren. Sein Trumpf-As würde er nur dann ins Spiel bringen, wenn es sich nicht vermeiden ließe.

Als er nur wenig später vor seinen Vater und seinen Onkel trat, straffte er daher die Schultern und begann, ihnen sein Anliegen vorzutragen: »Die Menschen im Dorf leben sehr bescheiden in kleinen Häusern mit zwei oder oft sogar nur einem einzigen Raum. Dafür zahlen sie allerdings eine beachtliche Miete. Siebzig Kreuzer pro Woche behält der Verwalter Stromberg für die größeren Hütten vom Lohn ein, die Hälfte für die kleineren Katen.«

Gregor Gerban nickte. »Dieser Mietzins ist durchaus üblich und seit vielen Jahren gleich geblieben.«

»Die Löhne allerdings auch«, entgegnete Franz schlagfertig. »Nicht jedoch die Häuser. Sie sind in den letzten Jahren mehr und mehr verfallen. Die Wände sind feucht und schimmelig, viele kleine Kinder leiden beständig an Husten. Türen und Fenster schließen oft nicht mehr richtig, nicht einmal zerbrochene Fensterscheiben werden ersetzt.«

»Kein Vermieter ist dafür verantwortlich, einen fahrlässig herbeigeführten Schaden des Mieters auf seine Kosten zu beseitigen.«

»Pscht, Gregor, wir hatten vereinbart, Franz in aller Ruhe anzuhören. Bitte halte dich daran«, wies Wilhelm Gerban seinen jüngeren Bruder zurecht.

Der errötete und biss sich vor Zorn auf die Lippen. Doch vorerst nahm er die Rüge klaglos hin.

»Also, Franz, fahre fort.«

»Auch manche Dächer sind undicht, und einige Kamine ziehen nicht mehr richtig. Am schlimmsten sind jedoch die sanitären Verhältnisse. Es gibt für das ganze Dorf nur einen Abort, er steht gleich neben der Hütte von Liese Hellmann. Die Senkgrube ist seit Jahren nicht mehr geleert worden, es stinkt dort bestialisch. Zudem scheint die Grube inzwischen übergelaufen zu sein. Denn mitten durch den Ort zieht sich eine ekelhafte Kloake, die ihren Ursprung eindeutig von diesem Abort aus nimmt und durch Regenwasser noch vergrößert wird.«

»Dein Onkel Gregor hat vom Verwalter erfahren, dass die Bewohner selbst schuld an diesem Missstand sind. Viele benutzen den Abort gar nicht mehr und leeren ihre Nachttöpfe gleich in die Gosse. Etliche werfen auch anderen Unrat hinein.«

Franz nickte. Auf diesen Einwand war er vorbereitet. »Ja, das ist richtig. Mittlerweile scheuen sich die meisten Bewohner davor, den Abort zu benutzen. Er liegt oben am Ende des Dorfes und damit weit weg von den meisten Häuschen. Zudem ist es ein einziger Abtritt für mehr als fünfzig Menschen. Das allein könnte schon so manchen daran hindern, dort hinaufzusteigen. Doch ausschlaggebend ist der Zustand des Lokus. Ich habe mich selbst davon überzeugt.«

Bei der Erinnerung daran drehte sich Franz noch immer der Magen um. »Ich bin sicher, hätte einer von euch diesen Ort nur ein einziges Mal benutzen müssen, wäre dieser Schandfleck schon längst beseitigt worden. Die Ränder des Plumpsklos sind ...«

Wilhelm Gerban hob die Hand. »Erspare uns die Einzelheiten! Wir können uns alles Weitere lebhaft vorstellen. Doch warum haben die Dörfler selbst noch nichts getan, um diesen unerträglichen Zustand zu ändern?«

»Anfangs haben sie immer wieder beim Verwalter vorgesprochen und um Abhilfe gebeten. Stromberg hat ihnen die Leerung der Grube jedes Mal zugesagt, aber nie eingehalten.« Franz fixierte seinen Onkel. »Und du hast die Abordnung der Dörfler nicht einmal empfangen, als sie sich in ihrer Not an dich wenden wollten.«

Zu seiner Genugtuung wich Gregor Gerban seinem Blick aus.

»Irgendwann haben sie einfach aufgegeben und sich in ihr Schicksal gefügt, so wie ihr es, Stromberg und du, zweifellos beabsichtigt habt.«

»Das ist eine Unterstellung, Franz«, wehrte sich Gregor. »Du hast uns versprochen, sachlich zu bleiben. Außerdem hätten die Bewohner doch auch selbst einmal zu Besen und Schaufel greifen können, um Abhilfe zu schaffen.«

»Die Bewohner, wie du sie nennst, arbeiten, wie du weißt, sechs Werktage hart auf dem Gut, um ihr Brot zu verdienen. Der einzige Tag, der ihnen bleibt, um einmal auszuruhen, ist der Sonntag. Selbst da besuchen sie morgens die Messe. Sollen sie ausgerechnet am Tage des Herrn im Anschluss daran zur Jauchegrube schreiten? Wir können ja Hochwürden Meinhardt einmal nach seiner Meinung dazu befragen!«

»Franz!«, zischte sein Vater mahnend.

Der riss sich zusammen. »Außerdem wäre mit Besen und

Schaufel längst nichts mehr auszurichten gewesen. Und wohin hätten die Bewohner den Inhalt der Senkgrube schaffen sollen? Vielleicht in Tante Ottilies geliebten Garten als Dünger? Oder in unsere Weinberge? Der Dreck scheint nämlich giftig zu sein.«

Diesmal ließ sich Franz nicht unterbrechen. »Liese Hellmann, die mit ihrer alten Großmutter und den vier Kindern Tag und Nacht in diesem Pesthauch ausharren muss, hat mir erzählt, dass kaum mehr etwas in ihrem Garten wächst. Die Jauche verpestet den Boden, Gemüse und Kartoffeln verwelken weit vor der Erntezeit. Als ich sie aufsuchte, kochte sie gerade eine Suppe aus Kartoffelschalen, die sie sich von ihren Nachbarn erbettelt hat.« Nun hatte er sich doch in Rage geredet und musste tief durchatmen.

»Nun, unsere Köchin hat berichtet, dass du die Vorratskammer gründlich geplündert hast, um Lieses Speiseplan zu bereichern.«

»Gregor, lass es gut sein.« Zu Franz' Erstaunen griff sein Vater wieder zu seinen Gunsten ein. »Von den paar Lebensmitteln werden wir alle nicht ärmer.«

Dann wandte er sich an Franz. »Was verlangst du nun also von uns?«

Obwohl er dies bereits in den vorigen Gesprächen erläutert hatte, zählte Franz seine Forderungen von Neuem auf. »Beseitigt zuerst einmal die alte Jauchegrube und legt die Kloake im Dorf trocken. Dann baut neue Latrinen, mindestens drei an verschiedenen Punkten im Dorf und lasst die Gruben mindestens zweimal pro Jahr ausheben. Gebt Liese Hellmann und ihrer Familie eine anständige Behausung oder lasst eine bauen, wenn es keine freie mehr gibt. Sorgt dafür, dass die fleißige Frau Arbeit bekommt, nicht nur während der restlichen Wochen der Weinlese, sondern auch danach hier auf dem Weingut. Wilms, der Vorarbeiter, schikaniert sie, weil sie ihn als junges Mädchen abgewiesen hat. Und dann lasst nach und nach die Schäden an den Häusern beseitigen! Beginnt dort, wo es am nötigsten ist, auch weil der Winter bereits vor der Tür steht. Dazu habt ihr euch einst als Vermieter verpflichtet.«

Wohlweislich verzichtete er auf die Forderung, den Verwalter Stromberg und den Vorarbeiter Wilms zu entlassen. Dass weder sein Vater noch sein Onkel jemals darauf eingehen würden, hatte er schon bei der Vorbereitung auf das heutige Gespräch klar erkannt.

Trotzdem reagierte sein Onkel empört. »Liese Hellmann ist uns seit Monaten einen Teil des Mietzinses schuldig. Ihr Mann war ein Taugenichts und Trunkenbold. Was sollen denn die anderen Arbeiterfamilien denken, wenn wir ausgerechnet ihr ein neues Haus bauen lassen?«

»Gregor, wir reden noch über die Einzelheiten«, beschwichtigte ihn sein Bruder. Dann blickte Wilhelm Gerban mit seinen stahlgrauen Augen direkt in die seines Sohnes. Als kleiner Junge hatte Franz dieser Blick seines Vaters eine Heidenangst eingeflößt. Auch heute noch, mit nunmehr sechzehn Jahren, musste er gegen das Gefühl der Einschüchterung ankämpfen.

»Vieles, wenn auch nicht alles, was du vorgebracht hast, ist einleuchtend, mein Sohn. Dennoch sei die Frage erlaubt: Was geschieht, wenn wir nichts von alledem tun, was du forderst?«

»Dann werde ich die Leute auffordern, auf der Stelle die Arbeit im Weinberg niederzulegen, bis sie zu ihrem Recht gekommen sind.«

Wilhelm Gerban nickte mit unbewegter Miene. Ihn schien die Aussage seines Sohnes nicht zu überraschen. Sein Bruder Gregor wurde dagegen puterrot und schnappte nach Luft.

»Du willst was tun? Unsere Stammarbeiter samt ihren Familienangehörigen dazu auffordern, mitten während der Lese zu streiken? Obwohl du weißt, dass wir weit und breit keinen Ersatz für sie finden würden, da alles, was zwei Beine hat und laufen kann, auf den umliegenden Gütern arbeitet? Ja, bist du denn ganz und gar von Sinnen? Sollen die Trauben an den Weinstöcken verfaulen? Du weißt, dass es heute zu regnen begonnen hat und viel kälter geworden ist. Und wir haben noch nicht einmal mit dem Gewürztraminer begonnen.«

Alles auf eine Karte gesetzt und gewonnen. Eigentlich hatte Franz die Streikdrohung nur im äußersten Notfall aussprechen wollen. Zumal sie gar nicht mit den Dorfbewohnern abgesprochen war. Trotz des durchdringenden Blicks seines Vaters, den er weiter auf sich gerichtet fühlte, genoss Franz diesen uneingeschränkten Triumph.

Doch nach außen hin ließ er sich nichts anmerken, seine Miene blieb unbewegt. »So ist es, Onkel Gregor. Wir haben noch nicht einmal mit dem Gewürztraminer begonnen. Aber der Wein ist, wie ich hörte, wohl schon so gut wie verkauft. Ist es nicht so, Vater?« Trotzig erwiderte er dessen Blick.

Der ging nicht auf Franz' Frage ein. »Ich denke, wir haben nun genug gehört, Franz. Es ist an der Zeit, dass ich mich mit deinem Onkel berate. Warte du derweil in der Bibliothek und lass dir eine Erfrischung bringen.«

Vorsichtig fuhr Irene mit dem an einer langen Stange befestigten Staubwedel über die Kristalle des riesigen Kronleuchters der Eingangshalle. Frau Burger hatte sie eigens zu erhöhter Achtsamkeit ermahnt.

»Der Leuchter ist überaus wertvoll, die Glasbehänge kommen aus dem venezianischen Murano. Wenn du einen zu Boden wischst, zerbricht er sofort, und du büßt mindestens drei Monatslöhne ein.«

Irene wäre es viel lieber gewesen, wenn Minna ihr erst einmal den Umgang mit dieser kostbaren Lampe gezeigt hätte. Aber die Freundin hatte heute ihren freien Nachmittag. Nun stellte sie sich auf die Zehenspitzen, um auch noch die obersten Kerzenhalter zu erreichen.

Der Lüster ist eigentlich nichts anderes als ein nutzloser Staubfänger, dachte sie unwillig, als ihre Arme und Schultern allmählich zu schmerzen begannen. Während ihrer Zeit im Hause Gerban waren die unzähligen Kerzen noch nie angezündet worden. Das wäre nur bei festlichen Anlässen der Fall, erklärte ihr Minna. An gewöhnlichen Tagen wurden geschmackvolle, aber weitaus weniger wertvolle Steh- und Tischlampen, die teils von neumodischem Gas, teils von Petroleum gespeist wurden, verwendet, um die Halle zu beleuchten.

Aus dem Schreibzimmer im hinteren Flur drangen plötzlich laute Stimmen. Irene stutzte. Die Worte konnte sie nicht verstehen, aber der Tonfall klang wütend. Sie wusste, dass der junge Herr Franz heute zu Besuch war, den sie allerdings bei seinem Eintreffen nicht gesehen hatte. Er musste den Dienstboteneingang benutzt haben. War es seine Stimme? Oder die seines Onkels Gregor, dem Irene etwa zwei Stunden vor der Ankunft des jungen Herrn die Tür geöffnet hatte?

»Was trödelst du da herum?«, erklang plötzlich eine scharfe Stimme hinter ihrem Rücken. »Lauschst du etwa?«

Erschrocken drehte Irene sich um und versank vor Mathilde in einem tiefen Knicks.

»Ich … ich lausche nicht, gnädiges Fräulein«, stammelte sie errötend.

Mathilde musterte sie abschätzig. »Das stellt sich mir aber ganz anders dar.« Genau in diesem Augenblick wurden die Stimmen wieder lauter.

Hochnäsiges Miststück. Über sich selbst erschrocken, schaute Irene zu Boden und versuchte, sich ihre Mischung aus Angst und Ärger über das gnädige Fräulein nicht anmerken zu lassen. Doch es war einen Lidschlag zu spät.

»Was hast du mich gerade so unverschämt angeglotzt?«

Irene erstarrte. In diesem Moment wurde die Tür zum Schreibzimmer aufgerissen. Der junge Herr trat mit finsterer Miene heraus. Er musterte seine Schwester und Irene. »Worum geht es hier?«, fragte er.

Mathilde lenkte ab. »Um nichts, was dich kümmern müsste.« Dann befahl sie Irene: »Da du schon mal gerade im Weg stehst, lauf hinauf in mein Zimmer und hole mir meinen Schal. Er liegt auf dem Sessel.«

Darüber erleichtert, der unangenehmen Situation entkommen zu können, stieg Irene hastig die Treppe empor und betrat Mathildes Zimmer, das gleich das erste im Gang des Schlafzimmertraktes war – und genauso überladen mit Putz und Tand wie die Kleider seiner Bewohnerin.

Die Einrichtung würde besser zum linken Flur passen, erinnerte sich Irene an die Reinigung des ehemaligen Wohntraktes von Gregor Gerbans Familie. Sie fand den Schal, der vom selben schreienden Orange war wie das mit Rüschen übersäte Kleid Mathildes, und wischte sich vorsichtshalber die Hände an ihrer Schürze ab, bevor sie ihn mit spitzen Fingern ergriff.

Als sie die Treppe wieder hinunterstieg, fand sie Mathilde immer noch im Gespräch mit ihrem Bruder Franz. Es brach sofort ab, als sie Irene bemerkten. Wieder ergriff Mathilde die Initiative.

»Geh in die Küche und bringe mir und dem jungen Herrn eine Tasse Tee und Gebäck in die Bibliothek«, befahl sie.

»Das ist nicht nötig, Mathilde. Ich möchte nichts«, hörte Irene Franz noch erwidern, als sie schon die Treppe zur Küche hinablief.

Fünf Minuten später trug sie zwei Teegedecke mit Sahne und Zucker sowie zwei duftende Zimtschnecken behutsam in Richtung der schweren, geschlossenen Tür der Bibliothek. Der Raum war ihr wegen der endlosen Reihen von Büchern in den zum Teil verglasten Regalen an den Wänden der liebste im ganzen Haus. Immer, wenn sie dort unbeobachtet war, las Irene sehnsüchtig die in Goldlettern aufgedruckten Titel der in Leder gebundenen Werke, soweit sie sie erkennen konnte. *Johann Wolfgang von Goethe: Die Leiden des jungen Werther; Friedrich Schiller: Die Räuber; William Shakespeare: Ein Sommernachtstraum.* Allein schon die Titel machten sie neugierig. Wie gerne hätte sie einmal eines dieser Bücher gelesen!

Nun drehte sie sich seitlich zur Tür und versuchte, die Klinke mit dem Ellbogen herunterzudrücken, um sie aufzustoßen. Es gelang ihr nicht auf Anhieb. Irene versuchte es ein zweites Mal. Da wurde die Tür plötzlich aufgerissen. Irene verlor das Gleichgewicht und stolperte. Zu ihrem Entsetzen fiel das Sahnekännchen um. Sein Inhalt ergoss sich auf das Tablett und spritzte sogar auf das Jackett des jungen Herrn.

»Du dummes Luder«, ertönte Mathildes vor Ärger schrille Stimme. »Nun sieh dir einmal diese Sauerei an! Das kommt davon, wenn man einen Küchentrampel zum Hausmädchen macht.«

Irene erstarrte zur Salzsäule. Tränen schossen ihr in die Augen. *Nun ist alles aus. Ich habe die Probe nicht bestanden.*

Doch wahrte sie zumindest die Form. Sie ignorierte Mathilde und sagte: »Ich bitte den jungen Herrn viele Tausend Male um Entschuldigung für mein Ungeschick.«

Zu ihrer Überraschung reagierte Franz Gerban im Gegensatz zu seiner Schwester gelassen. Er zog ein Taschentuch hervor und wischte sich die Sahnespritzer ab. Dann nahm er Irene das Tablett aus den zitternden Händen und stellte es auf einem Tischchen ab.

»Du musst dich nicht entschuldigen. Es war ja meine Schuld. Ich habe die Tür aufgerissen. Und außerdem mag ich weder Sahne im Tee noch dieses Jackett.«

Irene hätte vor Erleichterung beinahe geweint. »Soll ich dem jungen Herrn das Jackett säubern?«

Franz winkte lässig ab. »Ach was. Die Flecken sieht man doch kaum.« Sein Blick war ganz anders als der seiner Schwester – freundlich und angenehm.

»Ich habe dich noch nie hier gesehen. Wie heißt du denn?«

»Irene heißt der Trampel«, mischte sich seine Schwester ein.

Franz wandte sich zu ihr um. »Lässt du mich vielleicht selbst mit ihr sprechen?«

»Wie du willst«, antwortete sie schnippisch. »Dann werde

ich hier ja wohl nicht mehr gebraucht.« Mit einem bedauernden Blick auf die Zimtschnecken rauschte sie hinaus.

»Irene heißt du? Das ist aber ein schöner Vorname!«

Sie war erstaunt. Außer Schwester Agnes im Heidelberger Waisenhaus hatte noch nie jemand ihren Vornamen gelobt.

»Und wie lange bist du schon hier?«

»Seit April, junger Herr.«

»Dann ist es kein Wunder, dass wir uns noch nie begegnet sind. Ich war seither kaum zu Hause.«

Irene fiel zuerst keine Antwort ein. Verlegen senkte sie den Blick. Die Art, wie er sie ansah, verwirrte sie und ließ ihr das Blut in die Wangen steigen.

»Ich bin auch erst seit ein paar Tagen zum Hausmädchen befördert worden. Vorher war ich als Küchen- und Putzmädchen tätig, wie Ihre verehrte Schwester schon sagte.«

»Meine verehrte Schwester?« Franz lachte. »Ich finde, sie kann eine furchtbare Zicke sein.«

Tödlich verlegen blickte Irene weiter zu Boden. Was hätte sie darauf auch antworten sollen?

Franz schien zu merken, dass er über das Ziel hinausgeschossen war, und wechselte das Thema. »Magst du Bücher?« Er stutzte. »Kannst du überhaupt lesen?«

Jetzt mischte sich ein leiser Anflug von Ärger in Irenes Verlegenheit. »Das kann ich, junger Herr.«

»Aha«, wiederholte Franz. »Und welche Bücher liest du am liebsten?«

Irene biss sich auf die Lippen. Plötzlich schämte sie sich.

»Das einzige Buch, in dem ich je gelesen habe, ist die Bibel, junger Herr. Bücher kann ich mir leider nicht leisten. Ab und an leiht mir eine Freundin ein Groschenheft.«

»Würdest du denn gerne einmal ein Buch lesen?«

»Oh ja, das würde ich gerne. Sehr gerne sogar.« Ihre letzten Worte waren am Ende nur noch ein kaum vernehmbares Flüstern gewesen.

Mit Schwung nahm Franz ein Buch aus dem Regal. »Hier, sieh einmal: Hauffs Märchen. Würde dir das gefallen?«

Irene antwortete nicht. Franz streckte ihr das Buch entgegen.

»Es ist sehr spannend und lehrreich. Darin befinden sich Geschichten aus dem fernen Orient. Nimm es mit auf deine Kammer. Wenn du es ausgelesen hast, stellst du es einfach wieder zurück.«

Er bemerkte ihre Unsicherheit. »Niemand wird es vermissen.« Irene machte noch immer keine Anstalten, nach dem Buch zu greifen. »Und selbst wenn, meine Mutter ist eine freundliche Frau. Sie wird dich nicht schelten.«

»Ja, das weiß ich«, flüsterte Irene. Sie nahm das Buch trotzdem nicht.

Plötzlich huschte ein Ausdruck des Verstehens über sein Gesicht. »Ach so, du fürchtest dich vor meiner Schwester. Keine Sorge, Mathilde liest nie etwas. Zumindest nie etwas von Belang.«

Irene rührte sich immer noch nicht. *Er ist freundlich, aber es ist viel zu riskant.*

Schließlich zog Franz die Hand mit dem Buch zurück. »Nun gut, wie du willst. Dann eben nicht.« Ein gekränkter Unterton schwang in seiner Stimme mit. »Ich habe es nur gut gemeint.«

Irene knickste ein letztes Mal und floh aus dem Zimmer. Stirnrunzelnd sah Franz ihr nach. Dann konzentrierte er seine Gedanken wieder auf die Situation der Arbeiter auf dem Weingut.

»Ein schönes Früchtchen hast du dir da herangezogen, Wilhelm. Einen Revoluzzer, den man einsperren müsste. Ich hoffe sehr, du sprichst endlich ein Machtwort. Wir werden zum Gespött in der ganzen Pfalz, wenn dein eigener Sohn mitten in der Lese unsere Arbeiter zum Streik aufruft. Selbst wenn er damit keinerlei Erfolg haben wird.« Gregor Gerban hielt es nicht mehr auf seinem Sitz. Mit großen Schritten durchmaß er den Raum.

Wilhelm sah ihn ungerührt an. »Hüte deine Zunge, Bruder, und bedenke, wem du hier Vorwürfe machst. Hätte ich von den Missständen auf dem Gut nur das Geringste geahnt, hätte ich schon längst eingegriffen und dir Franz nie als Arbeiter geschickt.«

»Missstände? Was heißt denn hier Missstände? Was ist daran falsch, dass Stromberg ein guter Verwalter ist und all sein Sinnen und Trachten darauf richtet, unseren Gewinn zu maximieren? Und dass Wilms, der Vorarbeiter, die Frau eines Taugenichts entlassen hat, die zuvor nichts als Ärger bereitet hat?«

Wilhelm Gerban verzog verächtlich den Mund. »Genau diese Art ist der Grund dafür, warum du es allein niemals zu etwas gebracht hättest, Gregor. Genauso wenig wie unser Vater, der uns nichts als Schulden hinterlassen hat. Du denkst nicht über den nächsten Tag hinaus!«

»Du hast es gerade nötig, mir Vorhaltungen zu machen, Wilhelm. Ausgerechnet du!«, ereiferte sich Gregor. »Hätte deine Pauline den Franz nicht so sehr verzogen, wäre aus ihm ein ebenso gestandener Mann geworden wie aus unserem Fritz!«

»Den du mit viel Geld bei den preußischen Königsgrenadieren untergebracht hast«, spöttelte Wilhelm. »Geld, das ich dir geliehen habe, wenn ich dich daran erinnern darf.«

»Aber es hat sich ausgezahlt, Wilhelm. Fritz hat es bereits zum Unterleutnant gebracht, während dein Sohn und Erbe, der all das einmal übernehmen soll«, er machte eine weit ausholende Handbewegung, »noch nicht einmal einen anständigen Schulabschluss vorzuweisen hat.«

An der Ader oberhalb der Schläfe, die nun sichtbar zu pochen begann, sah Gregor, dass er diesmal ins Schwarze getroffen hatte. Doch sein Bruder behielt die Beherrschung.

»Es ist, wie es ist, Gregor. Du hättest das Dorf niemals so verfallen lassen dürfen. Schließlich ist es in erster Linie ein Teil unseres Grundbesitzes, der dadurch an Wert verloren hat. Darum höre dir jetzt an, was ich dir zu sagen habe.«

»Also, Franz, hier sind unsere Vorschläge und die daran geknüpften Bedingungen.« Wilhelm Gerban hatte mit Gregor vereinbart, dass er bei dem nachfolgenden Gespräch allein das Wort führen würde.

Franz nickte kurz. »Ich höre!«

»Wir gehen davon aus, dass deine Drohung, die Arbeiter zum Streik während der Lese aufzurufen, nicht ernst gemeint war. Du würdest damit Schande über uns alle bringen und könntest niemals mehr meine Nachfolge als Oberhaupt der Familie antreten.«

Wilhelm beobachtete Franz scharf. So sicher, wie er sprach, war er sich der Sache bei Weitem nicht. *Dem Tollkopf traue ich alles zu.*

Doch zu seiner Erleichterung lenkte Franz ein. »Ich bin vor allem in Sorge über das Wohlergehen der Arbeiter. Der Aufruf zum Streik wäre nur der äußerste Schritt, zu dem ich greifen würde.«

»Das ist gut zu hören. Denn er wird nicht erforderlich sein. Sobald die Weinlese abgeschlossen ist, werden die Aborte im Dorf erneuert. Außerdem wird das Dorf winterfest gemacht. Alle undichten Dächer werden repariert, die Fenster und Türen abgedichtet und die Kaminabzüge überprüft. Unsere Bedingung: Bei allem helfen die Stammarbeiter und ihre Familien mit und erhalten dafür ihren regulären Lohn wie jetzt bei der Weinlese. Sollte es nötig sein, werden weitere Arbeiten an den Häusern im Frühjahr gemacht.«

Franz lächelte. »Diese Bedingung werden die Leute gerne erfüllen. Doch was ist mit Liese Hellmann?«

»Gemach, mein Sohn. Wir haben sie nicht vergessen. Auf dem Gut ist die Wohnung des Stallmeisters frei geworden, der nach seiner Hochzeit nach Schweighofen gezogen ist. Liese kann mit ihren Kindern und ihrer Großmutter dort einziehen. Die alte Hütte, in der sie wohnt, und der Abort werden abgerissen. Im Winter helfen Liese und ihre Buben im Stall und überall sonst, wo sie auf dem Gutshof gebraucht werden. Kost und Logis hat die Familie dafür frei, auch Heizung und Winterkleidung werden gestellt. Lohn bezahlen wir allerdings nicht. Im Frühjahr sehen wir dann weiter, ob wir Liese als erste weibliche Arbeitskraft fest einstellen werden.«

»Und wovon hängt Lieses Einstellung ab?« Dieser Vorschlag schien Franz offenbar weniger gut zu gefallen.

»Von ihrem Betragen«, antwortete Wilhelm kühl.

»Was ist mit Stromberg und Wilms?«, lenkte Franz das Gespräch auf das Thema, das er bislang nicht erwähnt hatte.

»Dein Onkel Gregor wird Stromberg ermahnen, besser auf seine Pflichten gegenüber den Arbeitern zu achten. Nicht wahr, Gregor?«

Gregor Gerban sah aus, als habe er gerade eine Kröte verschluckt. »Jawohl«, presste er heraus.

Auf Wilms ging Wilhelm nicht weiter ein. Er holte zum entscheidenden Schlag aus.

»Nun komme ich zu dir, mein Sohn. Die Arbeit in den Weinbergen war als Strafe für deinen Rauswurf aus dem Augsburger Internat gedacht, nicht als Betätigungsfeld für politische Agitation. Ich habe mittlerweile an das Straßburger Lyzeum telegrafiert. Man ist bereit, dich dort auch mitten im Schuljahr aufzunehmen, so wie du es ursprünglich wolltest«, kam er Franz' Einwand zuvor. »Bereits am Montag reist du ab.«

Doch was diesen Punkt betraf, hatte sich Wilhelm Gerban in seinem Sohn getäuscht. »Diese Bedingung akzeptiere ich nicht«, erklärte dieser kurz, aber bestimmt.

Gerban versuchte, ruhig zu bleiben. »Nun, damit wären dann auch alle anderen Zugeständnisse hinfällig, Franz. Willst du das …«

Zu seiner nicht geringen Indignation fiel Franz ihm ins Wort. »Sie sind wahrscheinlich auch hinfällig, wenn ich abreise. Wer gibt mir denn die Garantie, dass ihr euch an eure Zusagen haltet?«

»Also das ist doch wirklich unerhört!«, platzte Gregor Gerban der Kragen.

Wilhelm Gerban hob die Hand. »Ich sehe, Sohn, dass dir unser Wort nicht ausreicht. Was stellst du dir vor?«

»Onkel Gregor und du teilt allen Arbeitern eure Beschlüsse bezüglich des Dorfes am Montag vor dem Beginn der Lese mit. Ich arbeite noch so lange als Hottenträger, bis die Lese abgeschlossen ist. Das wird in zwei bis drei Wochen der Fall sein. In dieser Zeit zieht Liese mit ihrer Familie in die neue Wohnung. Erst dann reise ich nach Straßburg ab.«

Wilhelm schürzte die Lippen. *Ist eigentlich gar nicht so schlecht, was er da vorschlägt. Das erregt weit weniger Aufsehen unter den Arbeitern, als wenn er sofort verschwände.*

»Nun gut«, antwortete er schließlich. »Aber eine weitere Bedingung bleibt bestehen: Du kehrst nicht ohne Abschluss nach Hause zurück.«

Franz nickte. »Das verspreche ich dir. Und diesmal werde ich mein Versprechen halten.«

Als er das Schreibzimmer verließ und die Halle betrat, schweifte sein Blick unwillkürlich umher. Doch das Dienstmädchen Irene war nirgends zu sehen. Mit einem Anflug von Bedauern machte sich Franz zurück auf den Weg nach Schweighofen.

Teil 2

Ruhe vor dem Sturm

Kapitel 5

Anwesen der Gerbans bei Altenstadt
Anfang März 1870

»Rasch, rasch! So beeile dich doch, Minna!«

»Immer mit der Ruhe«, wiegelte Minna ab. »Der junge Herr kann frühestens in zehn Minuten da sein, selbst wenn der Zug wirklich einmal pünktlich ist.«

Sie musterte Irene kritisch. »Und außerdem sitzt dein Häubchen schief.«

Noch ehe sie auf Irene zugehen konnte, hatte diese schon die Nadeln aus ihrem Haar herausgezogen und versuchte hektisch vor dem Spiegel, ihre Frisur zu richten und das Häubchen exakt über dem dicken Knoten zu befestigen.

Lächelnd nahm Minna ihr die Nadeln aus der Hand und korrigierte den Sitz des mit Spitzen besetzten Abzeichens aller ehrbaren Dienstmädchen. »Ich muss mich doch sehr wundern«, spöttelte sie. Im Spiegel sah Irene, dass Minna schmunzelte. »Ich wusste gar nicht, dass der junge Herr Franz einen solchen Eindruck auf dich gemacht hat.«

»Das hat er ja auch gar nicht«, erwiderte Irene schnippisch. Dann drehte sie sich um und schlüpfte durch die Tür.

Als sie über die Hintertreppe und den Gang, der in die Halle führte, die Eingangstür erreichte, sah sie, dass sich die Mehrzahl der Dienerschaft bereits vor dem Haus eingefunden und zu beiden Seiten der Treppe Aufstellung genommen hatte. Irene reihte sich auf der linken Seite neben Gerda ein.

Ihre Beziehung zum ersten Hausmädchen war im Laufe der knapp vier Jahre, die Irene nun schon bei den Gerbans in Diensten stand, zwar nicht herzlich geworden, aber auch nicht mehr so kühl wie zu Beginn von Irenes Dienstzeit. Gerda erkannte an, dass Irene fleißig war, nicht zuletzt, weil sie selbst davon profitierte und Irene in der Regel klaglos auch die schweren Arbeiten übernahm, die sich die Hausmädchen eigentlich untereinander teilen sollten.

Minna war das gar nicht recht. Sie murrte häufig darüber und warnte Irene davor, sich ausnutzen zu lassen. Doch angesichts Mathildes ungebrochener Feindseligkeit wollte die nicht noch eine weitere Gegnerin im Haus haben und gab Gerda meistens nach, wenn diese ihre Arbeit auf Irene abwälzte.

Der junge Herr Franz kommt endlich heim! Unwillkürlich schweiften Irenes Gedanken ab. Seit ihrer Begegnung in der Bibliothek hatte sie immer wieder an ihn gedacht. Manchmal träumte sie sogar nachts von ihm. Wie nett er war, wie gut aussehend und doch … wie unerreichbar für eine arme mittellose Waise.

Bevor Franz vor dreieinhalb Jahren ins Internat nach Straßburg abgereist war, hatte Irene ihn nur noch einmal von ferne gesehen, als er Abschied von seiner Familie nahm und seine Koffer abholte. Auch danach war Franz nur selten nach Altenstadt gekommen. In der Gesindestube tuschelte man, er verbringe sogar einen Teil seiner Ferien lieber im Internat oder bei den Verwandten seiner französischen Mutter in Straßburg als in seinem Elternhaus.

Dennoch war Irene jedes Mal aufgeregt, wenn Franz ein paar Tage zu Besuch war. Aber seit der Episode in der Bibliothek schien er sie kaum mehr zur Kenntnis zu nehmen.

Irene grämte sich einerseits darüber und war doch andererseits nicht überrascht. *Wer bin ich denn schon? Ein Nichts, ein Niemand, eine einfache Dienstmagd. Solche wie mich holen sich die jungen Herren höchstens als Gespielin für ein paar Mondnächte in ihr Bett. Und spätestens, wenn sie geschwängert sind, jagt man sie mit Schimpf und Schande auf die Straße.*

So war es jedenfalls der Gundi aus Schweigen ergangen, die

dort in einem Weingut als Dienstmädchen gearbeitet hatte. Eines frühen Morgens wartete sie weinend am Dienstboteneingang des Gerban'schen Anwesens auf Minna, die sie von früher her kannte. »Man hat mich hinausgeworfen«, schluchzte sie. Minna musterte sie mit einer Mischung aus Missbilligung und Mitleid.

»Warum lässt du dich auch auf solche Eskapaden ein? Nun hast du die Folgen zu tragen.«

Trotz ihrer strengen Worte hatte sie Gundi die Hälfte ihrer Ersparnisse in die Hand gedrückt. Auch Irene hatte drei Gulden ihres sauer verdienten Lohns beigesteuert. Genutzt hatte es nichts. Nur einige Monate später erzählte man sich, dass Gundi noch vor der Geburt ihres Kindes anschaffen ging.

»Was mag wohl aus dem Kleinen werden?«, fragte Irene beklommen.

Minna zuckte mit den Schultern. »Sie wird es in einer Gebäranstalt zur Welt bringen und hernach dort lassen.«

Erst als Irene scharf den Atem einzog, realisierte Minna ihre Taktlosigkeit.

»Oh nein, wie dumm von mir! Es tut mir leid, ich wollte dir nicht zu nahe treten.«

»Schon gut, schon gut! Es macht mir nichts aus!« Irene drehte Minna den Rücken zu. Nicht einmal ihre beste Freundin sollte die Tränen sehen, die ihr in die Augen stiegen.

Das wird wahrscheinlich auch das Schicksal meiner Mutter gewesen sein. Was ist wohl aus ihr geworden?

Aber das Leben ging weiter und war auch für Irene nicht immer leicht. Denn anders als Franz behielt seine Schwester Mathilde sie scharf im Auge. Und überraschte sie eines Tages prompt dabei, wie sie beim Staubwischen in der Bibliothek Hauffs Märchen zur Hand nahm, um einmal einen Blick in das Buch zu werfen, das ihr der junge Herr empfohlen hatte.

»Aha!«, rief sie triumphierend. »Ertappe ich dich etwa beim Stehlen?«

Zum Glück kam gerade Frau Gerban in die Halle, hörte Mathildes Stimme und betrat die Bibliothek.

»Worum geht es hier?«, fragte sie. Ihre Stimme klang matt, ihre Pupillen waren verkleinert. Irene vermutete, dass Pauline Gerban wieder einmal eine Dosis Laudanum eingenommen hatte. Deshalb hatte sie auch keine Hoffnung, dass sie Mathilde in die Schranken weisen würde.

Doch sie täuschte sich, zumal Mathilde diesmal den Bogen überspannte. »Ich habe dieses Miststück beim Stehlen erwischt!«, behauptete sie dreist.

Pauline ließ sich nicht täuschen. »Das ist eine schwerwiegende Behauptung!« Dann wandte sie sich Irene zu, die das Buch noch immer in der Hand hielt. Sie streckte ihrerseits die Hand danach aus. Irene legte das Buch zitternd hinein.

»Aha, Hauffs Märchen«, sagte Pauline. »Interessierst du dich dafür?«

Irene nickte. »Der junge Herr hat mir die Lektüre einmal empfohlen.«

»Franz?«, erwiderte Pauline erstaunt. »Ja, das war als Kind sein Lieblingsmärchenbuch. Hast du es denn schon gelesen?«

Irene schüttelte stumm den Kopf.

»Warum denn nicht, mein Kind? Liest du nicht gerne?«

Irene merkte, dass ihre Augen feucht wurden. »Oh doch, gnädige Frau«, antwortete sie leise. »Ich würde sehr gerne lesen. Doch ich habe bislang nicht gewagt, darum zu bitten, mir ein Buch ausleihen zu dürfen.«

»Natürlich!«, mischte sich Mathilde nun ein. »Stehlen ist ja auch einfacher. Wer weiß, was sie nicht schon alles in ihrer Kammer gebunkert hat.«

»Mathilde, mäßige dich! Und drücke dich nicht so ordinär aus!« Jetzt klang Pauline zornig.

Dann schaute sie wieder Irene an.

»Möchtest du das Buch mitnehmen?« Sie streckte es Irene entgegen. Die ergriff es mit zitternden Händen.

»Sehr gerne, gnädige Frau«, antwortete sie mit leiser, halberstickter Stimme.

»So nimm es mit und stell es zurück, wenn du es ausgelesen hast. Dann darfst du dir gerne ein neues Buch mitnehmen. Dazu musst du nicht eigens fragen.«

»Und nun lass uns bitte allein, meine Liebe«, bedeutete Pauline der noch immer wie erstarrt dastehenden Irene. »Ich habe noch etwas mit meiner Tochter zu besprechen.«

Seit dieser Unterredung, in der es wohl um Mathildes Verhalten gegenüber Irene gegangen war, wie diese später schlussfolgerte, unterließ die Tochter des Hauses ihre Schikanen in der Öffentlichkeit ihr gegenüber und behandelte sie zwar kühl, aber korrekt.

Allerdings häuften sich danach eine Zeit lang sehr unangenehme Vorfälle. Anscheinend verlegte Mathilde sich nun auf perfide Streiche. Einmal wiesen Irenes frisch gewaschene Strümpfe große Löcher auf, als sie sie von der Leine nahm. Ein anderes Mal fand sie ihre Leibwäsche mit Pferdekot beschmiert in der Kommode ihrer Dachkammer. Erst als Frau Burger eines Tages Mathilde auf frischer Tat ertappte, als diese im Begriff war, einen Eimer voller roter Waldameisen in Irenes Bett zu kippen, ließen auch diese Attacken nach.

»Frau Burger hat herausgefunden, dass Mathilde einen Stallburschen damit beauftragt hat, die Krabbelviecher im Wald zu sammeln«, vertraute Minna, die wie üblich über alles gut informiert war, Irene an, die von diesem Vorfall selbst gar nichts mitbekommen hatte. »Sie hat gedroht, Frau Gerban einzuweihen, sollte sich so etwas noch einmal wiederholen. Und da Frau Gerban den Charakter ihrer Tochter kennt und Frau Burger vorbehaltlos vertraut, hat deren Wort Gewicht. Mathilde wird es nicht wagen, dir noch weitere Streiche zu spielen.«

Tatsächlich hatte Minna Recht behalten. Doch Irene wusste, dass sie in Franz' Schwester nunmehr eine Todfeindin hatte, die vor keinem Mittel zurückschrecken würde, um ihr zu schaden, sollte sie dazu die Gelegenheit bekommen.

Hauffs Märchen hatte Irene damals in wenigen Tagen verschlungen. Wie Franz ihr angekündigt hatte, waren sie lehrreich und spannend zugleich. Besonders gut gefiel ihr die Geschichte vom Kalif Storch. Seither stellte sie sich manchmal vor, wie es wäre, mit Franz über die Märchen und die darin enthaltenen Weisheiten zu sprechen, zumal sie nicht die geringste Hoffnung hatte, dass dies in der Realität jemals geschehen würde.

Nach dem Abitur hatte Franz eine große Europareise gemacht und war jetzt schon fast ein Dreivierteljahr lang nicht mehr daheim gewesen. Deshalb stand nun auch das ganze Haus bereit, um ihn zu empfangen.

In diesem Moment bog der Gerban'sche Landauer mit Riemer, dem Kutscher, in tadellos gebügelter Livree auf dem Bock, in die lange Auffahrt zum Herrenhaus ein. Irenes Herz begann schneller zu schlagen.

Mit gemischten Gefühlen sah Franz aus dem Fenster, als sein Elternhaus zwischen den Bäumen der Auffahrt in Sicht kam. Er freute sich auf das Wiedersehen mit seiner Mutter, dem einzigen Menschen, der ihm dort wirklich etwas bedeutete.

Auf seinen Vater und seine Schwester Mathilde freute Franz sich dagegen nicht. Er hatte die beiden kein einziges Mal während seiner Reise vermisst.

Nach einem glänzenden Abitur, das er im vergangenen Sommer am Straßburger Lyzeum abgelegt hatte, bestand sein Vater zu seiner Überraschung gar nicht darauf, dass Franz im darauffolgenden Herbst sein Jurastudium an der Pariser Sorbonne aufnahm, sondern finanzierte ihm stattdessen eine lange Europareise. Da Franz trotz der drei Rauswürfe aus verschiedenen Internaten sein Abitur in der regulären Zeit abgelegt hatte, noch dazu mit einem sehr guten Ergebnis, auch weil er im Straßburger Lyzeum den versäumten Stoff spielend aufholen konnte, sollte dies ein Zeichen der Anerkennung seiner besonderen Leistung sein, hatte sein Vater erklärt. Doch Franz fand schnell heraus, dass das großzügige Geschenk wie alle Gaben seines Vaters mit einem Hintergedanken gemacht worden war.

Angesichts der zunehmenden Spannungen zwischen Frankreich und Deutschland hoffte Wilhelm Gerban darauf, sein Sohn würde sich nach seiner Rückkehr anders besinnen und eine deutsche Universität wählen. Dort würde er zwar wegen seines in Frankreich erworbenen Abiturs eine Aufnahmeprüfung machen müssen, doch weder Vater noch Sohn zweifelten daran, dass Franz sie bestehen würde.

Tatsächlich hatte sich der Ton zwischen Napoleon III. und dem preußischen König Wilhelm sowie seinem Kanzler Otto Graf Bismarck während Franz' Abwesenheit weiter verschärft. Seitdem die Spanier einen Thronfolger aus dem Haus Hohenzollern für ihr verwaistes Königreich einwerben wollten, lag sogar Kriegsgeruch in der Luft. Zu sehr fürchtete Frankreich, wie zu Zeiten der Habsburger von deutschen Einflussgebieten eingekreist zu werden.

Ich gehe aber trotzdem nach Paris, dachte Franz trotzig. Er hatte Europas Hauptstädte kennengelernt, war in Rom, Madrid, Wien und London gewesen. Doch das Flair von Paris hatte er nirgends wiedergefunden. Er freute sich jetzt schon darauf, wieder auf den Montmartre zu steigen und durch das Studentenviertel Quartier Latin zu schlendern. Nichts würde ihn davon abbringen können.

Die Kutsche bog auf den kiesbestreuten Platz vor dem Eingang des imposanten Herrenhauses ein. Sofort eilte Niemann, der erste Diener, herbei, um ihm den Schlag aufzuhalten. Beim Aussteigen ließ Franz seinen Blick über das aufgereihte Gesinde gleiten. Er erkannte Irene unter den Dienstboten und erinnerte sich flüchtig an ihre Begegnung in der Bibliothek. Immerhin wirkte sie heute selbstbewusster als damals.

Jetzt rannte seine Mutter mit ausgebreiteten Armen auf ihn

zu. »Franz, mein lieber Junge«, er hörte das Schluchzen in ihrer Stimme, »wie schön, dass du endlich nach Hause kommst!«

Sofort plagte Franz das schlechte Gewissen wie immer, wenn es um seine Mutter ging. Er hatte ihr während seiner Abwesenheit oft geschrieben, aber ihre dringlichen Bitten, zwischen den einzelnen Stationen seiner Reise wenigstens ab und zu für ein paar Tage nach Hause zu kommen, geflissentlich ignoriert. Nicht einmal an Weihnachten hatte er sich dazu durchringen können, obwohl er sich zu diesem Zeitpunkt in Luxemburg aufhielt und der Weg nach Altenstadt nicht weit gewesen wäre.

Aber die Atmosphäre daheim, welche Franz zunehmend als immer bigotter empfand, stieß ihn mehr und mehr ab. Die unkritische Art und Weise, in der Mathilde ihren Vater anhimmelte, und das Lob, das dieser ihr dafür im Gegenzug in völliger Verkennung ihres Charakters immer wieder zollte, widerten ihn an. Onkel Gregor und Tante Ottilie aus Schweighofen fand er seit seinem Strafaufenthalt vor einigen Jahren, den er notgedrungen in ihrem Haushalt hatte verbringen müssen, ebenfalls abscheulich. Gar nicht zu reden von der Selbstgefälligkeit seines Vaters. Obwohl dieser und Onkel Gregor alle Zusagen eingehalten hatten, die sie den Bewohnern des Arbeiterdörfchens gemacht hatten, behielt die Angelegenheit für Franz einen bitteren Beigeschmack. Denn für einsichtig hielt er weder seinen Vater noch seinen Onkel.

Sie haben es nur getan, um einen Aufruhr während der Weinlese zu verhindern. Dabei hätte es gar nicht erst so weit kommen dürfen, dass die Arbeiter jahrelang in diesem Dreck hausen mussten.

Als Franz seine Mutter in die Arme schloss, spürte er bestürzt, wie mager sich ihr Körper unter dem wie immer tadellos sitzenden Kleid aus dunkelgrauer Seide anfühlte. Die neumodische Turnüre, die die ausladenden Reifröcke abgelöst hatte und stattdessen den Rock jetzt über dem Hintern zu einer Art Entenbürzel aufbauschte, konnte dies zwar optisch kaschieren. Ebenso wie die eingenähten Polster an Brust, Schultern und

Hüfte. Doch einer festen Umarmung hielt dieser Schneidertrick nicht Stand.

Kurz atmete Franz den Veilchenduft seiner Mutter ein, bevor er sie an beiden Händen fasste und einen Schritt zurücktrat. »Lass dich einmal anschauen, Mutter. Du siehst aus wie das blühende Leben.«

Franz wunderte sich, wie leicht ihm diese Lüge über die Lippen kam. Nur ganz aus der Nähe konnte man erkennen, dass die lebhafte Röte der mütterlichen Wangen von sehr geschickt aufgetragenem Rouge herrührte. Die Pupillen ihrer dunklen Augen, die ihn anstrahlten, waren so winzig wie Stecknadelköpfe.

Laudanum. Sie nimmt dieses Gift noch immer ein.

Mit großem Unbehagen erkannte Franz, dass auch dies einer der Gründe war, die ihn von zu Hause ferngehalten hatten. Der beständige Laudanum-Konsum seiner Mutter war ein Tabuthema, das niemand anzusprechen wagte. *Dabei verfällt sie zusehends mehr.*

Nun erblickte Franz seine Schwester Mathilde. Sie war noch feister als bei ihrer letzten Begegnung. Das grellgrüne Kleid mit der affigen Turnüre, für Franz der Gipfel modischer Torheit, spannte sich über ihrem fetten Bauch. »Wie schön, dass du wieder zu Hause bist, Franz«, säuselte sie mit falschem Lächeln und hielt ihm die Wange zum Kuss hin.

Am liebsten hätte sich Franz auf dem Absatz umgedreht und wäre wieder in die Kutsche gestiegen, so sehr stieß ihn Mathildes Anblick ab. Stattdessen küsste er sie flüchtig und erwiderte ihren Gruß in gleicher Tonart. »Auch du siehst blendend aus, meine Liebe.«

Zum Glück würde er ja nur ein paar Tage bleiben müssen. Seine Straßburger Verwandten hatten ihn eingeladen, nachdem Franz auf der Rückreise bei seinem dortigen Zwischenstopp ihnen einen Wink mit dem Zaunpfahl gegeben hatte.

Nun trat sein Vater Wilhelm auf ihn zu und klopfte ihm auf

die Schulter. »Willkommen daheim, Sohn!« Seine Bassstimme dröhnte Franz in den Ohren. »Wie gut, dass du vor dem Beginn deines Studiums jetzt ein paar Monate bleiben kannst. Es ist höchste Zeit, dich ins Weingeschäft einzuführen.«

Franz sank das Herz in die Hose. »Ins Weingeschäft?«, echote er. Der durchdringende Blick seines Vaters zeigte ihm, dass Wilhelm Gerban seine Absichten völlig durchschaut hatte.

»Natürlich, mein Sohn. Schließlich soll sich das teure Studium, das ich dir bezahlen soll, ja amortisieren. Bevor du an die Universität gehst, solltest du wissen, worauf es im Weinhandel in unserem deutsch-französischen Grenzgebiet ankommt. Wie willst du sonst die juristischen Kniffe erlernen, die du brauchen wirst, wenn du das Geschäft dereinst übernimmst?«

Franz wusste nicht, was er darauf antworten sollte. Hilflos glitt sein Blick über den Platz. Einen Augenblick lang streifte er dabei Irenes Gesicht. Um ihre Lippen spielte ein leichtes Lächeln.

Anwesen der Gerbans bei Altenstadt
April 1870

»Es wird aber auch Zeit. Sputen Sie sich gefälligst!«

Wie immer, wenn Mathilde Gerban ärgerlich war, klang ihre Stimme schrill.

Irene knickste mit dem Teetablett in beiden Händen und hoffte, dass ihr die Tochter des Hauses ihre Gedanken nicht ansah, die ihren Puls wieder einmal beschleunigten. *Sie ist und bleibt eine Plage. Nichts kann ich ihr recht machen.*

Seitdem sie zum Hausmädchen aufgestiegen war, war ihr Leben in fast jeder Hinsicht besser geworden. Seit ihrem achtzehnten Geburtstag wurde sie von den Herrschaften und Frau Burger sogar gesiezt. Nur Mathilde war ihr nach wie vor spinnefeind.

»Ich bitte das gnädige Fräulein um Verzeihung. Das Teewasser kochte noch nicht.«

»Das Teewasser kochte noch nicht«, äffte Mathilde sie nach. »In einer ordentlichen Küche hängt immer ein Wasserkessel über dem Feuer.«

»Jawohl, gnädiges Fräulein. Ich werde es der Köchin bestellen.« Kaum waren die Worte heraus, hätte sich Irene am liebsten die Zunge abgebissen.

Doch es war zu spät. Sie saß in der Falle. »Soso, jetzt werden Sie also auch noch frech!« Mathildes Stimme klang nun gefährlich leise. »Glauben wohl, Sie kämen ungestraft damit durch. Ich werde mich bei Frau Burger über Sie beschweren.«

Irene senkte den Kopf, während sie noch einmal knickste. Sie bezwang ihre Wut. »Ich wollte dem gnädigen Fräulein nicht ungehörig antworten. Wenn es so gewirkt hat, tut es mir leid.«

Mathilde schnaubte. Auch wenn Frau Burger die Sache mit den Ameisen nie wieder erwähnt hatte, wusste Mathilde sehr gut, dass die Hausdame Irene nicht wegen eines vermeintlichen Missverständnisses tadeln würde. Genauso gut, wie Irene wusste, dass auch Frau Burger Mathilde nicht leiden konnte.

Nur nicht die Ruhe verlieren, mahnte sie sich gedanklich wie schon so oft davor. *Solange ich höflich bleibe, kann mir nichts geschehen. Jedermann weiß, was Mathilde für ein Biest ist.*

Sie stellte das Tablett auf dem niedrigen Salontisch ab. »Darf ich dem gnädigen Fräulein servieren?«

Mathilde nickte hochmütig. »Sie dürfen! Gießen Sie mir Tee ein!«

Fordernd hielt sie Irene die Tasse entgegen. Konzentriert, um nur ja keinen Tropfen des heißen Getränks zu verschütten, füllte Irene die Tasse. Viel lieber wäre es ihr gewesen, Mathilde hätte sie auf dem Tisch stehen lassen. Doch alles ging gut.

Sie wollte schon aufatmen, da nahm Mathilde ihren Kuchenteller hoch. »Und nun ein Stück Cassis-Torte.« Sie streckte Irene den Teller auf Armeshöhe entgegen.

Irene zögerte. Die Teekanne konnte sie beim Einschenken mit beiden Händen halten. Die Kuchenplatte aus Kristallglas war jedoch viel zu schwer, um sie mit einer Hand hochzuheben und gleichzeitig mit der anderen ein Stück der wabbeligen Sahnetorte mit dem silbernen Kuchenheber zu servieren.

»Wäre das gnädige Fräulein so freundlich, den Teller abzustellen? Dann kann ich besser bedienen.«

Mathilde tat so, als habe sie nichts gehört. »Nun, wird's bald?«, reagierte sie drohend.

Hilflos warf Irene einen Blick auf die große Standuhr im kleinen Salon. Es war erst Viertel vor fünf. Wenn Mathildes Mutter Pauline überhaupt zum Tee erschien, würde es nicht vor der vollen Stunde sein. Doch schon nach dem Mittagessen hatte sie über Kopfschmerzen geklagt und sich in ihr Schlafzimmer zurückgezogen.

Vorsichtig beugte sich Irene über den niedrigen Tisch und schob die Tortenschaufel unter eines der bereits vorgeschnittenen Stücke. Dann hob sie es vorsichtig heraus und richtete sich behutsam auf.

Die Torte war eines von Frau Kramms Meisterwerken. Ein hauchdünner Biskuitboden, darüber eine Sahnecreme und obenauf eine dicke Schicht gelierter schwarzer Johannisbeeren, verziert mit weiteren Sahnetupfen. Sie schmeckte zweifellos köstlich, doch sie ließ sich nicht leicht servieren. Nur allzu schnell kippte ein Tortenstück zur Seite, wenn man es auf den Teller schob, und wurde unansehnlich, wenn nicht gar unappetitlich. Der Sahnetupfen zersprang, die Cassis-Schicht fiel herunter.

Noch schwieriger war es, den Kuchen auf dem Tortenheber zu balancieren, wie es nun erforderlich war. Irene hielt den Atem an, während sie den Tortenheber zum Teller Mathildes emporhob.

Gerade als Irene das Stück mithilfe eines kleinen Schiebers vorsichtig absetzen wollte, zog Mathilde den Teller plötzlich zurück. Irene erschrak und machte eine unwillkürliche Bewegung. Die Torte fiel auf Mathildes grasgrünes Seidenkleid und spritzte nach allen Seiten. Der Saft der Beeren durchtränkte den zarten Stoff auf der Stelle. Irene stand wie erstarrt. *Cassis-Flecken lassen sich kaum mehr entfernen.*

Im nächsten Moment erhielt sie eine schallende Ohrfeige. Mathilde war aufgesprungen und brüllte sie an: »Du dämliches, ungeschicktes Miststück!« In ihrer Wut duzte sie Irene wieder. »Das hier ist eines meiner neuesten Kleider! Ich habe es kaum getragen!« Wütend wischte sie die Torte auf den kostbaren Perserteppich. »Nun sieh, was du angerichtet hast, du dumme Kuh! Eine Laus hat mehr Verstand. Den Preis des Kleides wirst du mir von deinem Lohn bezahlen, und ich sorge persönlich dafür, dass du wieder Asche fegst und Böden schrubbst. Zu mehr bist du nicht nütze.«

Irene hielt sich die schmerzende Wange. Noch immer fühlte sie sich nicht in der Lage, auch nur ein Glied zu rühren. Mathilde hob erneut die Hand. »Hol auf der Stelle Frau Burger herbei. Sie soll bezeugen, was hier geschehen ist.«

»Ich denke, das wird nicht nötig sein, Mathilde.«

Mit gemessenen Schritten betrat Franz den kleinen Salon. Mathilde schnellte herum.

»Was heißt hier, das wird nicht nötig sein?« Mathildes Stimme klang nun schrill wie eine Sirene. Sie wies anklagend auf ihr Kleid und den mit Sahne und Cassis-Gelee beschmierten Teppich. »Sieh dir doch nur einmal diese Sauerei an!«

Franz fixierte seine Schwester kühl. Voller Genugtuung registrierte Irene, dass Mathilde erbleichte.

»Mir scheint, daran trägst ganz allein du die Schuld, Mathilde. Du hast dem Mädchen mit Absicht den Teller weggezogen, als es dir den Kuchen servieren wollte.«

Hässliche rote Flecken bildeten sich auf Mathildes Wangen. Ihr Blick begann zu flackern.

»Das ist nicht wahr!« Vergeblich versuchte sie, das Zittern in ihrer Stimme zu verbergen, indem sie lauter sprach. »Woher willst du das denn überhaupt wissen?«

Franz grinste. »Oh, ich habe die ganze Szene mit großem Interesse von der Tür aus verfolgt. Sie stand halb offen.« Er holte tief Luft, die spöttische Miene wich einem Ausdruck kalten Zorns. »Das Miststück bist du, Mathilde. Du allein bist verantwortlich für dieses Malheur. Das sage ich jedem, der es hören will, solltest du Irene zu Unrecht beschuldigen.«

»Ich … ich trage die Schuld?« Mathilde unternahm einen letzten Versuch in gespielter Empörung. Sie zeigte mit dem Finger auf Irene. »Dieses ungeschickte Ding aus der Gosse kann nicht servieren! Wo hätte sie es auch lernen sollen? Ich habe noch nie verstanden, warum Vater ausgerechnet die aus dem Waisenhaus geholt hat!«

»Aha, daher weht also der Wind!« Nun grinste Franz wieder spöttisch. »Du bist eifersüchtig auf eine einfache Dienstmagd. Obwohl unser Vater kaum einmal das Wort an sie gerichtet hat, seit sie im Haus ist.«

»Eifersüchtig? Ich? Auf eine Dienstmagd? Du bist ja von Sinnen!« Mathildes Stimme erreichte einen Diskant, der jedem Feueralarm Ehre gemacht hätte.

Wie eine Furie fuhr sie zu Irene herum, das Gesicht nun wieder knallrot, die fetten Stumpen-Hände zu Fäusten geballt.

»Scher dich endlich hinaus und schick jemanden her, der hier sauber macht. Und komm mir heute ja nicht mehr unter die Augen!«

Trotz Franz' abwehrender Geste ließ Irene sich das nicht zweimal sagen und huschte hinaus. Vor der Tür hielt sie inne, um kurz Atem zu schöpfen. Sie verspürte ein Stechen in der Seite, als sei sie zu schnell gerannt.

»Das hier ist mein bestes Kleid!«, hörte sie Mathilde nun erneut zetern. »Jetzt ist es vollständig ruiniert! Es wurde eigens für die neue Saison geschneidert. Ich wollte es zu Ehren unseres Vetters Fritz anziehen, der uns bald besuchen wird. Und schau dir den Teppich an! Du weißt doch, wie sehr Mutter daran hängt. Er stammt aus ihrem Straßburger Elternhaus.«

»Du solltest dich für dein Tun schämen, Mathilde«, warf Franz nun ein, der sich offensichtlich von den Worten seiner Schwester nicht beirren ließ. »Du bist ein niederträchtiger Charakter. – Schweig still und lass Irene aus dem Spiel«, fügte er noch hinzu, nachdem seine Schwester wohl zu einem Protest angehoben hatte. »Wenn du zugibst, dass du den Schaden versehentlich verursacht hast, weil du nicht abwarten konntest, dir den Bauch vollzuschlagen, schweige auch ich. Anderenfalls ...« Franz senkte die Stimme, sodass Irene seine letzten Worte nicht mehr verstehen konnte.

Trotz ihrer Angst, beim Lauschen erwischt zu werden, rührte sie sich nicht von der Stelle. Zu viel hing von Mathildes Antwort ab.

Doch auch die konnte Irene nicht verstehen. Doch Franz' Reaktion zeigte ihr, dass die Gefahr vorläufig gebannt war. »Warum nicht gleich so, Schwester? Ich wusste, dass du am Ende Vernunft annehmen würdest.«

»Ich hasse dich«, hörte Irene Mathilde zischen.

Franz lachte auf. »Ach, das kümmert mich nicht, liebste Schwester. Nur um den Teppich ist es wirklich schade. Mutter wird sich grämen, wenn die Flecken nicht mehr entfernt werden können.«

Er machte eine kleine Pause. »Aber wegen deines Kleides solltest du nicht traurig sein, liebste Schwester. Jetzt bleibt dir glatt eine Blamage vor unserem heldenhaften Vetter erspart. Du siehst darin nämlich aus wie ein fetter Frosch.«

Irene presste sich beide Hände auf den Mund, um nicht loszuprusten. Unbändige Lachlust schüttelte sie, während sie auf Zehenspitzen die Treppe hinunterschlich.

Doch trotz aller Fröhlichkeit überfiel sie ein bestürzender Gedanke. Diese Niederlage würde Mathilde ihr heimzahlen, koste es sie, was es wolle.

Anwesen der Gerbans bei Altenstadt

April 1870, ein paar Tage später

»Ich möchte mich auch noch recht schön bei dem jungen Herrn bedanken.«

Franz sah von der Zeitung auf, die er gerade las. Soeben hatte Irene ihm eine Tasse Kaffee in die Bibliothek gebracht.

Er lächelte, als er sah, dass sie vor Aufregung errötet war. *Ein hübsches Mädchen,* schoss es ihm plötzlich durch den Kopf. Tatsächlich war ihm vorher gar nicht aufgefallen, wie apart ihre dunklen Haare zu den tiefblauen Augen kontrastierten.

»Sie meinen wegen der Sache mit meiner Schwester? Ich hoffe doch, die Angelegenheit ist mittlerweile bereinigt. Mathilde hat in meinem Beisein gegenüber unserer Mutter die Schuld für den ruinierten Teppich auf sich genommen. Oder haben Sie doch noch Scherereien bekommen?« Plötzlich war er beunruhigt. Mathilde war nicht zu trauen.

»Nein, junger Herr«, beruhigte ihn Irene. Jetzt lächelte sie ihrerseits, was sie noch anziehender machte. »Und der Teppich ist ebenfalls fast wieder sauber. Frau Burger, die Hausdame, hat ihre geheimen Rezepte für häusliche Katastrophen dieser Art. Man sieht die Flecken nur noch ganz schwach, wenn Licht darauf fällt.«

»Das ist gut«, bestätigte Franz. »Meine Mutter hängt sehr an den Sachen, die noch aus ihrem Elternhaus in Straßburg stammen. Manchmal glaube ich, sie hat selbst nach all den Jahren immer noch Heimweh.«

Irene nickte. »Ich habe oft das Gefühl, dass Ihre Frau Mutter nicht glücklich ist«, bestätigte sie. Dann biss sie sich erschrocken auf die Lippen. »Aber es steht mir natürlich nicht zu, darüber ein Urteil abzugeben. Der junge Herr möge es entschuldigen.«

Franz war gerührt und beschämt zugleich. Natürlich wussten auch die Dienstboten von der Laudanum-Sucht seiner Mutter.

Nach kurzem Zögern entschloss er sich zur Offenheit. Irene

war ihm sympathisch und würde später nicht über ihr Gespräch tratschen. Das sagte ihm sein Gefühl.

»Aber Sie haben ja Recht mit dem, was Sie sagen. Meine Mutter ist keine glückliche Frau. Aber sprechen Sie mich bitte mit ›Herr Gerban‹ an, ›junger Herr‹ finde ich so steif.«

Irene errötete noch mehr. »Wenn Sie es wünschen … Herr Gerban.«

»Mögen Sie meine Mutter?«

»Aber ja, Herr Gerban.« Das Strahlen in ihren Augen verriet ihm, dass sie die Wahrheit sagte. »Jeder im Haus schätzt Ihre Frau Mutter. Sie ist uns allen eine liebevolle und gerechte Dienstherrin.«

»Und fühlen Sie sich denn bei uns wohl?« Franz überlegte kurz. »Ich glaube, einmal gehört zu haben, dass Sie keine eigene Familie mehr haben?«

Er bereute die Frage sofort, als er den Schatten bemerkte, der sich daraufhin über Irenes Züge legte. »Wie taktlos von mir, so in Sie zu dringen. Bitte verzeihen Sie mir.«

Sie hob den Kopf und sah ihm forschend in die Augen. Ihre eigenen schimmerten feucht. *Wie Bergseen.* Er verscheuchte den unangebrachten Gedanken.

»Ich habe Ihnen nichts zu verzeihen.« Ihre Stimme klang belegt, was sie aber merkwürdigerweise nur noch reizvoller machte. »Sie waren offen zu mir. Warum sollte ich nicht offen zu Ihnen sein?«

Sie zögerte kurz und holte tief Luft. Franz wartete gespannt. »Ich komme aus einem Waisenhaus.« Jetzt klang ein trotziger Unterton mit. »Ihr Herr Vater war so freundlich, mich in seine Dienste zu nehmen.«

Franz erinnerte sich nun. Mathilde hatte dies bereits während ihres Streits über den befleckten Teppich erwähnt. Er hatte dem zunächst keine große Bedeutung beigemessen. Aber jetzt wurde er neugierig und fragte nach. »Mein Vater hat Sie aus dem Waisenhaus dienstverpflichtet? Wie kam es denn dazu?«

»Es geschah wohl auf Wunsch Ihrer Frau Mutter. Sie erfüllte damit ein Versprechen, das sie einer verstorbenen Freundin gab. Diese bat sie, mich aus dem Waisenhaus in ihre Dienste zu nehmen. Doch warum ihre Freundin sie darum bat, weiß ich nicht.«

»Konnte meine Mutter es Ihnen denn nicht sagen?«, wunderte sich Franz.

Irene schüttelte den Kopf. »Sie weiß es leider selbst nicht.«

Franz ließ diese mysteriösen Neuigkeiten einen Moment lang auf sich wirken. Irene fasste dies wohl als Zeichen auf, dass sie sich nun entfernen solle.

»Darf ich dem jungen Herrn noch etwas bringen?« Wieder in ihre Dienstmädchenrolle zurückgefallen, hatte sie wohl vergessen, dass er diese Anrede nicht mochte. Er ließ es dabei bewenden, da er sie nicht tadeln wollte. Schließlich tat sie nur ihre Pflicht.

»Nein danke«, antwortete er stattdessen. »Aber ich habe noch eine letzte Frage«, hielt er sie zurück, als sie sich schon zum Gehen wandte. »War die Sache mit dem Kuchen das erste Mal, dass Mathilde Sie schikaniert hat?«

Der Ausdruck auf ihrem Gesicht war ihm Antwort genug, auch wenn Irene ihn gleich wieder unter Kontrolle zu bringen versuchte. Sie schwieg.

»Also war es nicht das erste Mal«, antwortete er an ihrer statt. »Dann möchte ich, dass Sie mir etwas versprechen.«

Er machte eine Pause und sah ihr in die Augen. »Wollen Sie das tun?«

Zu seinem Entsetzen knickste sie nun verlegen. »Wenn es mir möglich ist, junger Herr.« Er verstand ihre Worte kaum.

»Mein Gott, Irene, ich will Sie doch nicht erschrecken. Ich möchte Sie nur bitten, mich sofort ins Vertrauen zu ziehen, wenn Mathilde Sie wieder einmal schikaniert. Kommen Sie auf jeden Fall damit zu mir, zumal wenn meine Mutter wieder einmal … unpässlich ist. Versprechen Sie mir das?«

Mit ihren vor Rührung feuchten Augen und dem schüchternen Lächeln kam sie ihm nun geradezu *lieblich* vor. Ein, wie er fand, völlig unangebrachter Gedanke.

Sie knickste noch einmal. »Gerne verspreche ich Ihnen das, Herr Gerban.« Nun war ihr offenbar wieder eingefallen, welche Anrede er sich wünschte. »Aber ich hoffe, es wird nicht mehr nötig sein.«

Damit drehte sie sich um und eilte aus der Bibliothek. *Wie ein scheues Reh,* befand Franz.

Als sie die schwere Tür hinter sich geschlossen hatte, nahm Franz noch einen Schluck von seinem inzwischen erkalteten Kaffee.

Ein wirklich reizendes Mädchen. Kein Wunder, dass Mathilde neidisch auf sie ist.

Kapitel 6

Anwesen der Gerbans bei Altenstadt

Anfang Mai 1870

»Und Sie beide haben wirklich schon 1866 in der Schlacht von Königgrätz gegen die Österreicher gekämpft und für Preußen den Sieg errungen?« Mathilde schmachtete Major von Kaisenberg an, den ihr Vetter Fritz heute mit zu Besuch gebracht hatte.

Der Major lächelte etwas gequält. »Jawohl, Fräulein Gerban. Ihr Cousin hat sich dort und auch in der davor stattgefundenen Schlacht von Skalitz durch große Tapferkeit vor dem Feind ausgezeichnet. In Skalitz hat er sogar unsere Bataillonsfahne gerettet, die der Feind schon erobert hatte.«

»Fritz wurde danach in den Offiziersrang erhoben. Seither ist er Unterleutnant.« Tante Ottilie wandte sich strahlend an Pauline und Franz Gerban, die das beide schon längst wussten, da Fritz' Mutter nie müde wurde, es bei jeder Gelegenheit zu erwähnen. »Stellt euch das nur vor! Vom einfachen Gemeinen zum Offizier der Liegnitzer Königsgrenadiere!«

Franz verkniff sich ein Stöhnen, während Pauline, ganz vollendete Dame, höflich lächelte. »Ja, meine Liebe. Du kannst wirklich stolz auf deinen Sohn sein.«

»Was man beileibe nicht von allen Söhnen der Familie sagen kann.« Selbst in solch einer illustren Gesellschaft konnte Ottilie sich ihre Sticheleien nicht verkneifen.

Eine Minute herrschte peinliches Schweigen. Mathilde und Pauline brachen es fast gleichzeitig. »Möchten Sie noch eine Tasse Tee, Herr Major?«

Franz entging der verstohlene Blick nicht, den von Kaisenberg auf die Standuhr warf. *Erst halb sechs. Zu früh, um ohne Affront gegen die Damen aufbrechen zu können.* Franz konnte ihm seine Gedanken vom Gesicht ablesen.

Doch von Kaisenberg wahrte die Form. »Sehr gerne.« Niemann trat schon vor, doch Mathilde ergriff die Teekanne und schenkte dem Major persönlich nach.

»Und tragen die Königsgrenadiere noch ihre hohen Mützen?«, flötete sie. »Ich habe das einmal auf einem Bild gesehen.«

Anstatt des Majors antwortete Fritz. »Ach, liebe Cousine. Die Langen Kerls, wie man die Truppe mit den roten Mützen nannte, gibt es schon lange nicht mehr. Und selbst wenn es sie noch gäbe, würden ihnen die Mützen, die tatsächlich zu ihrer Uniform gehörten, heute nur im Weg sein. Damals waren die Truppenbewegungen im Kampf noch gemächlich im Vergleich zu heute. Man rückte mit aufgepflanztem Bajonett in geschlossenen Reihen gegeneinander vor. Schlachten wurden zudem häufig auf ebenem Feld geschlagen. Heutzutage stürmen wir durch Täler und auf Anhöhen, um den Sieg zu erringen. Da wären uns solche sperrigen Mützen nur im Weg. Stattdessen tragen wir Pickelhauben mit dem preußischen Adler.«

»Oh, wie überaus interessant«, hauchte Mathilde. Ihr gerötetes Gesicht mit den Pausbacken glich den Porzellanköpfen ihrer Puppen, die in ihrem Zimmer immer noch aufgereiht auf dem Kanapee saßen. Zum Glück trug sie heute wenigstens keines der lächerlichen Kleider, für die sie eine so große Vorliebe hegte. Ihr hellblaues Kleid mit dem weißen Kragen und den Manschetten wirkte geradezu schlicht im Vergleich zu den mit Zierrat überladenen Kreationen, die sie sonst zur Schau stellte.

Franz schmunzelte schadenfroh. Nachdem sich seine Schwester ihr grellgrünes Kleid selbst ruiniert hatte, war ihre Auswahl an modischen Nachmittagskleidern nicht mehr allzu groß. Krinolinen-Kleider galten mittlerweile als altbacken. Da sie dem Major offensichtlich imponieren wollte, hatte Mathilde für heute keines dieser Kleider gewählt, die sie nur noch im engsten Familienkreis auftrug. Doch an ihrem zweiten seidenen Turnüren-Kleid war kurz vor dem Besuch von Fritz und von Kaisenberg eine Naht von oben bis unten aufgeplatzt. *Mathilde wird eben von Tag zu Tag fetter,* lächelte Franz still in sich hinein.

Zum Glück hatte ihre Mutter Pauline darauf bestanden, dass sich Mathilde beim letzten Besuch der Schneiderin auch ein schlichteres Gewand bestellte. Nun war ihr nichts anderes übrig geblieben, als dieses heute zu tragen. Daran lag es wohl allerdings nicht, dass Major von Kaisenberg ihre offensichtliche Schwärmerei nicht zu erwidern schien.

Während die Konversation wieder in leichtem Ton vor sich hin plätscherte und Mathilde den Major weiterhin anhimmelte, musterte Franz seinen Vetter und von Kaisenberg mit einer Mischung aus Langeweile und Gereiztheit. Beide trugen ihre Ausgehuniform. Die blauen Jacken und Hosen mit den roten Kragen, Manschetten und Bordüren waren tadellos gebügelt, die schwarzen Stiefel so blank gewichst, dass sich das Licht darin spiegelte. Ihre schneidigen Käppis hatten sie Niemann beim Eintritt ins Haus in die Hand gedrückt.

»Und wie lange werden Sie hier in der Pfalz bleiben, Herr von Kaisenberg?« Mit sanfter, etwas rauchiger Stimme gab Pauline der Konversation eine neue Richtung.

Der Angesprochene wandte sich ihr höflich zu. Wieder glaubte Franz, seine Gedanken lesen zu können. *Wie kann eine so feine und elegante Dame nur einen solchen Trampel zur Tochter haben?*

»Ich reise schon morgen ab, nachdem ich die Angelegenheiten meiner verstorbenen Tante nunmehr geregelt habe.«

Franz wusste, dass den Major eine Erbschaftsangelegenheit vom fernen niederschlesischen Liegnitz ins pfälzische Landau geführt hatte. Allein auf diese Verbindung der hoch angesehenen preußischen Adelsfamilie in die Pfalz war es überhaupt zurückzuführen, dass Fritz seinerzeit die Chance erhalten hatte, der Elitetruppe der Königsgrenadiere vom 7. Regiment beizutreten. Denn die Familie Gerban hatte mit dem Ehemann der nun verstorbenen Tante von Kaisenbergs in geschäftlicher Verbindung gestanden, der sich für Fritz' Aufnahme bei den Grenadieren verwendet hatte.

Natürlich war Fritz schon vor dem Ausbruch des Preußisch-Österreichischen Krieges, in dem Bayern und damit auch die bayerische Pfalz 1866 aufseiten Österreichs gekämpft hatten, nach Liegnitz gegangen. Und natürlich hatte es trotz der Beziehungen der Gerbans viel Geld gekostet, Fritz, der nie etwas anderes als Soldat werden wollte, seinen Lebenstraum zu erfüllen.

Geld, das Onkel Gregor nicht hatte. Franz spürte zu seiner Überraschung, wie Bitterkeit in ihm aufstieg. Fritz, der Paradesprössling der Gerbans, auf den alle so stolz waren! Fritz, der Held, Fritz, der preußische Elite-Offizier! *Fritz, der ohne das Geld meines Vaters jetzt in einem einfachen bayerischen Regiment dienen würde oder sich ins langweilige Weingeschäft einarbeiten müsste, so wie ich, sein farbloser Vetter. Und nun taucht er mit seinem Bataillonskommandeur hier auf und schindet noch mehr Eindruck.*

In der Sorge, man könnte ihm seine Gedanken vom Gesicht ablesen, griff Franz zur Teetasse und trank einen Schluck. Tatsächlich ruhte der forschende Blick seiner Mutter auf ihm, als er wieder aufsah. Die übrigen Gäste schienen ihn zum Glück nicht weiter zu beachten.

Das gab ihm die Gelegenheit, Fritz verstohlen zu betrachten. In der Tat war sein Cousin ein sehr attraktiver Mann. Er war schlank und muskulös und überragte mit seinen sechs Fuß Größe wohl die meisten seiner Kameraden wie auch den Großteil der männlichen Zivilisten.

Auch sonst ist er ein Kerl, dem die Mädchen nachschauen. Franz spürte jetzt einen Anflug von Neid. Mit fünfundzwanzig Jahren stand Fritz auf dem Zenit seiner Manneskraft und war sich seiner Anziehung auf das weibliche Geschlecht durchaus bewusst. Seine blaugrauen Augen blitzten verwegen in seinem ovalen Gesicht mit der hohen Stirn und der leicht gekrümmten Gerban'schen Nase. Er strotzte nur so vor Selbstbewusstsein. Tante Ottilie schmachtete ihn beständig an. Angewidert wandte Franz den Blick ab.

Genau in diesem Moment betrat Irene den Raum. Sie trug ein Kännchen frische Milch auf einem kleinen Silbertablett, das sie dem ersten Diener Niemann, der heute natürlich selbst servierte, überreichte. Franz sah ihr nach, als sie danach mit einem kurzen Knicks den großen Salon, den man benutzte, wenn Gäste bewirtet wurden, sofort wieder verließ. Seit ihrem Gespräch in der Bibliothek ging sie ihm nicht mehr aus dem Sinn. Irene schien ihn allerdings seither zu meiden, was er mit zunehmender Betroffenheit bemerkt hatte. *Vielleicht bin ich ihr doch zu nahe getreten.*

»Franz, der Herr Major hat dich etwas gefragt.« Tante Ottilie klang vorwurfsvoll.

Franz schreckte auf. »Ich bitte um Verzeihung. Ich war einen Moment in Gedanken.«

Der Major sah ihn an. Auch von Kaisenberg war ein stattlicher Mann, nur einen halben Kopf kleiner als Fritz und mit seinen blonden Haaren und blauen Augen die Inkarnation des edlen Germanen.

»Wie ich hörte, zieht es Sie nicht in die militärische Laufbahn, Herr Gerban?«

Bevor Franz antworten konnte, drängte sich Fritz wieder ins Gespräch zurück. »Bedauerlicherweise nicht, Herr von Kaisenberg. Dabei schießt mein Cousin seit seiner Jugend fast so gut wie ich. Auf der Jagd hat er noch immer jeden Fasan und jeden Hasen getroffen, auf den er anlegte. Doch das Feld der Ehre reizt ihn leider nicht.«

»Irgendjemand muss sich ja auch um unsere Weingeschäfte kümmern, mein lieber Fritz.« Franz bemühte sich nicht, den sarkastischen Unterton in seinen Worten zu unterdrücken. »Von Heldentaten allein kann man einen Lebensstil wie den unsrigen kaum finanzieren. Geschweige denn die Zuschüsse für die Ausgaben eines preußischen Offiziers. Wie ich hörte, brauchst du schon wieder ein neues Pferd?«

Tante Ottilie sog scharf den Atem ein, während Fritz errötete. Schnell lenkte Major von Kaisenberg ab.

»Mich würde Ihre Meinung zur aktuellen politischen Lage sehr interessieren. Schließlich haben Sie jüngst viele Monate an verschiedenen Orten in Frankreich verbracht, wie ich hörte.«

Franz nickte. »Leider ist die Stimmung vor allem in Paris im Moment recht gereizt. Die Frage der spanischen Thronfolge erhitzt die Gemüter.«

Der Major hob die Schultern. »Das habe ich bereits gehört, doch es wundert mich sehr. Denn was geht es Frankreich an?«

»Nun, man fürchtet dort den größer werdenden preußischen Einfluss in Europa.«

»Papperlapapp!« Fritz hatte sich wieder gefasst. »Die Welschen sind nur neidisch, weil man nicht sie, sondern die Deutschen gebeten hat, den spanischen Thron zu besetzen.«

»Was nun wirklich kein Wunder ist«, fuhr er fort, ohne Franz die Gelegenheit zu einer Erwiderung zu lassen, »wenn man einmal die preußische Disziplin mit dem Lotterleben in Frankreichs Zweitem Kaiserreich vergleicht.«

»Mir scheint es eher so zu sein, dass man in Spanien die Reaktion der Revolution vorzieht«, entgegnete Franz kühl. »Von den Rechten, die Frankreich seinen Bürgern einräumt, sind die Deutschen noch weit entfernt. Sei es in Preußen, in Österreich oder in Bayern und der bayerischen Pfalz. Außerdem versteht sich Frankreich bereits als eine Nation. Die deutschen Lande präsentieren sich dagegen nach wie vor als ein Flickenteppich aus großen und kleinen Herrschaftsgebieten.«

Fritz' Gesicht rötete sich wieder, diesmal jedoch aus Ärger. Rasch warf er einen Blick auf Major von Kaisenberg, der gleichfalls indigniert wirkte.

»So stehst du also auf Frankreichs Seite?«, entgegnete Fritz hitzig. »Gegen deine Heimat und deine eigene Familie?«

»Du vergisst, lieber Fritz, dass wir eine Familie aus zwei Nationen sind. Sowohl meine Mutter als auch ich sind französische Staatsbürger, und du befindest dich hier auf französischem Boden.«

»Das Elsass ist urdeutsch, Vetter Franz. Es wurde von den Welschen gewaltsam annektiert. Doch wenn es zum Krieg kommt, holen wir es uns wieder zurück.«

»Aber meine Herren, wer spricht denn gleich von Krieg!«, mischte sich Pauline Gerban nun mit leiser, aber energischer Stimme ein. »Ich fürchte, wir Damen können gar nichts mehr zur Konversation beitragen. Schließlich machen wir uns keine Gedanken um die hohe Politik, die überlassen wir gerne den Männern. Doch unsere Teegesellschaft scheint mir nicht der rechte Ort für diese Diskussionen zu sein.«

Major von Kaisenberg sprang auf und verbeugte sich mit vollendeter Geste vor Pauline. »Meine Dame, ich bin untröstlich und bitte um Entschuldigung, dieses unpassende Thema angeschnitten zu haben. Ich bitte Sie außerdem aufrichtig um Verzeihung, sollte das Gespräch Ihre Gefühle als Bürgerin von Frankreich verletzt haben. Ich wusste davon nichts, sonst hätte ich nie die Rede darauf gebracht.«

Pauline neigte den Kopf und lächelte huldvoll, wie es die Sitte von einer Dame erforderte. Nur Franz erkannte, wie aufgesetzt ihre Miene war. »So behalten Sie doch Platz, lieber Major. Weder ich noch mein Sohn haben Ihnen irgendetwas zu vergeben, nicht wahr, Franz?«

Sie blickte Franz auffordernd an. Der schwieg verstockt.

Von Kaisenberg bemerkte es sofort und wandte sich nun auch an ihn. »Ich bin wirklich untröstlich, diese Debatte eröffnet zu haben, und bitte auch Sie um Vergebung, Herr Gerban. Darf ich Sie zum Zeichen meiner Zerknirschung einladen, mich und Ihren Vetter Fritz heute Abend zu begleiten? Wir wollten meinen Abschied von der Pfalz feiern, und ich würde mich aufrichtig über Ihre Begleitung freuen. Auch um alle noch etwaig bestehenden Missverständnisse vollständig auszuräumen.«

Franz hatte den Mund schon geöffnet, um die Einladung schroff zurückzuweisen. Da fiel sein Blick auf Fritz' spöttische Miene.

So fiel seine Antwort anders aus als beabsichtigt. »Es ist mir eine Ehre, Ihrer Einladung Folge zu leisten.«

Das Maison Rouge in Weißenburg

Anfang Mai 1870, sehr spät am gleichen Abend

»Riemer, helfen Sie mir, die beiden Trunkenbolde hinauszuschaffen! Franz zuerst! Fassen Sie ihn unter dem rechten Arm, ich nehme den anderen! Und dann hoch mit ihm!«

Wilhelm Gerban versuchte, seine Wut im Zaum zu halten, als er seinen Sohn unter dem spöttischen Gekicher der leicht bekleideten Damen dieses zweifelhaften Etablissements mehr in Richtung Tür schleifte als führte. Kaum hatten sie das Stiegenhaus erreicht, begann Franz zu würgen und erbrach sich schließlich in hohem Bogen über seine Hose und Riemers Stiefel.

Auch Gerban stieg es sauer die Kehle hoch. »Verdammter Kerl«, fluchte er inbrünstig. »Was für eine elende Sauerei!«

Schließlich waren sie am Fuß der Treppe angelangt und hievten Franz in den Landauer, nachdem Riemer dessen Hose notdürftig mit seinem Schnupftuch gereinigt hatte.

»Ich hoffe, du kotzt mir nicht auch noch die Kutsche voll«, fuhr Gerban ihn an. Franz' Antwort bestand lediglich aus einem Lallen, seine Augäpfel waren so verdreht, dass man nur noch das Weiße darin erkennen konnte. Schlaff hing er in den Kissen.

Riemer öffnete das Fenster an Franz' Seite und griff dann nach dem Wasserschlauch für die Pferde. Notdürftig spülte er den Dreck von seinen blank geputzten Stiefeln.

»Dafür wird mir der Bursche gradestehen, Riemer«, polterte

Wilhelm Gerban. »Ich sorge dafür, dass er Sie entschädigt.« Doch der Kutscher winkte ab.

»Lassen Sie es mal gut sein, gnädiger Herr. Jeder junge Mann muss sich einmal die Hörner abstoßen.«

»Ja, aber doch nicht in einem öffentlichen Hurenhaus«, knurrte Gerban. »Wo man sich alles Mögliche einfangen kann. Allem voran die Franzosenkrankheit!«

Riemer zuckte mit den Achseln. Als die Männer die Stiege wieder emporgeklettert waren, um Fritz zu holen, fanden sie ihn zu ihrer Überraschung zwar mit glasigen, aber offenen Augen vor.

»Du Schurke«, fuhr Gerban ihn an, während die Dirnen hinter ihm weiterhin kicherten. »Wie konntest du Franz nur zu so etwas verführen? Du solltest ihm ein Vorbild sein!«

Fritz grinste. »Ich habe Franz nicht verführt. Das hat Charlotte getan.« Er wies mit dem Finger auf eine Person hinter Gerban.

Wilhelm drehte sich um und blickte ins grell geschminkte Gesicht einer Prostituierten. Sie trug ein Kleid aus billiger roter Seide, dessen offenherziges Dekolleté den Blick auf ihre üppigen Brüste freigab. Als sie ins Licht trat, erkannte Gerban, dass sie fast doppelt so alt wie Franz sein musste. Ihn schauderte.

»Nee, junger Herr«, schnarrte die Dirne und entblößte ihre schlechten Zähne. »Datt war nisch so einfach! Sie ham den Klaanen so abgefüllt, datt et kaum mehr ebbes zu verführen gab.«

Die umstehenden Dirnen begannen nun lauthals zu lachen. Wilhelm fühlte, wie ihm die Hitze ins Gesicht stieg. Eine bissige Antwort lag ihm auf der Zunge, die er sich mühsam verkniff.

»Was bin ich schuldig?«, fragte er stattdessen eine Matrone, die er zu Recht für die Hurenwirtin hielt. Sie trug anders als ihre leichten Mädchen ein hochgeschlossenes schwarzes Kleid mit einem Spitzeneinsatz über der Brust.

»Es sind noch fünfundvierzig Gulden offen, die die jungen Herren nicht selbst begleichen konnten.«

»Noch fünfundvierzig Gulden? Ja, sind Sie noch ganz bei Trost?«

Die Hurenwirtin ließ sich nicht einschüchtern. »Es wurden allein sechs Flaschen von unserem besten Champagner geleert, verehrter Herr. Vergessen Sie nicht, ursprünglich waren die Herren zu dritt. Nachdem der Herr Major gegangen war, bestellten die beiden anderen Herren alten französischen Cognac. Solche Getränke haben ihren Preis. Hinzu kommen die Dienste meiner Damen. Selbst wenn sie nicht gänzlich in Anspruch genommen wurden, so muss ich doch ...«

»So schweigen Sie in drei Teufels Namen still.« Gerban zückte seine Brieftasche und sah hinein. »So viel Geld habe ich gar nicht bei mir. Sie werden mir fünfzehn Gulden bis morgen stunden müssen.«

»Das ist nicht üblich ...«

»Nun halten Sie endlich Ihr Maul!« Gerban verlor die Beherrschung und begann zu brüllen. »Sie bekommen Ihr Geld, so wahr ich Wilhelm Gerban heiße.«

Sein Blick fiel auf die nun zerknitterte Uniformjacke seines Neffen Fritz, die neben ihm auf dem pinkfarbenen Plüschsofa lag. Der Orden, den Fritz für seine Tapferkeit im Preußisch-Österreichischen Krieg erhalten hatte, blinkte im Kerzenschein. Mit einer raschen Geste riss Gerban ihn ab.

»He!«, setzte Fritz zu einem Protest an. »He, lass das! Was machst du denn da?«

Gerban warf der Hurenwirtin den Orden zu. »Da haben Sie ein Unterpfand zu Ihrer Sicherheit. Einen Orden, verliehen vom preußischen König Wilhelm persönlich. Seien Sie gewiss, dass wir ihn auslösen werden. Schon morgen früh haben Sie Ihr restliches Geld!«

Ohne die Antwort der Frau abzuwarten, drehte sich Gerban zu Fritz um. »Und nun mach, dass du auf die Füße kommst, Kerl. Ich hoffe, du kannst selbst die Stiege hinuntergehen. Sonst werfe ich dich eigenhändig hinab.«

Schwankend stand Fritz auf. Einen Augenblick lang sah es so aus, als würde er gleich wieder auf das Sofa zurücksacken. Doch er hielt sich auf den Beinen.

Sie eilten die Treppe hinunter, so schnell es mit dem Betrunkenen möglich war. Das Hohngelächter der Huren verfolgte sie bis auf die Straße.

Anwesen der Gerbans bei Altenstadt
Anfang Mai 1870, am nächsten Morgen

Stöhnend öffnete Franz die Augen. In seinem Schädel brummte es wie in einem Bienenstock. Als er sich mühsam aufrichtete, wurde ihm schwarz vor Augen. Würgend erbrach er grüne Galle.

Jemand wischte ihm den Mund ab und legte ihm ein kühles Tuch auf die Stirn. Er blinzelte vorsichtig und erkannte seine Mutter.

Sie griff nach dem Klingelzug. »Ich rufe ein Mädchen und lasse dein Bett frisch beziehen.«

Beschämt versuchte Franz den Kopf zu schütteln, was er mit einem stechenden Schmerz bezahlte, der ihm schier den Schädel spaltete.

Wenig später klopfte es an die Tür. Zu Franz' Entsetzen trat Irene ein. Hinter ihr folgte die füllige Minna, beladen mit Laken und Bettbezügen.

»Na, junger Herr, dann wollen wir mal!«

Energisch zog Minna Franz das beschmutzte Oberbett weg. Es zeigte sich, dass sein Erbrochenes auch das Federbett durchtränkt hatte.

»Gnädige Frau, ich fürchte, das können wir nicht mehr nehmen. Es muss erst gereinigt werden!«

Franz wäre am liebsten tief im Erdboden versunken. Zum Glück trug er wenigstens ein reines Nachtgewand. Nicht auszudenken, wenn ihn die Dienstmädchen auch noch in der Leibwäsche vorgefunden hätten.

Er hörte seine Mutter seufzen. »Ja, da haben Sie wohl Recht, Minna. Irene, würden Sie wohl Frau Burger bitten, Ihnen ein neues Federbett aus der Wäschekammer zu geben?«

Mit halb geschlossenen Augen sah Franz, wie Irene knickste und das Zimmer verließ. Zu seiner nicht geringen Erleichterung sprach eher Besorgnis als Verachtung aus ihrer Miene.

»Soll ich dem jungen Herrn ein paar Essiggurken bringen?« Schon bei Minnas Vorschlag drehte sich Franz erneut der Magen um. »Das hat bei meinen Brüdern früher Wunder gewirkt. Im Nu waren sie wieder nüchtern.«

Die sanfte Stimme seiner Mutter beruhigte ihn. »Ich danke Ihnen, Minna. Aber ich glaube, es ist besser, wenn Franz heute den ganzen Tag außer ein wenig frischen Wassers überhaupt nichts zu sich nimmt.«

In diesem Augenblick kehrte Irene mit dem Federbett zurück. *Nun weiß langsam die ganze Dienerschaft, dass ich gestern Abend sinnlos betrunken war.* Mit fest geschlossenen Augen blieb Franz reglos liegen, bis die Dienstmädchen ihre Aufgabe erfüllt hatten und mit der schmutzigen Wäsche den Raum verließen.

»Nun, mein lieber Junge. Geht es dir denn schon ein wenig besser?«

Franz wollte schon instinktiv nicken, entschloss sich dann aber zur Wahrheit. »Ich fürchte nicht, Mutter. Ich fühle mich furchtbar.«

»Dann bleib einfach ruhig liegen und versuche zu schlafen. An einem Kater ist noch niemand zu Grunde gegangen.«

»Was ist denn gestern Abend überhaupt passiert?« Seitdem er wach war, zermarterte sich Franz das Hirn, doch er konnte sich beim besten Willen an nichts erinnern.

»Weißt du das wirklich nicht mehr?« Nun klang Pauline doch besorgt.

»Nein, Maman.« Vor allem wenn sie allein waren, benutzte

Franz noch immer die französische Form, mit der er seine Mutter in seiner Kindheit angesprochen hatte.

»Dein Vater und Riemer haben dich aus dem Maison Rouge abgeholt.«

»Aus dem Hurenhaus?« Franz riss entsetzt die Augen auf, was ihm eine neue Welle der Übelkeit bescherte. Erst als er die Miene seiner Mutter sah, wurde ihm bewusst, wie vulgär er sich ausgedrückt hatte. »Ich … ich meine, ich war im Bordell?«

Pauline sah ihn mit einem unergründlichen Ausdruck an. »Nach allem, was ich weiß, ist es so gewesen. Fritz und auch der Major von Kaisenberg müssen ebenfalls dort gewesen sein.«

»Und Vater … Vater hat mich dort abgeholt?« Langsam dämmerte Franz, dass das Schlimmste noch keinesfalls hinter ihm lag.

Pauline nickte. Wider Willen musste sie lächeln. »Ein Bote des …« Sie stockte und suchte nach dem richtigen Wort. »Ein Bote des Etablissements hat ihn aus seinem Schönheitsschlaf gerissen, da euch das Geld ausgegangen war.«

»Das Geld ausgegangen?«, echote Franz. *Zum Teufel, warum kann ich mich denn an nichts mehr erinnern?* Plötzlich kam ihm eine Erkenntnis, die ihm das Blut in den Adern gefrieren ließ.

»Du meinst … ähm …«, nun rang auch er nach Worten. »Du meinst, wir haben dort nicht nur getrunken?«

»Es sieht so aus, mein Junge«, entgegnete Pauline trocken. Franz spürte, wie er bis unter die Haarwurzeln errötete. »Aber ich habe … aber ich habe noch nie …«

Pauline seufzte. »Tja, irgendwann ist es immer das erste Mal.«

In tödlicher Verlegenheit schloss Franz die Augen. Bilder von seiner Europareise schossen ihm durch den schmerzenden Kopf. In Florenz hatte es ein glutäugiges Mädchen gegeben, mit dem er unter dem südlichen Sternenhimmel Küsse getauscht hatte. Doch mehr, als sie ein wenig zu streicheln, hatte sie ihm nicht erlaubt.

In Stockholm dagegen hatte ihn eine üppige Matrone, die im Hotel an seinem Tisch gesessen hatte, in ihre Suite eingeladen und ihn dort zu verführen versucht. Doch als sich bei Franz weder innerlich noch äußerlich irgendetwas regte, hatte sie ihn beschimpft und aus dem Raum gewiesen.

Ja, bei diesen beiden Gelegenheiten hätte es wohl passieren können! Aber doch niemals bei einer käuflichen Dirne! Franz fühlte sich sterbenselend. Der Gedanke, sich im Suff mit einer Prostituierten eingelassen zu haben, war weit schlimmer als jeder Kater.

Leicht bekleidete, stark geschminkte Dämchen jeden Alters und jeder Statur hatten ihm während seiner Europareise öfters Avancen gemacht. Aber Franz hatte sich immer nur vor diesen Frauen geekelt. Abgesehen davon, dass sie ihm furchtbar leidtaten.

»Ist Vater … ist Vater sehr böse auf mich?«

Pauline hob die Schultern. »Im Augenblick ist er im Schreibzimmer und kanzelt deinen Cousin und Onkel Gregor ab. Er hat eine beträchtliche Summe auslegen müssen, um eure Rechnung zu bezahlen. Das macht ihn wahrscheinlich wütender als sein gestörter Nachtschlaf und die Sorge um deine Gesundheit.«

»Meine Gesundheit, Maman? Um die muss er sich keine Sorgen machen. Es war zwar noch nie so schlimm wie heute, aber einen Kater hatte ich auch schon früher. Morgen ist alles vorbei.«

Pauline entgegnete nichts. Verwirrt blickte Franz sie an, bis er plötzlich verstand. Eine neue Welle des Entsetzens erfasste ihn. *Die Franzosenkrankheit!* Jedermann wusste, wie gefährlich die Syphilis war und dass man sich damit vor allem in Frankreich leicht ansteckte. Waren nicht sogar schon Könige elend daran zu Grunde gegangen?

Mit dem Wunsch, sein brennendes Gesicht zu verbergen, drehte er seiner Mutter den Rücken zu. »Lass mich jetzt allein, Maman«, bat er mit erstickter Stimme. »Mir ist immer noch furchtbar schlecht. Ich muss jetzt ein wenig schlafen.«

Schreibzimmer im Anwesen der Gerbans bei Altenstadt
Mai 1870, zur selben Zeit

»Also, ich höre!« Wilhelm Gerban funkelte seinen Neffen Fritz wütend an. »Was hast du zu deiner Verteidigung vorzubringen?«

»Aber Wilhelm, ich bitte dich«, mischte sich sein Bruder Gregor ein. »Franz ist ja wohl mittlerweile alt genug, um auf sich selbst aufzupassen!«

»Halte du dich raus, sonst streiche ich deinem Sohn die Apanage«, fuhr Wilhelm Gregor an. Der schnappte nach Luft wie ein Fisch auf dem Trockenen, entschied sich dann aber, den Mund zu halten.

Fritz wirkte übernächtigt. Er hatte dunkle Schatten unter den Augen, seine Haut einen käsig grünlichen Farbton. Doch am schlimmsten war der penetrante Geruch nach Alkohol, der seinem Körper, obwohl frisch gebadet, entströmte.

Sein Onkel Wilhelm rümpfte demonstrativ die Nase. »Nun?«

Fritz zuckte mit den Achseln. »Wir haben uns amüsiert, Onkel Wilhelm. Woher sollte ich wissen, dass Franz weder einen ordentlichen Schluck verträgt noch jemals gebumst hat? Schließlich ist er fast zwanzig!«

Wilhelms Gesicht verfärbte sich puterrot. »Hüte deine Zunge, Kerl!«, zischte er mühsam beherrscht. »Wessen Idee war es, dieses verrufene Hurenhaus aufzusuchen? Deine oder etwa die deines hochgelobten Majors?«

Fritz hob erschrocken die Hände. »Major von Kaisenberg hat gar nichts damit zu tun! Wir haben zunächst im ›Goldenen Adler‹ gespeist, bis das Haus geschlossen wurde.«

»Habt ihr schon dort getrunken?«

»Nur Wein zum Essen, Onkel Wilhelm, und einen Cognac zum Kaffee. Ach ja, und einen Absinth als Aperitif.«

»Meines Wissens schließt der ›Adler‹ um Mitternacht. Aus welchem Grund seid ihr danach nicht nach Hause geritten?«

»Es war von Kaisenbergs letzter Abend vor seiner Abreise nach Schlesien. Und außerdem sind wir ja keine unmündigen Burschen mehr!« Nun klang Fritz sogar eine Spur empört.

»Franz schon, er ist erst neunzehn!«, beharrte Wilhelm.

»Aber du hast ihn ein Dreivierteljahr lang alleine durch ganz Europa reisen lassen«, mischte sich Gregor Gerban wieder ein.

»Weil er mir sein Ehrenwort gegeben hat, keine Dummheiten zu machen! Außerdem war er in Begleitung eines von mir entlohnten älteren Dieners, der ein Auge auf ihn hatte.«

Fritz grinste spöttisch. »Und du bist dir sicher, dass Franz sein Wort gehalten hat?«

»Sicherer, als ich es bei dir gewesen wäre, Fritz. Du nennst dich einen Unterleutnant der preußischen Königsgrenadiere und scheust doch nicht davor zurück, deine Zeit und mein Geld in einem Puff zu verschleudern. Hier hast du deinen Orden zurück.« Mit einer verächtlichen Geste warf Wilhelm ihn vor Fritz auf den Tisch. Der griff verblüfft danach.

Wilhelm schnaubte. »Ich sehe, du hast das gute Stück noch nicht einmal vermisst. Aber was soll man auch anderes erwarten, wenn schon der Bataillonskommandeur mit schlechtem Beispiel vorangeht.«

»Lass Major von Kaisenberg aus dem Spiel! Er wusste nicht, was sich hinter dem Namen Maison Rouge verbirgt, bevor wir das Etablissement betreten haben. Du weißt ja selbst, dass der Zweck des Hauses im konservativen Elsass von außen nicht zu erkennen sein darf. Er hat sich sehr bald nach unserer Ankunft verabschiedet.«

»Und wer hat dann die sechs Flaschen Champagner geleert und den Cognac getrunken, den mir diese Hurenwirtin in Rechnung gestellt hat?«

»Sechs Flaschen Champagner?« Fritz war verwirrt. »Nie und nimmer haben wir sechs Flaschen von dem billigen Fusel getrunken. Und an Cognac kann ich mich überhaupt nicht erinnern.«

»Woran kannst du dich denn erinnern?« Wilhelms Stimme klang schneidend.

Fritz' käsige Haut färbte sich rötlich. Er holte tief Luft und musste sich sichtlich dazu überwinden, seinem Onkel zu antworten. »Ich bin bald nach der Ankunft mit der Rosalie auf ihr Zimmer gegangen«, presste er schließlich hervor. »Als ich Franz zuletzt sah, ging es ihm gut. Außer …« Er stockte.

»Außer was?«

Fritz wand sich buchstäblich wie ein Aal. »Nun, die Mädchen rückten ihm ein wenig auf die Pelle und hänselten ihn wegen seiner Schüchternheit. Vielleicht wollte er ihnen am Ende beweisen, dass auch er ein ganzer Mann ist.« Er hob ratlos die Hände. »Aber ich weiß es nicht. Als ich zurückkam, lag er mit offener Hose wie tot im Bett von Charlotte. Ich weiß nicht, ob er mit ihr gebu… verkehrt hat.«

»Soso, du weißt es nicht! Auf jeden Fall habe ich teuer dafür bezahlt. Außer dem Geld, das ihr selbst dabeihattet, waren es fünfundvierzig Gulden!«

»Fünfundvierzig Gulden?« Fritz war genauso entsetzt, als er die Höhe der Zeche erfuhr, wie Wilhelm Gerban in der vergangenen Nacht. Auch sein Vater Gregor sog scharf den Atem ein. »Aber wir hatten doch selbst schon an die zehn Gulden bezahlt.«

»Eben, edler Neffe, eben! Wahrlich ein teurer Spaß!« Gerban betonte das letzte Wort verächtlich. Er wandte sich an Gregor. »Ich hatte nicht einmal genügend Geld dabei, um die Summe sofort zu bezahlen. Deshalb ließ ich Fritz' Orden als Pfand zurück!«

»Meinen Orden? Als Pfand in einem Hurenhaus?«

Wilhelm beachtete Fritz gar nicht und zeigte stattdessen mit dem Finger auf dessen Vater Gregor. »Du wirst mir die Summe erstatten, Freundchen! Ich werde sie von deinem Jahressalär einbehalten.«

»Die volle Summe? Aber dein Sohn hat die Zeche doch ebenfalls mit verursacht!«

»Die volle Summe!« Wilhelm wandte sich wieder an Fritz. »Sind die Dirnen dort wenigstens gesund?«

Fritz nickte eifrig. »Oh ja! Dafür ist das Haus bekannt und deshalb ja auch so teuer. Madame Caroline lässt jede Woche einen Arzt kommen!«

Dass er sich damit verraten hatte, wurde ihm erst bei der Antwort seines Onkels bewusst. »Teuer, soso! Du wusstest also, dass es teuer ist.«

Ein weiteres Mal mischte sich nun Fritz' Vater ein. »Wilhelm, du machst dir keinen Begriff davon, wie öde das Leben eines Soldaten in der Kaserne ist. Selbst wenn es ein Offizier der Königsgrenadiere ist. Du hast ja selbst nie gedient. Ein wenig Spaß muss den jungen Leuten in ihrem kurzen Heimaturlaub doch vergönnt sein!«

»Nun, dann wird es dir ja sicher auch nichts ausmachen, dafür zu zahlen«, erwiderte Wilhelm schlagfertig. Dann drehte er sich wieder zu Fritz um.

»Da gibt es noch etwas, worüber ich mir Sorgen mache. Warum kann sich Franz an gar nichts mehr erinnern und fühlt sich heute weit elender als du?«

Fritz' Gesicht färbte sich wieder rötlich. Er wich dem Blick seines Onkels aus. »Nun, er verträgt eben nicht so viel wie ich.«

Wilhelm spürte, dass Fritz nicht die ganze Wahrheit sagte. »Ist das der einzige Grund?« Er fixierte seinen Neffen wie die Schlange ein Kaninchen. Der blickte beharrlich zu Boden.

Wilhelm deutete diese Geste richtig. »Es ist also *nicht* der einzige Grund. Raus mit der Sprache, sonst kannst du den neuen Gaul vergessen!«

Fritz sah mit einer Mischung aus Hoffnung und Verzweiflung auf. »Und wenn ich die Wahrheit sage, bekomme ich das Pferd dann trotzdem?«

Wilhelm kämpfte innerlich mit sich. Doch die Sorge um Franz bewog ihn schließlich zum Nachgeben. Er nickte widerwillig.

»Es gibt da so ein Mittel«, druckste Fritz herum.

»Was für ein Mittel?«

»Nun, ich wollte nicht, dass die Mädchen Franz weiter verspotten. Deshalb hat Charlotte ihm etwas ins Glas getan! Etwas, das ...« Er suchte nach den richtigen Worten.

»Etwas, das dafür sorgt, dass er selbst bei einer abgehalfterten Hure einen hochkriegt?«, ergänzte Wilhelm vulgär.

Fritz nickte zögernd. »So in etwa, Onkel Wilhelm. Aber es war vielleicht etwas zu viel, da Franz ja schon eine Menge getrunken hatte. Jedenfalls deutete Charlotte an, dass in der Kammer nicht mehr allzu viel zwischen ihnen gelaufen wäre.«

»Soso, das deutete sie an. Eben hast du noch gesagt, du wüsstest nicht so genau, was zwischen den beiden geschehen ist.«

Fritz hob verlegen die Schultern. »Ich weiß es ja wirklich nicht genau, Onkel Wilhelm.«

Der holte tief Luft. »Ich denke, wir beenden dieses absurde Gespräch, Fritz. Morgen reist du ab!«

»Aber, aber er hat doch noch eine ganze Woche Urlaub!«, protestierte Gregor. »Was wird Ottilie dazu sagen?«

»Morgen!«, beharrte Gerban. »Damit er mir aus den Augen ist und kein weiteres Unheil anrichten kann!«

»Lass es gut sein, Vater«, wehrte Fritz ab, als Gregor Gerban noch einmal Einspruch erheben wollte. »Du weißt ja, dass mit Onkel Wilhelm nicht zu verhandeln ist, wenn er sich einmal etwas in den Kopf gesetzt hat.« Er sah auf und blickte Wilhelm herausfordernd in die Augen.

»Der Handel ist, du bezahlst meinen Lebensstil als Offizier und im Gegenzug tanzen wir alle nach deiner Pfeife. Ist es nicht so?«

Wilhelm Gerban knirschte hörbar mit den Zähnen, während er Fritz' Blick standhielt. Dann meinte er: »Es ist genauso, wie du es sagst, Fritz. Und nun gehabt euch wohl!«

Anwesen der Gerbans bei Altenstadt
Mai 1870, einen Tag später

»Puh, hier stinkt es ja noch immer!« Minna trat ans Fenster von Franz' Zimmer und riss energisch die Flügel auf. »Wir müssen erst einmal gründlich lüften.«

In der Tat roch es unangenehm nach Alkohol und Erbrochenem. Doch Irene antwortete nicht.

Minna trat ans Bett und begann, es mit Irenes Hilfe abzuziehen. »Zum Glück hat er das Federbett nicht schon wieder versaut. Tja, wer hätte das von dem jungen Herrn gedacht!« Franz' Eskapade war im Augenblick das beliebteste Thema im Dienstbotenzimmer.

»Nun schimpf nicht so, Minna! Man sagt doch, sein Cousin Fritz sei an allem schuld!«

»Du meinst, er hat deinen Franz gewaltsam mit schlechtem Champagner abgefüllt und hernach mit einer Dirne zusammengesperrt?«

Irene errötete und wurde zugleich ärgerlich auf Minna. »Rede keinen Unsinn daher! Und außerdem ist er nicht *mein Franz*!«

»Wirklich nicht, Irene? Da habe ich aber einen ganz anderen Eindruck gewonnen!«

Irene erschrak. »Was für einen Eindruck?«

Minna setzte sich auf die Matratze. Sie machte eine einladende Geste in Irenes Richtung. Die wehrte ab.

»Was ist, wenn jemand hereinkommt? Zum Beispiel die grässliche Mathilde?«

Minna grinste. »Die grässliche Mathilde bekämen nicht einmal zehn Pferde in dieses stinkende Gemach! Du weißt doch, wie etepetete sie ist!«

Nun musste auch Irene lachen. Sie nahm neben Minna Platz. Die ergriff ihre Hand und lächelte sie liebevoll an.

»Du solltest dich einmal sehen, wenn der junge Herr Franz

mit dir im Raum ist und dich ansieht. Du wirst sofort so rot wie ein Paradiesapfel.«

Das war Irene noch nie bewusst geworden. »Wirklich?«, flüsterte sie.

»Ja, und dann läufst du wie ein Hase vor ihm davon.« Minna konnte nicht wissen, dass Franz dies ganz ähnlich ausgedrückt hätte.

In der Tat war Irene Franz nach der Begegnung in der Bibliothek ausgewichen, wann immer sie ihm begegnet war. Obwohl sie mittlerweile jede Nacht von ihm träumte, wollte sie keine eitlen Hoffnungen nähren. Doch dass Minna mit ihrem Scharfsinn ihre Gefühle für den Sohn des Hauses bemerkt hatte, machte sie betroffen.

Sie schwieg. Minna streichelte ihre Hand.

»Es ist nicht schlimm, dass du dich verliebt hast, Kind«, sagte sie freundlich. »Solange es dabei bleibt.«

»Was heißt das, solange es dabei bleibt? Meinst du, es hat außer dir noch jemand bemerkt?«

Minna schüttelte den Kopf. »Nein, das glaube ich nicht. Aber der junge Herr schaut dich an, als ob auch du ihm gefielest.«

Wider Willen freute sich Irene über Minnas Beobachtung. »Meinst du das ernst?«

Minna legte Irene zwei Finger unters Kinn, hob ihren Kopf an und sah ihr in die Augen. Ihre Miene war nun ernst.

»Ja, das meine ich und mache mir Sorgen deswegen. Du siehst ja jetzt, dass Franz … nun ja … dass Franz an weiblicher Gesellschaft gelegen ist.« Plötzlich lachte sie auf. »Mein Gott, klingt das gestelzt. Also, Irene, der junge Mann hat Druck, wenn du verstehst, was ich meine.«

Irene spürte, dass sie knallrot anlief. Sie suchte noch nach den richtigen Worten, als Minna, nun wieder in ernstem Ton, fortfuhr: »Aus solchen Liebeleien ist noch nie etwas Gutes entstanden, Irene. Denk an die arme Gundi!«

Irene war ernüchtert. »Du denkst also, er liebt mich nicht wirklich, sondern will nur mit mir ins Bett?«

»Natürlich, was denn sonst?«, antwortete Minna erstaunt. »Folglich tust du gut daran, ihm auszuweichen. Vielleicht reicht das ja aus. Aber ich fürchte, dass du dadurch zunächst noch einmal anziehender für ihn wirst. Männer sind Jäger!«

»Was willst du damit sagen?«

»Dass du ihm womöglich eine klare Grenze setzen musst, Irene! Und zwar schon beim ersten Mal, wenn er dir zu nahekommt!«

Irene wurde plötzlich sehr traurig. Sie nickte stumm. Unwillkürlich stiegen Tränen in ihre Augen. Minna legte den Arm um sie.

»Ich kann nämlich nicht mehr lange auf dich aufpassen, Kind! Ich werde zum Monatsende kündigen.«

»Was? Aber warum denn, um Himmels willen?« Irene war entsetzt.

Minna lächelte leicht. »Ich werde im Juni heiraten.«

»Oh!« Irene fehlten die Worte.

Minna beantwortete ihre unausgesprochene Frage. »Wir haben einander versprochen, es niemandem zu erzählen. Aber jetzt, wo es offiziell wird, bist du die Erste, die es erfährt.«

»Und wer ...?«

»Es ist wie bei Tilda ein alter Bekannter aus meiner Jugend. Er war einmal meine große Liebe, doch er heiratete eine andere. Das brach mir damals fast das Herz. Doch nun ist seine Frau im Kindbett gestorben und lässt drei kleine Söhne und ihn selbst zurück. Da hat er sich wohl auf mich besonnen.«

»Auf dich besonnen?«

Minna nickte. »Ich bin ihm im letzten Jahr auf dem Jahrmarkt wieder begegnet. Erinnerst du dich? Ich hatte dich eingeladen, doch du musstest schon früh zurück. Kurz nachdem du gegangen warst, hat er mich angesprochen. Seither haben wir uns regelmäßig getroffen, und gestern hat er mir einen Antrag gemacht.«

»Und du glaubst, dass er dich *jetzt* liebt?«

Minna zuckte mit den Schultern. »Er ist ein stattlicher Mann, Irene, ein angesehener Handwerksmeister, und er braucht eine Mutter für seine Kinder. Meine Liebe reicht notfalls für uns beide.«

Irene schwieg verlegen. Etwas an Minnas Worten kam ihr falsch vor, doch sie konnte es nicht in Worte fassen. Außerdem wäre es taktlos gewesen.

Minna durchschaute sie. »Ich bin ein Dienstmädchen in mittleren Jahren, Irene. Was kann mir Besseres passieren als diese Ehe? Ob nun mit oder ohne die Liebe meines Zukünftigen?«

Erst langsam ging Irene die ganze Tragweite der bevorstehenden Veränderung auf. »Ich werde dich furchtbar vermissen«, sagte sie leise. Wieder stiegen ihr die Tränen in die Augen.

Minna nahm sie in die Arme und drückte sie. »Ach was«, versuchte sie, Irene zu trösten. »Ich ziehe ja ganz in die Nähe. Nach Schweigen. Mein Mann hat sein Geschäft im Dorf. Er ist Küfer. Die Gerbans gehören zu seinen wichtigsten Kunden. Wenn du willst, kannst du mich an jedem deiner freien Nachmittage besuchen.«

Sie tupfte Irene zärtlich auf die Nase und wischte eine Träne von ihrer Wange.

»Und ich verspreche dir, es gibt jedes Mal selbst gebackenen Kuchen!«

Kapitel 7

Anwesen der Gerbans bei Altenstadt

Mai 1870, zwei Tage später

»Der gnädige Herr hat nach mir schicken lassen?«

Gerda machte einen tiefen Knicks, nachdem sie das Schreibzimmer betreten hatte.

Zu ihrer Überraschung kam Wilhelm Gerban hinter dem riesigen Schreibtisch hervor und bedeutete ihr, sich mit ihm in der kleinen Sitzgruppe niederzulassen. Verunsichert nahm Gerda auf dem äußersten Rand eines mit braunem Leder bezogenen Sessels Platz. Was hatte denn das zu bedeuten?

Der Familienpatriarch musterte sie eine Weile schweigend. Gerda wurde es zunehmend unbehaglich. *Es ist fast so, als wolle er mir durch die Kleidung bis auf die nackte Haut schauen.*

Dass sie damit gar nicht so falschlag, bewiesen ihr Gerbans nächste Worte.

»Sie sind doch ein verständiges, vernünftiges Mädchen, Gerda, und daher sicher nicht abgeneigt, der Familie einen kleinen Gefallen zu erweisen. Gegen guten Lohn, versteht sich.«

Noch nickte Gerda verwirrt. Gerbans weitere Ausführungen trieben ihr allerdings das Blut in die Wangen.

»Und wenn …«, sie wusste nicht, wie sie es am besten ausdrücken sollte. »Und wenn …«

Gerban fiel ihr ins Wort. »Dann wird gut für Sie gesorgt werden, darauf gebe ich Ihnen mein Ehrenwort.«

Er nahm seine Geldbörse aus der Weste und legte einige goldene Münzen auf den niedrigen Tisch der Sitzgruppe. »Reicht das fürs Erste?«

Gerda griff nach dem Geld. »Aber … aber das sind ja zehn Gulden!«, stammelte sie.

Gerban nickte schmunzelnd. »Das ist mir die Sache wert, liebes Kind.«

Anwesen der Gerbans bei Altenstadt
Mai 1870, spät am selben Abend

Müde stieg Franz die breite Treppe zum Obergeschoss empor und betrat sein Schlafzimmer. Kurz wunderte er sich darüber, dass der Paravent aufgeklappt vor seinem Bett stand. Er wurde in der Regel nur dann benutzt, wenn er, wie vor einigen Tagen, krank daniederlag.

Das grelle Licht der Deckenlampe blendete ihn und verstärkte den dumpfen Kopfschmerz, der ihn seit seinem Besuch im Maison Rouge plagte. Er drehte die Gaslampe über der Waschkommode auf die kleinste Flamme und löschte das Deckenlicht. Dann massierte er sich seufzend den verspannten Nacken.

Noch immer hatte er keine vollständige Erinnerung an seinen Besuch im Bordell. Sein Vater hatte ihn schroff darüber in Kenntnis gesetzt, dass er an diesem unseligen Abend nicht nur zu viel getrunken, sondern anscheinend zudem ein Aphrodisiakum geschluckt hatte, das ihm eine der Dirnen ins Glas geschüttet hatte. Anstatt der erhofften, hatte es offenbar die gegenteilige Wirkung zur Folge gehabt und Franz in einen totenähnlichen Schlaf versetzt.

Sein Vater bestand auch darauf, dass ihn der Hausarzt Dr. Frey gründlich untersuchte. Um eine Geschlechtskrankheit, insbesondere die Syphilis, zu diagnostizieren, war es zwar noch zu früh. Aber immerhin erklärte ihm der Mediziner, dass das aus Hanf gewonnene Mittel, welches seine Lust steigern sollte, keine bleibenden Schäden hinterlassen würde, obwohl es im Zusammenspiel mit Alkohol zur Bewusstlosigkeit führen konnte. Bevor der Organismus es nicht gänzlich ausgeschieden hätte, würden ihn aber weiterhin leichte Kopfschmerzen und Übelkeit plagen.

Franz lehnte das Gegenmittel, das ihm der Arzt anbot, ab. Die körperlichen Beschwerden betrachtete er als gerechte Strafe für seine Leichtfertigkeit.

Wie konnte mir nur so etwas Dummes passieren? Er ärgerte sich noch immer über sich selbst.

Es war wohl hauptsächlich der Wunsch gewesen, nicht dauernd hinter Fritz zurückzustehen, der ihn dazu verleitet hatte, diesen *Männerabend* vom Anfang bis zum Ende mitzumachen. Im »Goldenen Adler« musste er stundenlang die Schilderungen der Heldentaten der Königsgrenadiere über sich ergehen lassen, in denen der Major und Fritz nicht müde wurden, einander wegen ihrer tapferen Taten im Preußisch-Österreichischen Krieg in den höchsten Tönen zu preisen.

Im Vergleich dazu schien Franz' herausragendes Abitur – Fritz hatte das Gymnasium seinerzeit vorzeitig verlassen – genauso wenig zu zählen wie seine Europareise, obwohl Fritz noch nie über die Grenzen Deutschlands hinausgekommen war. Immerhin war von Kaisenberg wenigstens schon in Rom und Paris gewesen.

Doch lieferte dieser Umstand den Anlass für einen neuen Disput über Frankreichs verfallende Moral. Ein Wort gab das andere, ein Glas folgte dem nächsten. Als Fritz dann um Mitternacht den Vorschlag machte, das Maison Rouge aufzusuchen, hatte Franz mit Absicht nicht widersprochen. Im Gegensatz zu von Kaisenberg wusste er genau, um was für ein Lokal es sich dabei handelte, und er gedachte, den moralinsauren Major und seinen bigotten Cousin dort mit ihren eigenen Waffen zu schlagen.

Diese Absicht wurde jedoch dadurch zunichtegemacht, dass sich der Major nach nur einem einzigen Glas und ohne die Dienste der Damen in Anspruch zu nehmen, hastig verabschiedete. Fritz dagegen prahlte derart mit seiner Manneskraft und verspottete Franz vor den Ohren der Prostituierten offen als »Jungfräulein«, dass er sich hinreißen ließ, es dem arroganten Vetter zu zeigen. So weit waren Franz' Erinnerungen mittlerweile zurückgekehrt, der Rest blieb ein schwarzes Loch.

Immerhin fanden Fritz' zweifelhafte Heldentaten im Maison Rouge zumindest vor den Augen seines Onkels Wilhelm keine Gnade. Schon zwei Tage nach dem Vorfall musste sein Cousin die Rückreise nach Liegnitz antreten, obwohl sein Urlaub noch einige Tage länger gedauert hätte.

Auch ihm selbst ersparte sein Vater die Konfrontation mit seinem »unglaublichen Verhalten« nicht. Ausnahmsweise empfand Franz diese Strafpredigt als berechtigt.

Seither arbeitete er wie besessen im Weinkontor in Weißenburg, um sich selbst und seinem Vater zu beweisen, dass auch er etwas leisten konnte. Und diesmal war ihm das Glück hold. Er entdeckte die fehlerhafte Abrechnung eines Lieferanten, der genau die fünfundvierzig Gulden zu viel verlangt und bereits erhalten hatte, die Wilhelm der Bordellwirtin hatte zahlen müssen.

Immerhin bin ich meinem Vater jetzt nichts mehr schuldig. Mittlerweile hatte sich Franz bis auf die Unterhose entkleidet und sah sich nach seinem Nachtgewand um. Es lag wahrscheinlich auf seinem aufgeschlagenen Bett hinter dem Wandschirm. Franz drehte das Gaslicht über der Kommode aus und tastete im Dunkeln nach seinem Schlafanzug.

Plötzlich traf seine Hand auf eine Gestalt, die unter den Decken lag. Erschrocken sprang er einen Schritt zurück.

»Was ... wer ist da?« Franz ging zurück zur Tür, drehte das Deckenlicht an und zog den Paravent zur Seite. Er traute seinen Augen nicht, als er das Dienstmädchen Gerda erkannte. Sie musste wohl eingenickt sein, während sie auf ihn gewartet hatte, denn sie rieb sich verschlafen die Augen. Dann blinzelte sie mit verstörter Miene ins Licht.

Franz war noch immer fassungslos. »Was soll das bedeuten?«, herrschte er das Dienstmädchen an. »Sind Sie nicht mehr ganz bei Verstand?«

Ihre Antwort fiel anders aus als erwartet. »Ich bitte den jungen Herrn um Verzeihung. Ich muss kurz eingeschlafen sein.«

»Ja, das habe ich bemerkt«, entgegnete Franz sarkastisch. »Doch zuvor haben Sie sich nicht nur im Stockwerk, sondern offensichtlich auch in der Tür vertan. Stehen Sie sofort auf und machen Sie, dass Sie hinauskommen. Morgen werde ich mit meiner Mutter und Frau Burger ein Wort über Sie zu sprechen haben. Sie können derweil schon einmal Ihre Sachen packen.«

Doch Gerda machte keine Anstalten, aus dem Bett zu steigen. Stattdessen richtete sie sich halb auf und hielt krampfhaft die Decke vor ihren Oberkörper. »Aber, aber, junger Herr«, stammelte sie. »Ich kann nicht …«

Franz kam ein Verdacht. »Nun sagen Sie nur nicht, dass Sie rein gar nichts mehr anhaben!« Als Gerda blutrot im Gesicht wurde, lachte er laut auf. »Das wird ja immer besser! Was wollten Sie denn hier in meinem Zimmer? Mich etwa verführen?« In seiner Wut und Verlegenheit schoss er übers Ziel hinaus. »Hat es sich so schnell herumgesprochen, dass meine Wollust noch ungestillt ist? Wollen Sie es den Huren im Maison Rouge nachtun?«

Gerda begann zu weinen. »Ich bitte den jungen Herrn um Verzeihung«, schluchzte sie. »Aber ich dachte, Ihr Vater hätte mit Ihnen darüber gesprochen.«

Franz verstand gar nichts mehr. »Worüber soll mein Vater mit mir gesprochen haben?«

»Na, über … über …«

Die Erkenntnis traf Franz wie ein Schlag ins Gesicht. »Mein Vater hat Sie zu mir ins Bett geschickt?«

Gerda nickte stumm.

Franz holte mehrmals tief Luft und drehte sich dabei zur

Wand, damit Gerda nicht sehen konnte, was in ihm vorging. »Ziehen Sie sich etwas an und verschwinden Sie!«, zischte er.

Während sich die schluchzende Gerda hinter ihm ankleidete, kochte Franz weiter vor Wut.

Na warte, Vater. Morgen kannst du etwas erleben!

Anwesen der Gerbans bei Altenstadt
Mai 1870, am nächsten Morgen

»Was fällt dir eigentlich ein, mich so zu brüskieren?«

Grußlos stürmte Franz ins Frühstückszimmer, in dem sein Vater bereits am gedeckten Tisch saß.

Wilhelm Gerban musterte ihn kühl. Nur an der pochenden Schläfenader erkannte Franz, dass er sich ärgerte.

»Guten Morgen, Franz!«, antwortete sein Vater betont gelassen. »Wie schön, dass du mir so früh Gesellschaft leistest.«

»Lass deine scheinheiligen Floskeln.« Franz war in Rage wie selten zuvor. »Wie konntest du mir nur dieses Weibsstück ins Bett schicken, dieses ...« Er rang nach den richtigen Worten. »Dieses scheinheilige Luder!«

»Was hast du an Gerda auszusetzen? Hat sie sich bei ihren Pflichten irgendetwas zu Schulden kommen lassen?«

Franz holte tief Luft. »Wie immer hast du Recht, Vater«, sagte er mühsam beherrscht. »Nicht das arme Ding ist zu tadeln, sondern du ganz allein. Wie konntest du ihr und mir nur so etwas antun?«

Gerban zog seine buschigen Augenbrauen zusammen. »Was habe *ich* dir denn angetan? Wirfst du mir etwa vor, dass ich keine Lust darauf habe, dich noch einmal betrunken aus einem Bordell auszulösen? Dass ich dich davor bewahren will, dir den Tripper oder sogar die Franzosenkrankheit zu holen?«

Franz spürte, dass er blutrot wurde. »Das war ein einmaliger

Vorfall und wird sich nicht wiederholen. Warum musstest du Gerda mit hineinziehen?«

»Nun tu nicht so scheinheilig! Viele Söhne aus reichen Häusern stoßen sich ihre Hörner beim weiblichen Dienstpersonal ab. Behaupte jetzt nicht, das hättest du noch nie gehört. Gerda ist hübsch und sauber und längst nicht so teuer wie die Dirnen im Maison Rouge.«

»Du … du hast sie sogar dafür bezahlt?«

Mit wachsender Wut sah er, dass sein Vater nun sogar schmunzelte. »Ach, du denkst, du bist solch ein stattliches Mannsbild, dass Gerda umsonst zu dir unter die Decken geschlüpft wäre?«

Bevor Franz eine Erwiderung einfiel, fuhr er auch schon fort: »Aber wenn dir das Arrangement nicht gefällt, musst du es ja nicht in Anspruch nehmen. Niemand zwingt dich dazu. Nur verschleudere mein Vermögen nicht weiter in zweifelhaften Spelunken. Zumal, warum in die Ferne schweifen …« Er hielt vielsagend inne.

Wenn das Gute liegt so nah, ergänzte Franz in Gedanken. Irenes Gesicht tauchte vor seinem inneren Auge auf. Nun klopfte sein Herz nicht mehr vor Wut, sondern vor Aufregung. Sollte es wirklich so einfach sein?

Er beschloss, die Probe aufs Exempel zu machen. »Du hättest also nichts dagegen, wenn ich ein Dienstmädchen in mein Bett holen würde?«

Spontan schüttelte sein Vater den Kopf. »Nein. Du gehst damit keine Verpflichtungen ein und stillst deine natürlichen Bedürfnisse. Und wir gehören nicht zu den Leuten, die das Mädchen im Falle eines Falles ohne Zeugnis auf die Straße werfen. Passiert ein Malheur, stehen wir dafür gerade.«

»Hast du das auch Gerda versprochen?«

»Selbstverständlich.«

»Nun, dann lasse ich mir die Sache noch einmal durch den Kopf gehen, Vater. Doch jetzt muss ich mich erst einmal etwas abkühlen. Ich denke, ich werde erst ausreiten und später frühstücken.«

»Wie du möchtest, mein Sohn. Ich wusste ja, dass du am Ende Vernunft annehmen würdest.« Befriedigt griff Wilhelm Gerban nach der Morgenzeitung.

Erst als die Tür hinter Franz ins Schloss fiel, kam seinem Vater ein bestürzender Gedanke. Schlagartig verging ihm der Appetit. *Und wenn Franz nun eine andere als Gerda gemeint hat? Habe ich etwa gerade Geister gerufen, die ich womöglich nicht mehr loswerde?*

Er grübelte noch, als Pauline den Raum betrat. »Nanu, du bist noch da, Wilhelm? Ich wähnte dich längst im Weißenburger Kontor.«

Er setzte ein gezwungenes Lächeln auf. »Ich bin heute spät dran, meine Liebe. Doch du hast Recht. Nun muss ich mich sputen.«

Er trank einen Schluck von seinem längst kalt gewordenen Kaffee, wischte sich den Mund mit der Serviette ab und stand auf. Dann trat er zu Pauline und küsste sie flüchtig auf die Wange.

»Gehab dich wohl, meine Liebe. Pünktlich zum Abendessen bin ich zurück.«

Anwesen der Gerbans bei Altenstadt
Mai 1870, zwei Tage später

Leise betrat Irene die Bibliothek und blickte sich vorsichtig um. Sie war erleichtert, als sie niemanden darin entdecken konnte.

Rasch huschte sie zu den Bücherregalen und musterte die Bände in ihrer Reichweite. Zwar galt Frau Gerbans Erlaubnis, dass sie sich jederzeit ein Buch ausleihen dürfe, noch immer. Doch Herrn Gerban oder gar Mathilde wollte sie hier drinnen trotzdem nicht begegnen. Womöglich würden sie ihr verbieten, weiterhin Bücher mitzunehmen.

Und daran würde ich mich dann halten müssen. Längst hatte

Irene erkannt, dass Frau Gerbans Wort in dieser Familie am wenigsten galt.

Ein dicker, in blaues Leder eingebundener Wälzer stach Irene ins Auge. Das Buch sah noch recht neu aus und war ihr bislang nicht aufgefallen, obwohl sie das Regal schon mehrere Male inspiziert hatte. Sie griff danach und trat dann aus dem dämmrigen Licht ans Fenster.

»Les Misérables«, buchstabierte sie. Was hieß denn das? Der Verfasser schien doch einen deutschen Namen zu haben. »Victor Hugo.«

Neugierig blätterte sie den Band auf und stellte enttäuscht fest, dass das Buch in Französisch geschrieben war. »Wie schade«, seufzte sie laut.

»Was finden Sie schade?« Vor Schreck hätte Irene das Buch beinahe fallen gelassen. Aus einem der großen Sessel, dessen Lehne mit dem Rücken zu Irene stand, erhob sich Franz Gerban.

»Oh, Verzeihung!« Sie knickste hektisch. »Ich wusste ... ich wusste nicht, dass sich der junge Herr hier aufhält. Entschuldigen Sie, wenn ich Sie gestört habe.«

Franz lächelte. »Sie haben mich nicht gestört. Und ich müsste um Verzeihung bitten. Ich hätte mich bemerkbar machen müssen.«

Obwohl Irene ihm innerlich Recht gab, schüttelte sie höflich den Kopf. Sie ging zum Regal und wollte das Buch zurückstellen, als Franz die Hand danach ausstreckte.

»Zeigen Sie einmal her, was Sie dort herausgenommen haben!«

Irene missverstand ihn und errötete vor Schreck. »Ich wollte das Buch nicht einfach mitnehmen, junger Herr. Die gnädige Frau hat mir erlaubt, mir ab und zu Bücher auszuleihen.«

Franz lächelte noch breiter. »Also haben Sie meinen Rat am Ende doch befolgt und zu lesen begonnen. Welche Bücher gefallen Ihnen denn am besten?«

Vor seinem intensiven Blick senkte Irene den Kopf. Ihr wurde ganz flau im Magen. »Der junge Herr hat mir einst die Märchen von Wilhelm Hauff empfohlen. Die haben mir sehr gefallen.«

»Das freut mich! Also habe ich jetzt etwas bei Ihnen gut. Möchten auch Sie mir einen Gefallen tun?«

Unsicher blickte Irene auf und nickte wortlos. *Was kann er nur wollen?*

Ihre unausgesprochene Frage wurde rasch beantwortet.

»Ich habe Sie doch schon einmal gebeten, die steife Anrede ›junger Herr‹ zu unterlassen. Damals bat ich Sie, mich Herr Gerban zu nennen. Doch nun habe ich eine andere Bitte: Sprechen Sie mich direkt an. Am besten nennen Sie mich bei meinem Vornamen Franz.«

»Das … aber das kann ich nicht, junger Herr. Ich würde furchtbar gescholten werden, wenn es jemand hört.«

»Dann unterlassen Sie zumindest diese furchtbar steife Ansprache ›junger Herr‹ und nennen Sie mich meinethalben ›Herr Franz‹! Zumindest wenn wir allein sind.«

Allein sind? Die Gedanken rasten durch Irenes Kopf. Sie nickte mechanisch. Das flaue Gefühl im Magen breitete sich aus. Sie fühlte sich sogar ein wenig schwindlig. Spontan griff sie nach dem Regal, um sich abzustützen.

»Um Himmels willen!« Franz griff nach ihrem Arm. »Ist Ihnen nicht gut? Sie sind ganz blass um die Nase.«

»Es geht schon«, murmelte Irene. »Doch nun will ich nicht länger stören. Sicher warten sie schon im Dienstbotenzimmer auf mich.«

»Ich sagte doch schon, dass Sie mich nicht stören.« Der leicht ungeduldige Unterton in seiner Stimme entging Irene nicht. Ihr Herz schlug schneller.

»Nun setzen Sie sich hier neben mich, und ich erkläre Ihnen, was das für ein Buch ist, das Sie herausgenommen haben!« Einladend und ein wenig fordernd zugleich wies Franz auf das Sofa und nahm gleichzeitig darauf Platz.

Bevor sie erneut protestieren konnte, fuhr er auch schon fort:

»Das ist eine dienstliche Anweisung, Irene.« Sein Augenzwinkern strafte seinen Befehlston Lügen. »Seien Sie unbesorgt! Hier wird uns niemand stören. Mein Vater ist im Weißenburger Kontor, meine Mutter hält ihren Mittagsschlaf und meine herzallerliebste Schwester befindet sich in Gesellschaft ihrer Schneiderin. Sie will sich einen Ersatz für das giftgrüne Kleid bestellen, das sie sich neulich verdorben hat. Nicht einmal ein Erdbeben könnte sie von den Stoff- und Schnittmustern trennen.«

Wider Willen musste Irene lachen. Franz' Blick wurde weich.

»Sie sehen wunderschön aus, wenn Sie fröhlich sind.« Irene spürte ihre Wangen heiß werden. *Meint er das etwa ernst?*

»Nun kommen Sie und setzen Sie sich!« Franz ergriff ihre Hand und zog sie neben sich. Dann rückte er dicht an ihre Seite, vorgeblich, um ihr das Deckblatt des aufgeschlagenen französischen Buches zu zeigen. Sie roch den herben Duft seines Rasierwassers.

»Das Buch habe ich aus Frankreich mitgebracht. Es ist die Geschichte eines Sträflings, der wegen eines gestohlenen Brotes sein Leben lang von der Polizei verfolgt wird.«

»Wegen eines Brotes?«

»Ja, er stahl es, weil die Kinder seiner Schwester zu verhungern drohten.«

»Oh, dann ist es also eine Geschichte aus alten Zeiten?«

Franz schüttelte grimmig den Kopf. »Keineswegs. Die Handlung spielt vor nicht einmal fünfzig Jahren. Das Buch hat zwei Teile. Im ersten Teil flieht der Sträfling, wird zu einem reichen Fabrikanten, rettet ein Mädchen aus den Händen seiner grausamen Stiefeltern und flüchtet mit ihm nach Paris, als er erkannt wird. Dort taucht er wieder unter und lebt im zweiten Teil als unbescholtener reicher Bürger in der Stadt, bis die Revolution von 1848 ausbricht. Er rettet dem Verlobten seiner Adoptivtochter das Leben, stirbt aber schließlich an einer schweren Krankheit.«

»Oh, wie spannend!« Irene lauschte fasziniert. »Wie schade, dass ich es nicht lesen kann!«

»Ja, leider gibt es noch keine deutsche Übersetzung.«

»Und Sie können es auf Französisch lesen?«

Franz lächelte wieder mit dem weichen und doch intensiven Blick, der Irene ganz aus der Fassung brachte.

»Ich bin ja ein halber Franzose, sogar ein Staatsbürger Frankreichs.«

»Ach so! Letzteres wusste ich gar nicht.«

Wieder schwand das Lächeln aus seinem Gesicht. »Mein Vater hält es ja auch geheim, soweit er es kann. Er bereut es, die Zustimmung, die er nach meiner Geburt meinem französischen Großvater im Ehevertrag gab, nicht widerrufen zu haben.«

»Aber man hört weder Ihnen noch Ihrer Frau Mutter an, dass Sie keine Deutschen sind.«

»Das Elsass ist schon immer zweisprachig gewesen. Auch meine Mutter spricht ebenso gut Deutsch wie Französisch.«

»Beneidenswert.« Irene war sich gar nicht bewusst, gerade laut gedacht zu haben.

»Würden Sie auch gerne Französisch lernen?«

»Ich?« Irene glaubte, sich verhört zu haben.

»Natürlich, wer denn sonst?«

»Ich bin ein einfaches Dienstmädchen, junger Herr.«

Franz zog unwillig die Augenbrauen zusammen. »Ich dachte, wir hätten vereinbart, dass Sie mich nicht mehr so nennen.«

»Entschuldigen Sie«, flüsterte Irene. Eine andere Antwort fiel ihr nicht ein. Stumm blickte sie auf ihre im Schoß gefalteten Hände und wusste nicht, wie sie der verwirrenden Situation entkommen sollte.

»Also ja oder nein?«

»Was …«

Franz fiel ihr ins Wort. »Soll ich Ihnen Französisch beibringen?«

Stumm und fassungslos starrte Irene ihn an. »Nun sehen Sie aus wie ein Kalb, das man zur Schlachtbank führt«, spöttelte Franz. »Wenn Sie lächeln, gefallen Sie mir sehr viel besser.«

Als Irene immer noch stumm blieb, fragte er: »Wann haben Sie Ihren freien Nachmittag?«

»Morgen, immer am Mittwoch.« Irene hörte selbst, wie tonlos ihre Stimme klang.

»Dann nehme ich Sie morgen Nachmittag um halb drei zu einer kleinen Spazierfahrt in einen netten Gasthof nach Schweigen mit. Da kennt uns niemand. Sie kommen mit mir und lassen sich zu einer zünftigen Brotzeit einladen. Im Gegenzug lehre ich Sie ein wenig Französisch.«

Irene fühlte sich wie gelähmt. »Schon morgen?«

»Schon morgen. Also, kommen Sie mit?«

»Ich weiß nicht … ich weiß nicht so recht.«

»Kommen Sie mit?«

Unter dem intensiven Blick seiner dunkelbraunen Augen konnte Irene nicht anders, als zu nicken.

»Gut!« Lächelte er jetzt wirklich wie befreit, oder bildete sie sich das nur ein? *Oh Gott, was wird Minna nur dazu sagen? Ich darf es keiner Menschenseele erzählen.*

Als hätte er ihre Gedanken gelesen, sagte Franz: »Wir treffen uns am besten am Ende der Allee, dort, wo sie auf die Straße trifft. Ich komme mit dem leichten Einspänner aus Weißenburg. Warten Sie dort auf mich!«

Irene nickte wie hypnotisiert. Sie war versucht, sich in den Schenkel zu kneifen. *Ist das ein Traum? Liege ich in Wahrheit in meinem Bett und merke beim Aufwachen, dass ich mir das alles nur eingebildet habe?*

»Nun, dann bis morgen Nachmittag um halb drei.« Franz' Bariton riss sie aus ihren Gedanken. »Ich muss jetzt nach Weißenburg ins Kontor. Mein Vater wird sich schon fragen, wo ich so lange bleibe.«

Er war schon fast an der Tür, als er sich noch einmal umdrehte. »Oh, Ihr Buch. Sie wollten ja ein Buch mitnehmen.« Er stellte den Hugo zurück ins Regal und griff nach einem schmaleren Band. »Kennen Sie ›Hoffmanns Erzählungen‹?

Nein? Dann nehmen Sie das Buch mit, es wird Ihnen gefallen.«

Als Franz die Tür hinter sich zuzog, erhob sich Irene langsam vom Sofa. Ihre Beine fühlten sich an wie Pudding. Eine zeitlose Weile stand sie noch da und starrte ins Leere, die Hände um das Buch gelegt, das Franz ihr gegeben hatte.

Endlich riss sie sich zusammen und warf einen Blick auf die Uhr, die ihr zeigte, dass nur eine knappe halbe Stunde vergangen war, seitdem sie die Bibliothek betreten hatte.

Ich werde nicht hingehen, rief sie sich selbst zur Ordnung. *Ich werde sogar auf gar keinen Fall hingehen.*

Doch tief in ihrem Innern wusste sie, dass sie es schon jetzt kaum erwarten konnte, ihn wiederzusehen.

Anwesen der Gerbans bei Altenstadt
Mai 1870, am nächsten Nachmittag

Franz schlug das Herz bis zum Hals, als er den Rappschecken, der den Einspänner zog, um die letzte Straßenbiegung lenkte, nach der kurz darauf zu seiner Linken die Auffahrt zu seinem Vaterhaus lag. Er kniff die Augen zusammen, um besser gegen das Sonnenlicht blicken zu können. Es war niemand da.

Ich hätte es mir denken können. Zu seinem Ärger spürte er sogar einen Kloß in der Kehle. *Natürlich macht sie sich nicht das Geringste aus mir.*

»Lauf zu, Berti!« Unwillig trieb er das Pferd an. Er würde die Straße noch ein Stück weiter entlangfahren bis zu einer Stelle, an der er sein Gefährt wenden und nach Weißenburg zurückkehren konnte.

Als er sich der Höhe der Einfahrt näherte, spürte er plötzlich einen metallischen Geschmack im Mund. In seiner Erregung hatte er sich auf die Lippe gebissen.

Gerade als er sein Taschentuch aus dem Jackett ziehen wollte, trat Irene aus dem Schatten eines Baumes, unter dem sie offensichtlich gewartet hatte, auf die Straße. Vor Erleichterung ließ Franz die Zügel los, was der Rappschecke als Signal verstand, schneller zu traben.

»Brr!« Franz zog die Zügel daraufhin hart an und brachte das Gefährt etwa zwanzig Schritte hinter Irene zum Stehen. Da er an dieser Stelle nicht wenden konnte, wandte er sich auf dem Kutschbock um und winkte ihr, näher zu kommen.

Während sie auf ihn zuging, betrachtete er sie mit einer Mischung aus Freude und Faszination. *Ich habe sie noch nie in ihrer eigenen Kleidung gesehen.*

Irene trug ein dunkelblaues Kostüm, das ihre schlanke Gestalt wunderbar zur Geltung brachte. Die Jacke über der weißen Bluse mit dem gestickten Kragen lag eng an und betonte ihre wohlgeformte Büste. Nach der Mode der Zeit bauschte sich der Rock über dem Gesäß in einer kleinen Turnüre und lief sogar in einer angedeuteten Schleppe aus. Bisher hatte Franz diese Art von Kleid immer lächerlich gefunden, doch heute fand er es entzückend.

Der kleine Hut, der auf Irenes aufgestecktem braunem Haar saß, war passend zum Kostüm ebenfalls blau und mit einer Pfauenfeder garniert. Das ganze Ensemble betonte ihre dunkelblauen Augen. Sie glitzerten wie Saphire, als sie näher kam. Dennoch zeigten sie einen Ausdruck von Unsicherheit.

Versunken in Irenes Anblick sprang Franz erst vom Bock, als sie die kleine Kutsche beinahe erreicht hatte. Errötend über seine Unhöflichkeit, zog er den Hut und verbeugte sich. Am liebsten hätte er die junge Frau in die Arme geschlossen. Aber er reichte ihr nur die Hand.

»Ich bin so froh, dass Sie gekommen sind, Irene.«

Die Unsicherheit in ihren Zügen mischte sich nun für einen winzigen Augenblick mit Verwunderung und reiner Freude.

»Guten Tag, Herr Franz.« Fast fürchtete er schon, sie würde einen Knicks vor ihm machen. Doch sie blieb aufrecht vor ihm stehen. »Sie bluten ja!«, sagte sie erschrocken. »Haben Sie sich verletzt?«

Franz wischte sich mit dem Taschentuch über den Mund. »Es ist nichts von Bedeutung. Wie schön, dass Sie da sind.«

»Freuen Sie sich wirklich so darüber?«

»Ja, das tue ich. Ich könnte die ganze Welt umarmen!« Die Worte kamen ihm wie von selbst über die Lippen. »Kommen Sie, steigen Sie ein.«

Er half ihr auf den Kutschbock und roch ihren zarten Duft nach Maiglöckchen. Seine körperliche Nähe auf dem Zweisitzer machte sie offensichtlich nervös, denn ihre Hände in den zarten Spitzenhandschuhen hielten ihre kleine Tasche aus billigem Leder fest umklammert.

»Hüh, Berti!« Franz ließ die Zügel leicht auf den Rücken des Rappschecken klatschen, der sogleich anzog.

»Wohin fahren wir?«, fragte Irene. Ein leichtes Zittern lag in ihrer Stimme.

»Wie ich gestern schon sagte, nach Schweigen in einen Gasthof mit einem sehr schönen Garten. Ich war zuletzt als kleiner Junge da, doch ich habe mich erkundigt. Die Wirtschaft existiert nach wie vor und serviert noch immer die gleichen köstlichen Speisen. Dort können wir ganz ungestört plaudern.«

»Ich muss um acht Uhr zurück sein, Herr Franz.«

»Dann haben wir beinahe fünf Stunden Zeit, Irene. Doch ich bestehe darauf, dass Sie mich Franz nennen, solange wir unter uns sind.«

»Doch, keine Widerrede«, kam er ihrem Einwand zuvor. »So werden die anderen Gäste im Garten auch am wenigsten auf uns aufmerksam. Zumal Sie aussehen wie eine vollendete Dame«, fügte er hinzu.

Zu seinem Entzücken überzogen sich ihre Wangen daraufhin mit einer leichten Röte. »Ich danke Ihnen für das Kompliment. Doch die Handschuhe sind nur geliehen. Meine eigenen waren zu schäbig.«

»Wer hat sie Ihnen geliehen?«

Das Rot ihrer Wangen vertiefte sich. »Ich … ich habe sie aus Minnas Lade genommen«, erklärte sie zögernd. »Minna wird sie bis heute Abend nicht vermissen. Aber sie hätte mir Fragen gestellt, wenn ich sie offen darum gebeten hätte.«

Ihre Verlegenheit entzückte ihn. Offensichtlich hatte sie keine Mühe gescheut, sich für ihn hübsch zu machen. »Und das wunderbare Kostüm?«

»Das habe ich mir selbst gekauft. Ich habe meinen Lohn gespart und den Stoff ehrlich vor einigen Wochen erworben. Die alte Schneiderin, die im Haus die Weißwäsche flickt, hat es genäht. Für einen mäßigen Preis, den ich mir leisten konnte.«

»Ich wollte um Himmels willen nicht infrage stellen, dass Sie das Kostüm ehrlich erworben haben.« Franz legte Irene kurz seine Hand auf den Arm. »Es kleidet Sie nur so gut, als hätte es die Schneiderin meiner Mutter persönlich angefertigt.«

»Die alte Hanna war auch einmal die Schneiderin Ihrer Mutter. Doch dann wurden ihre Augen schwächer und Ihre Schwester …« Sie stockte und biss sich auf die Lippen.

»Was hat meine Schwester schon wieder auf dem Kerbholz?«

»Ich möchte nicht …«

»Heraus mit der Sprache!«

»Sie … sie hat gesagt, Hanna hätte ihr ein Kleid verschnitten. Deshalb darf sie jetzt nur noch die Weißwäsche flicken. Aber Minna hat schon einige Kleider bei ihr bestellt und sie mir empfohlen.«

»Eine ausgezeichnete Empfehlung, Irene. Sie wissen ja, dass ich meine Schwester für ein ausgemachtes Miststück halte. Doch die Götter sind gerecht. Mathilde sieht in jedem Kleid aus wie ein verfettetes Schaf, unabhängig davon, wer es ihr geschneidert hat.«

Amüsiert bemerkte er aus den Augenwinkeln, dass Irene lächelte. »Warum mögen Sie Mathilde eigentlich nicht? Sie ist immerhin Ihre Schwester.«

Verdutzt stellte Franz fest, dass ihm so schnell keine Antwort darauf einfiel. Er überlegte noch, was er erwidern sollte, da sagte Irene: »Verzeihen Sie mir, wenn die Frage ungebührlich war.«

Franz winkte ab. »Oh nein, ungebührlich war sie nicht. Ich musste nur etwas nachdenken. Ich glaube, es liegt daran, dass meine Familie zwiegespalten ist. Meine Mutter konnte lange gar keine Kinder bekommen. Erst eine Badekur führte dazu, dass ich geboren wurde. Ich war von Beginn an ihr Augenstern. Mein Vater, der sich eigentlich dringend einen Erben gewünscht hatte, behauptet immer, sie hätte mich verzärtelt. Er pflegte mich oft und hart zu züchtigen, als ich noch ein Knabe war. Das entfremdete meine Eltern mehr und mehr voneinander.«

»Aber Mathilde ist doch gar nicht so viel jünger als Sie«, wandte Irene ein. »War Ihre Mutter denn nicht glücklich, als auf den Sohn auch noch eine Tochter folgte?«

»In der Tat ist Mathilde nur etwas über ein Jahr jünger als ich. Aber meine Mutter ist von zarter Konstitution. Die zwei so schnell aufeinanderfolgenden Schwangerschaften erschöpften sie. Sie musste schon mehrere Monate das Bett hüten, bevor Mathilde überhaupt geboren wurde. Vielleicht begann ihre Abneigung gegen meine Schwester schon im Mutterleib. Zudem kommt Mathilde ganz nach meinem Vater und war von Anbeginn an dessen Liebling. Alles, was sie tut, wird von ihm gelobt. Doch an mir lässt er bis heute kaum ein gutes Haar.« Er schluckte schwer, als ihn die Bitterkeit darüber so heftig anfiel, wie er es nach all der Zeit nicht mehr für möglich gehalten hätte.

Irene musterte ihn von der Seite. »Sie sind das Ebenbild Ihrer Mutter. Das dünkt mich der bessere Part in Ihrer Familie zu sein.«

Franz nickte und blickte starr geradeaus, um sich seine Gefühle nicht noch mehr anmerken zu lassen.

Plötzlich fiel ihm etwas auf. »Sie sind eine ganz ungewöhnliche Frau, Irene. Die meisten Damen, die ich kenne, würden mit einem Mann nie über Schwangerschaft und Geburt sprechen.«

»Aber das ist doch kein unanständiges Thema«, wunderte sich Irene.

Franz zuckte mit den Achseln. »Für die Frauen meiner Gesellschaftsschicht anscheinend doch.«

Eine Weile hingen beide schweigend ihren Gedanken nach. Irene ergriff zuerst wieder das Wort.

»Wissen Sie, Franz, es ist schon sehr seltsam. Im Waisenhaus dachte ich immer, reiche Familien hätten keinerlei Sorgen und lebten herrlich und in Freuden. Das war offensichtlich ein Irrtum.« Sie stockte.

Franz warf ihr einen Seitenblick zu und erkannte, dass sie anscheinend mit sich kämpfte. »Ja? Fahren Sie doch fort!«

»Darf ich Sie etwas fragen?«

»Nur zu!«

»Haben Sie eine Erinnerung an Ihre Tante Sophia?«

Franz runzelte die Stirn. »Keine besonders klare. Sie war die Schwester meiner Tante Ottilie und starb bei irgendeinem Unfall, glaube ich. Damals muss ich noch ein ganz kleiner Knabe gewesen sein. Wie kommen Sie darauf?«

Irene erzählte ihm von dem zurückgelassenen Bild, das sie beim Säubern des linken Traktes im Altenstädter Anwesen gefunden hatte.

»Das ist in der Tat seltsam«, wunderte sich Franz. »Ich werde meine Mutter bei Gelegenheit einmal nach Sophia fragen.«

Wieder schwiegen sie eine Weile. Die ersten Häuser des Dorfes Schweigen kamen in Sicht.

»Da ist das Gasthaus, wir sind gleich da!« Fröhlich wies Franz auf ein großes, weiß getünchtes Haus mit einem bunten Metallschild, das Irene aus der Ferne nur undeutlich erkennen konnte. »Das ist das Gasthaus ›Zu den zwei Schwänen‹! Hier bekommt man die beste Hausmannskost im ganzen Umkreis. Mögen Sie Apfelkuchen?«

Irene nickte. »Sogar sehr.«

»Wunderbar! Damit beginnen wir. Der Kuchen ist in der

Regel noch warm und wird mit dickem Schmand serviert.« Er schnalzte mit der Zunge. »Ein Gedicht! Und am Abend können Sie wählen, sofern man mich recht unterrichtet hat, ob Sie lieber knusprige Schweinshaxe, Pfälzer Saumagen oder gekochtes Rindfleisch mit Meerrettichsoße haben wollen. Alles schmeckt köstlich!«

Plötzlich fühlte er sich so leicht wie ein Vogel. Irene war hier, sie saß an seiner Seite, war wunderhübsch und eine weitaus ernsthaftere Gesprächspartnerin, als er gedacht hatte.

Und der ganze Nachmittag lag noch vor ihnen.

Anwesen der Gerbans bei Altenstadt
Mai 1870, am selben Abend

Auf Zehenspitzen schlich Irene die Dienstbotentreppe hinauf, in der Hand die Schnürschuhe, deren Absätze zu viel Lärm gemacht hätten. Die große Standuhr in der Halle schlug gerade die zehnte Stunde.

Zu ihrer unendlichen Erleichterung war die Hintertür noch offen gewesen. So war es nicht nötig, Frau Burger mit einer erfundenen Erklärung wegen ihres Zuspätkommens Rede und Antwort zu stehen. Zumal sie nicht gut lügen konnte.

Vorsichtig drückte Irene die Türklinke der Kammer hinunter, die sie sich mit Minna teilte. Die Freundin war noch wach und las im Schein einer kleinen Petroleumlampe. Als Irene eintrat, ließ Minna den Groschenroman sinken.

»Wo kommst du denn so spät her, Irene?« Minna musterte sie streng. »Noch dazu in deinem neuen Kostüm und … meinen Handschuhen, wie ich sehe.«

Irene wurde rot. »Ich bitte dich um Verzeihung, Minna. Ich hätte dich vorher fragen müssen.«

»Schon gut, das macht mir die geringste Sorge. Willst du mir sagen, wo du gewesen bist?«

Irene zögerte. *Minna wird es nicht gutheißen.* Um Zeit zu gewinnen, fingerte sie an den Hutnadeln und löste das Hütchen aus ihrem widerspenstigen Haar. Minna sah ihr dabei zu, wie sie Jacke und Bluse aufknöpfte und ablegte.

»Komm her!« Die Freundin schwang sich aus ihrem Bett und löste die Schnüre von Irenes Korsett. Dann zog sie sich einen Morgenmantel über ihr Leinennachthemd. »Überlege dir, was du mir anvertrauen willst. Ich gehe derweil die Hintertür abschließen.«

Als Minna wenig später zurückkam, hatte sich Irene schon ausgekleidet und lag bis zum Hals zugedeckt in ihrem Bett.

»Bonsoir, bonjour, adieu, au revoir«, murmelte sie vor sich hin.

»Wie bitte?« Minna merkte auf. »Sprichst du jetzt gar Französisch?«

Plötzlich schlug sie sich an die Stirn. »Du meine Güte! Es ist der junge Herr Franz, nicht wahr?«

Irenes Gesicht wurde schon wieder heiß. »Er hat mich in ein Gasthaus nach Schweigen eingeladen. Und mir dabei ein wenig Französisch beigebracht.«

»Soso!« Minnas Stimme klang überaus skeptisch. »Und auf der Rückfahrt hat das Pferd ein Eisen verloren, und daher bist du zu spät gekommen.«

Irene war verblüfft. »Wie kommst du … wie kommst du darauf?« Genau diese Ausrede hatte sie sich überlegt, nachdem Minna die Kammer verlassen hatte.

Minna schnaubte. »Versuch es erst gar nicht, Irene! Ich würde dir sowieso nicht glauben. Du hast dich also verliebt! Oder besser gesagt, du hast dir endlich eingestanden, dass du verliebt bist. Hat er dich schon geküsst?«

Verlegen drehte Irene sich auf die Seite. »Wieso musstest du eigentlich abschließen gehen?«, lenkte sie ab.

»Weil Frau Burger sich schon zur Teezeit mit Migräne ins Bett gelegt hat. Du hast also Glück gehabt, dass sich Gerda nicht danach gedrängt hat, an ihrer Stelle die Eingangstür zu verschließen. Aber zumindest auf deren Faulheit ist Verlass. Also?«

Eine kleine Weile herrschte Schweigen im Raum. Irenes Hoffnung, dass Minna aufgeben würde, erfüllte sich nicht. Schließlich nickte sie zögernd.

»Aber nur einmal zum Abschied. Und brav auf die Wange!«

Dass sie volle zwei Stunden im Schatten der Einfahrt gestanden und einander leidenschaftlich geküsst hatten, wollte sie nun doch nicht eingestehen.

Minna musterte sie noch einmal prüfend, zuckte dann mit den Achseln und löschte die Lampe.

»Ich glaube dir nicht, mein Mädchen. Aber du musst selbst wissen, was du tust!«

Mit offenen Augen starrte Irene zur dunklen Decke empor. »Je t'aime!« Immer wieder formten ihre Lippen lautlos die Worte, die Franz ihr viele Male ins Ohr geflüstert hatte. »Je t'aime!«

Schon in der nächsten Woche würden sie sich wiedersehen. Schon? *Bis dahin ist es ja noch eine halbe Ewigkeit!*

Sie drehte sich in ihrem schmalen Bett auf die Seite. Ihre Brust schmerzte geradezu vor Sehnsucht nach Franz. Sie schloss die Augen und träumte ihn sich herbei.

Der herrliche Nachmittag im Gasthaus, an dem er sie immer wieder zum Lachen gebracht hatte. Die höflichen Wirtsleute, die sie tatsächlich für eine feine Dame zu halten schienen. Die Rückfahrt im sanften Abendlicht, schon verstohlen Hand in Hand. Und schließlich seine Küsse im zarten Mondlicht, seine Hände, die sie liebkosten, ihr Gesicht, ihren Hals! Vor ihren Brüsten hatte er haltgemacht.

»Ich möchte dich nicht verführen, meine Liebste«, hatte er geflüstert. »Zumindest heute noch nicht!«

Fast hatte sich Enttäuschung in ihre Erleichterung gemischt. »Je t'aime!« Wieder und wieder flüsterte sie seine Worte vor sich hin.

»Eines will ich dir noch sagen, Irene!« Minnas Stimme riss sie unsanft aus ihren Fantasien. »Ich bin ja nun nicht mehr lange hier, um zumindest ein wenig auf dich aufzupassen. Doch solltest du jemals Hilfe benötigen, weißt du, wo du mich findest!«

Kapitel 8

Weinkontor der Gerbans in Weißenburg
12. Juli 1870

»Ihr habt die Rede dieses arroganten französischen Außenministers Gramont doch in jeder Zeitung gelesen! Der Kerl droht uns unverhohlen mit Krieg!« Mit großen Schritten durchmaß Gregor Gerban erregt das geräumige Kontor seines Bruders.

Wilhelm Gerban machte eine beschwichtigende Handbewegung. »Nun beruhige dich doch, Bruder. Große Töne spucken die Welschen allemal gerne. Doch jedermann weiß, dass dies nur Säbelgerassel ist. Mit einem rostigen Säbel wohlgemerkt. Die französische Armee ist in einem erbärmlichen Zustand. Es fehlt ihr an allem.«

»Du vergisst, Vater, dass französische Armeen auch in erbärmlichem Zustand schon so manch großen Sieg errungen haben.« Franz verfolgte den respektlosen Dialog, den sein Vater und sein Onkel schon seit einigen Minuten führten, mit immer größerem Ärger. »Und ihre Chassepot-Gewehre sind weitaus moderner als die der preußischen Armee. Die Schussweite ist viel größer.«

»Du glaubst also der französischen Propaganda, Franz? Auf welcher Seite stehst du eigentlich?«, fuhr Gregor seinen Neffen an. Dann verzerrte ein hämisches Lächeln sein Gesicht. »Ach ja, ich vergaß. Du bist ja einer von ihnen!«

»Stimmt genau, Onkel Gregor. Einer von denen, denen die Gerbans ihren Reichtum verdanken! Hast du vergessen, dass dieses Haus wie so viele andere Güter zum Erbe meiner französischen Mutter gehören?«

In der Tat war das Anwesen im klassizistischen Stil, von dem aus der Gerban'sche Weinhandel betrieben wurde, eines der imposantesten Gebäude rund um den Marktplatz des elsässischen Grenzorts Weißenburg.

Wilhelm Gerban zog unwillig die buschigen Augenbrauen zusammen. Einen Moment lang sah es so aus, als wolle er Franz scharf zurechtweisen. Da kam ihm Gregor mit seiner nächsten Bemerkung zuvor.

»Dieses Haus hätte deine Mutter längst eingebüßt, wenn dein Vater nicht so geschäftstüchtig wäre! Denk mal allein daran, wie viel es gekostet hat, es in Stand zu setzen.«

Wilhelms Gesicht entspannte sich. Sein Mund verzog sich sogar zu einem Lächeln.

»Nun gebt Ruhe, ihr Streithähne. Es gibt keinen Krieg.«

»Fritz glaubt das nicht, Wilhelm«, warf Gregor ein. »Er hat telegrafiert, dass die Franzosen bereits mobilmachen und sogar begonnen haben, ihre nordafrikanischen Kolonialtruppen nach Europa zu verschiffen. Das sind Regimenter aus den dortigen Einheimischen, also unzivilisierte Wilde. Sie sollen kämpfen wie die Löwen und sind als grausam und hinterhältig verschrien. Man nennt sie Turkos. Fritz rechnet auch jeden Tag mit der preußischen Mobilmachung.«

Wilhelm winkte ab. »Da ist der Wunsch der Vater des Gedankens, Gregor. Dein Sohn lechzt nach weiteren Heldentaten.« Er bemühte sich nicht, seine Geringschätzung zu verbergen. »Aber selbst wenn Fritz Recht behält, wird es zumindest hier in der Gegend keinen Krieg geben. Bayern und damit auch die bayerische Pfalz gehören zum Süddeutschen Bund. Der wird sich genauso wie Österreich aus allem heraushalten. Auch die Briten haben sich bereits für neutral erklärt. Frankreich wird keinen Verbündeten finden und schließlich den Schwanz einziehen! Wartet es ab!«

»Du solltest die Franzosen nicht unterschätzen, Vater. Sie haben jedenfalls mehr Nationalstolz als die ewig zerstrittenen

Deutschen. Und sie werden sich zu verteidigen wissen, wenn eine preußische Marionette den spanischen Thron besteigt und sie dann von zwei Seiten bedroht werden.«

»Dann sollen sie meinethalben kämpfen«, winkte Wilhelm ab. Plötzlich hellte sich seine Miene auf. »Ein Krieg zwischen Frankreich und Preußen mit seinen Verbündeten im Norddeutschen Bund könnte unsere Geschäfte sogar beflügeln, wenn Bayern neutral bleibt. Wein wird in jeder Armee gebraucht. Wir könnten beide Kriegsparteien beliefern, denn wir sitzen auf beiden Seiten der Grenze.«

Gregor und Franz starrten den alten Gerban an. In ungewohnter Eintracht verzogen sich ihre Gesichter vor Empörung.

»Wie kannst du nur so etwas Widerwärtiges sagen, Vater!«

»Wilhelm, du redest daher wie der schlimmste Opportunist.« Beide sprachen gleichzeitig.

Wilhelms Miene verfinsterte sich wieder. Er wandte sich zuerst an seinen Bruder. »Opportunist kommt vom lateinischen Wort für ›günstig‹. So bezeichnet man Menschen, die Gelegenheiten beim Schopf ergreifen, wenn sie sich bieten. Hast du nicht gerade mein Talent, unser Vermögen auf diese Weise zu mehren, ausdrücklich gelobt?«

Gerade wollte er sich Franz zuwenden, um ihn ebenfalls abzukanzeln, da ertönte das laute Rufen eines Zeitungsjungen vor dem halb geöffneten Fenster. »Extrablatt! Extrablatt! Der Hohenzollernprinz lehnt die spanische Thronkandidatur endgültig ab! Extrablatt!«

»Da hört ihr es, ich wusste doch, dass die Preußen den Schwanz einziehen werden, nicht die Franzosen«, sagte Franz triumphierend.

Gregors Gesicht verfärbte sich puterrot. Er schnappte nach Luft und setzte zu einer Erwiderung an, als ihm Wilhelm zuvorkam.

»Also können wir diese unsinnige Diskussion jetzt beenden? Sie stiehlt mir nur meine Zeit. Es gibt keinen Krieg, das sagte ich doch bereits. Lasst uns endlich zum eigentlichen Zweck unserer Zusammenkunft kommen! Wie steht es um die diesjährige Lese, Gregor? Hat die starke Hitze und Trockenheit der vergangenen Wochen den Trauben geschadet?«

Anwesen der Gerbans bei Altenstadt
18. Juli 1870

Mit angehaltenem Atem lugte Mathilde aus ihrem Versteck. Weit und breit war weder etwas zu sehen noch etwas zu hören. Sie unterdrückte einen enttäuschten Seufzer.

Niemand hätte ihr angesichts ihrer fülligen Figur zugetraut, dass sie sich so leise wie eine Katze bewegen konnte, wenn sie es darauf anlegte. Diese Fähigkeit besaß sie schon seit ihrer Kindheit und verdankte ihr so manche interessante Entdeckung.

Doch heute Abend schien sie sich vergebens in die Nische unterhalb der Treppe geschlichen zu haben, die zum Dienstbotentrakt emporführte. Dabei war sie sich so sicher gewesen, als sie Franz und Irene heute beim Tee im kleinen Salon unauffällig beobachtet hatte. Alles passte zusammen. *Sie tauschen verstohlene Blicke aus wie ein heimliches Liebespaar.*

Ein purer Zufall hatte sie den beiden vor einiger Zeit auf die Spur kommen lassen. Eines Abends, als sie nicht einschlafen konnte, wollte sie sich ein Glas Milch aus der Küche holen. Dabei bemerkte sie, dass Franz' Zimmertür einen Spalt weit offen stand. In der Annahme, er sei ebenfalls noch wach, klopfte sie leise bei ihm an, erhielt aber keine Antwort. Also schloss sie seine Tür vorsorglich und holte sich ihre Milch. Sie kam gerade die Treppe wieder hinauf, als sie Franz in sein Zimmer schleichen sah. Er bemühte sich offensichtlich, keinen Lärm dabei zu machen, ging auf Strümpfen und war nur mit Hemd und Hose bekleidet. Sein Haar war zerzaust.

Sofort kam ihr der Verdacht, dass Franz ein heimliches Techtelmechtel mit einem der Mädchen aus dem Gesinde unterhielt. Von Anfang an dachte sie an Irene, für die Franz so heftig eingetreten war, als sie ihr das verdorbene Seidenkleid anhängen wollte. Mathilde kochte noch immer vor Wut über die Demütigung, die er ihr vor den Ohren dieser Schlampe zugefügt hatte.

Seit dieser Nacht stellte sie systematische Nachforschungen an, und schnell war ihr einiges aufgefallen. *Franz ist regelmäßig verschwunden, wenn das Dämchen seinen freien Nachmittag hat,* rekapitulierte sie ihre Erkenntnisse, um sich in der drückenden Enge der Nische die Zeit zu vertreiben. *Im Kontor in Weißenburg war er an diesen Tagen nie, auch nicht in Schweighofen.* Es war einfach gewesen, ihren Vater und die schwatzhafte Tante Ottilie bei ihrem letzten Besuch unauffällig danach zu fragen.

Ihr Verdacht verstärkte sich, als sie des Nachts etliche Male wach blieb und lauschte. Auf diese Weise bemerkte sie, dass Franz sein Zimmer, das neben dem ihren lag, verließ, sobald die ganze Familie zu Bett gegangen war. Einmal hatte sie sich sogar in sein Zimmer getraut und selbst gesehen, dass er nicht darin schlief.

Sie ahnte sofort, wo er war. *Seit Minna weg ist, hat das Weibsstück die Dachkammer für sich allein. Diese Gelegenheit werden sich die zwei nicht entgehen lassen, zumal wir noch immer keinen Ersatz für Minna gefunden haben. Weiß Gott, warum Frau Burger noch immer nicht fündig geworden ist. Wahrscheinlich wird sie alt und bequem. Ich muss einmal mit Mutter, nein, besser noch mit Vater über sie sprechen. Wir sollten sie möglichst bald ersetzen.*

Natürlich hatte sie auch Frau Burger die Sache mit den Ameisen nie verziehen. Einen Augenblick lang schweiften ihre Gedanken ab. Es war heiß in der Nische, die ganze Sommerhitze der letzten Wochen schien sich in ihr zu stauen. Schweißtropfen bildeten sich auf ihrer Stirn und liefen ihr über die Wangen. Es juckte sie am ganzen Körper.

Dennoch wagte sie kaum, sich zu rühren. Erst gestern hatte sie sich dazu entschlossen, Franz aufzulauern, um ihn endgültig überführen zu können. In ihrem grauen Kittel, den sie aus dem Gartenschuppen entwendet hatte, und der grauen Haube, unter der sie ihr helles Haar verbarg, hob sie sich kaum von der Wand ab. *Undenkbar, wenn mich jemand in diesem Aufzug fände.*

Die Minuten schlichen dahin. Die Uhr in der Halle schlug zwölf. *So ein Mist!* Nun stand sie schon nahezu eine Stunde in dieser Enge. Sie beschloss, für heute aufzugeben und es in der nächsten Nacht noch einmal zu versuchen. Da hatte die Schlampe ihren freien Nachmittag. Danach würden die beiden sich garantiert in den Laken wälzen.

Gerade als sie vorsichtig aus der Nische heraustreten wollte, hörte sie leise Schritte auf dem Flur des Schlafzimmertraktes der Familie. War es Franz? Ihr Herz begann schneller zu schlagen.

Aber noch wusste sie nicht, ob ihr das Glück gewogen war. Es konnte sich immer noch um die Schritte ihres Vaters oder ihrer Mutter handeln. In diesem Fall war es wahrscheinlich, dass sich die Schritte über die Treppe nach unten in die Halle entfernen würden.

Doch nein! Heißer Triumph erfüllte sie. Die Schritte kamen näher. Der noch unsichtbare nächtliche Spaziergänger ging eindeutig über den Flur in Richtung der Hintertreppe zu den Dienstbotenzimmern. Jetzt stieg er die Stufen empor. Sie knarrten ein wenig an der Stelle, unter der sich Mathilde verborgen hielt.

Sie holte tief Luft. Dann trat sie geräuschlos aus ihrer Nische und blickte die Treppe hinauf. Am liebsten hätte sie vor Freude laut gejubelt. Es war wirklich Franz. Zu Irenes Kammer führte vom Treppenabsatz aus eine weitere kleine Stiege, die Franz jetzt hinaufging, bevor er sich nach links wandte und ihrem Blickfeld entschwand. *Dort haust nur das Weibsstück.*

Na warte, du Schlampe. Mathildes Genugtuung kannte keine Grenzen mehr. *Schon morgen sorge ich dafür, dass du in flagranti erwischt wirst.*

Irenes Kammer im Anwesen der Gerbans bei Altenstadt
Nacht vom 18. auf den 19. Juli 1870

Die Uhr in der Halle schlug zwölfmal. Irene schreckte auf und merkte, dass sie kurz eingenickt war. *Jetzt wird er jeden Augenblick da sein.* Die Vorfreude ließ sie von einem Moment auf den nächsten hellwach werden. Sie fühlte sich so wunderbar lebendig wie noch nie zuvor in ihrem Leben.

Seit dem ersten Mal vor sechs Wochen, als sich Franz bei Nacht in ihre Kammer geschlichen hatte, war jedes Misstrauen ihm gegenüber verflogen. Mittlerweile glaubte sie ihm, dass er sie wirklich liebte.

Was war ich anfangs unsicher und verängstigt, lächelte sie in sich hinein. Tausend Gedanken waren ihr durch den Kopf geschossen. *Würde es sehr wehtun? Würde er zärtlich sein oder nur seine Lust an ihr stillen?* Davor hatte sie Minna bei ihrem Abschied aus dem Dienst der Gerbans gewarnt. *Würde sie seinen Erwartungen genügen? Würde er danach wiederkommen wollen?*

Heute wusste sie, dass all diese Ängste sie umsonst geplagt hatten. Irene räkelte sich in ihren frisch bezogenen Kissen. Die Laken und Überzüge hatte sie heimlich aus der Wäschekammer genommen, zu der sie als Hausmädchen jederzeit Zugang hatte.

Durch das halb geöffnete Fenster wehte eine erfrischende Brise in die stickige Dachkammer. Irene schloss die Augen und träumte.

Sie sah den Moment, als Franz zum ersten Mal ihre Kammer betreten hatte, noch so lebhaft vor sich, als wäre es erst gestern gewesen. *Wie er an der Tür stehen blieb, mich nur ansah und offensichtlich genauso unsicher war wie ich selbst. Wie er mich leise fragte, ob ich ihn wirklich haben wolle. Wie er mir eingestand, dass es auch für ihn das erste Mal sei und er nicht wisse, ob er sich ungeschickt anstellen würde.*

»Aber ich liebe und begehre dich so unendlich! So sehr, dass ich dir nie ein Leid antun möchte. Schick mich gleich wieder fort, wenn du es dir anders überlegt hast.«

Es war diese Schüchternheit gewesen, mit der er sie im Sturm erobert hatte. Seine Augen schimmerten wie brauner Samt, als sie die Hand nach ihm ausstreckte und ihn zu sich winkte. Trotz seiner Erregung, die sie spürte, als er sich schließlich, noch vollständig bekleidet, neben sie legte, ließ er sich alle Zeit der Welt. Wieder und wieder küsste er sie. Seine Zunge umspielte ihren Hals, ihre Schultern, ihr Dekolleté, bis sie seinen Kopf selbst auf ihre Brüste herabzog, deren Warzen unter dem dünnen Leinennachthemd steil aufgerichtet waren.

Sie war es schließlich, die ihm voll Ungeduld das Hemd aufknöpfte und den Gürtel der Hose öffnete. Ihr ganzer Körper brannte wie im Fieber. Wie herrlich es war, ihn neben sich zu spüren, seine Haut auf ihrer Haut zu fühlen, seinen Duft einzuatmen. Wie von selbst hatten ihre Körper schließlich zueinandergefunden. Der kurze scharfe Schmerz, als er endlich in sie eindrang, war sofort vergessen, als ein nie gekanntes Gefühl sie mit sich hinwegriss.

Eine erfahrenere Frau hätte Irene sagen können, wie ungewöhnlich es in diesen prüden Zeiten war, dass eine Frau überhaupt Lust beim Beischlaf empfand – und wie rar zärtliche Männer waren. Dass Irene gleich beim ersten Mal früher zum Höhepunkt kam als ihr Liebhaber, hätte ihr dagegen nicht einmal eine langjährige Kurtisane geglaubt. Doch auch ohne die Seltenheit ihres Glücks ermessen zu können, war Irene seit dieser ersten Nacht unendlich glücklich.

Tagsüber ging sie beschwingt ihrer Arbeit nach und lebte für die kostbaren Nachtstunden, die Franz in ihrem schmalen Dienstmädchenbett verbrachte. Um ihr zu bedeuten, dass er sie später aufsuchen wollte, hatten sie eine geheime Zeichensprache entwickelt.

Kam Franz bereits um fünf Uhr zum Nachmittagstee aus dem Weißenburger Kontor, war dies das erste Signal, dass möglicherweise eine neue Liebesnacht bevorstand. Verlangte er dann eine zweite Tasse Tee, hatte Irene Mühe, ihren Jubel hinter der unbewegten Dienstbotenmaske zu verbergen. Ebenso wie ihre Enttäuschung, wenn er die zweite Tasse ablehnte. Dann war er zwar früher nach Hause gekommen, hatte aber noch irgendeine abendliche Verpflichtung, die ihn daran hinderte, zu ihr zu kommen. *Gott sei Dank ist das bisher nur zweimal geschehen. Und an meinen freien Nachmittagen hat Franz es noch immer geschafft, mich auszuführen.*

Morgen war es wieder so weit. Seit Minna weg war, nahm Irene ihren freien Nachmittag dienstags anstatt mittwochs.

Es schabte leise an ihrer Tür. Mit diesem Geräusch kündigte Franz an, dass er draußen war. Irene setzte sich erwartungsvoll auf. Sie bekam eine leichte Gänsehaut in der lauen Brise, die durch das Fenster hereinwehte.

Als Franz die Tür leise aufstieß und hereinkam, sah Irene sofort, dass ihn etwas bedrückte. Seine Augen strahlten nicht wie sonst in reiner Vorfreude, seine Körperhaltung zeigte nicht die Mischung aus Vertrautheit und gespannter Erwartung, die sie so liebte. Stattdessen hingen seine Schultern herab, sein Blick war ernst.

»Hallo, mein Schatz.« Auch seine Stimme klang matter. »Es ist wunderbar, wieder bei dir zu sein.« Offensichtlich wollte er sich nichts anmerken lassen.

Er setzte sich auf die Bettkante und beugte sich zu ihr hinüber, um sie zu küssen. Sie stoppte ihn mitten in der Bewegung und nahm dann sein Gesicht in beide Hände. »Was ist geschehen, mein Liebster? Was bedrückt dich?«

Er griff nach ihren Händen, um sie von seinem Gesicht zu lösen. »Nichts, mein Augenstern. Ich bin nur ein wenig müde.« Wieder näherte er sein Gesicht dem ihren. Diesmal ließ es Irene geschehen und gab sich ganz seinem Kuss hin.

Doch als er sich aufrichtete und nach seinem Gürtel griff, um ihn zu lösen, griff sie nach seiner Hand. Das Gespräch, das sie während des Tees nur bruchstückhaft verfolgt hatte, kam ihr in den Sinn. Dabei war von irgendeiner Depesche die Rede gewesen.

»Glaubst du, dass es Krieg geben wird?« Ihr Magen begann, leise zu zwicken.

Franz seufzte. »Lass uns jetzt nicht darüber sprechen. Dazu ist unsere Zeit zu kostbar.«

Doch damit war er bei Irene an die Falsche geraten. »Ich möchte es aber wissen«, insistierte sie. »Zumal wenn es das ist, was dich bedrückt.«

Franz seufzte wieder, diesmal tiefer. »Ich weiß nicht, ob es Krieg geben wird, Irene. Ich weiß es wirklich nicht.«

»Aber etwas lässt es dich befürchten?«

»In den letzten Tagen ist die Situation zwischen Frankreich und Preußen erneut eskaliert.«

»Aber ich dachte, die Sache mit der spanischen Thronfolge hätte sich erledigt.«

Franz sah Irene erstaunt an. »Ich wusste gar nicht, dass du darüber Bescheid weißt.«

Irene war zum ersten Mal seit dem Beginn ihrer Liebe leicht gekränkt. »Auch im Dienstbotenzimmer gibt es eine Zeitung«, sagte sie spitz. »Zumindest die vom Vortag. Und Niemann und die Diener reden seit Tagen über nichts anderes mehr.«

Franz schwieg einen Moment und schien dies erst einmal verdauen zu müssen. »Also gut, dann weißt du ja auch, dass der französische Botschafter König Wilhelm von Preußen, der sich gerade zur Kur in Bad Ems aufhält, eine Botschaft von Kaiser Napoleon gesandt hat. Darin fordert der Kaiser den preußischen König auf, die Garantie abzugeben, auch in Zukunft niemals mehr einer deutschen Thronkandidatur für Spanien zuzustimmen.«

Das war Irene neu, da sie heute weder Zeitung gelesen noch den endlosen Debatten während der Dienstbotenmahlzeiten so aufmerksam zugehört hatte, wie sie es sonst tat.

»Oh, das ist mir entgangen«, gab sie ehrlich zu. Sie zog angestrengt die Stirn in Falten. »Das klingt aber reichlich anmaßend, was der französische Kaiser da verlangt.«

Franz nickte. In seinen sorgenvollen Gesichtsausdruck mischte sich eine Spur Bewunderung für Irenes politischen Scharfsinn. Er strich ihr über die Wange. »Du hast es erfasst. König Wilhelm war sehr aufgebracht und hat dem Kaiser wohl in scharfem Tone geantwortet. Der Reichskanzler Otto Graf Bismarck hat ihm seine Ablehnung übermittelt. Nun schreit sowohl die deutsche wie die französische Öffentlichkeit nach Krieg.«

»Wegen des unfreundlichen Tons einer Depesche?«, fragte Irene ungläubig. »Das ist doch kein Grund, das Leben Tausender von Menschen aufs Spiel zu setzen.«

Franz' Gesichtsausdruck wurde noch trauriger. »Leider doch. Sowohl die Deutschen als auch die Franzosen fühlen sich in ihrem Nationalstolz verletzt und fordern Genugtuung.«

Irene wurde plötzlich ärgerlich. »Das ist doch hanebüchener Unsinn«, antwortete sie aufgebracht. »Nicht das, was du sagst, Liebster«, beruhigte sie Franz rasch, als sie seine gekränkte Miene bemerkte, »sondern dass man wegen eines solch nichtigen Anlasses zwei Länder mit Krieg überziehen will. Wie zwei Kinder, die sich im Sandkasten um Murmeln balgen und sich dabei ›Esel‹ und ›Schlawiner‹ schimpfen. Aber dafür schlägt man sich doch nicht gleich die Köpfe ein.«

»Möge der Herrgott geben, dass du Recht behältst, mein Schatz. Doch nun lass uns aufhören, darüber zu sprechen.«

»Nicht bevor du mir gesagt hast, was du noch weißt.« Instinktiv spürte Irene, dass Franz ihr das Wichtigste bislang vorenthalten hatte.

Er schwieg und schien eine Weile mit sich zu kämpfen. Demonstrativ zog sich Irene die Decke bis unters Kinn.

»Also gut«, gab er schließlich nach. »Du Quälgeist gibst ja sonst keine Ruhe.« Sein zärtlicher Tonfall erweichte Irene sofort wieder. Doch sie gab Franz kein Zeichen. Erst musste sie wissen, was auf sie alle zukam.

»Mein Cousin Fritz hat geschrieben. Seine Eltern waren ja heute bei uns zum Abendessen. Sie haben berichtet, dass sein

Regiment schon vor Tagen in Marschbereitschaft versetzt worden ist.« Er stockte.

»Und weiter?«, drängte Irene. »Machst du dir Sorgen um ihn? Ich dachte, du magst ihn nicht so besonders.«

Franz nickte. »Es geht mir auch nicht um Fritz. Aber er hat geschrieben, dass er hierher in die Pfalz verlegt werden soll. Sein Regiment soll sich dort mit bayerischen Truppen vereinen.«

»Wieso mit bayerischen Truppen? Ich dachte …« Irene durchfuhr es heiß und kalt, als ihr der Sinn von Franz' Worten aufging. »Du meinst, Bayern … Bayern bleibt gar nicht neutral?«

Franz legte ihr einen Finger auf den Mund. »Das ist eine hoch geheime Nachricht, Irene. Fritz hätte das seinen Eltern gar nicht mitteilen und diese hätten sie nicht weitererzählen dürfen. Und ja, es sieht ganz danach aus, als ob der Süddeutsche Bund im Fall eines Krieges nicht neutral bleiben wird, wie wir es noch vor einigen Tagen gedacht haben.«

»Wegen … wegen des Nationalstolzes? Fühlen sich jetzt auch die Bayern düpiert?«

»Düpiert?« Franz lächelte sie zärtlich an. »Wahrlich, für ein Dienstmädchen hast du einen ungemein großen Wortschatz!«

Irene ärgerte sich zum zweiten Mal in dieser Nacht. »Ich habe Ohren, um zu hören.« Sie schluckte ihre Kränkung jedoch hinunter, denn ein weitaus schlechteres Gefühl breitete sich in ihrer Brust immer mehr aus und schnürte ihr die Kehle zu.

»Wenn Fritz' Regiment sich hier mit bayerischen Truppen vereint, meinst du dann, der Krieg kommt hierher? Vor unsere Haustür? In die friedliche Pfalz und das friedliche Elsass? Wir sind doch Nachbarn und leben seit Generationen in Eintracht miteinander. Viele Familien haben wie ihr Gerbans deutsche und französische Angehörige.«

Plötzlich kam ihr noch ein weit furchtbarerer Gedanke. »Und du? Was ist dann mit dir? Musst du kämpfen? Und, um Gottes willen, für welche Seite?«

Franz zuckte mit den Achseln. »Wenn es zum Äußersten käme, wohl für die französische. Ich bin französischer Staatsbürger. Aber ich weiß es nicht wirklich. Bislang war das alles für mich nur graue Theorie. Ich habe nicht ernstlich darüber nachgedacht. Onkel Gregor rechnet schon seit Wochen mit einem Krieg. Ich glaube, er freut sich sogar darauf. Aber ich ...«

Er wischte sich mit dem Laken über die Stirn, auf der kleine Schweißperlen glänzten. »Ich mag zwar die Ansichten meines Vaters im Allgemeinen nicht, aber genau wie er habe ich bislang nicht mit einem Krieg gerechnet.«

»Doch diese Depeschen verändern alles«, fuhr er fort. »Die Emser Depesche von Otto Graf Bismarck und die Liegnitzer Depesche von Cousin Fritz.«

Düster starrte er vor sich hin. Die Uhr in der Halle schlug halb eins. Irene straffte sich.

»Es ist, wie es ist«, sagte sie entschlossen. »Heute Nacht werden wir es nicht mehr erfahren. Lass uns jetzt damit aufhören. Noch hat ja keine Seite der anderen den Krieg erklärt. Hoffen wir also das Beste.«

Sie zog Franz näher zu sich und begann, sein Hemd aufzuknöpfen. »Ich sehne mich so nach dir«, flüsterte sie. »Du hast Recht. Die Stunden mit dir sind zu kostbar, um sie nicht in vollen Zügen zu genießen.«

In dieser Nacht liebten sie sich mit einer Intensität wie noch nie zuvor. Als Irene später daran zurückdachte, erkannte sie, dass die Triebfeder ihrer Lust die Angst vor dem Ungewissen gewesen war, das vor ihnen lag.

Im Schweigener Wirtshausgarten, *19. Juli 1870*

Enttäuscht blickten sich Franz und Irene um. Der Garten des Gasthauses »Zu den zwei Schwänen« war bis auf den letzten Platz besetzt.

»Von wegen Kriegsgefahr«, murmelte Franz. »Das hier scheint ein Treffen der Feuerwehren von Weißenburg und Schweigen zu sein.«

»Wahrscheinlich haben die Schweigener die Weißenburger eingeladen, um sich für ihre Hilfe beim Brand in Schweigen vor zwei Wochen zu bedanken«, mutmaßte Irene. Wie selbstverständlich waren die Elsässer ihren Pfälzer Kollegen zu Hilfe geeilt, als ein bis zum Dach gefüllter Getreidespeicher in Flammen aufgegangen war. Er stand mitten im Dorf. Das Feuer hätte leicht auf die benachbarten Häuser übergreifen können.

»Wahrscheinlich hast du Recht«, seufzte Franz. »Was für ein Pech! Es ist ein so herrlicher Sommertag, wie gemacht für den Aufenthalt in diesem Garten.«

In diesem Moment eilte der Wirt auf sie zu. Er verbeugte sich kurz. »Willkommen, willkommen, meine Herrschaften. Leider ist mein Haus heute sehr voll. Eigentlich eine geschlossene Gesellschaft, doch für Sie als Stammgäste mache ich natürlich eine Ausnahme.«

»Eine Ausnahme? Wie schön.« Irene lächelte erleichtert. Der Wirt führte sie unter einen großen Birnbaum, der in einer Ecke des Gartens stand, in der sie noch nie gesessen hatten. »Ich bringe Ihnen gleich einen Tisch und zwei Stühle. Hier sind Sie vollkommen ungestört.«

Erst als der Wirt sich entfernt hatte, bemerkte Irene, dass Franz immer noch düster dreinblickte. »Ja, freust du dich denn gar nicht?« Sie war verblüfft. »Unser Nachmittag ist gerettet!«

»Doch, doch, ich freue mich!«, nickte Franz abwesend. »Ich frage mich nur, ob der Wirt mittlerweile ahnt, dass wir uns hier zu einem heimlichen Stelldichein treffen.«

»Wie sollte er das ahnen?«

»Nun ja, die Erfahrung wird ihm wohl sagen, dass etwas dahinterstecken muss, wenn sich ein Pärchen jede Woche zur gleichen Zeit in seinem Gasthaus trifft.«

Irene dachte einen Augenblick lang über seine Worte nach.

»Und wenn schon!«, tat sie seine Vermutung schließlich ab. »Wir tun hier unter seinem Dach ja nichts Unrechtes! Die Hauptsache ist doch, dass niemand in Altenstadt etwas merkt. Und der Wirt wird uns sicher nicht verpetzen, selbst wenn er inzwischen weiß, wer du bist.«

»Der Wirt nicht!«, erwiderte Franz vielsagend.

Irene erschrak. »Wer denn sonst?«

»Möglicherweise hat Mathilde etwas gemerkt. Sie musterte mich heute beim Frühstück mit diesem hämischen Ausdruck, den ich schon seit unserer Kindheit kenne. Er war ehedem ein untrügliches Anzeichen dafür, dass sie etwas im Schilde führt.«

In diesem Moment schleppte der Wirt einen kleinen Gartentisch herbei. Zwei Mägde folgten ihm mit Stühlen, Sitzkissen und einem Tischtuch.

Nachdem sie ihre Bestellung aufgegeben hatten, legte Franz seine Hand auf die Irenes. »Es fällt mir recht schwer, meine Geliebte, aber ich glaube, ich sollte heute Abend nicht zu dir in die Kammer kommen. Wir müssen vorsichtig sein.«

Irene nickte bedrückt. Obwohl die Sonne nach wie vor von einem strahlenden Himmel schien, war es, als hätte sich eine dunkle Wolke vor sie geschoben.

In diesem Moment entstand unter den Feuerwehrleuten ein heftiger Tumult. Sie sprachen laut durcheinander, ein Teil der Männer war aufgesprungen und fuchtelte erregt mit den Händen. Gläser fielen um, ihr Inhalt ergoss sich über die Tische.

Franz und Irene beobachteten die Szene erstaunt. »Was hat denn das zu bedeuten? Eben waren sie doch noch so fröhlich und gelöst! Sieh doch nur, die Franzosen brechen auf. Manche sogar ohne Abschiedsgruß!«, sagte Irene. Sie stand auf und stellte sich auf die Zehenspitzen, um besser sehen zu können. »Haben sie sich etwa gestritten?«

»Nein, dann würden ja alle grußlos davonstürmen! Aber schau, die Hauptleute umarmen sich sogar und schlagen sich auf die Schultern!« Auch andere Männer reichten sich die Hände, bevor sie sich abwandten. Doch das Fest schien definitiv zu Ende zu sein.

Der Wirt näherte sich ihnen mit dem mit Kaffee und Apfelkuchen beladenen Tablett. Auch er wirkte bedrückt.

»Was ist denn um Himmels willen geschehen?«, fragte Franz.

Der Wirt ließ sich so lange Zeit mit der Antwort, bis er das Tablett abgestellt hatte.

»Frankreich hat uns den Krieg erklärt. Die Nachricht ist vor fünf Minuten eingetroffen. Der Schweigener Postmeister hat sie überbracht.«

Obwohl dies Franz und Irene nicht völlig unvorbereitet traf, waren beide wie vom Donner gerührt. Sie schwiegen, bis sich der Wirt wieder entfernt hatte.

Franz schluckte schwer. »Die Hoffnung stirbt in der Tat zuletzt. Doch es ist eine ganz andere Sache, etwas zu ahnen, als etwas zu wissen.« Er rührte gedankenverloren in seinem Kaffee.

Irene war jeglicher Appetit auf den verlockend aussehenden Apfelkuchen vergangen. »Und wie geht es nun weiter?«

Franz zuckte mit den Achseln. »Wie soll ich das wissen?« Er griff wieder nach Irenes Hand. »Doch ich muss unverzüglich aufbrechen. Die Nachricht wird auch Weißenburg schon erreicht haben. Wenn ich nicht schleunigst zurück ins Kontor fahre, wird man mir unangenehme Fragen stellen, wo ich gewesen bin.«

Irene nickte bedrückt. »Das verstehe ich vollkommen!« Sie kämpfte mit sich, doch schließlich siegte ihr Gefühl über die Vernunft. »Doch lass mich bitte zumindest in dieser Nacht nicht allein! Ich habe Angst!«

Franz zögerte mit der Antwort.

»Bitte!«, flehte Irene. »Vielleicht ist es das letzte Mal, wenn du morgen schon einberufen wirst.«

Franz schüttelte den Kopf. »Ich habe heute den ganzen Tag darüber nachgedacht, Irene. Das ist unwahrscheinlich. Bislang hat der französische Staat kein Interesse an mir als Soldat gezeigt. Ich wäre schon seit meinem achtzehnten Geburtstag wehrpflichtig, doch habe ich nie eine Einberufung zur Armee erhalten. Vielleicht weil ich einen deutschen Vater habe.«

»Trotzdem«, insistierte Irene. Eine unbestimmte Furcht hatte vollständig von ihr Besitz ergriffen. »Komm zu mir, ich bitte dich! Niemand weiß, wie es jetzt weitergeht.«

Schließlich nickte Franz seufzend. »Ich komme, mein Liebstes«, versprach er ihr. »Vielleicht sind es wirklich unsere letzten glücklichen Stunden.«

Irenes Kammer im Anwesen der Gerbans bei Altenstadt
19. Juli 1870, am gleichen Abend

Die Uhr in der Halle schlug Mitternacht. Schläfrig blinzelte Irene ins Licht der Kerze auf ihrer Waschkommode. Gaslicht wie in den Räumen der Familie gab es in den Dienstbotenzimmern nicht.

Neben ihr schnarchte Franz leise mit offenem Mund. Er war heute Abend früher gekommen als sonst. Nach einer leidenschaftlichen, aber kurzen Umarmung hatten sich beide aneinandergekuschelt und waren eingenickt.

Irene richtete sich vorsichtig auf einem Ellenbogen auf und betrachtete sein schlafendes Antlitz. Der kurze Schnurrbart, den sich Franz seit einiger Zeit stehen ließ, ließ ihn älter wirken als seine neunzehn Jahre und verlieh ihm etwas Männliches über seine Jugend hinaus. Auch seine Wangen waren von dunklen Schatten bedeckt. Seit einiger Zeit rasierte sich Franz regelmäßig.

»Mein Geliebter!«, bewegten sich ihre Lippen lautlos. Über die Stunden dieses schier endlosen Tages hinweg hatten sich ihre bösen Vorahnungen verstärkt. Nach ihrer Rückkehr aus Schweigen hatte sie tatenlos in ihrer in der Nachmittagshitze aufgeheizten Kammer gehockt, unfähig zu lesen oder sich anderweitig abzulenken. Beim Abendessen der Dienstboten hatten sich alle Männer in den wildesten Spekulationen ergangen. »Gebe Gott, dass dir in diesem sinnlosen Krieg wegen gekränkter Eitelkeiten kein Leid geschieht«, murmelte Irene deshalb vor sich hin.

In diesem Moment hörte sie deutlich, wie jemand die Stufen zum Dienstbotentrakt hinaufkam. Wer konnte das um diese nächtliche Stunde nur sein?

Das Herz blieb Irene fast stehen, als die Schritte näher und näher kamen und schließlich vor ihrer Kammertür haltmachten. Sie konnte wie die der anderen Dienstbotenzimmer nicht abgeschlossen werden.

Panisch griff Irene nach dem Laken und zog es über sich und Franz. Sie hatte kaum ihrer beider Blöße bedeckt, da wurde die Tür auch schon abrupt aufgerissen. Im Türrahmen erschien Mathilde, mit einer Petroleumlampe in der Hand. Sie war vollständig angekleidet.

Dahinter stand eine weitere Frau in Morgenmantel und Nachthaube. Als Mathilde die Lampe hob, um besser in die Kammer hinein zu leuchten, erkannte Irene das entgeisterte Gesicht von Frau Burger.

Kapitel 9

Anwesen der Gerbans bei Altenstadt
20. Juli 1870, am nächsten Morgen

»Wie konntest du dich nur so weit vergessen, Franz? Ich kann es kaum fassen.«

Entgegen seiner sonstigen Art durchmaß Wilhelm Gerban die Bibliothek, in der sich die Familie versammelt hatte, mit großen Schritten, wie es sonst nur sein Bruder Gregor zu tun pflegte.

Pauline Gerban, die bislang noch kein Wort gesprochen hatte, den Disput aber mit voller Aufmerksamkeit verfolgte, saß aufrecht wie ein Stock in ihrem Sessel.

Dagegen wirkte Mathilde wie eine feiste, träge Katze, die gerade den Sahnetopf geleert hatte. Die Schadenfreude blitzte geradezu aus ihren blassblauen Augen. Genüsslich hatte sie nicht nur die Vorgänge der vergangenen Nacht beschrieben, sondern auch die gesamte Vorgeschichte ihrer Entdeckung.

Franz dagegen saß mit unverhohlener Wut seiner Mutter gegenüber und ignorierte Mathilde vollkommen. Er hatte lediglich darauf bestanden, dass Frau Burger, die sein Vater ursprünglich ebenfalls einbestellt hatte, den Raum verließ, bevor die Debatte begann. Offensichtlich folgte die Hausdame dieser Aufforderung nur zu gerne und wartete nun in der Halle auf weitere Order, wie sie mit Irene verfahren sollte.

»In meinem Hause, unter meinem Dach, mit einem Dienstmädchen anzubandeln!« Gerban empörte sich weiter, als hätte es seine Offerte, das Mädchen Gerda betreffend, nie gegeben.

Franz hatte genug. Er ballte die Hände zu Fäusten, bevor er tief Luft holte und so beherrscht wie möglich erwiderte: »Vater, ich ersuche dich dringend, die Damen hinauszuschicken, bevor ich dir antworte.«

Wilhelm fixierte ihn finster. Franz konnte die stumme Drohung in seiner Miene erkennen. *Du wirst es nicht wagen!* Er hielt dem Blick so lange stand, bis Gerban den seinen schließlich abwandte.

»Also gut, geht bitte beide hinaus«, forderte er seine Frau und seine Tochter auf.

Zu jedermanns Überraschung schüttelte Pauline jedoch energisch den Kopf. »Du hast mich zu dieser unappetitlichen Angelegenheit herbeizitiert, Wilhelm. Jetzt möchte ich auch hören, was Franz zu euren Anschuldigungen zu sagen hat.«

Mathilde schnaufte empört, verkündete dann aber ebenfalls, bleiben zu wollen. »Vielleicht habe ich mich ja in dem ein oder anderen Punkt geirrt, Vater«, argumentierte sie scheinheilig. »Dann sollte ich das wissen, um Abbitte zu tun.«

Franz' Antwort raubte allen Anwesenden zunächst den Atem. »Du hast dich nur in einem einzigen Punkt geirrt, Mathilde. Irene ist nicht irgendein Flittchen, das mich in sein Bett gelassen hat, sondern die Frau, die ich heiraten werde.«

»Oh!« Nur Mathilde war überhaupt noch fähig, einen Laut von sich zu geben. Ihre Augen traten beinahe aus den Höhlen, sodass sie einem an Land erstickten Fisch glich.

Wilhelm Gerban stand dagegen wie zur Salzsäule erstarrt da, während sich Pauline eine Hand vor den Mund schlug.

Franz nutzte die allgemeine Lähmung, in die der Schock seine Familie versetzt hatte. Er zeigte mit dem Finger auf seinen Vater.

»Nun bist du verblüfft, dass ich wie ein Ehrenmann handele, habe ich Recht? Wäre es nach dir gegangen, hätte ich mich mit Gerda ohne tiefergehende Absichten in den Laken gewälzt.« Während seine Mutter scharf den Atem einsog und Mathilde ein weiteres entgeistertes »Oh!« von sich gab, fuhr er fort: »Oder willst du etwa abstreiten, dass du Gerda splitterfasernackt in mein Bett geschickt hast? Willst du abstreiten, dass du dein Tun damit gerechtfertigt hast, dass viele junge Herren ihre ersten Erfahrungen mit Dienstmädchen sammeln, wie du dich auszudrücken beliebtest? Und willst du abstreiten, dass du ferner gesagt hast, dein Arrangement mit Gerda wäre nur gut gemeint gewesen, um *mich* auf diese Weise vor der Syphilis und *deinen Geldbeutel* vor der Auszehrung zu bewahren?«

»Franz, halte den …!«

»Ich habe dich damals sogar ausdrücklich gefragt, ob du etwas gegen ein Verhältnis mit einem anderen Dienstmädchen einzuwenden hättest. Und du hast ›nein‹ gesagt. Daher frage ich dich heute, Vater«, Franz ließ sich nicht unterbrechen und erhob seine Stimme sogar noch stärker, »wo ist der Unterschied zwischen Gerda und Irene? Liegt es etwa daran, dass Irene nach Minnas Weggang nur das *zweite* Hausmädchen ist und daher nicht so gut für mich wie das *erste* Hausmädchen Gerda?« Seine Stimme troff vor Sarkasmus.

»Schweig still, Franz, sonst vergesse ich mich!« Drohend kam Wilhelm auf Franz zu und hob die Hand. Doch der ließ sich nicht einschüchtern.

»Also, Vater!« Nun brüllte er sogar. »Wo ist der Unterschied?« Auch er hob die Hand. »Komm, versuche nur, mich zu schlagen. Dieses Mal schlage ich zurück!«

Mittlerweile hatte sich Pauline Gerban von ihrem Schock erholt. Entschlossen stand sie auf und trat zwischen die beiden Männer. »Haltet ein!« Ihre dunklen Augen blitzten. Ausnahmsweise hatten ihre Pupillen eine normale Größe. *Entweder hat sie heute noch kein Laudanum genommen, oder es hat seine Wirkung verloren,* dachte Franz.

Ein Seitenblick auf Mathilde zeigte ihm, dass diese das häusliche Drama in vollen Zügen genoss. Ihrem Gesichtsausdruck nach zu urteilen, gierte sie geradezu nach einer weiteren Eskalation des Geschehens. Noch mehr als Paulines ungewohntes Eingreifen führte Mathildes Haltung dazu, dass sich Franz zusammenriss.

Seine Mutter wandte sich nun an ihren Gemahl. »Habe ich das gerade richtig verstanden, dass du Franz eine Affäre mit Gerda angedient hast?«

»Antworte mir!«, herrschte sie Wilhelm an, als der nicht sofort reagierte.

Verblüfft über die ungewohnte Aggressivität seiner sonst so passiven Frau, verlor Wilhelm einen Moment lang seine Überlegenheit. »Ich hatte es in Betracht gezogen und gut gemeint, wie Franz es schon gesagt hat, auch wenn er es nicht zu schätzen weiß. Doch da dein Filius mir mit moralischer Entrüstung versicherte, so etwas Unsittliches käme für ihn nie infrage, traf es mich völlig unvorbereitet, dass er nun ein«, plötzlich hellte sich seine Miene auf, »ein wohlgemerkt *unmündiges* Mädchen verführt hat, das noch unter meiner Vormundschaft steht. Gerda ist bereits zweiundzwanzig Jahre alt und damit volljährig. Einer Affäre mit einer mir anvertrauten Minderjährigen hätte ich nie und nimmer zugestimmt.«

Niemand im Raum ließ sich von Wilhelm Gerbans Finte täuschen. Jeder erkannte, dass ihm das Argument von Irenes Unmündigkeit gerade erst eingefallen war.

Daher waren alle überrascht, dass Pauline diese Gelegenheit beim Schopf ergriff und in ihrem Sinne nutzte. »Das ist gut zu hören, Wilhelm. Dann kann ich also davon ausgehen, dass du Irene als ihr Vormund auch nicht auf die Straße werfen willst? Geschweige denn sie in dieses grässliche Waisenhaus zurückschicken wirst?«

Dass Gerban genau mit diesem Gedanken gespielt hatte, zeigte seine Antwort. »Woher willst du wissen, dass es dort grässlich ist?«

Pauline lächelte mit schmalen Lippen. »Ich habe mich heute Morgen lange mit Frau Burger über Irene unterhalten. Sie hat mir versichert, dass Irene nicht nur sehr fleißig, sondern darüber hinaus auch sehr klug und ihr eine große Stütze bei der Führung des Haushalts ist. Frau Burger war ganz verzweifelt, dass sie

Irene nun entlassen muss. In diesem Zusammenhang erzählte sie mir einiges über die Zustände im Speyerer Waisenhaus, wo du Irene angeworben hast.«

»Was hat Frau Burger dir denn erzählt?« Mathilde konnte ihre Neugier nicht länger im Zaum halten.

Pauline würdigte ihre Tochter keines Blickes, beantwortete die Frage aber trotzdem. »Das, was ihr Minna anvertraut hat, bevor sie den Dienst quittierte. Offensichtlich ahnte Minna, dass Franz ein Verhältnis mit Irene hat, und machte sich große Sorgen um sie. Das erwähnte sie gegenüber Frau Burger natürlich mit keinem Wort. Sie bat diese nur, dafür zu sorgen, dass Irene auf keinen Fall nach Speyer zurückgeschickt werden würde, komme, was da wolle. Dann erzählte sie ihr unter dem Siegel der Verschwiegenheit, was Irene ihr über ihren dortigen Aufenthalt anvertraut hatte.«

Franz war betroffen. *Irene hat mir kein Sterbenswörtchen über ihre Zeit in Speyer erzählt.*

»Mutter, ich danke dir für deine Fürsprache«, mischte er sich nun ein. »Doch ich habe bereits gesagt, dass ich Irene heiraten will.«

»Dann enterbe ich dich auf der Stelle«, donnerte Gerban.

Pauline drehte den Kopf und fixierte ihn kühl. »Du magst mein Vermögen verwalten, Wilhelm, doch enterben kannst du deinen einzigen Sohn nicht. Muss ich dich an den diesbezüglichen Passus in unserem Ehevertrag erinnern?«

Wilhelms Gesicht verfärbte sich puterrot. Doch offensichtlich hielt er es für angebracht, nicht weiter auf diesen Punkt einzugehen.

»Trotzdem muss Irene sofort aus dem Haus«, lenkte er ab.

Zu Franz' Entsetzen nickte seine Mutter. »Um die Situation hier im Haus zu entspannen und Irene dem Tratsch im Dienstbotentrakt zu entziehen, stimme ich dir zu. Sie sollte bis auf Weiteres nach Schweighofen gehen.«

»Dort wird man ebenfalls tratschen«, wandte Franz ein.

»Nicht wenn man dem Tratsch den Boden entzieht. Irene wird mit Milli tauschen, die solange zu uns nach Altenstadt kommen wird. In Schweighofen ist das erste Hausmädchen so krank, dass sie ins Hospital gehen muss. Milli ist zu unerfahren, um ihre Stelle einzunehmen.«

»Dann wird das Flittchen jetzt auch noch befördert?« Mathilde klang empört.

Pauline Gerban blieb kühl. »Wir müssen Milli nicht nach Altenstadt holen, meine Liebe, wenn es dir nicht gefällt. Dann haben wir eben im Augenblick nur noch Gerda. Doch wir werden uns zu behelfen wissen. Zum Beispiel, indem du dein Zimmer vorläufig selbst in Ordnung hältst.«

»Wie bitte?« Mathilde hätte nicht entsetzter sein können, als sie es angesichts dieses Ansinnens war, nicht einmal wenn man ihr angetragen hätte, selbst Franz' Mätresse zu werden.

Pauline reagierte ungerührt. »Die Männer arbeiten den ganzen Tag im Kontor. Sollen sie abends den Staubwedel schwingen oder sich in ein ungemachtes Bett legen? Und du wirst es mir als deiner Mutter ja wohl kaum verdenken, dass ich die älteren Rechte an den verbleibenden Dienstleistungen Millis geltend mache. Also ist deine aktive Mitarbeit vonnöten. Es sei denn, du bist mit dem Tausch einverstanden und wahrst gegenüber Tante Ottilie und jedem anderen Mitglied des Schweighofener Haushalts eisernes Stillschweigen über dessen wahre Hintergründe.«

Mathilde nickte eingeschüchtert. »Wenn es keine andere Lösung gibt, bin ich natürlich einverstanden, Mama.«

Pauline nickte. »Dann wäre das also geklärt. Hättest du jetzt die Freundlichkeit, Frau Burger von unserer Entscheidung zu unterrichten? Sie wartet draußen in der Halle.«

Widerwillig stand Mathilde auf und verließ mit ihrem watschelnden Gang die Bibliothek.

Drinnen sank Pauline auf ihren Sessel nieder. Die Debatte schien sie erschöpft zu haben.

Franz fühlte sich innerlich wie zerrissen. Einerseits war er seiner Mutter dankbar, dass sie Irenes Rauswurf verhindert hatte. Andererseits fühlte er sich, was seine Absicht betraf, Irene zu heiraten, auch von ihr nicht ernst genommen.

Während er seinen Vater weiterhin keines Blickes würdigte, ergriff er die Hand seiner Mutter »Ich danke dir, Maman. Doch ihr beide solltet wissen, dass ich daran festhalte, Irene zu heiraten. Wenn auch sie es will«, fügte er hinzu.

»Dazu bräuchtet ihr aber beide meine Erlaubnis als Vormund, denn auch du bist noch nicht volljährig«, erinnerte ihn sein Vater brüsk. Triumph und Häme schwangen in seiner Stimme mit.

Franz wandte betont langsam den Kopf und blickte ihm fest in die stahlgrauen Augen. »Dann warten wir eben so lange, Vater! Und zumindest ich werde alle Rechte eines Volljährigen bekommen, wenn ich mich erst gemeldet habe. Ich beabsichtige nämlich, in die französische Armee einzutreten.«

Während Pauline weiß wie die Wand wurde, spielte ein leises Lächeln um die Lippen seines Vaters. Nur wenig später sollte Franz erfahren, was es damit auf sich hatte.

Weißenburg, ***21. Juli 1870***

»Ich möchte zur Kommandantur, bitte!«

Der Wachsoldat, der vor der Kaserne der Weißenburger Garnison stand, musterte Franz von oben bis unten. »Was ist Ihr Begehr?«, schnarrte er wie Franz auf Französisch, im Gegensatz zu diesem aber mit dem harten Akzent des nördlichen Elsass.

»Ich möchte mich freiwillig als Rekrut melden.«

»Freiwillig?« Der Wachsoldat examinierte ihn darauf noch einmal gründlicher. »Ja, dann mal flott! Schon morgen wird die Garnison nach Straßburg verlegt.«

»Nach Straßburg? Warum denn das?« Straßburg war die

Hauptstadt des französischen Elsass, nur wenige Meilen von der badischen Grenze entfernt.

Der Soldat zuckte mit den Achseln. »Das müssen Sie die hohen Herren, die hier die Befehle geben, schon selber fragen.«

»Aber dann ist Weißenburg und die hiesige Grenzregion ja vollständig ohne Schutz«, erwiderte Franz entgeistert.

In den Blick des Wachhabenden mischte sich nun leichter Ärger. »Haben Sie die Bekanntmachung unseres Kaisers Napoleon nicht gelesen, junger Mann?«

Auch Franz begann sich nun zu ärgern. *Junger Mann? Der Kerl da ist höchstens fünf Jahre älter als ich.*

»Nein, klären Sie mich bitte auf«, erwiderte er kühl.

»Die Botschaft hängt überall aus. Mich wundert sehr, dass Sie sie noch nicht gesehen haben.«

Franz schwieg mit weiterhin starrer Miene.

»Also gut«, gab der Wachsoldat nach. »Unser Kaiser hat allen Franzosen versichert, dass die Kämpfe ausschließlich auf deutschem Boden stattfinden werden. Weißenburg ist französisch, also wird es hier keine Kämpfe geben.«

»Wieso ist er davon so überzeugt?«, fragte Franz entgeistert. Weißenburg war der unmittelbare Grenzort zur bayerischen Pfalz. Seines Wissens war diese Grenze nur mit einem Schlagbaum auf der Hauptverbindungsstraße gesichert.

»Wollen Sie etwa das Wort unseres Kaisers infrage stellen?« Der Soldat funkelte ihn an. Dann besann er sich offensichtlich auf Franz' Anliegen. »Aber das können Sie ja mit Ihrem Feldwebel klären.« Er wies mit dem Daumen über seine Schulter nach hinten. »Geradeaus über den Hof und dann im Gebäude den langen Gang runter. Die letzte Tür rechts ist das Büro der Kommandantur.«

Franz sah sich um, während er den Hof überquerte. Auf dessen rechter Seite standen bereits Kisten und einige Packen herum, wahrscheinlich gefüllt mit Ausrüstungsgegenständen und Munition. Soldaten brachten immer neue Pakete aus dem Seitenflügel des u-förmigen Gebäudes.

Links exerzierte eine Gruppe von Soldaten zu den harsch gebrüllten Befehlen eines Unteroffiziers. Der Tag war wie die meisten dieses Sommers drückend heiß. Schon jetzt um zehn Uhr am Vormittag brannte die Sonne unbarmherzig vom Himmel. Den bedauernswerten Rekruten in ihren viel zu warmen Uniformen mit den hochgeschlossenen blauen, bis auf die Hüften reichenden Jacken und roten Hosen lief der Schweiß in Strömen unter den Tschakos hervor.

Einen Moment lang befielen Franz Zweifel, ob es wirklich eine so gute Idee war, sich freiwillig zu melden. *Hätte ich nicht lieber abwarten sollen, bis die Einberufung von sich aus kommt?*

Gleich darauf verwarf er den Gedanken wieder. Er wunderte sich ohnehin immer mehr darüber, dass sich die französischen Behörden bislang noch nicht bei ihm gemeldet hatten. Im September würde er zwanzig werden und wäre damit schon nahezu zwei Jahre wehrpflichtig.

Im Gang roch es muffig nach Bohnerwachs und Schweiß. Die letzte Tür auf der rechten Seite war halb geöffnet. Ein großes Schild wies den dahinter liegenden Raum eindeutig als Garnisonsbüro aus.

Nach kurzem Anklopfen trat Franz ein, ohne eine entsprechende Aufforderung dazu abzuwarten. Hinter einem verkratzten Schreibtisch saß ein Mann in mittleren Jahren. Die Abzeichen auf seiner Uniform wiesen ihn als Unteroffizier aus. Er sah von einem Aktenberg auf, offenbar unwillig über die Störung.

»Sie wünschen? Merde!«, fluchte er dann auf Französisch und griff sich unter den steifen, mit der gelben Borte geschmückten Kragen seiner Uniformjacke, um ihn ein wenig zu lockern. »Was für eine verfluchte Hitze!« Auch auf seiner Stirn glänzten Schweißtropfen. »Also, was wollen Sie?«

Franz erläuterte sein Anliegen erneut.

»Sie möchten sich freiwillig der Garnison anschließen?

Soso, das kommt ja nun nicht alle Tage vor. Wie war gleich Ihr Name?«

»Franz Gerban.«

»Der Name klingt deutsch.« Der Beamte kratzte sich am Kopf. »Er kommt mir außerdem irgendwie bekannt vor.«

»Ich habe zwar einen deutschen Vater namens Wilhelm und trage daher einen deutschen Namen. Aber ich bin französischer Staatsbürger.« Franz erläuterte seine Familienverhältnisse.

Plötzlich leuchtete es in den Augen des Beamten auf. »Jetzt weiß ich, woher ich Ihren Namen kenne.« Er sprang auf und ging zu einem verschrammten Aktenschrank, dem er einen unförmigen Ordner entnahm. »Sie sind wann geboren?«

Mit einem Anflug von Ungeduld wiederholte Franz sein Geburtsdatum: »14. September 1850.«

Der Mann blätterte noch eine Weile im Ordner, während Franz von einem Fuß auf den anderen trat.

»Immer langsam mit den jungen Pferden«, reagierte der Mann auf Franz' Unrast. »Hier haben wir es ja.«

Er sah auf. »Ihr Vater ist Wilhelm Gerban?«

Franz nickte. »Das sagte ich ja schon.«

»Und Sie sind Franz Gerban?«

»So ist es.« Mühsam verkniff sich Franz eine ironische Zusatzbemerkung.

»Dann haben Sie es sich also anders überlegt, junger Mann?«

Franz verstand die Frage nicht. »Was habe ich mir anders überlegt?«

Der Beamte schüttelte den Kopf und drehte den Ordner um, sodass Franz die Dokumente, um die es ging, selbst lesen konnte. »Hier ist Ihre Einberufung, datiert auf den 21. September 1868. Zurückgestellt wegen noch nicht abgeschlossener Schulausbildung. Und dann Ihr Antrag vom 5. April 1869. Sie benennen einen Stellvertreter für Ihren Wehrdienst.«

»Was soll ich getan haben?« Franz verstand überhaupt nichts mehr.

»Hier, lesen Sie es doch selbst, Mann! Leiden Sie an Gedächtnisschwund? Schwarz auf weiß steht es hier. Sie haben sich vom Wehrdienst befreien lassen und einen Stellvertreter für sich benannt.«

Der Mann plapperte weiter, während Franz die Dokumente mit zunehmender Empörung las. »Ihr Sinneswandel kommt zu spät, junger Mann. Sie haben ja gar keine militärische Ausbildung. Und die Garnison zieht schon morgen ab. Selbst wenn ich wollte, wüsste ich beim besten Willen nicht, wie und wo ich Sie jetzt noch unterbringen sollte.«

Langsam lichtete sich Franz' Verwirrung. Er knirschte vor Wut mit den Zähnen. *Mein Vater! Dieser hinterlistige Scheißkerl! Deshalb hat er gestern Morgen so spöttisch gegrinst. Ich kann es nicht fassen.*

Im April 1869 war Franz noch in Straßburg gewesen und hatte seine Europareise geplant. Sein Vater musste diesen Umstand genutzt und in seinem Namen den Antrag auf Befreiung von der französischen Wehrpflicht gestellt haben. Dabei bediente er sich einer Methode, die beim französischen Großbürgertum gang und gäbe war. Man benannte für diese Bürgerpflicht seiner Söhne einen Stellvertreter, dessen Sold und Ausrüstung nebst einer Ablösesumme dann vom Antragsteller bezahlt wurde.

Allerdings war das Einverständnis des Einberufenen Bedingung. *Wahrscheinlich war das der wahre Grund für seine Großzügigkeit, mir diese Reise zu schenken. Er wollte sicher sein, dass ich fort bin, sollte es nach seinem Antrag noch irgendwelche Komplikationen oder Fragen vonseiten des Amtes geben.*

»... erledigt haben.«

Franz schreckte aus seinen wütenden Gedanken auf.

»Was sagten Sie bitte soeben?«

Der Militärbeamte blickte ihn mit deutlichem Unwillen an.

»Junger Mann, ich sagte, damit dürfte sich Ihre Anfrage vorläufig erledigt haben. Heute kann ich jedenfalls nichts mehr für Sie tun.«

Er wedelte mit der Hand Richtung Tür. »Und nun lassen Sie mich weiterarbeiten. Ich habe noch eine Menge zu tun, bevor wir abziehen.«

Erst als Franz wieder auf der Straße stand, begann sich sein Puls zu normalisieren. Er atmete tief durch und lockerte demonstrativ den engen Binder, den er heute Morgen umgelegt hatte, um in korrekter Kleidung in der Garnison zu erscheinen. Dann öffnete er auch noch die ersten beiden Knöpfe seines steif gestärkten Oberhemds, zog sein Jackett aus und hängte es sich über den Arm.

Ziellos streifte er danach durch die Straßen Weißenburgs. Sein Vater war heute nicht im Kontor, sondern nahm an einer Versammlung der südpfälzischen Weingutsbesitzer teil, die wegen der französischen Kriegserklärung einberufen worden war. Franz könnte ihn also frühestens am Abend zur Rede stellen.

Wenn er ganz ehrlich zu sich war, mischte sich in seinen Zorn auch eine Spur Erleichterung über seine Abweisung in der Garnison. Tief im Innern war sich Franz bewusst, dass er seinem Vater vor allen Dingen wegen Irenes Rauswurf eins hatte auswischen wollen, nachdem er auch die Kompromisslösung seiner Mutter als einen solchen betrachtete. Als er heute Morgen zum Frühstück heruntergekommen war, hatte Irene das Haus schon verlassen, wie ihm Mathilde mit hämischem Lächeln mitteilte, kaum dass sich Franz eine Tasse Kaffee eingegossen hatte.

Am Landauer Tor hatte sich eine kleine Menschenmenge angesammelt. Als Franz neugierig näher kam, erkannte er Edgar Hepp, den jungen Unterpräfekten von Weißenburg, der erst seit einigen Monaten im Amt war. Franz nickte ihm grüßend zu und mischte sich unter die Menge, die dicht um Hepp und zwei weitere Personen in Reisekleidung herumstand.

»Und Sie haben wirklich deutsche Patrouillen auf dem Weg nach Bischwiller gesehen?«, hörte er Edgar Hepp die beiden Reisenden gerade in deutscher Sprache fragen.

»Nicht nur gesehen, sie haben uns sogar aufgehalten! Sie wollten von uns wissen, ob französische Truppen in der Nähe aufmarschieren. Kennen diese verfluchten Preußen denn gar keine Scham? Wir sind Elsässer, und auch wenn wir Deutsch sprechen, sind wir doch gute Untertanen unseres verehrten Kaisers.«

Die Menge ringsum bezeugte lautstark ihren Beifall. Edgar Hepp hob beschwichtigend die Arme.

»Ich gehe sofort zur Garnison und unterrichte den Kommandanten von Ihren Beobachtungen. Außer Ihnen haben auch noch weitere Bürger zur Anzeige gebracht, dass sie deutsche Spione auf unserem Boden gesichtet haben.«

Franz schloss sich der Menge an, die hinter dem Unterpräfekten zur Kommandantur eilte. Zusammen mit den Leuten wartete er vor dem Tor, bis Hepp, den man als Einzigen eingelassen hatte, nach weniger als einer Viertelstunde wieder herauskam. Seine Miene verhieß nichts Gutes.

Auf seinen Wink hin folgte ihm die Menge, bis sie außer Hörweite der Wachsoldaten vor dem Eingang zur Kaserne waren. »Leider habe ich nichts ausrichten können. Man glaubt mir nicht, dass sich deutsche Aufklärungstrupps auf unserem Boden bewegen. Die Garnison zieht ab, dieser Beschluss ist unabänderlich.«

Ein kleiner Tumult brach aus. »Was soll das denn?«

»Womit haben sie das begründet?«

»Wollen die uns hier schutzlos zurücklassen?«

Edgar Hepp wartete, bis wieder etwas Ruhe eingekehrt war. Er lächelte schmallippig. »Sie haben es gar nicht begründet. Befehl ist Befehl. Aber sie haben mir einen guten Rat mitgegeben.« Er machte eine Kunstpause und wartete, bis sich der Lärm gänzlich gelegt hatte und die Leute gebannt an seinen Lippen hingen.

»Wenn sich die Bevölkerung durch die deutschen Reiter belästigt fühlt, kann sie ja zur Sense greifen und den Pferden die Füße durchschneiden.«

Ein Schrei der Empörung erscholl gleichzeitig aus vielen Kehlen.

Hepp breitete die Hände aus. »Ich kann euch leider nichts anderes sagen.«

»Aber was soll aus uns werden, wenn die Preußen kommen?«

»Wer beschützt dann unsere Stadt?«

»Wer hilft uns, wenn sie uns angreifen?« Die Leute riefen aufgeregt durcheinander, manche in Deutsch, andere in Französisch.

Wieder hob Hepp beide Arme. »Ich werde mit dem Hauptmann unserer Feuerwehr sprechen, damit seine Mannschaften nachts die Tore bewachen, sobald die Garnison abgezogen ist.«

»Aber das sind doch nur ein paar Hansel«, schallte es ihm vielstimmig entgegen.

»Dann müssen wir zusätzlich noch eine Freiwilligengarde aufstellen. Wer von euch kann schießen, hat eine Waffe und ist dabei?«

Rings um Franz flogen die Hände in die Höhe.

»Ich bin dabei!«

»Ich auch!«

»Und ich gleichfalls!«

Franz wartete, bis sich der Tumult ein wenig gelegt hatte. Dann trat er ebenfalls vor. »Auch ich melde mich freiwillig!«

Edgar Hepp lächelte ihm flüchtig zu. »Wenn ich richtig mitgezählt habe, sind es mit mir bereits siebzehn Mann! Ich werde jetzt in die Präfektur zurückkehren und einen Aushang vorbereiten, den wir überall in der Stadt aufhängen werden. Vielleicht kommen ja noch mehr Männer dazu.«

Als Franz sich am Abend vor der Heimkehr nach Altenstadt in der Präfektur erkundigte, wurde ihm mitgeteilt, dass sich insgesamt noch weitere neunzig Freiwillige gemeldet hätten.

Schweighofen, ***Samstag, 30. Juli 1870***

Irene richtete sich auf und streckte den schmerzenden Rücken. Der Regen, der schon am frühen Morgen eingesetzt hatte, schien eher noch stärker geworden zu sein.

»Was für ein furchtbares Jahr!« Auch die alte Käthe erhob sich nun von ihren Knien, auf denen sie den Parkettboden gewienert hatte, während Irene die Teppiche im großen Salon des Schweighofener Gutshauses bürstete. »Erst die anhaltende Dürre, die beinahe die Getreideernte verdorben hat. Und nun schüttet es wie aus Kübeln, sodass wir noch nicht einmal die Teppiche im Freien klopfen können.« Sie rieb sich die Knie.

»Wird dir die harte Arbeit nicht zu viel?« Besorgt betrachtete Irene die alte Frau, die sicherlich schon auf die siebzig zuging.

»Ach was«, winkte die ab. »Ich bin doch nur froh, dass ich hier im Warmen und Trockenen sitzen und mir mit dem bisschen Hausarbeit etwas dazuverdienen kann. Das ist allemal besser, als draußen im Regen Kräuter zu sammeln. Und meine Hütte im Dorf hat schon lange kein dichtes Dach mehr. Das hätte schon vor Jahren ausgebessert werden müssen.«

Irene verkniff sich eine scharfe Bemerkung über ihre neue Dienstherrin Ottilie Gerban, die unmittelbar nach der Kriegserklärung all ihre elsässischen Dienstboten entlassen hatte. Vom weiblichen Hauspersonal waren nur Irene und die Köchin übrig geblieben. Deshalb hatte man auch die alte Käthe aus dem Dorf geholt, die schon vor drei Jahren ohne Rente oder Abfindung weggeschickt worden war, obwohl sie den Gerbans über vierzig Jahre lang treu gedient hatte.

Aber in der Not frisst der Teufel eben Fliegen, dachte Irene zornig. *Nun darf die Alte wieder für einen Hungerlohn schuften und ist auch noch dankbar dafür.*

»Warst du hier gerne in Stellung?«, fragte sie schließlich.

Käthe hob die Schultern. »Was heißt gerne? Ich hatte nie eine andere Wahl. Meine beiden Brüder starben früh, der eine durch einen Unfall, der andere am Fieber. Zum Glück waren beide unverheiratet und hinterließen nicht auch noch Witwen mit unmündigen Kindern. Doch es gab außer mir niemanden mehr, der die alten Eltern unterstützen konnte, und so war ich froh über jeden Pfennig, den ich verdiente.« Sie lächelte stolz. »Zwanzig Jahre lang war ich hier sogar erstes Hausmädchen.«

»Und trotz deiner vielen Dienstjahre hat dich Ottilie Gerban einfach so entlassen, als du zu alt für die Arbeit wurdest?« Entgegen ihres Vorsatzes konnte sich Irene nun doch nicht mehr beherrschen.

Käthes Miene blieb gleichmütig. »Ich habe nie etwas anderes erwartet. Also habe ich seit dem Tod der Eltern alles beiseitegelegt, was ich entbehren konnte. Aber die Teuerung frisst meine Ersparnisse weg. Und so bin ich gezwungen, weiter etwas dazuzuverdienen.«

Sie kniete sich wieder auf den harten Boden und begann, die nächsten Planken zu wienern. Auch Irene griff nach der Wurzelbürste und rieb den Staub aus dem großen Teppich. Eine Weile hing sie ihren trüben Gedanken nach.

Seitdem sie das Anwesen in Altenstadt verlassen hatte, hatte sie Franz nicht wiedergesehen. Was nicht an ihm lag. Irenes Knöchel traten weiß hervor, so fest umklammerte sie vor Wut die Bürste, während sie an die Szene dachte, die sich vor knapp einer Woche zugetragen hatte.

»Hast du denn keinerlei Schamgefühl im Leib, dass du es wagst, dich hier blicken zu lassen?« Irene hörte Ottilies keifende Stimme so deutlich, als spiele sich die Szene just in diesem Moment vor ihr ab. Franz hatte offensichtlich den Versuch unternommen, in Schweighofen vorzusprechen. Irene war sicher, dass er unter dem Deckmantel des Verwandtenbesuchs die Gelegenheit nutzen wollte, um ihr eine Nachricht zukommen zu lassen.

Doch Ottilie und Gregor Gerban hatten ihm einen Strich durch die Rechnung gemacht. »Dein Vater hat uns alles erzählt,

Franz!« Auch die Stimme des Hausherrn hatte sich fast überschlagen. »Du bist freiwillig den feindlichen Truppen beigetreten, obwohl dich dein Vater für teures Geld vom Wehrdienst bei den Welschen losgekauft hat.«

»Und nun kommst du wahrscheinlich her, um zu spionieren«, fiel Ottilie wieder in die Tirade ein.

»Was soll es denn hier zu spionieren geben?«, fragte Franz höhnisch. Irene, die vom Fenster eines oberen Stockwerks aus alles mit anhörte, beobachtete, wie er sich vor der Eingangstür theatralisch an die Stirn schlug. »Ach so, ich verstehe! Ihr erwartet euren tapferen Königsgrenadier. Seit wann gehört Fritz zu den Geheimnisträgern des Heeres? Dass die Gegend hier nur so von deutschen Truppen wimmelt, ist schon längst bis nach Weißenburg durchgedrungen. Schließlich hatten wir die Bayern vor ein paar Tagen sogar vor den Toren der Stadt. Stellt euch vor, sie wollten Proviant requirieren.«

»Scher dich weg, Franz. Dieses Weingut gehört nicht zu deinem Erbe. Hier haben dein Vater und ich das Hausrecht.« Mit diesen Worten hatte Gregor Gerban Franz die Tür vor der Nase zugeschlagen.

Tatsächlich wurde Fritz mittlerweile jeden Tag erwartet. Das war auch der Grund für die tägliche, sechzehn Stunden lange Schufterei, die Ottilie Irene und Käthe zumutete. Trotz des reduzierten Personals bestand sie darauf, dass die beiden Frauen alle Räume auf Hochglanz brachten. »Fritz kommt nämlich nicht allein«, erklärte sie mit hoch erhobener Nase. »Er bringt den ganzen Offiziersstab seines Bataillons mit. Die Mehrzahl der Herren ist von Adel. Da möchte ich Ehre einlegen können.«

Ehre einlegen auf unsere Kosten, du Miststück. Voller Ingrimm bearbeitete Irene den Teppich. Staubwolken wirbelten auf, sie musste husten.

»Ärgerst du dich über Ottilie?« Käthe musste Irene beobachtet haben.

Obwohl sie nicht antwortete, fuhr die Alte fort: »Glaub mir, das lohnt die Mühe nicht. Die war schon immer so und wird sich bis zu ihrem Totenbett auch nicht mehr ändern. Es wird höchstens schlimmer mit ihr werden. So ist das eben, wenn Leute aus kleinen Verhältnissen zu Einfluss und Geld kommen. Da musst du dir ein dickeres Fell zulegen.«

Irene ging nicht auf Käthes guten Ratschlag ein. Stattdessen lenkte sie ab. »Du hast erzählt, dein Bruder sei bei einem Unfall gestorben? Was ist damals geschehen?«

»Heinz fiel ins Wasser, nachdem er hinausgefahren war, um zu angeln. Er konnte nicht schwimmen und ertrank. Da war er erst fünfundzwanzig Jahre alt.«

»Oh!« Irene war betroffen. »Wie Ottilies Schwester, die junge Sophia. Auch sie ertrank ja bei einem Bootsausflug, wie ich von einem Hausmädchen der Gerbans gehört habe. Da war Sophia kaum über zwanzig.« Sie blickte auf und bemerkte, dass Käthe sie mit einem seltsamen Ausdruck ansah. »Kanntest du Sophia noch?«

Käthe nickte. »Natürlich kannte ich sie. Sie war die einzige freundliche Person unter der Herrschaft.«

Irene überfiel eine unbezähmbare Neugier. Zumal Franz nicht mehr über die Frau mit den traurigen Augen in Erfahrung hatte bringen können, als sie schon wusste. Sie überlegte noch, wie sie ihre nächste Frage formulieren sollte, da sprach Käthe auch schon weiter:

»Ertrunken ist das junge Fräulein auch, das ist wahr. Aber es geschah nicht bei einem Bootsunfall.«

»Wie ist es dann passiert?«

»Sie ist aus freien Stücken ins Wasser gegangen.«

»Du meinst, sie hat sich das Leben genommen?« Irene war wie gelähmt vor Entsetzen. *Deshalb die traurigen Augen.*

»Aber … aber warum?«, stammelte sie schließlich.

Auch Käthes Augen verdunkelten sich jetzt vor Traurigkeit. »Genau weiß ich es nicht, mein Kind. Es gab Gerüchte unter der Dienerschaft.«

»Was für Gerüchte?«

»Sophia hatte keine Mitgift mehr, da ihr betrügerischer Vater alles durchgebracht hatte. Man munkelte, dass sie einen ungeliebten Mann zum Gatten nehmen sollte, der sie auch ohne Geld heiraten wollte. Wilhelm Gerban, der Patriarch, hatte ihn hier in Schweighofen eingeführt. Aber Sophia fand ihn abscheulich.«

»Woher weißt du das alles?«

»In den Tagen vor ihrem Tod hatte sie häufig Streit mit ihrer Schwester Ottilie. Das ein oder andere bekamen wir Dienstboten auf diese Art mit.«

Käthe beugte sich wieder über den Parkettboden. »Aber ich hätte diesen Mann auch nicht gewollt. Er war mindestens dreißig Jahre älter als sie, fett und aufgeblasen wie ein Frosch und er roch abscheulich.«

Irene war erschüttert, ohne sich recht erklären zu können warum. »Aber man weiß nicht genau, ob das der Grund dafür war, dass sie ins Wasser ging?«

»Der Dienerschaft wurde streng verboten, darüber zu reden, als Ottilie herausfand, dass wir von Sophias Selbstmord wussten. Eines der Dienstmädchen hatte ihren Abschiedsbrief gefunden, ihn indiskreterweise gelesen und sich einigen von uns, auch mir, in ihrer Aufregung anvertraut. Es wurde fristlos entlassen. Wir hatten danach alle Angst, Ottilie würde auch uns entlassen, wenn wir ihr Verbot missachteten. Deshalb wagten wir nicht, weitere Erkundigungen einzuziehen. Im Totenschein stand jedenfalls, dass Sophia bei einem Bootsunfall ums Leben gekommen wäre. So predigte es auch der Pfarrer bei der Beerdigungsfeier.«

»Sie muss sehr verzweifelt gewesen sein.«

»Das war sie ganz sicher. Aber wenn du mich fragst, war der ungeliebte Heiratskandidat nur der Tropfen, der das Fass zum Überlaufen brachte. Sophia war schon all die Jahre zuvor, in denen ich mit ihr zu tun hatte, so traurig. Als ob ein geheimer, nie verwundener Kummer an ihr nagte.«

Kirche St. Ulrich in Altenstadt
3. August 1870, später Abend

»Gott sei Dank, du bist da.« Stürmisch warf sich Irene in Franz' Arme. »Ich hatte solche Sor…« Seine Lippen verschlossen ihren Mund. Irene gab sich dem Kuss ganz und gar hin und genoss einen zeitlosen Moment lang das wunderbare Gefühl, gehalten zu werden.

Dann holte sie die Wirklichkeit wieder ein. Nach einem drückend schwülen Tag hatten am frühen Abend schwere Gewitter eingesetzt, begleitet von sturzbachartigem Regen, der auch nicht aufhörte, wenn Blitz und Donner einmal eine kurze Pause einlegten. Franz war auf dem Weg von Weißenburg nach Altenstadt bis auf die Haut durchnässt worden. Die Feuchtigkeit drang durch Irenes dünnes Sommerkleid und ließ sie schaudern.

»Komm mit!« Sie zog Franz in Richtung einer kleinen Seitentür der ehrwürdigen Kirche St. Ulrich, auf deren Friedhof sie sich getroffen hatten. »Diese Tür bleibt jetzt Tag und Nacht offen, damit sich die Menschen angesichts der Kriegsgefahr jederzeit Beistand im Gebet holen können. Das hat der Pfarrer am Sonntag verkündet.«

»Ich hatte mich über den merkwürdigen Treffpunkt schon gewundert«, meinte Franz und folgte Irene in den Schutz des jahrhundertealten Gotteshauses, in dem er bis vor wenigen Wochen jeden Sonntag im Kreise der Gerbans die katholische Messe gehört hatte. Auch Gregor und Ottilie Gerban waren oft herübergekommen, da sie die Pracht von St. Ulrich der einfachen Dorfkirche in Schweighofen vorzogen.

Im Innern der Kirche war es angenehm kühl. Es duftete schwach nach Weihrauch und den bunten Sommerblumen, die geschmackvoll in großen Vasen arrangiert waren. Im schwachen Licht der Kerzen vor der Statue der Gottesmutter setzten sie sich in eine der gepolsterten Bänke in der Nähe des Hochaltars, die den Altenstädter Patriziern vorbehalten waren.

»Ist das der Platz deiner Familie?«, flüsterte Irene. Franz schüttelte den Kopf. »Nein, wir sitzen auf der anderen Seite. Hast du uns dort denn nie gesehen?«

»Die Dienstboten müssen am Sonntag die Frühmesse besuchen, um rechtzeitig zum Frühstück der Herrschaft zurück zu sein, die im Anschluss daran das Hochamt besucht.« Irene schmiegte sich eng an Franz.

»Pass auf, mein Liebes. Du wirst ja ganz nass.«

Irene küsste Franz auf die Nasenspitze. »Das macht mir nichts aus. Mein Kleid ist ohnehin bis zu den Knien hinauf durchnässt.« Sie hatte den kurzen Weg über die Felder von Schweighofen nach Altenstadt genommen. »Und auch der Schirm hat bei dieser Sintflut nicht viel genutzt.«

Franz nahm ihr Gesicht in beide Hände und küsste Irene noch einmal. »Wie habe ich mich gefreut, als ich deine Nachricht heute erhalten habe.«

»Es war schon der dritte Versuch. Meine ersten beiden Briefe konnte dir der Bote nicht zustellen.«

»Wer war der Mann?«

»Ein Verwandter der alten Käthe, der öfter in Weißenburg zu tun hat. Käthe gehört vorübergehend jetzt wieder zu den Schweighofener Dienstboten.« Kurz erläuterte Irene, um wen es sich bei der alten Frau handelte. »Ich habe ihr unter dem Siegel der Verschwiegenheit neulich von uns erzählt, da ich so in Sorge bin, seit ich erfahren habe, dass du dich freiwillig zum Kriegsdienst gestellt hast.« Sie berichtete, dass sie Franz' vergeblichen Versuch, in Schweighofen vorzusprechen, zum größten Teil belauscht hatte.

»Und ist Fritz denn nun eingetroffen?«

Irene nickte. »Er kam gestern Abend mit seinem Kommandanten und fünf weiteren Offizieren an. Sie waren vom Regen völlig durchnässt und haben mit ihren Stiefeln all die mühsam gereinigten Böden verdreckt, die Käthe und ich zuvor stundenlang geschrubbt hatten.«

Die Kirchturmuhr schlug halb zwölf. »Wie lange kannst du bleiben?«, flüsterte Irene, obwohl sie niemand in der menschenleeren Kirche hören konnte.

»Meine Nachtwache beginnt um drei Uhr morgens und dauert bis sieben Uhr. Wir haben also noch Zeit.« Franz zog Irene an sich und bemerkte, dass sie fröstelte. »Hoffentlich wirst du dich nicht erkälten. Meine Jacke ist so nass, dass sie dich nicht wärmen wird.«

Irene zog ihr dünnes Umschlagtuch fester um die Schultern. »Mach dir um mich keine Sorgen, Liebster. Ich habe viel mehr Angst um dich. Beim Servieren des Abendessens habe ich die Gespräche bei Tisch belauscht. Die deutschen Offiziere sprachen von achtzigtausend Mann, die hier zusammengezogen wurden. Bei Schweigen und Windhof bauen sie Artilleriestellungen auf.«

»Das weiß ich schon, mein Augenstern. Edgar Hepp, der Unterpräfekt, hat es heute General Abel Douay mitgeteilt, der die französischen Truppen befehligt. Die Franzosen haben ihre Quartiere eine knappe Viertelmeile südöstlich von Weißenburg auf dem Geisberg aufgeschlagen. Aber der General schien sich keine allzu großen Sorgen zu machen. Er hat nicht einmal Patrouillen ausgeschickt, um die Lage zu sondieren.«

»Und was für Sorgen machst du dir?« Angst legte sich Irene wie eine kalte Hand aufs Herz, als sie den Zweifel in Franz' Stimme hörte.

Franz seufzte schwer. »Ich persönlich halte es für kein gutes Zeichen, dass die Deutschen hier ihre Geschütze in Stellung bringen. Obwohl ich nicht glaube, dass sie Weißenburg angreifen werden.«

»Wieso glaubst du das nicht?«

»Das hätten die Bayern schon vor über einer Woche tun können. Du hast doch sicher gehört, dass sie am 25. Juli Proviant in Weißenburg requirieren wollten. Damals gab es nur unsere Freiwilligengarde in der Stadt. Doch als wir die Tore geschlossen hielten, konnten die Bayern nichts ausrichten und zogen wieder ab. Seit heute haben wir immerhin ein ganzes französisches Bataillon in der Stadt, das sind nahezu siebenhundert Mann. Obwohl …« Er stockte und schüttelte dann unwillkürlich den Kopf.

Trotz des Dämmerlichts war Irene die Geste nicht entgangen. »Obwohl?«, drängte sie.

Franz seufzte noch schwerer als zuvor. »Versprich mir, dass du kein Sterbenswörtchen von dem erzählst, was ich dir jetzt anvertraue. Auch nicht der alten Käthe!«

Die kalte Hand hielt Irenes Herz nun fest umschlossen.

»Du machst mir Angst! Sag mir, was du meinst!«

»Versprich es mir!«, insistierte Franz.

»Ich verspreche dir, niemandem etwas zu sagen. Nun sprich endlich!«

Franz' Miene verdüsterte sich. »Ich glaube, die französische Armee ist in einem erbärmlichen Zustand.«

»Was sagst du da?«

»Die Soldaten haben weder Proviant noch ausreichend Ausrüstung bei sich. Anscheinend gibt es keine funktionierende Intendantur. Die Weißenburger müssen die französischen Verteidiger selbst verpflegen. Und man munkelt, auf dem Geisberg sitzen sie bei diesem Wetter in Laubhütten, da sie nicht über genügend Zelte verfügen.«

»Heilige Jungfrau Maria!« Irene war entsetzt.

Unwillkürlich musste Franz lächeln. »Eigentlich solltest du dich freuen«, neckte er sie. »Immerhin ist das der Feind.«

Irene war nicht nach Späßen zumute. »Und was wird aus dir in dieser maroden Armee? Warum hast du dich nur freiwillig gemeldet?«

Franz zog abrupt seinen Arm zurück, mit dem er Irene bis jetzt umfangen hatte. »Nun mach du mir nicht auch noch Vorwürfe! Davon musste ich mir wahrlich bereits genug anhören.«

Irene schwieg und blickte zu Boden. Franz sah, wie ihre

Hände ziellos über den Stoff ihres Kleides glitten. »Verzeih mir, mein Schatz«, leistete er Abbitte. »Meine Ehre gebot mir, mich zu melden. Doch ich verstehe, dass du in Sorge um mich bist. Aber sei ganz ruhig! Ich gehöre ja nur zur Bürgergarde von Weißenburg. Damit bin und bleibe ich Zivilist. Ich muss nur kämpfen, wenn die Deutschen die Stadt angreifen. Aber ich sagte ja schon, dass das unwahrscheinlich ist. Wenn es wirklich zur Schlacht kommt, wird sie auf den Feldern weit vor der Stadt geschlagen. Rund um den Geisberg, vermute ich.« Er machte eine Handbewegung in Richtung des südwestlich gelegenen Hügels.

»Doch nun haben wir genug über mich gesprochen. Wie ergeht es dir in Schweighofen?«

Irene erzählte ihm von der harten Arbeit und Ottilies beständiger Gereiztheit. »Im Vergleich dazu ist deine Mutter Pauline eine echte Dame. Aber es scheint, als ob in Schweighofen wirklich niemand von unserer Beziehung weiß. Deine Familie hat sich an ihr Versprechen gehalten.«

»Immerhin etwas Positives, das sich über sie sagen lässt.«

Irene verstand, was Franz damit sagen wollte. »War dein Vater sehr wütend, als er von deiner Meldung zur Stadtgarde erfuhr?«

Franz nickte ernst. »Er hat getobt. Wäre es ihm möglich gewesen, hätte er mich enterbt. Auf jeden Fall hat er mich des Hauses in Altenstadt verwiesen. Ich hause jetzt in einer Dachkammer im Weißenburger Kontor.«

»Oh, du Ärmster! Das wusste ich nicht.«

Franz winkte ab. »Es macht mir nichts aus. Im Gegenteil, es ist sogar bequemer für mich, da ich ja beständig Wachdienst habe. Und Edgar Hepp, der Unterpräfekt, lädt mich immer wieder zum Abendessen ein. Seine Frau war sogar so nett, meine Wäsche von ihrem Dienstpersonal besorgen zu lassen.«

Er zog Irene wieder dicht an sich. »Doch nun genug geschwätzt! Horch, die Uhr schlägt schon Mitternacht. Wir haben höchstens noch eine halbe Stunde, bis ich dich nach Schweighofen bringen muss, damit ich pünktlich zum Wachdienst zurück bin.« Er glitt mit den Lippen hungrig ihren Hals bis zu ihrem Ausschnitt hinab.

»Franz! Das können wir nicht tun! Wir sind in der Kirche.« Doch unter seinen Küssen spürte Irene ihren Widerstand bereits erlahmen.

»In der Liebe und im Krieg ist alles erlaubt!«, murmelte er. »Wir haben folglich eine doppelte Erlaubnis für das, was wir tun.« Er legte Irene vorsichtig auf die trotz des Polsters unbequeme Kirchenbank, entblößte ihre Brüste und begann sie zu liebkosen.

Ganz plötzlich blickte er noch einmal auf. »Oder wolltest du mir noch etwas sagen?«

Einen Wimpernschlag lang kämpfte Irene mit sich. Wie gut er sie trotz der kurzen Zeit ihrer Beziehung schon kannte! Tatsächlich hatte sie ursprünglich noch etwas auf dem Herzen gehabt.

Doch als die letzten Töne der Kirchturmuhr verklangen, verwarf Irene den Gedanken. *Heute ist nicht der richtige Zeitpunkt,* entschied sie. *Wer weiß, wann wir uns wiedersehen. Und außerdem ist es ja noch keineswegs sicher.*

Weißenburg
4. August 1870, kurz nach 8 Uhr

Müßig betrachtete Franz das lebhafte Treiben auf der Place de la République, dem zentralen Marktplatz in Weißenburg, der diesen Namen wie so viele Plätze in anderen französischen Städten seit der Großen Revolution von 1789 trug. Trotz der durchwachten Nacht fühlte er sich noch nicht müde genug, um seine Kammer im nur wenige Schritte entfernten Geschäftshaus der Gerbans aufzusuchen.

Er winkte dem Ober und bestellte sich einen weiteren Milchkaffee. *Wüsste ich nicht, dass rund um Weißenburg Tausende von*

Soldaten im Felde stehen, ich würde denken, es wäre tiefster Frieden. Spät angekommene Bauern und Marktweiber bestückten ihre Stände mit Obst und Gemüse. *Den Mann dort mit den Eiern und Hühnern kenne ich sogar. Er ist ein Deutscher, der auch ein Stück Land in Altenstadt besitzt.*

Das war durchaus nichts Außergewöhnliches. Seit vielen Jahrzehnten lebten Pfälzer und Elsässer nunmehr im Frieden miteinander. Nicht nur die Gerbans, sondern auch viele andere Familien hatten Angehörige beider Nationalitäten und Eigentum auf beiden Seiten der Grenze.

Hausfrauen mit Körben am Arm schlenderten über den Markt und prüften die Auslagen. Eine Schar lachender Kinder umringte ein paar Soldaten der erst gestern eingetroffenen französischen Besatzung. Sie saßen auf den Stufen der umgrenzenden Häuser und bissen herzhaft in die Croissants, die ihnen einige Weißenburger Bürger gebracht hatten.

Gerade beobachtete Franz, wie eine dicke Matrone mit weißer Haube Äpfel an die Soldaten verteilte, da ertönte plötzlich ein schrilles Pfeifen. Nur Sekundenbruchteile später krachte es infernalisch in der angrenzenden Straße. Rauch und Staub stiegen auf, die Menschen schrien durcheinander und rannten in Panik wie aufgescheuchte Hühner über den Platz.

Auch Franz sprang auf und drängte sich gegen den Menschenstrom an den Ort des Einschlags. Da pfiff es schon wieder. In letzter Sekunde warf sich Franz mit den Händen über dem Kopf auf die Erde, während ein zum Glück bereits verlassener Marktstand am anderen Ende des Platzes in tausend Trümmer zerbarst.

Die Schlacht um Weißenburg hatte begonnen.

Teil 3

Krieg

Kapitel 10

Weißenburg, *4. August 1870*

Während Franz am Rand des Marktplatzes entlang in Richtung der Präfektur rannte, wo er noch vor etwas mehr als einer Stunde seine Waffen deponiert hatte, schlugen weitere Granaten rechts und links hinter ihm in Häuser und Straßen ein. Plötzlich zischte ein Geschoss direkt über seinen Kopf hinweg und traf den Erker eines altehrwürdigen Fachwerkhauses, das unmittelbar in Flammen aufging.

Brandraketen, die Schweine schießen mit Brandraketen. Das muss die Artillerie oben auf dem Berg beim Ort Windhof sein. Dabei sind Frauen und Kinder in der Stadt.

Die Empörung verlieh Franz trotz der schlaflosen Nacht Riesenkräfte. Er zog den Kopf ein, als er an dem brennenden Haus vorbeilief, von dem bereits die ersten glühenden Holzteile auf die Straße hinabfielen.

Nur noch knapp einhundert Schritt bis zur Präfektur. *Hoffentlich schlägt dort keine Granate ein,* schoss es ihm siedend heiß durch den Kopf. *Dort lagert unser ganzer Vorrat an Munition.*

Franz lief so angestrengt weiter, dass er das junge Mädchen, das sich mit einem kleinen Jungen, den es fest umfangen hielt, starr vor Schrecken in eine Mauernische drückte, erst im letzten Moment sah. Abrupt stoppte er mitten im Lauf.

»In den Keller, ihr müsst in den Keller hinunter! Hier ist es viel zu gefährlich!«, schrie er.

Das Mädchen rührte sich jedoch nicht vom Fleck, sondern starrte ihn mit vor Schreck geweiteten Augen an. Der kleine

Junge lutschte am Daumen und bewegte sich ebenfalls nicht. Beide standen offenbar unter Schock.

»Rennt, rennt doch und sucht Schutz! Wo seid ihr zu Hause?«

Noch immer keine Reaktion. Franz merkte plötzlich, dass er auf Deutsch geschrien hatte. Vielleicht verstanden die beiden ihn ja nicht.

Er versuchte es auf Französisch. Aber es gab kein Anzeichen dafür, dass ihn das Mädchen überhaupt hörte.

In diesem Augenblick heulte wieder ein Geschoss und schlug nur knapp hinter ihnen in ein Fischgeschäft ein. Scharfe Glassplitter und nadelspitze Holzteile der Kisten, in denen die Fische gelagert wurden, spritzten umher. Irgendetwas Schleimiges klatschte Franz mitten ins Gesicht. Während er sich voller Ekel die Fischfetzen aus den Augen wischte, von Nase und Mund abrieb und würgend ausspuckte, schrie der Junge plötzlich auf.

Fassungslos wimmernd starrte er auf seine blutige rechte Hand. Das oberste Glied seines Zeigefingers war abgetrennt und wurde nur noch von einem Hautlappen gehalten.

Noch ehe Franz Zeit hatte zu reagieren, rannte das Mädchen plötzlich los. Blind vor Panik lief es kreuz und quer durch die zum Teil brennenden Trümmer zurück in Richtung des Marktplatzes.

Franz beugte sich blitzschnell zu dem Jungen hinunter. »Warte hier auf mich in der Nische und rühre dich nicht vom Fleck. Hast du verstanden?« In seiner Hast rüttelte er den Jungen sogar am Arm mit der verletzten Hand. Der nickte fast unmerklich.

Franz ließ ihn los. Das musste genügen. *Das Mädchen, wo ist das Mädchen?* Der zunehmende Qualm ließ ihn husten und nahm ihm die Sicht. Schemenhafte Gestalten rannten in allen Richtungen an ihm vorbei.

Da, da vorne war sie, fast schon am Marktplatz! Die blonden Zöpfe flogen ihr um den Kopf. Mit all der ihm verbliebenen Kraft eilte Franz ihr nach.

Ein ohrenbetäubendes Jaulen ertönte, wieder ganz nah. Instinktiv warf Franz sich zu Boden, beide Hände über dem Kopf. Mit einem furchtbaren Krachen schlug das Geschoss ein, mitten in den Marktplatz. Als er den Kopf vorsichtig hob, sah er Flammen zwischen den zertrümmerten Buden emporzüngeln.

Hektisch rappelte er sich auf. Rings um ihn herum gellten Schreie. *Das Mädchen! Wo ist es? Ist es verletzt? Mein Gott, wie dumm von mir, es nicht nach seinem Namen zu fragen.*

Mit vom Rauch brennenden Augen und verätzter Kehle rannte er auf die brennenden Marktstände zu. Plötzlich erblickte er eine zusammengekauerte Gestalt in einem grünen Kleid, die den Kopf tief zwischen den Knien verbarg. *Gott sei Dank, das muss sie sein. Sie hat versucht, sich zu schützen.*

Jetzt war er heran. »Mädchen, jeune fille!« In seiner Aufregung plapperte er Französisch und Deutsch durcheinander. Er berührte die Kleine an der Schulter und rüttelte sie sacht. Jetzt hob sie den Kopf und blickte ihn mit stumpfen Augen an. Entsetzt sah er, dass Blut zwischen ihren auf den Unterleib gepressten Händen hervorquoll.

»Was hast du? Bist du verletzt? Wie schlimm ist es?« Verzweifelt drehte er den Kopf. Aber da war weit und breit niemand, der ihnen zu Hilfe kommen könnte.

Er fasste das Mädchen unter den Schultern. »Komm hoch, du musst aufstehen. Ich stütze dich. Wie heißt du?«

»Céline.« Ihre Stimme war leiser als ein Windhauch.

»Also, Céline! Du kannst hier nicht bleiben! Ich muss dich zur Präfektur bringen. Oder in ein anderes Haus, wo man dir helfen kann.«

Vorsichtig zog er sie ein Stück nach oben. Céline stöhnte vor Schmerz. Ihre beiden auf den Bauch gepressten Hände waren voller Blut. Blut floss auch an ihren Beinen hinab und durchnässte den ganzen Rock.

»Kannst du gehen?« Céline schüttelte den Kopf.

»Dann muss ich dich tragen. Leg mir eine Hand um den Hals, dann hebe ich dich hoch.«

Als Céline keine Anstalten machte, seiner Aufforderung Folge zu leisten, zog er selbst eine ihrer Hände sanft von der Wunde. Der Schock fuhr ihm durch alle Glieder. Er war kein Arzt, doch er erkannte auch so, dass das eine schwere, womöglich sogar tödliche Verletzung war. Wie aus einem Springbrunnen schoss das Blut nun aus der grässlichen, nahezu zehn Zoll langen Wunde.

Instinktiv beugte Franz sich tiefer hinab, fuhr mit den Armen unter den Rücken und unter die Oberschenkel des Mädchens und richtete sich mit seiner Last langsam auf. Überall schlugen weitere Granaten und Raketen ein.

Schritt für Schritt bewegte er sich die Straße wieder hinunter, über die Brücke des Flüsschens Lauter, die zum Glück noch völlig intakt war, und auf die Präfektur zu. Der Körper des Mädchens war schlaff und wog schwer wie Blei.

Sie ist ohnmächtig geworden. Oh Gott! Gib mir genug Kraft! Franz fixierte die weit offen stehende Tür der Präfektur und versuchte, sich nur auf seine nächsten Schritte zu konzentrieren. Trotzdem rasten die Gedanken durch seinen Kopf.

Plötzlich erklangen hinter ihm die schnellen Schritte vieler Füße. Es waren Männer der Weißenburger Feuerwehr, die in Helmen und schwerer Schutzkleidung auf das brennende Fachwerkhaus zueilten, in dessen Nähe Franz das Mädchen und den kleinen Jungen gefunden hatte.

»Helft mir! Ich brauche Hilfe! So helft mir doch«, brüllte Franz aus Leibeskräften, als die Männer sich mit ihren Schutzschilden und einem mit Schläuchen, Spritzen und Leitern beladenen Handkarren an ihm vorbeidrängten. Endlich wurde ihr Anführer auf ihn aufmerksam und lief zu ihm zurück. Franz erkannte in ihm den Feuerwehrhauptmann, den er am Tag des Kriegsausbruchs im Schweigener Wirtshausgarten gesehen hatte.

»Was ist mit ihr? Ist sie schwer verletzt?« Der Mann sprach Französisch.

»Ja, sehen Sie das denn nicht? Sie verblutet! Wahrscheinlich ein Granatsplitter. Helfen Sie mir, sie stirbt sonst!«

Der Hauptmann gab seinen Leuten ein Zeichen, schon einmal mit den Löscharbeiten vor dem brennenden Haus zu beginnen. Dann trat er auf Franz zu, hob den schlaff herabhängenden Kopf des Mädchens an und tastete am Hals nach seinem Puls.

Franz' Verstand weigerte sich noch einen Augenblick lang, den gebrochenen Blick des jungen Mädchens richtig zu deuten.

»Mein Gott, das ist Céline Fabier, die Tochter unseres Stadtschreibers.« Trotz des infernalischen Lärms rings herum nahm Franz die Erschütterung wahr, die in der Stimme des Feuerwehrmannes lag. »Ich fürchte, wir kommen zu spät, mein Freund. Sie ist tot.«

Schweighofen, *4. August 1870*

Als die ersten Kanonenschüsse dröhnten, war Irene gerade dabei, den Frühstückstisch im Schweighofener Esszimmer abzuräumen. Fritz und die Offiziere seines Bataillons der Liegnitzer Königsgrenadiere hatten das Haus schon gegen halb acht Uhr verlassen. Danach waren Fritz' Eltern Ottilie und Gregor Gerban noch fast eine halbe Stunde am Tisch sitzen geblieben und stocherten appetitlos in ihren gebratenen Eiern. An ihren Mienen und gedämpften Stimmen erkannte Irene, die dienstbereit in der Nähe der Tür stand, dass sie sich offensichtlich Sorgen um ihren Sohn machten. Ausnahmsweise teilte Irene ihre Gefühle, wenn auch nicht in Bezug auf Fritz, sondern auf Franz.

Das Echo der schweren Artillerie hallte über die Höhen und das Weißenburger Tal. Vor Schreck ließ Irene die Tasse fallen, die sie gerade in der Hand hielt. Sie zerschellte auf dem Parkettboden in tausend Scherben.

Mit eingezogenen Schultern drehte Irene sich um. Sie wusste, wie sehr Ottilie an ihrem original Meißener Kaffeeservice hing, das nur zu ganz besonderen Gelegenheiten benutzt wurde. Einen kurzen Moment lang lauschte sie, ob jemand das Malheur bemerkt hatte, bis der nächste Schuss knallte und ihre Aufmerksamkeit völlig in Anspruch nahm.

Im Salon neben dem Esszimmer waren hastige Schritte zu hören. Die Balkontür wurde aufgerissen, und wenig später sah Irene die Turnüre von Ottilies silbergrauem Morgenkleid. Sie beugte sich weit über die Brüstung.

Die Sorge um Franz veranlasste Irene dazu, alle übliche Vorsicht außer Acht zu lassen. Ohne zuvor die Scherben zusammenzukehren, riss sie ihrerseits die Tür auf, die vom Esszimmer auf den Balkon führte, und stürzte hinaus. Vom Windhof, einer zwei Meilen weit entfernten kleinen Ansammlung von Häusern, stieg weißer Pulverdampf auf. Da knallte es schon wieder. Der Feuerstoß der Kanonen war auch auf die Entfernung hin deutlich zu erkennen.

»Sie beschießen Weißenburg!« Jetzt war auch Gregor Gerban auf den Balkon getreten. Entsetzt beobachtete Irene, wie Rauchwolken über der kleinen Stadt aufstiegen. »Da, gerade hat ein Geschoss eingeschlagen!«

Irene reagierte instinktiv, ohne nachzudenken. Erst viel später wurde ihr klar, wie unsinnig ihr Vorhaben gewesen war. »Franz!« Sie stürzte in die Halle, lief die Treppe zum Hintereingang hinunter und riss ihr Schultertuch vom Haken der Garderobe. Dann rannte sie in ihrer Dienstmädchenuniform hinaus, ohne zuvor ihre hochhackigen Schnürschuhe gegen bequemere ausgetauscht zu haben.

Da es in der Nacht stark geregnet hatte, mied sie den Weg über die verschlammten Felder und lief, so schnell sie konnte, die Straße Richtung Windhof entlang. Kurz vor dem Abzweig nach Altenstadt wurde sie aufgehalten. Ein Trupp Reiter in preußischen Uniformen versperrte ihr den Weg.

»Bitte«, flehte Irene. »Bitte lassen Sie mich durch!«

Der Befehlshaber der Gruppe, Fritz Gerban, hätte ihr sagen

können, dass er den Rang eines Feldwebels bekleidete, legte grüßend die Hand an seine Pickelhaube und schüttelte den Kopf.

»Tut mir leid, meine Schöne! Aber hier kann niemand durch. Der preußische Kronprinz ist auf dem Weg hierher und wird jeden Augenblick passieren.«

In ihrer Not griff Irene zu einer Lüge. »Bitte, mein Verlobter kämpft dort beim Windhof. Er ist bei den Liegnitzer Königsgrenadieren.«

Einen Augenblick lang verharrte der Mann verdutzt, dann brach er in lautes Gelächter aus. Auch seine Untergebenen grinsten. »Mein liebes Fräulein«, stieß der Feldwebel atemlos hervor, »mein liebes Fräulein! Wenn Ihr Schatz bei den Königsgrenadieren dient, brauchen Sie sich um ihn keine Sorgen zu machen. Das ist die tapferste und kampferprobteste Truppe, die wir in der ganzen preußischen Armee haben.«

»Und die kämpft natürlich nicht auf dem Windhof bei der Artillerie. Sie ist auf dem Weg nach Altenstadt, um die Truppen vor Weißenburg zu verstärken«, fügte einer seiner Männer hinzu.

Der Feldwebel funkelte den Mann, jetzt nicht mehr lächelnd, wütend an. »Wirst du wohl deine elende Klappe halten? Das sind keine Informationen für die Ohren von Zivilisten. Bei all den Spionen ...«

»Achtung!«, ertönte es da plötzlich scharf hinter ihnen. Die berittenen Soldaten merkten auf und nahmen Haltung an. Fünf Reiter näherten sich ihnen und ließen den Straßendreck in alle Richtungen aufspritzen. Der Vorderste trug die preußische Fahne mit dem schwarzen Adler.

»Da kommt der Kronprinz!«

Einen flüchtigen Moment lang erhaschte Irene einen Blick auf einen Mann in mittleren Jahren mit einem ausladenden Schnauzer über einem Vollbart, der ihm weit bis unter das Kinn reichte. Dann war die Gruppe auch schon an ihnen vorbeigeprescht.

»Lassen Sie mich jetzt durch?«

Der Feldwebel schüttelte den Kopf. »Hier wird gekämpft, junges Fräulein. Der Weg ist für Zivilisten verboten.«

Weißenburg
4. August 1870, um die Mittagszeit

Einige Stunden später starrte Franz mit vor Müdigkeit stumpf gewordenem Blick über die Wälle vor dem sogenannten Bitscher Tor. Der Kampf ruhte an dieser Stelle der Befestigungsanlagen von Weißenburg, die die Stadt in Form hoher Mauern und sumpfiger Wassergräben zur Gänze umschlossen und teilweise noch aus dem Mittelalter stammten, bereits seit nahezu einer halben Stunde. Die Erschöpfung drohte Franz zu überwältigen. Trotzdem kreisten die Bilder der letzten Stunden unaufhörlich in seinem Kopf herum.

Das tote Mädchen. Der vor Schock erstarrte kleine Junge, dessen Hand die Frau des Unterpräfekten notdürftig verbunden hatte. Die Schreie der Mutter, die man trotz des Granatenhagels herbeigeholt hatte und die sich verzweifelt über die Leiche ihrer Tochter warf. Seine eigene Kleidung, getränkt von Célines Blut.

Franz sah, wie schon so viele Male zuvor, an sich hinunter und versuchte, den aufkommenden Brechreiz zu unterdrücken. *Ich sehe aus wie ein Schlachter.* Das Blut war in der Hitze des Tages getrocknet und nun zu einer steifen bräunlichen Masse erstarrt. Es roch ekelerregend süßlich.

Ein Schlachter. Fast kamen Franz die Tränen. *Es ist nicht das Blut des jungen bayerischen Soldaten. Aber bei Gott, ich habe meinen ersten Menschen erschossen.*

Die brechenden Augen des bayerischen Jägers, der wahrscheinlich nicht viel älter war als er und nur knapp zwanzig Schritt von ihm entfernt jenseits des Grabens gestorben war, würden ihn bis in seine Träume hinein verfolgen, wenn er denn überhaupt je wieder Schlaf fände.

Nachdem er das tote Mädchen und dessen verletzten Bruder zur Präfektur gebracht hatte, schickte der Unterpräfekt Edgar Hepp ihn und weitere zwanzig Männer der Freiwilligengarde zum Bitscher Tor, für das der französische Majeur Liaud, der die französischen Truppen in Weißenburg befehligte, Verstärkung angefordert hatte.

Weißenburg verfügte über drei Stadttore, die nach den Orten benannt waren, in deren Richtung sie hinausführten. Das Landauer Tor im Nordosten und das Hagenauer Tor im Südosten waren mit Pfeilern befestigt und jeweils durch tiefe Gräben geschützt, über die Zugbrücken führten, die man natürlich hochgezogen hatte. Das Bitscher Tor im Westen war dagegen eine Art offener Durchlass, allerdings mit einer hohen, von Zinnen gekrönten Mauer auf beiden Seiten bewehrt sowie einem davorliegenden, sehr sumpfigen Graben. In diesem waren die Soldaten des bayerischen Jägerregiments, die den ersten Sturmangriff gewagt hatten, stecken geblieben. Samt ihrem Anführer kam über die Hälfte von ihnen elendiglich ums Leben. Ohne jegliche Deckung waren sie den Schüssen der Verteidiger hilflos ausgeliefert gewesen.

Nachdem der Soldat, den Franz mit seinem Jagdgewehr mitten in die Brust getroffen hatte, mit erhobenen Armen rücklings zu Boden gegangen und regungslos liegen geblieben war, bemühte er sich, nur noch auf die Beine der Angreifer zu schießen. Doch das war vergebens. Mehrere Male verfehlte er sein Ziel und traf stattdessen den Unterleib der Gegner. Und diejenigen, die mit ihrer Beinwunde humpelnd oder kriechend den Rückzug antraten, wurden von den im Hinterhalt lauernden Turkos, den nordafrikanischen Soldaten der französischen Armee, niedergemacht.

Die Turkos! Bislang hatte Franz nur wilde Gerüchte über diesen Teil der französischen Armee gehört. Nun hatte er ihre

Soldaten zum ersten Mal leibhaftig gesehen. Sie kamen aus Algerien, Tunesien oder Marokko und wirkten fremdartig in ihren roten Pluderhosen, den mit hellblauen Schärpen umwundenen dunkelblauen Westen und Jacken und den leichten roten Mützen, an deren Ende eine Quaste baumelte.

Wie Gestalten aus den Erzählungen in Tausendundeine Nacht, dachte Franz, als er ihrer zum ersten Mal ansichtig wurde. *Unwirklich in diesem Gemisch aus knallenden Schüssen und Pulverdampf mit ihren dunkelhäutigen Gesichtern und den blitzenden weißen Zähnen. Aber sie kämpfen überaus tapfer. Dabei geht sie dieser Krieg doch nicht das Geringste an! Und ihre Opferbereitschaft dankt ihnen niemand!*

»Ohne diese Wilden da hätten die Bayern das Bitscher Tor längst genommen!« Selbst Franz' eigene Kameraden äußerten sich abfällig über die Turkos.

»Aber sie haben Mut, das muss man ihnen lassen. Und sie kennen kein Erbarmen! Sieh doch nur, sieh! Ich hab den Bayern da drüben getroffen, und der Turko gibt ihm den Rest!«

Starr vor Entsetzen war Franz' Blick der Armbewegung des neben ihm kämpfenden Freiwilligen gefolgt. Tatsächlich stieß gerade ein Turko dem verwundeten Gegner sein Bajonett tief in den Bauch.

»Der macht keinen Mucks mehr!« Die Stimme seines Nachbarn klang höhnisch. Angeekelt wandte Franz den Blick ab und wünschte sich meilenweit fort.

Zwischenzeitlich hatten die Bayern mit ihrer schieren Übermacht die Turkos aus den vor den Wällen des Bitscher Tors liegenden Gärten vertrieben. Offensichtlich verschanzten sie sich dort jetzt selbst, um den nächsten Angriff vorzubereiten. Jedenfalls ruhte seither der Kampf.

Franz sah auf seine Taschenuhr. *Warten wir wirklich erst eine halbe Stunde auf den nächsten Angriff? Es kommt mir wie eine Ewigkeit vor.*

In diesem Augenblick ertönte in Franz' Rücken lautes Geschrei. »Das Landauer Tor! Die Deutschen haben das Landauer Tor gestürmt. Sie sind bereits in der Stadt! Die Hälfte der Leute zu mir! Wir brauchen Verstärkung!«

Anwesen der Gerbans bei Altenstadt
4. August 1870, um die Mittagszeit

Völlig erschöpft hielt Irene einen kurzen Moment lang inne und streckte den schmerzenden Rücken durch.

»Fräulein«, wimmerte es neben ihrem linken Bein. Jemand zog an ihrem Rock. »Fräulein, um Christi willen, geben Sie mir einen Schluck Wasser!«

Mechanisch beugte sich Irene mit der halb vollen Feldflasche hinab und setzte sie dem verwundeten Soldaten an die Lippen. Von seiner furchtbaren Bauchwunde stieg ihr ein entsetzlicher Gestank nach Kot und Eiter in die Nase. Sie würgte unwillkürlich.

»Schwester, Schwester! Was machen Sie denn da?« Einer der Sanitäter riss sie grob am Arm in die Höhe. Seine weiße Schürze war über und über mit Blut befleckt. »Das ist eine Bauchwunde! Der darf nicht trinken!«

Eine Bauchwunde? Kein Mensch, nur eine Bauchwunde? Irene verkniff sich die Bemerkung. Sie würde nichts nützen. Seit Stunden arbeitete sie jetzt schon wie alle Mitglieder des Haushalts im Altenstädter Anwesen bis zur Erschöpfung, um den unablässigen Strom neu eintreffender Verletzter zu versorgen. Ihre am Morgen noch fleckenlose Dienstbotenuniform war bereits von Blut und Fäkalien völlig verdreckt.

Nachdem sie am Vormittag gegen zehn Uhr, bis zu den Waden im Matsch versinkend, endlich über die Felder nach Altenstadt gelangt war, starrte sie fassungslos auf das dort herrschende Gewimmel aus Pferden, umherhastenden Menschen und mit roten Kreuzen gekennzeichneten Karren aller Art. Manche hatten wie

Betttücher aussehende Stoffstücke mit dem Symbol über die Wagenwände gespannt. Andere Karren waren nur aufgrund des roten, mit noch nasser Farbe hastig auf das nackte Holz hingepinselten Kreuzes als Ambulanzfahrzeuge erkennbar. Der gesamte Ort kam ihr wie ein riesiges, provisorisches Lazarett vor.

»Gut, dass Sie helfen kommen, Fräulein!« Ein Mann in hellblauer Uniform legte ihr die Hand auf die Schulter. »Gehen Sie da drüben hin! Dort werden die frischen Verwundeten hingebracht, Freund und Feind gleichermaßen. Da wird jede Hand zum Verbinden gebraucht.«

Seitdem war Irene nun ununterbrochen im Einsatz. Anfangs hatte sie sich noch über die furchtbaren Verletzungen der Verwundeten entsetzt. Da war der preußische Soldat, dem eine Granate beide Beine abgerissen hatte. Er starb ihr unter den Händen weg, als sie vergeblich versuchte, die blutenden Stümpfe abzubinden. Da war der Franzose, dem ein Gewehrschuss Nase und Mund zerfetzt hatte. Er erstickte an seinem eigenen Blut, bevor seine Wunden versorgt werden konnten. Schließlich war da ein fremdartig aussehender Mann in roter Pluderhose und einem seltsamen Käppi. Er hatte ein dunkelhäutiges Gesicht mit riesigen schwarzen Augen und murmelte mit schmerzverzerrtem Gesicht unverständliche Worte. Als Irene mit einem Leinenstreifen herbeilief, um seinen Armstumpf abzubinden, aus dem das Blut wie eine Fontäne hervorschoss, trat ihr eine deutsche Schwester in Rot-Kreuz-Tracht in den Weg.

»Lassen Sie den Mann da liegen! Das ist ein Wilder. Helfen Sie lieber da drüben bei unseren deutschen Soldaten!«

Ihrem barschen Befehl hatte Irene zunächst nichts entgegengesetzt. Als sie nach zehn Minuten zu dem Mann zurückkehrte, war er bereits verblutet und starrte mit glasigem Blick in die nun wieder unbarmherzig vom Himmel brennende Sonne.

In langen Reihen lagen die Verwundeten auf der nackten Straße. Unaufhörlich rumpelten Karren herbei. Die Verletzten wurden aufgeladen und irgendwohin gebracht. Und genauso unaufhörlich füllten sich die Reihen gleich wieder mit neuen Opfern.

Nimmt das denn gar kein Ende? Ab und zu drohte das Grauen Irene zu überwältigen. Hatte sie auch nur eine Sekunde Zeit zum Atemholen, dachte sie voller Angst an Franz. Weißenburg wurde seit dem Morgen nicht nur vom Windhof aus beschossen, sondern auch belagert. Es hieß, die Verteidiger würden sich tapfer zur Wehr setzen. *Was ist mit Franz? Sicher kämpft auch er auf den Wällen! Oder liegt er bereits in seinem Blut wie all diese Männer hier?*

Sie sah den Gerban'schen Landauer fast im gleichen Moment wie Franz' Cousin Fritz. Er schleppte gemeinsam mit einem Kameraden einen augenscheinlich bewusstlosen Mann mit Offiziersklappen heran, der einen völlig durchgebluteten Kopfverband trug. Sie hatten sich jeweils einen Arm des Ohnmächtigen über die Schulter gelegt und schleiften ihn mehr, als dass sie ihn trugen, in Richtung der Kutsche mit dem Wappen der Gerbans.

Instinktiv lief Irene herbei und erkannte in dem Verwundeten einen der Offiziere, die sie am frühen Morgen noch beim Frühstück bedient hatte. »Hallo Schwester!«, rief Fritz sie an, bevor er sie erkannte. »Dem Himmel sei Dank! Sie sind die Irene aus Schweighofen! Begleiten Sie diesen Mann unverzüglich zum Anwesen meines Onkels!«

»Halt!«, rief da dieselbe Schwester, die Irene daran gehindert hatte, den Turko-Soldaten zu versorgen. »Das Gefährt muss erst mit weiteren Versehrten beladen werden.«

»Aber er stirbt, wenn ihm nicht sofort geholfen wird«, insistierte Fritz.

»Sterben tun hier viele!« Die Schwester würdigte Fritz keines weiteren Blickes. Sie dirigierte zwei kräftige Männer mit Tragen aus grobem Leinen nacheinander zu drei weiteren Schwerverletzten. Irene kannte die Träger. Es waren Pferdeknechte der Gerbans. Als die Kutschentüren geöffnet wurden, um die Verwundeten einzuladen, sah Irene, dass die beigefarbenen Polster bereits vor Schmutz und Blut nur so strotzten.

Wer hätte gedacht, dass der Krieg so dreckig ist? Ein hysterisches Lachen wollte ihr in die Kehle steigen. Sie unterdrückte es um den Preis, dass sich der Brechreiz noch verstärkte, der sie schon seit ihrer Ankunft quälte. Schwarze Schleier wogten vor ihren Augen. Sie hielt sich die Nase zu, um die ekligen Gerüche rings um sie herum abzuschwächen, und versuchte, tief durchzuatmen.

»Nun fallen Sie Zimperliese mir nur ja nicht um!« Die grobe Ansprache der Schwester bewirkte, dass Irene die Augen aufriss und sich mit aller Kraft zusammennahm.

»Schon gut, schon gut«, murmelte sie.

»Steigen Sie hier auf den Bock!« Irene zog sich neben dem Kutscher hoch, in dem sie erst jetzt den alten Riemer erkannte.

»Warten Sie noch einen Moment!« Fritz griff in die Zügel der beiden Rappschecken und blaffte die Rot-Kreuz-Schwester an: »Sie tragen mir Sorge dafür, dass nur deutsche Soldaten, vorzugsweise Offiziere, ins Anwesen meines Onkels transportiert werden.« Er machte eine verächtliche Handbewegung in Richtung eines blutenden französischen Soldaten. »Aber keiner von denen hier und schon gar nicht dieses Gesindel aus dem Urwald!« Er spuckte aus.

Auf der Allee, die zum Herrenhaus führte, wich der Landauer zwei weiteren Gerban'schen Fahrzeugen aus, deren Fahnen mit dem Roten Kreuz in der brütenden Hitze schlaff herunterhingen. Irene erkannte den eleganten Einspänner hinter dem groben Heuwagen aus den Ställen.

Tatsächlich warteten schon Dutzende von Verwundeten im Haus auf ihre Versorgung, als Irene ankam. Jedermann war auf den Beinen. Am Kopf der breiten Treppe wartete Wilhelm Gerban persönlich, um die neu Eintreffenden auf die noch freien Plätze in der großen Halle zu verteilen. Pauline Gerban und Frau Burger hasteten mit Decken und Verbandszeug umher, gefolgt von den Dienstboten, die große Eimer mit Wasser oder Kannen mit warmem Tee herbeischleppten. Selbst Mathilde half mit, schnitt Binden zurecht oder gab den Versehrten zu trinken.

Den Oberbefehl hatte ein Stabsarzt mit einem martialisch anmutenden schwarzen, nach oben gezwirbelten Schnauzbart. Er scheuchte einen Unterarzt und zwei Sanitäter in weißen Schürzen über den Uniformen umher und dirigierte auch das medizinische Hilfspersonal aus dem Gerban'schen Haushalt zu den verschiedenen Einsatzstätten.

»Gott sei Dank, dass du da bist!« Irene konnte sich nicht daran erinnern, jemals so herzlich von Gerda begrüßt worden zu sein. »Sie richten im Dienstbotenzimmer gerade einen behelfsmäßigen Operationssaal ein. Der Oberarzt da«, sie machte eine wegwerfende Handbewegung, »wollte zuerst die Küche dafür benutzen. Aber Frau Burger und Frau Kramm haben das verhindert. Wie sollten wir auch sonst den armen Kerlen hier etwas zu essen geben können?«

»Auch oben ist jedes Bett und jedes Sofa belegt!« Gerda plapperte weiter. »Da liegen die Offiziere! Der Himmel weiß, warum so viele von ihnen verwundet wurden. Ein paar sind uns schon unter den Händen gestorben. Sieh doch nur, sie bringen die vier hinauf, die gerade mit dem Landauer gekommen sind.«

Irene drehte sich um und erblickte den Stabsarzt, der an eine der Bahren trat. »Halt! Für den hier ist es zu spät! Bringt ihn hinaus in die Ställe!«

Als die Männer, ebenfalls Knechte der Gerbans, auf dem Weg hinaus an Irene vorbeikamen, erkannte sie in dem Verstorbenen den Offizier, den Fritz vom Schlachtfeld gebracht hatte.

»Da draußen liegen die Toten!«, flüsterte Gerda schaudernd.

Da fasste Irene plötzlich jemand von hinten am Arm. »Irene? Wo kommen Sie denn her?«

Als sie sich umdrehte, blickte sie ins leichenblasse Gesicht von Pauline Gerban.

»Ich habe die Kanonen von Schweighofen aus gehört und bin losgelaufen. Zuerst habe ich in Altenstadt bei den Verwundeten mitgeholfen. Dann hat mich Ihr Neffe Fritz hierhergeschickt. Ich bin so in Sorge um Fr …« Sie stockte mitten im Wort.

Franz' Mutter störte sich nicht daran. »Haben Sie denn etwas von ihm gehört? Kämpft er etwa auch um den Bahnhof von Weißenburg? Ist er verletzt?«, fragte sie im Gegenteil mit bebender Stimme.

Irene schüttelte den Kopf. »Ich habe Franz nicht unter den Verwundeten gesehen. Wenn er kämpft, ist er wahrscheinlich auf den Wällen der Stadt.«

In Paulines Gesicht mischten sich Erleichterung und neue Sorge. »Sie sagen, dass Weißenburg fallen wird«, flüsterte sie.

Noch bevor Irene antworten konnte, erschallte die Stimme des Stabsarztes hinter ihnen. »Heda, meine Damen! Für einen Plausch ist jetzt nicht der richtige Zeitpunkt.« Der Mann errötete leicht und deutete eine entschuldigende Verbeugung an, als sich Pauline Gerban mit blitzenden Augen umwandte. »Verzeihen Sie, Gnädigste«, kam er ihrem Einwand zuvor, »aber hier wird in der Tat jede Hand gebraucht! Sehen Sie, da kommt schon die nächste Fuhre.«

Seither hatte Irene ununterbrochen geschuftet. Die große Standuhr in der Halle schlug ein Uhr. *Drei Stunden? Das alles hier dauert erst drei Stunden? Es kommt mir vor wie ein Menschenalter.*

Gerade öffnete sich die Tür zur Halle aufs Neue. Mittlerweile wurden nur noch die Schwerstverletzten ins Haus gebracht. Die leicht Versehrten lagen unter notdürftig aufgespannten Planen auf dem Rasen in der glühenden Mittagshitze.

Zwei Gärtner der Gerbans schleppten eine weitere Bahre herein. »Ich glaube, hier ist nicht mehr viel zu machen«, hörte Irene den einen von ihnen murmeln. Wie von einem Magneten angezogen, trat sie näher und verharrte entsetzt mitten im Schritt. In der Schädeldecke des Mannes, es war wieder ein

Offizier, klaffte ein riesiges Loch, in dem eine gräuliche Masse zu sehen war. Sein ganzer Körper erbebte in konvulsivischen Zuckungen. Weißer Schaum stand ihm auf den Lippen.

Irene würgte. Der mühsam zurückgehaltene Brechreiz ließ sich nun nicht länger bezwingen. In hohem Bogen schoss der Inhalt ihres Magens aus ihrem Mund heraus und spritzte über die Beine des schwer verwundeten Mannes und den Rücken des vorderen Trägers.

»Verdammt! Was bist du denn für eine blöde Kuh?«

Irene hörte die groben Worte des Knechtes nur noch wie aus weiter Ferne. Dann wurde alles um sie herum schwarz.

Weißenburg
4. August 1870, früher Nachmittag

Gemeinsam mit Edgar Hepp und ungefähr fünfzig Soldaten lief Franz durch die Straßen von Weißenburg. Mittlerweile stand die Sonne hoch am Himmel, der Tag war erneut drückend heiß. Der Schweiß rann ihm in Strömen über das ganze Gesicht und brannte in seinen Augen.

Rauchende Ruinen säumten ihren Weg, als sie über Trümmer und vereinzelt über die Leichen von Menschen und Haustieren, die den Angriffen zum Opfer gefallen waren, hinwegsetzten. Das Adrenalin schoss wieder durch Franz' Venen, jede Müdigkeit war verflogen. Nur noch ein einziger Gedanke beherrschte ihn. *Der Feind ist schon in der Stadt.*

Am Marktplatz trafen sie auf weitere französische Soldaten. Sie wurden von Majeur Liaud persönlich befehligt. Franz lauschte einem hastigen Wortwechsel zwischen Hepp und Liaud.

»Was ist geschehen?«, wollte Hepp wissen.

»Die preußische Artillerie hat das Landauer Tor zuschanden geschossen. Auch durch das Hagenauer Tor ist der Feind schon eingedrungen. Dort konnten wir ihn vorerst zurückschlagen.

Aber es wird nicht mehr lange dauern, dann ist die Stadt eingenommen!«

»Wie viele sind wir?«

»Zwei Kompanien und eure Verstärkung! Noch haben wir eine Chance!«

»Also los!«

Franz hastete hinter Edgar Hepp und den anderen her und versuchte, im Laufen nach seiner Munition zu tasten. *Habe ich am Bitscher Tor nachgeladen?* Er konnte sich beim besten Willen nicht mehr daran erinnern.

Plötzlich stockte die erste Reihe im vollen Lauf. Franz stieß beinahe gegen seinen Vordermann. »Achtung! In Deckung! Da vorne sind sie!«

Franz huschte in eine Häusernische und prüfte sein Gewehr. *Geladen! Zum Glück!*

Doch ihm blieb keine Zeit, sich darüber zu freuen. Schon tauchten die preußischen Pickelhauben und bayerischen Raupenhelme mit dem grotesken wollenen Busch auf dem Scheitel vor ihnen auf.

Wie eine Irokesenfrisur! Vor Jahren hatte Franz ein Bild dieses nordamerikanischen Ureinwohnervolkes gesehen, dessen Haartracht der absurden bayerischen Helmzier ähnelte. Ein hysterisches Lachen stieg ihm in die Kehle.

Dann ging alles sehr schnell. »Mein Gott, das sind viel zu viele! Mindestens drei Bataillone!« Der Mann neben ihm schrie sich die Kehle wund. »Dieser Übermacht haben wir nichts entgegenzusetzen.«

Da pfiff eine Kugel durch die Luft und traf Majeur Liaud in den Hals. Sein Blut spritzte auf seinen Nebenmann, bevor er leblos zu Boden sank.

»In Stellung! In Stellung! Kniet nieder und schießt!« Den Abzeichen auf seiner Uniform nach zu schließen, war es ein französischer Capitaine, der jetzt das Kommando übernahm.

In diesem Moment trat ein einzelner Mann todesmutig aus

einer Seitengasse. Er schwenkte ein weißes Tischtuch wie eine Fahne.

»Haltet ein! Haltet ein!« Der Mann ging mitten zwischen die feindlichen Truppen und blieb dort stehen.

»Wer ist das?«, fragte der Capitaine.

»Maire Gauckler, der Bürgermeister von Weißenburg!« Franz antwortete mechanisch auf die in Französisch gestellte Frage.

Der Maire wandte sich in ihrer Muttersprache an die deutschen Soldaten. »Wer sind Ihre ranghöchsten Offiziere?«

Ein preußischer Hauptmann und ein bayerischer Major traten vor.

»Ich möchte Sie bitten, unsere Stadt vor weiteren Zerstörungen zu verschonen. Ich werde mich bei den französischen Befehlshabern dafür einsetzen, Ihnen Weißenburg ohne neue Kampfhandlungen zu übergeben«, sagte der Maire zu den beiden Offizieren.

»Was sagt er zu ihnen?« Der französische Capitaine verstand offensichtlich kein Deutsch.

Franz erläuterte es ihm auf Französisch. »Kommen Sie mit mir und übersetzen Sie!«, befahl ihm der Capitaine. Franz schulterte sein Gewehr und gesellte sich zu der Gruppe.

»Worum geht es hier?«, sprach der Capitaine den Maire auf Französisch an.

Dessen Blick streifte kurz Franz, den er flüchtig kannte. Er wusste, dass Franz beide Sprachen fließend beherrschte, und blieb daher beim Deutschen, als er ihn ansprach.

»Können Sie übersetzen, was ich sage? Ich möchte kein Französisch sprechen, damit die gegnerischen Offiziere auch alles, was ich sage, verstehen.«

Franz nickte. Dann erklärte er dem Capitaine die Absicht des Bürgermeisters. Der erklärte sich stirnrunzelnd einverstanden.

Der Maire wandte sich jetzt an den Franzosen, ebenfalls auf Deutsch, das Franz wortgetreu übersetzte.

»Mon Capitaine, Weißenburg ist verloren. Auch das Hagenauer Tor steht schwer unter Artilleriebeschuss und wird bald fallen. Ich bitte Sie im Namen der Weißenburger Bevölkerung um die Kapitulation.«

Jetzt kamen nach und nach weitere Bürger von Weißenburg aus der Seitengasse und traten hinter den Maire. Franz kannte einige von ihnen persönlich. Der Stadtschreiber war darunter, dessen Tochter am Morgen tödlich verletzt worden war.

Der Capitaine antwortete: »Richten Sie Maitre Gauckler aus, dass ich das nicht allein zu entscheiden habe. Aber ich stimme einer Waffenruhe zu, bis ich Order von General Douay erhalten habe.«

»General Douay ist bereits am Morgen gefallen!«, entgegnete Gauckler. Franz fuhr der Schreck in alle Glieder, als er diese furchtbare Neuigkeit vernahm. Der General war der Oberbefehlshaber der französischen Armee rings um Weißenburg. Franz übersetzte mit stockender Stimme.

Der Capitaine wurde weiß wie eine gekalkte Wand. Er riss sich sichtlich zusammen und fixierte jetzt die deutschen Offiziere. »Ich bin Capitaine Dufour!«, übersetzte Franz, als er Dufour dem Gegner vorstellte. »Da Major Liaud gefallen ist, obliegt mir der Oberbefehl über die Weißenburger Garnison. Wer ist der für diesen Frontabschnitt zuständige Oberbefehlshaber auf deutscher Seite?«

»General Hartmann«, antwortete ihm der Preuße.

»Dann will ich mit ihm sprechen. Derweil verlange ich, dass sich meine Leute weiterhin frei in der Stadt bewegen können.«

»Damit sind die Deutschen einverstanden, solange es zu keinen neuen Kampfhandlungen kommt.«

»Dafür verbürge ich mich!«, sagte Dufour.

»Dann sollten wir jetzt General Hartmann aufsuchen«, schlug Maire Gauckler vor.

Franz übersetzte ein letztes Mal und holte die Zustimmung des Preußen, des Bayern und seines Capitaines ein.

Dann fragte er Maire Gauckler: »Kann ich jetzt gehen, oder werde ich noch gebraucht?« Gauckler schüttelte den Kopf. »Ich danke Ihnen für Ihre Unterstützung. Weitere Hilfe wird nicht nötig sein. Ich kann General Hartmann unser Anliegen in beiden Sprachen vortragen.« Er wies auf den Unterpräfekten Edgar Hepp. »Kommen Sie mit mir!«

Hepp nickte kurz und trat vor. Franz beobachtete, wie sich die kleine Gruppe der Offiziere und Stadthonoratioren in Richtung des Landauer Tors entfernte.

Er musterte die ihm im Abstand von nicht einmal zwanzig Schritt gegenüberstehenden deutschen Soldaten. Er sah in erleichterte, freudige, aber auch erschöpfte und stumpfe Gesichter. Nur wenige trugen offene Schadenfreude zur Schau. *Menschen wie du und ich,* schoss es ihm durch den Kopf. *Warum bringen wir einander um?* Er erinnerte sich an Irenes Worte. *Wegen des harschen Tons zweier Depeschen? Was für ein hanebüchener Unsinn!*

»Sie sollten sich schleunigst aus dem Staub machen«, raunte eine Stimme Franz plötzlich auf Französisch zu. Erstaunt blickte er auf. Neben ihm stand ein französischer Unteroffizier.

»Die Deutschen wollen alle Zivilisten, die sich am Kampf beteiligt haben, hart bestrafen. Das haben sie schon vor Tagen angekündigt.«

Franz erschrak. »Was soll ich tun?«

»Kommen Sie mit uns zum Bitscher Tor. Vielleicht können wir die Stadt dort verlassen und zu unseren Truppen auf dem Geisberg stoßen.«

Inmitten einer Gruppe von ungefähr zehn französischen Soldaten entfernte sich Franz von der übrigen Truppe, die unschlüssig auf dem Marktplatz verharrte. Erst als sie den Quai Anselmann am Stadtkanal ein gutes Stück entlanggegangen und damit außer Sichtweite der Deutschen waren, beschleunigten sie ihre Schritte, achteten aber sorgfältig darauf, nicht zu rennen, um nur ja kein unnötiges Aufsehen zu erregen.

Der Artilleriebeschuss hatte tatsächlich aufgehört. Nach wenigen Minuten erreichte Franz mit den anderen unbehelligt das Bitscher Tor und bestieg den Wall. Er erkannte sofort, dass eine Flucht aus der Stadt auf diesem Weg nicht möglich sein würde. Die bayerischen Jäger, erkennbar an ihren hellblauen Uniformen und den lächerlichen Helmen, hatten offensichtlich Verstärkung bekommen.

»Das muss mindestens ein ganzes Bataillon sein«, murmelte der Soldat neben Franz. »Und die Turkos sind entweder fort oder tot.«

Tatsächlich lagen einige Leichname der afrikanischen Mannschaften im Sumpf des Grabens oder zwischen den blühenden Büschen der Gärten vor dem Tor. Der französische Soldat seufzte.

»Dann werden wir jetzt wohl alle in Gefangenschaft geraten. Merde, gleich zu Beginn des Krieges.«

»Ich weiß einen geheimen Weg aus der Stadt und kann euch führen«, erbot sich plötzlich ein Mann in mittleren Jahren, den Franz zuvor nicht bemerkt hatte. Er kannte ihn flüchtig vom Sehen und wusste, dass er ein Weißenburger war.

»Wer sind Sie?«, fragte der Unteroffizier, der Franz gewarnt hatte und sich als Ranghöchster der Gruppe nun offensichtlich als ihr Anführer betrachtete.

»Mein Name ist Emile Müller«, antwortete der Mann. »Ich bin ein französischer Bewohner dieser Stadt.«

»Haben Sie in der Freiwilligengarde gekämpft?«

Müller schüttelte den Kopf. »Nein, ich habe Frau und kleine Kinder.«

Der Unteroffizier prustete verächtlich. »Familie haben wir alle.« Er blickte in die Runde. »Wer weiß, ob ihm zu trauen ist. Vielleicht ist er ein deutscher Spion.«

Müller zuckte gekränkt zusammen. »Na, dann eben nicht. Ich habe es nur gut gemeint. Eure Kameraden da oben könnten eure Hilfe sicherlich gut gebrauchen.« Er wies in Richtung des Geisbergs, eines Hügels, der ungefähr eine Viertelmeile südöstlich der Stadt lag. »Ihre Stellungen werden auch schon seit heute Morgen beschossen. General Douay ist gefallen.«

»Das wissen wir schon«, antwortete ihm der Unteroffizier. »Aber können Sie uns vielleicht sagen, wie es passiert ist?«

»Es muss schon am Vormittag gegen zehn Uhr gewesen sein. Ein preußischer Granatsplitter traf Douay in den Unterleib. Er ist wenig später gestorben. Ich hörte die Deutschen darüber sprechen, als sie durch das Landauer Tor einmarschierten.«

Franz war erneut erschüttert und blickte verstohlen auf seine Taschenuhr. *Der General ist also schon seit fast vier Stunden tot!* Der Geisberg war von hier aus nur schemenhaft zu sehen. Man konnte allerdings den dumpfen Geschützdonner deutlich hören.

Er wandte sich an den Unteroffizier. »Dann lasst uns jetzt keine Zeit verlieren und Müller folgen.«

Der Mann kaute unschlüssig an seinem Schnurrbart. »Ich weiß nicht so recht.« Dann fasste er einen Entschluss. »Ich bleibe hier in der Stadt.« Er ließ seinen Blick über die mit ihm gekommenen Soldaten kreisen, denen sich weitere Männer von der Besatzung des Bitscher Tors angeschlossen hatten. »Aber wer mitgehen will, soll Müller folgen. Besonders für die von der Freiwilligengarde wäre es klüger.«

Franz zögerte keine Minute und trat vor, mit ihm drei weitere Freiwillige und ein Soldat. Der Rest verharrte rund um den Unteroffizier.

Müller seufzte. »Nun, dann bleibt ihr eben hier.« Er wandte sich um und winkte Franz' kleiner Gruppe, ihm zu folgen.

Franz schloss zu ihm auf. »Welchen Weg nehmen wir?«

»Ich führe euch durch die Schleuse am alten Spital.«

»Sie meinen den ›Ritscher‹?« Franz kannte den Weißenburger Namen des Ortes.

Müller nickte ohne ein weiteres Wort und beschleunigte seine Schritte. Schon nach wenigen Minuten wateten die Männer im seichten Wasser der Lauter. Bevor sie ans andere Ufer traten, spähten Müller und Franz vorsichtig durch das dichte Schilf, das an dieser Stelle wuchs. Es war tatsächlich niemand zu sehen.

»Kommt!« Franz gab den hinter ihm Wartenden ein Zeichen.

»Ich komme nicht mit euch.« Müller watete bereits zurück zum Weißenburger Ufer. »Aber ich wünsche euch viel Glück«, raunte er gedämpft über die Schulter.

»Danke, das können wir brauchen. Und nochmals Dank für die Führung.«

Müller drehte sich nicht um, hob aber ein letztes Mal die Hand zum Gruß.

Nach kurzer Zeit hatten die fünf verbliebenen Männer das Schilf durchquert und standen in ihren nassen Schuhen und Stiefeln am anderen Ufer.

»Der Geisberg samt dem dortigen Schloss liegt da drüben«, wies Franz in südöstliche Richtung. »Ich weiß einen Schleichweg hinauf, den ich bei der Fasanenjagd oft benutzt habe.«

Doch außer dem französischen Soldaten machte keiner der anderen Freiwilligen Anstalten, Franz zu folgen.

»Ich will heim und dort nach dem Rechten sehen.« Der große vollbärtige Mann mied Franz' Blick. »Ich schlage mich irgendwie nach Altenstadt durch. Mein Gewehr lasse ich vorsichtshalber hier.« Er bückte sich und verbarg die Waffe im Schilf. Die beiden anderen Kämpfer aus der Freiwilligengarde taten es ihm nach.

»Wir haben Frau und Kind«, erklärte ein zweiter Mann sichtlich verlegen. »Wir wollen weder in einer offenen Schlacht fallen noch in Gefangenschaft geraten. Wer weiß, ob wir am Ende nicht sogar standrechtlich erschossen werden.«

Widerstreitende Gefühle kämpften in Franz' Brust. Einerseits ärgerte er sich über die Feigheit seiner Kameraden, andererseits konnte er sie auch verstehen. Hätte er nicht befürchten müssen, in Altenstadt nicht willkommen zu sein, wäre er vielleicht ebenfalls mit ihnen gegangen. Flüchtig dachte er an Irene. *Zum Glück muss ich mir wenigstens keine Sorgen um sie machen. Im Elternhaus eines Offiziers der Königsgrenadiere wird ihr wohl kaum etwas geschehen.* Zum ersten Mal war er froh, dass Irene in Schweighofen war.

Der Geschützdonner wurde lauter. »Gehen wir«, sagte er zu dem verbliebenen französischen Soldaten. »In weniger als einer halben Stunde können wir da sein.«

Kapitel 11

Weißenburg, beim Hagenauer Tor
4. August 1870, früher Nachmittag

»Ich denke, unsere Aufgabe hier ist getan.« Befriedigt schaute Fritz Gerban auf das halb zerstörte Hagenauer Tor in den südöstlichen Befestigungsanlagen von Weißenburg. »Unserer Artillerie hatte die französische Kanaille am Ende nichts entgegenzusetzen.«

»Mäßigen Sie Ihren Ton, Gerban!« Erschrocken fuhr Fritz herum. Er hatte Major von Kaisenberg, den Bataillonskommandanten, nicht kommen hören.

Dessen blaue Augen blickten unmutig drein. »Die Offiziere der preußischen Armee sind in jeder Hinsicht Vorbild für den einfachen Gefreiten. Und es ziemt sich nicht, den besiegten Feind zu schmähen, besonders dann nicht, wenn er so tapfer gekämpft hat wie die Weißenburger Garnison.«

Fritz verkniff sich die verächtliche Antwort, die ihm auf der Zunge lag, und nahm Haltung an. Er hoffte, dass von Kaisenberg ihm seine wahren Gefühle nicht vom Gesicht ablas.

Doch dem stand nicht der Sinn danach, Fritz weiter zu tadeln. Stattdessen fuhr er fort: »Ihr eigener Mut ist allerdings über jeden Zweifel erhaben, Fritz.« Der merkte auf. Nur bei ganz besonderen Gelegenheiten nannte ihn der gewöhnlich überkorrekte Major beim Vornamen. »An Ihnen kann sich jeder Soldat ein Beispiel nehmen. Es gehört eine Menge Schneid dazu, sich am Geländer entlang über den Graben bis zu diesem Stadttor zu hangeln und die Zugbrücke hinabzulassen.« Der Major wies auf die Überreste des Hagenauer Tors. »Meine uneingeschränkte Hochachtung.«

Fritz spürte, wie er errötete. »Dies gelang uns nur, weil den Torwachen die Munition ausgegangen war«, wehrte er bescheiden ab. »Und halten konnten wir die Stellung leider nicht. Erst als uns unsere Artillerie zu Hilfe kam, gelang uns der Durchbruch.«

Der Major lächelte anerkennend. »Ihre Bescheidenheit ehrt Sie, Fritz. Doch eine Heldentat bleibt eine Heldentat.«

Dennoch sieht er angestrengt aus, konstatierte Fritz. *Irgendetwas scheint ihm über die Leber gelaufen zu sein.*

Er sollte schon im nächsten Moment erfahren, was das war. »Ich habe eine gute und eine schlechte Nachricht für Sie, Fritz.« Von Kaisenberg holte tief Luft. »Premierleutnant Wolter ist seiner Kopfverletzung erlegen.«

»Oh nein«, entfuhr es Fritz. Roland Wolter war der Offizier, den er eigenhändig aus der Schlacht bei Altenstadt gerettet und in der Hoffnung in den Landauer seines Onkels geladen hatte, dass er im Gerban'schen Anwesen die beste Pflege erhalten und somit wieder von seinen Wunden genesen würde.

Der Major schien Fritz seine Gedanken vom Gesicht abzulesen. Er schüttelte traurig den Kopf. »Es tut mir leid, Fritz. Roland hat nicht einmal den Transport überstanden. Er war schon tot, als die Kutsche am Haus Ihres Onkels ankam.«

Fritz schluckte schwer. Mit Roland Wolter hatte ihn eine Männerfreundschaft verbunden, wie er sie mit dem steifen Major niemals teilen würde. An ihren freien Tagen hatten sie die Kneipen und Bordelle von Liegnitz unsicher gemacht. Einmal verbrachten sie sogar ein herrlich verruchtes Wochenende in Berlin. Dass Wolter wie von Kaisenberg sein Vorgesetzter war, ließ er Fritz dabei niemals spüren.

Fast hätte Fritz über seiner Trauer vergessen, dass es auch eine gute Nachricht gab. Dabei lag sie auf der Hand. »Ich möchte *Sie* zum Premierleutnant ernennen, Gerban.« Von Kaisenberg wurde jetzt wieder förmlich. »Ihre Beförderung wird offiziell werden, sobald wir diese Schlacht hier gewonnen haben. Zu viele gute Offiziere sind bereits gefallen. Unser Oberbefehlshaber Generalleutnant von Kirchbach wird nichts dagegen einzuwenden haben. Aber zuvor müssen wir erst noch diesen Hügel dort erobern, auf dem sich der Feind verschanzt hat.« Er zeigte in Richtung einer kleinen Erhebung, die man den Geisberg nannte. »Lassen Sie die Männer antreten und sorgen Sie dafür, dass sie bei dieser Hitze ihre Feldflaschen füllen. In zehn Minuten marschieren wir ab.«

Auf dem Weg zum Geisberg
4. August 1870, früher Nachmittag

Es raschelte vor ihnen im Gebüsch. Instinktiv warfen sich Franz und der Soldat, der als Einziger von den aus Weißenburg geflohenen Kämpfern übrig geblieben war, zu Boden. Mittlerweile wusste Franz, dass er Marcel hieß. Er war ungefähr Mitte zwanzig und schien, seinem Akzent nach zu urteilen, aus Südfrankreich zu stammen.

Eine Weile blieben sie reglos am Boden liegen. Doch es rührte sich weiter nichts. »Sicher irgendein Tier«, flüsterte Marcel. Plötzlich zog er die Nase kraus. »Puh, riechst du, wie es hier stinkt?«

Franz schnupperte. Unverkennbar lag der Geruch des Todes in der Luft. Als sie sich vorsichtig weiter von Busch zu Busch durch die ehemals gepflegten, jetzt aber völlig zertrampelten Gärten vor den Mauern Weißenburgs schlichen, wurde die Quelle des Gestanks bald offensichtlich. Zu Dutzenden lagen die Leichen der Turkos hier im Gras, schutzlos der grellen Sonne ausgesetzt. Ihre roten Pluderhosen schimmerten durch das aufgrund der anhaltenden Niederschläge der letzten Tage satte Grün hindurch. *Wie groteske Blumen!*

Marcel sprach aus, was Franz nicht zum ersten Mal an diesem Tag dachte. »Arme Hunde«, murmelte er. »Was geht sie in ihrem fernen Afrika dieser vermaledeite Krieg an?«

»Ob man wohl auch ihre Angehörigen benachrichtigt?«

Marcel zuckte mit den Achseln. »Sie können froh sein, wenn sie ein anständiges Grab bekommen. Danken wird es ihnen kaum jemand, dass sie ihr Leben im Kampf für Napoleons Sache gelassen haben.«

Franz war verstört. »Woher weißt du das?«

Marcel blickte auf. »Ich stamme aus Marseille und bin mit meiner Einheit eine ganze Strecke weit mit den Turkos, die dort ausgeschifft wurden, in einem Zug gereist. Sie mussten in den Güterwaggons hausen, die Abteile waren den ›guten Christen‹ vorbehalten.«

»Man sagt ihnen nicht nur großen Mut, sondern auch große Grausamkeit nach«, wandte Franz ein.

Wieder zuckte Marcel mit den Achseln. »Sie kämpfen nach ihrer eigenen Moral. Auch einem schwer verwundeten Turko würde ich als Feind niemals den Rücken zukehren. So manch einer ihrer Gegner hat schon ins Gras gebissen, weil er sich hinterrücks eine Kugel oder einen Dolch einfing.«

Franz fuhr zusammen. Trotz der glühenden Hitze überzog eine Gänsehaut seinen ganzen Körper. Jetzt hatten sie den Rand der Gärten erreicht und blickten sich vorsichtig um. »Wie weit ist es noch?«, fragte Marcel.

Franz zeigte nach Südosten. »Eine Fünftelmeile höchstens. Wir müssen dort durch den Hohlweg hinauf.«

Genau in diesem Moment hörten sie von ferne die Pfeifen und Tamboure. Sie kamen schnell näher. Auch die stampfenden Schritte marschierender Soldaten waren jetzt deutlich vernehmbar.

»Die Preußen!« Marcel warf sich wieder zu Boden und spähte durch die Äste eines dicht belaubten Gebüschs. »Richtige Preußen! Keine hellblauen Bayern!« Er unterdrückte ein Kichern. »Ich weiß nicht, welche Helme ich affiger finden soll. Die der Bayern mit dem Gewöll auf dem Kopf oder die der Preußen mit dieser lächerlichen Spitze.«

Auch Franz lugte nun durch die Büsche. Er erkannte die Regimentsabzeichen und erschrak. »Das sind die Liegnitzer Königsgrenadiere. Mein Cousin dient dort als Unterleutnant. Sie bilden sich mächtig was ein, denn sie sind tatsächlich eine der Elitetruppen der preußischen Armee.«

»Merde«, fluchte Marcel. »Und was machen wir jetzt?«

Franz überlegte kurz. »Den geplanten Weg dort hinauf können wir jetzt nicht mehr nehmen. Da geraten wir mitten zwischen die feindlichen Linien.« Er seufzte. »Es bleibt uns nichts anderes übrig, als den Weg über den Schafbusch zu wählen.«

Marcel starrte ihn verständnislos an.

»Wir müssen den Geisberg umgehen und uns von hinten auf ihn hinaufschleichen. Schafbusch heißt ein Gehöft, das ein paar hundert Schritte über dem Ort Geisberg liegt, in dem sich die Unsrigen im Schloss verschanzt haben sollen, wie es in Weißenburg hieß. Der Weg ist mehr als doppelt so lang, aber leider haben wir keine andere Wahl.«

Anwesen der Gerbans bei Altenstadt
4. August 1870, Nachmittag

Als Irene erwachte, war ihr noch immer übel. Vorsichtig öffnete sie einen kleinen Spalt weit die Augen und drehte den Kopf.

Sofort erkannte sie den Raum, in dem sie sich befand. Sie lag auf der geschmacklosen Chaiselongue im kleinen Salon des Wohntrakts, in dem ehemals ihre Schweighofener Herrschaft gelebt hatte. Hier hatte sie das Bild von Ottilies Schwester, der so tragisch aus dem Leben geschiedenen Sophia, entdeckt.

Sie hörte ein leises Rascheln, und gleich darauf beugte sich Pauline Gerban über Irene. Da auch sie den ganzen Tag bei der Versorgung der Verwundeten geholfen hatte, war ihre Kleidung nicht wie gewohnt makellos, sondern an vielen Stellen befleckt oder sogar eingerissen. Außerdem roch sie leicht nach Schweiß.

»Wie geht es Ihnen, Irene?«, fragte sie nun besorgt. »Sie waren fast eine ganze Stunde lang ohnmächtig.«

Irene versuchte, sich aufzurichten, fiel aber gleich darauf in die Kissen zurück, da ihr wieder schwarz vor Augen wurde. Trotzdem wehrte sie das feuchte Tuch ab, das Pauline ihr auf die Stirn legen wollte. »Es geht schon wieder. Ich danke Ihnen.«

Dann fiel ihr siedend heiß etwas ein. »Wie geht es Franz? Haben Sie etwas von ihm gehört?« Unwillkürlich umklammerte sie Paulines Hand.

Paulines Miene verdunkelte sich. »Nein, nichts. Weißenburg ist gefallen, aber Franz ist nicht nach Hause gekommen.«

Sie kam Irenes nächster banger Frage zuvor und schüttelte den Kopf.

»Nein, er ist weder unter den Gefallenen noch unter den Verwundeten. Zum Glück hat die französische Garnison in der Stadt kaum Verluste zu beklagen. Dagegen sind die Deutschen in Scharen vor den Wällen gestorben.«

»Woher wissen Sie das?«

»Mein Schwager Gregor hat sich in Weißenburg umgesehen, sobald die Straße dorthin wieder frei war. Er fürchtete um seinen Sohn Fritz. Gott sei Dank hat er ihn ebenfalls weder tot noch verwundet vorgefunden.«

»Und wo sind die Männer jetzt hin?« Pauline zuckte zusammen. Erschrocken löste Irene den Griff um deren Hand und sah die roten Halbmonde, die ihre Nägel in Paulines Fleisch gegraben hatten. »Ich … ich bitte Sie vielmals um Verzeihung.«

Pauline lächelte. »Da gibt es nichts zu verzeihen. Ich bange um meinen Sohn und Sie um Ihren Liebsten. Das vereint uns an einem Tag wie dem heutigen.«

»Ohnehin«, sie wies auf ihre schmutzige Kleidung, »kann ich mich nicht entsinnen, jemals in einem solchen Aufzug vor fremden Männern erschienen zu sein. Außerdem habe ich das Gefühl, dass ich rieche und dringend ein Bad bräuchte.«

Noch nie hatte Franz' Mutter derart vertraulich mit ihr gesprochen. Doch Irene konnte sich kaum konzentrieren. »Wo … wo sind sie also?«

Paulines Lächeln verschwand. »Fritz kämpft auf dem Geisberg. Das hat Gregor in Erfahrung gebracht. Wo Franz ist, konnte ihm niemand sagen. Der Unterpräfekt Edgar Hepp hat meinem Schwager erzählt, dass er aus der Stadt geflohen ist, um nicht in deutsche Gefangenschaft zu geraten. Seither ist er spurlos verschwunden.«

Irene war fassungslos. »Aber warum hat er sich denn nicht ebenfalls ergeben? Dann wäre er doch wenigstens in Sicherheit.«

Pauline seufzte schwer. »Es heißt, dass die Deutschen alle Zivilisten, die gegen sie kämpfen, vor ein Kriegsgericht bringen.« Ihre Stimme zitterte.

Irene war wie betäubt vor Entsetzen. »Aber was soll denn dann aus ihm werden? Viele Weißenburger wissen doch, dass er bei der Freiwilligengarde war.«

»Ich weiß es nicht, mein Kind. Wir können nur abwarten und hoffen.«

Irene setzte sich auf. Auf wundersame Weise war ihre Schwäche auf einmal verflogen. »Aber ich halte Sie schon viel zu lange auf. Werden Sie, werden wir«, korrigierte sie sich, »nicht bei den vielen Verletzten gebraucht?«

Erst jetzt fiel ihr etwas ein. »Es war überaus freundlich von Ihnen, mir während meiner Ohnmacht zur Seite zu stehen. Doch warum sind wir hier?«

»Es ist der einzige Raum im ganzen Haus, in dem ein Bett oder ein Sofa steht, das nicht mit Verwundeten belegt ist. Zwar hat deren Strom nachgelassen, seitdem sich die Schlacht auf den Geisberg verlagert hat, aber dafür sind zwei weitere Ärzte hier eingetroffen, ein deutscher Armeearzt und unser guter Landarzt aus Altenstadt. Sie führen Notoperationen auf dem Esstisch im Dienstbotenzimmer und im Garten unter der großen Kastanie durch.«

»Aber der Landarzt ...«

»Ja, er ist Franzose«, fiel ihr Pauline ins Wort. »Ich habe darauf gedrungen, dass auch französische Verwundete hergebracht werden. Da deren Intendantur völlig versagt hat, wie es scheint, verfügt die französische Armee nicht einmal über einen einzigen Ambulanzwagen, geschweige denn über genügend Sanitätspersonal.«

Irene schwang entschlossen die Füße über den Rand der Chaiselongue. »So gibt es noch immer viel zu tun.«

Pauline hielt sie am Arm fest. »Geht es Ihnen denn wirklich wieder gut genug, Kindchen? Ist die Übelkeit völlig vorbei? Sind Sie sicher, dass Sie sich nicht besser schonen sollten?«

Erstaunt sah Irene auf. »Es geht mir wieder gut«, versicherte sie. »Ich weiß selbst nicht, warum ich zusammengebrochen bin. Vielleicht wegen all der Wunden und diesem grässlichen Gestank. Aber den Männern muss doch geholfen werden.«

Pauline musterte sie weiterhin besorgt. »Sind Sie ganz sicher, Irene? Ich möchte nicht«, sie stockte, »ich möchte nicht, dass Ihnen noch etwas Schlimmes passiert.«

»Was meinen Sie damit?« Irene sah Pauline verständnislos an. Doch die winkte ab. »Nichts, nichts. Dann lassen Sie uns nun gehen!«

Glaubt sie etwa, die Übelkeit käme von etwas anderem als der Überanstrengung? Irene durchfuhr es heiß und kalt. *Ach Unsinn,* beruhigte sie sich selbst. *Für solche Vermutungen ist es noch viel zu früh.*

Am Fuße des Geisbergs
4. August 1870, Nachmittag

Wie sie es gewohnt waren, marschierten die Liegnitzer Königsgrenadiere zum Klang ihrer Pfeifen und Tamboure im Gleichschritt in geschlossenen Reihen zum Geisberg.

Es heißt, die Franzmänner haben sich dort rund um das Geisberger Schloss verschanzt. Fritz hielt sich sehr gerade, während er neben seinem Kommandanten Major von Kaisenberg die leichte Steigung erklomm. Vor ihnen ging nur noch der Unteroffizier Heinrich, der die Regimentsfahne vorantrug.

In den Kämpfen auf der Straße von Altenstadt nach Weißenburg hatte Fritz' Bataillon bereits fünf Offiziere verloren. Obwohl er die Abzeichen seiner Beförderung erst nach der Schlacht erhalten würde, kam er als Premierleutnant nun im Rang gleich hinter dem Major, da beide Hauptmänner gefallen waren. Sein Verhalten musste nun noch untadeliger sein als bisher.

Vor ihnen knallten Schüsse. Fritz erkannte das untrügliche Geknatter einer französischen Mitrailleuse, jener neuen furchterregenden Waffe, mit der ein einziger Soldat mehr als einhundert Schuss pro Minute abfeuern konnte. Sie sah aus wie eine kleine Kanone und wurde auch wie diese auf einer Lafette, einem zweirädrigen Gestell, vorwärts bewegt. Auf einmal spürte Fritz so etwas wie Panik in seiner Magengrube.

Da wandte sich von Kaisenberg an ihn: »Hören Sie das, Gerban? Das neue französische Schnellfeuergewehr. Dass ich nicht lache! Es geht das Gerücht, ein solches Ding sei explodiert und habe dabei den eigenen Oberbefehlshaber Abel Douay umgebracht. Da lobe ich mir unsere preußische Artillerie. Gegen die ist kein französisches Kraut gewachsen.«

Fritz nickte. Die Panik verschwand. In der Tat machten die deutschen Kanonen mit ihrer großen Reichweite und Durchschlagskraft diese französischen »Dinger«, wie der Major sie gerade genannt hatte, mehr als wett. Hatten die deutschen Truppen nicht gerade mit ihrer Hilfe die aufrührerische Kleinstadt Weißenburg eingenommen?

Die Kampfgeräusche wurden lauter und lauter. Die Liegnitzer Kompanien marschierten um eine Wegbiegung. Der Anblick, der sich den schlesischen Soldaten bot, hätte eine weniger hart gesottene Truppe leicht in die Flucht schlagen können.

Knapp einhundert Schritt vor ihnen lagen hessische Fußsoldaten im Staub, erkennbar an ihren dunkelgrünen Uniformröcken. Es mussten mehrere Dutzend Leichen und Verwundete sein.

Aus dem Schutz eines Hopfengartens wurde Schuss um Schuss auf die Deutschen abgegeben. Auch die Mitrailleuse feuerte nahezu ununterbrochen.

»Es müssen zwei dieser Dinger sein! Achtung!« Noch bevor von Kaisenbergs Ruf Wirkung zeigte, schlugen schon die ersten Kugeln in die Reihen der Liegnitzer Kompanien ein und fällten mehrere Männer. Die anderen wichen instinktiv zur Seite.

»Die Dinger selbst sind unbeweglich!«, schrie der Major. »Ihr Radius ist gering, er kann nur durch die Bewegung der Lafette erweitert werden. Weicht auf die Seitenstreifen des Weges aus! Und nun im Laufschritt nach vorne! Denkt an Skalitz!«

Fritz' innerer Zustand veränderte sich in der ihm schon aus etlichen Schlachten vertrauten Weise. Mechanisch, wie in Trance, folgte er dem Befehl des Majors und rannte mit aufgepflanztem Bajonett vorwärts. Aus dem Hopfengarten knallte es ununterbrochen. Undeutlich sah Fritz aus den Augenwinkeln, dass rechts und links neben ihm Männer zu Boden sanken. Es berührte ihn nicht. Das war Soldatenschicksal. Später würde er um die Gefallenen trauern. Jetzt war jeder Gedanke daran ausgeblendet.

Vorwärts, vorwärts, befahl er sich selbst. *Da! Der erste Franzmann hinter den hohen Hopfenstangen!* Fritz rammte dem Mann das Bajonett in den Unterleib, bevor der Feind sein Gewehr heben konnte. Mit einem hässlichen schmatzenden Geräusch zog er es im Laufen wieder heraus. *Da! Schon der nächste!*

Rechts vor ihm stürmte von Kaisenberg mit gezücktem Säbel auf die Mannschaft der beiden Mitrailleusen zu.

Was für ein Schrott! Fritz lachte. Das eine Schnellfeuergewehr blockierte, während von Kaisenberg mit zwei Mann darauf zuhielt, das andere wurde gerade geladen. *Da! Zwei der Schützen gefällt! Die anderen geben Fersengeld!*

Fritz stoppte mitten im Lauf und hob sein Gewehr. Zwei der Kerle traf er noch in den Rücken. Mit ausgebreiteten Armen fielen sie in den Staub. *Auf der Flucht nützen ihnen ihre Chassepots auch nichts mehr. Auf diese Entfernung treffen unsere geschmähten Zündnadelgewehre noch gut genug.* Das Gefühl des Triumphs wurde übermächtig. Fritz konnte es kaum erwarten, den nächsten Gegner zu attackieren.

Doch er traf nur noch auf einen Turko-Soldaten. Mit einer Beinwunde lag er hinter einer Hopfenstange und versuchte, mit beiden Händen das hervorschießende Blut zu stoppen. Ohne irgendeine Gefühlsregung stach ihm Fritz sein Bajonett in den Hals. *Auch verwundete Turkos sind gefährlich. Diese Wilden schießen noch bis zum letzten Atemzug aus dem Hinterhalt.* So hatte es von Kaisenberg beim Morgenappell vor der Schlacht gesagt.

Achtlos setzte Fritz über den noch zuckenden Leichnam hinweg und sah sich um. Doch die Welschen waren allesamt auf der Flucht. Zwischen den Hopfenstangen leuchtete hier und da das Rot ihrer Uniformhosen auf. Wieder stoppte Fritz und legte an. Zwei weitere Treffer! *Potzblitz! Heute ist wahrlich ein guter Tag!*

»Halt!« Von Kaisenbergs Stimme riss ihn aus seinem tranceähnlichen Zustand. »Wir haben den Feind aus dem Hopfengarten vertrieben! Spart eure Munition! Wir brauchen sie noch für die Eroberung des Hügels!«

Kopfschüttelnd blickte der Major auf eine zerrissene und blutbefleckte gelbe Fahne, die neben einem erschossenen hessischen Soldaten auf dem Erdboden lag.

»Wie kann man seine Regimentsfahne nur verlieren! Was für eine unaussprechliche Schande! Ich schäme mich für unsere hessischen Kameraden!«

Gehöft Schafbusch auf dem Geisberg
4. August 1870, Nachmittag, zur selben Zeit

»Halt, wer da?« Franz zuckte zusammen. Als er sich umdrehte, sah er genau in die Mündung eines Gewehrs. Die Kopfbewegung des französischen Wachtpostens war unmissverständlich. Franz hob die Hände.

»Lass es gut sein, Kamerad.« Marcel trat aus dem Schatten des Gebüschs hervor, an dem er sich soeben erleichtert hatte. »Wir kommen als Freunde.«

Angesichts der französischen Uniform Marcels entspannten sich die Gesichtszüge des Wachsoldaten. »Du bist einer von uns, das kann ich sehen. Doch was ist mit dem da?« Misstrauisch beäugte er Franz.

»Auch er ist Franzose. Er war in der Weißenburger Freiwilligengarde und hat die Stadt tapfer verteidigt.«

»Woher weißt du das? Es soll hier von Spionen nur so wimmeln.«

Marcel grinste. »Der da ist keiner. Ich habe selbst gesehen, wie er gekämpft hat.«

Als der Wachsoldat immer noch zögerte, wurde er ungeduldig. »Nun lass uns schon endlich passieren. Ich höre doch, dass da unten gekämpft wird. Könnt ihr keine Verstärkung gebrauchen?«

Der Franzose zuckte mit den Achseln. »Ob sie den Zivilisten mitkämpfen lassen, weiß ich beim besten Willen nicht.«

Franz wurde das Ganze langsam zu bunt. »Dann sag mir, wo ich hier eine französische Uniform finde! Und wo ein Offizier ist, den ich fragen kann!«

Der Wachsoldat zeigte auf ein Gebäude, das halb hinter hohen Bäumen verborgen lag. »Beides dürftest du da drüben finden. Das Haus wurde zum Lazarett umfunktioniert.« Plötzlich schluckte er schwer. »Da drinnen ist auch unser General aufgebahrt.«

»General Abel Douay?«

Der Wachsoldat nickte. »Er ist heute Morgen gefallen. Durch ein furchtbares Unglück. Eine preußische Granate ist in einer Stellung von Mitrailleusen explodiert, in deren Nähe sich der General aufhielt. Ein Metallsplitter hat ihm den Unterleib aufgerissen.«

Marcel stöhnte auf. »Wie furchtbar! Tot durch einen Splitter unserer eigenen Waffe?«

Der Soldat nickte.

»Was ist eine Mitrailleuse?« Franz hatte den Namen noch nie gehört.

»Ein Schnellfeuergewehr. Sieht aus wie eine kleine Kanone, schießt aber Kugeln ab«, erklärte Marcel.

»Ihr könnt dem General die letzte Ehre erweisen«, sagte der Wachsoldat. »Viele von uns haben das schon getan.«

Knapp zwanzig Minuten später stand Franz erschüttert vor dem Leichnam eines ungefähr sechzig Jahre alten Mannes. Der Tote lag in voller Uniform auf einer Matratze, die sich zu zwei Dritteln auf dem nackten Holzboden befand. Das obere Drittel der Matratze lag dagegen auf der Lehne eines auf den Kopf gestellten Stuhls, sodass Douays Oberkörper und sein Kopf mit dem roten Käppi leicht aufgerichtet waren. Über dem verletzten Unterleib lag eine grobe Wolldecke. Es roch durchdringend nach einer parfümartigen Substanz. Daneben gab es noch einen anderen unangenehmen Geruch, den Franz nicht sogleich identifizieren konnte.

Marcel schnüffelte. »Man riecht die Bauchwunde.« Im selben Moment erkannte Franz den Gestank von Exkrementen. »So was kann keine noch so süße Essenz überdecken«, fuhr Marcel fort.

»Scht!«, zischte es hinter ihnen. Die beiden fuhren herum. Ein Offizier mit den Abzeichen eines Majors betrat den Raum. »Nehmen Sie gefälligst Haltung an, anstatt so respektlos vor dem Toten zu quasseln.« Trotz der gedämpften Lautstärke hörte Franz die Wut in der Stimme des Mannes.

Schweigend wandte er sich wieder dem Leichnam zu, straffte die Schultern und faltete die Hände wie zum Gebet. Neben ihm murmelte Marcel das Vaterunser. Doch Franz' Gedanken schweiften schnell ab. Er musterte die Züge des toten Generals, denen man die Qualen, die er in seinen letzten Lebensminuten ausgestanden haben musste, deutlich ansehen konnte.

Man sagt, du hast nicht einmal wahrhaben wollen, dass die Deutschen so zahlreich anrücken. Nun liegst du hier steif und kalt und beginnst schon zu stinken. Nirgendwo hält der Schnitter Tod so schnelle und reiche Ernte wie im Krieg.

Kurz spielte er ernsthaft mit dem Gedanken, den Schafbusch zu verlassen und sich nach Altenstadt durchzuschlagen, auch wenn er dort nicht willkommen sein würde. Doch dafür war es nun zu spät, wie er unmittelbar erfuhr.

»Kommen Sie jetzt hinaus«, befahl der Major im Flüsterton.

Draußen im Korridor fixierte er Franz. »Ich habe gehört, Sie sind kein Angehöriger unserer Armee, möchten sich aber am Kampf beteiligen.«

Franz nickte. Er fühlte sich seltsam beklommen.

Der Major wies mit dem Kopf auf eine halb geöffnete Tür. »Dann lassen Sie sich da drin eine Uniform geben. Der Feind greift uns in gewaltiger Überzahl an. Da wird jeder einzelne Mann gebraucht.«

»Zu welcher Einheit soll er gehören?«, mischte Marcel sich ein.

Der Major verzog unwillig den Mund. »Das ist doch vollkommen gleichgültig. Die Formalitäten erledigen wir nach der Schlacht, sofern Sie dann noch gesunde Glieder haben.«

Auf einem Hohlweg vor Schloss Geisberg
4. August 1870, Nachmittag, eine halbe Stunde später

»Achtung! Haltet die Reihen geschlossen! Zeigt keine Schwäche vor dem Feind! Der Fahnenträger vorneweg!«

Mit Todesverachtung setzten sich die Kompanien des Bataillons von Kaisenbergs in Bewegung. Obwohl sie noch gut achthundert Schritt vom Schloss entfernt waren, in dem sich die Franzosen nach einem vergeblichen Ausfallversuch verschanzt haben sollten, pfiffen ihnen immer wieder Kugeln um die Ohren. Fritz zuckte zurück, als ihm ein Geschoss nur um den Bruchteil eines Zolls am Kopf vorbeizischte. Ein Aufschrei in seinem Rücken verriet ihm, dass es einen Kameraden getroffen hatte. Kurz wandte er den Kopf und sah, dass es Schulz war, ein Gefreiter, der schon seit Jahren bei den Königsgrenadieren diente. Röchelnd sank er zu Boden, während ihm das Blut aus dem Mund lief.

Arme Sau! Für den ist es zu spät! Zu dumm, er wollte demnächst den Dienst quittieren und heiraten. Diese verdammten Chassepots! Obwohl sie so schlecht damit zielen, treffen sie noch auf tausend Schritt oder mehr!

Grimmig biss er die Zähne zusammen, blickte starr geradeaus und marschierte weiter. Je näher sie der Stelle kamen, wo der Hohlweg dem Schloss genau gegenüberlag, desto schwerer wurde es, die Linie zu halten. Überall lagen Tote und Verwundete, um die sich so gut wie niemand kümmerte. Die Männer von Kaisenbergs stiegen buchstäblich über sie hinweg.

Schließlich wurden die Reihen der Leichen so dicht, dass kein geordnetes Durchkommen mehr war. Viele lagen sogar zu zweien oder zu dreien übereinander. Von Kaisenbergs Männer erreichten ein kleines Häuflein Soldaten, die Deckung hinter der Böschung des Hohlwegs gesucht hatten und von einem Leutnant befehligt wurden, der einen durchgebluteten Verband um den rechten Arm trug. Der Major trat auf ihn zu.

»Sie schießen uns ab wie die Tontauben«, hörte Fritz den Leutnant sagen. »Mehr als die Hälfte meiner Kompanie ist gefallen. Schauen Sie, dort!«

Fritz folgte der Kopfbewegung des Mannes und sah noch mehr Leichen auf dem freien Feld vor dem Schloss liegen. Von dort waren es kaum noch hundert Schritt bis zu den trutzigen Außenmauern. Doch die Strecke schien unüberwindlich zu sein. Ununterbrochen stiegen Pulverwölkchen vor den Fenstern empor, Zeichen für zahlreiche Schüsse.

Noch während Fritz sich ein Bild von der Lage zu machen versuchte, trafen weitere Kugeln mehrere Männer seines Bataillons. Instinktiv wichen die anderen zurück und duckten sich.

»Männer, hierher!«, brüllte von Kaisenberg und zeigte auf eine Wegbiegung, die vom Schloss her kaum einsehbar war. Zudem war der Wegrand von dichtem Gebüsch gesäumt.

Der Major stieg auf einen Baumstumpf, ohne darauf zu achten, ob er dadurch nicht ein leicht zu treffendes Ziel abgab. »Kameraden, hört mir zu! Seid ihr feige Hunde oder tapfere Krieger?« Seine eisblauen Augen schossen Blitze. »Wann hätte einer von uns je den Tod gefürchtet? Seid ihr bei Skalitz zurückgewichen, als der Feind schon drohte, unsere Fahne zu erbeuten? Habt ihr bei Königgrätz wie die Weiber gezittert?« Sein Bariton steigerte sich zu einem furiosen Crescendo, während er die Triumphe beschwor, die seine Männer im Preußisch-Österreichischen Krieg errungen hatten, der erst wenige Jahre zurücklag. »Oder habt ihr eure Schlachten gewonnen, stolz gefeiert von denen, die auf dem Feld der Ehre gefallen sind und von Walhalla auf euch hinabsehen?« Er fuchtelte frenetisch mit den Armen und wies bei seinen letzten Worten gen Himmel. »Währt euer Mut nicht länger als der Tod? Wird man nicht noch in Generationen Heldenlieder über euch singen? Seid *ihr* nicht die Tapfersten unter den Tapferen? Die Königsgrenadiere von Liegnitz?«

»Ja, das sind wir!«, riefen die ersten Stimmen rund um Fritz begeistert.

»Die Zierde des ganzen preußischen Heeres? Unsterblich in eurem Ruhm?«

»Jaaa! Jaaa! Jaaa!« Wie von selbst stimmte Fritz in das immer lauter werdende Gebrüll um ihn herum ein.

Der Major entriss dem Fahnenträger, der neben dem Baumstumpf stand, das Banner und schwenkte es hoch über seinem Kopf. »Ist dies nicht unser Zeichen, für das ihr jeden Blutstropfen opfern würdet?«

»Jaa, jaa, jaa!« Rings um sich herum sah Fritz nur weit aufgerissene Münder. Das Geschrei der Kameraden dröhnte in seinen Ohren. Die Beklommenheit, die ihn vorher beim Anblick der vielen Gefallenen ergriffen hatte, wich von ihm. Heiß schoss ihm das Blut durch die Adern. Er konnte es kaum erwarten, dass der Major das Zeichen zum Angriff gab.

»Dann lasst uns jetzt dieses alte Gemäuer erstürmen und den Feind bis nach Paris jagen! Wollt ihr dabei sein, wenn wir die erste Schlacht dieses Krieges gewinnen? Hernach bekränzt mit dem Lorbeer des Siegers?«

Das Gebrüll wurde ohrenbetäubend. Die Männer stampften mit den Füßen, ihre Gesichter zeigten einen verzückten Ausdruck. Sie reckten die Gewehre mit den aufgepflanzten, größtenteils bereits blutigen Bajonetten hoch in die Luft.

Ein fanatisches Grinsen verzerrte von Kaisenbergs Gesicht. Vor Anstrengung war es hochrot.

»Dann nimm die Fahne und trage sie uns voran!« Er reichte sie Heinrich, dem Unteroffizier, der begierig nach ihr griff.

»Denkt an Skalitz!«

Neben dem Fahnenträger stürmte der Major nun den Hohlweg zurück bis zur Böschung gegenüber dem Schloss. Kaum hatten die beiden die kleine Steigung erklommen, Fritz und weitere Offiziere dicht hinter ihnen, pfiffen auch schon wieder die Kugeln um ihre Köpfe.

Fritz hörte den Unteroffizier aufbrüllen. Ein Streifschuss hatte ihn am Hals getroffen. Blut spritzte auf den weißen Untergrund der Fahne und den schwarzen Adler in ihrer Mitte. Von Kaisenberg griff nach dem Banner, doch Heinrich riss es an sich und stürmte weiter.

Der nächste Knall. Wie vom Blitz getroffen, sackte Heinrich zusammen. *Brustschuss, der ist durch.* Fritz registrierte es eher beiläufig.

Von Kaisenberg griff nach der Fahnenstange. *Da, jetzt fetzt ein Geschoss die Stange entzwei.* Instinktiv bückte sich Fritz nach dem auf die Erde gefallenen Fahnentuch und stieß beinahe mit von Kaisenberg zusammen, der das Banner am Schaft ergriff.

»Denkt an Skalitz! Denkt an Skalitz!« Wieder stürmte von Kaisenberg vor. Ein Schuss fegte ihm die Pickelhaube vom Kopf. In der Sonne leuchteten seine blonden Haare wie ein Heiligenschein.

»Denkt an Skalitz!« Fritz merkte gar nicht, dass er aus Leibeskräften mitschrie. Seine Beine bewegten sich wie von selbst, all seine Muskeln waren aufs Äußerste angespannt. So rannte er in der vordersten Reihe mit. Er fühlte sich lebendig wie nie zuvor und absolut unbesiegbar.

Da griff von Kaisenberg sich plötzlich an den Arm. *Er ist verwundet! Da, noch eine Kugel! Sie hat ihn in den Leib getroffen! Und noch eine!*

Mit einem Aufschrei sank der Major auf die Knie. Noch im Vorbeilaufen riss Fritz ihm die Fahne aus der Hand und schwenkte sie hoch über dem Kopf. *Da, nur noch fünfzig Schritt bis zum Schloss. Gleich sind wir da!*

»Denkt an Skalitz! Denkt an Skalitz!«

Die Kugel stoppte ihn mitten im Lauf. Es fühlte sich an, als sei er gegen eine Mauer gerannt, doch es tat gar nicht weh.

Die Fahne, was wird nun aus der Fahne? Denkt an Skalitz!

Der Erdboden kam immer näher, das Schloss, die Kameraden, der Himmel begannen sich um ihn zu drehen.

Weich wie ein Kissen! Das Gras ist ja weich wie ein Kissen! Fritz war erstaunt. Dann verlor er das Bewusstsein.

Schloss Geisberg

4. August 1870, Nachmittag, zur selben Zeit

»Aber so können wir sie ja abknallen wie die Hasen!« Fassungslos starrte Franz aus dem Fenster im ersten Stock des Geisberger Schlosses, auf dessen Brüstung er das Chassepot-Gewehr gelegt hatte. Man hatte es ihm im Tausch für sein Jagdgewehr gegeben, mit dem er in Weißenburg gekämpft hatte.

Marcel neben ihm brummte. »Sie sind selbst daran schuld, wenn sie so ganz ohne Deckung und in dichten Reihen auf das Schloss zustürmen.« Er zielte und schoss. Franz sah einen deutschen Soldaten mit einem Kopfschuss zusammenbrechen.

Er fühlte sich wie gelähmt. Zum zweiten Mal an diesem Tag sollte er auf völlig schutzlose Gegner schießen. Noch dazu erschien ihm der Kampf diesmal vollkommen sinnlos. Es ging nicht mehr um die Verteidigung einer Stadt, sondern um die eines unbedeutenden Hügels, strategisch von keinerlei Nutzen mehr, seitdem Weißenburg kapituliert hatte.

Es war auch kein Kampf Mann gegen Mann, wie es ihn bei dem französischen Ausfallversuch aus dem Schloss gegeben hatte, in den Marcel und er mitten hineingeraten waren, als sie den Hügel vom Schafbusch-Gehöft heruntergekommen waren. Zwar zuckte Franz noch immer zusammen, wenn er sich an das widerwärtige Gefühl erinnerte, als sein Bajonett in den feisten Leib eines dicken deutschen Infanteristen eingedrungen war. Aber dadurch hatte Marcel mit zwei weiteren Soldaten den verletzten Leutnant, der den Ausfall angeführt hatte, retten und zurück ins Schloss bringen können. Dessen Mauern waren so dick, dass der Feind ohne Artillerie keine Chance haben würde, es zu erobern.

Neben ihm knallte es erneut. Diesmal traf Marcel einen preußischen Soldaten mitten in die Brust. Franz glaubte, seinen Aufschrei zu hören, bevor der Mann hintenüberfiel.

»Hey, was ist los? Du schießt ja gar nicht mehr.« Marcel

stupste ihn mit dem Ellbogen an. »Was hast du denn auf einmal?«

»Ich habe einen leichten Krampf in der Hand«, log Franz und rieb sich zum Schein die Rechte.

»Stell dich nicht so an und mach weiter«, forderte Marcel ihn auf, zielte und schoss erneut. Diesmal sah Franz gar nicht hin, erkannte aber an Marcels triumphierendem Schnalzen, dass er wieder getroffen hatte.

Franz unterdrückte ein Seufzen, hob das Gewehr und zielte genau am Kopf eines Soldaten vorbei. Zu seinem Entsetzen schien er trotzdem getroffen zu haben. Ein bartloser Jüngling, nicht älter als er selbst, ging hinter dem Mann, den er absichtlich verfehlt hatte, in die Knie.

»Horch und sieh einmal her! Was ist denn jetzt los?«

Hinter einer Biegung des Hohlweges, den die Preußen zum Anmarsch benutzt hatten und der knapp hundert Schritt vor dem Schloss lag, sahen die Männer den Zipfel eines Banners wehen. Dazu hörten sie eine martialisch klingende Stimme, deren Worte sie jedoch nicht verstehen konnten. Unmittelbar danach ertönte frenetisches Geschrei. Es klang wie ein Beifallssturm.

Kurz darauf erschien eine Kompanie der Königsgrenadiere auf dem Hohlweg. Franz erkannte die Fahne des Bataillons, in dem sein Cousin Fritz diente. Unwillkürlich ließ er sein Gewehr sinken und griff zu einem Fernrohr, das neben ihm auf der Fensterbank lag.

Dann ging alles sehr schnell. Schüsse knallten hüben wie drüben. Aus dem Hohlweg stürmten Soldaten, mit dem Fahnenträger voran. Der sank getroffen zu Boden. Ein hochgewachsener Mann in Offiziersuniform bückte sich danach und hob die Fahne auf. Sein Mund war weit geöffnet, er schien aus Leibeskräften zu brüllen. In diesem Moment wurde ihm die preußische Pickelhaube vom Kopf geschossen. Franz zuckte zusammen. Durch sein Fernrohr erkannte er den Mann. *Das ist von Kaisenberg.*

Marcel neben ihm schoss. »Merde«, hörte Franz ihn fluchen. »Nur die Fahnenstange getroffen!«

Von Kaisenberg schleuderte den abgebrochenen Stab von sich, bückte sich nach dem Fahnentuch und schwenkte es hoch über seinem Kopf. »Was tut … was tut er denn da?« Die Frage kam wie von selbst aus Franz' Mund.

Der Major rannte weiter an der Spitze seiner Männer voran. Der Pulverdampf war einen Moment lang so dicht, dass Franz nichts mehr erkennen konnte. Als sich der Qualm verzog, sah er den Major am Boden liegen.

Ein anderer Offizier nahm dem Zusammengebrochenen die Fahne aus der Hand. Sofort fixierte Franz sein Gesicht durch das Fernrohr und erstarrte zu Eis. *Das ist Fritz!*

Es war unverkennbar sein Cousin. Den Mund weit aufgerissen, schwenkte er jetzt die Fahne an dem halb abgeschossenen Stab und stürmte auf das Schloss zu. *Denkt an Skalitz!* Allein an den Mundbewegungen konnte Franz erkennen, was sein Cousin schrie. Er war nur noch knapp fünfzig Schritt entfernt. Wieder und wieder hatte Fritz alle Gerbans außer Mathilde mit der Geschichte gelangweilt, wie sie 1866 in dieser Schlacht des Preußisch-Österreichischen Krieges die Bataillonsfahne aus der Hand des Feindes gerettet hatten. Aber war ihm denn nicht im Mindesten bewusst, dass seine Truppe ohne Artillerieunterstützung nicht die geringste Chance haben würde, das Geisberger Schloss zu erobern?

Unfähig, sich zu bewegen, starrte Franz auf die grausame Szenerie vor seinen Augen. Zu beiden Seiten seines Cousins sanken Männer blutend in den Staub. Deshalb drangen die Worte Marcels erst verzögert in sein Bewusstsein. »Den schnappe ich mir!«

»Nein!« Sein eigener Schrei gellte ihm in den Ohren. Doch bevor er ihn daran hindern konnte, knallte auch schon Marcels Gewehr. Als stünde die Zeit still, sah Franz seinen Cousin unendlich langsam fallen, die Hände um das Fahnentuch gekrallt.

Wieder schnalzte Marcel zufrieden. Der Ton holte Franz aus seiner Erstarrung.

»Du Schwein!« Franz ließ das Fernrohr fallen, schnellte wie der Blitz zu seinem Nachbarn herum und entriss dem völlig Verblüfften das Gewehr. Dann rammte er ihm seine Faust mit voller Wucht ins Gesicht. Marcel stolperte und fiel auf die Knie. Aus seiner Nase drang Blut. Mit weit aufgerissenen Augen starrte er Franz an.

Der hob erneut die Faust. Da wurde er brutal an beiden Armen zurückgerissen. Franz gebärdete sich wie rasend, trat um sich und versuchte sogar zu beißen. Doch die zwei französischen Kameraden, die zuvor aus dem benachbarten Fenster geschossen hatten, hielten ihn mit eisernem Griff fest.

»Was ist mit dir los?«, brüllte ihn einer der beiden an. »Hast du den Schlachtenkoller?«

»Der … der Kerl da …« Franz versuchte vergeblich, seinen Arm zu befreien, um auf Marcel zu zeigen. »Der da hat gerade meinen Cousin erschossen!«

»Deinen Cousin?« Marcel spuckte Blut und ein Stück Zahn aus. »Merde«, fluchte er erneut. »Du hast gesagt, du wärst einer von uns. Wieso hast du einen Cousin bei den Boches?«

Er befühlte mit seiner Zunge die Zähne in seinem Mund. »Du Hund, du hast mir mindestens zwei Stück ausgeschlagen.« Er hob seinerseits drohend die Fäuste.

»Halt, was geht denn hier vor?« Der französische Sergeant, dessen Zug Marcel und Franz zugeteilt worden waren, als sie ins Schloss kamen, war am entgegengesetzten Ende des großen Raumes aufmerksam geworden und kam nun mit schnellen Schritten auf sie zu. Hinter seinem Kopf erblickte Franz zum ersten Mal bewusst die vergoldeten Leuchter und die vom Alter blind gewordenen Spiegel, die die Wände zierten. *Ein Ballsaal. Das hier war mal in besseren Zeiten ein Ballsaal. Da hat man getanzt und getändelt.* Er fühlte erneut den kaum bezwingbaren Drang, laut loszulachen. Kurz kam es ihm tatsächlich so vor, als verlöre er den Verstand.

Der Sergeant trat heran. »Also, was ist hier los?«

Marcel drückte sich ein Tuch auf die immer noch blutende Nase. »Der Kerl da ist ein Boche!« Durch das Tuch und den verletzten Mund klangen die Worte verwaschen. »Sagte mir, er sei ein Franzose, hat aber einen Cousin beim Feind. Wahrscheinlich ist er doch ein Spion.«

Mit zusammengezogenen Augenbrauen kam der Sergeant noch einen Schritt näher. »Erkläre dich! Bist du Deutscher oder Franzose?«

Langsam fand Franz in die Wirklichkeit zurück. »Ich bin ein französischer Staatsbürger mit einem deutschen Vater!«, erklärte er.

»Sagte ich doch!« Marcel spuckte wieder aus. Sein Speichel war immer noch rot. »Sogar einer dieser *halben* Boches! Weder Fisch noch Fleisch.«

»Was machen wir jetzt mit dem?«, wollte einer der Männer wissen, die Franz noch immer festhielten.

Der Sergeant runzelte kurz die Stirn. »Da hinten ist eine Kammer. Sperrt ihn da hinein! Nach dem Sieg sehen wir weiter!«

Kapitel 12

Schloss Geisberg
4. August 1870, gegen siebzehn Uhr

Es polterte laut an der Tür der kleinen Kammer, in die man Franz während der Schlacht eingesperrt hatte. Offensichtlich hatte der Sergeant den Schlüssel an sich genommen und danach verloren, denn die heftigen Tritte gegen die Tür verrieten Franz, dass man diese einzutreten versuchte. Schon splitterte das Holz des Rahmens. Wenig später brach die Tür aus den Angeln. Um nicht von ihr getroffen zu werden, wich Franz seitlich in eine der Ecken des winzigen Raumes zurück. Es war eine Wäschekammer, wie er mittlerweile wusste.

Zum wiederholten Mal an diesem Tag blickte er in die Mündung zweier auf ihn gerichteter Gewehre, über deren Läufen zudem mehr als einen Fuß lange Bajonette gefährlich aufblitzten. Er hob die Hände.

»Wer bist du, und was machst du hier drinnen?« Der Preuße, seinen Abzeichen nach zu schließen ein Unteroffizier, sprach ihn auf Deutsch an. Als Franz nicht sofort antwortete, mischte sich sein Kamerad ein. »Das ist doch ein Franzmann, der kann kein Deutsch!«

»Parlez vous français?«, fuhr er dann fort.

»Oui, je parle français, aber Deutsch verstehe ich auch«, entgegnete Franz geistesgegenwärtig.

Der Unteroffizier schnaubte. »Also, dann erklären Sie sich!« Offensichtlich hatte sich Franz bereits insofern Respekt verschafft, als der Preuße jetzt die höfliche Anredeform wählte.

Mit schiefem Lächeln wies Franz auf die immer noch auf

ihn gerichteten Gewehre. »Bitte! Selbst wenn ich wollte, ich könnte Ihnen gar nichts tun. Ich bin gänzlich unbewaffnet. Aber glauben Sie mir, ich bin von Herzen froh, dass Sie mich befreit haben.« Obwohl er nur wenige Stunden zuvor noch auf die deutschen Truppen geschossen hatte, sprach Franz jetzt nichts anderes als die lautere Wahrheit.

Im Dämmerlicht der Kammer, in die nur wenig Licht durch ein schießschartenähnliches Fensterchen fiel, hatte er genug Zeit gehabt, darüber nachzudenken, wie es nun weitergehen sollte. Anfangs hatte ihn die nackte Furcht gepackt, nun zwischen allen Stühlen zu sitzen. Gewannen die Franzosen die Schlacht, war es keineswegs unwahrscheinlich, dass sie ihn tatsächlich für einen deutschen Spion hielten und vor ein Kriegsgericht stellten. Da wurde oftmals kurzer Prozess gemacht, und angesichts seines Angriffs auf einen Kameraden mitten im Gefecht musste Franz sogar damit rechnen, standrechtlich erschossen zu werden.

Gewannen aber die Deutschen, was er aufgrund des immer stärker werdenden Geschützdonners schwerer Artillerie von Minute zu Minute für wahrscheinlicher hielt, würde er in deutsche Kriegsgefangenschaft geraten. Ob und wie lange er dann verbergen könnte, dass er keiner regulären französischen Einheit angehörte, war ungewiss. Doch auch die Deutschen hatten mehrmals angedroht, jeden französischen Zivilisten, der sich an den Kämpfen beteiligte, aufs Schwerste zu bestrafen. Dies war auch der Grund gewesen, weswegen sich Franz nach dem Fall von Weißenburg nicht ergeben, sondern sich auf den Geisberg geflüchtet hatte.

Die Einschläge der deutschen Kanonen kamen beständig näher. Ein donnerndes Krachen, gefolgt von lautem Schmerzgebrüll und umherhastenden Schritten ließ Franz vermuten, dass eine Granate mitten im Ballsaal eingeschlagen war, in dem er zuvor gekämpft hatte. Schon roch es auch bedrohlich nach Rauch.

Als seine verzweifelten Schreie und Tritte gegen die verschlossene Tür der Kammer, in der er fürchtete, ersticken oder verbrennen zu müssen, nichts fruchteten, schaute er sich hektisch in der Hoffnung um, noch einen anderen Fluchtweg zu finden. Er riss die Türen der eingebauten Wandschränke auf und erkannte, dass dort unter anderem die Arbeitskleidung der Dienerschaft aufbewahrt wurde.

Geistesgegenwärtig schlüpfte er aus der französischen Uniform und tauschte sie gegen die weiße Hose und Jacke eines Kochs. Nach einigem Suchen fand er sogar noch die dazu passende hohe Mütze. Die Uniform versteckte er ganz unten in einer Tonne für Schmutzwäsche, ebenso sein geliebtes Jagdmesser, das ihm sein Vater einst zu seinem vierzehnten Geburtstag geschenkt hatte.

Dann hoffte er, dass ihn sein Gefühl nicht trog und die Deutschen das Schloss schließlich einnehmen würden. Seine Nerven waren bis zum Zerreißen gespannt, während sich der Minutenzeiger des Zifferblatts seiner Taschenuhr nur im Stundentakt weiterzudrehen schien. Wenigstens hatte sich der Rauchgeruch nicht mehr verstärkt.

Doch auch nachdem die Schießerei aufgehört hatte, dauerte es noch über eine Stunde, bis der ebenso herbeigesehnte wie gefürchtete Moment seiner Befreiung endlich gekommen war.

Nun holte Franz tief Luft. Jetzt galt es, seine Rolle überzeugend zu spielen.

Zögernd ließen die preußischen Soldaten ihre Gewehre sinken und bedeuteten Franz mit einer Kopfbewegung, aus der Kammer herauszukommen. Er folgte der Aufforderung unverzüglich, die Hände vorsichtshalber weiterhin erhoben, und blickte sich um.

Die letzte Phase der Schlacht um das Schloss hatte offensichtlich einen furchtbaren Blutzoll von seinen französischen Kameraden gefordert. Überall lagen Tote, zum Teil von Granatsplittern grässlich verstümmelt.

Schaudernd und einen Würgereiz unterdrückend stieg Franz über die beinlose Leiche des Sergeants hinweg, der befohlen hatte, ihn in die Kammer zu sperren. Marcel erkannte er nur an dem Medaillon des heiligen Christophorus, das er als Glücksbringer um seinen Hals getragen hatte. Ein Sonnenstrahl ließ es silbern inmitten des Sees aus Blut, Knochen- und Fleischfetzen aufleuchten, in den ein Geschoss Marcels Kopf und Oberkörper verwandelt hatte. Ganze Schwärme von Schmeißfliegen brummten bereits um die Gefallenen.

Seine Begleiter brachten ihn zu einem preußischen Leutnant, der sich aus einem Barocktisch mit vergoldeten Beinen und einem simplen Küchenstuhl aus verschrammtem Holz eine Art behelfsmäßiges Büro zur Registrierung der französischen Kriegsgefangenen eingerichtet hatte.

Franz erkannte sofort, dass er es in Uniform nicht weiter als bis zu diesem Leutnant geschafft hätte. Er konnte nur hoffen, dass man ihm seine Geschichte abnahm.

»Wir haben den hier in einer verschlossenen Kammer gefunden, Herr Leutnant«, erklärte der Unteroffizier, nachdem er Haltung angenommen hatte. »Sieht so aus, als sei es ein Bediensteter aus dem Schloss. Spricht Deutsch und Französisch. Könnte ein Elsässer sein.«

»Das ist richtig«, mischte Franz sich ungefragt auf Deutsch ein. »Ich stamme aus Altenstadt, bin ein französischer Staatsbürger, aber der Sohn einer deutschen Mutter.« In der Kammer hatte er beschlossen, so dicht wie möglich an der Wahrheit zu bleiben.

Der Leutnant fixierte ihn kühl. »Und was machen Sie hier auf dem Schloss? Soviel mir bekannt ist, haben alle Zivilpersonen das Anwesen verlassen, nachdem es von den Franzosen besetzt wurde.«

Da Franz dies wusste, fiel ihm die Antwort auf diese Frage nicht schwer. In der Kammer hatte er genug Zeit gehabt, auch über diesen Punkt nachzudenken.

Er seufzte tief. »Auch ich hätte mich dem übrigen Personal sehr gerne angeschlossen und wollte nur noch meine Sachen aus der Kleiderkammer holen, in der mich Ihre Männer gefunden haben. Doch da begann es draußen auch schon zu knallen, und ich ...« Er rollte theatralisch mit den Augen und stockte.

»Ja?«, schnauzte der Leutnant.

Franz senkte beschämt den Blick zu Boden. »Da habe ich mich nicht mehr herausgetraut und dort eingeschlossen. In der Dunkelheit der Kammer habe ich dann den Schlüssel verloren. Ich fürchte mich vor den Schüssen«, gestand er leise. »Mir wird übel und ganz schwarz vor den Augen, wenn ich es knallen höre. Das ist auch der Grund, warum die Armee«, der Leutnant zog drohend die Brauen zusammen, »ich meine die französische Armee, mich ausgemustert hat.«

Hinter sich hörte Franz ein unterdrücktes Lachen. Auch der Leutnant grinste verächtlich, wahrte aber die Form. »Und hier auf dem Gut waren Sie Koch?«

Franz nickte eifrig. »Ja, Kochen ist meine Leidenschaft. Wenn hier nicht alles so zerstört ... äh ... beschädigt wäre, würde ich Ihnen heute Abend mein Rebhuhn servieren. Das ist meine Spezialität. Rebhuhn mit Trüffeln und Pastinaken, die Soße wird nur mit echtem Burgunder ...«

»Ja, ja, ist schon gut.« Der Leutnant verdrehte die Augen gen Himmel. »Was gibt es denn da zu kichern?«, fuhr er den Unteroffizier an, der noch immer hinter Franz stand. »Bewahren Sie Haltung, Mann!«

Herrisch wandte er sich danach wieder an Franz. »Und Ihr Name ist?«

»Jacques Merlin, äh, ich meine natürlich Jakob Merlin. Ich wohne gleich an der Hauptstraße von Altenstadt, in der Nähe der Kirche St. Ulrich.«

Der Leutnant wedelte ungeduldig mit der Hand, ohne eine Notiz in sein aufgeschlagenes Registrierungsbuch zu machen. »Na, dann sehen Sie mal zu, dass Sie heimkommen. Da gab es heute Morgen schwere Kämpfe. Auch ein paar Häuser sind dabei draufgegangen.«

Franz brachte einen Laut des Entsetzens hervor. »Oh mein Gott! Oh mein Gott! Gab es dort auch Verletzte oder gar Tote? Und sind die Kämpfe dort wirklich zu Ende?« Er setzte alles auf eine Karte und blickte sich mit einem furchtsamen Gesichtsausdruck um. »Oder kann ich nicht vielleicht lieber doch hier …«

Wie erhofft, fuhr ihm der Leutnant in die Parade. »Nun heben Sie sich schon hinweg, Kerl, bevor ich Sie …«, brüllte er, ohne den Satz zu beenden.

Franz ließ sich das nicht zweimal sagen und beeilte sich, aus dem Hoftor zu schlüpfen.

Anwesen der Gerbans bei Altenstadt
4. August 1870, gegen neunzehn Uhr

Mit vor Müdigkeit steifen Bewegungen füllte Irene den Eimer an der Pumpe im Hof und schleppte das schwere Gefäß die breite Eingangstreppe hinauf. Jeder Muskel ihres Körpers schmerzte. Seit ihrer Ohnmacht waren bereits mehrere Stunden vergangen, in denen sie erneut ununterbrochen auf den Beinen war.

Schon nach wenigen Stufen blieb sie stehen. Sie nahm den hölzernen Becher aus ihrer Schürzentasche, füllte ihn mit Wasser und hielt ihn dem deutschen Soldaten an die rissigen Lippen. Er war erst vor wenigen Minuten mit Verletzungen an beiden Armen angekommen. Da das Haus mittlerweile bis zum Bersten mit Verwundeten beider Nationen gefüllt war, hatte der leitende Stabsarzt befohlen, alle Neuankömmlinge, die noch sitzen konnten, auf den Stufen der Eingangstreppe zu platzieren.

»Bitte«, stöhnte der Mann. »Bitte, wann werde ich endlich verbunden? Ich habe schon mehrere Stunden gewartet, bis man mich fand. Die Schmerzen sind kaum noch auszuhalten.«

»Ich sage den Ärzten Bescheid«, versprach Irene wie schon

unzählige Male zuvor an diesem furchtbaren Tag. »Sie kommen zu Ihnen, sobald es möglich ist.«

»Bitte!«, flehte der Mann erneut und zog stöhnend an Irenes Rock. »Wenn der Wundbrand einsetzt, verliere ich vielleicht beide Arme. Zumindest den rechten, der Ellbogen ist völlig zertrümmert! Ich bin Klavierlehrer von Beruf, wie soll ich mich denn dann ernähren?«

Bevor Irene antworten konnte, rief man auch schon nach ihr. »Schwester, Schwester! Auch wir haben Durst!«

»Ich sage Bescheid«, wiederholte Irene murmelnd ihr Versprechen, an das sich niemand halten würde. Drinnen lagen die Schwerstverwundeten mit Kopf- und Unterleibsschüssen, verstümmelten Gliedmaßen und zerstörten Gesichtern. Ärzte, Sanitäter, Schwestern und alle Mitglieder des Gerban'schen Haushalts taten, was sie nur konnten. Doch es schien nur ein Tropfen auf dem heißen Stein zu sein.

Mechanisch stellte Irene den Eimer auf der nächsten Stufe ab und verteilte Wasser an weitere Verwundete. Das Knirschen der Räder auf dem Kies der Einfahrt bewirkte schon lange nicht mehr, dass sie auch nur den Kopf wandte. *Die nächste Fuhre! Wohin sollen wir sie nur bringen?*

Sie merkte erst auf, als sich jemand mit hastigen Schritten zwischen den Verwundeten einen Weg die Treppe hinaufbahnte. Der Mann hatte es so eilig, dass er offensichtlich auf einen der Ärmsten getreten war, wie Irene am Schmerzensschrei des Gepeinigten erkannte.

Trotz ihrer Schwäche fuhr sie jetzt herum. *Was ist denn das für ein rücksichtsloser Patron?* Ihr Blick fiel auf Gregor Gerbans verzerrtes Gesicht. »Ottilie, Wilhelm, Pauline!«, rief er mehrmals im Laufen. »Wo seid ihr denn?«

Zwischen den Flügeln des weit offen stehenden Eingangsportals erschien Wilhelm Gerbans massige Gestalt. »Was gibt es? Was hast du erfahren? Weißt du etwas von Fritz oder Franz? Sind sie am Leben?«

Gregor Gerban schüttelte den Kopf. Er war barhäuptig, offensichtlich hatte er seinen Zylinder verloren, mit dem er vor etwa zwei Stunden aufgebrochen war, um nach dem Schicksal seines Sohnes und seines Neffen zu forschen. Selbst von hinten erkannte Irene, wie verzweifelt die Geste war.

Wie magnetisiert ließ sie den Eimer stehen und schlüpfte ebenfalls die Treppe hinauf. In der Eingangshalle stießen Pauline und Ottilie, die am Nachmittag von Schweighofen nach Altenstadt herübergekommen waren, zu ihren Gatten. Ihre Augen waren vor Angst geweitet. Wilhelm Gerban winkte sie in einen Winkel der Halle, wo unter der Aufsicht des ersten Dieners Niemann zwei Stallburschen gerade Platz schafften, indem sie einen Verstorbenen wegtrugen.

»Also, was hast du erfahren?« Wilhelm Gerban bemühte sich, seiner Stimme einen festen Klang zu verleihen. Irene hörte trotzdem das unterdrückte Zittern in ihr.

»Von Franz weiß ich gar nichts. Niemand weiß, was aus ihm geworden ist.« Pauline schlug die Hände vors Gesicht und stöhnte leise. Auch Irene stand wie erstarrt.

»Und Fritz?« Ottilie zerrte an Gregors Arm. »Was ist mit Fritz?«

Gregor Gerban schluchzte trocken auf. »Fritz hat mit den Liegnitzer Königsgrenadieren auf dem Geisberg gekämpft. So viel ist sicher. Man sagte mir, das 7. Regiment habe fast all seine Offiziere verloren. Auch von Kaisenberg ist seinen schweren Wunden erlegen.«

»Nein!« Alle Gesichter fuhren zu Mathilde herum, die unbemerkt näher getreten war und nun kläglich zu weinen begann.

»Woher weißt du das?« Als Einziger behielt Wilhelm Gerban die Fassung.

»Man hat mir erzählt, dass der Kronprinz persönlich den Major an seinem Sterbebett aufgesucht hat. Dessen letzte Worte galten der Bataillonsfahne. Als er hörte, dass sie gerettet wurde, ist von Kaisenberg mit einem Lächeln auf den Lippen verschieden.«

»Wer hat das erzählt?«

Gregor Gerban stieß einen Laut des Unmuts aus. »Irgendein Offizier, der mir den Durchgang auf den Geisberg verwehrte. Kein Preuße, sondern ein Hesse. Sie lassen niemanden zum Schlachtfeld. Zu viele von uns sind gefallen oder schwer verwundet worden. Da wollen sie keine Zivilisten haben, die auf eigene Faust nach ihren Lieben suchen.«

»Aber wenn sie den Major geborgen haben, warum dann nicht auch unseren Fritz, wenn er ebenfalls verwundet wurde?« Ottilie liefen die Tränen über die Wangen.

Gregor Gerban hob verzweifelt die Arme. »Vielleicht haben sie Fritz ja geborgen! Vielleicht ist er ja nicht einmal verwundet! *Ich weiß es nicht!* Ihr könnt euch nicht vorstellen, was auf dem Geisberg für ein Chaos herrscht!«

Von draußen ertönte fernes Donnergrollen. Schon seit einer Stunde hatte sich der Abendhimmel verfinstert.

»Oh Gott, jetzt zieht schon wieder ein Unwetter auf! Die armen, armen Menschen! Nun liegen sie schutzlos im Regen.« Auch Pauline Gerban begann nun zu weinen.

In diesem Augenblick betrat ein Mann die Halle. Aus dem Augenwinkel heraus hielt Irene ihn zuerst für einen der Sanitäter, da er einen weißen, blutbefleckten Kittel trug. Doch plötzlich überfiel sie eine Ahnung. Sie drehte sich um. Im selben Augenblick stürzte sich auch schon Pauline mit einem Freudenschrei, der von mehreren Schluchzern durchbrochen wurde, in die Arme des Ankömmlings.

»Franz! Franz! Mein geliebter Sohn! Du lebst, du lebst!« Paulines Worte waren kaum zu verstehen, da sie das Gesicht ihres Sohnes mit Küssen bedeckte.

Auch Irene hielt es nicht länger an ihrem Platz. Sie setzte über die Verwundeten auf dem Hallenboden hinweg und umklammerte Franz und Pauline. Das überschäumende Glück drohte ihr schier die Brust zu zersprengen. In einer scheinbar endlos langen Umarmung, die in Wahrheit nur den Bruchteil einer

Minute dauerte, hielten sich die drei in purer Glückseligkeit umfangen.

Dann holte die grausame Wirklichkeit sie ein. »Wieso kommst du in diesem seltsamen Aufzug hierher?«

»Wo warst du den ganzen Tag?«

»Hast du auf dem Geisberg gekämpft?«

Die Stimmen der restlichen Familienmitglieder tönten durcheinander.

Sanft befreite sich Franz aus der Umarmung seiner Mutter und seiner Geliebten. Sein eben noch glücklicher Gesichtsausdruck verdüsterte sich und verhieß nichts Gutes.

Ottilie reagierte als Erste. »Was weißt du von Fritz? Wo ist mein Sohn? Ist er verletzt?« Ihre Stimme überschlug sich vor Hysterie.

Als Franz nicht gleich antwortete, krallte sie ihre Hände in seine Oberarme. Franz würde später die Male sehen, die ihre Fingernägel durch den Leinenstoff des Kittels hindurch in sein Fleisch gegraben hatten.

»Wo ist Fritz?« Ihre Stimme wurde schrill. »Wo ist mein Sohn?« Sie schüttelte Franz mit ungeahnter Kraft.

Der umfasste ihre Unterarme mit beiden Händen und schob sie ein Stück von sich weg.

Dann straffte er seinen Körper und holte tief Luft. »Es tut mir sehr leid, euch sagen zu müssen, dass Fritz vor dem Geisberger Schloss gefallen ist.«

Eine Sekunde lang herrschte entsetztes Schweigen. Dann schrie Ottilie aufs Neue. »Woher willst du das wissen?« Sie stürzte wieder auf ihn zu.

Wieder fasste Franz sie an beiden Armen und hielt sie auf Abstand. »Ich habe es selbst gesehen, Tante Ottilie.«

Anwesen der Gerbans bei Altenstadt
Abend des 4. August 1870, eine halbe Stunde später

»Wie geht es Ottilie?«

Franz bewunderte seine Mutter, die selbst in diesen Minuten höchster Aufregung noch die Gebote der Höflichkeit beachtete und sich nach ihrer ungeliebten Schwägerin erkundigte.

Gregor Gerban seufzte schwer. »Es war nicht leicht, den Stabsarzt zu überreden, ihr eine ausreichende Dosis Laudanum zur Beruhigung zu verabreichen. Alle betäubenden Mittel werden für die Operationen gebraucht. Nur unter Verweis auf das Gastrecht, das wir ihm und den ungezählten Verwundeten in diesem Hause gewähren, ist es mir schließlich gelungen.«

Beim Stichwort Laudanum warf Franz unwillkürlich einen prüfenden Blick auf seine Mutter. Ihre Pupillen hatten die normale Größe.

Als hätte sie die Gedanken ihres Sohnes gelesen, sagte Pauline: »Auch ich habe den Ärzten natürlich meinen ganzen Laudanum-Vorrat zur Verfügung gestellt. Deshalb habe ich nichts mehr, das ich Ottilie hätte geben können. Wo ist sie jetzt?«

Außer dem Salon in Ottilies ehemaligem Wohntrakt, in den sich die Gerbans auch jetzt zurückgezogen hatten, waren alle Räume, selbst die Dienstbotenquartiere, mit Verwundeten belegt. Durch das gesamte Haus hindurch hörten sie immer wieder das Stöhnen und Schreien der Männer.

»Ich habe sie in unsere Kutsche geschafft.«

Franz nickte dazu nur, mit den Gedanken schon wieder ganz woanders. Die hysterischen Schreie seiner Tante gellten ihm noch in den Ohren. Außerdem quälten ihn die Bilder des Tages, insbesondere die während seines Rückwegs vom Geisberg. Nachdem sein Onkel Gregor, der sich bislang um Ottilie gekümmert hatte, wieder zu ihnen gestoßen war, wusste er, dass er seiner Familie nun davon erzählen musste.

Unwillkürlich fasste er nach der Hand Irenes und der seiner

Mutter, die rechts und links neben ihm auf der Chaiselongue saßen. Irene war der Familie wie selbstverständlich in den Seitentrakt gefolgt. Den finsteren Blick seines Vaters ignorierte er. Heute waren alle gesellschaftlichen Konventionen bis auf Weiteres außer Kraft gesetzt.

»Also?«, fragte Wilhelm Gerban kurz und bündig.

Franz begann zu sprechen. Er berichtete von der Verteidigung und Eroberung Weißenburgs, seiner Flucht aus der Stadt auf den Geisberg und schließlich von der Schlacht um das Schloss. Nur seine Verkleidung als Koch erklärte er nicht ganz wahrheitsgemäß. Er gab als Motiv dafür lediglich an, dass er nicht in deutsche Kriegsgefangenschaft hatte geraten wollen.

»Und mein Fritz fiel, nachdem er dem tödlich verwundeten Major die Bataillonsfahne abgenommen und damit die Königsgrenadiere angeführt hat? Dabei hast du ihn dann erkannt?«

Trotz der Tränen, die Gregor Gerban in die Augen stiegen, hörte Franz den Stolz in seiner Stimme.

»So ist es, Onkel«, sagte er müde. »Es war ein selbstmörderisches Unterfangen, in dieser Phase der Schlacht völlig ohne Schutz auf das Schloss zuzuhalten. Selbst die wenigen Preußen, die es bis zu den Mauern geschafft haben, mussten sich in Nischen verstecken und konnten erst eindringen, nachdem die deutsche Artillerie die Mauern sturmreif geschossen hatte.«

Gregor Gerban hörte ihm gar nicht zu. »So ist mein Sohn wie ein wahrer Held auf dem Feld der Ehre gefallen.«

Das Bild der dicht an dicht liegenden blutigen Leichen erschien vor Franz' innerem Auge. *Von wegen Feld der Ehre. Eine zertrampelte Stätte voller deutscher Kadaver. Sinnlos niedergemetzelt wegen ihres Größenwahns.* Die bittere, sarkastische Bemerkung lag ihm bereits auf der Zunge, als ihn ein Händedruck seiner Mutter zurückhielt. Behutsam fragte sie ihn: »Und du hast bei deiner Rückkehr gesehen, dass Fritz wirklich tot ist?«

Franz nickte. »Ich wusste ja, wo ich ihn suchen musste, nachdem ich das Schloss verlassen hatte. Er wurde von einem Schuss in den Unterleib getroffen. Zum Glück hat er nicht lange gelitten.« Über den Ausdruck des Erstaunens auf den Zügen seines Cousins hatte er seither immer wieder nachgegrübelt.

»Und wer hat ihn erschossen?« Gregor Gerban kehrte aus seiner Verzückung über den Heldentod seines Sohnes in die grausame Realität zurück.

Irene entging nicht, dass für eine Sekunde ein Ausdruck der Unsicherheit über Franz' Gesicht huschte. Doch dann fing er sich wieder.

»Ich weiß es nicht, Onkel. Der Schuss kam von irgendwoher aus dem Schloss.«

Gregor Gerban musterte seinen Neffen scharf. Pauline tat das einzig Richtige, um den heiklen Augenblick zu überbrücken. »Könntest du deinen Onkel zu Fritz' Leichnam führen, Franz? Dann können wir ihn hier auf unserem Friedhof mit Anstand beerdigen.«

Franz nickte. »Wenn die Deutschen uns morgen durchlassen, kann ich das tun.« Er warf einen Blick durch das geöffnete Fenster in den strömenden Regen, der mittlerweile eingesetzt hatte. »Heute werden sie die Toten wohl nicht mehr bergen. Hoffentlich können sie sich wenigstens um die Verwundeten kümmern. Sie liegen noch zuhauf zwischen dem Geisberg und Weißenburg.«

Diesmal spürte Irene seinen tiefen Schmerz und drückte seine Hand. »Hast du deshalb so lange bis hierher gebraucht?«, fragte sie leise.

Franz wurde die Kehle eng. Er unterdrückte ein Schluchzen. »Ein Teil der Ärmsten wartete schon seit dem Morgen in der glühenden Hitze auf seine Versorgung. Nirgendwo gibt es Ambulanzfahrzeuge. Die Franzosen scheinen gar keine zu haben und die Deutschen nur ganz wenige. Ich bin immer wieder mit den Feldflaschen der Verletzten zur Lauter gelaufen, um ihnen wenigstens etwas Wasser geben zu können. Manche hatten auch

Verbandszeug in ihren Tornistern, mit dem ich sie notdürftig verbunden habe.«

Er zwang sich zu einem Lächeln. »Zumindest hat mich niemand daran gehindert zu helfen. Nachdem ich die Kochmütze weggeworfen hatte, hielt mich jeder in diesem lächerlichen Aufzug für einen Sanitäter.«

Kapitel 13

Schlachtfeld auf dem Geisberg, *5. August 1870*

Mit versteinerter Miene winkte Franz seinem Onkel und den beiden Knechten, die eine einfache Bahre aus Segeltuch mit sich führten, ihm zu folgen.

Je näher sie dem Hohlweg kamen, der zum Schloss hinaufführte, desto stärker wurde der Geruch des Todes. In der drückenden Augustschwüle hatte bereits die Verwesung der übereinanderliegenden Leichname eingesetzt. Auf den letzten zweihundert Schritten des Weges bis zum Schloss und auf der Freifläche davor lagen viele Gefallene aus den Reihen der Königsgrenadiere.

Hinter seinem Rücken hörte Franz, wie sich einer der Stallburschen würgend erbrach. Er drehte sich nicht um, sondern hielt den Blick starr geradeaus gerichtet und marschierte weiter.

»Nur noch dieser Weg, dann ist es vorbei. Nur noch dieser Weg, dann ist es vorbei.« Wie einen Leitspruch murmelte er diese beiden Sätze immer wieder tonlos vor sich hin.

Innerlich fühlte er sich wie ausgebrannt. All seinen Schmerz, all seine Angst und all sein Entsetzen hatte er in der vergangenen Nacht aus sich heraus geweint und geschrien. Im strömenden Regen waren Irene und er aus dem vom Krieg verseuchten Haus geflüchtet, hatten gierig die reine Luft eingeatmet, weit fort vom Gestank nach Blut, Äther und Fäkalien. Sie waren über die Felder nach Schweighofen gelaufen, bis sie am Ortsrand ein Gebüsch gefunden hatten, das ihnen ein wenig Schutz vor dem Unwetter bot.

Hier, unter dem freien Himmel, hatten sie sich geliebt, im Matsch und in der Nässe, aneinandergeklammert wie zwei Ertrinkende. Und hier war er danach vollkommen zusammengebrochen, hatte getobt, geschluchzt und geweint wie ein Kind, während Irene ihn immer wieder sanft in ihren Armen wiegte. Bis er keine Tränen mehr hatte und alles aus ihm herausgebrochen war, was er bis dahin mühsam zurückgehalten hatte.

Sein vergeblicher Versuch, das Leben der jungen Céline zu retten. Der erste Mensch, den er eigenhändig getötet hatte. Der Zwang, auf schutzlose Soldaten zu schießen, die todesverachtend gegen die Mauern von Weißenburg und später gegen das Geisberger Schloss angerannt waren. Das Entsetzen über den Tod seines Cousins, der vor seinen Augen niedergeschossen wurde, von Marcel, dem französischen Kameraden, in dessen Gesellschaft sich Franz kurz zuvor noch wohl und sicher gefühlt hatte. Die Angst, in der Wäschekammer elendiglich zu ersticken oder von Freund oder Feind als Spion und Verräter standrechtlich erschossen zu werden. Die grässlich verstümmelten Leichen auf seinem Rückweg nach Altenstadt. Die Schwerverwundeten, die ihn um Hilfe anflehten, die er ihnen nicht leisten konnte. Der ganze Wahnsinn des Krieges, der über so Ahnungslose wie ihn hereingebrochen war wie die Apokalypse.

Hätte Franz in diesem Moment geahnt, dass man das erste Gemetzel des Krieges später keineswegs als »Schlacht« bezeichnen, sondern verharmlosend »Das Treffen von Weißenburg« nennen würde, weil lediglich Tausende anstatt Zehntausende ihr Leben und ihre Gesundheit eingebüßt hatten, er hätte sich kaum mehr zu fassen gewusst.

So aber spendete Irene ihm unermüdlich Trost, flüsterte besänftigende Worte in seine Ohren, streichelte und liebkoste ihn, bis er im bleichen Licht des heraufziehenden Morgens schließlich erkannte, dass auch sie am Ende ihrer Kräfte angelangt war. Ihre spitzen Gesichtszüge, die dunklen Schatten unter den Augen und ihre totengleiche Blässe machten ihm Angst und ließen ihn wieder zur Besinnung kommen. Anstatt in das mit Verwundeten überfüllte Anwesen in Altenstadt hatte er Irene ins Haus seines Onkels nach Schweighofen gebracht. Nur um festzustellen, dass dort auch die restliche Familie genächtigt hatte, da in ihren eigenen Betten Schwerverletzte lagen.

Nachdem er Irene der Obhut seiner Mutter übergeben und eine ganze Kanne starken schwarzen Kaffees getrunken hatte, waren sie gegen acht Uhr zum Geisberg aufgebrochen. Bis zum Hopfengarten, in dem die erste Phase dieser grausamen Schlacht getobt hatte, fuhren sie mit der Kutsche.

Heute hielt niemand sie auf. Die Aufräumarbeiten waren allerorten seit Tagesanbruch in vollem Gange, die Verwundeten bis auf wenige Ausnahmen geborgen. Die Angabe Gregor Gerbans, er wolle seinen gefallenen Sohn, einen Offizier der Königsgrenadiere, vom Schlachtfeld bergen, war sogar wirkungsvoller als der Passierschein gewesen, den sich Gerban vorsichtshalber beim Adjutanten des deutschen Oberbefehlshabers von Kirchbach in Weißenburg besorgt hatte.

Doch je näher sie dem Schloss kamen, desto schrecklicher wurden die Bilder. Schließlich half Franz nur noch der unermüdlich vor sich hin gemurmelte Leitsatz, dass bald alles für ihn vorbei sei, um weitergehen und seinen gefallenen Cousin bergen zu können.

Der Gestank wurde immer unerträglicher. Franz hielt an, riss sich sein Halstuch ab und wickelte es sich um Mund und Nase. Als er einen kurzen Blick über die Schulter warf, sah er zu seiner Verwunderung, dass der ältere Stallknecht es ihm bereits nachgetan hatte und seinem jüngeren Kollegen gerade einen kleinen Tiegel hinhielt.

»Hier, streich dir das unter die Nase.« Ein starker pfefferminzartiger Duft stieg von dem Töpfchen auf.

»Was ist das?« Franz streckte die Hand danach aus, sobald der jüngere Stallknecht sich bedient hatte, und schnupperte daran. Der Geruch war so stark, dass er Niesreiz verspürte.

»Eine Salbe für die Pferde ist es, junger Herr. Sie besteht aus Ackerminze und anderen Heilkräutern. Wir reiben die Gäule damit ein, wenn sie sich etwas verstaucht oder gestoßen haben.«

Franz runzelte die Stirn. Gregor Gerban schnaufte ungeduldig. »Kommen Sie weiter!«

»Wir haben das Zeug schon bei Solferino verwendet, als wir die Gefallenen bargen, junger Herr«, beeilte sich der Mann zu erklären.

»Sie waren in Solferino?«, wunderte sich Franz.

Der Mann, er mochte bereits jenseits der vierzig sein, nickte. »Ja, junger Herr. Da war ich noch Pferdeknecht in der französischen Armee.«

Er ließ seine Blicke umherschweifen. »Und glauben Sie mir, junger Herr. Da war es weit schlimmer als hier.«

Schlimmer als hier? Franz kannte die Schlacht von Solferino vor allem aus dem Unterricht im Straßburger Lyzeum. Dabei lag die Entscheidungsschlacht des Sardinischen Krieges zwischen den Österreichern auf der unterlegenen Seite sowie den Italienern und den mit ihnen verbündeten Franzosen auf der siegreichen kaum mehr als ein Jahrzehnt zurück.

Sind die Menschen eigentlich alle völlig verrückt geworden? Na, mir soll es gleich sein. Nur noch dieser Weg, dann ist es vorbei.

Er zog sich das Halstuch wieder herunter und strich sich etwas von der Substanz auf die Nasenlöser. Sie brannte wie Feuer auf der Haut, doch der starke Geruch überdeckte tatsächlich den Gestank der Leichen.

»Hier, nimm auch etwas davon, Onkel.« Er kam der abwehrenden Geste Gregors zuvor, indem er ergänzte: »Glaub mir, es wird hier nicht besser. Und niemandem ist gedient, wenn du uns zusammenbrichst.«

Tatsächlich liefen seinem Onkel die Schweißperlen über das hochrote Gesicht. Widerwillig rieb auch er sich ein wenig Paste unter die Nase und band sich danach sein Halstuch darüber.

Dann gingen sie weiter. Franz richtete seinen Blick wieder

starr geradeaus und fixierte den Horizont. Er wollte nicht wissen, an welchen Verletzungen die Soldaten krepiert waren, über deren Leichen er mechanisch hinwegstieg. Und schon gar nicht wollte er die Gesichter derer sehen, die gestern noch gelebt und vergeblich auf Hilfe gewartet hatten. Manche Leichen trugen behelfsmäßige Verbände, wie er am Rande wahrnahm. Manche lagen auch unter den Bäumen am Wegrand, als hätten sie sich noch dorthin geschleppt, um Schutz zu suchen.

Schließlich erreichten sie die Stelle, wo Fritz und seine Kameraden über die kleine Böschung geklettert waren, um danach auf das Schloss zuzuhalten. Doch dort war kein Durchkommen.

»Sechs, sieben, acht, neun Tote liegen hier übereinander«, hörte er den älteren Stallknecht murmeln. »Sollen wir sie beiseiteschaffen?«

Franz schüttelte den Kopf, ohne hinzusehen. »Nein, wir gehen ein Stück weiter den Hang hinauf und kommen von dort wieder zum Schlachtfeld hinab.«

So dauerte es noch eine weitere halbe Stunde, bis sie endlich vor Fritz' Leichnam standen. Franz hörte seinen Onkel aufschluchzen. Mit vor das Gesicht geschlagenen Händen fiel er neben der Leiche auf die Knie.

Mit zusammengebissenen Zähnen bückte sich Franz mit den beiden Stallknechten, um Fritz' Leichnam auf die Bahre zu hieven. Der Ausdruck des Erstaunens lag noch immer auf den Zügen seines Cousins. Zum Glück hatte er ihm schon gestern die Augen geschlossen. *Nachdem mittlerweile die Leichenstarre eingesetzt hat, wäre es heute vielleicht gar nicht mehr möglich gewesen.*

»Man riecht die Bauchwunde.« Plötzlich hörte er Marcels Stimme so deutlich in seinen Ohren, als stünden sie noch immer vor der Leiche des Generals Abel Douay. Selbst die starke Salbe konnte den widerlichen Geruch nicht ganz überdecken. Auch die Stallknechte rümpften die Nase.

»Wenigstens ist die Leiche noch nicht so stark verwest, dass sie auseinanderfällt«, hörte Franz den älteren Träger murmeln. »War in Solferino die Regel«, setzte der Mann entschuldigend hinzu, als Franz ihn voller Tadel anblickte.

Endlich lag Fritz' steifer toter Körper auf dem Traggestell. Die Knechte nahmen die Bahre vorne und hinten auf und machten sich auf den Rückweg.

Franz fasste seinen immer noch schluchzenden Onkel zaghaft an der Schulter. Mit mehr Mitgefühl für den alternden Mann, als er es angesichts ihrer vielen Konflikte bis dahin für möglich gehalten hätte, sagte er sanft:

»Komm, Onkel Gregor. Wir bringen Fritz jetzt nach Hause.«

Altenstadt
Kirche und Friedhof St. Ulrich
7. August 1870, später Vormittag

Die letzten Töne der Orgel verklangen. Auf ein Zeichen des Pfarrers hin traten sechs Königsgrenadiere an den mit der Regimentsfahne und einem großen Bukett aus roten und gelben Rosen bedeckten Sarg und hoben ihn an.

Schweigend formierte sich der Trauerzug. Er wurde von einem Messdiener, der eine Weihrauchkugel schwang, angeführt. Ihm folgten der Priester und die Träger mit dem Sarg. Die Stille wurde nur durch das Schluchzen der Frauen, vor allem dem Ottilies, unterbrochen.

Franz drückte sich unwillkürlich enger in die dämmrige Nische im hinteren linken Seitenschiff der Kirche, in der er dem Gottesdienst beigewohnt hatte. Obwohl er sich nichts vorzuwerfen hatte, war er seinem Gefühl gefolgt und den vorderen Kirchenbänken, in denen die Familie Gerban Platz genommen hatte, ferngeblieben.

Nachdem die nächsten Angehörigen, die Freunde und Nachbarn aus Schweighofen und Altenstadt sowie Fritz' Regimentskameraden die Kirche verlassen hatten, schlossen sich auch die Bediensteten dem Trauerzug zum Friedhof an. Da die Kirche nun fast leer war, blieb Franz nicht länger unbemerkt. Ein finsterer Blick des ersten Dieners Niemann traf ihn, der zur Begrüßung nur steif und äußerst sparsam nickte. Der Kutscher Riemer, der gleich dahinter ging, grüßte ihn dagegen mit trauriger Miene. Frau Burger warf ihm sogar ein verstohlenes Lächeln zu, während das Dienstmädchen Gerda seinen Blick starr zu Boden gerichtet hielt und ihn wohl zu ignorieren versuchte.

Ganz am Ende der Reihe kamen Irene und das ehemalige Dienstmädchen Minna, mit dem Irene befreundet war, wie Franz wusste. Beide gingen Arm in Arm eng nebeneinander. Wieder fiel Franz auf, wie bleich und dünn Irene in den letzten Tagen geworden war. Fast sah es so aus, als ob Minna sie stützen müsste.

Dennoch leuchtete Irenes Gesicht auf, als die Frauen ihn passierten und sie ihm ein strahlendes Lächeln schenkte, während Minna zwar höflich den Kopf neigte, ihn aber mit einem seltsamen Gesichtsausdruck musterte. Franz las gleichermaßen Nachsicht und Sorge aus ihm heraus.

Ich bete zu Gott, dass Irene nicht krank wird. Die letzten Tage und Nächte hat sie nahezu durchgearbeitet.

Erst im Laufe des gestrigen Tages war das Altenstädter Anwesen zumindest von den transportfähigen deutschen und französischen Verwundeten geräumt worden. Nachdem deutsche Pioniere den Weißenburger Bahnhof, der bei den Kämpfen am 4. August schwer beschädigt worden war, notdürftig in Stand gesetzt hatten, waren Lazarettzüge eingerollt, die die deutschen Verwundeten nach Landau und andere Städte der bayerischen Pfalz brachten.

Die Franzosen hatte man dagegen in öffentliche Altenstädter und Weißenburger Quartiere verlegt. Schulen, Verwaltungsgebäude, Gemeindehallen und sogar manche Kirchen wurden zu Behelfslazaretten erklärt. Nur noch ungefähr zwanzig Schwerstverletzte blieben im Anwesen der Gerbans zurück, von denen die Hälfte bereits in der Nacht verstorben war, wie Irene Franz kurz berichtete, als sie sich heute Morgen bei den Stallungen getroffen hatten. Zwar hatten Franz, die restliche Familie und auch die Dienstboten ihre Schlafkammern nun wieder zur Verfügung und auch bereits bezogen. Doch mit der Rückkehr zur Normalität, soweit man in einem noch andauernden Krieg überhaupt von Normalität sprechen konnte, blieb es Franz als Sohn des Hauses natürlich versagt, sich weiterhin offen mit einem einfachen Dienstmädchen zu treffen.

Er wartete, bis sich der Trauerzug ungefähr zehn Schritte von der Kirchentür entfernt hatte. Dann trat er zögernd hinaus und setzte seinen Hut auf. Dass die Beerdigung heute stattfinden konnte, war hauptsächlich das Verdienst seiner Eltern, da sich sein Onkel und seine Tante noch in der Schockstarre wegen Fritz' Tod befanden. Sein Vater Wilhelm hatte seine Beziehungen spielen lassen und unter Einsatz einer beträchtlichen Summe den Sarg besorgt, ein rares Gut nach dieser furchtbaren Schlacht. Pauline wiederum hatte den Pfarrer von St. Ulrich bewogen, die Bestattung bereits am heutigen Sonntag vorzunehmen. Auch das war ein Zugeständnis an den Krieg, da sonntags üblicherweise keine Beerdigungen stattfanden. Sie hatte außerdem ihren heißgeliebten Rosengarten geplündert, um den Blumenschmuck bereitzustellen, und die anschließende Trauerfeier im Altenstädter Anwesen organisiert.

Erstaunlicherweise hatten Onkel und Tante keine Einwände gegen die Beisetzung ihres Sohnes auf dem Friedhof von St. Ulrich erhoben, obwohl dieser offiziell noch auf französischem Gebiet lag. Doch es war bereits ein offenes Geheimnis, dass die Deutschen das Elsass annektieren wollten, sofern sie weiterhin siegreich blieben.

Und es sieht so aus, als stünden ihre Chancen dafür nicht schlecht.

Flüchtlinge aus den betroffenen Gebieten hatten bereits gestern die Nachricht ins Weißenburger Land gebracht, dass die Deutschen auch eine weitere Schlacht im nur zwanzig Meilen entfernten Fröschweiler-Wörth an der Sauer gewonnen hatten. Ersten Gerüchten nach hatte es dabei noch weit mehr Opfer auf beiden Seiten gegeben als hier. *Und heute Morgen traf die Nachricht eines dritten deutschen Sieges in Spichern bei Saarbrücken ein.*

Kurz überlegte Franz, ob er mit dem Gottesdienst seiner Pflicht gegenüber seinem gefallenen Cousin nicht schon ausreichend Genüge getan hätte. Dann aber verwarf er den Gedanken wieder. *Weder Fritz noch ich selbst waren jemals Feiglinge. Und dass wir auf entgegengesetzten Seiten gekämpft haben, gehört zur Tragik dieses sinnlosen Krieges.*

Franz schauderte trotz der mörderischen Hitze, die draußen herrschte und ihm nach der Kühle des Gotteshauses mit heißer Glut entgegenschlug. Würde er die Bilder der Schlachtfelder vor den Wällen von Weißenburg und auf dem Geisberg jemals wieder vergessen können? Er bezweifelte das.

Zum Glück ist es für mich jetzt vorbei. Zum ersten Mal war er seinem Vater aufrichtig dankbar dafür, dass er ihn vom französischen Wehrdienst befreit hatte, auch wenn er mit ihm seit seiner Rückkehr nach Altenstadt noch kein einziges freundliches Wort gewechselt hatte.

Der Trauerzug hatte das offene Grab erreicht. Der einzige überlebende Regimentstrompeter aus Fritz' Bataillon spielte eine traurige Weise, dann sang die Gemeinde einen Choral. Die Gebete des Pfarrers konnte Franz von seinem Standort hinter einer Trauerweide kaum verstehen, wohl aber die markigen Worte des preußischen Offiziers, der vom »Heldentod« und dem »Feld der ewigen Ehre« schwadronierte. Er gehörte nicht zu Fritz' Einheit. Tatsächlich hatte dessen Truppenteil fast all seine Offiziere in der Schlacht verloren.

Endlich wurde der Sarg in die Erde hinabgelassen. Gregor und Ottilie Gerban traten als Erste ans offene Grab. In letzter

Minute sprang sein Vater Wilhelm hinzu, um Ottilie zu stützen, die bereits auf die Knie gesunken war und drohte, vornüber in die Grube zu fallen. Vor Mitleid zog sich Franz' Herz schmerzhaft zusammen. Er hatte seinen Cousin nie leiden mögen, aber hatte er solch ein Ende verdient?

Er schüttelte grimmig den Kopf. *Niemand verdient einen solchen sinnlosen Tod, sei er nun so alt wie General Abel Douay oder ein so junger Mann wie Fritz in der Blüte seiner Jugend.*

Gregor und Wilhelm Gerban schleppten die nahezu ohnmächtig wirkende Ottilie mehr zur Seite, als dass sie sie stützten. Nacheinander traten jetzt die übrigen Trauernden an das offene Grab. Franz sah, wie seine Mutter mit ihrer schwarz behandschuhten Hand zuerst eine Handvoll Erde auf den Sarg warf, dann mit dem Weihwasserwedel das Kreuzzeichen darüber schlug und schließlich das kleine Sträußchen aus weißen Rosen auf ihn fallen ließ, das sie mit sich führte. Ihr taten es seine Schwester Mathilde und Fritz' überlebende Regimentskameraden nach, die allerdings keine Blumengebinde, sondern mit goldenen Bändern umwundene Lorbeerzweige ins Grab gaben. Schließlich trat auch die Dienerschaft, angeführt von Niemann, heran und brachte ihre Blumenspenden, kleine Gebinde aus leuchtenden Sommerblumen, dar. Ihre Farben stachen Franz ins Auge und noch mehr in die Seele.

Nie wieder wird Fritz einen Sommer in all seiner Herrlichkeit erleben.

Als eine der Letzten war Irene an der Reihe. Das kleine Sträußchen aus Kornblumen und Margeriten hatte sie noch am Morgen selbst gepflückt und gebunden. Auch für ihn hatte sie eines gemacht und ihm kurz vor dem Kirchgang verstohlen in die Hand gedrückt.

Franz straffte den Rücken und trat aus dem Schatten der großen Weide, hinter deren herabhängenden Zweigen er sich bislang verborgen gehalten hatte. Mit schnellen Schritten näherte er sich dem Grab. Er war noch drei Schritt davon entfernt, als ein schriller, unmenschlich klingender Schrei die Stille zerriss.

Wie eine Furie stürzte sich die eben noch der Ohnmacht nahe gewesene Ottilie auf ihn, die Finger in den schwarzen Spitzenhandschuhen zu Krallen gebogen. Im letzten Moment rissen Gregor und Wilhelm Gerban sie zurück.

»Wie kannst du es wagen?« Auch aus Onkel Gregors Augen blitzte eine mörderische Wut. »Wie kannst du es wagen, uns in unserer Trauer derart zu verhöhnen, du vaterlandsloser Geselle?«

Er stieß Ottilie in Wilhelms Arme und hob drohend die Fäuste. »Verschwinde von dieser Stätte, sonst schlage ich dir deine treulose Fresse ein.«

Die Trauergemeinde stand wie erstarrt ob dieser grotesken Szene. Sowohl auf dem Gesicht des Pfarrers als auch auf dem der Soldaten spiegelte sich tiefste Verwirrung und Ratlosigkeit. Mathilde und die weiblichen Dienstboten schlugen die Hände vor den Mund.

Es war Pauline Gerban, die sich als Erste wieder fasste und auf ihren wütenden Schwager zutrat. »Gregor, Ottilie, wir alle fühlen mit euch in eurem Schmerz um euren einzigen Sohn. Doch vergesst nicht, es war Franz, der euch zum Leichnam von Fritz führte. Ihm verdankt ihr, dass Fritz nicht in irgendeinem namenlosen Grab verscharrt wurde wie so viele seiner Waffengefährten.«

Wie rasend fuhr Ottilie zu ihr herum. Sie riss ihren Arm los und zeigte mit dem Finger auf Pauline. »Du hast gut daherreden, du französisches Miststück.« Ihre Stimme überschlug sich vor Hysterie. »Dein Schwein von Sohn hat überlebt, ohne einen einzigen Kratzer an seinem Körper. Wahrscheinlich war er sogar derjenige, der auf Fritz geschossen und ihn auf dem Gewissen hat.«

Sie wandte den Kopf und versuchte, Franz ins Gesicht zu spucken. Doch ihr Speichel traf ihn nicht, sondern fiel kurz vor seinen Füßen zu Boden.

Hilflos wandte Pauline sich an ihren Mann, der die sich immer noch windende Ottilie festhielt. »Nun sage doch du etwas, Wilhelm!«

Aber zu Franz' Scham und Entsetzen wandte sein Vater den Blick ab und blieb stumm. Auch Mathilde und der größte Teil der männlichen Dienerschaft blickten mit trotzigem Gesichtsausdruck zu Boden.

Schließlich trat der preußische Offizier, der die Grabrede gehalten hatte, auf Franz zu, während der ebenfalls aus seiner Erstarrung erwachte Pfarrer leise und eindringlich auf Fritz' Eltern einsprach. Verschwommen hörte Franz die Worte »Vergebung« und »ewiges Leben«.

»Mein Herr, können Sie sich diese Szene erklären?« Der preußische Offizier, ein blonder, gedrungener Mann, der Ende zwanzig sein mochte, musterte Franz misstrauisch. Der versuchte, das Zittern, das seinen ganzen Körper befallen hatte, unter Kontrolle zu bringen.

»Wir sind eine deutsch-französische Familie, Leutnant ...?«

»Stengel. Premierleutnant Stengel«, half ihm der Mann.

»Premierleutnant Stengel. Fritz war mein Cousin.« Franz holte tief Luft. Da er keinen anderen Ausweg wusste, versuchte er es mit der Wahrheit. »Ich bin durch meine Mutter französischer Staatsbürger und habe auf der anderen Seite gedient, in der Freiwilligengarde von Weißenburg.«

Zu seinem Glück missverstand ihn der Offizier. »In der Weißenburger Garnison?«

Franz nickte spontan, ohne den Irrtum aufzuklären.

»Aber Fritz Gerban ist doch auf dem Geisberg gefallen.«

Franz nickte wieder.

»Dann können Sie Fritz doch gar nicht erschossen haben. Die Weißenburger Garnison hat sich doch schon vor dieser Episode ergeben und ist in Kriegsgefangenschaft geraten!«

Franz nickte zum dritten Mal.

Ein Ausdruck des Mitgefühls huschte über die groben Züge

des Preußen. »Ihr Wunsch, Ihrem Cousin die letzte Ehre zu erweisen, obwohl sie beide auf gegnerischen Seiten gekämpft haben, ist bewundernswert, Kamerad. Doch der Verlust des einzigen Sohnes lässt Eltern, vor allem Mütter, oft den Verstand verlieren. Zivilisten sind keine Soldaten. Sie kennen unseren Ehrenkodex nicht, nach dem man auch dem tapferen Feind Respekt zollt.« Offensichtlich hatte Stengel Paulines Worte entweder gar nicht wahrgenommen oder schon wieder vergessen. So konstruierte er sich jetzt seine eigene Version des Geschehens.

»Ich nehme an, man hat Sie zur Beerdigung Ihres Verwandten auf Ehrenwort aus dem Gewahrsam beurlaubt?«

Diesmal wartete Stengel Franz' Antwort gar nicht ab. »Das macht auch verständlich, warum Sie nicht in Uniform erschienen sind. Doch nun sollten Sie besser zurückgehen. Hier ist die Stimmung zu aufgeheizt.«

Franz nickte mechanisch. Mit einem Bleigewicht im Magen drehte er sich um und ging mit immer schnelleren Schritten zum Ausgang des Friedhofs.

Erst als er schon ein gutes Stück des Weges in Richtung Weißenburg zurückgelegt hatte, merkte er, dass Irene ihm nachlief.

»Franz, Franz! So warte doch auf mich!«

Endlich hörte er sie, blieb stehen und drehte sich um. Ganz außer Atem erreichte Irene ihn und hielt sich die schmerzende Seite. Sie fühlte sich etwas schwindlig wie schon öfter in den letzten Tagen. Auch die leichte Übelkeit machte sich wieder bemerkbar.

Das ist sicher die große Hitze, beschwichtigte sie sich aufs Neue. *Die Hitze, der Schlafmangel, die Anstrengung.* Tief im Innern ahnte sie jedoch, dass es einen ganz anderen Grund dafür gab. Aber sie drängte den Gedanken rasch beiseite. Jetzt ging es um Franz.

»Was … was hast du denn jetzt vor?«, keuchte sie, noch

immer nach Luft ringend. »Lauf doch nicht weg! Sie werden sich schon wieder beruhigen.«

Franz schüttelte den Kopf. »Glaub mir, Irene, das werden sie nicht. Ich kenne sie besser als du.«

»Aber was soll dann jetzt werden?« Sie spürte einen Anflug von Verzweiflung in sich aufsteigen.

Franz ergriff ihre Hände und zog sie auf eine Bank, die etwas abseits im Schatten einer Eiche stand und das Bombardement der letzten Tage unbeschadet überstanden hatte. Irene bemühte sich, die bräunlichen, getrockneten Blutflecken an der Lehne zu übersehen.

Franz schluckte schwer. Irene ahnte, dass er einen heftigen inneren Kampf ausfocht.

»Ich glaube, es gibt nur einen Ausweg für mich«, sagte er schließlich langsam. Seine Stimme klang belegt. »Ich muss mich den französischen Truppen anschließen.«

»Um Himmels willen!« Irene war entsetzt. »Aus welchem Grund soll das der einzige Ausweg sein?«

Franz atmete schwer. »Ansonsten bin ich im besten Fall ein Gefangener oder im schlimmsten Fall bald tot.«

Irene fühlte sich wie gelähmt. Unfähig zu reagieren, starrte sie ihn an.

Er strich ihr sanft über die Wange. »Schau, mein Liebes. Irgendwie bin ich zwischen zwei Stühle geraten. Oder besser gesagt, zwischen zwei Fronten.« Er versuchte zu lächeln.

»Ich hatte vorhin schon mehr Glück als Verstand, dass dieser Preuße mich gehen ließ. Er hat wahrscheinlich nicht gewusst, dass es in Weißenburg eine Freiwilligengarde aus Zivilisten gab, und mich deshalb zu meinen Gunsten missverstanden. Er glaubte, ich hätte regulär in der französischen Garnison mitgekämpft und sei auf mein Ehrenwort hin beurlaubt worden, um an der Beisetzung meines Vetters teilzunehmen.«

Langsam begann Irene zu verstehen. »Und jetzt glaubst du, er wird den bayerischen oder preußischen Offizier, der für die

Kriegsgefangenen zuständig ist, fragen, ob du auch wirklich zurückgekommen bist.«

Franz spähte über Irenes Schulter die Straße hinauf, die sie gerade entlanggekommen waren, soweit er sie einsehen konnte. »Schlimmer noch! Es kann gut sein, dass mein Onkel oder meine Tante ihm mittlerweile bereits den wahren Sachverhalt erklärt haben!«

Ein neuer Schrecken fuhr Irene durch alle Glieder. »Und du fürchtest, er käme nun, um dich zu verhaften? Weil du als Zivilist mitgekämpft hast?« Sie legte die Hand über die Augen und blickte nun ebenfalls die Straße hinauf. Doch es war kein Soldat zu sehen.

Franz nickte. »In den Zeitungen steht, dass die Deutschen schon vor der Schlacht bei Fröschweiler-Wörth Bauern erschossen haben, die Widerstand gegen Requirierungen leisteten oder französische Soldaten versteckt hielten.«

Er nahm den Hut ab und wischte sich den Schweiß von der Stirn. »Ich bin ja schon aus Weißenburg auf den Geisberg geflohen, um nicht verhaftet zu werden. Dass ich dann dort ebenfalls mitgekämpft habe, macht die Sache nur noch schlimmer. Auch das wissen meine Verwandten nur zu gut. Du hast sie ja eben gehört.«

Irene senkte den Kopf. Sie stellte die Frage, auf die sie selbst noch keine Antwort gefunden hatte. »Und warum hast du das getan?«

Franz verstand sie nicht. »Was getan?«

»Nun, warum hast du dort mitgekämpft und dein Leben noch einmal aufs Spiel gesetzt? Du wusstest doch, dass die deutschen Truppen weit in der Überzahl waren.«

Franz zuckte mit den Schultern. »Ich weiß es selbst nicht so recht. Wahrscheinlich, weil ich schon da keinen anderen Ausweg mehr sah. Im Weißenburger Kontor konnte ich ja nicht länger bleiben, und in Altenstadt hatte mich mein Vater einige Tage zuvor des Hauses verwiesen.«

Wieder versuchte er zu lächeln. »Vielleicht hoffte ich auch gegen jede Wahrscheinlichkeit auf einen französischen Sieg. Oder zumindest auf einen ehrenhaften Rückzug. Ich wollte als ein Teil von Napoleons Armee stolz auf mich sein können!«

Irene fühlte sich plötzlich ganz mutlos. »Und dazu wäre es ja womöglich gekommen, wenn Fritz nicht gefallen wäre.«

»Und ich Marcel dafür nicht geschlagen hätte«, ergänzte Franz ihre Aussage. »Dann hätten sie mich zumindest nicht wie einen Kollaborateur eingesperrt. Ob ich dann allerdings noch am Leben wäre, ist eine andere Frage.«

Er holte tief Luft. »Und genau das ist meine einzige Chance. Alle Soldaten, die wussten, dass ich zu keiner ihrer regulären Einheiten gehöre, sind tot. Nach Altenstadt kann ich nicht. Selbst wenn mein Vater versuchen würde, mich zu schützen, was ich keineswegs für sicher halte, wäre es vergebliche Liebesmüh. Gegen Onkel Gregors, aber vor allem gegen Tante Ottilies Hass kommt er nicht an.«

Irene schmeckte bittere Galle, die aus ihrem schon wieder sauren Magen aufstieg. Sie wusste, dass Franz Recht hatte. Ottilie würde Himmel und Hölle in Bewegung setzen, um Franz den Deutschen auszuliefern.

Aber was ist die Alternative? Dass er sein Leben oder seine Gesundheit in diesem entsetzlichen Krieg verliert? Plötzlich war sie sich sicher, dass eines von beiden geschehen würde. Die Verzweiflung drohte sie zu überwältigen. Mit aller Kraft, die ihr geblieben war, versuchte sie, die Tränen zurückzuhalten.

Doch sie konnte Franz nichts vormachen, der ihr ansah, was in ihr vorging.

»Ich werde auf mich aufpassen, mein Liebes. Allein schon, um zu dir zurückzukehren und dich heiraten zu können, wie ich es versprochen habe.« Wieder sah er unruhig die Straße hinauf.

»Aber jetzt muss ich gehen. Es ist noch früh am Nachmittag. Ich versuche, mich zu den französischen Truppen durchzuschlagen und mich als Mitglied der Division Douay auszugeben. Es sind so viele Franzosen dieser Einheit gefallen oder verwundet worden, dass niemand den Überblick haben wird.«

Irene musterte Franz. Sie schluchzte auf, unfähig, ihre Gefühle länger zu zügeln. »Und wie willst du das bewerkstelligen? In deinem schwarzen Anzug und deinen feinen Straßenschuhen? Und woher willst du überhaupt wissen, wohin du gehen musst?«

An Franz' Gesichtsausdruck konnte Irene erkennen, dass er so weit noch gar nicht gedacht hatte. Er runzelte die Stirn. Schließlich seufzte er tief, während sie ihn ängstlich beobachtete.

»Ich fürchte, mir wird nichts anderes übrig bleiben, als noch einmal nach Weißenburg zu gehen. Dabei ist mir der schwarze Anzug als Tarnung allerdings sehr von Nutzen. Unser Weinkontor an der Place de la République ist zum Glück unbeschädigt geblieben, und ich kann mich als Mitglied der Inhaberfamilie ausweisen. In meiner Schlafkammer dort habe ich noch robustere Kleidung und etwas Geld. Außerdem einen Tornister. Und der Unterpräfekt Edgar Hepp ist mein Freund und wohnt nicht weit entfernt. Er wird mir helfen. Womöglich kann er mir sogar ein Pferd und eine Pistole besorgen und weiß, wohin sich die französischen Einheiten nach der Niederlage von Fröschweiler-Wörth zurückgezogen haben.«

Er schien Irenes zunehmend verzweifelten Gesichtsausdruck zu bemerken und streichelte ihr wieder über die Wange.

»Mein Lieb, das ist meine einzige Chance. Zwar keine große Chance, das ist wahr, aber meine einzige!«

In Irenes Innern drohte ein Damm zu brechen. *Und was wird aus mir? Aus mir und unserem Kind?* Genauso sicher, wie sie vorhin gefühlt hatte, dass Franz den Krieg nicht unbeschadet überstehen würde, wusste Irene plötzlich, dass sie sein Kind unter dem Herzen trug.

Franz machte Anstalten aufzustehen. Sie hielt ihn am Ärmel fest.

»Was ist noch, mein Schatz? Ich muss gehen, ich habe keine Minute mehr zu verlieren. Sicher ist die Trauerfeier auf dem Friedhof längst zu Ende, und wer weiß, wann die preußischen Kameraden meines Cousins hier vorbeikommen.«

»Ich ... ich ...«, stotterte Irene. Ihr fehlten die richtigen Worte. »Ich muss dir noch etwas sagen, Franz.«

»Ja?« Beunruhigt sah er sie an. »Was ist es? Beeile dich!«

In diesem Moment ertönte Hufgetrappel. Voller Panik sah Irene auf. Aber es war zum Glück nur ein Bauer auf einem Ackergaul, der die Straße entlangkam. Doch der Augenblick des Schreckens ließ sie ihre Entscheidung ändern.

»Also was ist, mein Lieb? Bist du ...«, Franz stockte. »Bist du krank?«

Irene schüttelte den Kopf. »Nein, Franz. Mir geht es gut. Ich bin nur müde von den Anstrengungen der letzten Tage.« Sie zog das kleine versilberte Kreuz, das Minna ihr zum letzten Geburtstag geschenkt hatte, unter ihrer hochgeschlossenen Bluse hervor und öffnete den Verschluss. Dann drückte sie es Franz in die Hand. »Das hier soll dich beschützen und an mich erinnern.«

Franz nahm sie in die Arme und drückte sie fest an sich. Zum Glück waren keine Passanten in der Nähe. »Ich danke dir, Irene, und werde es in Ehren halten.« Dann schob er sie ein Stück von sich weg und musterte sie. »Doch was wolltest du mir noch sagen?«

In ihrer Not griff Irene zu einer Lüge. »Wie erfahre ich, wo du bist und wie es dir geht?«

»Ich werde nach Altenstadt schreiben, wann immer es mir möglich ist. Das bin ich auch meiner Mutter schuldig. Erzähle ihr, aber erst einmal nur ihr, was ich vorhabe, niemandem sonst. Sie wird in Sorge sein, aber sie wird mich verstehen. Und kehre von Schweighofen nach Altenstadt zurück. Meine Mutter wird dir eine liebevollere Dienstherrin sein als meine furchtbare Tante Ottilie.«

Er stand entschlossen auf und zog sie mit sich hoch. Dann legte er die rechte Hand auf sein Herz. »Und ich verspreche dir bei allem, was mir heilig ist und woran ich glaube, dass ich dich heiraten werde, wenn dieser furchtbare Krieg zu Ende ist.«

Kapitel 14

Fröschweiler
7. August 1870, später Nachmittag

Das erste Zeichen dafür, dass Franz sich den neuen Schlachtfeldern näherte, war der unverkennbare Geruch. Auch sein Pferd, eine schon etwas altersschwache Stute, die ihm Edgar Hepp gegeben hatte, schnaubte und scheute plötzlich sogar. Die Ursache des Gestanks erfüllte Franz mit dem gleichen Schaudern, das ihn bereits bei der Bergung seines Cousins auf dem Geisberg ergriffen hatte. Neben der Straße lag ein Stiefel, in dem noch ein Stück Bein des Gefallenen steckte. Die Farbe der ehemals hellgrauen Uniformhose wies darauf hin, dass es der Überrest eines Deutschen war.

Nur kurze Zeit später überholte Franz einen Ochsenkarren. Seine grausige Fracht bestand aus wahllos übereinandergestapelten Leichen von Gefallenen. Der Karrenlenker, seiner Kleidung nach zu urteilen wahrscheinlich ein Bauer, blickte nicht einmal auf, als Franz vorbeiritt, sondern starrte mit stumpfem Blick geradeaus.

Franz spürte, wie sich ihm der Magen umzudrehen drohte. Er hielt den Atem an und holte erst tief Luft, nachdem er den Karren ein Stück hinter sich gelassen hatte. Vergebens! Nun mischte sich auch noch der Geruch nach kaltem Rauch in den immer stärker werdenden Gestank der Verwesung.

Schließlich kam der kleine Ort Fröschweiler in Sicht. Vor vielen Jahren hatte Franz seinen Vater einmal hierher begleitet, als dieser eine größere Weinlieferung ins Schloss der dort ansässigen Grafen von Dürckheim gebracht hatte.

Ein Teil der Schlacht schien mitten im Dorf getobt zu haben. Viele Häuser waren beschädigt oder ganz zerstört. Der Kirche fehlte der Turm. Deutsche Soldaten aus einem Württembergischen Regiment patrouillierten mit aufgepflanzten Bajonetten am Straßenrand.

Kurz vor dem Marktplatz hatten die Besatzer eine Straßensperre errichtet. Franz' Puls begann zu rasen, als ihn ein Soldat mit den Rangabzeichen eines Feldwebels an die Seite winkte. Er versuchte, einen möglichst gelassenen Gesichtsausdruck aufzusetzen, während er sich aus dem Sattel schwang.

»Verstehen Sie Deutsch?«, sprach ihn der Feldwebel mit schnarrender Stimme an.

Franz straffte die Schultern. »Jawohl, ich verstehe und spreche sowohl Deutsch als auch Französisch.« Bei seiner Beratung mit Edgar Hepp waren beide übereingekommen, dass Franz am besten bei der Wahrheit über seine deutsch-französische Herkunft bleiben sollte.

Der Unteroffizier fixierte ihn misstrauisch. »Wer sind Sie, und was wollen Sie hier?«

Franz versuchte möglichst verbindlich zu lächeln. »Mein Name ist Franz Gerban. Ich bin der Sohn einer französischen Mutter und eines deutschen Weinhändlers. Unser Hauptkontor befindet sich in Weißenburg, doch es gibt auch noch eine Nebenstelle in Hagenau. Ich bin dorthin unterwegs, um in diesen …«, er stockte kurz, »… in diesen unsicheren Zeiten dort nach dem Rechten zu sehen.«

»Können Sie sich ausweisen?«

»Natürlich.« Franz zog seinen französischen Reisepass aus der Tasche seiner Jacke aus grob gewebter Baumwolle, die er samt einer dazu passenden Hose in Weißenburg gegen den schwarzen Anzug aus feinem Tuch getauscht hatte, den er während der Beerdigungsfeier getragen hatte. Er streckte dem finster dreinblickenden Feldwebel das Dokument entgegen. Der studierte es genau.

»Ja, ich sehe, Sie sind französischer Staatsbürger. Aber woher soll ich wissen, dass Sie mir über den Zweck Ihrer Reise die Wahrheit sagen?«

»Ich habe dieses Schreiben meines deutschen Vaters bei mir.«

Franz zog das Papier mit dem Briefkopf der Gerban'schen Weinhandlung ebenfalls aus der Innentasche seiner Jacke. Den Brief hatte er auf Empfehlung Edgar Hepps geschrieben und die Unterschrift seines Vaters gefälscht.

Der Feldwebel las ihn ebenfalls mit finsterer Miene. Dann gab er Franz die Dokumente zurück. »Hier können Sie heute und wahrscheinlich auch noch morgen nicht durch. Unsere Truppen befinden sich in den Feldlagern und müssen sich nach den Verlusten der Schlacht erst wieder neu formieren. Am besten reiten Sie nach Weißenburg zurück und versuchen es in einigen Tagen noch einmal.«

Franz sank das Herz in die Schuhe. »Aber es wird schon in zwei Stunden dunkel«, wandte er ein. »Und mein Auftrag duldet keinen Aufschub.«

In diesem Moment wurde der Leichengestank unerträglich. Inzwischen war der Ochsenkarren mit seiner furchtbaren Fracht näher gekommen und hielt auf die Barriere zu. Fast gleichzeitig trat ein Leutnant aus einem der unzerstörten Häuser neben der Straßensperre.

»Was gibt es hier, Meier?«, sprach er den Feldwebel an.

Der erläuterte ihm kurz den Sachverhalt.

»Und Sie sagen, der da«, der Leutnant wies auf Franz, ohne ihn anzusehen, »will nicht zurückreiten?«

Ohne die Antwort seines Untergebenen abzuwarten, fuhr er fort: »Auch gut, dann kann er beim Bergen und Begraben der Leichen helfen. Hier wird jede Hand gebraucht. Das Pferd kann einen Wagen ziehen, wenn wir noch einen auftreiben können.«

Erst jetzt sah er Franz ins Gesicht. »Also Mann, sputen Sie sich.« Er wies auf den Ochsenkarren. »Die da müssen heute noch unter die Erde, Freund und Feind gleichermaßen.« Ein bitter sarkastisches Lächeln verzerrte seine Lippen. »Und da Sie ja ein Kind beider Kriegsparteien sind, wird es Ihnen wohl nichts ausmachen, die Gefallenen beider Länder zu verscharren.«

Anwesen der Gerbans bei Altenstadt
7. August 1870, später Nachmittag

»Das war das letzte gute Tischtuch im ganzen Haushalt.« Bekümmert betrachtete Frau Burger, die Hausdame, das mit Kaffee-, Kakao- und Fettflecken übersäte Tafeltuch aus feinstem, seidenartig glänzendem Stoff. »Ich hoffe, der zarte Spitzenbesatz übersteht das Auskochen.«

Irene, die gerade die schmutzigen Teller zusammenstellte, stimmte ihr zu. »Ja, es wäre in der Tat sehr schade, wenn das Tuch in der Wäsche Schaden nähme. Ich habe es noch nie zuvor im Gebrauch gesehen.«

Frau Burger lächelte schmerzlich. »Frau Gerban hat es bislang wie ihren Augapfel gehütet. Es stammt noch aus der Aussteuer ihrer Mutter. Die Spitzen kommen aus Brüssel. In den letzten Jahren wurde es höchstens an Weihnachten aufgelegt, um den Gabentisch zu bedecken.«

»Machen Sie sich um das Tuch keine Gedanken, meine Lieben.« Von Irene und Frau Burger unbemerkt war Pauline in den großen Speisesaal gekommen, in dem die Bewirtung der Beerdigungsteilnehmer erst vor einer halben Stunde zu Ende gegangen war. »Meine Schwägerin Ottilie hat mir versprochen, uns morgen mit Tisch- und Bettwäsche auszuhelfen, bis Niemann Ersatz aus Landau besorgt hat.«

Nahezu sämtliche Weißwäsche des Altenstädter Haushalts war zur Pflege der Verwundeten verwendet worden. Da man die meisten Tücher zu Verbandsmaterial zerschnitten hatte, gab es kaum mehr ein brauchbares Bett-, Hand- oder Tischtuch im Haus.

Pauline wandte sich an Irene. »Würden Sie einen kurzen Moment mit mir kommen?«

Irene knickste und folgte Franz' Mutter die breite Treppe hinunter bis in den kleinen Salon, dessen Tür Pauline sorgfältig schloss.

Kaum waren sie allein, fiel die Maske der höflichen Hausherrin, die Pauline bis dahin zur Schau getragen hatte, von ihr ab und wich einem Ausdruck tiefster Angst. Sie griff nach Irenes Arm.

»Wissen Sie etwas von Franz? Ich glaube, Sie sind ihm vom Friedhof aus gefolgt. Habe ich Recht?«

Irene nickte, und ihre Augen füllten sich unwillkürlich mit Tränen. »Er will sich den Truppen des Marschalls Mac-Mahon anschließen.«

Pauline sank auf das kleine Sofa und machte Irene ein Zeichen, sich neben sie zu setzen.

»Aber der Marschall hat gerade die Schlacht bei Wörth und Fröschweiler verloren. Mit weit mehr Verlusten als hier in Weißenburg.«

Irene konnte sich nicht länger beherrschen, die Tränen liefen ihr nun über beide Wangen. »Er sagte, es sei seine einzige Möglichkeit, nicht gefangen genommen oder sogar erschossen zu werden, weil er als Zivilist gegen die Deutschen gekämpft hat.«

Sie suchte in ihrer Schürzentasche nach einem Taschentuch. Pauline reichte ihr das eigene Spitzentüchlein. Irene schnäuzte sich und versuchte, sich zusammenzureißen.

»Er wollte noch heute Nachmittag aufbrechen. Zuvor wollte er noch zu Edgar Hepp, dem Unterpräfekten von Weißenburg, um sich ein Pferd, andere Kleidung und eine Waffe zu besorgen.«

Pauline starrte Irene wortlos an. Ihre Hände zitterten, die dunklen Augen wirkten riesengroß in ihrem zarten Gesicht.

»So geht mein einziger Sohn ohne Abschied von mir vielleicht einem furchtbaren Tod entgegen.« Irene verstand die geflüsterten Worte kaum.

Paulines Schwäche verhalf ihr jedoch zu neuer Kraft. Sie straffte den Rücken. »Sie müssen das verstehen. Franz befürchtete, dass Ottilie oder Gregor Gerban ihn denunzieren würden.«

Pauline nickte langsam. »Das wollten sie sogar schon heute Nachmittag tun. Besonders Ottilie ist eine hinterhältige Person. Wäre der preußische Leutnant nicht so begriffsstutzig gewesen, hätten sie ihr Ziel womöglich bereits erreicht.«

»Franz lässt Ihnen ausrichten, er wolle schreiben, wie es ihm geht, sobald er eine Möglichkeit dazu findet.«

Nun verlor Pauline die Fassung, schlug die Hände vors Gesicht und begann heftig zu weinen. Irene zögerte kurz, dann nahm sie die zarte Frau in die Arme und wiegte sie. Pauline ließ den Kopf an ihre Brust sinken und stammelte größtenteils unverständliche Worte. Irene verstand nur wenig und hielt Pauline, bis deren Schluchzen verebbte.

»Ich glaube nicht, dass Franz' Flucht eine Strafe für Ihre Sünden ist«, sagte sie dann, erstaunt über ihre eigene Kühnheit. »Vielleicht eine Probe für Ihren Glauben, aber sicherlich keine Strafe.«

Pauline erstarrte in ihren Armen.

»Franz würde nicht wollen, dass Sie sich so grämen«, fügte Irene tapfer hinzu.

Es klopfte kurz an der Tür, die danach sofort aufgerissen wurde. Im Rahmen stand Wilhelm Gerban. Mit einem Blick erfasste er die Szene und zog missbilligend die buschigen Augenbrauen zusammen.

»Irene, gehen Sie in die Schlafkammer der Herrin und bringen Sie das braune Fläschchen herbei, das dort auf dem Nachttisch bereitsteht. Es wird meine Gemahlin beruhigen.«

Schweren Herzens löste sich Irene von Pauline und knickste,

bevor sie zur Tür ging. Bis zuletzt hoffte sie, dass Pauline Einspruch erheben würde. Sie wusste, dass sich Laudanum in dem Fläschchen befand, das die deutschen Ärzte auf Wilhelm Gerbans und Paulines eigenen Wunsch hin zurückgelassen hatten.

Doch stattdessen hörte sie etwas anderes, als sie gerade im Begriff war, die Tür zu schließen.

»Ich schicke das Mädchen schon morgen wieder nach Schweighofen«, sagte Wilhelm Gerban. »Es soll mit dem Kutscher zurückfahren, der uns die Wäsche bringt.«

»Das wirst du nicht tun, Wilhelm Gerban.« Irene war überrascht, wie energisch die gerade noch so schwache Pauline widersprach. »In meinem Haushalt bestimme immer noch ich über solche Angelegenheiten. Gerda soll in Schweighofen aufwarten. Irene brauche ich hier.«

Verblüfft blieb Irene stehen und lauschte hinter der nur noch einen Spalt breit geöffneten Tür.

»Warum brauchst du Irene hier?«, entgegnete Gerban. »Welche Dienste kann sie dir besser leisten als Gerda?«

Die Bedeutung des nächsten Satzes ging Irene erst später auf. »Vielleicht hat sie all das, was mir von Franz noch bleiben wird.«

In diesem Moment trat Niemann, der erste Diener, aus der Halle in den Flur, der zum kleinen Salon führte. Rasch schloss Irene die Tür und huschte die Treppe hinauf, um das Laudanum zu holen.

Ihre schwache Hoffnung, Pauline würde dem Betäubungsmittel doch noch widerstehen, wurde rasch enttäuscht. Schon als sie der Familie eine Stunde später ein leichtes Abendessen servierte, sah sie, dass Paulines Pupillen nur noch so groß wie Stecknadelköpfe waren.

Fröschweiler

7. August 1870, drei Stunden nach Franz' Ankunft

»Hier herüber, Kamerad, da gibt es noch zwei freie Plätze.«

Der Mann mit dem sonnenverbrannten Gesicht nahm einen tiefen Schluck aus seiner Feldflasche. Dann zog er sich das Tuch wieder über Mund und Nase, nachdem er einen kleinen Teil der Flüssigkeit aus der Flasche darüber gekippt hatte.

Auch Franz hatte sich sein Halstuch über die untere Gesichtshälfte gebunden und wünschte sich, er hätte etwas von der »Pferdesalbe« bei sich, die ihm der Altenstädter Stallknecht vor dem Geisberger Schloss gegeben hatte.

Ohne genau hinzusehen, griff er dem toten deutschen Soldaten unter die starren Schultern und hob ihn mit einem weiteren Helfer auf die Tragbahre. Seine letzte Mahlzeit, die er noch in Weißenburg eingenommen hatte, hatte er schon vor geraumer Zeit wieder von sich gegeben. Trotzdem war ihm so übel wie noch nie zuvor im Leben. Der Verwesungsgestank machte ihn schwindlig, und der größtenteils lieblose Umgang mit den so sinnlos Dahingemetzelten verursachte ihm noch mehr Ekel als ihre furchtbaren Wunden, auf denen Schwärme von schwarzen Fliegen saßen.

Er schleppte die Bahre zu dem vermummten Mann, der ihn gerufen hatte. An seinen schwieligen, schaufelartigen Händen konnte Franz erkennen, dass es wahrscheinlich ein Bauer oder Landarbeiter war, an hartes Tagwerk gewöhnt. Außerdem roch er durchdringend nach Schnaps.

»Ah, du bist der halbe Boche?« Es war gerade kein deutscher Besatzer in der Nähe, der diese respektlose Bezeichnung der Franzosen für ihre deutschen Gegner hätte ahnden können. Franz bejahte stumm, ohne zu protestieren.

Der Mann bückte sich zu dem deutschen Gefallenen hinunter, den Franz gebracht hatte, riss ihm den blutigen Waffenrock auf und tastete den Oberkörper des Toten ab. Franz wusste mittlerweile, dass er auf der Suche nach dessen Erkennungsmarke war, einem kleinen Blechtäfelchen, auf dem Name, Dienstgrad und Einheit der deutschen Soldaten standen. Damit konnte man ihre Angehörigen in der Heimat wenigstens von ihrem Heldentod unterrichten, wenn sie schon nie wissen würden, wo genau ihr Sohn, Mann oder Bruder in der Fremde begraben lag.

Schließlich hatte der Franzose gefunden, was er suchte, riss die Marke ab und steckte sie in einen bereits prall gefüllten Leinenbeutel. »Die Boches zahlen ein hübsches Sümmchen dafür«, erklärte er Franz überflüssigerweise. »So behalten sie wenigstens den Überblick über ihre Verluste.«

Franz sah in die Grube. Ein französischer Kolonialsoldat und ein weißhäutiger Franzose bildeten die Unterlage für die beiden letzten Leichen, die er und ein weiteres Helferpaar herangeschafft hatten.

»Und was geschieht mit den französischen Gefallenen?«, fragte Franz. Nicht zum ersten Mal an diesem Tag kam ihm unwirklich vor, was er gerade erlebte. *Jetzt habe ich endlich eine Vorstellung davon, wie Dantes Hölle aussehen mag. Nur mit dem einen Unterschied, dass sich die Hölle hier auf Erden befindet, mitten in meiner Heimat.* Einst, Franz kam es länger vor als ein Menschenalter, hatte er die Schriften des italienischen Dichters im Straßburger Lyzeum gelesen.

»Haben die französischen Soldaten denn keine Marken, mit denen man sie identifizieren kann?«, fragte Franz.

Der Mann zuckte mit den Schultern, zog sich dann sein Tuch vom Mund und nahm einen weiteren Schluck aus der Feldflasche. Franz sah, dass er noch jung war, nicht älter als Mitte zwanzig.

»Keine Ahnung, Kamerad. Danach kräht im Augenblick kein Hahn«, beantwortete er Franz' Frage. »Wem sollten wir die französischen Marken denn geben, selbst wenn sie eine haben? Unsere Armee ist doch längst über alle Berge.« Er räusperte sich und spuckte auf die Erde.

Dann bückte er sich ein weiteres Mal und drehte dem deutschen Gefallenen die Hosentaschen um. Sie waren leer. »Merde«, fluchte er. »Da waren andere schneller als ich.«

Franz schüttelte sich vor Entsetzen. *Was sind das nur für verrohte Menschen, die sich nicht einmal schämen, Leichen zu fleddern?*

Er spürte, wie ihm erneut schwindlig wurde. Er schwankte und fühlte sich hart am Arm gepackt. Es war der Bauernbursche, der ihn kritisch musterte. »Was ist, Kamerad?«, fragte er überflüssigerweise. Dann reichte er ihm die Feldflasche. »Hier, nimm mal einen kräftigen Schluck. Du bist ja ganz weiß um die Nase.«

Franz wollte schon ablehnen, als sich sein Blick mit dem des anderen traf. Einen Lidschlag lang sah er in dessen Gesicht das gleiche Entsetzen, das auch ihn befallen hatte. Und in den Augen des Burschen lag das gleiche nackte Grauen, das auch er empfand. »Die Chose hier macht uns allen zu schaffen, das kannst du mir glauben. Nun trink schon, das hilft.«

»Danke! Ich möchte nicht.«

Der Mann hielt ihm die Flasche noch immer hin. »Nun zier dich nicht so! Ich heiße Jean. Jetzt müssen wir alle zusammenhalten.«

Franz griff nach der Flasche und nahm einen tiefen Schluck. Es war kein einfacher Branntwein, sondern feiner Trester. Jean beobachtete ihn und setzte wieder die spöttische Miene auf, hinter der er seine eigene Erschütterung verbarg.

Er streckte die Hand aus und nahm noch einen Schluck. Dann wischte er sich mit dem Ärmel über die Lippen. »Na, jetzt glotzt du! Ist ein vornehmes Gesöff. Stammt aus dem Keller der Gräfin. Der Pfarrer hat ein Fässchen davon vor der Plünderung der Deutschen versteckt und uns alle heute Morgen damit bestochen. Freiwillig hat sich keiner für diese Drecksarbeit hier gemeldet!«

Er drehte sich wieder zur Grube um, packte die Leiche des deutschen Soldaten um die Mitte und warf sie unsanft auf die übrigen Toten. Franz stieß einen erstickten Laut des Protests aus.

»Der merkt es doch nicht mehr«, war die ungerührte Reaktion Jeans. Er bückte sich nach der zweiten Leiche, einem Franzosen, und zeigte dabei in Richtung der zerstörten Kirche. »Da irgendwo muss der Pfarrer sein. Hol ihn! Es ist ihm ein Anliegen, allen Gefallenen seinen Segen mit auf die letzte Reise zu geben.«

Franz fand den evangelischen Pfarrer Klein neben einer anderen Grube, über der er gerade das Kreuzzeichen schlug. Die drei Bauern, die um das Grab standen, hatten die Mützen vom Kopf abgenommen. Aber nur einer der Männer betete halblaut mit dem Pfarrer mit. Die anderen beiden traten unruhig von einem Fuß auf den anderen und warfen verstohlene Blicke zum Himmel, an dem bereits ein bleicher Mond und der Abendstern aufgegangen waren.

Auch Franz zog seinen leichten Strohhut ab, der mittlerweile von Flecken übersät war. Zu oft hatte er ihn heute schon mit schmutzigen Händen abgenommen, um sich den Schweiß von der Stirn zu wischen oder den Begrabenen die letzte Ehre zu erweisen.

Pfarrer Klein nickte ihm zu, als er sein Gebet beendet hatte. Bevor er Franz folgte, richtete er noch ein letztes Wort an die Totengräber rund um das Grab. »Wenn ihr die Grube mit Erde gefüllt habt, geht heim zu euren Familien. Aber seid morgen früh um acht Uhr wieder zur Stelle. Wir haben bislang nicht einmal ein Viertel der Gemarkung abgesucht, es gibt also noch viel zu tun für uns.«

Die Männer ließen sich das nicht zweimal sagen und begannen, so schnell sie konnten, Erde auf das Grab zu werfen.

Der Pfarrer wandte sich seufzend an Franz. »Sie kommen, um mich zur letzten Beerdigung für heute zu holen?«

Franz nickte. »Da drüben!«, zeigte er. »Ob es die letzte für heute ist, weiß ich nicht. Doch die Helfer sind alle zu Tode erschöpft.«

Der Pfarrer nickte ebenfalls. Tiefe Furchen durchzogen sein Gesicht, unter den Augen lagen schwere Tränensäcke und dunkle Schatten. Franz hielt ihn für über sechzig Jahre alt. Erst später würde er erfahren, dass der Pfarrer kaum Mitte vierzig war.

»Ich werde die Leute jetzt alle heimschicken. Es wird schon dunkel.«

»Glauben Sie denn, dass sie morgen wiederkommen?«, fragte Franz. »Mein Eindruck ist, dass die meisten nicht freiwillig hier sind. Und sie benehmen sich schlecht. Sie behandeln die Toten oft ohne Respekt und bestehlen sogar die Leichen.«

Der Pfarrer mied seinen Blick, während sie auf das Grab zugingen, neben dem Jean und die anderen Helfer standen. »Die Deutschen haben jedes Haus und jedes Gehöft geplündert, bevor sie abzogen. Viele der Bauern haben kein Pfund Getreide, keinen Liter Milch oder Wein, keinen Bund Heu oder Stroh mehr. Auch all ihre Tiere sind weg. Hühner und Schweine wurden geschlachtet, Kühe und Ochsen als Zugtiere mitgenommen. Wer will es ihnen da verdenken, dass sie sich am Gut der Kriegsopfer schadlos halten?«

Franz schwieg betroffen.

»Waren Sie schon auf einem der Schlachtfelder?« Der Pfarrer sah ihn von der Seite an.

»Nur in Weißenburg. Nicht hier.«

»Dann können Sie sich vielleicht vorstellen, wie es zwischen Wörth und Fröschweiler aussieht. Die Leichen stapeln sich zu beiden Seiten der Straße. Die Schlachtfelder selbst sind übersät von Gefallenen, toten Pferden sowie Waffen und Gerät aller Art. Dazwischen liegen noch immer wimmernde Schwerverwundete, die noch keinerlei Hilfe erhalten haben.«

Der Pfarrer machte eine weit ausholende Handbewegung. »In jedem halbwegs unversehrten Haus liegen deutsche und französische Verwundete. Allein neunhundert sind es im Schloss, fünfhundert in der Schule und in meinem bescheidenen Pfarrhaus sind es immerhin noch mehr als hundert. Die Soldaten beider Heere sind weitergezogen. Die Drecksarbeit überlassen sie uns Zivilisten.« Seine bittere Stimme griff Franz ans Herz.

»Also habe ich allen Helfern erlaubt, den Toten zu nehmen, was sie für brauchbar erachten, und ihnen dafür die Generalabsolution erteilt, wie es die Katholiken ausdrücken würden. Ungewöhnliche Verhältnisse erfordern ungewöhnliche Maßnahmen.« Nun klang der Pfarrer trotzig.

Franz verspürte das Bedürfnis, sich zu entschuldigen. »Ich wollte Sie nicht kritisieren oder gar verurteilen, Herr Pfarrer.«

Klein machte eine abwehrende Geste. »Selbst wenn Sie es getan hätten, es wäre mir gleich, junger Mann. Wenn es dem Herrgott gefällt, uns bereits auf Erden die Hölle zu bereiten, darf er sich nicht wundern, wenn seine Schäflein die ihnen vorgeschriebenen Wege verlassen.«

Sie waren am Grab angelangt. Über die Leichen hatte man eine Zeltplane gebreitet. »Immerhin erhalten die Toten auf diese Weise ein christliches Begräbnis in geweihter Erde und verrotten nicht auf den Feldern.« Er bekreuzigte sich.

»Doch nun lasst uns beten.«

Nachdem Franz geholfen hatte, die nur noch knapp eine Elle tiefe Grube über den Toten zuzuschaufeln, folgte er dem Pfarrer, der schon vorausgeeilt war. Klein hatte ihm ein Nachtlager in seinem geplünderten Weinkeller angeboten.

»Der einzige Raum, der noch zur Verfügung steht. Für die Verwundeten ist er zu feucht und zu kalt.«

Mit schweren Schritten ging Franz die Dorfstraße entlang. Er orientierte sich an der Ruine der ausgebrannten Kirche. Daneben sollte das Pfarrhaus liegen.

Er war gerade auf Höhe der Kirche angelangt, als er eine laute, erregte Diskussion aus einer Seitengasse hörte. Französische und deutsche Wortfetzen drangen an sein Ohr, ohne dass er die Ursache des Streites ausmachen konnte. Alarmiert bog er in die Gasse ein und trat näher. Schnell erkannte er, dass sich eine Gruppe von Dorfbewohnern mit deutschen Soldaten auseinandersetzte. Die Dörfler trugen Eimer und Bottiche bei sich, die sie offensichtlich an einem Brunnen füllen wollten.

Ohne lange nachzudenken, wandte sich Franz an den Befehlshaber, in dem er den Leutnant erkannte, der ihn am späten Nachmittag als Totengräber verpflichtet hatte. »Kann ich helfen?«, bot er an.

Der Leutnant musterte ihn finster. »Ach, der deutsch-französische Zwitter«, sagte er verächtlich.

Franz spürte, wie sein Gesicht heiß vor Wut wurde, behielt aber die Fassung und wandte sich an Pfarrer Klein, der inmitten der Menge stand. »Worum geht es, Hochwürden?«, fragte er ihn auf Deutsch. Der Elsässer war genau wie er selbst zweisprachig.

»Man lässt uns kein Wasser schöpfen. Weder für unseren eigenen Bedarf noch für die Verwundeten, die wir beherbergen.«

Franz war fassungslos. »Aber Sie haben doch auch deutsche Verwundete aufgenommen?«

»So ist es.«

»Sind auch Offiziere darunter?«

»Allein in meinem Salon liegen neun schwer verletzte deutsche Offiziere«, bestätigte der Pfarrer erneut.

Später konnte Franz sich selbst nicht erklären, woher er den Mut genommen hatte, die Worte auszusprechen, die ihm jetzt wie von selbst über die Lippen drangen. Wütend fuhr er den Leutnant an.

»Sie wollen ein deutscher Offizier sein und haben so wenig Ehre im Leib? Wissen Sie nicht, dass der preußische Kronprinz und Oberbefehlshaber Ihrer Armee alle Verwundeten, auch die französischen, persönlich in Weißenburg aufgesucht hat, um ihnen seine Genesungswünsche zu überbringen? Haben Sie nicht gehört, dass er dem französischen General Abel Douay die letzte Ehre erwiesen und ein Vaterunser an seinem Totenbett gesprochen hat? Mein eigener Cousin ist als Offizier der Liegnitzer Königsgrenadiere vor dem Geisberger Schloss gefallen, als er seine Bataillonsfahne verteidigte! Und erst vor wenigen Stunden hat man mir erzählt, dass die deutschen Soldaten bei Wörth das Feuer einstellten, als ein französischer Trompeter ein durchgegangenes Pferd einfing, das seinen verwundeten Major trug. Sie schossen erst wieder, als beide in Sicherheit waren.«

Der Leutnant glotzte Franz mit offenem Mund an. Auch die Soldaten rings um ihn her standen wie erstarrt.

Franz verzog das Gesicht zu einer spöttischen Miene. »Aber ich vergaß, meine Herren. All diese Männer, von denen ich sprach, waren Preußen. Scheinbar haben die württembergischen Truppen, zu denen Sie gehören, einen anderen Begriff von Ehre. Ich schäme mich gerade in Grund und Boden für meine deutschen Wurzeln.«

Die Bewacher des Brunnens rührten sich immer noch nicht. Das Gesicht des Leutnants war rot angelaufen, er öffnete und schloss den Mund wie ein Karpfen auf dem Trockenen.

Plötzlich verließ Franz die Kraft. Erschöpft drehte er den Deutschen den Rücken zu. »Es hat keinen Zweck, Herr Pfarrer. Diese hier sind blind und taub für alle Menschlichkeit geworden. Lasst uns gehen und für die Verwundeten tun, was wir ohne Wasser, Nahrung und Sanitätsmaterial eben tun können. Für die deutschen und französischen Versehrten gleichermaßen.«

Er hatte bereits drei Schritte zurückgelegt, als ein scharfes »Halt« in seinem Rücken ertönte. Widerwillig drehte Franz sich um. Würde er jetzt für seine Frechheit in den Karzer kommen?

Zu seiner Verwunderung und grenzenlosen Erleichterung hatten die deutschen Soldaten mittlerweile jedoch eine Gasse gebildet und ließen die Dörfler an die Pumpe treten und Wasser schöpfen. Auf einen Wink des Leutnants hin halfen einige seiner Männer sogar dabei.

Aus der Gruppe löste sich schließlich ein einfacher Gefreiter und öffnete seinen Tornister. Er entnahm ihm einen halben Laib Brot, ein Stück Käse und ein kleines Säckchen mit Mirabellen. Damit ging er auf den Pfarrer zu und streckte ihm die Lebensmittel entgegen. »Mehr habe ich nicht, Hochwürden«, sagte er auf Deutsch. »Doch ich besitze noch meine gesunden Glieder. Da kommt es auf eine Mahlzeit mehr oder weniger nicht an.«

Franz sah, wie sich die harten Züge des Pfarrers in einen Ausdruck der Rührung verwandelten, als schmölze Eis in der Sommerhitze. Plötzlich sah er um zehn Jahre jünger aus.

»Ich danke Ihnen, mein Sohn, und ich segne Sie dafür«, sagte er mit zitternder Stimme und schlug das Kreuzzeichen über dem Mann, bevor er die Lebensmittel entgegennahm. »Auch wenn ich von Geburt Franzose bin, so verehren wir doch alle denselben Gott. Er wird Ihnen diese Tat einst hoch anrechnen, wenn Gutes und Böses in der Waagschale liegen.«

Als hätten sie einen nicht hörbaren Befehl erhalten, begannen nun auch die anderen Soldaten, in ihren Tornistern zu kramen. Sie holten weiteres Brot und Käse sowie Zwieback, Würste, verschrumpelte Äpfel, sogar Schokolade und Tabak hervor und überreichten sie den Dörflern. Selbst der Leutnant steuerte eine Schachtel Bonbons und eine Dose Schnupftabak bei.

»Kommen Sie wieder, wenn das Wasser nicht reicht«, entließ er schließlich die tief bewegten Dörfler, nachdem sie gemeinsam mit den Soldaten ein Vaterunser gesprochen hatten, gemäß ihrer Muttersprache auf Deutsch oder Französisch, und Pfarrer Klein Freund und Feind gleichermaßen noch einmal gesegnet hatte. »Morgen früh habe ich bestimmt ein paar Flaschen Wein und Schnaps für Sie aufgetrieben. Und ich werde sehen, ob ich irgendwo Verbandsmaterial und Medizin finden kann.«

Reich beladen mit den gefüllten Wassergefäßen und den geschenkten Speisen machten sich die Dörfler auf den Rückweg in ihre Häuser. Auf allen Gesichtern lag ein ganz besonderer Ausdruck von Zufriedenheit, wie Franz ihn in diesem Krieg nie wieder sehen sollte.

Trotz der abendlichen Augustwärme ging ihm ein weihnachtlicher Satz nicht aus dem Sinn, während seine zu einem behelfsmäßigen Rucksack zusammengedrehte Jacke voller Lebensmittel auf seinem Rücken wippte. *Friede auf Erden und den Menschen ein Wohlgefallen.*

Kapitel 15

Fröschweiler, 8. *August 1870, früher Abend*

Die Sonne ging schon blutrot am Horizont unter, als Franz seine erschöpfte Stute tränkte und das stolpernde Tier in den zertrampelten Garten des Pfarrhauses führte, wo es sofort zu grasen begann. Franz band es an eine lange Leine, sodass es sich frei im Umkreis bewegen konnte, und setzte sich selbst unter einen Birnbaum. Er schloss die Augen und versuchte, die wirren Bilder dieses Tages zu ordnen.

Der frühe Morgen hatte noch vielversprechend begonnen. Als Franz mit Pfarrer Klein erneut Wasser am Brunnen schöpfen wollte, erwartete sie dort eine wunderbare Überraschung. Ein kleiner Leiterwagen war mit einem Fässchen Cognac, sechs Flaschen Wein und zehn Laiben Roggenbrot beladen. Daneben stand ein Sack mit Grieß und eine Kanne mit frischer Milch. Am meisten rührte sie jedoch der Inhalt einer Holzkiste. Anscheinend hatten die deutschen Soldaten noch am gestrigen Abend auch ihre Kameraden gebeten, ihre Rationen für die Verwundeten zu spenden. Käse und Hartwürste, Schinkenstücke und Speck, Obst und Süßigkeiten häuften sich darin. Franz fand sogar einen Topf mit Kirschmarmelade, den eine liebende Mutter ihrem »tapferen Heinz als Erinnerung an die Heimat« gesandt hatte.

Als sie sich beim wachhabenden Leutnant bedankten, kündigte der außerdem zu ihrer Freude an, dass im Laufe des Vormittags Ärzte und freiwillige Helfer aus Deutschland eintreffen würden, um sich um die Verwundeten zu kümmern. Auch Nahrungsmittellieferungen für die hungernde Bevölkerung und die Versehrten wurden am Nachmittag erwartet.

Zu Hause im Pfarrhaus brach die Pfarrersgattin in Tränen aus, als Franz ihr den Topf Marmelade für ihre vier kleinen Kinder überreichte. Ihre gesamten Vorräte, darunter auch das Eingemachte von etlichen Sommern, waren am Abend nach der Schlacht geplündert worden. Nun gab es mit einem kleinen Weißbrot, das sich ebenfalls unter den Spenden befunden hatte, die erste leckere Mahlzeit für die Kleinen seit dem Beginn der Schlacht vor zwei Tagen.

So gut der Tag begonnen hatte, so schlecht setzte er sich fort. Pünktlich um acht Uhr war Franz beim Sammelplatz der Helfer zur Stelle und entdeckte seine Stute Elsa unter den Pferden. Spontan meldete er sich als Karrenführer zur Arbeit auf den Schlachtfeldern und wurde wunschgemäß dem Gefährt zugeteilt, das Elsa ziehen sollte.

Schlimmer als auf dem Geisberg und gestern bei den Gräbern wird es nicht werden.

Er sollte sich irren. Zwanzig Minuten später starrte er fassungslos auf eine Fläche von mehreren Morgen, die dicht an dicht mit Leichen und Pferdekadavern übersät war. Elsa scheute vor den Toten zurück und weigerte sich weiterzugehen, sodass ihm nichts anderes übrig blieb, als dem Tier mit seinem Halstuch die Augen zu verbinden und es vorsichtig am Zügel zu führen.

Mit vereinten Kräften schafften er und die weiteren Helfer zunächst eine Gasse für die Wagen. Franz packte gerade einen toten Zuaven an den Stiefeln, um ihn zum Karren zu zerren, als der vermeintlich Tote die Augen öffnete und erbärmlich zu wimmern begann. »Mon dieu, aidez moi, aidez moi«, stöhnte er.

Franz kniete sich neben den Schwerverletzten. »Bleiben Sie ruhig liegen, wir haben Sie ja jetzt gefunden«, antwortete er auf Französisch.

Doch bei dem deutschen Feldgendarmen, der die Aufräumarbeiten beaufsichtigte, biss Franz auf Granit. »Wegen eines Verwundeten, der vielleicht sowieso bald stirbt, können Sie nicht mit dem leeren Wagen zurückfahren. Warten Sie entweder, bis wir noch weitere Versehrte gefunden haben, oder nehmen Sie zusätzlich noch Leichen mit, damit es sich lohnt.«

Diesmal nutzte auch Franz' Appell an die Ehre des Mannes nichts. Als er schließlich genügend Tote aufgeladen hatte, um den Rückweg nach Fröschweiler antreten zu können, war der Zuave seinen Verletzungen erlegen.

»Jetzt spielen Sie sich mal nicht so auf«, kanzelte ihn der Feldgendarm, seiner Uniform nach zu schließen ein Bayer, unwirsch ab, als Franz ihm Vorhaltungen machte. »Wenn der Mann hier an Ort und Stelle krepiert ist, hätte er auch in Fröschweiler bald das Zeitliche gesegnet.«

Obwohl Franz über die Rohheit des Bayern empört war, hatte er diesem Argument letztlich nichts entgegenzusetzen.

Tatsächlich waren alle Verwundeten, die er und ein paar andere Karrenführer auf dem Schlachtfeld geborgen und nach Fröschweiler gebracht hatten, noch vor dem Abend gestorben.

»Das ist kein Wunder«, erklärte einer der neu eingetroffenen Ärzte, ein Freiwilliger aus dem pfälzischen Landau. »Sie haben ohne Wasser und Nahrung jetzt mehr als zwei Tage auf dem Schlachtfeld gelegen. Schauen Sie nur«, der Mann hob den schwarz verfärbten Arm eines jungen Mannes in Franz' Alter an, »den hier hat der Wundbrand getötet.«

Schließlich war der Fröschweiler Friedhof so überfüllt, dass die Helfer die Anweisung erhielten, gleich an Ort und Stelle Gruben für die Leichen auszuheben und sie ohne Ansehen ihrer Nationalität oder Regimentszugehörigkeit zu verscharren. Hatte sich Franz gestern nicht vorstellen können, dass es noch schlimmer kommen könnte, so wurde er nun eines Besseren belehrt. Lieblos warf man die Leichen in die flachen Gruben, manche wurden zuvor noch ihrer Mäntel und Stiefel beraubt, jede Hosentasche und jeder Tornister wurde durchwühlt. Niemand gab sich die Mühe, auch nur ein Ave-Maria zu sprechen, bevor Erde und Geäst über die Gräber gehäuft wurden.

Es war schon am späten Nachmittag, als Franz ein höchstens zwölfjähriger Bursche auffiel, der mit gesenktem Kopf über das Schlachtfeld strich und sich immer wieder bückte. Franz trat ihm in den Weg, als er in seine Nähe kam.

»Wo kommst du her, und was machst du hier?« Instinktiv sprach er den Jungen auf Deutsch an.

Über seinen harschen Ton erschrocken, blickte der Junge auf. »Ich bin mit meinen Eltern gekommen«, antwortete er in breitem Pfälzer Dialekt. »Wir helfen die Toten bestatten und dürfen uns als Bezahlung Kleider und Gerät mitnehmen.« Er öffnete einen Beutel, den er am Gürtel trug. »Schauen Sie, ich sammele hier diese Kokarden.« Tatsächlich war der Beutel mit den blau-weiß-roten Schleifen der Französischen Revolution gefüllt, die manche Soldaten an ihren Uniformjacken trugen. »Dafür kann man fünf Pfennig pro Stück bekommen, wenn man sie bei uns auf dem Markt feilbietet. Die Leute reißen sich drum.«

»Ja graust es dich denn gar nicht vor den Toten?« Franz war angesichts der Kaltschnäuzigkeit des Jungen fassungslos.

Der zuckte mit den Schultern. »Mich graust es mehr vor einem leeren Magen und einem kalten Ofen im Winter.«

Das war der Moment, in dem Franz beschloss, noch in der Nacht das Weite zu suchen. Wohin auch immer es ihn verschlagen würde, alles war besser, als noch einen Tag länger hier in Fröschweiler zu bleiben.

Und so saß er nun unter dem Birnbaum, dessen untere Äste bereits von allen noch unreifen Früchten geplündert waren, und überlegte, wie er seine Flucht am besten bewerkstelligen könnte.

Daran konnte auch die Tatsache nichts mehr ändern, dass die ihnen am Vormittag versprochenen Ärzte und Pflegekräfte tagsüber offenbar am Werk gewesen waren und gute Arbeit geleistet hatten. Im leichten Abendwind schwangen ihre Hemden und Kittel mit dem eingestickten Roten Kreuz, die die Pfarrersfrau wohl noch am Nachmittag ausgekocht hatte, auf einer Wäscheleine.

Gemeindehaus in Altenstadt
8. August 1870, früher Abend

»Gut, meine Damen, dann hätten wir das also geklärt. Ich erwarte diejenigen von Ihnen, die morgen die Tagschicht übernehmen, um acht Uhr hier in diesem Raum.«

Der Bürgermeister von Altenstadt, ein schon betagter Herr mit einem ausladenden Schnauz- und Backenbart, lächelte befriedigt in die Runde.

»Die Verwundeten werden regelmäßig sowohl von französischen als auch von deutschen Militärärzten visitiert. Auch all unsere zivilen Ärzte sind im Einsatz. Herr Dr. Wiegandt hat die Leitung über die Lazarette in Altenstadt.« Er nickte dem ebenfalls schon älteren Landarzt zu, der sich bereits seit der Schlacht um Weißenburg um die Verwundeten bemühte.

»Doch nichts geht über eine helfende weibliche Hand«, schloss der Bürgermeister seine Rede. »Ich bin daher sehr froh, dass so viele Haushalte meiner Aufforderung gefolgt sind, sich bei der Pflege der Versehrten zu beteiligen. Besonders erfreut bin ich darüber, dass auch deutsche Frauen aus der angrenzenden Pfalz dabei sind.«

Irene, die sich als Einzige freiwillig im Haushalt der Gerbans für diese Aufgabe gemeldet hatte, drückte Minnas Hand, die neben ihr saß und dem Aufruf ebenfalls spontan gefolgt war. Beide hatten sich natürlich für die gleiche Schicht eingetragen und würden ihren Dienst am nächsten Morgen aufnehmen. Danach wären sie jeden weiteren zweiten Tag an der Reihe.

Minna stieß Irene lachend in die Seite, als die beiden Frauen das Gebäude verließen. »Und unsere gute Mathilde hat sich tatsächlich darüber beklagt, dass sie ihr Bett einmal selbst machen muss?«

Obwohl Irene eigentlich in recht trüber Stimmung war, steckte Minnas Lachen sie an. »Ja, an den Tagen, an denen ich Pflegedienst habe. Sie war erst bereit nachzugeben, als ihre

Mutter vorschlug, sie solle den Dienst an meiner statt für die Gerbans übernehmen.«

»Aber ich dachte, Mathilde hätte sich am Tag der Schlacht auch an der Versorgung der Verwundeten beteiligt?«

Irene nickte. »Das hat sie an diesem einen Tag wirklich getan. Sie hat zumindest Wasser geschleppt und Binden hergestellt. Die schmutzige Arbeit hat sie allerdings gemieden.« Sie schnaufte verächtlich. »Außerdem waren da noch viele deutsche Verwundete dabei. Jetzt handelt es sich ja überwiegend um die Pflege des Feindes.«

»Tja.« Minna hob die Schultern. »Die Gerbans sind schon eine merkwürdige Familie. Wie kann jemand wie Franz nur dieselben Eltern haben wie diese zickige Mathilde?«

Irene ließ die Frage, die sie sich schon viele Male selbst gestellt hatte, unbeantwortet. Sie lenkte auf ein anderes Thema ab. »Jedenfalls bin ich froh, dass ich nicht wieder nach Schweighofen muss. Ottilie ist zwar nur eine angeheiratete Gerban, obwohl sie durchaus blutsverwandt mit Mathilde sein könnte, wird aber jetzt nach dem Tod ihres Sohnes noch unerträglicher sein als vorher. Gut, dass sich Gerda mit ihr herumschlagen muss und auch erst einmal nicht mehr in Altenstadt arbeitet. So wurden zwei Fliegen mit einer Klappe geschlagen.«

Minna gab einen zustimmenden Laut von sich. Die Frauen gingen eine Weile schweigend nebeneinander her. Irene merkte, dass ihr Minna immer wieder prüfende Seitenblicke zuwarf. Aber die Freundin sprach das heikle Thema nicht von sich aus an.

Sie näherten sich schon dem Abzweig zur Allee, die zum Anwesen der Gerbans führte, als Irene das zunehmend drückender werdende Schweigen brach. Schließlich hatte Minna auf ihren Wunsch hin ihren Mann, als er sie abholen wollte, gebeten, ihnen bis zu dieser Stelle vorauszufahren. Dort sollte er auf sie warten, da die Frauen bei einem Spaziergang noch etwas Vertrauliches zu besprechen hätten.

»Meine Monatsblutungen haben noch immer nicht eingesetzt«, beantwortete sie Minnas unausgesprochene Frage. »Sie sind sowohl im Juni als auch im Juli ausgeblieben. Ich bin jetzt seit mehr als sieben Wochen überfällig.«

Minna seufzte. »Und merkst du auch andere Anzeichen dafür, dass du schwanger sein könntest?«

»Ich weiß es nicht genau.« Irene blickte zu Boden. »Meine Brüste spannen und scheinen größer geworden zu sein. Außerdem ist mir immer wieder übel, vor allem morgens nach dem Aufstehen.«

Minna seufzte noch tiefer. »Ich bin keine Hebamme, Irene, und habe selbst noch nie geboren. Aber alles, was du sagst, scheint mir darauf hinzudeuten, dass Franz dir ein Kind gemacht hat.« Sie stockte kurz und fuhr dann fort: »Hast du denn schon mit ihm darüber gesprochen?«

Irene stieg ein Kloß in die Kehle. Sie schluckte mehrmals, bevor sie antwortete. »Ich wollte ihn nicht damit belasten, seine Lage ist auch so schon schlimm genug. Ich hatte außerdem Angst, er würde in Weißenburg bleiben und am Ende erschossen werden, wenn ich es ihm sage.« Sie zögerte kurz. »Aber ich glaube, seine Mutter ahnt etwas.«

Minna blieb vor Überraschung stehen. »Wie kommst du denn darauf?«

»Vor vier Tagen wurde ich während der Erstversorgung der Verwundeten ohnmächtig. Pauline war bei mir, als ich aufwachte, und sehr besorgt, als ich die Arbeit wieder aufnehmen wollte.«

»Hm«, brummte Minna. »Möglich wäre es schon, dass Pauline Gerban etwas ahnt. Mütter haben oft einen siebten Sinn für das, was ihre Sprösslinge tun. Und Franz ist ihr Lieblingskind. Sicher würde sie ihren Enkel nicht im Stich lassen, zumal sie ja nicht weiß, ob ...« Sie schlug sich erschrocken auf den Mund.

Irene schluchzte auf. »Sprich es nur aus, Minna! Ob Franz je wieder zurückkommen wird. Das wolltest du doch sagen.«

Sie begann zu weinen. »Ich fühle ja genauso. Ich glaube auch nicht, dass Franz wirklich gesund zurückkommen und mich heiraten wird, wie er es versprochen hat.«

Der Abzweig zur Gerban'schen Allee kam in Sicht. Davor saß Minnas Mann auf dem Bock des Leiterwagens, mit dem er die neuen Fässer auszuliefern pflegte.

Minna legte den Arm um Irene. »Warte noch eine Woche bis zum Ende des Monats. Wenn deine Blutung dann immer noch ausbleibt, wende dich an Pauline Gerban. Ich hoffe, sie wird dir helfen.«

Aber Irene hörte den Zweifel in Minnas Stimme.

Fröschweiler
8. August 1870, gegen acht Uhr abends

Eine knappe Stunde später war Franz noch immer nicht klar, wie er es bewerkstelligen könnte, noch in dieser Nacht aus Fröschweiler zu fliehen. Dennoch war er weiterhin fest entschlossen, es zu versuchen.

Da es tagsüber auch die versprochenen Lebensmittelzuteilungen gegeben hatte, war das Abendessen weit üppiger ausgefallen als am Vorabend. Franz hatte einen Teil der ihm zugeteilten Hartwurst unauffällig in seiner Hosentasche verschwinden lassen und auch sein Stück Brot nicht ganz aufgegessen. Der Pfarrersfrau erklärte er, dass er es für die Nacht aufsparen wolle, in der ihn häufig Albträume aus dem Schlaf reißen würden.

Abgesehen davon, dass dies in Kriegszeiten ohnehin niemand wunderte, war es die reine Wahrheit. Die Bilder von den Schlachtfeldern verfolgten Franz seit den Gefechten um Weißenburg tatsächlich bis in seine Träume hinein.

Nun suchte er mit einer zweiten Decke, die er ebenfalls aus den heute eingetroffenen Lieferungen erhalten hatte, seine Matratze im Weinkeller auf. Spätestens gegen Mitternacht plante er aufzubrechen. Bis dahin wollte er zumindest versuchen, noch ein wenig zu schlafen.

Der Weinkeller lag gänzlich unter der Erde und war weit älter als das darüber erbaute Pfarrhaus. Der Schein der Öllampe in dem ansonsten lichtlosen Raum warf gespenstische Schatten an die Wände des tonnenförmigen Gewölbes. So fiel Franz die Silhouette einer geduckten Gestalt erst auf, als er sie schon fast passiert hatte. Er erstarrte mitten im Schritt und beobachtete den Schatten angespannt. *Kein Zweifel, da bewegt sich ein Mensch.*

Während er noch überlegte, ob er wieder nach oben laufen und sich mit irgendetwas bewaffnen sollte, wurde ihm die Entscheidung bereits abgenommen. Zwischen zwei Fässern ertönte ein unterdrücktes Niesen. Kurz entschlossen leuchtete Franz in die Ecke hinein und erschrak zutiefst.

Ein französischer Soldat in voller Uniform blickte ihn aus rot entzündeten Augen an und legte bittend einen Zeigefinger auf die Lippen. Neben ihm lagen sein Chassepot-Gewehr, ein Jagdmesser und eine Feldflasche. Gleichzeitig stieg Franz der durchdringende Gestank nach Urin in die Nase.

»Bei allen Heiligen, was machen Sie hier?« Schließlich gewann Franz seine Fassung zurück.

Obwohl er nur im Flüsterton gesprochen hatte, presste der Soldat nun die ganze Hand vor den Mund, bevor er ein »Pst« ausstieß.

Unwillkürlich sah Franz über seine Schulter. Natürlich waren sie im Keller allein.

»Hier hört uns im Augenblick niemand«, antwortete er in gedämpftem Tonfall. »Aber wissen Sie, was den Bewohnern dieses Hauses geschehen kann, wenn man sie beschuldigt, einen französischen Soldaten versteckt zu haben?«

Der Mann nickte mit einem verzweifelten Gesichtsausdruck.

»Dann sollten Sie schleunigst sehen, dass Sie von hier verschwinden.«

»Wie soll ich das denn bewerkstelligen?« Endlich begann der

Soldat zu sprechen. »Im besten Fall gerate ich in deutsche Gefangenschaft, im schlimmsten Fall werde ich als Deserteur erschossen.«

»Das könnte auch dem Pfarrer und vielleicht sogar seiner Frau drohen, wenn die Deutschen Sie hier finden.«

»Dann helfen Sie mir«, flehte der Mann. »Wenn Sie mir zivile Kleidung beschaffen, verschwinde ich sofort. Ich stamme aus Fröschweiler und kenne die Gegend genau. Sonst hätte ich ja auch von diesem Versteck hier nichts gewusst.«

»Und was hat Sie in diesen Keller getrieben?«

»Meine Einheit wurde in den Straßenkämpfen fast vollständig aufgerieben. Da habe ich die Nerven verloren und mich hier hinein geflüchtet.«

»Sie harren schon mehr als zwei Tage in diesem Keller aus? Auch ... auch schon in der vorigen Nacht, während ich hier schlief?«

Allerdings wunderte Franz das nicht wirklich. Nachdem er am Vorabend bis spät in die Nacht noch geholfen hatte, die Verwundeten zu versorgen, war er wie ein Stein auf sein Lager gesunken und sofort eingeschlafen.

Der Mann nickte auf seine Frage hin. »Ja, ich habe mich mucksmäuschenstill verhalten. Allerdings haben Sie die halbe Nacht hindurch gestöhnt und vor sich hin gemurmelt.«

Er hob seine Feldflasche auf und streckte sie Franz entgegen. »Bitte, ich habe seit mehr als einem Tag weder etwas gegessen noch getrunken. Die Deutschen haben alles mitgenommen, was hier aufbewahrt wurde.«

Franz brauchte einen Moment, um zu begreifen. »Jetzt sagen Sie nicht, Sie haben auch hier drin gehockt, während die Deutschen die Vorräte geplündert haben.«

»Ich habe mich hinter dieses Fass gequetscht und gebetet.« Der Soldat zeigte auf eine Nische, die Franz kaum breiter als eine Elle erschien, als er hineinleuchtete.

»Bitte!«, drängte der Franzose und hielt Franz von Neuem

die Flasche entgegen, als der weiterhin unschlüssig von einem Fuß auf den anderen trat.

»Kennt Pfarrer Klein Sie denn?«

Der Mann nickte. »Er hat mich getauft. Mein Name ist Albert Valon. Ich gehöre zur Truppe von General Abel Douay und habe schon bei Weißenburg gekämpft. Als es dann nur zwei Tage später hier in Fröschweiler weiterging, habe ich das Töten und Schlachten nicht noch einmal ausgehalten. Vielleicht verstehen Sie das ja nicht und halten mich für feige. Aber ich konnte nicht anders.«

Franz verstand Albert Valon nur zu gut. Er seufzte und streckte die Hand nach der Flasche aus. »Ich gehe Ihnen jetzt erst einmal etwas Wasser holen und komme dann mit Pfarrer Klein zurück. Vielleicht weiß er ja Rat.«

»Nein!« Spontan zog Albert die Flasche zurück. »Er sollte nichts von mir wissen. Dann können die Deutschen ihm auch nichts tun, wenn man mich schnappt.«

»Und wie soll es jetzt weitergehen?« Auf einmal war Franz der ganzen Sache vollkommen überdrüssig. *Ist nicht alles schon kompliziert genug? Muss auch noch dieser Kerl hier auftauchen und uns alle gefährden?*

»Besorgen Sie mir nur andere Kleidung und, wenn Sie es entbehren können, eine Kleinigkeit zu essen. Ich habe Ihnen doch schon gesagt, dass ich die Gegend hier kenne wie meine Westentasche.«

Plötzlich kam Franz eine Idee. War das etwa die Lösung seines Problems?

Eine gute Stunde später näherten sich Franz und Albert dem deutschen Wachposten am Dorfrand. Albert trug einen Anzug der freiwilligen Sanitäter aus Berlin, die heute Morgen geholfen hatten, die vielen Verwundeten im Pfarrhaus zu versorgen, und deren beschmutzte Kleidung die Pfarrersfrau zum Dank noch am späten Nachmittag gewaschen hatte. Kittel und Hose aus beigem grobem Baumwollstoff waren noch feucht, aber das fiel in der Dunkelheit zum Glück nicht auf.

Franz führte die Stute Elsa am Zügel. Auch er hatte seine völlig verdreckte Kleidung schon vor dem Abendessen gewechselt und sich jetzt eine der Rot-Kreuz-Binden von der Wäscheleine um den rechten Arm geschlungen. Alberts Uniform und sein Jagdmesser waren in einem Beutel verpackt, den Elsa auf dem ungesattelten Rücken trug.

»Halt! Wohin des Wegs noch so spät?«

Franz trat vor. Zum Glück kannte er den Mann. Es war der Gefreite, der vorgestern Abend am Brunnen als Erster seine Lebensmittelration gespendet hatte.

Er wies auf Albert Valon und hob die Laterne, die er dabeihatte. »Das hier ist Hans Kerner. Er gehört zu den Freiwilligen aus Berlin. Heute Nachmittag hat er geholfen, Verwundete in den umliegenden Wäldern zu bergen, und dabei einem Mann, für den kein Platz mehr auf dem Wagen war, versprochen, ihn später abzuholen, dann aber kein Transportmittel mehr gefunden. Er ist ganz verzweifelt, zumal der Verwundete schon am Ende seiner Kräfte war. Ich kenne die Stelle und habe angeboten, ihn mit Elsa zu begleiten. Wir wollen versuchen, den Mann zu bergen.«

»Er ist ein deutscher Unteroffizier«, vervollständigte Franz seine Lüge.

Der Gefreite winkte ab. »Deutscher oder Franzose, er ist ein Mensch.« Er wandte sich an Albert. »Haben Sie eine Kennkarte oder einen Pass?«

Franz spürte mehr, als dass er sah, wie Albert erbleichte. Doch der Elsässer behielt einen klaren Kopf und griff geistesgegenwärtig in die Brusttasche des Kittels, den er trug. Dann schüttelte er scheinbar mutlos den Kopf.

»Es tut mir leid, Herr Offizier. Ich habe den letzten Kittel gewechselt, weil er ganz schmutzig war. Den Ausweis habe ich wohl vergessen herauszunehmen.«

Franz sandte ein stummes Dankgebet zum Himmel. Er selbst hatte bislang nur französisch mit Albert gesprochen. Doch wie viele Elsässer, die in unmittelbarer Grenznähe aufgewachsen waren, sprach auch Albert ein akzentfreies Deutsch.

»Schon gut, schon gut.« Der Gefreite klang sichtlich geschmeichelt über die Aufwertung seines Rangs, den er auch nicht richtigstellte. »Dann geht mal los. Ich wünsche euch alles Gute.«

»Und passt auf Blindgänger auf! Nicht, dass ihr zwei im Dunkeln noch in die Luft fliegt!«, rief er ihnen noch hinterher.

Kaum hatten Franz und Albert die letzten Häuser hinter sich gelassen, bog Albert nach rechts in ein kleines Waldstück ein. Eine Weile folgten sie einem schmalen Pfad, bis sie der Weg abwechselnd durch Freiflächen, die wohl ehemals bestellte Felder waren, und weitere Waldstücke führte. Schaudernd sah Franz, dass auch hier noch überall Leichen deutscher und französischer Soldaten lagen. Dazwischen erblickten sie immer wieder aufgetriebene Pferdekadaver.

Auch Waffen und Gerät aller Art lagen herum. Spontan nahm Franz eine Pistole an sich, die er im Schein der Laterne erblickte. Ihr Magazin war noch voll. Edgar Hepp hatte ihm gestern vor seiner Flucht keine besorgen können.

Sie mochten wohl zwei Stunden lang durch dieses unwegsame Gelände gegangen sein, das trotzdem Schauplatz heftiger Kämpfe gewesen war, als sie plötzlich ein leises Schnauben vernahmen. Kurz darauf brach ein gesattelter Rappe durch das Unterholz und trabte geradewegs auf sie zu. Offensichtlich sehnte sich das Tier nach der Gesellschaft von Menschen.

Franz kraulte das Pferd, das zutraulich den Kopf senkte und an ihm schnüffelte, zwischen den Ohren, bevor er es behutsam am Zügel fasste. Der Rappe folgte ihm widerstandslos.

Albert lachte leise auf. »Was für ein Glück! Nun können wir beide unseren Zielen entgegenreiten. Du überlässt mir doch deine Stute, oder nicht?« Noch im Keller waren sie zur vertraulichen Anrede übergegangen.

»Natürlich«, bestätigte Franz. »Wie weit ist es noch?«

»In knapp einer halben Stunde erreichen wir eine größere Straße. Du kannst sie Richtung Zabern nehmen, wohin sich die Armee Mac-Mahons zurückgezogen haben soll, als die Schlacht verloren ging. Das haben zumindest die deutschen Plünderer im Keller behauptet. Dort wird man wissen, wohin du dich wenden musst, um sie einzuholen. Ich reite in die Gegenrichtung nach Reichshoffen. Da habe ich Verwandte, die mich bei sich aufnehmen werden.«

Teil 4

Apokalypse

Kapitel 16

Anwesen der Gerbans bei Altenstadt,
20. August 1870

Irene schlug das Herz bis zum Hals, als sie auf den Umschlag blickte, der in einer unbekannten Handschrift an Pauline Gerban adressiert war. Aus dem Gesicht von Franz' Mutter, die sie gerade in den kleinen Salon gebeten hatte, war jede Farbe gewichen. Obwohl Irene an der Größe ihrer Pupillen erkannte, dass Pauline eine beträchtliche Menge Laudanum eingenommen hatte, zitterten deren Hände wie Espenlaub.

»Das wurde gerade abgegeben. Ein Bote aus Weißenburg hat es gebracht. Der Brief wurde der dortigen Militärbehörde zusammen mit weiterer Feldpost übergeben.« Pauline griff erneut nach dem Glas mit dem von der Opiumtinktur leicht bräunlich verfärbten Wasser und nahm einen weiteren Schluck. »Ich wage nicht, das Schreiben zu öffnen. Würden Sie es für mich tun?«

Mit weichen Knien ging Irene zu dem kleinen Schreibsekretär, an dem Pauline ihre Korrespondenz zu erledigen pflegte, und griff mit ebenfalls zitternden Händen nach einem silbernen Brieföffner. Dann sank sie, ohne eine weitere Aufforderung dazu abzuwarten, in einen Sessel.

Die Blicke der beiden Frauen trafen sich. In Paulines Gesicht spiegelte sich die gleiche furchtbare Angst, wie sie auch Irene in diesem Moment empfand. *Warum sollte uns ein Fremder schreiben, wenn Franz nicht etwas Schreckliches passiert ist?*

Seit Franz' Flucht aus Weißenburg hatte die französische Armee bei den Ortschaften Mars-la-Tour und Gravelotte weitere Schlachten verloren, die einen entsetzlichen Blutzoll gefordert hatten. Keine der beiden Frauen wusste, ob Franz in diese Kämpfe verwickelt gewesen war.

Die Sekunden dehnten sich zu Minuten, während Irene auf den Brief in ihrem Schoß starrte. Es war ein Umschlag aus dickem braunem Papier, der neben der Altenstädter Anschrift der Gerbans noch den Stempel der deutschen Militärbehörde, die Weißenburg verwaltete, trug. Ohne sie anfangs zu begreifen, las Irene die in roter Farbe aufgedruckten Worte »zensiert und freigegeben«.

Erst langsam drang die Bedeutung des Stempels in ihr Bewusstsein. »Die fremde Handschrift muss nicht heißen, dass Franz schwer verwundet wurde oder sogar gefallen ist. In diesem Umschlag kann ein ganz normaler Brief von ihm sein, den die Militärbehörde geöffnet und vor der Weiterleitung geprüft hat«, sagte sie aufgeregt und zeigte Pauline den Stempel.

Franz' Mutter griff nach ihrem Lorgnon und studierte den Aufdruck. »Ich hoffe zu Gott, dass Sie Recht behalten, Irene.« Ihre Stimme klang mittlerweile etwas unsicher. Irene hatte das schon bei anderen Gelegenheiten bemerkt und hielt es für eine Auswirkung des Laudanums. »In der Tat fürchten sich beide Seiten vor nichts mehr als vor Spionen.«

Irene gab sich einen Ruck und schlitzte den braunen Umschlag auf. Darin befanden sich in der Tat zwei weitere Briefe, die geöffnet worden und jeweils an Pauline und sie selbst adressiert waren, diesmal in Franz' gestochener Handschrift. Irene schrie vor Erleichterung leise auf.

»Hier ist ein Schreiben von Franz an Sie.« Sie streckte Pauline einen der beiden Briefe hin. Pauline machte eine abwehrende Handbewegung. »Lesen Sie es mir vor!« Ihre Stimme zitterte noch immer.

Geliebte Maman! Ich bin gesund und wohlauf …

Erst jetzt ließ Pauline sich zurücksinken. Sie lächelte, während ihr die Tränen über beide Wangen liefen. Auch Irene hätte am liebsten laut gejubelt.

»Weiter, liebe Irene! Lesen Sie weiter!«
Irene schnäuzte sich die Nase, holte tief Luft und begann.

Châlons-sur-Marne, 17. August 1870

Geliebte Maman! Ich bin gesund und wohlauf, während ich Dir diese Zeilen schreibe. Ich hoffe, dass sie Dich so bald erreichen, dass Du Dir keine überflüssigen Sorgen um mich machst.

Leider sind fast alle hiesigen Telegrafenleitungen durch die Kriegshandlungen beschädigt worden, sonst hätte ich mich schon längst gemeldet. Auch der reguläre Postdienst funktioniert in den vom Krieg betroffenen Regionen nicht mehr. So musste ich abwarten, bis heute ein Transport schon bei Wörth verwundeter Soldaten abging, für die wir hier in Châlons-sur-Marne nichts mehr tun können. Ich hoffe, dass sie in den Lazaretten hinter der Front die Hilfe erhalten, die sie benötigen, auch wenn diese von den Deutschen überwacht werden. Vielleicht geraten die Ärmsten auch in Kriegsgefangenschaft. Aber da es größtenteils am Kopf verletzte oder amputierte Soldaten sind, werden die Deutschen hoffentlich kein Interesse an ihrer Internierung haben. Zumal sie ihnen als Soldaten kaum mehr etwas anhaben können.

Nun fragst Du Dich sicher, wie ich nach Châlons gelangt bin. Nach einem zweitägigen Aufenthalt in Fröschweiler bin ich den Truppen Mac-Mahons über Zabern und Lunéville gefolgt. Am 11. August habe ich mich einer Gruppe versprengter Nachzügler angeschlossen, wie sie überall nach der Schlacht am 6. August unterwegs waren.

In Fröschweiler hatte ich zuvor bei der Bergung der Toten und der Pflege der Verwundeten geholfen, die sowohl die Deutschen als auch die Franzosen zurückgelassen haben. Die Einzelheiten möchte ich Deinem zarten Gemüt ersparen, sie waren zu schrecklich.

Aber schon auf dem Weg nach Zabern ist mein Entschluss gereift, mich als Sanitäter auszugeben. Ich habe mit der Versorgung der Verwundeten ja unfreiwillig genügend Erfahrungen sammeln können, sei es auf dem Rückweg vom Geisberg, zu Hause in Altenstadt oder zuletzt in Fröschweiler.

Eine schöne Arbeit ist das nicht. Aber so muss ich zumindest nicht auf weitere Menschen schießen und kann einen winzigen Beitrag dazu leisten, das unendliche Leid des Krieges zu lindern. Ich gestehe freimütig ein, dass ich am liebsten gar nicht mehr zur Armee gestoßen wäre, aber bei der allgegenwärtigen Angst vor Spionen wäre ich Gefahr gelaufen, als Verdächtiger interniert zu werden, wenn man mich aufgegriffen hätte. So erschien es mir nach wie vor als das kleinste Übel.

Von Vorteil ist auch, dass Du Dir jetzt keine allzu großen Sorgen um mein weiteres Wohlergehen machen musst. Auch wenn bereits Gerüchte kursieren, dass Mac-Mahons Armee bald in die nächste Schlacht ziehen wird, sind wir als Sanitäter unter dem Zeichen des Roten Kreuzes besser geschützt als der einfache Soldat an der Front. Ich hoffe, Du hältst mich jetzt nicht für feige, aber sei versichert, all die Sterbenden oder für ihr weiteres Leben verkrüppelten oder entstellten Kameraden zu pflegen, erfordert auch einigen Mut.

Ich arbeite sechzehn Stunden am Tag. Dabei fehlt es uns oft am Nötigsten. Mac-Mahons Truppen haben bei Wörth fast ihr gesamtes Material verloren. Dazu gehört auch der Großteil der medizinischen Ausrüstung. Nun haben wir weder genügend Chloroform oder Äther noch Jod oder Operationsbestecke. Selbst Verbandsmaterial ist knapp, obwohl uns die Zivilbevölkerung alles bringt, was sie entbehren kann. Ich wette, in ganz Châlons gibt es keinen Haushalt mehr, der noch Bett- oder Tischwäsche zum Wechseln hat.

Da wir manchen Verwundeten mit unseren hiesigen beschränkten Mitteln nicht mehr helfen können und außerdem damit rechnen müssen, bald weiterzuziehen, gebe ich einem Weißenburger Soldaten diese zwei Briefe mit, einen für Dich und einen für Irene. Ich bitte Dich von Herzen, geliebte Maman, Irene den Brief zu geben und Dich ihrer anzunehmen. Sie wirkte bei unserem Abschied auf mich nicht gesund. Sollte sie noch in Schweighofen sein, lass sie bitte wieder in Altenstadt arbeiten.

Bedenke dabei, dass Irene Deine zukünftige Schwiegertochter ist. Ich bin nach wie vor fest entschlossen, sie zu heiraten, wenn ich wieder zu Hause bin. Sie wird also die Mutter Deiner Enkel sein. Ich hoffe, Du verstehst meine Absicht und billigst sie.

Ich überlasse es Dir, was Du Vater und Mathilde aus diesem Brief weitergeben willst. Solltest Du ihn nicht ganz verschweigen wollen, grüße beide von mir und auch alle anderen Mitglieder des Altenstädter Haushalts.

Nun muss ich aufhören, der Verwundetentransport geht gleich ab.

Ich umarme Dich herzlich und denke jeden Tag voller Liebe an Dich.

Dein Sohn Franz

Irene ließ das Schreiben wieder in ihren Schoß sinken. Sie hatte Mühe gehabt, den Brief am Stück vorzulesen. Immer wieder war sie von Paulines Ausrufen unterbrochen worden.

Sie selbst war innerlich vollkommen aufgewühlt. Insbesondere Franz' Ankündigung, sie nach seiner Rückkehr zu heiraten, berührte sie tief. Zwar hatte sie auch vorher nicht an seiner Absicht gezweifelt. Aber dieses Vorhaben seiner Mutter anzukündigen und diese zu bitten, Irene aus diesem Grund ihre Fürsorge angedeihen zu lassen, machte sein Versprechen ihr gegenüber noch einmal verbindlicher.

Was wird Pauline davon halten? Irene wagte nicht, den Blick zu heben und das Urteil Paulines in deren Gesicht zu lesen. So war es Franz' Mutter, die zuerst das Schweigen brach.

»Dem Himmel sei Dank, dass es Franz gut geht. Obwohl er ein närrischer Junge ist. Wie kann er glauben, wir hielten ihn für feige, weil er sich nicht wie ein Lamm zur Schlachtbank führen lassen will.« Sie lachte und weinte zugleich.

Irene nickte. »Er muss trotzdem Schreckliches in Fröschweiler erlebt haben und weiterhin Tag für Tag bewältigen. Es ist furchtbar, gesunde Männer in den Kampf ziehen zu sehen und nicht zu wissen, ob oder in welchem Zustand sie zurückkehren werden.«

Pauline seufzte. »Sie haben Recht, Irene. Schon bei so manchen Verwundeten hier im Hause hatte ich den unchristlichen Gedanken, sie wären besser tot auf dem Felde geblieben, als das elende Leben führen zu müssen, das ihnen jetzt bevorsteht. Können Sie sich an den Mann erinnern, dem der ganze Unterkiefer fehlte? Er lebte noch, als sie ihn nach Weißenburg brachten.«

»Ich erinnere mich.« Irene wagte noch immer nicht, Pauline ins Gesicht zu sehen.

»Aber kommen wir jetzt zu Franz' Bitte!« Pauline stand auf, trat zu Irene, legte ihr zwei Finger unter das Kinn und hob sanft ihren Kopf an. »Er macht sich Sorgen um Sie. Das kann ich verstehen, denn auch ich habe mir Gedanken um Sie gemacht, mein Kind. Deshalb sagen Sie mir bitte die Wahrheit! Wie geht es Ihnen? Sind Sie wirklich gesund?«

Irene fasste trotz ihrer Beklommenheit einen Entschluss. »Ich glaube schon, Frau Gerban. Zumindest hoffe ich es. Trotzdem geht es mir nicht immer gut.« Sie zögerte kurz und fuhr dann beherzt fort: »Besonders am Morgen ist mir oft übel.«

Pauline setzte sich neben Irene auf die Armlehne des Sessels. »Also ist meine Vermutung wahr. Sie tragen Franz' Kind unter dem Herzen.« Als Irene nicht sofort antwortete, drängte sie. »Ist es nicht so?«

Irene hob die Schultern. »Es ist recht wahrscheinlich«, flüsterte sie.

»Sind Ihre Blutungen ausgeblieben?«

Irene senkte wieder den Blick und bejahte schweigend.

»Wie lange schon, mein Kind?«

»Mittlerweile bereits zum dritten Mal.«

»Weiß Franz darüber Bescheid?«

»Nein. Ich wollte ihn damit nicht belasten.«

Plötzlich wurde Irene alles zu viel. Erst die furchtbare Angst, Franz sei etwas Schlimmes zugestoßen, dann die unendliche Erleichterung, dass er zumindest im Augenblick in Sicherheit war, und jetzt das Eingeständnis der Schwangerschaft. Sie begann zu weinen. Da nahm Pauline sie in die Arme und hielt sie fest.

»Was soll denn nun aus mir und dem Kind werden?«, schluchzte Irene. »Darf ich denn bei Ihnen in Altenstadt bleiben?«

Pauline löste die Umarmung und schob Irene ein Stück weit von sich fort. »Was fragen Sie denn da für einen Unfug, mein liebes Kind?« Ihr zärtlicher Tonfall strafte ihre tadelnden Worte Lügen. »Glauben Sie denn, ich würde zulassen, dass man Sie auf die Straße wirft? Zusammen mit meinem ungeborenen Enkel? Natürlich bleiben Sie hier. Franz würde mir nie verzeihen, wenn ich Ihnen meinen Beistand versagen würde. Und wer weiß ...« Sie stockte und biss sich in die Knöchel ihrer rechten Hand, um ein Schluchzen zu unterdrücken. Dann holte sie tief Luft und straffte die Schultern. »Und wer weiß, ob Franz überhaupt zurückkommen wird. Dann ist sein Kind das Einzige, was mir von ihm bleiben wird.«

»So etwas dürfen Sie nicht sagen, nicht einmal denken«, meinte Irene erschrocken. »Das bringt Unglück.«

Pauline lächelte schmerzlich. Mit ihren dunklen Augen und dem fein geschnittenen Gesicht glich sie mehr denn je ihrem Sohn.

»Sie haben schon wieder Recht, meine Liebe. Wir sollten nicht den Mut und die Hoffnung verlieren. Immerhin ist Franz nicht zur Armee des Marschalls Bazaine gestoßen, der die letzten Schlachten bei Mars-La-Tour und Gravelotte verloren hat.« Jetzt wirkte Pauline sehr erschöpft.

»Doch Sie möchten sicher wissen, was Franz Ihnen geschrieben hat.« Sie griff nach dem Brief auf dem Tisch und hielt ihn Irene entgegen. »Gehen Sie ruhig auf Ihr Zimmer hinauf. Ich werde Frau Burger davon unterrichten, dass Sie für heute vom Dienst befreit sind.«

Auch Irene fühlte sich mittlerweile sehr müde. »Möchten Sie, dass ich Ihnen den Brief ebenfalls vorlese?«, bot sie trotzdem an.

Pauline schüttelte lächelnd den Kopf. »Nein, mein Kind. Franz' Worte an Sie sind sicherlich nicht für meine Ohren bestimmt. Aber nun gehen Sie und legen sich hin. Sie sind sehr blass.«

Irene hatte die Tür schon einen Spaltbreit geöffnet, als Pauline sie noch einmal zurückrief. »Aber Sie müssen sich schonen, Irene. In Ihrem Zustand dürfen Sie keine schwere Hausarbeit mehr verrichten. Auch den Pflegedienst sollten Sie aufgeben. Ich werde darüber nachdenken, wie wir das unauffällig bewerkstelligen können.«

Auch Irene hatte noch etwas auf dem Herzen. »Wie wird Ihre Familie die Sache aufnehmen, Frau Gerban? Lange werde ich die Schwangerschaft nicht mehr verbergen können. Was wird Ihr verehrter Gatte dazu sagen? Und Ihr Fräulein Tochter?«

Aus Paulines Gesichtsausdruck schloss Irene, dass sich Franz' Mutter darüber ebenfalls Sorgen machte. Zu ihrem Kummer griff Pauline sogar noch einmal nach dem Glas mit Laudanum und nahm einen Schluck.

»Auch darüber werde ich nachdenken, Irene«, versprach Pauline tapfer. »Am besten, wir halten Ihren Zustand so lange wie möglich geheim. Je weiter die Schwangerschaft fortgeschritten ist, umso weniger kann mein Mann etwas dagegen einwenden, dass Sie das Kind hier im Hause austragen. Und vielleicht ist Franz sogar schon wieder daheim, wenn es so weit ist.«

Bei ihren letzten Worten fielen Pauline bereits die Augen zu. Irene erkannte, dass sie heute nicht mehr erreichen würde. Sie knickste aus alter Gewohnheit, bevor sie hinaus auf den Gang trat und die Tür leise hinter sich zuzog.

Den Schatten, der sich im düsteren Flur in eine Nische hinter einem ausladenden Schrank drückte, bemerkte sie nicht.

Châlons-sur-Marne
19. August 1870, ein Tag zuvor

»Was sollen wir nur mit Gérome machen?«, fragte Franz bedrückt.

»Es wird uns nichts anderes übrig bleiben, als ihn wie die anderen Geisteskranken einsperren zu lassen«, antwortete Louis, der Sanitätsfeldwebel, dessen Gruppe Franz nach seiner Ankunft in Châlons zugeteilt worden war.

»Armer Kerl. Das ist womöglich sein Tod.«

Louis zuckte mit den Schultern. Franz wusste allerdings trotz der wenigen Tage ihrer Zusammenarbeit, dass Louis das Schicksal dieser Ärmsten der Armen entgegen seiner zur Schau getragenen Gelassenheit keineswegs gleichgültig war.

Auch weil ihn das von den komplizierteren Pflegeaufgaben entlastete, bei denen man seine Unerfahrenheit möglicherweise rasch bemerkt hätte, bot Franz schon am ersten Tag in der Sanitätseinheit an, sich vorwiegend um die Verwirrten zu kümmern. Seine Kameraden nahmen es dankbar an, denn diese Aufgabe war den meisten unangenehmer als die Versorgung selbst eitriger und stinkender Wunden.

Von den Soldaten, die im Geschützhagel im wahrsten Sinne des Wortes ihren Verstand verloren hatten, war Géromes Schicksal besonders tragisch. Bei Wörth hatte ihn eine Kugel in den Kopf getroffen, was ihm erstaunlicherweise anfangs so wenig auszumachen schien, dass ihn seine Einheit mit anderen transportfähigen Verwundeten bei ihrem Rückzug mitgenommen hatte. Kurz nach der Ankunft in Châlons war Gérome dann allerdings ins Koma gefallen, aus dem er nach zwei Tagen als völlig anderer Mensch erwachte. Seither war er geistig verwirrt, wusste weder, wer noch wo er war, blieb dabei aber gutartig und freundlich. Allerdings hatte er einen unbezähmbaren Bewegungsdrang, konnte keine Minute still sitzen und auch nachts nur zur Ruhe kommen, wenn man ihm eine hohe Dosis Laudanum verabreicht hatte.

»Ich lasse den Ärzten in der Irrenanstalt die Adresse seiner Eltern da«, sagte Louis nun. »Vielleicht können sie ihn ja irgendwann abholen.«

Franz wurde noch trauriger. Gérome stammte aus der nordfranzösischen Stadt Metz, die seit Wochen von deutschen Truppen belagert wurde und zu deren Entlastung ein großer Teil der Châlons-Armee bereits gestern via Reims aufgebrochen war.

Natürlich konnte man die Verwundeten nicht mit auf diese Reise ins Ungewisse nehmen. Erst recht nicht diejenigen, deren Geist Schaden genommen hatte, auch wenn die meisten von ihnen körperlich unversehrt waren. Andere wie Gérome waren infolge ihrer Verletzung dagegen wahnsinnig geworden.

Viele dieser Bedauernswerten hockten den ganzen Tag apathisch in einer Ecke. Andere zitterten unkontrolliert, während sie vor sich hin stammelten, oder schreckten beim geringsten Geräusch auf, um dann die Flucht zu ergreifen oder sich unter den Möbeln zu verstecken. Wieder andere behaupteten, Stimmen des Feindes zu hören, die ihnen befahlen, Sabotageakte zu begehen und sogar die eigenen Soldaten anzugreifen. Schon vor Franz' Ankunft war einer dieser Unseligen in Notwehr erschossen worden, nachdem er sich mit gezücktem Säbel auf seine Kameraden gestürzt hatte.

Nun blieb den Militärärzten nichts anderes übrig, als diese Versehrten in die örtlichen Irrenanstalten einsperren zu lassen, während man möglichst viele körperlich Verwundete bei Privatleuten unterzubringen versuchte oder sie mit den wenigen verfügbaren Gefährten in die bereits von den Deutschen besetzten Gebiete schaffte. Die Fürsorge für die ihnen anvertrauten Patienten war auch der Grund dafür, dass Franz' Einheit zu den letzten gehörte, die Châlons verließen.

»Welchem Truppenteil werden wir eigentlich zugeteilt?« Franz versuchte, sich mit dieser Frage vom traurigen Schicksal der Zurückgelassenen abzulenken.

»Nach dem, was ich gehört habe, der ›Blauen Division‹ aus

Cherbourg. Die hat aus unerfindlichen Gründen nur eine kleine Sanitätseinheit.«

»Aha.« Franz ließ diese Nachricht auf sich wirken. Die sogenannte Blaue Division, die während des Krieges aus Marineinfanterie und -artillerie gebildet worden war, gehörte wie zahlreiche andere Reserveeinheiten zu den Truppen, die erst in Châlons zur Armee Mac-Mahons gestoßen waren, um die schweren Verluste bei Weißenburg und Fröschweiler-Wörth auszugleichen. Allerdings handelte es sich bei den Marinesoldaten nicht um unerfahrene Reservisten oder sogar Freischärler, sondern um eine Eliteeinheit, die ursprünglich dafür vorgesehen gewesen war, die deutschen Küsten zu attackieren. Nun jedoch zog der französische Generalstab alle verfügbaren Einheiten zusammen, um Mac-Mahon Verstärkung zu schicken.

Zuerst hatte es geheißen, die Châlons-Armee solle nach Paris ziehen, um die Hauptstadt zu schützen. Da aber der zweite große französische Truppenverband, die sogenannte Rheinarmee des Marschalls Bazaine, ebenfalls eine Niederlage nach der anderen erlitten hatte, sollte Mac-Mahon nun die deutschen Truppen mit seinem wieder verstärkten Heer angreifen, um Bazaine zu entlasten.

Franz versuchte, die Beklommenheit abzuschütteln, die seit dem Marschbefehl von ihm Besitz ergriffen hatte, und sich auf seine zahlreichen Aufgaben zu konzentrieren, die heute noch zu erledigen waren. Doch das Gefühl drohenden Unheils ließ sich nicht verscheuchen.

Anwesen der Gerbans bei Altenstadt
20. August 1870, später Abend

Mathilde atmete auf, als sie endlich den Einspänner hörte, der ihren Vater von einer der vielen Versammlungen, an denen er in den letzten Wochen teilgenommen hatte, nach Hause brachte.

Es war bereits nach zehn Uhr. Das Abendessen, bei dem diese Schlampe Irene serviert hatte, war längst vorüber. Ihre Mutter zog sich wie üblich sofort danach in ihr Schlafzimmer zurück. Mathilde schützte vor, noch einige Briefe schreiben zu müssen, und hatte sich in die Bibliothek begeben, wo sie seither ruhelos auf und ab ging.

Hoffentlich haben sie mir nichts angemerkt. Dieses Flittchen hat mich immer wieder so verstohlen gemustert.

Aber im Grunde genommen war das nicht wichtig. So schnell würde Franz nicht heimkommen. Und ihr Vater würde ihre Mutter schon morgen zur Rede stellen und dafür sorgen, dass diese Dirne aus dem Haus geworfen wurde. Mathilde rieb sich voller Vorfreude die Hände.

Nun hörte sie ihren Vater das Haus betreten und ging aus der Bibliothek in die Halle, wo Niemann, der ebenfalls auf die Rückkehr seines Dienstherrn gewartet hatte, diesem gerade den Hut und den leichten Sommermantel abnahm.

Mathilde setzte ein freudiges Lächeln auf. »Vater, wie schön, dass ich dich heute noch sehe. Hattest du einen erfolgreichen Abend?«

Wilhelm Gerban musterte seine Tochter kurz und nickte dann. »Bringen Sie mir einen Cognac in die Bibliothek«, wies er Niemann an. »Und ein Glas leichten Weißwein für meine Tochter.«

»Wenn du mir noch Gesellschaft leisten möchtest«, wandte er sich erst jetzt an Mathilde.

»Aber von Herzen gern, lieber Vater. Jetzt, da Franz …« Sie machte gezielt eine kleine Pause. »Da ja Franz … nicht mehr daheim ist, möchtest du vielleicht mir erzählen, wie es nun mit den Weingütern und dem Weinhandel weitergehen wird.«

Wilhelm schnaubte. »Dieser unverbesserliche Idiot!«, fluchte er, ohne Franz' Namen zu nennen. Dann atmete er einmal tief durch. »Lass uns hineingehen.« Er hielt Mathilde höflich die Tür auf. Erst als er sie geschlossen hatte, fügte er hinzu:

»Alles könnte sich so glänzend fügen, wenn mein Sohn und Erbe nicht auf der falschen Seite kämpfen würde.«

Mathilde ließ diese Bemerkung zunächst unkommentiert, verzog ihr Gesicht allerdings zu einer betrübten Miene. Sie schwiegen, bis Niemann die Getränke gebracht hatte.

Dann konnte Mathilde ihre Ungeduld nicht länger zügeln. »Also ist es wahr, dass Deutschland das Elsass annektieren wird, wenn der Krieg für Frankreich verloren geht?«

Wilhelm Gerban nickte. »So ist es, meine Liebe. Du befindest dich quasi bereits jetzt auf deutschem Boden. Man munkelt außerdem, dass der Reichskanzler Bismarck plant, den Preußenkönig zum deutschen Kaiser ausrufen zu lassen, sobald die Welschen besiegt sind. Dann sind wir eine Nation. Die ganzen verfluchten, unseligen Zölle, die wir bisher zahlen mussten, wenn wir unseren Wein in die verschiedenen deutschen Herrschaftsgebiete ausführen wollten, wären dann hinfällig. Und Firmen wie die unsrige, die sowohl mit deutschen als auch mit elsässischen Standorten aufwarten können, werden es dann besonders leicht haben, wirtschaftlich zu prosperieren. Denn wir kennen die Verhältnisse aus beiden Perspektiven.«

»Das klingt in der Tat sehr vielversprechend, Papa.« Mathilde spielte mit ihren Händen und überlegte unruhig, wie sie verhindern konnte, dass sich ihr Vater in dieses Thema verbiss. Wilhelm Gerban war durchaus im Stande, stundenlang über seine Weingüter und den Weinhandel zu dozieren, und hatte dann kein Ohr mehr für ein anderes Thema.

Sie entschloss sich schließlich, auf direktem Weg zur Sache zur kommen. »So bleibt uns wirklich nur von Herzen zu hoffen, dass Franz unversehrt nach Hause kommt und sich den neuen Verhältnissen anpassen wird. Zumal ...« Sie stockte, als würde es ihr schwerfallen weiterzusprechen. »Zumal es noch eine andere Sache gibt, die er zu klären hat«, presste sie schließlich hervor.

»Eine andere Sache? Was soll das heißen?« Wilhelm fixierte

seine Tochter mit grimmiger Miene. Dann schnitt er das heikle Thema von selbst an. »Wenn du glaubst, ich würde dulden, dass Franz dieses Dienstmädchen heiratet, bist du auf dem Holzweg. Das werde ich zu verhindern wissen.«

Mathilde seufzte theatralisch. »Ich fürchte, das wird nicht ganz so einfach werden.«

»Was soll das heißen?«

»Nun«, Mathilde druckste herum und senkte augenscheinlich verschämt den Blick, »nun, du weißt ja, dass es unmoralische Beziehungen zwischen Franz und dieser Irene gegeben hat.«

»Und?« Ihr Vater klang so alarmiert, wie es sich Mathilde gewünscht hatte.

»Nun, ich fürchte, also ich fürchte, dass dies nicht ohne Folgen geblieben ist, lieber Vater.«

»Was sagst du da?« Jetzt klang Wilhelm Gerban so entgeistert, dass Mathilde über die Wirkung ihrer eigenen Worte erstaunt war. Sie hob verunsichert den Blick. Ihr Vater war bleich wie ein Laken.

»Soll das ... soll das heißen, dieses Mädchen ist schwanger?«

»Sie hat es Mutter heute gestanden. Ich habe das Gespräch zufällig mit angehört.«

Mit der nächsten Reaktion ihres Vaters hatte Mathilde nicht gerechnet. Wilhelm Gerban presste sich die Faust auf den Mund. »Oh mein Gott, das darf doch nicht wahr sein«, murmelte er erstickt.

Mathilde war verwirrt. Dass ihr Vater zornig werden würde, hatte sie erwartet. Doch nun wirkte er regelrecht verzweifelt.

»Nun, die beiden haben vereinbart, Irenes Zustand noch möglichst lange zu vertuschen. Sie hoffen, dass Franz nach Hause kommt ...«

»Geh jetzt auf dein Zimmer und lass mich allein«, unterbrach Gerban seine Tochter rüde, und als Mathilde vor lauter Verblüffung nicht sofort reagierte, wurde er sogar laut.

»Auch wenn du wieder einmal gelauscht hast, Mathilde, ist es gut, dass du mich von dieser Sache unterrichtet hast. Doch nun geh und lass mich allein. Ich muss nachdenken!«

Was gibt es da großartig nachzudenken? Mathilde wagte nicht mehr, ihre Gedanken laut auszusprechen. *Du schmeißt diese Schlampe einfach hinaus, bevor Franz zurück ist. So etwas passiert doch alle Tage.*

Doch unter dem zornigen Blick ihres Vaters stand sie folgsam auf und ging zur Tür.

»Gute Nacht, Vater.«

Sie erhielt keine Antwort. Als sie einen letzten Blick zurückwarf, sah sie ihn wie erstarrt in seinem Lehnstuhl sitzen. Seine Hände waren zu Fäusten geballt.

Kapitel 17

Auf dem Weg nach Sedan
24. August 1870

»Hooo! Brrr!«

Franz zog kräftig an den Zügeln der beiden Kaltblüter, die den Planwagen zogen, auf dem die wenigen Utensilien, die sie als Sanitätsgruppe zur Verfügung hatten, transportiert wurden. Hinter einer Straßenbiegung, sofern man den nur mit Schotter befestigten, knapp zehn Fuß breiten Weg überhaupt so nennen konnte, war ein Fahrzeug in ein Schlagloch geraten. Seine Vorderachse war gebrochen.

»Sacré diable!«, fluchte der Truppführer Louis, der neben Franz auf dem Kutschbock saß. »Nun geht es schon wieder nicht weiter.«

Franz verkniff sich, in das allgemeine Geschimpfe mit einzustimmen, obwohl ihm danach gewesen wäre. Mit jeder Meile, die sie seit Châlons zurückgelegt hatten, verschlechterte sich seine Stimmung.

Der Abschied von Gérome saß ihm auch nach drei Tagen noch immer in den Knochen. Der junge Mann hatte geweint wie ein Kind, als ihn die Pfleger der Irrenanstalt mit Gewalt in eine Zwangsjacke steckten und auf den käfigartigen Wagen zerrten. Zudem hatte der begleitende Irrenarzt eine sehr schlechte Prognose für den Kranken abgegeben.

»Er wird diese Verletzung nicht überleben«, prophezeite er. »Die Kugel in seinem Gehirn wird wahrscheinlich wandern oder eine Blutvergiftung auslösen. In spätestens vier Wochen ist der Mann tot.«

Erst auf dem mühsamen Marsch über die schlechten Straßen Nordfrankreichs war Franz zum ersten Mal vollkommen klar geworden, wie miserabel es um die französische Armee stand. Es fehlte ihr an allem. Versprochene Lieferungen mit Proviant, Munition, Zelten, Decken und sonstigem Gerät waren nicht eingetroffen. Er selbst trug immer noch die Uniform des Deserteurs aus dem Keller in Fröschweiler, die ihm Albert nach ihrer Flucht aus dem Keller des Pfarrhauses beim Abschied überlassen hatte. Die Jacke war ihm zu eng, die Hose zu kurz. Aber es war seitdem beim besten Willen keine andere Uniform aufzutreiben gewesen.

Wenigstens passen die Stiefel, dachte er zynisch. Sie stammten aus dem Nachlass Guillaumes, eines Verwundeten, der seinen Verletzungen am Ende doch noch erlegen war. Franz hatte dem Mann in seiner Todesstunde die Hand gehalten und ihm versprochen, seine Familie in Rouen zu benachrichtigen. Er hinterließ eine Frau und fünf kleine Kinder.

Im Gegenzug bestand Guillaume darauf, Franz seine Börse mit zweihundert Francs auszuhändigen und ihm seine nagelneuen Stiefel zu schenken. »Ich habe sie erst zwei Tage vor der Schlacht in Wörth erhalten. Sie sind kaum getragen und werden dir bessere Dienste leisten als deine Treter.«

In der Tat hatte Franz bei seiner überstürzten Flucht aus Weißenburg kein passendes Schuhwerk auftreiben können. Da er mit seinen feinen Lederschuhen, die er bei der Beerdigung seines Cousins getragen hatte, sofort aufgefallen wäre, war ihm nichts anderes übrig geblieben, als ein paar ausgelatschte derbe Halbstiefel anzuziehen, die ihm sein Freund Edgar Hepp überließ. Sie waren Franz nicht nur zu groß, sondern hatten beim Ausheben der Gräber in Fröschweiler und dem nächtlichen stundenlangen Marsch über die Schlachtfelder schon erheblichen Schaden genommen. Albert, der Deserteur, hatte ihn auf ihrem gemeinsamen Weg mehrmals aufgefordert, einem der Toten die Stiefel auszuziehen, was Franz damals nicht übers

Herz gebracht und in der Folge heftig bereut hatte, je mehr sich die Sohlen seines Schuhwerks auflösten.

So dankbar Franz jetzt auch für die guten Stiefel war, so bitter wurde ihm jedes Mal ums Herz, wenn er daran dachte, wie er zu ihnen gekommen war.

Nun stand er damit bis zu den Waden im Matsch der Straße, gemeinsam mit etlichen Kameraden darum bemüht, den Wagen aufzurichten, damit ein Stellmacher die Achse reparieren konnte. Zu allem Elend fing es schon wieder zu regnen an. Es war jetzt, Ende August, allerdings nicht mehr der warme Gewitterregen zu Beginn des Monats. Innerhalb von zwei Tagen hatte sich die drückende Schwüle verzogen, und es war empfindlich kalt geworden, so als ob nach dem extrem heißen Sommer nun ein früher Herbst ins Haus stünde.

Erst zwei Stunden später war der Weg wieder frei. Franz stieg auf den Bock des Planwagens, um die Fahrt fortzusetzen. Nach wie vor regnete es ununterbrochen, wie all seine Kameraden war auch Franz bis auf die Haut durchnässt. Da näherte sich plötzlich ein berittener Kurier ihrer Gruppe.

»Ihr macht heute Nacht Station im Weiler Neufville. Es ist noch etwas mehr als eine Meile Weg bis dahin. Seht zu, dass ihr vor Einbruch der Dunkelheit ankommt.«

Eine knappe Stunde später zockelte der Planwagen in ein kleines Dorf, das höchstens aus zwanzig schäbigen Häusern bestand, die sich entlang der Hauptstraße reihten. Die Gegend war noch sehr ländlich. Misthaufen türmten sich vor jeder Tür, schmutzige Kinder beobachteten die einrückenden Truppen misstrauisch und aus sicherer Entfernung. Nirgendwo war ein Gasthaus, geschweige denn ein Laden zu sehen, in dem man etwas zu essen kaufen konnte. Franz konnte trotz der Misthaufen außer einer mageren Katze auch kein einziges Tier entdecken, obwohl in solch unterentwickelten Regionen oft Schweine und Geflügel im Unrat der Straßen wühlten, als befände man sich noch im tiefsten Mittelalter.

Ratlos blickte Franz sich um. Sein Magen knurrte heftig, da er außer einer dünnen Hafersuppe am Morgen und ein paar Kanten harten Brotes den ganzen Tag noch nichts zu sich genommen hatte.

Neben ihm murrte Louis. »Sieht so aus, als gäbe es schon wieder keine Verpflegung. Oder siehst du irgendwo eine Feldküche oder auch nur ein Lagerfeuer?«

Er erwartete offensichtlich keine Antwort, da er bereits vom Planwagen absprang. »Also können wir nur hoffen, dass uns die Leute hier etwas zu essen verkaufen wollen.« Er gab Franz ein Zeichen, ihm zu folgen, nachdem er die übrigen fünf Sanitäter seiner Gruppe angewiesen hatte, unter einem Baum ein behelfsmäßiges Lager einzurichten, Wasser vom Brunnen zu holen und, so gut es ging, für die Pferde zu sorgen. »Hoffentlich ist unser Brennholz nicht völlig nass geworden. Sonst können wir uns nicht einmal einen Kaffee kochen.«

Franz seufzte. Sehr optimistisch war er nicht, dass das Reisig, das sie am Morgen am Weg gesammelt und zu einem Bündel gestapelt hatten, unter der löchrigen Plane trocken geblieben war. Wenigstens hatte der Regen jetzt ausgesetzt.

Sie näherten sich dem ersten Haus, einem zweistöckigen kleinen Gebäude, dessen ehemals heller Anstrich mittlerweile dunkelgrau geworden war. Auf ihr Klopfen hin erhielten sie zunächst keine Antwort. Franz nahm allerdings eine Bewegung hinter einem der kleinen Fenster im Erdgeschoss wahr, vor dem ein ebenfalls grauer Vorhang hing.

»Hallo, ist jemand zu Hause?«, rief er laut. Und als immer noch keine Antwort kam: »Wir wissen, dass jemand da ist. Bitte öffnen Sie uns, wir möchten etwas zu essen kaufen.«

»Wir haben selbst nichts mehr«, antwortete jetzt eine knarzende Stimme. »Eure Leute waren schon vor euch in Massen da und haben alles mitgenommen. Aber bezahlt hat kaum einer dafür.«

Louis und Franz sahen sich an. Sie dachten beide das Gleiche. Nicht zum ersten Mal hörten sie, dass sich nicht nur die deutschen, sondern auch die eigenen Truppen mittlerweile aus nackter Not am Eigentum der einfachen Leute vergriffen. Franz fasste in die Innentasche seiner Uniformjacke und holte die Börse hervor, die Guillaume ihm geschenkt hatte. Er schwenkte sie vor dem Fenster.

»Wir werden bezahlen, das versprechen wir Ihnen.«

»Das haben andere vor euch auch schon behauptet. Doch wir haben kaum mehr selbst etwas zu essen«, antwortete die knarzende Stimme, offensichtlich die einer alten Frau. »Mein Sohn steht im Felde, meine Schwiegertochter ist hochschwanger, drei kleine Kinder schreien nach Nahrung. Und der Winter kommt bald.«

Franz hatte eine Idee. Er zog ein Fünf-Francs-Stück aus der Börse und hielt es zwischen Daumen und Zeigefinger vor das Fenster. »Das lege ich Ihnen jetzt vor Ihre Haustür und dann treten wir fünf Schritt zurück. Bitte nehmen Sie das Geld und verkaufen Sie uns etwas. Wir sind Sanitätssoldaten und seit heute Morgen ohne etwas im Magen unterwegs. Vielleicht ist es ja Ihr Sohn, den wir in der großen Schlacht, die jetzt bevorsteht, aus dem Getümmel bergen werden. Doch dazu müssen wir bei Kräften bleiben.«

Ob es das Geldstück oder seine Argumente waren, die die Alte schließlich zum Nachgeben bewegten, wusste Franz nicht zu sagen. Jedenfalls öffnete sich die Tür zuerst einen winzigen Spalt, eine dürre Hand ergriff die Münze, dann lugte eine alte Frau mit einem Kopftuch heraus. Sie musterte die Männer mit einer Mischung aus Misstrauen und Furcht.

»Wartet hier draußen, ich hole euch, was wir noch haben.« Die Tür wurde zugeschlagen. Kurze Zeit später öffnete sie sich wieder. Die Alte, an deren Kittelschürze sich jetzt zwei kleine Kinder klammerten, reichte ihnen einen Sack Kartoffeln, ein handtellergroßes Stück Speck und sechs Eier heraus.

Immerhin besser als nichts. Dennoch eine magere Mahlzeit für sie-

ben ausgewachsene Männer. Und das für eine wahrhaft fürstliche Bezahlung.

»Haben Sie auch etwas Schmalz zum Braten?«, hakte er nach. »Und womöglich einen Laib Brot?«

Die Alte schüttelte den Kopf. »Wir hatten vorgestern gebacken, doch eure Kameraden haben alles Brot requiriert. Etwas Fett kann ich euch geben und auch noch drei Zwiebeln, wenn ihr sie haben wollt.«

Franz nickte resigniert, während Louis neben ihm ärgerlich schnaufte, ob aus Wut über die Alte oder über die Misere der französischen Truppen, war nicht auszumachen. Mit einer Geste bat er ihn, sich zurückzuhalten. Zu seiner Erleichterung ging Louis darauf ein.

Die alte Frau schloss die Tür und kehrte wenig später mit dem Versprochenen zurück. Zu Franz' Überraschung überreichte sie ihm auch noch eine kleine Flasche. »Selbstgebrannter Apfelschnaps. Wärmt wenigstens einen Schluck lang von innen.« Dann schlug sie die Tür endgültig zu.

Mit der mageren Ausbeute kehrten Franz und Louis zu ihrem improvisierten Nachtlager zurück. Nur zwei von ihnen konnten auf dem Planwagen nächtigen, die restlichen fünf würden im Freien schlafen müssen. Immerhin qualmte es bereits mächtig, das Holz hatte also zumindest zu glimmen begonnen.

Sie wurden mit einigem Hallo begrüßt und erfuhren, dass andere Gruppen noch weniger erfolgreich gewesen waren als sie selbst. Tatsächlich schien es im ganzen Dorf kaum mehr Vorräte zu geben. Immerhin würden sie heute Abend Bratkartoffeln mit Speck und Eiern essen, auch wenn es nur wenige Bissen für jeden waren.

Sie hatten gerade ihr frugales Mahl beendet und ließen den Apfelschnaps kreisen. Da sprach Jacques, ein junger Freiwilliger, der als Medizinstudent zu den Sanitätern gestoßen war und den Franz von all den Männern der Gruppe am liebsten mochte, aus, was sie alle bewegte.

»Was sollen unsere Truppen mit leeren Mägen und nassen Uniformen den Deutschen denn entgegensetzen, wenn es zur nächsten Schlacht kommt?«

Ratlos sah er in die Runde. Eine Antwort bekam er nicht.

Minnas Haus in Schweigen
25. August 1870

»Möchtest du eine Tasse frischen Bohnenkaffee? Gerade aufgebrüht! Riech einmal!«

Einladend hielt Minna Irene die geöffnete Kaffeekanne entgegen. In der Tat entströmte ihr ein verlockender Duft, doch Irene schüttelte den Kopf. »Nein danke!«

Minna seufzte. »Und was ist mit dem ofenwarmen Butterkuchen? Eigens für dich gebacken! Es ist doch einer deiner Lieblingskuchen!«

Irene schüttelte wieder den Kopf.

»Aber Kind, du musst etwas essen. Wenn schon nicht deinetwegen, so doch dem Ungeborenen zuliebe. Soll es im Mutterleib etwa darben?«

Angesichts Minnas sorgenvoll gekrauster Stirn musste Irene unwillkürlich lächeln. Dadurch ermutigt, fuhr ihre Freundin fort: »Warte nur, bis die Rangen mit ihrem Vater aus der Werkstatt kommen. Dann ist dieser Kuchen in null Komma nichts verspeist.«

Als Irene nichts erwiderte, griff Minna entschlossen zu einer Kuchenschaufel und legte Irene ein Stück des appetitlich mit goldbraunen Mandeln belegten Backwerks auf einen Teller. Dann goss sie ihr eine Tasse Kaffee ein und gab Milch und Zucker hinzu.

Sie wartete einen kleinen Moment, in dem sich Irene noch immer nicht regte. Dann stach sie mit einer Kuchengabel ein Stückchen des Gebäcks ab und hielt es Irene an den Mund.

»Also, nun probiere doch wenigstens einmal.« Sie zog ihre letzte Trumpfkarte. »Oder willst du mich absichtlich kränken?«

»Natürlich nicht.« Irene war erschrocken. Folgsam öffnete sie die Lippen und ließ sich das Stückchen wie ein Kleinkind füttern. Sofort entfaltete sich der herrliche Geschmack nach Butter und Zimt an ihrem Gaumen. Plötzlich knurrte ihr Magen. Sie merkte erst jetzt, wie hungrig sie war. Fast schon gierig griff sie nach der Kuchengabel und schob sich die restlichen Kuchenstücke in den Mund.

»Sachte, sachte«, mahnte Minna sanft nach dem fünften Bissen. »Es ist genug da. Da siehst du, wie hungrig du warst.«

Irene kaute langsamer und schluckte. Dann füllten sich ihre Augen wie so oft in den letzten Tagen mit Tränen.

Minna streichelte ihre Hand. »Hast du schon eine Entscheidung getroffen?«

Der Kummer schnürte Irene die Kehle zu. »Nein«, sagte sie schließlich leise.

»Die Bedenkzeit läuft morgen ab.«

Irene schüttelte hilflos den Kopf. »Aber ich weiß einfach nicht, was das Richtige ist.«

Minna nahm einen Schluck aus ihrer Kaffeetasse. Dann holte sie tief Luft. »Also, dann lass uns die Für und Wider doch noch einmal abwägen. Wilhelm Gerban hat dir eintausend Gulden geboten, wenn du Weißenburg für immer verlässt und bis zur Geburt in einem bayerischen Kloster lebst, dem eine Gebäranstalt angeschlossen ist. Das Geld sowie ein einwandfreies Zeugnis erhältst du, sobald dein Kind Adoptiveltern gefunden hat, nach denen schon vor der Geburt gesucht wird. Du verpflichtest dich, weder mit dem Kind noch mit Franz jemals wieder in Kontakt zu treten. All das soll in einen rechtsgültigen Vertrag gefasst werden.«

Irene nickte. »So ist es.«

»Für den Fall, dass du dich weigerst, wirst du schwanger und ohne einen Heller auf die Straße geworfen. In deinem

Gesindebuch wird deine Liederlichkeit vermerkt, sodass du in keinem anständigen Haushalt mehr eine Stelle findest.« Minna knirschte mit den Zähnen. »Dieser Schweinehund! Du würdest mitsamt seinem Enkelkind verhungern oder geradewegs in die Prostitution getrieben werden.«

Irene liefen die Tränen über die Wangen. »In jedem Fall würde ich Franz niemals wiedersehen.«

Minna schnaubte. »Das sollte im Augenblick keine Rolle spielen. Es weiß eh niemand, ob du Franz noch einmal wiedersehen wirst.«

Irene schnappte nach Luft und starrte die Freundin entgeistert an. »Warum sagst du so etwas?«

Minnas Gesicht zeigte einen Anflug von Reue. Doch dann wurden ihre Züge wieder hart. »Man sagt, dass die Châlons-Armee bald in die nächste große Schlacht ziehen wird. Sie soll das belagerte Metz befreien. So steht es zumindest in jeder Gazette.«

Sie fasste nach Irenes Händen. »Du weißt, dass ich von ganzem Herzen froh wäre, wenn Franz gesund und unbeschadet nach Hause zurückkäme. Aber du hast auch die vielen Toten und furchtbar Verletzten hier in Weißenburg gesehen. Mittlerweile hat es noch weit schlimmere Gemetzel gegeben. Zehntausende sind schon umgekommen oder für den Rest ihres Lebens verkrüppelt. Deshalb darf es für deine Entscheidung im Augenblick keine Rolle spielen, ob du Franz wiedersiehst oder nicht.«

»Und wenn ich in eine Fabrik ginge?«

Minna überlegte kurz. »Das wäre natürlich besser als die Prostitution. Aber niemand stellt eine schwangere Frau ein. Zumindest nicht für einen Lohn, von dem sie sich am Leben erhalten kann.«

»Also rätst du mir zur Gebäranstalt«, sagte Irene tonlos. »Ich soll das Schicksal meiner Mutter erleiden und mein Kind im Stich lassen.«

»Wenn ich es richtig verstanden habe, will Gerban unbedingt

dafür sorgen, dass sein Enkelkind adoptiert wird. Was diesen Punkt betrifft, haben sich die Zeiten seit deiner Geburt geändert. Damals fristeten alle unehelichen Kinder ein erbärmliches Leben als Waise. Heute gibt es sogar Wartelisten für gut situierte Elternpaare, die keine eigenen Kinder bekommen können und daher eines annehmen möchten. Natürlich nur, wenn es aus gutem Hause stammt.«

»Und wie erfahre ich, ob es meinem Kind wirklich gut geht?«

Minna überlegte. Dann hellte sich ihre Miene auf. »Du könntest verlangen, dass der Name der Adoptiveltern bei einem Treuhänder hinterlegt wird und dir, sobald das Kind volljährig ist, genannt wird.«

»Aber dann ist es doch schon erwachsen! Und hat mich nie als seine Mutter kennengelernt.« Irene begann erneut zu weinen. »Vielleicht will es dann ja gar nichts mehr von mir wissen.«

Minna schloss Irene in die Arme. »Du hast Recht. Das ist keine gute Idee. Zumal das Kind ja bis dahin glauben könnte, seine Eltern seien auch seine leiblichen Erzeuger. Nicht jedes adoptierte Kind erfährt von seiner wahren Herkunft.«

Irene lehnte den Kopf erschöpft an Minnas Schulter. Eine Weile hielten sich die Frauen schweigend umfangen.

»Und Franz' Mutter Pauline kann dir gar nicht helfen?«

Irene putzte sich die Nase, bevor sie antwortete. »Sie hat es ja versucht. Aber ihr Mann hört nicht auf sie. Und sie selbst ist zu schwach, um sich durchzusetzen, und zu abhängig von ihrem Laudanum. Seitdem ich vorgestern Abend zu dir kam, liegt sie fast nur noch im Bett.«

»Und was war ihr Kompromissvorschlag?« Minna fragte, obwohl ihr Irene Paulines Vorstellungen schon einmal erläutert hatte.

»Sie schlug vor, ich solle mich als verheiratete Frau ausgeben und in irgendeiner Stadt einmieten. Zum Beispiel in Landau oder in Neustadt. Gerban solle mir die Wohnung besorgen und ein monatliches Kostgeld zahlen. Dort soll ich dann bleiben, bis Franz zurückkommt.«

Falls er zurückkommt. Irene las Minna die unausgesprochenen Worte vom Gesicht ab. »Gerban hat es ohnehin rundweg abgelehnt«, sagte sie traurig.

»So bleibt dir also nur die Möglichkeit, dich und dein Kind entweder versorgt zu wissen, wenn auch für immer voneinander getrennt, oder aber gemeinsam mit dem Kind im Elend zu leben.«

Irene nickte. Minna biss sich auf die Lippen. »Ich mache dir einen Vorschlag. Du bleibst noch zwei weitere Tage hier und lässt dir alles noch einmal gut durch den Kopf gehen. Vielleicht gibt es ja noch eine andere Lösung.«

Irene sah zögernd auf. Hoffnung und Angst fochten einen Kampf in ihrer Brust aus. »Aber Gerban hat gesagt, nur drei Tage. Danach würde er mich hinauswerfen.«

Minna machte eine verächtliche Handbewegung. »Ich bitte meinen Mann Otto, ihm morgen einen Brief von dir mit der Ankündigung zu überbringen, du bräuchtest noch weitere Zeit zum Nachdenken. Das kann er dir nicht verweigern.«

Irene nickte müde. »Ich danke dir. Du bist eine wahre Freundin.«

»Aber ich stelle eine Bedingung!«, sagte Minna mit absichtlich strenger Stimme. »Du isst jeden Tag mindestens drei kräftige Mahlzeiten. Sonst schicke ich dich gleich morgen zurück.«

Irene musste unter Tränen lächeln. »Ich verspreche es dir, du Liebe!«

Anwesen der Gerbans bei Altenstadt
28. August 1870

»Nein, das kommt überhaupt nicht infrage! Und damit möchte ich diese Diskussion beenden!«

Mit langen Schritten durchmaß Wilhelm Gerban die Bibliothek, in die sich die Eheleute für diese Unterredung zurückgezogen hatten. Sein Gesicht hatte sich vor Zorn puterrot gefärbt. *Auch sonst sieht er aus wie ein alter Truthahn,* dachte Pauline respektlos. *Mit seinen faltigen Wangen und dem schlaffen Hals. Ich kann gar nicht glauben, dass ich diesen Mann einst für die Liebe meines Lebens gehalten habe.*

In früheren Zeiten hätte sie sich Sorgen gemacht, dass eine geheime Krankheit an ihrem Mann zehrte, so sehr war er aus unerfindlichen Gründen in den letzten Tagen verfallen. Nachts schlief er nicht mehr, sondern wanderte ruhelos im Haus auf und ab. Bei den Mahlzeiten stocherte er lustlos auf seinem Teller herum und hatte an jeder Speise etwas auszusetzen.

Pauline straffte die Schultern und versuchte es noch einmal. »Wilhelm, dieses Kind ist vielleicht der einzige Enkel, den wir je von Franz haben werden.« Obwohl sie das Argument als Druckmittel einsetzen wollte, spürte sie, wie ihr die Kehle eng wurde. Seit dem Brief aus Châlons hatte sie nichts mehr von Franz gehört.

»Und selbst wenn es so ist, wäre kein Staat mit dem Kind zu machen! Der Bastard eines Dienstmädchens! Hat man je davon gehört, dass es ein unkeuscher Leidenschaft entsprungener Sprössling zu etwas gebracht hätte? Man würde mit Fingern auf unsere ehrbare Familie zeigen!«

Pauline riss der Geduldsfaden. »Die Leute, die das täten, wären in diesem Fall alle Heuchler! Heuchler! Denn die Armen- und Waisenhäuser sind voll von solchen bemitleidenswerten Geschöpfen!«

»Eben, das meine ich. Bemitleidenswerte Geschöpfe! Gut,

dass du meine Auffassung teilst«, drehte Gerban ihr die Worte im Munde herum.

Pauline ging einen Schritt auf ihn zu. Noch nie war sie so wütend gewesen wie in diesem Moment. Jetzt, wo es um Franz' Kind ging, spürte sie eine ungeahnte Kraft in sich, es zu verteidigen. »Du«, sagte sie gefährlich leise, »du hast es gerade nötig! Glaubst du, ich wüsste nicht, in wie vielen fremden Betten du dich während unserer dreißig Ehejahre gewälzt hast?«

Die Verblüffung in Wilhelms Gesicht entging ihr nicht. Sie lächelte verächtlich. »Keine Sorge, ich habe dir deinen Spaß gegönnt. Schließlich hatte ich dadurch ruhige Nächte!«

An Wilhelms Gesichtsausdruck erkannte Pauline, dass sie jetzt zu weit gegangen war. Sie biss sich auf die Lippen. So kam sie mit ihrem Anliegen nicht weiter.

»Wenn du Irene nicht im Haus behalten willst, so mieten wir sie irgendwo ein. In Landau oder Speyer, wo sie niemand kennt. Diesen Vorschlag habe ich dir schon mehrmals gemacht. Und Franz soll dann entscheiden, wie es weitergeht, wenn er zurückkommt.«

Wilhelm schnaubte. »Und ich habe dir schon mehrmals gesagt, dass das nicht infrage kommt. Das letzte Mal ist kaum fünf Minuten her!«

Pauline wusste selbst nicht, woher sie den Mut nahm, ihm den Satz entgegenzuschleudern, der sich ihr nun aufdrängte.

»Bevorzugst du die Lösung, die du für deine eigenen Bastarde gewählt hast? Die Mädchen, die du verführt hast, mit Geld abzuspeisen oder auf die Straße zu werfen?« Es war ein reiner Schuss ins Blaue, aber zu Paulines Erstaunen wurde Wilhelm weiß wie die Wand.

Er ließ sich in den Lehnsessel sinken, aus dem er vor einiger Zeit aufgesprungen war, und presste die Lippen so fest zusammen, dass die Kiefermuskeln hervortraten. Erst nach einer geraumen Weile gab er Pauline Antwort, ohne auf ihre Unterstellung einzugehen.

»Ich habe die Summe bereits verdoppelt, die ich dem Mädchen angeboten habe. Von mir aus verdreifache ich sie sogar. Aber dafür geht Irene in eine Gebäranstalt, das Kind wird zur Adoption freigegeben und hinterher erhält sie dreitausend Gulden. Davon kann sie sich nicht nur eine ganze Zeit lang ernähren, sondern sogar noch ein eigenes Geschäft damit aufmachen. Eine Dienstbotenvermittlung zum Beispiel«, kam er Paulines Einwand zuvor, die gerade entgegnen wollte, dass Irene doch gar keinen Beruf erlernt hatte.

Auch Pauline ließ sich nun in ihren Sessel sinken. Plötzlich fühlte sie sich sehr müde. »Und was ist, wenn Irene das Angebot wieder ablehnt? Sie sagt, sie geht lieber in eine Fabrik, als das Kind wegzugeben.«

»Pah«, antwortete Wilhelm. »Sie will uns nur unter Druck setzen, um eine größere Abfindung herauszuschlagen. Ich unterbreite ihr diesen neuen Vorschlag, und dann hören wir ja, was sie dazu zu sagen hat. Würdest du bitte nach ihr läuten?«

Pauline zögerte noch. »Gut«, sagte sie schließlich. »Ich bin gespannt, wie sie reagiert.« Als sie aufstand, schwankte sie ein wenig. Auch heute hatte sie schon zweimal Laudanum eingenommen. *Ich muss meine tägliche Dosis einschränken.* Der Gedanke war ihr schon öfter gekommen, aber bislang fehlte ihr die Kraft dazu.

Sie sah nicht mehr, dass Wilhelm verstohlen ein braunes Fläschchen aus seiner Westentasche zog und daraus etwas Flüssigkeit in ihre Teetasse goss.

Anwesen der Gerbans bei Altenstadt
28. August 1870, zwei Stunden später

»Ich mache mir ernsthafte Sorgen um meine Frau, Dr. Frey«, seufzte Wilhelm und bemühte sich nach Kräften, seiner Stimme den entsprechenden Klang zu verleihen. »Sie erleidet einen Schwächeanfall nach dem anderen. Dieser war schon der dritte binnen der letzten Tage. Sie wird plötzlich ohnmächtig und fällt einfach um!«

Dr. Frey, der Hausarzt der Familie, nickte mit düsterer Miene. Doch in Erinnerung an die unerfreuliche Auseinandersetzung mit Gerban, die er gleich nach der Übernahme der Praxis des alten Wilbert, der die Familie jahrzehntelang vor ihm betreut hatte, gehabt hatte, verkniff er sich eine kritische Bemerkung und fragte nur vorsichtig: »Nimmt Ihre werte Gattin nach wie vor jeden Tag Laudanum ein?«

»Genauso ist es, Herr Doktor.« Gerban beugte sich mit verschwörerischer Miene vor. »Aber die Dosis wird von Woche zu Woche mehr.« Er zog das braune Fläschchen aus der Tasche und zeigte es dem Arzt. Es war beinahe leer. »Diese Menge nimmt sie mittlerweile in weniger als zwei Tagen ein. Ich fürchte, es ist zu viel.«

Dr. Frey bejahte erschrocken. »Viel zu viel, Herr Gerban! Laudanum ist ein Opiumderivat. Man kann sogar daran sterben, wenn man eine Überdosis einnimmt.«

»Und was raten Sie mir?«

Dr. Frey musterte Gerban irritiert. Der Weinhändler sah regelrecht verzweifelt aus.

»Hat es etwas mit dem Krieg zu tun?«, fragte der Arzt vorsichtig.

Gerban blickte zu Boden. »Ich fürchte ja, Herr Doktor. Unser Sohn Franz steht im Felde. Noch dazu auf der französischen, also der falschen Seite. Der junge Heißsporn hat sich freiwillig gemeldet und riskiert nun sein Leben und seine Gesundheit. Wir haben seit Tagen nichts mehr von ihm gehört. Und seine Mutter verzehrt sich in Sorge um ihn.« Diesmal musste Gerban sich nicht verstellen. Seine Empörung war echt.

Dr. Frey runzelte die Stirn. »Das ist das Perfide am Laudanum«, dozierte er. »Es betäubt gleichermaßen körperliche und seelische Schmerzen. Doch bei regelmäßigem Konsum entsteht unweigerlich eine Abhängigkeit.«

»Eine Abhängigkeit? Heißt das, Pauline ist süchtig und kann ohne dieses Präparat nicht mehr leben?«, gab Gerban sich ahnungslos.

»So ist es, Herr Gerban. Aber sagen Sie nicht, ich hätte Sie seinerzeit nicht gewarnt.« Nun konnte sich Frey diese Bemerkung doch nicht länger verkneifen.

Auf diese Antwort hatte Wilhelm gewartet. Er verbarg seinen Triumph über die Manipulierbarkeit des Arztes hinter einer zerknirschten Miene. »Ich erinnere mich daran, Dr. Frey. Und glauben Sie mir, seit geraumer Zeit bereue ich, damals nicht auf Sie gehört zu haben.« Jetzt rang er sogar die Hände. »Aber was können wir denn jetzt noch tun?«

»Haben Sie für Ihre Gattin schon einmal einen Aufenthalt in einem Sanatorium ins Auge gefasst, Herr Gerban?«

Diesmal kostete es Wilhelm einige Mühe, ein Lächeln zu unterdrücken. »Ein Sanatorium?« Er riss in gespieltem Entsetzen die Augen auf. »Was meinen Sie denn damit?«

Noch ehe der Arzt antworten konnte, schlug er sich an die Stirn. »Sie meinen eine Kur! In Bad Ems zum Beispiel! Ja, das ist eine ausgezeichnete Idee!«

Frey schüttelte den Kopf. »Eine schwere Laudanum-Sucht muss in einer geschlossenen Anstalt behandelt werden. Klingenmünster in der Pfalz hat dahingehend einen ausgezeichneten Ruf.«

»Klingenmünster? Aber das ist ein Irrenhaus!«

Frey lächelte nachsichtig. »Es gibt dort auch eine Abteilung für Geisteskranke. Aber die meine ich natürlich nicht. Obwohl selbst diese Abteilung eine Station für Erste-Klasse-Patienten hat.«

In gespielter Erregung sprang Gerban auf. »Also, das kommt überhaupt nicht infrage, Herr Dr. Frey«, widersprach er mit Nachdruck. »So krank ist meine werte Gemahlin nun auch wieder nicht.«

Der Arzt zuckte gekränkt mit den Schultern. »Wie es Ihnen beliebt«, sagte er steif.

»Ich rede ihr morgen noch einmal ins Gewissen«, versicherte Gerban. »Sobald sie aufgewacht ist, spreche ich ein ernstes Wort mit ihr! Darauf können Sie sich verlassen!«

Der Arzt lächelte spöttisch. »Bei einer Abhängigkeit dieses Schweregrades helfen weder Gebete noch gute Worte.«

Unter anderen Umständen hätte ihn Gerban ob dieser Unverschämtheit unverzüglich des Hauses verwiesen. So aber kam ihm die Bemerkung des Arztes gerade recht.

»Aber ich möchte es wenigstens versuchen, Herr Doktor. Ich weiß ja, Sie meinen es gut. Doch meine Gattin in einer Anstalt! Nein! Dieser Gedanke ist denn doch zu schrecklich! Da muss es einen anderen Ausweg geben!«

Kapitel 18

Anwesen der Gerbans bei Altenstadt
31. August 1870

Verstohlen blickte sich Mathilde nach allen Seiten um. Dann schlüpfte sie ins Schlafzimmer ihrer Mutter, die sie beim Frühstück wusste, und zog die Tür vorsichtig hinter sich zu.

Sie öffnete die oberste Lade der Kommode, in der Pauline ihren Schmuck verwahrte. Kurz musterte sie die braunen Laudanum-Fläschchen, die der Apotheker erst gestern geliefert hatte, mit verächtlich gekräuselten Lippen. Dann hob sie den Deckel des Schmuckkastens aus hellem Saffianleder hoch. Wie sie erwartet hatte, war die Schatulle nicht verschlossen.

Wieder lächelte sie verächtlich. Ihre Mutter wurde zunehmend vergesslicher, was alltägliche Dinge betraf. Erst gestern hatte sie ihre Handtasche auf einer Gartenbank liegen gelassen. Ein Stallknecht fand sie und brachte sie zurück. Der sich darin befindliche Geldbeutel war natürlich leer gewesen.

Und nun weiß niemand, wer die fünfzig Gulden genommen hat. Pauline hatte die gestohlene Summe, die ihr der Vater erst morgens für die Haushaltsführung des nächsten Monats ausgezahlt hatte, nicht gleich an Frau Burger weitergegeben, sondern auf ihren Spaziergang mitgenommen. Die Befragung der Gärtner und Stallburschen hatte natürlich keinerlei Ergebnis gebracht.

Das Geld ist futsch. Aber sei es drum. Der Vorfall hat mich immerhin auf diese Idee gebracht. Die halbe Nacht lang hatte Mathilde den Plan ausgeheckt, den sie nun umsetzen wollte. *Jetzt wird sich niemand mehr darüber wundern, dass sich die Dienstboten auch an Mutters Schmuck vergreifen, ohne dass sie es merkt.*

Sie musterte die Juwelen, die im Licht der Sonne in allen Regenbogenfarben funkelten. Dann griff sie nach einem Ring mit einem großen, leicht rosa schimmernden Brillanten und nach einem mit Rubinen durchsetzten Perlenarmband. Beide Schmuckstücke hatte Pauline schon lange nicht mehr getragen.

Vielleicht, weil Vater sie ihr geschenkt hat. Auch Mathilde war der zerrüttete Zustand der elterlichen Ehe nicht verborgen geblieben. *Zu den Erbstücken ihrer eigenen Mutter greift sie dagegen weitaus öfter.*

Kurz überlegte Mathilde, ob sie nicht auch noch eine mit Saphiren besetzte Brosche entwenden sollte, die Pauline erst vor wenigen Tagen an ihr neues Abendkleid aus hellblauem Samt gesteckt hatte. Doch dann verwarf sie den Gedanken wieder.

Der Verlust der Brosche macht sich nach außen hin nicht so gut. Den hätte sie schnell bemerken können. Aber den der selten getragenen Schmuckstücke eher nicht. Und ich möchte ja gerade zwei Fliegen mit einer Klappe schlagen: Die Unzurechnungsfähigkeit meiner Mutter beweisen, die einen Diebstahl, der vielleicht schon Tage und Wochen zurückliegt, nicht wahrnimmt, weil sie der Diebin so vorbehaltlos vertraut, dass sie sie sogar als Schwiegertochter akzeptieren würde.

Einen Augenblick lang schlug die Eifersucht erneut ihre schmerzhaften Klauen in Mathilde. Dann schüttelte sie das unangenehme Gefühl buchstäblich ab. *Und Vater wird es nützen! Er wird mir dafür danken, dass ich alles zur Aufklärung gebracht habe. Dann ist er wieder uneingeschränkter Herr im Haus und kann diese Dirne endlich hinauswerfen.*

Mathilde barg den Schmuck in ihrer Rocktasche und schlich hinaus.

In ihrer Eile, in Irenes Dachkammer zu gelangen, bemerkte sie nicht, dass Frau Burger, die gerade aus einem Nebenzimmer getreten war, ihr stirnrunzelnd nachblickte.

Frühstückszimmer der Gerbans in Altenstadt
31. August 1870, eine halbe Stunde später

»Also, ich glaube, es wird uns nichts anderes übrig bleiben, als alle Räume, in denen sich die Dienstboten aufhalten, nach dem gestohlenen Geld zu durchsuchen. Wir sollten mit den Schlafkammern beginnen.«

Pauline hob abwehrend die Hände. »Liebe Mathilde, das halte ich nun wirklich für ganz und gar unangemessen. Jedermann kann das Geld gestohlen haben. Sogar ein Fremder, der gestern in unseren Garten eingedrungen ist.«

Mathilde musterte ihre Mutter abschätzig. An ihren verkleinerten Pupillen erkannte sie, dass Pauline bereits ihre morgendliche Dosis Laudanum eingenommen hatte.

»Ich habe heute früh mit Papa darüber gesprochen, bevor er ins Kontor aufgebrochen ist. Auch er befürwortet diese Durchsuchung und hat mir die Aufsicht übertragen«, griff sie zu einer Lüge.

Eine Notlüge. Papa wird mich nicht verraten. Verrottet die Schlampe erst einmal in einem Gefängnis, kräht kein Hahn mehr nach ihr und ihrem Balg.

Pauline zog allerdings erstaunt die Augenbrauen hoch. »Was hat dich denn dazu bewogen, heute so zeitig aufzustehen, meine Liebe?«, legte sie den Finger sogleich in die Wunde.

Zu ihrem Ärger spürte Mathilde, dass sie errötete. »Mir war eben heute danach«, wich sie aus.

»Soso«, kommentierte Pauline ihre Behauptung in spöttischem Ton, verkniff sich aber jede weitere Bemerkung.

Mathilde tat genau das Falsche. Anstatt Paulines Miene einfach zu ignorieren, hakte sie nach.

»Was soll das heißen, Mutter? Glaubst du mir etwa nicht?«

»Oh doch, liebes Kind.« Pauline zögerte noch einen Moment und fuhr dann fort: »Mich dünkt nur, du genießt solche häuslichen Skandale.«

Mathildes Gesicht wurde noch heißer. Doch diesmal ließ sie sich nicht provozieren.

»Also, wir beginnen gleich nach dem Frühstück mit der Durchsuchung.«

Sie stand auf und griff nach dem Klingelzug. »Ich lasse sofort Frau Burger kommen, um alles mit ihr zu besprechen.«

»Wir verlassen uns auf Ihre unbedingte Diskretion, Frau Burger«, betonte Mathilde wenig später gegenüber der Hausdame. »Sie und Herrn Niemann halten wir für über jeden Verdacht erhaben. Sie werden uns daher bei der Durchsuchung unterstützen und im Falle des Falles als Zeugen dienen.«

Frau Burger nickte steif. Ihre Miene ließ nicht erkennen, was sie von Mathildes Vorschlag hielt. Die störte sich nicht weiter daran.

»Wir beginnen mit den Kammern des weiblichen Gesindes. Sie dürften sich gerade alle in der Küche befinden oder die Schlafzimmer richten. Der Zeitpunkt ist also günstig.«

In diesem Moment betrat Irene mit einem Tablett in den Händen den Raum. Sie knickste vor den Damen. »Ich wollte nachsehen, ob vielleicht noch etwas benötigt wird oder ich schon das Geschirr abräumen kann.«

Mathilde bedachte Irene mit einem finsteren Blick. »Wenn wir Sie brauchen, läuten wir«, sagte sie kurz angebunden. »Aber es ist gut, dass Sie da sind. Ich werde jetzt im Auftrag meines Vaters alle Dienstbotenräume nach den gestohlenen fünfzig Gulden durchsuchen. Da Ihr Zimmer das oberste im Dachgeschoss ist, fangen wir damit an.«

Mathilde entging der erschrockene Blick nicht, den Irene ihrer Mutter Pauline zuwarf. Sie verkniff sich ein hämisches Grinsen.

»Sie haben doch sicher nichts dagegen einzuwenden?«, insistierte sie. »Frau Burger wird uns begleiten. Möchtest du ebenfalls mitkommen, Mutter?«, ergänzte sie in der Erwartung, dass ihre Mutter ablehnen würde.

Doch sie irrte sich. »Selbstverständlich komme ich mit, Mathilde«, entgegnete Pauline kühl. »Schließlich ist es meiner Unachtsamkeit zu verdanken, dass dieses Malheur überhaupt geschehen ist.«

Auch gut, dachte Mathilde. *Scheinbar ist sie bereits so an das Laudanum gewöhnt, dass sie erst am Nachmittag ermüdet, wenn sie es schon mehrmals eingenommen hat.*

Sie stand auf und ging den anderen voraus zur Tür. *Umso besser! Dann sieht sie gleich selbst, welche Schlange sie an ihrem Busen genährt hat.*

Gemeinsam stiegen die Frauen die Treppe empor. In Irenes Dachkammer angekommen, ging Mathilde zielstrebig auf das bereits ordentlich gemachte Bett zu. Mit großer Geste warf sie das Deckbett und die Kissen zu Boden und tastete über das Laken.

Dann wandte sie sich an Frau Burger. »Helfen Sie mir, die Matratze anzuheben.« Mit Genugtuung bemerkte sie, dass Irene bleich wie die Wand geworden war und mit zusammengepressten Händen in der Tür stand.

Einen Augenblick lang war Mathilde davon irritiert, dass ihre Mutter Pauline dagegen völlig gelassen wirkte. Frau Burgers Gesicht glich einer Maske, als sie nun an die Seite Mathildes trat. Mit vereinten Kräften zerrten die beiden Frauen die Strohmatratze in die Höhe.

Verblüfft starrte Mathilde auf die Unterlage aus grobem Sackleinen, die über dem eisernen Rost der Bettstelle lag. »Aber das ist doch nicht ...« Im letzten Moment biss sie sich auf die Zunge. Sie riss die Unterlage hoch. Darunter befand sich nichts als der Rost, durch den man auf den blanken Dielenboden blicken konnte. Dieser war reinlich und wies kein einziges Stäubchen auf.

»Was wolltest du sagen, meine Liebe?« Paulines Stimme klang honigsüß.

»Ich ... gar nichts wollte ich sagen.« Mathilde nahm sich

zusammen. »Lasst uns jetzt den Schrank und den Nachttisch durchsuchen. Und das andere Bett. Vielleicht ist dort etwas zu finden.«

»Wonach suchst du denn überhaupt, liebe Tochter?«

Irritiert blickte Mathilde auf. »Nach dem Geld natürlich, liebe Mutter. Wonach sonst?«

Sie ärgerte sich über sich selbst. In ihrer Verwirrung über die leere Fundstelle, an der sie den Schmuck vor kaum einer Stunde verborgen hatte, hätte sie sich fast versprochen und damit verraten.

Nun trat sie entschlossen an den Schrank, riss die einfache Tür aus ungefärbtem Fichtenholz auf und schickte sich an, in Irenes wenigen Habseligkeiten zu wühlen. Da hielt sie die Stimme ihrer Mutter auf.

»Liebe Mathilde, lass uns das Theater bitte an dieser Stelle beenden. Die bedauernswerte Irene muss sonst ihr ganzes Zimmer wieder herrichten, wenn du weiter so wütest.«

Mathilde fuhr herum. »Was sagst du da?«, herrschte sie ihre Mutter an. »Willst du diese Diebin etwa ungeschoren davonkommen lassen?«

Irene gab einen schwachen Laut des Protestes von sich. Pauline hob beruhigend die Hand.

»Wieso beschimpfst du Irene als Diebin?« Sie wartete Mathildes Antwort nicht ab. »Kann es sein, dass du nach etwas ganz anderem suchst als nach dem gestohlenen Geld?« Sie griff in ihre Rocktasche und zog zu Mathildes namenlosem Entsetzen den Ring und das Armband hervor. »Etwa nach diesem Schmuck?«

Mathilde war wie gelähmt. »Was … wie …«, stotterte sie.

»Frau Burger, erklären Sie meiner Tochter bitte die Situation.«

Die Hausdame trat vor. Ihre Wangen waren jetzt vor Erregung gerötet.

»Ich habe das gnädige Fräulein heute Morgen aus dem Schlafzimmer der gnädigen Frau kommen sehen«, erläuterte sie mit mühsam beherrschter Stimme. »Alsdann begab sich das Fräulein in die Dachkammer von Irene. Ich schlich ihm nach und beobachtete durch den Türspalt, dass sich das Fräulein an Irenes Bett zu schaffen machte. Als es wieder die Treppe hinunterkam, ging ich in Irenes Kammer und fand diesen Schmuck unter der Matratze.«

»Na und?« In ihrer Bedrängnis trat Mathilde die Flucht nach vorne an. »Dann haben Sie den Diebstahl eben vor mir entdeckt!«

»Es gibt keinen Diebstahl«, antwortete Pauline an Frau Burgers Stelle ruhig. »Den Ring und das Armband habe ich noch heute Morgen in der Schmuckschatulle gesehen, bevor ich zum Frühstück herunterkam.«

Mathilde war sicher, dass ihre Mutter log. Aber sie konnte ihr schlecht widersprechen.

Unerbittlich fuhr Pauline fort. »Danach hat niemand mehr mein Zimmer betreten außer dir. Zumindest Irene nicht. Das halbe Dienstpersonal ist Zeuge dafür, dass Irene nach ihrem eigenen Frühstück zuerst deinem Vater und danach uns das Frühstück servierte. Sie war weder im ersten Stock noch in ihrer Schlafkammer.«

Sie seufzte. »Es weist also alles darauf hin, dass du Irene den Diebstahl unterschieben wolltest. Zum Glück hat Frau Burger mich sogleich von ihren Beobachtungen unterrichtet.«

Mathilde stand vor den Frauen wie ein gescholtenes Kind. Nie zuvor hatte sie sich so gedemütigt gefühlt. Aus Irenes Augen sprach unverhohlene Wut, aus der Miene Frau Burgers Geringschätzung, aus dem Gesicht ihrer Mutter unverhohlener Spott. Vor Zorn kamen Mathilde sogar die Tränen. Sie unternahm keinen weiteren Versuch mehr, sich zu verteidigen.

Ihr Schweigen schien Pauline Schuldeingeständnis genug zu sein. Mit ihrer letzten Bemerkung setzte sie allem die Krone auf. »Lügen haben kurze Beine, mein Kind. Das habe ich dir schon als kleines Mädchen beizubringen versucht. Doch leider scheint es mir nicht gelungen zu sein.«

Sie drehte sich zu Irene um. »Bei Ihnen, meine Liebe, möchte ich mich aufrichtig für das Verhalten meiner Tochter entschuldigen. Und seien Sie versichert, gleich heute Abend werde ich ihrem Vater diese Angelegenheit vortragen.«

Bazeilles bei Sedan
31. August 1870

Es war schon spät am Abend, als Franz und seine Sanitätsgruppe im Zweitausend-Seelen-Dorf Bazeilles eintrafen. Am Nachmittag hatten hier erste schwere Kämpfe getobt. Teile der bayerischen Truppen waren über eine Eisenbahnbrücke, die die Franzosen vergeblich zu zerstören versucht hatten, und eine von ihren Pionieren über die Maas geschlagene Pontonbrücke in den Ort eingedrungen, wo sie die dort bereits eingerückten französischen Marineinfanteristen aber zurücktreiben konnten.

»Gut, dass ihr da seid.« Ein Leutnant trat auf den Planwagen zu, vor und neben dem die völlig erschöpften Männer eher stolperten als gingen. Schon lange führten sie das Zugpferd am Zügel, um ihm die Last ihrer Körper zu ersparen. »Da drüben ist das behelfsmäßige Lazarett.« Der Mann wies auf ein grün gestrichenes, zweistöckiges Haus, das ungefähr zweihundert Schritte die Straße hinunter lag und vor dem bereits die Flagge mit dem Roten Kreuz wehte. »Die werden sich über jede weitere helfende Hand freuen.«

Franz unterdrückte ein Stöhnen. Ein Blick in die Gesichter seiner Kameraden zeigte ihm, dass es ihnen nicht besser erging. Louis sprach aus, was sie alle dachten.

»Wir sind seit vierzehn Stunden unterwegs, dazu so gut wie ohne einen Bissen im Magen. Meine Männer brauchen erst einmal eine warme Mahlzeit und zumindest eine kurze Ruhepause.«

Der Leutnant musterte Louis abschätzig. »Nun, da müsst ihr euch wohl an die Einwohner wenden. Die Armee hat keine Verpflegung geliefert.« Damit drehte er sich um und ließ die fluchenden Männer stehen.

»So ein Mist«, schimpfte der junge Jacques. »Es ist schon nach zehn. Wer soll uns denn um diese Zeit noch etwas zu essen geben? Falls die Leute hier im Dorf überhaupt noch etwas haben.«

Genau in diesem Augenblick wurde die Tür des Hauses aufgerissen, vor dem die Gruppe gehalten hatte. Eine junge Frau mit fuchsroten aufgelösten Haaren und einem nur lose über das Nachthemd geworfenen Mantel stürzte heraus. Als sie den Wagen mit dem Roten Kreuz erblickte, rannte sie darauf zu.

»Dem Himmel sei Dank!«, keuchte sie außer Atem. »Ich hatte schon Angst, dass ich bis zum Lazarett laufen muss. Kommen Sie schnell mit, mein Vater stirbt, wenn Sie nicht helfen.«

Trotz ihrer Erschöpfung folgten Franz und Louis der Frau, ohne zu zögern, ins Haus. Auf der Türschwelle drehte Louis sich noch einmal um.

»Wartet hier draußen mit dem Wagen auf uns«, befahl er dem Rest seiner Männer. »Vielleicht müssen wir den Patienten ja zu einem Arzt fahren.«

Franz war mittlerweile schon die enge Stiege hinaufgelaufen, der Frau dicht auf den Fersen. Als er ihr in die Schlafkammer des Kranken folgte, blieb er wie angewurzelt stehen. Im Bett lag kein siecher Patient, sondern ein verwundeter Mann von ungefähr fünfzig Jahren. Um den nackten Oberkörper trug er einen Verband, der bereits durchgeblutet war. Offensichtlich war er ohnmächtig. Seine hochrote Gesichtsfarbe wies darauf hin, dass er starkes Fieber hatte.

»Wie ist das passiert?«, fragte Franz bestürzt. »Ist Ihr Vater bei den Kämpfen zwischen die Schusslinien geraten?«

Die Frau schüttelte den Kopf. Ein trotziger Ausdruck trat in ihre Augen. »Nein. Er hat die Boches von hier aus beschossen, als sie in unseren Ort kamen.« Sie zeigte auf ein zweiflügliges Fenster, das zur Straße zeigte. »Dabei hat ihn ein Scharfschütze erwischt.«

»Warum ist er nicht im Lazarett?«

Die Frau schnaubte. »Weil er hier sein eigenes Bett hat. In dem Provisorium am Ende der Straße liegen sie doch größtenteils auf der nackten Erde. Aber jetzt habe ich Angst, dass er mir unter den Händen wegstirbt.« Ihre Stimme brach, sie wischte sich mit dem Ärmel über die Augen. Dann fragte sie Franz direkt heraus: »Können Sie etwas für ihn tun?«

»Nicht viel«, ertönte da Louis' Bassstimme in Franz' Rücken. »Wir haben noch etwas Jod und können den Verband erneuern.«

»Etwas Chinin dürfte auch noch da sein«, fiel Franz Louis ins Wort. »Das senkt das Fieber und betäubt die Schmerzen.«

Louis warf ihm einen finsteren Blick zu. Die Frau bemerkte es wohl. »Bitte«, flehte sie.

Franz kam eine Idee. »Sie müssen verstehen, wir haben nur noch sehr wenige Medikamente zur Verfügung. Und bald wird hier eine weitere heftige Schlacht toben. Aber wir geben Ihnen die Medizin gern.« Er übersah Louis' unwillige Geste und fuhr fort: »Wenn Sie uns im Gegenzug dafür etwas zu essen machen. Uns und unseren Kameraden draußen. Wir sind seit heute Morgen ohne Proviant unterwegs.«

Die Frau nickte heftig. »Alles, was Sie wollen«, versicherte sie hastig. »Wir haben noch Eier, Käse und sogar einen Schinken im Haus. Auch Brot ist genügend da. Ich habe erst vorgestern gebacken.«

Louis' finstere Miene entspannte sich. »Dann tischen Sie uns etwas auf, während wir Ihren Vater versorgen.«

Die Frau war schon zur Tür hinaus, als er sie zurückrief. »Haben Sie auch einen Ehemann? Oder ist das der einzige Mann im Haus?«

Die Frau schüttelte den Kopf. Wieder trat der trotzige Ausdruck in ihre Augen. »Mein Mann hält Wache am Ortseingang. Gemeinsam mit anderen Leuten aus unserem Dorf.«

»So kämpfen hier auch viele Zivilisten mit?«, fragte Franz ungläubig.

»Natürlich«, bejahte die Frau. »Die Boches haben uns schon vier Häuser in Brand geschossen. Glauben Sie, wir wollen ihnen unser blühendes Dorf widerstandslos überlassen?«

»Aber das ist gefährlich!«, wandte Franz ein.

Die Frau zuckte mit den Achseln. Jetzt zeigte ihr Gesicht sogar die Spur eines Lächelns. »Krieg ist nun einmal gefährlich. Wer sollte das wohl besser wissen als Sie?«

Der Kranke auf dem Bett begann zu stöhnen. »Aber nun helfen Sie endlich meinem Vater. Er heißt übrigens Jean Rocher. Und ich bin Claire.«

Bibliothek des Anwesens der Gerbans in Altenstadt
Abend des 31. August 1870

»Ich verstehe ja, dass du es gut gemeint hast, Tochter. Doch damit hast du erst mal alles noch schlimmer gemacht.«

Wieder stiegen Mathilde die Tränen in die Augen. Sie konnte sich nicht daran erinnern, mit Ausnahme ihrer Kleinkindzeit, jemals an einem einzigen Tag so oft geweint zu haben wie heute.

»Nun steht deine Mutter erst recht auf Irenes Seite. Und auch Frau Burger ist jetzt in alles eingeweiht. Das konterkariert all meine Bemühungen, die Angelegenheit so unauffällig wie möglich abzuwickeln. Abgesehen davon, dass es ein ganz schlechtes Licht auf dich und deinen Charakter wirft.«

Nun war es mit Mathildes Selbstbeherrschung vorbei. Sie verbarg das Gesicht in den Händen und begann, krampfhaft zu schluchzen.

»Aber, aber, mein Kind! Nun beruhige dich bitte!« Zaghaft strich Wilhelm ihr über den Rücken. »Ich weiß doch, dass du mir helfen wolltest. Aber auf diese Art werden wir Irene nicht los.«

»Aber wie sollen wir sie denn loswerden? Wenn sie nicht einmal das viele Geld nehmen will, das du ihr angeboten hast.«

»Woher weißt du denn das?«

»Mutter hat mir heute Abend gesagt, dass Irene auch dein jüngstes Angebot abgelehnt hat. Sie wollte wohl noch einmal betonen, wie ehrenhaft diese Schlampe ist.« Mathildes Verzweiflung verwandelte sich in Wut. »Pah, ich würde am liebsten vor ihr ausspucken. Dabei spekuliert sie doch auf nichts anderes, als dass Franz sie heiratet und sie ihr ganzes Leben aufs Beste versorgt ist.«

Zu ihrem Erstaunen stimmte ihr Vater nicht in ihre Empörung mit ein. »Das mag stimmen oder auch nicht, mein Kind. Heute machte die Nachricht von einer bevorstehenden großen Schlacht bei der Festung von Sedan die Runde. Franz befindet sich dort. Wer weiß, ob er zurückkommt.«

Mathilde kam ein ganz neuer Gedanke. »Warum warten wir das denn nicht einfach ab?«, fragte sie kaltschnäuzig. »Wenn Franz nicht zurückkommt, schmeißt du das Luder einfach aus dem Haus.«

Wilhelm schüttelte den Kopf. »Das ist keine Lösung, Mathilde. Deine Mutter würde sie finden, erst recht, wenn Franz fällt.«

»Auch wenn Irene in der Zwischenzeit auf den Strich geht?«, fragte Mathilde ungläubig.

»Selbst dann hielte ich es für möglich.« Ihr Vater seufzte schwer. »Aber Irene zieht diese Möglichkeit gar nicht in Betracht. Sie will in einer Fabrik arbeiten gehen, wenn sie hier nicht bleiben kann.«

Mathilde war aufrichtig überrascht. Das wäre ihr nie in den Sinn gekommen. »Sie weigert sich, dein Geld anzunehmen, beabsichtigt aber, sich für einen Hungerlohn zu Tode zu schuften?«

Plötzlich hatte sie es satt. »Warum lässt du sie denn nicht einfach ziehen, Vater? Weise sie aus dem Haus, sie wird dann schon zusehen, wo sie bleibt. Das ist doch die einfachste und billigste Lösung.«

»Du verstehst es nicht, Mathilde.« Ihr Vater klang gequält. »Das Kind, es geht um das Kind. Es wäre für alle am besten, es käme niemals zur Welt.« Er stockte und erschrak über sich selbst.

Mathilde sah ihn verständnislos an. »Hast du Skrupel, weil es dein Enkel ist?«

Sie konnte nicht ahnen, dass sich ihr Vater in diesem Moment am liebsten die Zunge abgebissen hätte. Aber einmal ausgesprochen, brach sich der Gedanke mit Macht in ihm Bahn. *Das Kind, das Kind muss weg. Nicht in eine andere Familie, sondern ganz weg. Das ist die einfachste Möglichkeit. Warum habe ich nicht gleich daran gedacht?*

»Ich versuche es noch ein letztes Mal im Guten«, murmelte er. »Ist sie dann noch immer nicht willig, brauche ich eben Gewalt.«

Mathilde betrachtete ihn verwirrt. »Ich verstehe nicht, was du meinst, Vater.«

»Das musst du auch nicht verstehen, mein Herz. Doch nun geh zu Bett, es ist spät.« Wilhelm strich Mathilde über das strähnige Haar. »Morgen ist auch noch ein Tag. Da sehen wir weiter.«

Kapitel 19

Bazeilles bei Sedan
1. September 1870, vier Uhr morgens

Draußen war es noch dunkel, als Franz aus dem unruhigen Schlummer aufschreckte, in den er trotz seiner Erschöpfung erst weit nach Mitternacht gefallen war. Zuerst glaubte er, die nächtliche Kühle, die durch das zerschossene Fenster in die Dachkammer drang, habe ihn geweckt. Dort lag er mit drei seiner Kameraden zusammengepfercht auf zwei dünnen Strohmatratzen.

Während der Marsch am gestrigen Tag in glühender Hitze stattgefunden hatte, als ob sich der scheidende Sommer ein letztes Mal gegen den nahenden Herbst zur Wehr setzen wollte, blieben die Nächte bereits seit Tagen empfindlich kühl. Obwohl Franz in voller Montur zu Bett gegangen war und lediglich seine Stiefel ausgezogen hatte, schlotterte er vor Kälte unter der dünnen Wolldecke. Im schwachen Licht des Sternenhimmels zückte er seine Taschenuhr und erkannte mühsam, dass es erst kurz nach vier Uhr war. Er hatte weniger als zwei Stunden geschlafen.

Franz lauschte, doch zunächst blieb draußen alles still. Wenigstens plagte ihn kein nagender Hunger wie in den vorangegangenen Nächten. Claire hatte Wort gehalten und ihnen eine deftige Mahlzeit aufgetischt, als Louis und er nach der Versorgung ihres Vaters in die Küche gekommen waren, wo die restlichen fünf Sanitäter schon um den blank gescheuerten Holztisch herumsaßen und mit vollen Backen kauten.

Als eine Flasche kräftigen Rotweins die Runde machte, beschloss Louis darüber hinaus, seinen Männern erst einmal etwas Ruhe zu gönnen. »So müde, wie wir sind, können wir den Kameraden im Lazarett heute Nacht keine große Hilfe mehr sein«, erklärte er. »Lasst uns eine Mütze voll Schlaf nehmen und morgen früh um sechs Uhr unseren Dienst antreten.«

Dennoch hatte sich Franz stundenlang auf seinem harten Lager gewälzt. Das Gefühl drohenden Unheils, das ihn schon seit der Abfahrt aus Châlons ergriffen hatte, wurde immer stärker und ließ sich nun nicht mehr bezwingen.

Hier in Bazeilles greifen Zivilisten wie selbstverständlich zu den Waffen, um ihr Dorf zu verteidigen. Was soll aus ihnen allen werden, wenn diese Schlacht erneut verloren geht?

Er drehte sich auf die andere Seite. Mittlerweile wusste er nur zu gut, wie berechtigt seine Befürchtungen gewesen waren, die ihn zur Flucht aus Weißenburg veranlasst hatten. Berichte von Erschießungen kämpfender französischer Zivilisten nach den letzten großen Schlachten bei Mars-La-Tour und Gravelotte machten allerorten die Runde.

Schließlich war er in einen Erschöpfungsschlummer gefallen und hatte wie in fast jeder Nacht wieder von Toten und Schlachtfeldern geträumt. Um dann, nach nicht einmal zwei Stunden, wieder daraus aufzuschrecken. Er gähnte und fühlte sich wie zerschlagen.

Franz wollte sich gerade wieder unter die dünne Decke kuscheln, um bis zum Wecken zumindest noch ein wenig zu ruhen, als er die Schüsse hörte. Anfangs hielt er sie noch für die Folgen eines leichten Geplänkels, schließlich wusste er ja, dass Männer am Eingang des Dorfes Wache hielten. Doch binnen nur weniger Minuten entwickelten sie sich zu einem regelrechten Trommelfeuer.

Schon waren auch Schritte und Rufe auf der Straße zu hören. »Die Bayern! Es sind die Bayern! Sie kommen zurück!«

Noch ehe Franz seine Stiefel angezogen hatte, ertönte auch im Erdgeschoss des Hauses Gepolter. Während sich seine Kameraden noch den Schlaf aus den Augen rieben, stürzte Franz schon hinaus und die schmale Stiege hinunter.

Inmitten der Küche stand ein ungefähr dreißigjähriger Mann in der einfachen Kleidung eines Bauern. Er war jedoch bis an die Zähne bewaffnet. Eine doppelläufige Jagdflinte hing an einem Lederriemen über seinem Rücken, im Gürtel steckten eine Pistole und ein Jagdmesser.

»Sie sind über diese verdammte Eisenbahnbrücke gekommen und haben die Maas zusätzlich auf ihrer Pontonbrücke überquert«, erklärte der Bauer gerade Claire, die mit einem Säugling auf dem Arm im Morgenrock vor ihm stand. Offensichtlich war er ihr Ehemann. »Es sind Hunderte! Doch sie sollen nur kommen! Wir treiben sie noch einmal wie die Hasen zurück! Geh du mit den Kleinen in den Keller. Dort ist es am sichersten!«

»Und was ist mit meinem Vater?«

»Sag den Sanitätern, sie sollen auch ihn in den Keller schaffen! Das werden sie ja wohl noch bewerkstelligen können, wenn sie schon nicht kämpfen!« Ein verächtlicher Unterton schwang in seiner Stimme mit.

Eine Bewegung seiner Frau machte ihn auf Franz aufmerksam. Sein Kopf fuhr herum. Franz musterte ihn kühl. Das Gesicht des Mannes war vom Pulver geschwärzt, das strähnige blonde Haar vom Schweiß verklebt. Er roch streng.

Franz ergriff die Initiative. »Wir kämpfen zwar nicht, aber wir riskieren ebenfalls unser Leben, wenn wir inmitten von Kugeln und Granaten die Verwundeten bergen.«

Ein schiefes Lächeln verzerrte die groben Gesichtszüge des Mannes. Er streckte Franz seine schwielige Rechte entgegen. »Nichts für ungut! Ich habe es nicht so gemeint. Mein Name ist René.«

»François.« Franz schüttelte Claires Mann die Hand. Schon lange war er zur französischen Form seines Vornamens übergegangen, um unangenehmen Fragen aus dem Weg zu gehen.

Hier in der Nähe der belgischen Grenze sprachen ohnehin die wenigsten Deutsch. »Also, was ist da draußen los?«

»Die Boches sind zurück. Also, die Bayern mit ihren idiotischen Helmen, meine ich damit! Wir müssen sie unbedingt in Schach halten. Es heißt, durch Bazeilles führt der einzige Weg, der dem Gros unserer Truppen noch offensteht. Die Boches haben sie angeblich an allen anderen Seiten eingekreist. Die Blaue Division hat die Order erhalten, das Dorf bis zur letzten Patrone zu verteidigen!«

»Das bedeutet eine Menge schmutziger und gefährlicher Arbeit für uns, Kameraden!« Franz hatte gar nicht gemerkt, dass Louis und die anderen mittlerweile in die Küche gekommen waren.

Draußen wurden die Schüsse lauter. Das unverkennbare Knattern der Mitrailleusen war deutlich herauszuhören. Es übertönte das Weinen des kleinen, kaum vierjährigen Jungen, der mit nackten Füßen und im Nachtkittel in die Küche gekommen war und sein Gesicht nun im Morgenrock seiner Mutter verbarg.

»Also, wir haben keine Zeit zu verlieren, ihr hört ja, was draußen los ist! Mach mir etwas zu essen, Claire, und fülle meine Feldflasche mit Wasser«, befahl René. »Pack für alle Fälle auch noch eine Flasche Schnaps in den Tornister. Dann zieh dich und die Kinder an und nimm Essen und Wasser sowie ein paar Decken mit in den Keller. Und komm auf gar keinen Fall heraus! Unser Haus liegt mitten im Ort an der Hauptstraße. Du weißt, dass die Boches schon gestern fast bis hierher gekommen sind. Wenn wir sie nicht gleich am Ortseingang zurücktreiben, beziehe ich wie gestern im oberen Stockwerk Stellung.«

Franz schauderte unwillkürlich zusammen. Die Bilder von den Zerstörungen in Weißenburg und vor allem von Fröschweiler, wo ein stundenlanger Häuserkampf getobt hatte, überfielen ihn wieder.

»Wollen Sie nicht besser gleich aus dem Ort fliehen?«,

wandte er sich an Claire. Die schüttelte den Kopf. Im schwachen Schein der Öllampe glaubte Franz zwar einen Anflug von Angst in ihren Augen zu entdecken, doch wie schon gestern Abend überwog der Trotz.

»Selbst wenn ich fliehen wollte, könnte ich meinen Vater nicht mitnehmen. Er ist nicht transportfähig!«

»Wir könnten ihn mit dem Wagen ins Lazarett bringen«, bot der junge Medizinstudent Jacques an.

Wieder schüttelte Claire den Kopf. »Ich bleibe mit meiner Familie hier. Entweder wir siegen heute, oder wir gehen alle zusammen zugrunde!«

Frühstückszimmer des Anwesens der Gerbans bei Altenstadt
1. September 1870

»Wo ist denn Irene?«, fragte Pauline erstaunt, als Frau Burger an ihrer Stelle mit dem Frühstückstablett eintrat.

»Ihr werter Gatte hat sie nach Weißenburg mitgenommen.«

»Nach Weißenburg? Aus welchem Grund?« Pauline schwante nichts Gutes.

»Dort hat wohl seit der Schlacht niemand mehr sauber gemacht. Sie wissen doch, dass wir seinerzeit wöchentlich eines unserer Hausmädchen dorthin entsandt haben.«

Pauline nickte. Das war früher in der Regel die Aufgabe des dritten Dienstmädchens gewesen. Dessen Stelle war seit Minnas Weggang und Irenes Aufstieg zum zweiten Hausmädchen nicht mehr besetzt worden. Da Gerda zudem nach Schweighofen ausgeliehen war, hatte man die Räume des Kontors in Weißenburg in den letzten Wochen vernachlässigt.

»Wir müssen unser Personal dringend aufstocken, Frau Burger. Hat sich denn immer noch niemand um die freie Stelle beworben?«

Frau Burger verneinte. »Das ging wohl in den Wirren der

letzten Zeit völlig unter, Frau Gerban. Zudem ist es schwer, im Augenblick ein geeignetes Mädchen dafür zu finden. Viele mögliche Bewerberinnen sind zur Pflege der Verwundeten eingestellt worden. Ich habe selbst einige Mädchen angeschrieben, die mir empfohlen worden sind. Doch alle hatten bereits eine feste Anstellung.«

»Wo haben Sie denn gesucht?«

Frau Burger errötete leicht. »Nur in Altenstadt und Weißenburg«, gab sie zu. »In den pfälzischen Nachbargemeinden erschien es mir nicht angemessen. Schließlich liegen diese, von hier aus betrachtet, auf feindlichem Gebiet.«

Pauline atmete tief ein. »Dieser unselige Krieg hat wirklich alles durcheinandergebracht. Wir haben immer wie gute Nachbarn zusammengelebt. Und Sie selbst sind eine Deutsche, Frau Burger. Also, bemühen Sie sich bitte weiter und vergrößern Sie den Radius Ihrer Suche.«

Pauline bemühte sich, nach außen hin ruhig zu bleiben, je mehr sie merkte, wie sehr sie die ganze Sache aufregte.

»Irene sagte mir, dass sie in Weißenburg auch das Zimmer Ihres Sohnes aufräumen und putzen wolle«, fügte Frau Burger ungefragt hinzu. »Wenn er dort noch persönliche Dinge aufbewahrt, zum Beispiel Briefe oder Tagebücher, wollte sie sie hierher mitnehmen. Sie meinte, das könnte Sie vielleicht trösten.«

Wenn Frau Burger gedacht hatte, diese Bemerkung würde sie beruhigen, hatte sie damit das Gegenteil erreicht. Paulines Herz begann zu flattern, ihre Augen wurden feucht.

»Gibt es schon Neuigkeiten von der Front?«, fragte sie tonlos.

Frau Burger wirkte bedrückt. »Leider ja, gnädige Frau. Niemann war heute Morgen schon in aller Frühe in Weißenburg auf dem Telegrafenamt. Dort erfuhr er, dass die Franzosen bereits vorgestern bei Beaumont eine weitere Schlacht verloren haben und sich nun rund um die Festung Sedan sammeln. Auch dort sollen die ersten Kämpfe bereits stattgefunden haben. In einem Ort namens Bazeilles.«

Die Angst um Franz raubte Pauline den Atem. Sie schob das unangerührte Frühstück von sich. »Ich muss mich wieder hinlegen, Frau Burger. Das Ganze nimmt mich allzu sehr mit.«

Sie ignorierte den besorgt forschenden Blick der Hausdame. *Und meine Beruhigungstropfen einnehmen. Sonst halte ich das alles nicht aus.*

Bazeilles bei Sedan
1. September 1870, neun Uhr morgens

Fünf Stunden später fühlte sich Franz wie ein uralter Mann. Hatte er schon auf dem Geisberg und in Fröschweiler geglaubt, die Apokalypse sei über die Menschen hereingebrochen, so übertrafen die Ereignisse der letzten Stunden noch einmal alles bislang Dagewesene.

In den Straßen des Dorfes stapelten sich die Leichen, vor allem die der Bayern in ihren hellblauen Uniformen. Es mussten mittlerweile Hunderte sein, die dort in ihrem Blut lagen. Doch mit den fortdauernden Kämpfen kamen auch immer mehr Soldaten in der Uniform der Marineinfanteristen, der Blauen Division, hinzu.

Denn je mehr Bayern ihr Leben ließen, desto mehr Truppen rückten nach. *Es ist wie mit der Hydra aus der griechischen Sage*, schoss es Franz durch den Kopf. *Schlägt man ihr einen Kopf ab, wachsen fünf andere nach.*

Längst war das provisorische Lazarett so überfüllt, dass sich kein Helfer mehr darin bewegen konnte, ohne Gefahr zu laufen, auf die Verwundeten zu treten. Auch die Häuser rechts und links konnten keine Verletzten mehr aufnehmen. In langen Reihen lagen die Bedauernswerten im Staub der Straße und warteten auf ihre Versorgung.

Gemeinsam mit Jacques war Franz seit acht Uhr dabei, die Verwundeten aus den Straßen und Häusern zu bergen, in denen sich ein Großteil der französischen Soldaten gemeinsam mit den kämpfenden Zivilisten verschanzt hatte. Louis hatte diese Aufgabe gerecht zwischen seinen Leuten aufgeteilt. Alle zwei Stunden war ein anderes Paar an der Reihe, sein Leben im Schlachtgetümmel aufs Spiel zu setzen. Über ihren Uniformjacken trugen sie zu ihrem einzigen Schutz an beiden Armen die Binde mit dem roten Kreuz, in der Hoffnung, als Sanitäter nicht beschossen zu werden.

Auf dem Weg nach Sedan hatte sich Franz' und Jacques' Freundschaft vertieft. Beide waren ungefähr gleich alt, beide die einzigen Söhne wohlhabender Eltern. Auch Jacques' Vater hatte ihn seinerzeit vom Militärdienst freigekauft, allerdings mit dem Einverständnis seines Sohnes. Doch als der Krieg ausbrach, hatte sich Jacques zum Kummer seiner Eltern wie Franz freiwillig gemeldet, wenn auch von Anfang an für den Sanitätsdienst. Der einzige Unterschied zwischen den beiden war, dass Jacques erst in Châlons zur Armee gestoßen war und noch keine Schlacht miterlebt hatte.

Nun hockte Franz am Rande der heiß umkämpften Hauptstraße in einer Nische zwischen zwei Häusern, nicht weit von Claires' Haus entfernt, und wartete auf seinen Freund. Die Straße zog sich relativ breit und schnurgerade durch den Ort. An mehreren Stellen hatten die Franzosen aus zerbrochenen Wagen und Möbeln Barrikaden errichtet, die anfangs den Scharfschützen der Blauen Division Deckung boten. Doch zwei der drei Sperren hatten die Bayern bereits erobert und sich ihrerseits dahinter verschanzt. Franz' Versteck befand sich genau zwischen der zweiten und dritten Barriere. Noch war die Straße dazwischen leer.

Wo bleibt Jacques denn nur? Es war sicher schon mehr als eine Viertelstunde her, dass sein Kamerad zurück zum Hauptverbandsplatz gelaufen war, um dort frische Binden, Jod oder

Alkohol zu besorgen, damit sie zumindest die Erstversorgung der Wunden durchführen konnten. Der Vorrat, den die beiden bei ihrem Aufbruch vor einer Stunde mitgenommen hatten, war längst aufgebraucht.

Genau in diesem Moment ertönte ein scharfer Befehl. »Zuuuum Aaaangriff! Geht's raus und verpasst den Welschen ein paar saftige Watschn!«

Franz stockte das Blut in den Adern. Das war Deutsch mit unverkennbar bayerischem Akzent. Sollte ein Sturmangriff jetzt genau vor seinen Augen erfolgen, mit ihm als hilflosem Zuschauer nur wenige Schritte entfernt?

Tatsächlich, da brachen die ersten hellblau Uniformierten auch schon zu beiden Seiten der Barrikade hervor, an ihrer Spitze der Offizier, der den Ausfall befohlen hatte. Er war einer der Ersten, den eine Kugel traf, mitten ins Gesicht. Mit einem Aufschrei sank er zu Boden. Die anderen rannten mit aufgepflanztem Bajonett an ihm vorbei, auf die dritte Sperre zu, die noch von der Blauen Division gehalten wurde.

Franz fühlte sich wie in einem seiner Albträume gefangen. Die Szenen vor den Mauern von Weißenburg und dem Geisberger Schloss wiederholten sich. Wieder stürmten die deutschen Soldaten völlig schutzlos auf den Gegner zu. Wieder knallte Schuss um Schuss, fiel ein Angreifer nach dem anderen in den Staub. Die Nachfolgenden stolperten über die Gefallenen, bis sie selbst der nächste Treffer ereilte. Schon lagen drei, vier Tote und Verwundete übereinander.

Instinktiv hielt Franz sich die Ohren zu und senkte den Kopf tief zwischen die Knie. In dieser embryonenhaften Stellung verharrte er völlig bewegungslos, bis das Geschrei und die Schüsse verebbten. Erst dann löste sich seine Erstarrung. Langsam hob er den Kopf.

Das nackte Grauen sprang ihn an wie ein Raubtier. Seine Augen reagierten zuerst. Auf der Strecke von nicht einmal fünfzig Schritten zwischen den beiden Barrieren lagen dicht an dicht

Tote und Verletzte in hellblauen Uniformen. Manchmal war nicht einmal mehr der Straßenbelag aus grobem Schotter zwischen ihnen erkennbar.

Dann kehrten auch sein Gehör- und sein Geruchssinn zurück. Die Luft war erfüllt vom Stöhnen und Schreien der Verwundeten. Der ekelhaft süßliche Geruch von Blut überlagerte selbst den Rauch der brennenden Gebäude am Ortseingang.

Es waren ausschließlich Bayern, die dort gefallen waren. Kein einziger Franzose war unter ihnen.

Helfen, man muss ihnen trotzdem helfen! Auch das sind meine Landsleute, Menschen wie wir alle!

Wie in Trance stand Franz auf. Er riss das kleine Fähnchen mit dem roten Kreuz auf weißem Grund aus dem Gürtel und hob es hoch. In diesem Moment erblickte er Jacques, der sich hinter der Barrikade der Blauen Division hervorzwängte. Auch er hielt das kleine Fähnchen in der erhobenen Hand.

Schon vorher hatten Franz und Jacques genau wie ihre Kameraden aus den ersten Schichten auch deutsche Verwundete geborgen, wenn das Feuer verebbte. So war es aus unerfindlichen Gründen schon seit Kriegsbeginn guter Brauch. Waren die furchtbaren Kämpfe erst einmal vorbei, kümmerten sich Freund und Feind gemeinsam um die Opfer.

Hier in Bazeilles hatten sich Franz und seine Kameraden in den kurzen Gefechtspausen bislang damit begnügt, die wimmernden Deutschen aus den Schusslinien zu ziehen und zu hoffen, dass die deutschen Helfer schnell genug eintreffen würden, um sie zu versorgen. Doch angesichts dieses Massakers war das zu wenig. Hier musste mit allen Mitteln geholfen werden.

Mechanisch mit steifen Gliedern trat Franz auf den ersten Verwundeten zu. Es war ein junger Mann wie er selbst, sicher kaum zwanzig Jahre alt. Ein Geschoss hatte ihm die Stirn zerschmettert. Bevor sich Franz zu ihm niederbeugen konnte, wurde der Blick des Jungen starr.

Neben ihm saß ein älterer Mann, aus dessen Armwunde das Blut wie aus einem Springbrunnen schoss. Eine Kugel musste eine Arterie getroffen haben. »Jacques, komm her!«, rief Franz und hoffte, dass sein Freund zumindest einige Binden bekommen hatte.

Zum Glück hielt Jacques schon einen Verband in der Hand. »Wir müssen den Arm abbinden.« Jacques' Stimme klang völlig ton- und emotionslos. Als Franz den Kopf hob, sah er, dass Jacques' Gesicht so weiß war wie frisch gefallener Schnee. Seine dunklen Augen glühten wie Kohlen, die Pupillen waren weit geöffnet.

Schock, er steht unter Schock. Franz wischte den Gedanken beiseite. Jetzt war dazu keine Zeit.

»Zieh ihm das Messer aus dem Gürtel«, befahl er. »Wir verwenden den Griff, um den Druckverband festzuziehen.«

Schweigend umwickelte Jacques den Arm des Stöhnenden zweimal mit der Binde und schlang einen lockeren Knoten. Dann legte Franz den Messergriff vorsichtig, um den Ärmsten nicht auch noch zu schneiden, zwischen die Binde und den Knoten und drehte so lange zu, bis der Blutstrom stoppte. Der Mann schrie auf.

Franz wandte sich an ihn: »Wir müssen das tun, sonst stirbst du am Blutverlust. So hast du sogar die Chance, dass dein Arm gerettet wird, wenn du schnell genug operiert wirst.«

Der Bayer nickte. »Vielen Dank, Kamerad.« Franz las ihm die Worte mehr von den Lippen ab, als dass er sie hörte. Dann wandten sie sich dem nächsten Verwundeten zu.

Franz konnte später nicht mehr sagen, ob sie nur wenige Minuten oder viel länger gearbeitet hatten, bevor deutsche Sanitäter und freiwillige Helfer, ebenfalls mit den Fähnchen und Armbinden des Roten Kreuzes, an der deutschen Barriere vorbei zu ihnen stießen. Unter ihnen waren auch zwei Träger mit einer Bahre.

Der deutsche Sanitätsfeldwebel ergriff sogleich die Initiative.

»Wir euch danken, Kameraden.« Er radebrechte die Worte zuerst in Französisch, bis Franz ihm auf Deutsch antwortete.

»Ich bin Elsässer«, erklärte er kurz. »Sollen wir euch noch weiterhin helfen?«

»Das liegt an euch«, antwortete der Deutsche. »Wenn ihr nicht bei euren eigenen Truppen gebraucht werdet, sagen wir dazu nicht Nein.«

Tatsächlich ertönten in diesem Augenblick neue Schüsse aus einer der benachbarten Straßen. Während Franz noch unschlüssig von einem Fuß auf den anderen trat, hörte er plötzlich eine vertraute Stimme. »Herr Franz, junger Herr Franz!«

Wer konnte das sein? Ungefähr zehn Schritt entfernt lag ein riesiger Kerl im Staub und winkte schwach mit dem Arm. Franz fuhr die Erkenntnis wie glühende Lava durch die Adern.

»Karl, das ist Karl!« Schon setzte er über die Leichen und Verletzten hinweg, die zwischen ihm und dem Vorarbeiter des Schweighofener Weinguts lagen.

»Karl, mein Freund! Karl! Was machst du hier, um Christi willen?« Noch während er sprach, wurde Franz klar, wie blöde seine Frage war.

Trotzdem erhielt er eine Antwort. »Man hat mich eingezogen, junger Herr! Es gibt eine ganze Pfälzer Kompanie hier bei diesem bayerischen Korps.« Karls blutleere Lippen verzerrten sich zu einem gespenstischen Lächeln. »Bislang hatte ich Glück. Doch ich fürchte, heute hat es mich erwischt.«

Er machte eine schwache Kopfbewegung. Franz folgte Karls Blick und erschrak zutiefst. Das war ein Nierenschuss, erkannte er sogleich. Die Chancen, dass der Freund seiner Jugendtage ihn überlebte, waren gering.

Dennoch versuchte er, Karls Lächeln zu erwidern. »Nur ein Kratzer, mein Lieber. Das kriegen wir hin.« Er stand auf und winkte den Trägern mit der Bahre, die mittlerweile von zwei weiteren Paaren Verstärkung bekommen hatten. »Hierher! Dieser Mann muss schnellstmöglich operiert werden.«

Dann kniete er sich erneut neben Karl. »Du wirst sehen, das wird wieder.« Der Ton seiner Stimme klang selbst in seinen eigenen Ohren aufgesetzt.

Auf Karls Gesicht trat eine tiefe Traurigkeit. »Machen Sie mir nichts vor, junger Herr. Ich weiß, dass ich an dem Schuss krepiere. Wäre ein Wunder, wenn ich davonkäme.«

Er griff nach Franz' Hand und umklammerte sie mit erstaunlich festem Griff. »Bitte, Herr Franz, sorgen Sie für meine Familie. Der Hansi soll weiter die Schule besuchen, er ist wirklich ein begabter Bursche. Bitte, versprechen Sie mir das!«

Franz legte auch die andere Hand auf die Pranke des Vorarbeiters. Sie war noch immer fast doppelt so groß wie seine eigene.

»Du wirst wieder gesund, Karl.«

»Bitte! Versprechen Sie es!«

Franz spürte, dass ihm die Augen feucht wurden. »Ich verspreche es!«

Dann sprang er entschlossen auf und winkte den Trägern noch einmal. In diesem Moment fiel sein Blick zufällig auf das Kellerfenster eines Hauses am Straßenrand. Ein Gewehrlauf lugte daraus hervor. Er war genau auf die deutschen Sanitäter mit der Bahre gerichtet.

»Nein! Haltet ein!« Sein Schrei ertönte zusammen mit dem Schuss. Er traf einen der Freiwilligen mitten in die Brust. Schon knallte der nächste Schuss und streckte auch den zweiten deutschen Helfer zu Boden.

Wie ein Rasender und ohne nachzudenken, stürzte Franz auf das Kellerfenster zu und stellte sich genau davor. »Seid ihr von Sinnen?«, schrie er. »Das sind Sanitäter, geschützt durch das Rote Kreuz!«

Nun knallten auch Schüsse aus dem Haus auf der gegenüberliegenden Seite, diesmal aus einem der Dachfenster. Schon erwiderten die verbliebenen Bayern hinter der zweiten Barrikade das Feuer.

»Zurück!« Das war der deutsche Sanitätsfeldwebel. »Zurück!«

Geduckt rannten seine Männer auf die schützende Sperre zu. Zwei wurden noch getroffen, bevor sie sie erreichten, und sanken schreiend zu Boden.

»Hört auf! Hört auf!« Franz schrie aus Leibeskräften. »Das sind unbewaffnete Helfer!«

In diesem Moment sauste eine Kugel dicht an seinem Ohr vorbei. Sie verfehlte ihn nur um Haaresbreite.

Nun geriet Franz in Panik. »Jacques! Jacques! Komm, wir müssen von hier fort. Freund und Feind schießen auf uns!« Hektisch irrte sein Blick über die Straße. Wo war Jacques denn nur?

Er rannte zurück zu der Nische, in der er sich während des Gefechts verborgen gehalten hatte. *Da, da ist er ja.*

Mit zwei Schritten war er heran und verharrte mitten im Lauf. Jacques saß auf der Erde, beide Hände auf seine Brust gepresst. Ein dünner Blutfaden rann aus seinem Mund. Er rührte sich nicht.

Jacques, der junge vielversprechende Medizinstudent, der einzige Sohn seiner Eltern und deren ganzer Stolz, Jacques, der sein behütetes Heim verlassen hatte, um als freiwilliger Helfer in diese Hölle auf Erden zu gehen, Jacques, sein liebster Kamerad in Louis' Truppe, der sein ganzes Leben noch vor sich gehabt hätte, war tot.

Jacques – oh mein Gott, warum lässt du das nur zu?

Weinkontor in Weißenburg
1. September 1870, vormittags

Erst nachdem Irene die Kontorräume, die Flure und den Abtritt des Weißenburger Geschäftshauses gesäubert hatte, stieg sie mit klopfendem Herzen die schmale Stiege zu Franz' Dachkammer empor. Zaghaft öffnete sie die Tür. Die Furcht, beim Anblick von Franz' Habseligkeiten die Fassung zu verlieren, mischte sich mit der Freude, ihm genau über diese Dinge ein wenig näher zu sein.

Tatsächlich, da hing der schwarze Anzug, den Franz bei der Beerdigung seines Cousins getragen hatte, ordentlich an einem Haken an der Wand. Irene ging wie magnetisiert darauf zu und vergrub ihr Gesicht im Stoff der Jacke. Sie glaubte, den Duft des Geliebten schwach zu riechen, musste gleich darauf aber kräftig niesen. Eine feine Staubschicht bedeckte den Anzug genauso wie die Möbelstücke, die sich in der karg eingerichteten Kammer befanden.

Nachdem sich Irene die Nase geschnäuzt hatte, ließ sie sich auf das ungemachte Bett sinken und sah sich um. Das Zimmerchen enthielt außer dem Schlafplatz und den Wandhaken nur noch einen kleinen Tisch mit einem einfachen Holzstuhl, eine Waschgarnitur sowie einen eintürigen schmalen Kleiderschrank, wie man ihn vor allem in Mägdekammern zu finden pflegte.

Sehnsucht und Traurigkeit drohten sie jetzt doch zu überwältigen. *Ach, mein Liebster, warum musste uns dieser grausame Krieg nur trennen? Und was soll ich denn jetzt tun?*

Im Einspänner auf dem Weg nach Weißenburg hatte ihr Wilhelm Gerban noch einmal ein Angebot gemacht, das sie unter anderen Umständen wohl kaum ausgeschlagen hätte.

»Irene, ich stocke meine finanzielle Entschädigung noch einmal auf fünftausend Gulden auf.« Die Höhe der Summe verschlug ihr den Atem.

»Sie wissen, dass Sie als Dienstmädchen in Ihrem ganzen Leben nicht so viel Geld verdienen könnten.«

Irene nickte schweigend. Selbst Niemann, der erste Hausdiener, bekam neben freier Dienstkleidung, Kost und Logis nur einen Lohn von einhundertfünfzig Gulden pro Jahr. Sie selbst verdiente nach ihrer Beförderung zum zweiten Hausmädchen gerade einmal sechzig Gulden.

»Mit fünftausend Gulden können Sie sich nach der Geburt überall niederlassen und ein eigenes Geschäft gründen. Ich schlage Ihnen die Eröffnung einer Dienstbotenvermittlung vor. Wenn Sie sich dafür eine große Stadt wie Köln oder Stuttgart aussuchen, werden Ihnen die Aufträge sicherlich nie ausgehen.«

Irene schwieg noch immer. Die unterschiedlichsten Gedanken gingen ihr durch den Kopf, ohne dass sie einen davon richtig fassen konnte.

Gerban deutete ihr Schweigen als Zeichen dafür, dass sie sein Angebot diesmal ernsthaft in Erwägung zog.

Eifrig fuhr er fort: »Ich sichere Ihnen außerdem zu, Ihr Kind im Auge zu behalten. Für die Adoption kommt nur eine Familie aus unseren Kreisen infrage. Dafür werde ich sorgen. In diskreter Weise werde ich außerdem jedes Jahr Nachforschungen anstellen lassen, ob es dem Kind gut ergeht.«

Irene sagte immer noch nichts. Gerban holte tief Luft. Das letzte Zugeständnis fiel ihm offensichtlich schwer. »Und ich verspreche Ihnen sogar, dass Sie nach meinem Tode erfahren werden, wo sich Ihr Kind aufhält. Für den Fall, dass ich vor der Volljährigkeit meines Enkels sterbe, verfüge ich testamentarisch, dass Ihnen Name und Wohnort mit dem einundzwanzigsten Geburtstag des Kindes mitgeteilt werden. Sonst müssen Sie etwas länger warten, denn diese Informationen werden bis zu meinem Ableben geheim bleiben.«

Irene war trotz ihrer Traurigkeit verblüfft. Diese Idee hatte schon Minna vor einigen Tagen geäußert. Aber die Freundinnen hatten sie schon kurz danach als unrealistisch wieder verworfen.

»Und was ist mit Franz?« Über dem Rattern der Räder verstand Gerban ihre leise Frage anfänglich kaum.

»Mit Franz? Fragten Sie gerade nach Franz?«

Irene nickte.

Gerban zog die buschigen Augenbrauen zusammen. »Franz darf nie etwas von der Existenz des Kindes erfahren. Dazu verpflichten Sie sich vertraglich. Weichen Sie davon ab, werde ich meine fünftausend Gulden mit Zins und Zinseszins von Ihnen zurückverlangen und Sie darüber hinaus geschäftlich und persönlich ruinieren. Dessen seien Sie versichert.«

Auch wenn Irene keine rechte Vorstellung davon hatte, wie Gerban dies im Ernstfall bewerkstelligen wollte, glaubte sie ihm aufs Wort.

»Ob Sie nach meinem Tode dann den Kontakt zu Ihrem erwachsenen Sprössling suchen möchten, bleibt Ihnen natürlich überlassen«, schloss Gerban seine Argumentation. »Ich würde Ihnen allerdings nicht dazu raten. Ihrem Kinde dürfte es kaum von Nutzen sein, wenn es plötzlich erfährt, als unehelicher Bastard eines Dienstmädchens geboren worden zu sein, anstatt als ehrbares Mitglied einer hoch angesehenen Familie.«

Zu diesem Schluss waren Minna und sie schon vor einigen Tagen gekommen. Wenn Gerban also geglaubt hatte, dieses Argument würde Irene besonders einleuchten, irrte er sich. Stattdessen bewirkte es genau das Gegenteil. Der Schmerz, ihr Kind niemals sehen, geschweige denn kennenlernen zu dürfen, durchfuhr Irene wie ein Dolchstoß.

»Ich möchte noch einmal darüber nachdenken«, antwortete sie schwach. Gerban musterte sie finster.

»Wenn Sie glauben, durch Ihr Zögern erreichen zu können, dass ich mein Angebot noch ein weiteres Mal aufstocke, irren Sie sich, mein Fräulein«, betonte er barsch. »Das ist unwiderruflich mein letztes Wort.«

Irene nickte schwach. »Das weiß ich«, flüsterte sie.

»Dann erwarte ich Ihre Entscheidung noch heute, Irene. Und zwar genau bis um zwölf Uhr mittags.« Danach sprach Gerban kein einziges Wort mehr mit ihr.

Auf dem Bett in Franz' Kammer hörte Irene die Kirchturmuhr elfmal schlagen. Ihr blieb nur noch eine Stunde Zeit, um ihre Entscheidung zu treffen.

Mit schweren Gliedern stand sie auf, öffnete das kleine Fenster und schüttelte das Kopfkissen aus. Plötzlich stieg ihr Franz'

Geruch in die Nase. Sie schnupperte an dem Kissen und tatsächlich – es roch weitaus stärker nach ihm als die Anzugjacke.

Weinend warf sie sich wieder auf das Bett, das Gesicht tief ins Kissen vergraben. Als die Uhr die Mittagsstunde schlug, hatte sie ihre Entscheidung getroffen.

Kapitel 20

Bazeilles bei Sedan
1. September 1870, gegen elf Uhr

Fast zwei Stunden und Hunderte Tote später waren die Kämpfe noch immer im Gange. Franz war nicht zum französischen Hauptverbandsplatz zurückgekehrt, sondern harrte in der Hauptstraße aus.

Die Bayern hatten noch zwei weitere Ausfälle gemacht, um die dritte Barrikade zu stürmen, und waren jedes Mal unter hohen Verlusten zurückgeschlagen worden. Nur nach dem zweiten der insgesamt drei Angriffe wagten sich die deutschen Sanitäter noch einmal heraus, um ihre Verwundeten zu bergen. Und wieder wurden sie beschossen, nicht von den Soldaten der Blauen Division, sondern von den Zivilisten aus den Häusern. Franz konnte inzwischen das Knallen der Chassepot-Gewehre von dem anderer Waffen unterscheiden und schämte sich bis ins Mark.

Nach dem zweiten Ausfall hockte er, vor Trauer und Entsetzen wie gelähmt, in seiner Nische neben dem toten Jacques, dem er zumindest die Augen geschlossen hatte. Auch Karl war mittlerweile gestorben. Das hatte er beim vergeblichen Versuch, die Schüsse auf die deutschen Sanitäter noch einmal zu verhindern, gesehen.

Der dritte bayerische Angriff, der sich wie die anderen unmittelbar vor seinen Augen abspielte, war der grausamste. Diesmal stürmte eine ganze Kompanie blutjunger Soldaten hinaus und wurde in wenigen Minuten vom Schnitter Tod gefällt wie reifes Korn.

Franz hielt es nicht mehr in seiner Nische aus, zumal er erkannte, dass den Stöhnenden diesmal kein Deutscher zu Hilfe eilen würde. Mit erhobenen Händen ging er bis zur Mitte der Straße, die mittlerweile von so vielen Gefallenen bedeckt war, dass er sich mühsam seinen Weg zwischen den Körpern suchen musste. Während er das Rot-Kreuz-Fähnchen schwenkte, brüllte er die in den Häusern verschanzten Bazeiller Bürger aus Leibeskräften an.

»So knallt mich doch auch ab, ihr elenden Feiglinge!« Er fixierte ein Kellerfenster, aus dem der Lauf einer Flinte ragte. »Ich bin Franzose wie ihr, aber ich habe ein Herz im Leib. Hier liegen Sterbende in ihrem Blut! Einige Verwundete können gerettet werden, wenn man sie jetzt versorgt. Ich werde ihnen helfen! Schaut her und schießt meinethalben auf mich! Ihr seid ohnehin nicht besser als Ratten in ihren Löchern.«

Erst viel später wurde Franz klar, dass es auch Todessehnsucht gewesen war, die ihn zu dieser Waghalsigkeit verleitet hatte. Jacques war tot, Karl war tot, Fritz war tot, seine Welt versank in den Trümmern dieses Krieges. Das Leben erschien ihm in diesem Moment sinnlos.

Doch zu seinem Erstaunen schoss niemand auf ihn. Im Gegenteil, man ließ ihn gewähren. Fünf Verletzte verband er mit seinen eigenen Mitteln, dann waren diese erschöpft.

Er winkte zur deutschen Barrikade hinüber. »Kommt heraus und helft mir! Hier sind noch Dutzende am Leben und müssen verbunden werden. Sonst krepieren sie im Dreck!«

Doch immer noch traute sich kein deutscher Helfer auf die ungeschützte Straße. Stattdessen warf man ihm einen Sack mit Verbandsmaterial zu, mit dem Franz so viele weitere Verletzte versorgte, wie es ihm allein möglich war.

Mittlerweile brannte eine unbarmherzige Sonne vom Himmel. Die Verwundeten flehten um Wasser. Wieder blieben Franz' Bitten um deutsche Hilfe vergeblich. Im Gegenteil, als er sich schließlich im noch von Franzosen besetzten Teil der Straße auf die Suche nach einem Eimer und einem Brunnen machte, nutzten die inzwischen durch frische Truppen verstärkten Bayern dies zu einem vierten Angriff auf die Barrikade.

Rücksichtslos setzten sie über ihre toten und verwundeten Kameraden hinweg, und diesmal wurde ihr todesmutiger Einsatz belohnt. Die erschöpften, zum Teil selbst verwundeten Marineinfanteristen hinter der dritten Barriere wurden buchstäblich überrannt und flohen die Hauptstraße hinauf Richtung Marktplatz.

Der Angriff hatte kaum fünf Minuten gedauert. Nach den siegreichen bayerischen Soldaten traten jetzt auch die deutschen Sanitäter wieder auf den Plan. Sie hatten gefüllte Eimer und Zuber dabei und verteilten Wasser mithilfe von Schöpfkellen an die Verwundeten.

Franz wollte ihnen entgegengehen und helfen, doch plötzlich wurde ihm schwarz vor den Augen. Ohnmächtig sank er in den Dreck.

Weinkontor in Weißenburg
1. September 1870, kurz nach zwölf Uhr mittags

»Also ist das wirklich Ihr letztes Wort?«

Irene nickte tapfer. »Jawohl, Herr Gerban. Ich habe Ihr Angebot noch einmal sorgfältig erwogen und bin Ihnen dankbar für Ihre Großzügigkeit. Doch es ist nicht nur mein Kind. Auch Ihr Sohn Franz hat das Recht, über dessen Zukunft mitzuentscheiden.«

»Wenn er denn je aus dem Kriege heimkehrt.«

Irene schluckte schwer. »Auch wenn Franz nicht heimkehrt, würde er nicht wünschen, dass ich sein Kind in fremde Hände gebe.«

Tief im Innern wusste Wilhelm Gerban, dass Irene die reine Wahrheit sprach. Doch noch gab er sich nicht geschlagen.

»Er würde auch nicht wollen, dass sein Kind in Elend und Armut aufwächst.«

Irene reagierte anders auf den Vorhalt, als er erwartet hatte. Sie straffte die schmalen Schultern und blickte ihm fest in die Augen. »Ich werde mein Bestes geben und Tag und Nacht arbeiten, um das zu verhindern.«

»Wie wollen Sie das bewerkstelligen, wenn Sie doch nie wieder eine Anstellung in einem ehrbaren Haushalt finden werden?«

Irene betrachtete ihn verwundert. »Ich will mich ja gar nicht in einem Haushalt verdingen, das sagte ich Ihnen doch bereits. Ich suche mir Arbeit in einer Fabrik.«

Mit gespielter Gelassenheit zuckte Gerban die Schultern. Innerlich kochte er vor Wut. *Dieses unberechenbare Luder. Zum Glück habe ich vorgesorgt.*

Nachdem er seinem Gehilfen für diesen Tag freigegeben hatte, machte er sich bereits am Morgen persönlich auf den Weg ins Lazarett, das in einem Flügel des ehemaligen französischen Garnisonsgebäudes untergebracht war. Da der Nachschub aus dem deutschen Hinterland mittlerweile Tag für Tag ungehindert eintraf, verfügten die Ärzte und Pflegekräfte dort längst wieder über alle notwendigen medizinischen Mittel.

»Kann ich bei Ihnen ein Fläschchen Chloroform erwerben?«, fragte er die Oberschwester, die er zu sprechen verlangt hatte. Die Frau, eine verhärmt wirkende Person in den Vierzigern, fixierte ihn streng.

»Wir dürfen nichts an Zivilisten herausgeben. Zu welchem Zweck benötigen Sie das Mittel?«

Anstatt einer Antwort zog Gerban zehn Gulden aus seinem Gehrock und legte sie vor der Schwester auf den Tisch.

»Beantwortet das Ihre Frage?«

Amüsiert beobachtete er den inneren Kampf zwischen Pflichtgefühl und Gier, der sich in der Miene der Frau widerspiegelte. Schließlich stand sie wortlos auf, steckte die Münzen in ihre Schürzentasche und brachte ihm das Verlangte.

»Nun, des Menschen Wille ist sein Himmelreich«, gab

Gerban Irene jetzt scheinbar nach. »Der Herrgott weiß, ich habe es gut mit Ihnen und dem Kleinen gemeint. Sind Sie hier im Hause fertig?«

Irene verneinte. »Ich müsste noch einmal in die Dachkammer gehen und dort weiter sauber machen.«

»Tun Sie das. Aber nicht länger als eine Viertelstunde. Dann kommen Sie herunter. Ich fahre Sie zurück nach Altenstadt, damit Sie Ihre Sachen packen können. Sie verlassen mein Haus noch heute.«

Fast bewunderte Gerban Irenes Haltung, die nur kurz nickte und ihm dann den Rücken zuwandte, um die Treppe hinaufzugehen. Sie hatte die Stiege schon halb erklommen, bis Gerban das Fläschchen entkorkt und sein Taschentuch mit dem Betäubungsmittel getränkt hatte. Sofort rief er Irene zurück.

»Halt! Sie haben hier etwas verloren! Kommen Sie noch einmal her!«

Mit erstaunter Miene kehrte Irene um und betrat aufs Neue Gerbans Kontor, in dem sich auf sein Geheiß heute niemand anderes aufhielt.

»Dort in der Ecke. Dort liegt ein silbernes Kettchen. Ich vermute, es gehört Ihnen.«

Irenes Blick folgte seinem ausgestreckten Zeigefinger. »Wo denn, Herr Gerban? Ich kann nichts sehen. Außerdem besitze ich kein silbernes Kettchen.«

»Bücken Sie sich gefälligst und heben auf, was da liegt. Dann sehen wir weiter.«

Als Irene sich folgsam umdrehte, war Gerban mit zwei Schritten hinter ihr. Mit aller Kraft packte er sie mit der linken Hand und presste ihr mit der rechten gleichzeitig das mit Chloroform getränkte Tuch auf Mund und Nase.

Irene strampelte und wehrte sich mit aller Kraft, doch er hielt sie mit eisernem Griff fest. Schon nach weniger als einer Minute sackte sie zusammen und hing schlaff in seinen Armen.

Bazeilles bei Sedan
1. September 1870, nach Mittag

Franz erwachte, als ihm jemand Wasser ins Gesicht spritzte. »Das ist der Mann, der unseren Kameraden geholfen hat. Legt ihn auf diese Decke am Straßenrand«, hörte er den deutschen Sanitätsfeldwebel sagen.

Vollkommen erschöpft ließ Franz geschehen, dass man ihn unter den Armen fasste und von der Straße wegschleifte. Kaum hatte sein Kopf die grobe Decke berührt, versank er bereits in den tiefen Schlaf vollständiger Erschöpfung.

Er wusste nicht, wie lange er dort gelegen hatte, als ihn die schrillen Schreie einer Frau weckten. Anfangs glaubte er, noch in einem seiner Albträume gefangen zu sein. Doch er realisierte schnell, dass es die brutale Wirklichkeit war, die er wahrnahm.

Mit vorgehaltenen Gewehren trieben bayerische Soldaten einen Mann und eine Frau aus dem Haus, aus dessen Dachfenster zuvor auf die deutschen Helfer geschossen worden war. Noch ehe Franz begriff, was überhaupt geschah, stieß man die beiden auf die Knie und richtete sie mit Genickschüssen hin.

Nun bezahlen sie den Preis. Franz' Gehirn arbeitete schneller als seine Glieder. Er beobachtete wie gelähmt, dass die Bayern Brandsätze in das eroberte Haus warfen. Binnen Sekunden stand es lichterloh in Flammen. *Aber das … das dürfen sie nicht! Das Kriegsrecht verbietet es, sich an Zivilisten zu vergreifen. Die Leute haben keine Gerichtsverhandlung bekommen. Sie zu erschießen ist ein Kriegsverbrechen.*

»Na und? Sei es drum!« Franz fuhr auf. Hatte er seine Gedanken etwa laut ausgesprochen? Interpretierte er die Worte und den verächtlichen Ausdruck auf dem Gesicht des deutschen Helfers, der in seiner Nähe stand, richtig, war das wohl so.

Schon sprach der Mann weiter: »Diese Schweine haben auf uns geschossen, als wir die Verwundeten versorgen wollten. Das weißt du doch, du hast sie doch vergeblich daran zu hindern versucht. Sie kriegen nur, was sie verdienen. Jedes Kriegsgericht wäre zum gleichen Urteil gekommen. Warum sollten wir die Hunde bis dahin also auch noch durchfüttern?«

Täuschte sich Franz, oder zitterte die Stimme des Mannes bei diesen gefühllosen Worten? Als er ihm ins Gesicht blickte, bemerkte er Tränen in seinen Augen.

»Sie haben meinen Bruder erwischt. Niemand weiß, ob er heute Abend noch lebt.«

Noch ehe Franz ihm antworten konnte, ertönten schon wieder die Schreie einer Frau. Diesmal erkannte Franz deren Stimme. Es war Claire.

Drei Bayern trieben ihren Mann René vor sich her. Er war unbewaffnet und hatte die Hände erhoben zum Zeichen dafür, dass er sich ergeben wollte. Wie eine Furie rannte Claire mit wehenden Haaren hinter der Gruppe her, holte sie ein und warf sich dem Truppführer in den Weg.

»Gnade!« Sie schrie auf Französisch. »Gnade!«

Der Stoß eines Gewehrkolbens traf die Kniende brutal in den Rücken. Franz rappelte sich auf. Doch noch bevor er auf die Füße kam, knallten schon drei Schüsse. René sank tödlich getroffen in den Staub. Kreischend warf sich Claire über seine Leiche.

Hilflos wankte Franz auf die Schluchzende zu. *Geht dieser entsetzliche Tag denn nie zu Ende? Was hält er noch an Gräueln für uns bereit?*

»Claire, Claire!« Franz streichelte der Frau über den zuckenden Rücken. »Claire, steh auf! Du musste nach deinen Kindern sehen und nach deinem Vater.«

»Erschossen! Meinen Vater haben sie auch erschossen! Verwundet, wie er war, auf seiner Matratze!« Sie barg den Kopf dichter an der Brust ihres Mannes. Franz konnte sie kaum verstehen.

Gütiger Gott im Himmel! Franz war nie besonders gläubig gewesen. Doch heute nahm er zum wiederholten Male Zuflucht zu einem Stoßgebet. *Gütiger Gott, vergib ihnen. Vergib ihnen allen! Denn sie wissen nicht, was sie tun!*

Genau in diesem Augenblick sah er die Fackeln in den Händen der bayerischen Soldaten. *Sie wollen auch Claires Haus anzünden! Doch die Kinder sind noch im Keller!*

Der Schock erweckte seine tauben Glieder zu neuem Leben. Er rannte den Soldaten nach. Doch er kam zu spät. Noch während er den letzten am Kragen seines Waffenrocks packte, warfen die beiden vorderen die Fackeln bereits auf Säcke, die sie offensichtlich mit Öl oder einer anderen brennbaren Flüssigkeit getränkt hatten.

»Haltet ein, so haltet doch ein!« Sein Schrei verhallte im Prasseln der auflodernden Flammen. Gleichzeitig stieß ihm der Bayer, den er immer noch am Kragen festhielt, seinen Ellenbogen in den Magen. Franz ließ los, krümmte sich zusammen und erbrach grüne Galle. Da er den ganzen Tag seit Beginn der Kämpfe am frühen Morgen noch nichts gegessen hatte, gaben seine Eingeweide nichts anderes her.

Erst als er sich mühsam nach Atem ringend wieder aufrichtete, bemerkte er das auf seinen Körper gerichtete Bajonett.

»Na los, stich doch zu!«, schrie er den Soldaten an. Dessen Gesicht war vor Wut verzerrt. Franz brüllte weiter: »Stich zu, du Feigling. Wer hilflose Kleinkinder meuchelt, hat auch keine Hemmung, einen erwachsenen Mann zu ermorden, selbst wenn er unbewaffnet ist.«

»Lass es gut sein, Schorsch!« Zum zweiten Mal kam der deutsche Sanitätsfeldwebel Franz zu Hilfe. »Der Mann hat sein Leben riskiert, um unsere Kameraden zu verbinden.«

»Und warum fällt er uns jetzt in den Arm?« Noch war Schorsch nicht besänftigt.

»Weil da drin hilflose Kinder im Keller verbrennen!«, schrie Franz. »Der Junge ist vier, das Mädchen noch kein Jahr alt.«

Schorsch wurde blass und biss sich auf die Lippen. »Aus diesem Haus haben Zivilisten geschossen. Sowohl aus dem ersten

Stock als auch aus dem Keller. Die Kameraden sagen, dass sie einen der Heckenschützen im Keller füsiliert haben, den anderen haben sie auf der Straße gerichtet.«

»Und dass dort auch Kleinkinder waren, haben sie euch nicht gesagt?«

»Nein!« Der Mann senkte endlich sein Bajonett und wies auf eine Waffe, die am Boden lag und die Franz als die doppelläufige Jagdflinte Renés erkannte. »Das Gewehr da wurde im Haus beschlagnahmt. Der Kerl, den wir erschossen haben, hat noch versucht, es zu verstecken.«

Ein grässlicher Schrei ließ die Männer zusammenfahren. Claire hatte erst jetzt entdeckt, dass ihr Haus in Flammen stand. Sie rannte auf den Eingang zu, der bereits lichterloh brannte. Ehe sie jemand daran hindern konnte, stürzte sie hinein.

»Claire, komm zurück! Claire!« Franz schrie sich die Lunge aus dem Leib. Als er Claire nachrennen wollte, hielten ihn zwei der Bayern fest.

»Die ist nicht mehr zu retten. Bleib hier!«

Franz strampelte in den Armen der Bayern, doch die hielten ihn unerbittlich fest.

»Bleib hier! Es tut uns leid um die Kleinen und ihre Mutter! Doch wir können nichts mehr tun.«

Tatsächlich schlugen die Flammen jetzt auch schon aus dem Kellerfenster. Zum wiederholten Male an diesem Morgen sank Franz kraftlos in sich zusammen. Die Soldaten schleppten ihn an den Straßenrand und setzten ihn dort ab.

»Hier, trink!« Der Kerl, der ihn vorhin noch mit dem Bajonett bedroht hatte, hielt ihm nun seine Feldflasche an die Lippen. Franz schlug sie ihm aus der Hand.

»Na, dann eben nicht.« Der Bayer bückte sich nach der Flasche, die schon halb ausgelaufen war. Der scharfe Geruch nach Schnaps stieg Franz in die Nase. Schorsch setzte sie an und trank in tiefen Schlucken. Dann wischte er sich den Mund ab.

Keinen Lidschlag später erstarrte sein Gesicht. Franz folgte seinem Blick. Was er sah, ließ auch ihm das Blut in den Adern gefrieren.

Ein Wesen, in dem er nur mühsam Claire erkannte, schleppte sich auf die Straße. Ihr langes fuchsrotes Haar war bis auf wenige Strähnen verbrannt. Ihr Gesicht und die Haut ihrer Hände waren geschwärzt. Wie durch ein Wunder stand ihre Kleidung nicht in Flammen, obwohl sie zahlreiche Brandlöcher aufwies.

»Sie sind tot! Erstickt!« Claire schrie, ihrer Miene nach zu schließen. Doch Franz verstand ihre Worte kaum in dem infernalischen Lärm, der um sie herum tobte.

Plötzlich ging alles sehr schnell. Claires Blick fiel auf die Jagdflinte ihres Mannes, die der Bayer achtlos im Straßenstaub liegen gelassen hatte. Sie hob sie hoch und richtete sie auf die drei bayerischen Soldaten, die ihr Haus angezündet hatten und nun vor Schreck bewegungslos verharrten.

»Tot! Alle sind tot!« Claire schrie auf Französisch.

Offensichtlich verstand nur Franz die Frau. Er sprang auf und winkte den weiter entfernt stehenden Bayern, die ebenfalls ihre Gewehre erhoben hatten. »Lasst mich zu ihr gehen! Sie ist vor Schmerz wie von Sinnen!«

»Los, tötet mich auch!« Claire schrie weiter. »Die Flinte ist nicht mehr geladen! Los, bringt mich ebenfalls um!«

»Bleibt, wo ihr seid!«, brüllte Franz den Bayern zu. »Sie kann euch nichts tun, das Gewehr hat gar keine Patronen mehr!«

Er hatte Claire fast erreicht, da knallte ein Schuss. Dann noch einer und noch einer. In den Rücken getroffen sank Claire Franz in die Arme. Einen Augenblick lang spürte er einen leichten Schmerz am Hals, beachtete ihn aber nicht weiter.

Er hielt die Sterbende fest, deren Körper noch zuckte. Dann ließ er die Leiche zu Boden gleiten und setzte sich daneben.

Immer wieder streichelte er Claire über das von Brandwunden entstellte Gesicht. »Ruhe in Frieden, Claire!« Die Tränen rannen Franz über die Wangen. »Vereint mit den Deinen! An einem besseren Ort.«

An den Stiefelspitzen, die nun vor ihm auftauchten, erkannte er, dass die Bayern herangetreten waren. Er blickte nicht auf. »Sie wollte sterben. Die Flinte war gar nicht geladen.« Seine Stimme klang tonlos.

Der deutsche Feldwebel legte seine Finger kurz auf die Schlagader an Claires Hals. Dann nickte er. »Sie ist tot! Wir können nichts mehr für sie tun.«

Mittlerweile kamen auch die Soldaten heran, die Claire von hinten erschossen hatten. Undeutlich hörte Franz sie mit ihren Kameraden tuscheln.

»Das Gewehr war nicht geladen!«

»Woher sollten wir das denn wissen? So viele Flintenweiber wie in diesem verfluchten Kaff habe ich in drei Kriegen noch nicht erlebt!«

»Wie sieht es denn aus? Ist die Schlacht hier endlich zu Ende?«

»Fast! Es gibt nur noch ein paar Widerstandsnester im nördlichen Dorf. Doch dafür haben wir Artillerie angefordert! Wir schießen sie einfach in Grund und Boden!«

»Was ist das für einer?« Franz merkte, dass einer der Bayern auf ihn zeigte.

»Ein komischer Vogel! Ist Sanitäter bei den Welschen, spricht aber ein besseres Deutsch wie so manch einer von uns.«

»Sollen wir ihn mitnehmen?«

»Ich denke, wir lassen ihn gehen. Der Kerl ist harmlos! Vielleicht nicht mehr ganz richtig im Kopf, aber harmlos.«

»Dann mach jetzt, dass du wegkommst.« Ein Gewehrlauf stieß Franz leicht in die Seite.

Mit bleischweren Gliedern stand Franz auf und wankte die Hauptstraße entlang Richtung Marktplatz. Überall brannten die Häuser zu beiden Seiten der Straße, überall lagen Leichen. Zwischen den hellblauen Uniformen der Bayern und den blauroten der Franzosen sah Franz zahlreiche Zivilisten.

Die Gestalt einer Frau zog ihn magisch an. Ihr dichtes braunes Haar erinnerte ihn an Irene. Ein scharfer Schmerz durchzuckte ihn. Irene! Den ganzen furchtbaren Tag hatte er noch nicht an sie gedacht.

Er fuhr sich unter die Jacke und fasste sich an den Hals, wo er Irenes Silberkreuz trug, das sie ihm zum Abschied geschenkt hatte.

Oh nein! Nein! Nein! Lieber Gott, lass es nicht wahr sein! Hektisch riss Franz sich die Jacke auf, dann das Hemd. Er wühlte in seinem Hosenbund. Doch vergebens!

Irgendwo, irgendwann an diesem höllischen Tag habe ich Irenes Kreuz verloren!

Anwesen der Gerbans bei Altenstadt
1. September 1870; früher Nachmittag

»Vater! Was führt dich denn schon um diese Uhrzeit hierher?«

Mathilde kam die Treppe zum ersten Stockwerk wieder herunter. Sie war gerade im Begriff gewesen, ihr Zimmer aufzusuchen.

»Das Mittagsmahl ist schon vorüber«, erklärte sie überflüssigerweise. »Mama hat sich bereits zu ihrem Schläfchen zurückgezogen. Ich glaube, es ist kein warmes Essen mehr für dich da. Aber ich kann die Köchin bitten, dir auf die Schnelle zumindest ein paar Eier und einen Salat zuzubereiten.«

Wilhelm winkte ab. »Das ist nicht nötig, Mathilde. Außerdem duldet meine Mission keinen Aufschub. Aber du kannst mir helfen, Irenes Sachen zusammenzupacken. Sie verlässt uns noch heute und kommt auch nicht mehr nach Altenstadt zurück.«

Mathilde zog einen Schmollmund. »Kann das nicht Frau Burger übernehmen?« Erst als ihr Vater sie missbilligend anschaute, bemerkte sie, dass sie auf die eigentliche Nachricht gar nicht reagiert hatte.

Sofort machte sie einen Rückzieher. »Ach, ich Dummchen! Das ist ja fantastisch, was du da sagst! Hat das Dämchen dein Angebot also endlich angenommen?«

Wilhelm schüttelte den Kopf. »Nein, sie hat es tatsächlich ein weiteres Mal abgelehnt. Aber nun ist das Maß voll. Ich habe sie hinausgeworfen. Noch heute soll sie Weißenburg verlassen und meinethalben verhungern.«

Mathilde grinste schadenfroh. Dann fiel ihr etwas ein. »Aber warum kommt sie denn nicht selbst her, um ihre Sachen zu holen?« Dann ging ihr offensichtlich ein Licht auf. »Natürlich, du wolltest sie nicht mitnehmen, weil du befürchtest, dass Mutter den Aufstand proben würde.«

Sie sah plötzlich an ihrem Vater vorbei. »Frau Burger!«, rief sie mit schriller Stimme. »Belauschen Sie uns etwa?«

»Mitnichten, gnädiges Fräulein.« In ihrer verletzten Würde richtete sich die Hausdame hoch auf. »Ich wollte gerade prüfen, ob im Esszimmer alles sauber ist. Schließlich hat dort nur die Küchenmagd aufgeräumt. Ein Hausmädchen ist ja im Moment nicht verfügbar.«

Einen Moment lang kämpfte sie mit sich, dann fuhr sie fort: »Und wird sobald auch nicht mehr verfügbar sein, wenn ich die letzten Worte der Herrschaft richtig verstanden habe.«

Gerban musterte Frau Burger finster. »So ist es. Ich habe Irene Weber entlassen. Bitte packen Sie ihre Sachen zusammen. Ich möchte in einer Viertelstunde zurück nach Weißenburg fahren, um sie zum Nachmittagszug zu bringen.«

Frau Burger neigte sparsam den Kopf und ging ohne ein weiteres Wort die Treppe hinauf. Erst als sie außer Sicht- und Hörweite war, flüsterte Mathilde: »War die Schlampe denn damit einverstanden, sich nicht einmal mehr verabschieden zu können?«

Wilhelm zögerte zunächst, entschied sich dann aber dazu, seiner Tochter zu vertrauen. »Nein, natürlich nicht. Ich habe sie im Keller einsperren müssen«, sagte er leise. »Dort bleibt sie, bis ich sie persönlich in den Zug setze.«

Mathilde sog fasziniert die Luft ein. »Du hast sie im Keller eingesperrt?«, wisperte sie aufgeregt. So etwas war ganz nach ihrem Geschmack.

»Aber Frau Burger und deiner Mutter sagen wir natürlich etwas anderes«, flüsterte Gerban und blinzelte Mathilde verschwörerisch zu. »Ihnen gegenüber behaupten wir einfach, dass Irene zu trotzig war, um noch einmal nach Altenstadt mitzukommen.«

Mathilde war begeistert. »Ja, so machen wir es«, stimmte sie zu.

Bazeilles bei Sedan

1. September 1870, früher Nachmittag

Kraftlos überquerte Franz den Marktplatz und wankte den nördlichen Teil der Hauptstraße entlang. Überall knallten immer noch Schüsse. Einige pfiffen dicht an seinen Ohren vorbei. Er beachtete es nicht. Mit leerem Kopf setzte er mechanisch einen Fuß vor den anderen. Auch der Geschützdonner wurde immer stärker.

Plötzlich rief ihn jemand bei seinem Namen. »François, François! Komm zu uns! Hier werden Sanitäter gebraucht!«

Franz ging weiter. Da packte ihn jemand am Arm. Müde hob er den Kopf und erkannte Louis, den Anführer seiner französischen Sanitätsgruppe.

»Was ist denn mit dir los? Bist du verletzt?«

Franz schüttelte den Kopf. »Mir geht es gut. Jacques ist tot.«

Louis blickte betroffen zu Boden, dann meinte er: »André ist auch tot, und Michel ist schwer verletzt! Mich hat es auch erwischt. Aber zum Glück ist es nur ein Streifschuss.« Louis wies auf den Verband um seinen linken Oberarm.

Hinter ihnen krachte erneut Geschützdonner. »Merde! Sie kommen mit ihrer Artillerie! Nun beweg dich doch, François!

Da drüben, im Landgasthaus ›La Bourgerie‹, hat sich Major Lambert mit den Resten der Blauen Division verschanzt. Viele sind verwundet. Sie brauchen uns!«

Franz war zu schwach, um Louis etwas entgegenzusetzen. Fast willenlos folgte er ihm in ein langgestrecktes, gelb gestrichenes, zweistöckiges Gebäude.

Hier kämpften keine Zivilisten mit, das erkannte Franz sofort. Hier waren es ausschließlich Marineinfanteristen, die aus jedem Fenster auf die bayerischen Soldaten zielten.

»Das sind Scharfschützen! Elitesoldaten!«, erklärte ihm Louis. »Sie treffen mit den Chassepot-Gewehren auf zweitausend Schritt jedes Eichhörnchen!«

Dennoch hatten die Kämpfe auch hier drinnen ihren Tribut gefordert. Im Erdgeschoss saßen viele Verwundete an die Wände gelehnt oder lagen auf dem nackten Dielenboden.

»Womit sollen wir sie verbinden?« Franz sah, dass die meisten Verletzten gar nicht versorgt waren.

»Verbandsmaterial oder Medikamente gibt es nicht mehr.«

»Und wie sollen wir ihnen dann helfen?«

»Die Pumpe ist noch intakt. Wir können ihnen Wasser geben oder blutende Wunden auswaschen. Manchen können wir mit ihren Gürteln die Glieder abbinden, damit sie nicht verbluten. Ich gehe schon einmal frisches Wasser holen!«

»Aber warum kämpfen sie hier drinnen denn weiter? Die Schlacht um das Dorf ist doch längst verloren!«, rief Franz ihm nach.

»Wir machen es den Boches noch einmal so schwer wie möglich!« Zu Franz' Erstaunen antwortete ihm ein verwundeter Soldat mit den Abzeichen eines Leutnants. Sein linker Arm war zerschmettert. *Selbst wenn er hier lebend wieder rauskommt, wird er den Arm verlieren.*

»Der Major hat die Parole ausgegeben, das Haus bis zur letzten Patrone zu verteidigen. Erst dann werden wir uns ergeben.«

Franz kannte diese Parole bereits. Am frühen Morgen vor der Schlacht hatte Claires Mann genau das Gleiche gesagt. Die Worte erschienen ihm unsinniger denn je.

»Aber das ist doch reiner Selbstmord!« Franz nahm aus dem Augenwinkel eine Bewegung vor den zerschossenen Fenstern wahr. Wieder wurde ihm siedend heiß. »Da, seht doch hinaus! Sie fahren Geschütze auf, direkt vor dem Haus!«

Der Leutnant grinste. »Das haben sie schon zweimal probiert. Aber bislang haben wir noch stets so viele Männer von ihren Begleitmannschaften erwischt, dass ihnen kein einziger Treffer gelungen ist.«

Der Leutnant hatte kaum geendet, als auch schon ein furchtbarer Knall ertönte. Die Druckwelle warf Franz flach auf den Rücken, Mörtel und Steine flogen umher.

Als sich der aufgewirbelte Staub wieder legte, richtete Franz sich auf. In der gegenüberliegenden Mauer klaffte eine riesige Bresche. Auch sonst hatte das Geschoss eine Spur der Verwüstung hinterlassen. Der Leutnant, mit dem er gerade gesprochen hatte, und fünf weitere Verwundete waren tot. Ihre Körper waren von den Splittern der Granate, die ins Haus eingeschlagen war, zerschmettert worden.

Franz' Bein fühlte sich merkwürdig taub an. Er blickte an sich hinunter. Sein linker Unterschenkel war nur noch an einer Stelle mit dem restlichen Bein verbunden. Doch er empfand keinen Schmerz.

Also sterbe ich hier und heute. Verzeih mir, Irene, ich werde dich nie mehr wiedersehen.

Dann verlor er das Bewusstsein.

Keller des Weinkontors in Weißenburg
1. September 1870, gegen fünfzehn Uhr

Mit hochgezogenen Knien hockte Irene in einer Ecke des Kellers im Weißenburger Geschäftshaus. Da es weder ein Fenster noch Licht gab, war es stockfinster. Es roch durchdringend nach Wein und Moder.

Eingesperrt wie einst im Karzer des Waisenhauses. Die Verzweiflung drohte sie erneut zu übermannen. *Und ich Närrin habe geglaubt, jene Zeiten für immer hinter mir gelassen zu haben.*

Wenigstens war der stechende Kopfschmerz, den sie beim Aufwachen verspürt hatte, mittlerweile einem dumpfen Pochen gewichen. Und auch ihren brennenden Durst hatte Irene löschen können, nachdem sie beim Umhertasten eine Flasche Apfelmost auf dem Boden gefunden hatte.

Doch der Moment der Erleichterung war nur kurz. Schon bald begann sie aufs Neue zu weinen und zu grübeln. *Wie soll es denn jetzt weitergehen? Was hat dieser Unmensch mit mir vor? Ach, Franz, mein geliebter Franz! Warum bist du nicht hier? Geht es dir gut?*

Sie erinnerte sich an die Gesprächsfetzen der letzten Tage. Da war von einer großen Schlacht die Rede gewesen, von der sich einige Deutsche sogar die Kriegsentscheidung erhofften.

Plötzlich schreckte sie auf – in ihrer Erschöpfung musste sie wohl kurz eingedöst sein. Doch etwas musste passiert sein. Eine eiserne Klammer legte sich um ihr Herz. Auf einmal wusste sie mit absoluter Sicherheit, dass Franz in großer Gefahr schwebte. Vor Entsetzen zog sie die Beine an den Oberkörper heran, presste sich die Fäuste vor den Mund und biss in ihre Fingerknöchel.

Ihre Unruhe wurde immer stärker. Das Blut rauschte in ihren Ohren, das Herz schlug ihr bis zum Hals, sie zitterte am ganzen Körper. Dann fuhr ihr ein Stich durch die Brust, der ihr den Atem nahm. Vor Schmerz krümmte sich Irene zusammen.

Jetzt! Jetzt ist Franz etwas passiert!

Wie gelähmt verharrte sie in ihrer zusammengekauerten Position, bis sich nach einer ihr endlos lang erscheinenden Zeit der rostige Schlüssel im Schloss drehte. Die Tür öffnete sich.

Wilhelm Gerban stand im Rahmen, die Öllampe in seiner Hand warf lange Schatten an die unverputzten Wände. Irene stand mühsam auf. Ihre verkrampften Beine wollten sie zuerst nicht tragen.

»Herr Gerban, Herr Gerban!« Sie ging, so schnell sie konnte, auf ihn zu. »Herr Gerban, lassen Sie mich gehen! Ich muss zu Franz. Ihm ist etwas geschehen, ich spüre es!«

Im schwachen Licht sah Irene, dass es in Gerbans Gesicht einen Moment lang zuckte. Dann schüttelte er zornig den Kopf.

»Hirngespinste, Fräulein Irene«, grollte er. »Hirngespinste! Oder ein sehr geschickter Versuch, mich hereinzulegen.«

Er trat ein, zog die Tür hinter sich zu und blieb breitbeinig vor ihr stehen. »Nein, mein liebes Fräulein. Bis Sie sich entschieden haben, mein Angebot anzunehmen, bleiben Sie erst einmal hier!«

Teil 5

Nachbeben

Kapitel 21

Anwesen der Gerbans bei Altenstadt
7. September 1870

»Also, es fällt mir immer noch schwer zu glauben, dass sich Irene so sang- und klanglos davongemacht haben soll.« Pauline fixierte ihren Ehemann aufmerksam.

Der stöhnte vernehmlich auf und ließ die Gabel sinken, die er gerade zum Munde führte. »Wie oft soll ich dir das denn noch sagen, Pauline? Sie wollte partout nicht noch einmal mitkommen, um sich zu verabschieden. Warum kannst du mir das denn nicht einfach glauben?«

Pauline hob die Schultern. »Ich hätte in diesem Fall zumindest erwartet, dass sie mir oder Frau Burger schreibt und ihr merkwürdiges Verhalten erklärt. Aber auch heute war kein Brief in der Post. Ich verstehe es einfach nicht!«

Mathilde lächelte hämisch. »Das kommt nur daher, dass du Menschen aus der niederen sozialen Klasse mit unseren Maßstäben misst, Mama. Dienstboten haben aber nun einmal nicht die gleichen Begriffe von Ehre und Anstand wie wir. Irene hat nicht bekommen, was sie wollte. Das erklärt ihr nichtsnutziges Verhalten doch zur Genüge.«

Pauline musterte ihre Tochter mit nur schlecht verhohlener Verachtung. »Nun, das kann man auch aus einer anderen Perspektive heraus betrachten, meine Liebe. Wenn ich deinen Vater richtig verstanden habe, hat diese ›Dienstbotin‹, wie du sie zu nennen beliebst, sogar die ungeheure Summe von fünftausend Gulden ausgeschlagen und sich stattdessen entschlossen, das Kind deines Bruders ohne jede Hilfe großzuziehen. Ich kenne kaum jemanden aus unseren Kreisen, der eine solche Summe gering schätzt.« *Du am allerwenigsten, Mathilde.* Pauline verkniff sich die letzte Bemerkung.

Obwohl sie ihre Gedanken nicht laut geäußert hatte, schien Wilhelm sie ihr vom Gesicht abgelesen zu haben.

»Nun hacke doch nicht immer auf Mathilde herum«, kritisierte er sie. »Denke lieber einmal daran, inwieweit unser sauberer Sohn zu dieser ganzen Misere beigetragen hat. Hätte er sich wie ein Ehrenmann verhalten, könnte Irene noch immer hier arbeiten. Und genösse weiterhin einen untadeligen Ruf.«

Paulines Wangen röteten sich. »Über den Umgang der männlichen Mitglieder dieses Haushalts mit dem Begriff ›Ehre‹ haben wir ja bereits ausführlich disputiert, Wilhelm«, erwiderte sie spitz. »Dem möchte ich vor den Ohren unserer Tochter nichts mehr hinzufügen.«

Auch Wilhelms Gesicht verfärbte sich nun. »Daran tust du auch gut, Pauline.« Seine Stimme hatte einen drohenden Unterton. »Hättest du Franz nicht so verzärtelt und verzogen, wäre er heute wohl kaum so rebellisch.«

»Ich bin sogar stolz darauf, wenn meine Erziehung dazu beigetragen hat, dass Franz nicht zu dem angepassten Duckmäuser geworden ist, den du am liebsten gehabt hättest. Doch hätte ich ihn tatsächlich so verzärtelt, wie du es nennst, würde er wohl kaum mit der Leidenschaft und inneren Stärke für seine Ideale eintreten können, wie er es tut.«

Einen Moment lang huschte ein Ausdruck der Fassungslosigkeit über Wilhelms Gesicht. Dann fing er sich wieder. Er machte eine Geste in Richtung Mathilde, die dem Wortgefecht mit großen Augen lauschte.

»Wir sollten unseren Disput an dieser Stelle beenden, Pauline. Es schickt sich wirklich nicht, ein solches Gespräch im Beisein unserer empfindsamen Tochter zu führen.«

Angesichts der Enttäuschung, die sich in Mathildes Zügen malte, bevor sie sittsam die Augen niederschlug, verzog Pauline die Lippen zu einem spöttischen Lächeln. »Und wieder irrst du dich in einem deiner Kinder, Wilhelm. Mathildes Gemüt ist keineswegs so zart, dass sie solchen Szenen nicht bestens gewachsen wäre.«

»Pauline«, zischte Gerban nun mit hochroten Wangen. »Du vergisst dich! Raubt dir dein Laudanum jetzt auch schon jegliches Taktgefühl?«

Pauline wurde bleich. »Und zum dritten Mal irrst du, mein Lieber.« Diesmal konnte sie das Zittern in ihrer Stimme nicht ganz verbergen. »Ich habe den Konsum mittlerweile auf eine Dosis am Morgen eingeschränkt. Und sobald Franz«, sie stockte kurz, da ihr der Mund plötzlich trocken wurde, »sobald Franz wieder zu Hause ist, werde ich ganz damit aufhören.«

»Wenn er nach Hause kommt«, warf Mathilde brüsk ein. »Schließlich ist die Schlacht bei Sedan schon seit Tagen gewonnen. Trotzdem hat niemand etwas von ihm gehört.«

Pauline konnte nicht verhindern, dass ihre Augen feucht wurden. Sie wies mit bebender Hand auf Mathilde. »Hier, lieber Wilhelm, hier hast du den wahren Ausbund an Taktlosigkeit an deinem eigenen Tisch. Und das einzig und allein als Ergebnis deiner Erziehung, ganz ohne Laudanum.«

Mathilde verzog den Mund wie ein gescholtenes Kind. »Was habe ich denn jetzt wieder Falsches gesagt?«, fragte sie weinerlich. Als ihr niemand antwortete, fuhr sie mit erhobener Stimme fort: »Warum geht es hier denn heute so garstig zu?« Sie machte eine Pause und holte tief Luft. »Eigentlich wissen wir es doch alle! Schuld daran ist wieder einmal diese grässliche Irene. Selbst jetzt, wo sie weg ist, entzweit sie uns. Dabei sind wir doch so froh ...« Sie stockte und schlug sich unwillkürlich auf den Mund.

Pauline schob ihren kaum angerührten Teller von sich. »Worüber seid ihr froh? Dass ihr dieses ehrbare Mädchen aus dem Haus getrieben habt? Womöglich ging es dabei also doch nicht mit rechten Dingen zu! Schließlich hast du, Mathilde, sogar versucht, ihr einen Diebstahl unterzuschieben!«

Sie stand auf. »Und wer weiß, vielleicht ist sie ja gar nicht freiwillig aus Weißenburg verschwunden. Vielleicht haltet ihr sie ja irgendwo fest, um sie weiterhin unter Druck zu setzen, Franz' Kind wegzugeben.«

Es war nicht mehr als eine Vermutung, Worte, die sie in ihrer Verzweiflung über die Ungewissheit von Franz' und Irenes Schicksal einfach so dahingeworfen hatte. Doch zu ihrer Verblüffung trat einen Moment lang ein Ausdruck der Verunsicherung in Wilhelms Augen, der so schnell vorüber war, dass Pauline zuerst glaubte, sie habe sich getäuscht.

Mathildes unverhohlene Empörung belehrte sie jedoch eines Besseren. »Wie kannst du nur so etwas Furchtbares sagen, Mutter? Papa hat alles getan, um Irenes Schicksal zu erleichtern. Aber bis zuletzt blieb sie ein undankbares Miststück. Kein Wunder, dass er nicht wollte, dass sie noch einmal ...«

»Mathilde«, fiel ihr Wilhelm Gerban nun ins Wort. Sein Ton war scharf. »Mathilde, lass es nun gut sein! Irene ist fort, Franz kommt hoffentlich bald gesund zurück und damit basta!«

Doch es war zu spät. Pauline fixierte ihn mit zusammengekniffenen Augen. *Du verbirgst irgendetwas.* Plötzlich war sie sich dessen ganz sicher. *Irgendetwas verheimlichst du. Doch ich werde es herausfinden.* Ihr Gefühl verstärkte sich noch, als ihr Mann ihrem Blick auswich.

Sie neigte den Kopf. »Da mir der Appetit nun vergangen ist, ziehe ich mich auf mein Zimmer zurück. Ich wünsche euch noch einen schönen Abend.«

Damit wandte sie sich zur Tür. Draußen stieß sie fast mit Niemann zusammen, der darauf wartete, das Dessert zu servieren. Betreten senkte der Diener den Blick. Offensichtlich hatte er einen Teil des Gespräches mitbekommen.

Was schert es mich!, dachte Pauline, als sie mit einem knappen Nicken an ihm vorbeirauschte. Doch schon auf der Treppe spürte sie, wie ihre Kräfte schwanden. Das lähmende Schwächegefühl ergriff wieder von ihr Besitz. Die Trostlosigkeit ihres

Daseins und die Sorgen um Franz und Irene ließen sie zittern wie Espenlaub. Der Drang nach einer weiteren Dosis Laudanum wurde nahezu übermächtig.

Völlig erschöpft erreichte sie ihr Schlafzimmer und ließ sich auf den Hocker vor ihrer Frisierkommode sinken. Eine Weile zauderte sie noch, dann öffnete sie die Lade und griff nach dem Fläschchen.

Sie hatte den Stopfen schon herausgezogen, als ihr Wilhelms hämische Worte wieder in den Sinn kamen: *Raubt dir dein Laudanum jetzt auch schon das Taktgefühl?*

Mit letzter Kraft schleppte sie sich zum Fenster, riss einen der Flügel auf und warf das Fläschchen im hohen Bogen hinaus.

»Ich muss mich bei Ihnen entschuldigen, Niemann.«

Mathilde hob erstaunt den Kopf. Was war denn jetzt in ihren Vater gefahren?

»Sie müssen wissen, dass meine Gemahlin in jüngster Zeit nicht mehr ganz bei sich ist. Die Sorge um unseren Sohn und das viele Laudanum, Sie wissen schon …«

Mathilde starrte ihren Vater entgeistert an. War er jetzt auch verrückt geworden? Die Herrschaft entschuldigte sich doch nicht für einen häuslichen Streit bei einem Dienstboten!

»Ich verstehe.« Niemann verbeugte sich steif. Dann begann er schweigend, die schmutzigen Teller abzuräumen. Offensichtlich war ihm die Situation überaus peinlich.

Als er das Esszimmer verließ, um das Dessert zu holen, hielt es Mathilde nicht länger aus.

»Warum sagst du so etwas zu Niemann? Ihn gehen unsere familiären Zwistigkeiten doch gar nichts an.«

Ihr Vater erwiderte ihren Blick mit einem eigentümlichen Ausdruck, den Mathilde nicht deuten konnte.

»Glaub mir, meine Tochter. Ich habe meine Gründe dafür.«

Doch sosehr Mathilde ihn auch bedrängte, sie bekam nichts weiter aus ihm heraus.

Ein Bauernhof im Hinterland von Sedan
8. September 1870

»Marie, Marie, schau doch her! Ich glaube, er wacht endlich auf.«

Unendlich langsam drangen die Worte in Franz' Bewusstsein. Er öffnete mühsam die Augen und blinzelte ins Licht einer Petroleumlampe.

Zwei Frauen in mittleren Jahren beugten sich über ihn. Beide trugen verblichene Kopftücher, die nur den streng zurückgekämmten Haaransatz sehen ließen. Über ebenfalls verwaschene Kleider aus Baumwollstoff hatten sie Schürzen gebunden, die Flecken von Blut und Eiter aufwiesen.

»Wo … wo bin ich?«, stammelte Franz.

»In der Scheune unseres Bauernhofs«, antwortete eine der Frauen. »Sie waren tagelang bewusstlos. Wir dachten schon, Sie würden am Fieber sterben.«

»Am Fieber?«

Die Frauen nickten. »Ja, Sie wurden in der Schlacht verwundet. Nach der Operation sind Sie nicht mehr aufgewacht, teilte uns ein Sanitätsoffizier mit.«

»Operation? Was für eine Operation?«

Die Frauen warfen sich einen Blick zu. »Er weiß es gar nicht mehr, Marie«, seufzte die eine.

»Was weiß ich nicht?«, fragte Franz beunruhigt.

Die Frau namens Marie beugte sich wieder über ihn. »Sie hatten eine schwere Beinverletzung.« Sie stockte. Franz wurde es angst und bange. Er zermarterte sich das Hirn. Das Letzte, woran er sich erinnern konnte, war, dass er eine Straße mit brennenden Häusern zu beiden Seiten entlanggewankt war.

Bei Maries nächsten Worten setzte sein Herzschlag einen Moment lang aus. »Man musste Ihnen den linken Unterschenkel abnehmen.«

»Nein, nein, das kann nicht sein«, protestierte Franz voller

Entsetzen. Er hielt einen Lidschlag lang inne und konzentrierte sich auf sein Bein. »Das kann gar nicht sein!« Er lachte und weinte zugleich. »Ich spüre mein linkes Bein doch und auch den Fuß. Er tut sogar weh.«

Die Frauen blickten ihn mitleidig an. »Das nennt man Phantomschmerz, guter Mann. Es tut uns sehr leid, aber Ihnen ist das Bein vom Knie abwärts amputiert worden. Viele Kriegskrüppel haben noch Wochen nach der Operation solche Phantomschmerzen.«

»Aber Louise«, tadelte Marie. »Nun sprich doch nicht so taktlos mit dem Armen. Wie heißen Sie überhaupt?«

Franz hörte die Frage gar nicht. Eine Weile lag er wie gelähmt auf seinem Lager aus Stroh, über das nur eine kratzige Wolldecke gebreitet war.

Mit letzter Kraft richtete er sich auf den Ellbogen auf. Tatsächlich, die Decke war an der Stelle, wo sein linker Unterschenkel liegen sollte, ganz flach.

»Nein!« Tränen liefen Franz über die Wangen, als er sich wieder zurücksinken ließ. Und plötzlich waren die Bilder der letzten Momente vor seiner Verwundung wieder da und zogen an ihm vorüber.

»Ich war in der ›Bourgerie‹ in Bazeilles«, murmelte er.

»Im Haus ›Zur letzten Patrone?‹«, fragte Louise. Ihre Begeisterung wirkte auf Franz vollkommen fehl am Platz.

»Nennt man es jetzt so?«

Louise nickte eifrig. »Die Männer, die darin kämpften, haben sich den Boches erst ergeben, als sie keinen Schuss Munition mehr übrig hatten. Sie sind jetzt schon die Helden der Schlacht von Sedan.«

»Der Schlacht von Sedan«, echote Franz. »Wer hat sie gewonnen?«

Der düstere Gesichtsausdruck der Frauen verriet es ihm, noch bevor Marie ihm antwortete.

»Wieder die Deutschen. Und diesmal mit furchtbaren Folgen. Unser Kaiser Napoleon geriet in Gefangenschaft und hat kapituliert.«

»Kapituliert?« Franz' Verzweiflung wuchs noch mehr. »Dann war … dann war das alles umsonst?«

Marie hob die Schultern. »Man weiß es noch nicht so genau. Gerüchte besagen, dass die neue republikanische Regierung in Paris den Kampf fortsetzen will.« Sie deutete Franz' entgeisterte Miene falsch. »Aber für Sie ist zumindest alles vorbei. Sie müssen nur rasch gesund werden, damit Sie wieder nach Hause kommen.«

»Nach Hause!« Der nächste Schreck fuhr Franz siedend heiß durch den Leib. »Hat man meine Familie überhaupt schon benachrichtigt, wo ich bin? Sie wird in großer Sorge sein. Welcher Tag ist denn heute?«

»Der 8. September.«

»Oh Gott, das ist ja schon eine ganze Woche nach der Schlacht. Also, hat man ihnen geschrieben?«

Die Frauen wechselten einen Blick. »Das wissen wir nicht!« Franz war sicher, dass sie ihm nicht die Wahrheit sagten. »Am besten holen wir den Arzt, der hier die Verwundeten betreut. Er wird sich freuen, dass Sie endlich aufgewacht sind.«

Erst jetzt registrierte Franz, dass die Scheune voller verwundeter Soldaten war. Die Geräusche brachen nun wie eine Lawine über ihn herein. Er hörte Stöhnen, Murmeln, Klappern, Beten. Etwas entfernt erklang ein spitzer Aufschrei. In der Scheune summte es wie in einem Bienenstock. Er glaubte, es nicht länger aushalten zu können, und presste sich die Hände auf beide Ohren.

»Louise, nun lauf schon und hol den Arzt.« Nur undeutlich drangen Maries Worte zu ihm durch. »Der Mann ist noch immer sehr krank.«

Einige Minuten oder eine Ewigkeit später, Franz hatte jedes Zeitgefühl verloren, beugte sich ein Mann mit einem Spitzbart und einem weißen Kittel über der Uniform zu ihm hinunter.

»Können Sie sprechen?«

Franz nickte mühsam.

»Dann sagen Sie mir, wie Sie heißen.«

»François oder auf Deutsch Franz Gerban aus Altenstadt. Ich bin Elsässer.«

»Wo haben Sie gedient?«

»Ich gehörte zur Freiwilligengarde, die Weißenburg verteidigt hat. Nach der Eroberung habe ich mich nach Châlons durchgeschlagen und war dort in einer Sanitätseinheit. In der Gruppe von Louis Rousser.«

Der Arzt musterte Franz prüfend. »Sie haben nicht in der Division von Abel Douay gedient? Man hat Sie mit den Abzeichen dieser Truppe auf Ihrer Uniform ins Lazarett eingeliefert.«

Franz schüttelte müde den Kopf. »Die Uniform habe ich mit …« Er unterbrach sich. »Ich habe sie auf den Schlachtfeldern bei Wörth gefunden und gegen meine verdreckte Kleidung getauscht.« Fast hätte er Albert, den Deserteur, verraten. »Doch ich hatte meinen Ausweis in der Uniformjacke.«

Der Arzt runzelte die Stirn. »Die Jacke hat man verwendet, um Ihre Beinwunde zu verbinden. Sie war so voll Blut, dass man sie wahrscheinlich weggeworfen hat, ohne sie durchzusehen.« Er zuckte mit den Achseln. »Im Chaos von Sedan hat niemand an so was gedacht.«

»Woher wissen Sie das?«

»Woher weiß ich was?«

»Das mit der Jacke als Verband.«

Ein flüchtiges bitteres Lächeln verzog für einen Moment die schmalen Lippen des Arztes. »Mein guter Freund Louis Rousser, den Sie ja eben schon erwähnt haben, hat Ihnen das Leben gerettet. Er band Ihr Bein ab, umwickelte die Wunde dann mit Ihrer Jacke und brachte Sie nach der Kapitulation im Haus ›Zur letzten Patrone‹ zu mir. Da waren Sie schon bewusstlos. Zum Glück für Sie«, fuhr der Arzt fort. »Denn es dauerte Stunden, bis wir Sie operieren konnten. Deshalb hatte trotz des

Verbandes schon das Wundfieber eingesetzt. Es grenzt fast an ein Mirakel, dass Sie überlebt haben.«

Franz ließ auch diese Neuigkeiten auf sich wirken. Jetzt spürte er wieder die Schmerzen in seinem nicht mehr vorhandenen Unterschenkel. Dumpf, pochend und genau an der Stelle, an der sich vor der Operation sein Schienbein befunden hatte. Plötzlich fiel ihm etwas auf.

»Aber wo ist Louis denn jetzt? Warum wussten Sie meinen Namen nicht, wenn Louis mich doch zu Ihnen ins Lazarett gebracht hat?«

Der Arzt hob die Hände. »Vielleicht hat er ihn mir genannt, vielleicht auch nicht. Ich kann mich nicht mehr daran erinnern. Es war die Hölle an diesem Tag.«

»Und später konnten Sie Louis nicht mehr fragen.« Franz ahnte den Grund, bevor der Arzt ihn bestätigte.

»So ist es. Louis ist noch am gleichen Tag in Sedan gefallen.«

»Aber Sie müssen etwas essen, um wieder zu Kräften zu kommen.« Maries Stimme klang vorwurfsvoll. »Nicht jeder Verwundete hier kann mit Hühnerbrühe gefüttert werden. Das ist ein Privileg, das nur ganz wenigen zuteilwird. Nur wenn der Doktor es ausdrücklich anordnet.«

Franz machte müde eine abwehrende Geste. »Geben Sie die Suppe einem anderen Kameraden.«

»Aber der Doktor hat ausdrücklich darauf bestanden, dass Sie sie bekommen.« Sie hob Franz' Kopf an und hielt ihm einen Löffel mit Brühe an die Lippen.

Trotz des würzigen Dufts, der ihm in die Nase stieg, öffnete Franz nicht den Mund. Die Brühe rann ihm über das Kinn.

Marie seufzte tief. »Wir haben es alle nur gut gemeint.« Dann winkte sie Louise. Diese war Maries Schwester, wie Franz inzwischen wusste.

»Er will noch immer nichts essen. Gib die Suppe einem anderen, ehe sie ganz kalt geworden ist.«

»Sie sollten sich schämen«, wandte sie sich dann an Franz. »Sie haben doch eine Familie, wie Sie nach dem Aufwachen sagten. Wollen Sie die denn nie wiedersehen?«

Irenes Gesicht erschien plötzlich vor Franz' innerem Auge. Die Sehnsucht nach ihr schmerzte heftiger als sein amputiertes Bein.

»Sie könnten mir einen Brief diktieren. Hinter der Front beginnt die Post langsam wieder zu funktionieren. Wollen Sie das tun?«

Franz nickte matt.

»Dann hole ich jetzt Papier, Feder und Tinte. Aber ich schreibe nur für Sie, wenn Sie zumindest ein paar Löffel Suppe zu sich genommen haben.« Sie lächelte. »Ist das ein Angebot?«

Franz stimmte wortlos zu.

Anwesen der Gerbans bei Altenstadt
15. September 1870

Es war reiner Zufall, dass Mathilde im Garten der Villa spazieren ging, als sie den Postboten entdeckte, der die Allee hinaufkam. Es war später Vormittag, und draußen lockte ein herrlicher Altweibersommertag. Selbst Mathilde, die jeden Fußmarsch nach Möglichkeit vermied, hatte es nicht mehr im Haus gehalten.

Außerdem wollte sie ihr neues Kleid aus heller, fliederfarbener Seide, die über und über mit echter Brüsseler Spitze besetzt war, mit dem dazu passenden Sonnenschirm zur Schau stellen, wenn auch vorerst nur vor den Augen der Stallknechte und Gärtner. Teegesellschaften und andere Festlichkeiten hatte es seit Ausbruch des Krieges nicht mehr gegeben. Dass keiner der schwer arbeitenden Männer sie beachtete – und wenn, dann nur sehr flüchtig –, entging ihr völlig.

Geruhsam klappte sie im Schatten der Alleebäume ihren Sonnenschirm zusammen und schlenderte dem Postboten entgegen, der in seiner steifen Uniform mit der schweren Tasche, die er sich um die Schulter gehängt hatte, schwitzte. Mathilde rümpfte die Nase, als sie ihm näher kam. Der Mann roch streng.

Schon wollte sie sich umwenden, um wieder zum Haus zurückzukehren, da rief der Bote sie an. »Gnädiges Fräulein!« Mathilde beachtete ihn zunächst gar nicht, weil sie sich über seine Unverschämtheit ärgerte.

Doch der Postbote gab nicht auf. »Gnädiges Fräulein!«, rief er ein zweites Mal. Mathilde fuhr auf dem Absatz herum.

»Was erlauben Sie sich!«, schnauzte sie ihn an.

Der Mann zog die Mütze vom Kopf und machte eine Verbeugung. »Ich bitte um Verzeihung, gnädiges Fräulein. Aber wären Sie wohl so nett, diese Briefe gleich mit ins Haus zu nehmen? Ich habe daheim eine kranke Frau und bin heute schon sehr spät dran mit meiner Runde.«

Mathilde betrachtete den Lümmel mit finsterer Miene. Doch der ließ sich nicht beirren. Er trat noch einen Schritt näher und hielt ihr ein Bündel mit vier oder fünf Briefen entgegen.

Mathilde war schon versucht, sie ihm mit dem Schirm aus der Hand zu schlagen, als sie Irenes Namen auf dem obersten Umschlag las.

Ungnädig streckte sie die Hand aus und nahm die Post schweigend in Empfang. Während sich der Bote zum Dank noch einmal verbeugte, drehte Mathilde ihm grußlos den Rücken zu und ging Richtung Haus.

Dort bog sie nach rechts in den Rosengarten ab und setzte sich, nunmehr aufs Äußerste gespannt, auf eine Bank. Bedenkenlos riss sie den an Irene adressierten Umschlag auf und überflog die Zeilen, die in einer ihr unbekannten Handschrift geschrieben waren. Dann blätterte sie die restliche Post durch und fand noch einen Brief, der an ihre Mutter adressiert war. Er stammte offensichtlich aus der Feder derselben Person, der Franz auch sein Schreiben an Irene diktiert hatte. Sie riss ihn ebenfalls auf und las ihn aufmerksam durch.

Unschlüssig blieb sie danach noch eine Weile auf der Gartenbank sitzen. Dann kam ihr eine Idee.

Da Riemer den Einspänner heute Morgen putzen wollte, hatte sich ihr Vater heute ausnahmsweise von dem alten Kutscher mit dem Landauer ins Kontor fahren lassen. Beide Gefährte hatten als Transportfahrzeuge für Verwundete nach der Schlacht gedient. Sie waren aber zwischenzeitlich wieder vollständig gereinigt, die Polster frisch überzogen worden.

Ich könnte zwei Fliegen mit einer Klappe schlagen. Vergnügt klappte Mathilde ihren Sonnenschirm auf und zu. *Sicher wird mich Vater zum Essen ausführen. Dann kann ich die neue Garderobe einem passenderen Publikum vorführen als diesem Bauerngesindel.*

Entschlossen stand sie auf und ging zum Haus zurück. Dort sah sie Riemer schon von Weitem vor den Stallungen.

»Spannen Sie die kleine Kutsche an, Riemer«, sagte sie. »Sie werden mich nach Weißenburg fahren.«

»Guten Tag, gnädiges Fräulein«, parierte der alte Kutscher demonstrativ ihre grußlose Anrede. »Ich weiß nicht, ob das eine gute Idee ist. Ich habe gerade die Polster des Einspänners gesäubert. Sie könnten noch feucht sein und das neue Kleid der Gnädigsten ruinieren.«

Verunsichert trat Mathilde von einem Fuß auf den anderen. Doch dann siegte wie üblich ihr Eigensinn.

»Legen Sie eine dicke Decke über die Polster, Riemer. Ich sage noch eben im Haus Bescheid, dass ich nicht am Mittagsmahl teilnehme, und hole mir einen Schal. Dann fahren wir los.«

Restaurant zum »Goldenen Adler« in Weißenburg
15. September 1870, zwei Stunden später

»Nun, meine Liebe. Hat es dir denn gemundet?«

Mathilde pickte das letzte Stück des Sahnetörtchens auf, das sie sich zum Nachtisch bestellt hatte.

»Vorzüglich, Vater«, antwortete sie mit einem koketten Augenaufschlag, bevor sie den Kuchen genüsslich verzehrte.

Wilhelm bemühte sich, ein freundliches Lächeln aufzusetzen. Um keinen Preis wollte er seiner Tochter zeigen, wie sehr ihn die beiden Briefe aufgewühlt hatten.

Franz lag also schwer verwundet und für sein Leben verkrüppelt in einer als Behelfslazarett eingerichteten Scheune bei Sedan. Er hatte sowohl Pauline als auch Irene gebeten, ihn dort abzuholen und nach Hause zu bringen. *Nicht auszudenken, wenn das Schreiben Pauline erreicht hätte. Sie wäre noch in derselben Minute aufgebrochen. Und dieses halsstarrige Miststück Irene sitzt noch immer in meinem Keller und weigert sich, mein Angebot anzunehmen und Weißenburg zu verlassen.*

In den beiden Wochen von Irenes Gefangenschaft hatte er bereits zweimal zu drastischen Mitteln greifen müssen, um ihren Widerstand zu brechen. Beim ersten Mal hatte ihm sein Kontorgehilfe gemeldet, seltsame Geräusche aus dem verschlossenen Keller gehört zu haben. »Es klingt, als ob dort jemand rumoren würde, Herr Gerban. Ich glaube auch, eine Stimme gehört zu haben.« Zum Glück trug Wilhelm die Schlüssel zum Kellerabgang und zu Irenes Gefängnis immer bei sich. Deshalb hatte er den Bericht des Gehilfen als hirnloses Geschwätz abgetan. Vorsichtshalber erzählte er ihm am nächsten Morgen dann auch noch, dass er sich persönlich davon überzeugt hätte, dass sich niemand im Keller aufhalten würde.

Doch schon einen Tag später gab der Gehilfe an, erneut Geräusche gehört zu haben. »Leiden Sie etwa an Trunksucht, junger Mann, und haben dadurch schon Halluzinationen?«, schüchterte Wilhelm ihn ein. »Sollte sich dies bewahrheiten, sehe ich mich gezwungen, die Konsequenzen daraus zu ziehen.« Damit brachte er den Kerl zwar vorerst zum Schweigen. Doch schon wenige Tage später drohte neues Ungemach.

Als er, mit einer Hand das Tablett mit ihrem Abendessen balancierend, Irenes Zelle aufschloss, lauerte sie bereits hinter der Tür, stieß ihn beiseite und versuchte zu flüchten. Dass ihr dies nicht gelungen war, verdankte er nur der Tatsache, dass er die Tür zum Kellerabgang auch dann immer hinter sich abschloss, wenn er Irene etwas brachte oder sie erneut umzustimmen versuchte.

Irene wehrte sich wie eine Furie, als er sie gewaltsam zurück in ihr Gefängnis zerrte. Dabei biss sie ihn so heftig in die Hand, dass die Male noch immer nicht ganz verheilt waren.

Hinzu kam, dass Pauline ihn nach wie vor scharf beobachtete. Einmal machte er den Fehler, einen Essenskorb, den er Irene mitbringen wollte, in der Küche zu bestellen. Schon am Abend desselben Tages stellte Pauline ihn zur Rede.

»Für wen brauchtest du denn die Lebensmittel, mein Lieber?«, fragte sie wie beiläufig beim Abendessen.

»Welche Lebensmittel?«

»Nun, Frau Burger hat mir berichtet, dass du dir heute Morgen in der Küche Brot, Butter und Wurst sowie Obst erbeten hast. Dazu eine Flasche Apfelmost. Wozu brauchtest du das? Ich dachte bislang, du gingest zur Mittagsmahlzeit immer in ein Restaurant.«

Unwillkürlich war Wilhelm vor Wut und Verlegenheit ganz rot im Gesicht geworden, wie er zu seinem noch größeren Ärger bemerkte. »Das war ein Geschenk für die alte Mutter meines Kontorgehilfen«, entgegnete er barsch. »Ihr kleiner Hof wurde im Laufe der Schlachten vollständig ausgeplündert, es mangelt ihr an allem. Da wollte ich der hilflosen Frau eine kleine Freude machen.«

Pauline blickte ihn spöttisch an. »Hätte ich das gewusst, mein

Lieber, hätte ich den Korb noch etwas reichlicher aufgefüllt. Die Lebensmittel, die du mitgenommen hast, reichen ja kaum für einen einzigen Tag.« Seither lebte Wilhelm in der ständigen Angst, Pauline könnte nach Weißenburg kommen und seinen Gehilfen befragen.

Und nun diese Briefe. *Franz wird Himmel und Hölle in Bewegung setzen, um Irene zu finden, ob er nun verkrüppelt ist oder nicht.* So viel stand fest. *Und wenn sein nächster Brief in die falschen Hände gerät, ist es zu spät. Pauline wird Franz abholen. Binnen weniger Tage ist er dann zu Hause, und das Unheil nimmt seinen Lauf.*

»Vater?« Mathilde sah ihn vorwurfsvoll an. »Vater? Hörst du mir überhaupt zu?«

»Aber sicher, mein Kind. Ich war nur einen Augenblick lang abgelenkt. Was hast du gesagt?«

Selbst Mathilde musterte ihn nun mit erstauntem Gesicht, wie Wilhelm ungnädig konstatierte.

»Ich wollte nur wissen, wann du heute nach Hause fahren willst.«

»Riemer holt mich um Schlag sechs Uhr ab.«

»Oh! Und was tue ich dann solange in Weißenburg? Soll ich im Kontor auf unsere Heimfahrt warten?«

Bloß nicht. Fast hätte Wilhelm die Worte laut ausgesprochen. Er zwang sich zu einem weiteren Lächeln.

»Aber nein, meine Liebe! Dort würde es dir gewiss sehr schnell langweilig werden. Weißt du was? Besuche doch Madame Marat, deine Schneiderin. Dieses lilafarbene Kleid steht dir bezaubernd. Was hältst du davon, dir noch ein weiteres in dieser Machart auszusuchen? Lass dir dafür genügend Zeit. Ich hole dich dann um sechs Uhr dort ab.«

Ein ungläubiges Staunen trat auf Mathildes Gesicht. Selbst Wilhelm erinnerte ihr Anblick in diesem Augenblick an eine vollgefressene, dumme Kuh.

»Danke!« Sie sprang auf, zwängte ihre Leibesfülle um den

Tisch herum und küsste ihn auf die Wange. »Danke! Du bist der beste Vater der Welt.«

Und um mindestens zwanzig Gulden ärmer. Wenn das überhaupt reicht. Wilhelm wusste, dass sich Mathilde nur mit dem Besten von dem begnügen würde, was Madame Marat an Stoffen auf Lager hatte.

Er seufzte so tief, dass Mathilde aufsah.

Ich muss mich endlich dazu durchringen. Die Lage wird sonst einfach zu prekär.

Er seufzte noch einmal. *Doch zuerst muss ich ins Maison Rouge zu Madame Caroline.*

Praxis von Dr. Etienne in Weißenburg
17. September 1870, zwei Tage später

»Sie verlangen einhundert Gulden für einen solchen Eingriff? Ist das nicht etwas dreist?«

Ungläubig starrte Wilhelm Gerban den kleinen dicklichen Mann mit dem krausen Vollbart an, der ihm hinter seinem mächtigen Schreibtisch in einem breiten Lehnstuhl gegenübersaß. Wilhelm hockte dagegen auf einem harten Holzstuhl ohne Polster. Wäre er nicht von so beeindruckender Statur gewesen, hätte er sogar zu dem Kleineren aufschauen müssen.

Dr. Etienne rieb seinen bereits von grauen Strähnen durchzogenen Vollbart und räusperte sich.

»Aber Sie wissen doch, was Sie da von mir verlangen, Herr Gerban. Auf Entfruchtung steht eine hohe Gefängnisstrafe. Nicht nur für den Arzt, der sie durchführt, sondern auch für die Frau und den eventuellen Auftraggeber, der ihn dafür bezahlt. Außerdem würde ich meine Approbation verlieren und damit meine Existenzgrundlage.«

»Zahlt Ihnen Madame Caroline auch diese hohen Summen? Sicherlich muss sie Ihre Dienste häufig in Anspruch nehmen.«

Zu Wilhelms Erstaunen ließ sich der Arzt von seinem Sarkasmus nicht im Geringsten beeindrucken.

»Natürlich erlaubt die Anzahl der Aufträge in diesem Fall einen gewissen Rabatt«, erklärte er abgebrüht. »Madame Caroline ist sehr um die Gesundheit ihrer Mädchen besorgt und stellt sie mir wöchentlich vor. Die Beseitigung solch kleiner Malheurs ist allerdings nur selten erforderlich. Diese Damen agieren weitaus professioneller als unbedarfte Dienstmädchen und wissen sich entsprechend zu schützen.«

Er grinste anzüglich. Wilhelm schwoll der Kamm, doch er konnte sich die Unverschämtheit des Arztes schlecht verbitten. Natürlich hatte er sich gegenüber dem Gynäkologen als Vater des Kindes ausgeben müssen.

Fast noch mehr als über den Spott des Arztes ärgerte sich Wilhelm dagegen über die vielen Gelegenheiten, bei denen er dem angesehenen Mediziner arglos auf Gesellschaften, politischen Versammlungen und sogar beim Kirchgang begegnet war. Er war nahezu aus allen Wolken gefallen, als ihm Madame Caroline auf seine Frage hin – und selbstverständlich gegen eine stattliche Summe – den Namen »Dr. Etienne« genannt hatte.

Immerhin galt der Mann als ein Experte in seinem Fach und genoss auch sonst einen ausgezeichneten Ruf. Die Chancen, dass Irene den Eingriff, den der Doktor vornahm, unbeschadet überstehen würde, standen allemal besser als bei den Hinterhof-Engelmacherinnen, die es sicherlich auch in Weißenburg gab.

»Darf ich fragen, ob Sie meinen Preis nun akzeptieren? Natürlich in bar und ohne Quittung!«, insistierte der Arzt. Wilhelm nickte widerwillig.

»Sehr schön.« Der Arzt zog seine Feder aus dem Tintenfass und griff nach einem Notizpapier. »Dann muss ich Ihnen noch ein, zwei Fragen stellen.«

»Fragen Sie!« Wilhelm wünschte sich tausend Meilen weit weg, aber es gab kein Entrinnen aus dieser peinlichen Situation. *Dieser verdammte Franz.*

»Wie weit ist die Schwangerschaft fortgeschritten?«

Wilhelm war perplex. »Was spielt das denn für eine Rolle?«

Dr. Etienne musterte ihn mit einer Mischung aus Spott und Mitgefühl. »Nun, je länger die Schwangerschaft besteht, desto gefährlicher ist die Prozedur für die Frau. Je größer der Fötus, desto eher kann die Frau bei der Operation sterben.«

Wilhelm zerbrach sich verzweifelt den Kopf. Irene konnte er natürlich nicht fragen, sie wusste ja noch gar nichts von seinen Plänen, geschweige denn von dem, was er ihr zu sagen hatte. Auch Pauline würde endgültig Verdacht schöpfen, wenn er dieses Thema anschnitt. »Irgendwann im Hochsommer muss es passiert sein«, presste er schließlich hervor.

»Also Sie wissen es gar nicht so genau? Wie häufig hatten Sie denn Verkehr?«

Wilhelm spürte, dass er blutrot anlief. Er antwortete nicht.

Dr. Etienne zuckte mit den Schultern. »Dann bleibt mir nichts anderes übrig, als die Dame vor der Operation zu untersuchen, um den genauen Status der Schwangerschaft festzustellen. Da ich dies auch nicht innerhalb meiner regulären Geschäftszeiten tun kann, muss ich eine weitere Gebühr von zehn Gulden berechnen.«

Wilhelm knirschte mit den Zähnen. Das wollte er keinesfalls riskieren. Der Erfolg seines Plans hing schließlich davon ab, dass er Irene mit seiner Mitteilung so überrumpelte, dass er ihren Schock ausnutzen konnte, um sie zur Abtreibung zu bewegen. Diese musste also unmittelbar nach seinen Eröffnungen durchgeführt werden. Denn seine bisherigen Erfahrungen mit ihr bewiesen ihm, dass er ihr keine Bedenkzeit einräumen durfte, sonst wurde sie unberechenbar. Es kam also gar nicht infrage, sie zu einer Voruntersuchung aus dem Keller herauszulassen. Am Ende weigerte sie sich womöglich, freiwillig wieder mit zurückzukommen.

Deshalb rang er sich zu einer präziseren Antwort durch. »Es war spätestens Mitte Juli, eher früher.«

Der Arzt überlegte einen Moment. »Hmmm«, summte er dann demonstrativ laut. »Dann könnten die ersten drei Monate, in denen der Eingriff am ungefährlichsten ist, ja bereits ganz oder nahezu ganz vorbei sein. Das ist nicht gut, gar nicht gut.« Er machte eine bedeutungsvolle Pause.

Wilhelm trat der Schweiß auf die Stirn. »Was soll das heißen?«

»Dass Sie sehr spät mit Ihrem Anliegen kommen, mein Herr. Leider kann ich vor Mitte des Monats Oktober nichts für Sie tun.«

»Waas?« Wilhelm war entgeistert. »Warum denn nicht, Mann?«

Dr. Etienne wiegte sein Haupt mit den krausen Locken, die seine Halbglatze umrahmten. Seine Frisur glich einer Mönchstonsur.

»Nun, in der nächsten Woche bin ich bereits belegt. Eine unaufschiebbare Verpflichtung, für die ich mein Honorar schon erhalten habe. Ach ja!« Er griff sich an die Stirn. »Mein Salär ist im Voraus zu entrichten, das hatte ich noch gar nicht erwähnt.«

»Ich bezahle Ihnen das Doppelte, wenn Sie den Eingriff in der nächsten Woche durchführen«, bot ihm Wilhelm, ohne nachzudenken, an. Er geriet immer mehr in Panik.

Eine kurze Weile las er in der Miene des Arztes, dass sich Berechnung und Gier einen heftigen Zwist lieferten. Dann siegte die Berechnung. »Es tut mir unendlich leid, mein Herr. Aber ich stehe bereits in der Pflicht. Ebenfalls gegenüber einer hochgestellten Persönlichkeit dieser Stadt. Einer sehr hochgestellten sogar«, betonte er.

»Und warum können Sie meine Angelegenheit nicht einschieben?«

Der Arzt schüttelte betrübt den Kopf. »Ich beschäftige drei Krankenschwestern in meiner Praxis«, erklärte er. »Nur eine davon ist eingeweiht. Sie ist nur unter der Bedingung bereit, mir zu assistieren, dass es maximal alle zwei Wochen ist. Schließlich operieren wir nachts und betäuben unsere Patientinnen zuvor fachmännisch. Jemand muss dann an ihren Betten wachen, bis sie wieder zu sich kommen. Treten Komplikationen auf, muss die Schwester zudem die Nachsorge übernehmen und fehlt am nächsten Morgen beim Dienst. Zum Glück kommt das nur selten vor, denn sonst könnten ihre Kolleginnen am Ende Verdacht schöpfen. Nicht vorstellbar!« Er warf Gerban einen weiteren bedeutungsvollen Blick zu. »Ich muss an meine Reputation denken.«

Wilhelms Hände öffneten und schlossen sich. Mittlerweile verspürte er das nahezu unbezähmbare Verlangen, den Mann zu erwürgen.

Er atmete tief durch. »Gut. Das erklärt die nächste Woche. Aber warum erst Mitte Oktober?«

»Meine Assistentin besucht in der letzten Septemberwoche ihre alten Eltern in Wörth. Der Vater feiert seinen achtzigsten Geburtstag. Sie wird also gar nicht hier sein.«

»Und danach?« Wilhelm hätte am liebsten gebrüllt.

Dr. Etienne breitete in einer hilflosen Geste die Hände aus. »Danach reise ich in die Schweiz. In Zürich findet jedes Jahr der bedeutendste Fachkongress für Frauenheilkunde in ganz Europa statt. Man hat mich als Gastredner eingeladen. Ich kehre erst am 10. Oktober zurück. Danach muss ich erst einmal meine regulären Patientinnen versorgen. Da stehen zum Beispiel etliche Niederkünfte an, die ich hoffentlich nicht dem Kollegen überlassen muss, der mich vertreten soll. Alle sind wohlhabende Damen aus den höchsten Kreisen. Ich stehe frühestens zwischen dem 15. und dem 20. Oktober wieder zur Verfügung. Doch Sie sollten sich rasch entscheiden, bevor noch weitere Anfragen dieser Art an mich herangetragen werden.«

Mittlerweile schwitzte Wilhelm am ganzen Körper. Die Gedanken rasten durch seinen Kopf. Er fühlte sich klebrig und fürchtete, schlecht zu riechen. *Ein Königreich für ein heißes Bad.*

Dr. Etienne zückte seine Taschenuhr. »Es tut mir leid, mein Lieber, aber ich muss Ihre Konsultation schon in Kürze beenden. Man erwartet mich daheim zum Souper. Meine Gemahlin hat Gäste geladen. Ich muss mich vorher noch frisch machen und umziehen.«

»Gut, ich bin mit dem Datum einverstanden.« Auch Wilhelm war erschrocken über die fortgeschrittene Uhrzeit. War er wirklich schon länger als eine Stunde in der Praxis dieses bigotten Subjekts?

»Dann darf ich Sie spätestens bis zum Ende der nächsten Woche um mein Honorar bitten«, schickte der Arzt sich an, das Gespräch zu beenden.

»Ach ja.« Er war schon aufgestanden, um Wilhelm zu verabschieden, als ihm noch etwas einfiel. »Ich muss Sie noch auf ein Risiko hinweisen, welches bislang unerwähnt blieb. Jede Abtreibung birgt die Gefahr, dass die Frau danach nie wieder empfangen kann.«

Umso besser. Wilhelm hatte den Mund schon geöffnet, verkniff sich die Bemerkung aber im letzten Moment. Trotzdem reagierte der Arzt so, als hätte er seine Gedanken laut ausgesprochen. »Den Herren kommt diese Nebenerscheinung sogar sehr oft gelegen«, sagte er süffisant. »Zumindest, wenn sie beabsichtigen, die heimliche Affäre fortzusetzen.«

Wäre Wilhelm dem Mann nicht so ausgeliefert gewesen, hätte er ihn spätestens jetzt auf der Stelle erwürgt.

Kapitel 22

Auf dem Weg nach Saint-Quentin
17. September 1870

»Adieu, François, adieu. Alles, alles Gute und baldige Genesung!«

Marie und Louise, die beiden Bäuerinnen, liefen neben dem Leiterwagen her, auf dessen Bänken rechts und links die transportfähigen Verwundeten aus der Schlacht von Sedan saßen. Sie hatten sie nun über zwei Wochen lang in ihrer Scheune beherbergt und gepflegt.

»Bitte schreiben Sie meiner Mutter und meiner Verlobten, dass ich nicht mehr hier bin, wenn sie nicht spätestens übermorgen eingetroffen sind. Sie sollen in Saint-Quentin nach mir forschen«, drängte Franz zum wiederholten Mal.

»Aber das haben wir Ihnen doch schon fünfmal versprochen, François«, beteuerte Louise. Sie war etwas außer Atem vom schnellen Laufen. Schon erreichte der Leiterwagen den Abzweig, wo der schmale, nicht gepflasterte Feldweg, der zum Bauernhof führte, auf die größere Landstraße stieß, die gleichfalls nur mit Schotter befestigt war und die Bezeichnung »Straße« nicht wirklich verdiente.

Louise und Marie blieben stehen und winkten dem Wagen nach. Franz hob noch einmal grüßend die Hand und wandte sich dann mit einem trockenen Schluchzen in der Kehle ab.

Der Befehl zum Abtransport der Verwundeten war gestern am späten Nachmittag ganz plötzlich eingetroffen, zusammen mit den fünf Wagen, auf denen die Männer jetzt saßen. Es waren samt und sonders Bauernkarren. Wahrscheinlich hatte man sie beschlagnahmt. Bei jedem Stoß auf der unebenen Straße schmerzte Franz' Beinwunde aufs Neue.

Verzweifelt ließ er seinen Blick über die raue Landschaft schweifen. Bis zum Horizont erstreckten sich abgeerntete Felder zu beiden Seiten der Straße, in der Ferne sah man den Saum eines Wäldchens. Der Himmel war bleigrau, die Luft kühl. Der nahende Herbst war nun nicht mehr zu leugnen. Franz fror erbärmlich in seiner dünnen Joppe, die die verloren gegangene Uniformjacke nicht ersetzen konnte.

Wie sollen Irene und Maman mich jetzt nur finden? Oder können sie mich gar nicht abholen kommen, weil die Kämpfe aufs Neue begonnen haben?

Erst vor ein paar Tagen war die Nachricht auf den abgelegenen Bauernhof gedrungen, dass die provisorische »Regierung der Nationalen Verteidigung« den Krieg trotz Napoleons Kapitulation fortsetzte, nachdem sie zuvor die Dritte Republik ausgerufen hatte.

»Hier können die Verwundeten nicht länger angemessen versorgt werden«, hatte der befehlshabende Leutnant den Abtransport gestern gegenüber Franz begründet. »Die Landbevölkerung hat selbst kaum noch etwas zu essen. Zudem könnten sie alle am Ende doch noch in deutsche Kriegsgefangenschaft geraten.«

»Wieso? Ich denke, die deutschen Truppen marschieren jetzt gen Paris, um die Hauptstadt zu belagern. Was sollten sie denn noch hier in dieser Region zu suchen haben?«

»Das ist alles, was ich Ihnen zu diesem Marschbefehl sagen kann. Mehr weiß ich auch nicht.«

Franz hatte das dem Mann sogar geglaubt, da ihm die wirren Zustände in der französischen Armee bereits aus eigener Erfahrung bekannt waren.

»Hoffentlich gibt es in Saint-Quentin wenigstens ein anständiges Bett und was Vernünftiges zu fressen.«

Dem Mann neben Franz fehlte der rechte Arm. Der Ärmel

seiner Uniformjacke war leer. Franz streifte ihn mit einem kurzen Blick, ohne zu antworten. Dann versank er wieder in tiefer Niedergeschlagenheit.

Seitdem Marie die Briefe nach Hause für ihn geschrieben hatte, war Franz in gespannter Erwartung gewesen. Die Hoffnung, Irene bald wiederzusehen, hatte seine Genesung beschleunigt. Am vergangenen Samstag war er sogar bereits selbstständig auf Krücken zum Abtritt gehumpelt, anstatt sich auf die Bettpfanne zu setzen wie ein Kleinkind aufs Töpfchen. Jeden Tag rechnete er mit dem Eintreffen seiner Lieben. Doch der Marschbefehl hatte all seinen Hoffnungen ein jähes Ende bereitet.

Allerdings waren die Verhältnisse auf dem Hof, bei Licht besehen, tatsächlich katastrophal. Es gab für die mehr als fünfzig Menschen im Bauernhof und in der Scheune nur einen einzigen Abtritt neben dem Misthaufen. Ungeziefer verbreitete sich mit rasender Geschwindigkeit. Franz hatte Flohbisse am ganzen Körper. Seine Kleidung war völlig verlaust.

Zu essen gab es außer trockenem Brot nur dünnen Haferschleim und ein paar unreife Äpfel. Im Rückblick wurde es Franz immer unverständlicher, dass er die Hühnerbrühe nach dem Erwachen aus der Bewusstlosigkeit verschmäht hatte. Als auch das allerletzte Stück Geflügel geschlachtet war, konnte man selbst die Schwächsten nicht mehr mit dieser Köstlichkeit aufpäppeln.

Der Wagen rumpelte durch die trostlose Landschaft, in der Franz seinen Seelenzustand widergespiegelt fand. Nun könnte der Krieg noch Monate dauern und weitere Tausende Opfer kosten. Niemand hatte die Verwundeten, die heute auf den Karren saßen, registriert. *Wer weiß, ob ich Irene und Maman jemals wiedersehe, selbst wenn sie nach mir suchen. Aber vielleicht haben sie meine Briefe nicht einmal bekommen. Wer hätte je gedacht, dass eine republikanische Regierung diesen Wahnsinn fortsetzen würde, nachdem die Aristokraten, die ihn begonnen haben, bereits von ihm abließen.*

Ein merkwürdiges reibendes Geräusch drang langsam in

Franz' Bewusstsein. *Was ist das? Es hört sich fast so an, als ob gleich die Achse bricht!*

In diesem Moment polterte der Wagen in ein tiefes, vom letzten Regen noch mit Wasser gefülltes Schlagloch. Mit einem lauten Knacks brach das linke vordere Rad ab. Der überfüllte Wagen kippte abrupt auf die Seite. Franz wurde auf die matschige Straße geschleudert. Zwei seiner Leidensgenossen fielen auf ihn, einer unmittelbar auf Franz' kaum verheilten Beinstumpf. Ein stechender Schmerz durchfuhr seinen ganzen Körper.

Als sich die Männer über ihm endlich aufrappelten, sah Franz, dass sein Hosenbein oberhalb des Stumpfes bereits voller Blut war. Die Wunde war wieder aufgebrochen.

»Merde! So eine verdammte Scheiße!« Der Sanitätsfeldwebel, ein Mann namens Luc, der mit seinen Männern für die Versorgung der Verwundeten verantwortlich war, fluchte aus vollem Halse. »Jetzt schaut euch diese Sauerei an!«

Der Mann war an der Spitze der Kolonne geritten und hatte angesichts des Unfalls sofort kehrtgemacht. Nun kam er mit seinen Sanitätern heran.

Luc war Franz von Anbeginn an unsympathisch gewesen. Anders als Louis schien er keinerlei Mitgefühl mit den Verwundeten zu haben. Er und seine Männer behandelten die Versehrten oft unnötig grob. Auch die Reinlichkeit der Sanitäter ließ zu wünschen übrig. Franz war daher von Herzen froh gewesen, dass Louise und Marie für die Reihe der Verletzten, in der er lag, als Pflegerinnen verantwortlich waren. Schon während seines Aufenthalts auf dem Bauernhof war ihm aufgefallen, dass in seiner Reihe weit weniger Verwundete gestorben waren als in anderen.

Nun waren die Männer herangekommen. »Hat sich hier jemand verletzt?«, schnauzte der Truppführer. Einer der Männer, die auf Franz gefallen waren, hielt sich das rechte Handgelenk. Es war verdreht und offensichtlich gebrochen.

»Merde!«, fluchte Luc noch einmal. »Der da muss nach vorne zum Arzt. Das muss geschient werden. Und du?« Er beugte sich über Franz' Beinstumpf. »Du brauchst offensichtlich einen neuen Verband.«

Beunruhigt beobachtete Franz, wie Luc sein Hosenbein um den Stumpf herum aufschnitt und den blutigen Verband abwickelte. Die Hände des Mannes starrten vor Schmutz.

»Da haben wir ja das Malheur. Das muss noch mal neu genäht werden. Hey, du«, rief Luc einem seiner Männer zu, »hol mir mal die Tasche!«

Auch die ehemals schwarze, nun aber mit bräunlichem Dreck verkrustete Ledertasche, die der Sanitäter herbeibrachte, flößte Franz kein Vertrauen ein. Noch entsetzter war er aber, als Luc eine von getrocknetem Blut überzogene Schere und eine ebenso schmutzige Nadel hervorzog und sich neben ihn kniete.

»Solltest du dir nicht vorher die Hände waschen und die Instrumente reinigen?«, protestierte er zaghaft, während Luc den Faden in den Mund nahm, um ihn leichter durch das Nadelöhr ziehen zu können.

»Was willst du?« Luc wirkte ehrlich verblüfft. Dann wurde er wütend. »Wo soll ich mir denn hier die Hände waschen, du Schlaumeier! Oder die Schere da spülen? Etwa in dieser Pfütze, wo sich die Insekten drauf tummeln?«

»Aber …«

»Also soll ich dich jetzt nähen, oder willst du verbluten? Ich habe Besseres zu tun, als mir deine Predigten anzuhören.« Franz rührte sich nicht.

»Auch gut!« Luc machte schon Anstalten aufzustehen, als Franz endlich schwach mit dem Kopf nickte.

»Also, dann beiß mal die Zähne zusammen, es wird nämlich wehtun!«, befahl Luc ihm barsch.

Franz schloss die Augen und versuchte, sich Irenes Gesicht vorzustellen, während der Sanitäter seinen Stumpf grob umfasste und die Nadel brutal in die Wundränder stieß. Es schmerzte höllisch. Im Auf und Ab des Schmerzes lösten sich Irenes Konturen auf und wurden dann wieder schärfer.

Als Luc endlich fertig war, hatte Franz sich Lippen und Zunge blutig gebissen.

Keller im Weißenburger Kontor
19. September 1870

Irenes Herz begann wie wild zu hämmern, als sie hörte, wie sich der Schlüssel im Schloss der Tür zum Kellerabgang drehte. Sie richtete sich auf und umfasste die Weinflasche fester, die sie aus einem der Regale gezogen hatte.

Eigentlich lagerten die Gerban'schen Weinvorräte, die zum Verkauf bestimmt waren, auf den Weingütern in Schweighofen. Dort wurden die Flaschen abgefüllt, dort gab es den nötigen Lagerplatz. Im Keller des Kontors wurden nur einige wenige Kisten aufbewahrt, die für Kunden-Verkostungen bestimmt waren.

Da Wilhelm Gerban Irene regelmäßig mit Speisen und Getränken versorgte, hatte sie den Wein bislang nicht angerührt. Instinktiv spürte sie, dass der Alkohol dem Ungeborenen schaden könnte.

Auch sonst hatte Gerban mittlerweile einiges getan, um es Irene in ihrem Verlies bequemer zu machen. Sie verfügte nun über eine Matratze mit Daunenkissen und -decke als Nachtlager. Eine Petroleumlampe spendete ihr Licht, Irene besaß sogar einen Vorrat an Öl, um sie regelmäßig nachzufüllen. Selbst Bücher hatte ihr Gerban gegeben, darunter auch Hauffs Märchen, um die sie gebeten hatte.

Regelmäßig am frühen Morgen brachte Gerban ihr frisches Wasser zum Waschen, leerte ihren Eimer mit der Notdurft und ließ ihr Kleidung und Wäsche zum Wechseln da. Es waren zwar durchwegs einfache Stücke, aber sie waren neu. Gerban musste sie also eigens für sie erstanden haben.

Dennoch kostete es Irene ihre ganze Kraft, Gerbans Angebot nicht doch noch anzunehmen. Sie hockte nun schon nahezu drei Wochen in diesem Loch, wie sie an den Strichen erkannte, die sie morgens mit einem rostigen Nagel in den brüchigen Mörtel der Kellerwand ritzte.

Besonders in den ersten Tagen ihrer Gefangenschaft hatte sie sich stundenlang den Kopf darüber zerbrochen, warum Franz' Vater sie hier eingekerkert hatte. *Warum lässt er mich nicht einfach gehen? Hat er wirklich so viel Furcht davor, dass Franz mich heiraten könnte? Wer gibt ihm denn die Garantie, dass Franz mich nicht fände, selbst wenn ich Gerbans Geld nehmen und das Kind zur Adoption freigeben würde? Aber vielleicht hofft er ja auch, dass Franz mich gar nicht mehr will, wenn ich unser Kind zur Adoption gegeben habe? Oder will er Franz mit einer reichen Erbin verkuppeln? Ich habe zwar nie etwas davon gemerkt, aber vielleicht braucht die Familie Geld.* So drehten sich ihre Gedanken immer wieder im Kreis. Mittlerweile gab es aber auch schon halbe Tage, in denen sie stumpfsinnig, mit bleischweren Gliedern und leerem Kopf auf ihrem Lager hockte.

In den ersten drei Tagen ihrer Gefangenschaft hatte sie sich noch relativ passiv verhalten. Sie glaubte an einen Einschüchterungsversuch Gerbans und war der festen Überzeugung, er würde sie schon bald wieder freilassen, wenn sie nicht nachgäbe. Außerdem scheute sie den Skandal, wenn Fremde sie hier finden würden. Sie wollte Franz' Familie nicht in Misskredit bringen.

Als Irene nach und nach aufging, dass Wilhelm jedoch gar nicht daran dachte, sie gehen zu lassen, hatte sie sich zweimal aktiv zur Wehr gesetzt. Das erste Mal schrie sie aus Leibeskräften, bis ihre Kehle so wund war, dass sie mehrere Tage lang nur noch krächzen konnte. Auch ihre Fingerknöchel waren blutig vom heftigen Trommeln an die Wände und die massive Kellertür. Doch niemand schien ihre Hilferufe zu hören.

Das zweite Mal hatte sie sogar einen Ausbruchsversuch unternommen. Sie schlüpfte an dem überrumpelten Wilhelm vorbei und wäre ihm wohl tatsächlich entkommen, hätte er die Tür zum Kellerabgang nicht ebenfalls abgeschlossen gehabt.

Franz' Vater ließ sie beide Aktionen drastisch büßen. Das erste Mal kam er erst am übernächsten Tag, das zweite Mal sogar zwei Tage lang nicht mehr zu ihr in den Keller. Als das Öl der Lampe aufgebraucht war, hockte Irene ohne Nahrung und Wasser in völliger Finsternis. In ihrer Not suchte sie sich schließlich eine Flasche Wein gegen den brennenden Durst. Eine halbe Ewigkeit pulte sie mit ihren Fingernägeln den Korken heraus, bis sie ihn endlich aus dem Flaschenhals lösen konnte. Doch nachdem sie das lauwarm gewordene Getränk in ihrer Gier viel zu schnell getrunken hatte, wurde ihr so schlecht, dass sie sich übergeben musste. Schließlich stieß sie, bereits völlig geschwächt, auch noch den fast vollen Notdurft-Eimer um. Die Fäkalien ergossen sich stinkend über den Kellerboden, durchnässten ihre Schuhe und sogar ihre Matratze.

Als sie Wilhelm nach der zweiten dieser Strafmaßnahmen endlich die Treppe herabkommen hörte, begann sie sogar vor Erleichterung zu weinen. Der ließ sie zuerst die Sauerei aufwischen. Neue Kleider, Waschwasser und Proviant brachte er erst, nachdem sie beim Leben des Ungeborenen geschworen hatte, keinen weiteren Fluchtversuch mehr zu unternehmen.

Diese Episode war mittlerweile über eine Woche her. In ihrer Verzweiflung fiel Irene anfangs gar nicht auf, dass Wilhelm sein Angebot, sie für ihre Einwilligung in die Adoption des Ungeborenen zu bezahlen, in den letzten Tagen nicht wiederholt hatte. Ihre jähe Hoffnung, er würde sie nun endlich laufen lassen, erfüllte sich jedoch nicht.

Je mehr sie nach ihrem letzten Ausbruchsversuch wieder zu Kräften kam, desto mehr wuchs daher ihre Entschlossenheit, einen dritten, diesmal erfolgreichen Fluchtversuch zu wagen. Diesmal schreckte sie auch vor Gewaltanwendung nicht zurück.

Ihr Plan sah vor, Wilhelm mit einer Weinflasche niederzuschlagen, dem Bewusstlosen dann die Schlüssel zu entwenden und auf die Straße zu rennen. Von der Kellertreppe aus waren es kaum fünf Schritte bis zur Haustür. War sie erst einmal aus dem Gebäude heraus, konnte Gerban sie wohl kaum mit Gewalt wieder hineinschleifen.

Und nun war der Moment, auf den sie sich seit Stunden vorbereitet hatte, gekommen. Auf Zehenspitzen schlich sie neben die Tür, während sich Gerbans schwere Schritte näherten. Um ihn zu täuschen, hatte sie ihr Nachthäubchen mit Stroh aus der Matratze gefüllt und leere Säcke, die staubbedeckt in einer Ecke lagen, zusammengerollt und unter die Bettdecke gesteckt. Das Häubchen hatte sie so drapiert, dass Wilhelm glauben sollte, sie schliefe mit zur Tür abgewandtem Gesicht. Vorsichtshalber platzierte sie die Lampe noch in einer weit von der Lagerstatt entfernten Nische, sodass es sehr dämmrig im Keller war.

Jetzt hörte sie, wie Gerban das Tablett mit ihrem Abendessen auf einer Treppenstufe absetzte. Seit ihrem zweiten Fluchtversuch betrat er den Keller nur noch mit freien Händen, um zunächst nach dem Rechten zu sehen. Nun schob er den Schlüssel ins Schloss. Der schwere Riegel schnappte zurück, die Tür ging quietschend auf und verdeckte Irene.

»Irene? Was ist mit Ihnen?«

Angesichts der Tatsache, dass sie offensichtlich schlief, machte Gerban verblüfft einen großen Schritt in den Keller und drehte ihr dabei den Rücken zu. In diesem Moment huschte Irene hinter der Tür hervor und ließ die Weinflasche mit aller Kraft auf seinen Schädel hinabsausen.

Doch wieder war ihr das Glück nicht hold. Im letzten Moment machte Wilhelm eine Bewegung zur Seite. Die Weinflasche verfehlte seinen Hinterkopf, streifte ihn nur seitlich am Schädel und verursachte eine Platzwunde in der Kopfschwarte, die sogleich heftig zu bluten begann. Ohnmächtig, wie Irene gehofft hatte, wurde Gerban davon jedoch nicht. Er taumelte zwar einen Schritt nach vorne, sackte aber nicht zusammen.

Irene nutzte den Überraschungsmoment und entriss ihm den Schlüsselbund, den er noch in der Hand hielt. Sie setzte über das Tablett auf der untersten Stufe hinweg und rannte, so schnell sie konnte, die Treppe empor. Oben versuchte sie mit fliegenden Fingern, den dicken Schlüssel ins Schloss der Tür zum Hausflur zu stecken. Gleichzeitig schrie sie aus Leibeskräften um Hilfe.

Doch da hörte sie bereits, dass Wilhelm die Treppenstufen hinter ihr hinaufpolterte. Viel zu rasch erreichte er sie und riss sie brutal an den Haaren zurück. Sie strauchelte und wäre beinahe die Stufen hinabgestürzt, hätte er nicht mit seinem massigen Körper hinter ihr gestanden.

Dann packte er sie mit eisernem Griff um die Taille und zerrte die Strampelnde wieder zurück. Unten angekommen, drehte er sie zu sich herum und schlug ihr mit der flachen Hand rechts und links ins Gesicht. Irene spürte, wie ihre Lippe aufplatzte. Sie schmeckte Blut.

Dennoch versuchte sie, Wilhelm zu treten und zu beißen, bis er ihr schließlich die Faust gegen die Schläfe schlug. Ihr wurde schwarz vor Augen. Halb ohnmächtig sank sie nach vorne, dem Verhassten direkt in die Arme.

Wilhelm schleifte sie zu ihrem Lager und ließ sie wie einen Mehlsack auf die Matratze fallen. Dann schloss er die Tür ab. Er zückte sein Taschentuch und wischte sich damit das Blut aus dem Gesicht, das von der Platzwunde kam, die ihm Irene mit der Flasche zugefügt hatte.

Derweil kam Irene aus ihrer Benommenheit wieder zu sich und öffnete die Augen. Drohend funkelte er sie an. »Du Miststück«, knurrte er. Zu ihrem eigenen Erstaunen empfand sie keine Furcht. Obwohl ihr immer noch schwindlig war, stemmte sie sich mit der ihr verbliebenen Kraft auf die Ellbogen und richtete sich in eine sitzende Haltung auf.

»Hören Sie auf, mich zu beleidigen«, konterte sie. »Der Mistkerl und Schuft sind Sie selbst! Wie können Sie es wagen, mich hier wochenlang einzusperren! Dazu haben Sie keinerlei Recht!«

Als Wilhelm die Hand hob, verstärkte das nur ihre Wut. »Ja, schlagen Sie mich noch einmal, Sie charakterloses Schwein! Sie schimpfen sich einen Ehrenmann und handeln doch wie der mieseste Lump! Sie behandeln mich und das ungeborene Kind Ihres Sohnes doch nur derart erbärmlich, weil Sie um Ihre lächerliche Ehre besorgt sind.« Sie beugte sich nach vorne und spuckte Wilhelm blutigen Speichel vor die Füße.

»Doch Sie können mich nicht einschüchtern! Ich werde Franz nach seiner Rückkehr von alldem hier buchstabengetreu berichten. Und auch Ihrer Frau Gemahlin und sogar Frau Burger, der Hausdame. Ich sorge dafür, dass Sie als der ehrlose Schurke entlarvt werden, der Sie sind. Kein anständiges Haus wird Sie mehr empfangen. Ihre Gattin wird Sie womöglich sogar verlassen. Und Franz wird nie wieder in seinem Leben ein einziges Wort mit Ihnen wechseln.«

Irene bemerkte, dass Wilhelms Kiefer mahlten. Sie stand auf und setzte von Neuem an, ihn zu attackieren: »Selbst wenn ich das Kind hier in diesem Keller gebäre, werden Sie niemals verhindern können, dass Franz von seiner Vaterschaft ...«

»Halt den Mund!«, schnitt ihr Wilhelm das Wort ab. »Jetzt wirst du *mir* einmal zuhören. Franz wurde bei Sedan schwer verwundet. Er hat ein Bein verloren.«

Irene spürte, wie ihre Knie weich wurden. Sie sank auf das Lager. *Also ist es wahr. Ich habe es hier in diesem Keller gespürt, dass ihm etwas zugestoßen ist.*

»Wie geht es ihm?«, flüsterte sie.

Wilhelm Gerban zuckte mit den Achseln. »Das weiß niemand. Die Zustände in den Lazaretten an der Front sind barbarisch. Besonders die in den französischen Lazaretten. Erinnern Sie sich doch an die Tage nach der Weißenburger Schlacht!«

Irene registrierte beiläufig, dass Franz' Vater wieder zur höflichen Anrede übergegangen war.

»Lassen Sie mich zu ihm!«, flehte sie. »Sagen Sie mir, wo er ist, damit ich ihn finden und pflegen kann!«

»Also stört es Sie gar nicht, dass mein Sohn für den Rest seines Lebens ein Krüppel ist?«

Die plötzliche Wut machte Irene schlagfertig. »Ein Krüppel mag Franz vielleicht körperlich sein! Doch niemals wird er ein seelischer Krüppel werden, wie Sie einer sind!«

»So lässt du mir also keine andere Wahl!« Wilhelm reagierte völlig anders, als Irene es erwartet hatte. Er duzte sie zwar wieder, aber anstatt wütend zu werden, seufzte er schwer. Er holte die Lampe aus der Nische und stellte sie neben dem Bett auf die Weinkiste, die als Tisch oder Hocker diente. Irene sah, dass Schweißtropfen auf seiner Stirn glänzten.

Dann streckte er zu Irenes Verblüffung die Hand nach ihr aus. »Komm und setze dich hier aufs Bett. Ich habe dir etwas Wichtiges mitzuteilen!«

Irene wich seiner Hand zwar aus, ließ sich aber unter Gerbans starrem Blick schließlich zögernd auf der Matratze nieder. Seine Augen, sein ganzes Gesicht hatten etwas Magisches, dem sie nicht widerstehen konnte. *Fast wie ein böser Zauber.*

Mangels einer Sitzgelegenheit kniete sich Wilhelm schließlich vor sie.

»Franz wird dich niemals heiraten können, Irene! Das geht nämlich gar nicht!«

Sofort spürte Irene wieder Wut in sich aufsteigen. Sie lachte höhnisch. »Wollen Sie mich schon wieder ins Bockshorn jagen? Franz hat versprochen, mich zur Frau zu nehmen, obwohl er noch gar nicht weiß, dass ich sein Kind unter dem Herzen trage.«

»Er darf auch nie etwas von diesem Kind erfahren. Denn es käme am besten niemals zur Welt!«

Nun mischte sich Angst in Irenes Wut. Wollte Gerban ihr etwas antun?

Sie nahm all ihren Mut zusammen. »Das entscheiden nicht Sie, Herr Gerban, sondern ich und der Vater des Kindes.«

Wilhelm schüttelte merkwürdigerweise resigniert den Kopf.

»Und dennoch habe auch ich ein Wort dabei mitzureden! Ich sagte dir doch bereits, Franz kann dich gar nicht heiraten.«

Irene kam ein furchtbarer Gedanke. »Wollen Sie damit sagen, dass Franz schon verheiratet ist?«

Die ehrliche Verblüffung auf Wilhelms Gesicht war ihr Antwort genug.

Ihr Mut und damit auch ihre Wut kehrten zurück. »Also! Was soll Franz dann für einen Grund haben, mich nicht zu heiraten?«

Gerban seufzte noch einmal tief. Dann hob er den Kopf und blickte Irene geradewegs in die Augen.

»Franz kann dich nicht heiraten, weil er dein Bruder ist.«

Lazarett in St. Quentin
19. September 1870

»Tja, mein Junge, ich glaube, da kann man nicht mehr viel machen. Das Bein muss jetzt ganz ab.«

Obwohl Franz seit dem Unfall auf der schmutzigen Landstraße mit Komplikationen gerechnet hatte und sich schon mehr als einen Tag lang ganz elend und fiebrig fühlte, erstarrte er zu Stein.

Mechanisch schüttelte er den Kopf, unfähig, mehr als ein Krächzen über seine trockenen, aufgesprungenen Lippen zu bringen.

Der Arzt, ein noch junger Mann namens Berger mit schütterem blondem Haar und einer randlosen Brille, schaute ihn mitleidig an. »Ich wünschte ja, ich könnte Ihnen eine bessere Auskunft geben. Doch sehen Sie selbst einmal!« Er streckte Franz seine Hand entgegen, mit deren Hilfe sich dieser mühsam in eine halb sitzende Stellung brachte. Dann zeigte der Arzt auf das gerötete, geschwollene Fleisch. »Da sitzt der Wundbrand drin. Je länger Sie warten, desto sicherer werden Sie sterben.«

»Aber …« Franz' Kehle fühlte sich so rau wie Schmirgelpapier an. »Aber wozu dann noch eine Prothese?«

»Oh, darüber machen Sie sich mal keine allzu großen Sorgen, mein Junge. Es gibt heutzutage Prothesen für Beinstümpfe aller Art. Nicht nur als Ersatz für Unterschenkel.«

»Und wie weit …?« Franz brachte den Satz nicht zu Ende. Der Arzt verstand ihn auch so.

Er legte seine Hand ungefähr zwanzig Zoll unter Franz' Becken. »Wenn Sie Glück haben, bis dahin. Wenn Sie Pech haben, bis zur Hüfte.«

»Also mindestens den halben Oberschenkel?«

»Mindestens.« Der Arzt betonte das Wort. »Und das auch nur, wenn Sie Glück haben.«

»Das will ich nicht!« Die Worte kamen wie von selbst über Franz' Lippen. »Lieber sterbe ich.«

Der Arzt zuckte mit den Achseln. »Wie Sie meinen, mein Freund. Gezwungen wird hier niemand. Zumal nicht, wo uns schon ohnehin wieder das Chloroform ausgeht.«

Keller im Weißenburger Kontor
19. September 1870

Irenes Verstand weigerte sich anfänglich, Wilhelm Gerbans Worte zu begreifen. »Was reden Sie da? Franz soll mein Bruder sein?«

»Dein Halbbruder, genauer gesagt«, präzisierte Wilhelm seine Aussage. Er holte tief Luft. »Ich bin euer beider Vater.«

»Mein Vater! Sie sind mein Vater?«

Wilhelm nickte. »So ist es. Auch du, Irene, bist die Frucht einer verbotenen Liebschaft mit einem Dienstmädchen. Deine Mutter gehörte unserem Gesinde an. Wir hatten eine Affäre, als meine Gemahlin Pauline mit Franz schwanger war.«

»Mit Franz schwanger war«, echote Irene noch immer, ohne

die Worte wirklich zu verstehen. Tief in ihrem Inneren fühlte sie einen furchtbaren Schmerz. »Meine Mutter … ein Dienstmädchen in Ihrem Haus?«

Wilhelm nickte wieder. »Sie arbeitete als Beiköchin und war jung und sehr hübsch.«

»Jung und sehr hübsch«, wiederholte Irene. »Jung und sehr hübsch! Was … was ist aus ihr geworden?«

»Sie ist bei deiner Geburt gestorben!«

Schlagartig sah Irene das Gesicht von Schwester Agnes, die sie im ersten Waisenhaus betreut hatte, wieder vor ihrem inneren Auge. »Sie lügen! Sie lügen!«, schrie sie. Ihre Stimme klang schrill. »Das ist eine hinterhältige, schmutzige Finte, um mich doch noch zum Nachgeben zu bewegen. Ich weiß, dass meine Mutter meine Geburt überlebt hat!« Sie erinnerte sich an das düstere Aquarell, das Schwester Agnes ihr beim Abschied aus dem Heidelberger Waisenhaus gegeben hatte und an ihre Vermutung, die Agnes allerdings nie bestätigte. Sie wagte einen Schuss ins Blaue. »Vielleicht war sie ja sogar eine feine Dame!«

Zu ihrer Genugtuung sah sie, dass Wilhelm erbleichte. »Du hast Recht!«, räumte er zu ihrer Überraschung ein. »Deine Mutter ist nicht tot. Aber ich weiß nicht, was aus ihr geworden ist! Ich sorgte damals dafür, dass sie es in der Gebäranstalt komfortabel hatte. Nach der Geburt gab ich ihr Geld, und sie verschwand aus meinem Leben.«

Irenes Magen verklumpte sich. »Ohne mich mitzunehmen«, flüsterte sie.

Wilhelm zuckte mit den Achseln. »Ich habe sie nicht daran gehindert! Aber scheinbar wollte sie es nicht! Sie ließ dich dort zurück! Als ich davon erfuhr, war sie längst über alle Berge. Deshalb musste ich warten, bis du alt genug warst, um dich, ohne dass jemand Verdacht schöpfte, in mein Haus zu holen.«

»Als Dienstmädchen wie meine Mutter«, sagte Irene verächtlich. »Das würde gut zu Ihnen und Ihrer Heuchelei passen!

Doch ich glaube Ihnen nicht! Geben Sie mir einen Beweis dafür, dass Sie wirklich mein Vater sind! Sagen Sie mir, was meine Mutter für ein Talent hatte!«

Wilhelms Antwort kam ohne Zögern und traf Irene mitten ins Herz. »Sie malte sehr gut! Ungewöhnlich für ein Dienstmädchen, doch sie war diesbezüglich sehr begabt.«

Irene erstarrte zu Eis. In ihrem Kopf breitete sich eine große Leere aus. Sie war unfähig, einen klaren Gedanken zu fassen.

Anfangs drangen Wilhelms nächste Worte gar nicht zu ihr durch. »… niemals zur Welt kommen!«

»Was?« Irenes Mund war völlig ausgetrocknet.

Wilhelm ergriff ihre Hand. »Das Kind, Irene!«, sagte er eindringlich. »Das Kind! Es sollte besser niemals zur Welt kommen!«

Ihr Kopf fühlte sich an wie in Watte gepackt. »Aber warum, warum denn nicht?«, flüsterte sie mühsam.

»Es ist ein Kind der Blutschande, Irene!«, sagte Gerban mit brutaler Offenheit. »Ein Kind von Bruder und Schwester. Solche Kinder kommen oft als Kretins zur Welt.«

»Als was?« Irene hörte diesen Begriff zum ersten Mal.

Wilhelm zog eine zusammengefaltete Zeitungsseite aus der Innentasche seiner Weste. »Das habe ich in der Morgenzeitung entdeckt. Eigentlich wollte ich den Artikel vorab noch mit einem Arzt besprechen und ihn dir erst danach geben. So wie ich ursprünglich auch erst in einigen Tagen in Ruhe mit dir über alles sprechen wollte. Doch nun bist du mir zuvorgekommen.«

Er reichte Irene die Zeitungsseite. »Lies das und denke über Nacht darüber nach. Morgen reden wir weiter.«

Kapitel 23

Praxis von Dr. Frey in Weißenburg
19. September 1870, am gleichen Abend

Während Gerban im Warteraum der Praxis saß, bis Dr. Frey sein Abendessen beendet hatte, grübelte er darüber nach, wie alles so weit hatte kommen können. Immer wieder betupfte er mit dem mittlerweile ganz blutbefleckten Taschentuch die Platzwunde über dem linken Ohr. Die Wunde schmerzte höllisch, und auch sein Kopf brummte noch immer vom Schlag mit der Flasche.

Dieses vermaledeite Mädchen!, dachte er ohne jedes Mitgefühl für Irene, die er fassungslos im Keller zurückgelassen hatte. *An ihrem Elend ist sie ganz allein schuld.* Den Anflug eines schlechten Gewissens ob seiner Selbstgerechtigkeit verdrängte er sofort.

Ursprünglich war es nie seine Absicht gewesen, Irene seine Vaterschaft jemals einzugestehen. Den frommen Schwestern im Speyerer Waisenhaus hatte er vorgegaukelt, es sei der Wunsch seiner Frau Pauline gewesen, Irene ins Haus zu holen, um einer sterbenden Freundin ihren letzten Wunsch zu erfüllen. Doch Pauline hatte ursprünglich gar nichts von seinen Plänen gewusst und diesen Vorwand später nur mitgetragen, weil er Franz dafür im Gegenzug wegen seines letzten Rauswurfs aus einem deutschen Gymnasium nicht verprügelt hatte. Er selbst wollte Irene in seine Obhut bringen, um sich davor zu schützen, dass andere nach ihrem Verbleib forschten, um ihn mit ihrer Existenz unter Druck zu setzen. *Auf diesen Gedanken wäre selbst dieses geldgierige Weib niemals gekommen. Niemals hätte sie den Verdacht geschöpft, dass Irene, das einfache Dienstmädchen, die Frucht meiner verbote-*

nen Liebschaft ist. Diese Megäre ist viel zu dünkelhaft, um sich mit dem Gesinde zu befassen.

Aber dann hatte ihm der eigene Sohn einen Strich durch die Rechnung gemacht und sich in Irene verliebt. *Und ich Narr habe ihm auch noch den Weg geebnet. Ich habe ihm die Rechtfertigung dafür geliefert, seinen unangebrachten Gefühlen nachzugeben. Hätte ich doch nur nie versucht, ihn mit diesem Flittchen Gerda zu verkuppeln.* Vor Wut knirschte Wilhelm mit den Zähnen.

Dennoch hätte er Mittel und Wege gefunden, die beiden wieder auseinander zu bringen, wobei ihm der verfluchte Krieg eigentlich zupassgekommen war. *Unter anderen Umständen hätte ich den Umstand nutzen können, dass die beiden dadurch erst einmal auf unbestimmte Zeit voneinander getrennt sind.*

Doch da war seine illegitime Tochter schon schwanger gewesen, fast unmittelbar, nachdem die Beziehung begonnen hatte. *Wie sich die Vorkommnisse gleichen! Auch Irene wurde gleich beim ersten und einzigen Mal gezeugt. Warum können sich diese Luder nicht besser vorsehen, wenn man mit ihnen verkehrt!*

Doch hätte Pauline nicht so große Angst davor gehabt, dass Franz auf dem Schlachtfeld bleiben könnte, hätte er auch das noch in den Griff bekommen.

Wer hätte gedacht, dass sich dieses Laudanum-süchtige Weibsbild wie eine Furie gebärdet, um wenigstens Franz' Kind behalten zu können.

Noch immer war er von der Szene schockiert, die ihm seine als sanftmütig geltende Frau gemacht hatte, bevor er sie das erste Mal absichtlich mit einer Überdosis Laudanum betäubte. Das Mittel hatte er sich einfach in der Apotheke besorgt, wo es jedermann ohne ärztliche Verordnung frei verkäuflich erwerben konnte. *Früher hätte Pauline weder gewagt, mich so zu brüskieren, noch sich öffentlich der Schande auszusetzen, indem sie einen Dienstbotenbastard als Enkel aufzieht.*

Dabei hatte seine Pechsträhne schon viel früher begonnen, als er je gedacht hatte. *Sie wusste von meinen Affären. Doch es hat ihr nicht einmal etwas ausgemacht.* Zu seinem eigenen Verdruss ärgerte ihn das immer noch. Obwohl er wusste, wie absurd dies war, verschaffte es ihm Befriedigung, Pauline die Schuld an den nachfolgenden Ereignissen zu geben.

Hätte Pauline sich nicht so aufgeführt, hätte ich Irene einfach fortgeschickt, anstatt sie im Keller einzusperren, damit sie nachgibt. Aber ich konnte es unter keinen Umständen riskieren, Irene ohne das Versprechen, das Kind zur Adoption freizugeben, gehen zu lassen. Ich konnte nicht ausschließen, dass sie Pauline am Ende doch noch um Hilfe bitten würde, wenn ich sie mittellos auf die Straße werfe.

Und danach hatten sich die Ereignisse einfach verselbstständigt. Irene gab nicht nach, die Schwangerschaft schritt voran, und Pauline schöpfte sogar Verdacht. Nichts, was er versuchte, hatte Erfolg gehabt. *Dabei wollte ich doch nur, dass Irene aus Weißenburg verschwindet und das Kind in einer guten Familie aufwächst. Was war daran denn so verwerflich?*

Doch seine Tochter war nicht bestechlich gewesen, selbst nicht für eine so astronomisch hohe Summe, wie er sie ihr zuletzt geboten hatte. *Stur wie ein Maulesel. Genau wie Franz.* Der Gedanke, dass seine Kinder diesen Charakterzug von ihm geerbt haben könnten, kam ihm nicht.

Wilhelm fuhr sich nervös über die Stirn und warf einen Blick auf die Standuhr. Schon kurz vor neun! Wo blieb dieser Arzt denn nur so lange? Er seufzte und gab sich erneut seinen trüben Gedanken hin.

Mit der Zeit war ihm klar geworden, dass Irene auch im Keller nicht nachgeben würde. Doch sie konnte dort unmöglich bis zur Geburt des Kindes bleiben. Irgendwann würde irgendjemand sie dort finden. *Am Ende vielleicht sogar Pauline, die dort nach ihr suchen könnte.* Er erinnerte sich an den Spott seiner Frau, als sie ihn beim Abendessen nach den Lebensmitteln fragte, die er aus der Küche mitgenommen hatte, und schauderte zusammen.

Er musste außerdem endlich wieder auf Reisen gehen, um seine Kundschaft in dieser wichtigen Zeit nicht zu vernachlässigen. Seit dem 21. August stand das Elsass unter deutscher Verwaltung. *Ich muss die darin liegenden Chancen für den Weinhandel nutzen, bevor mir meine zahlreichen Konkurrenten zuvorkommen. Hätte der Krieg mit der Kapitulation Napoleons in Sedan geendet, wäre das Geschäft schon längst wieder in vollem Gange.*

Doch den Ausschlag für seine Entscheidung, Irene zumindest einen Teil der Wahrheit zu eröffnen, gaben Franz' Briefe, die Mathilde abgefangen hatte. Erst danach fasste Wilhelm den schwerwiegenden Entschluss, Irene zu sagen, dass er ihr Vater war. Zuvor hatte er allerdings Dr. Etienne konsultiert, um die Abtreibung in die Wege zu leiten.

Denn ihr zu sagen, woher sie stammt, schließt aus, dass das Kind je zur Welt kommen darf. Der Skandal der Blutschande würde mich ruinieren. Ich wäre für den Rest meines Lebens erpressbar.

Denn alles musste über die Bühne gehen, bevor Franz genesen war und nach Hause kam. Sein Sohn würde Irene heiraten wollen, erst recht, wenn er von der Schwangerschaft erfuhr, und das konnte er, Wilhelm, auf keinen Fall zulassen. Gestand er jedoch seinem Sohn, Irenes Vater zu sein, würde sich dieser Inzest-Skandal zumindest innerhalb der Familie nicht geheim halten lassen. Franz würde in seiner Empörung keine Rücksicht auf seine Gefühle nehmen.

Und dann würde das Schicksal seinen Lauf nehmen. Denn selbst wenn er weiterhin lügen würde, was die wahre Identität von Irenes Mutter betraf, und an der Geschichte mit der Beiköchin festhielte, würde sich *dieses verbitterte Weib* nicht täuschen lassen und sofort erraten, um wen es sich dabei wirklich handelte.

Danach wird diese Hyäne keine Ruhe mehr geben, bis sie mich vollständig ruiniert hat. Nur Franz' Tod hätte verhindern können, dass alles ans Licht kommt, sogar wenn Irene das Kind behält. Doch Franz ist ja nur schwer verwundet, nicht gefallen. Hätte ich meinem einzigen Sohn wünschen sollen, dass er auf dem Schlachtfeld bleibt?

Obwohl er Dr. Etienne das Honorar für die Abtreibung bereits am Morgen bezahlt hatte, wollte Wilhelm den Zeitpunkt seines Geständnisses ursprünglich noch hinauszögern. Die Sache war einfach zu vertrackt und zu peinlich für ihn. Erst Irenes zweiter Ausbruchsversuch hatte ihm klargemacht, dass es höchste Zeit war, ihr endlich die Wahrheit zu sagen.

Zum Glück habe ich heute Morgen noch diesen Zeitungsartikel gelesen. Bislang hatte sich Gerban noch nie mit den Folgen befasst, die für Kinder aus einer Inzestbeziehung entstehen konnten. Dass angeblich ungewöhnlich viele Sprösslinge der Blutschande körperlich missgebildet oder geistig behindert zur Welt kamen, hatte er erst aus der Morgenzeitung erfahren.

Sofort kam ihm die Idee, Irene die Zustimmung zur Abtreibung mithilfe dieses Zeitungsberichts abzuringen. Doch konnte man dem Verfasser trauen? Der Artikel war allzu reißerisch aufgemacht. Deshalb hatte er ursprünglich ganz sicher sein wollen, dass die geschilderten Ereignisse auch wirklich auf Tatsachen beruhten, bevor er Irene damit konfrontierte. Er wollte eine unverfängliche Gelegenheit abwarten, um Dr. Frey nach dem Wahrheitsgehalt des Berichts zu befragen. Und dadurch auch sein unvermeidliches Geständnis noch etwas hinauszögern.

Doch wieder ist alles nicht nach meinen Plänen verlaufen, grollte er. *Warum habe ich in dieser Sache nur so ein verdammtes Pech?* Er befühlte erneut die schmerzende Wunde. *Diese Wölfin hätte mir fast den Schädel zertrümmert.*

In diesem Moment hörte er Schritte im Treppenhaus. Offensichtlich hatte der Arzt seine Abendmahlzeit endlich beendet und kam nun, um nach Wilhelm zu sehen.

»Tja, Herr Gerban. Das muss leider genäht werden.« Kopfschüttelnd betrachtete der Hausarzt Wilhelms Platzwunde. »Wie ist das denn geschehen?«

Er tastete vorsichtig Gerbans Kopf ab. »Und rund um die Wunde ist eine dicke Beule!«

Wilhelm zuckte selbst bei den leichten Berührungen des Arztes zusammen.

»Ich habe mich heftig gestoßen«, erklärte er lahm.

»Gestoßen?« Frey blickte ungläubig drein. »Das sieht eher danach aus, als hätte jemand Ihnen tüchtig eins über den Schädel gezogen.«

Wider Willen wurde Gerban rot. *Dieser verdammte Schnüffler.*

Dann kam ihm eine Idee. Er seufzte tief und nickte langsam, als fiele es ihm schwer, die Sache einzugestehen.

»Sie haben wie immer Recht, Dr. Frey. Ihrem scharfen Blick entgeht leider nichts.«

»Also, was ist geschehen?« Der Arzt goss etwas Jod auf einen Wattebausch.

»Ich …« Wilhelm seufzte noch einmal. »Ich bin in eine Schlägerei geraten.«

Verblüfft hielt der Arzt inne.

»Autsch! Das brennt ja wie Feuer!«

»Entschuldigen Sie!« Dr. Frey zog den Wattebausch zurück, den er einen Moment zu lange auf die blutige Wunde gedrückt hatte. »In eine Schlägerei sind Sie geraten? Aber das müssen Sie anzeigen!«

Wilhelm machte eine betont schwache, ablehnende Geste. »Das kann ich mir leider um des häuslichen Friedens willen nicht leisten.«

»Wie bitte?« Frey verstand offensichtlich gar nichts.

»Nun!« Wilhelm stockte und ließ die folgenden Worte nur langsam über seine Lippen treten. »Es war … ich meine, es geschah in einem gewissen Etablissement.«

Dem Arzt ging ein Licht auf. »Etwa im Maison Rouge?«

Wilhelm nickte und senkte beschämt den Blick.

Frey schüttelte den Kopf. »Je oller, je doller«, spottete er.

Wilhelm biss die Zähne zusammen. Mit Wut kam er jetzt nicht zu seinem eigentlichen Ziel.

Doch der Arzt fuhr bereits fort: »Nun, dann sind Sie wahrlich auch ohne ehelichen Zwist genug bestraft.« Ihm fiel etwas ein. »Wie geht es übrigens der werten Frau Gemahlin?«

Wilhelm ließ sich diese unverhoffte Gelegenheit nicht entgehen. Er seufzte demonstrativ. »Nicht besonders, Herr Doktor. Wirklich nicht besonders! Daher behandeln Sie diese Sache unbedingt diskret. Ich möchte nicht die Schuld an einer zusätzlichen Dosis Laudanum tragen.«

Frey grinste. »Auf meine ärztliche Schweigepflicht können Sie sich selbstverständlich verlassen.« Er griff nach einer bereit liegenden Nadel und fädelte ein Stück Seide ins Nadelöhr ein.

»Nun halten Sie still!«

Wilhelm sog die Luft durch die Zähne, als der Arzt den ersten Stich setzte. Schweigend ließ er die Prozedur über sich ergehen.

Danach griff er sich theatralisch an die Schläfen. »Mir ist etwas schwindlig, Herr Doktor. Haben Sie eventuell einen Schnaps für mich?«

Der Arzt nickte und goss Wilhelm und sich selbst wenig später ein stark duftendes, klares Getränk in kleine Gläser. »Birnenbrand aus dem elterlichen Garten«, prahlte Frey. »Einen besseren finden Sie im Umkreis von fünfzig Meilen nicht.«

Wilhelm kostete. Der Obstbrand schmeckte tatsächlich vorzüglich. *Zumindest ein kleiner Trost.*

Dann bezwang er seine Abneigung gegen den Arzt aufs Neue. »Vielen Dank, Doktor Frey. Für den Schnaps und Ihre späte Behandlung.«

Frey grinste wieder. »Gerne geschehen, werter Herr Gerban. Ich berechne Ihnen natürlich einen gesalzenen Preis für die Unterbrechung meines einsamen Junggesellenabends.« Er prostete Gerban zu. »Spaß beiseite! Aber Sie sollten übermorgen wiederkommen, damit ich mir die Wunde und auch die Beule noch einmal ansehen kann.«

Er machte schon Anstalten, sich zu erheben und Gerban damit zu verabschieden, als der endlich auf sein eigentliches Anliegen zu sprechen kam. »Haben Sie heute schon die Zeitung gelesen?«

Frey bejahte verblüfft.

»Was halten Sie denn von diesem Artikel über Inzestkinder? Ist das nicht eine furchtbare Schande?«

Freys Lächeln wich einer düsteren Miene. »In der Tat, Herr Gerban! In der Tat! Väter, die ihre eigenen Töchter, oder Brüder, die ihre eigenen Schwestern missbrauchen, sollten aufs Schwerste bestraft werden.«

»Sind die Früchte einer solchen Blutschande denn tatsächlich oftmals behindert oder entstellt?«

»Oh ja, Herr Gerban. Die Medizin steht in dieser Frage zwar erst am Anfang systematischer Forschung«, dozierte Frey. »Aber bereits die ersten Studien beweisen, dass nahezu die Hälfte solcher Inzestkinder als Missgeburt zur Welt kommt. Sie sind häufig so verunstaltet wie der in der Gazette abgebildete Säugling mit dem Wasserkopf und darüber hinaus natürlich auch geistig zurückgeblieben.«

»Dann ist es also keine Sensationshascherei, was man heute in der Zeitung lesen konnte?«

Frey schüttelte den Kopf. »Der Artikel ist zwar reißerisch aufgemacht mit der abscheulichen Fotografie des Balgs und der tragischen Geschichte des jahrelang vom eigenen Vater missbrauchten Mädchens. Doch vom wissenschaftlichen Standpunkt aus gesehen, kann ich keine Ungereimtheit darin erkennen.«

Wilhelm hatte genug gehört. Er stand auf.

»Dann will ich Sie nun nicht länger aufhalten, Dr. Frey. Ich wünsche Ihnen einen geruhsamen restlichen Abend.«

Draußen auf der Straße sog Wilhelm die kühle Abendluft mit vollen Zügen ein. Zum ersten Mal, seit er von der Schwangerschaft Irenes erfahren hatte, spürte er so etwas wie Zuversicht.

Vielleicht ist mir das Schicksal in dieser vertrackten Angelegenheit doch noch gewogen. Dieser Artikel kommt mir wie gerufen! Und für die Auskunft dieses Quacksalbers nehme ich sogar die Wunde in Kauf, die mir das verflixte Mädchen verpasst hat. Ich bin neugierig, wie es morgen früh über all das denken wird.

Lazarett von Saint-Quentin
Am Morgen des 20. September 1870

Stöhnend vor Qual versuchte Franz, sich auf dem harten Strohlager auf die Seite zu drehen. Sein Körper glühte, heftige Kopfschmerzen nahmen ihm fast die Sicht. Das verletzte Bein brannte wie Feuer.

»Wasser! Bitte gebt mir etwas Wasser!«

Es dauerte noch etliche Minuten, bis eine streng dreinblickende Krankenschwester in einer altmodischen weißen Flügelhaube ihm einen Becher mit lauwarmer Flüssigkeit an die Lippen hielt. Obwohl das Wasser schon brackig schmeckte, trank Franz es in vollen Zügen.

»Mehr!«, verlangte er, als der Becher leer war. Die Schwester schüttelte mit grimmiger Miene den Kopf. »Wir haben zu wenig Personal, um dauernd die Bettflaschen zu leeren. Mehr gibt es erst wieder zu Mittag.« Damit drehte sie sich um und warf keinen Blick zurück, während sie an den Reihen der Schwerversehrten entlangschritt.

Anfangs hatte sich Franz nichts weiter dabei gedacht, als am gestrigen Nachmittag, ungefähr eine Stunde nach seinem Gespräch mit dem Arzt, zwei kräftige Sanitäter kamen und ihn auf eine Bahre hievten. »Du wirst verlegt«, erklärte ihm einer der beiden mit mürrischer Miene.

Die Männer brachten Franz in einen stickigen Raum ohne Fenster. Das einzige Licht spendeten zwei blakende Öllampen. Es stank bestialisch nach Eiter und Kot.

Der Strohsack, auf den ihn die Sanitäter schließlich ohne allzu viel Rücksicht auf seinen elenden Zustand betteten, starrte von getrocknetem Blut. Franz war entsetzt. »Was soll das?«, protestierte er trotz seiner Schwäche. »Warum bringt ihr mir nicht wenigstens ein paar saubere Laken?«

»Das ist der Saal für die Sterbenden«, entgegnete ihm einer der Pfleger mit brutaler Offenheit. »Wir haben hier von allem zu wenig. Saubere Laken sparen wir uns für die, die noch eine Chance haben, am Leben zu bleiben.« Mit diesen Worten nahmen die Männer die Bahre auf und entfernten sich.

Franz war fassungslos. Er richtete sich mühsam auf und sah ihnen nach. »Glaub ihnen kein Wort«, zischte da plötzlich eine heisere Stimme neben ihm. »Das ist nur einer ihrer Taschenspielertricks, um dich doch noch unters Messer zu bekommen.«

Erst als sich seine Augen an das Dämmerlicht gewöhnt hatten, konnte Franz seinen Bettnachbarn, der diese merkwürdige Behauptung von sich gegeben hatte, deutlicher erkennen. Es war ein südländisch aussehender Mann mit stark behaartem Haupt und Rücken, der seltsam verkrümmt auf dem Bauch lag.

»Was meinst du damit?« Vielleicht fantasierte sich der Kerl ja etwas im Fieberdelirium zusammen.

Doch seine Antwort belehrte Franz eines Besseren und erschreckte ihn bis ins Mark. »Hier liegen die, die so schwer verletzt sind, dass sie bald krepieren werden. Und mittenrein legen die Hunde die, die sich weigern, sich operieren zu lassen. Sie wollen uns damit Angst machen.« Der Mann reckte den Kopf und flüsterte verschwörerisch. »Sie machen hier Experimente mit den Verwundeten. Lassen junge unerfahrene Studenten an ihnen üben.«

Er machte eine Geste in Richtung seines unteren Rückens. »Mir hat eine Kartätsche den halben Arsch weggerissen und beide Oberschenkel zerfetzt. Zweimal haben sie mich schon unters Messer gezerrt. Jedes Mal ohne Betäubung. Es seien ja nur Fleischwunden, haben sie gesagt! Da brauche man kein Opium oder Chloroform wie bei Knochen, die man durchsägen will.«

Er spuckte aus. Der Speichel verfing sich in seinem verfilzten drahtigen Barthaar, wo er weißlich glänzte. Franz verspürte heftigen Ekel.

»Doch du glaubst nicht, wie das schmerzt. Schlimmer als Höllenqualen, sage ich dir. Zweimal haben sie mir die Fetzen schon weggeschnitten, und jetzt behaupten sie, es sei ein drittes

Mal nötig, weil sich Brand in die Wunden gesetzt hat.« Tatsächlich roch Franz jetzt den widerlichen Geruch, der von seinem Bettnachbarn aufstieg und den allgemeinen Gestank noch übertraf. Der Mann neben ihm schien bei lebendigem Leib zu verfaulen.

Der spuckte wieder aus. »Doch ich lasse sie nicht noch mal an mir herumschnippeln. Obwohl«, er spuckte ein drittes Mal aus, »obwohl sie mich kleinkriegen wollen mit der Verlegung in dieses stinkende Loch.« Er grinste und zeigte schwärzlich verfärbte Zahnstummel. »Aber das schaffen sie nicht. Hubert aus Nizza hält ihnen stand.«

Keller im Weißenburger Kontor
20. September 1870, am frühen Morgen

Irene schreckte erst aus ihrem unruhigen Schlummer auf, als sich der Schlüssel im Türschloss ihres Gefängnisses drehte. Sie blinzelte ins Licht der Petroleumlampe, mit der Wilhelm Gerban an ihrem Lager stand.

»Wie viel Uhr ist es?«, murmelte sie, während sie sich den Schlafsand aus den Augen rieb.

»Gleich acht.«

»Acht Uhr.« Ein kurzer Blick auf den Wecker, den ihr Gerban vor einiger Zeit überlassen hatte, zeigte ihr die gleiche Uhrzeit. Sie hatte kaum drei Stunden geschlafen.

Als sie sich auf einem Ellbogen aufrichtete, vernahm sie ein knisterndes Geräusch. Es war das Zeitungsblatt mit dem Artikel über die infolge eines Beischlafs zwischen Vater und Tochter zur Welt gekommene Missgeburt. Wieder schauderte es sie, als sie den aufgetriebenen Kopf des Kindes und das Loch in seinem Rücken sah. Der Fotograf hatte keine Scheu gehabt, den kleinen Leichnam von allen Seiten aufzunehmen.

Gerban folgte Irenes entsetztem Blick. Auch seine Nackenhaare stellten sich auf, obwohl ihm die Bilder zupasskamen, um sein Ziel zu erreichen.

»Nun, Irene?« Wilhelm räusperte sich. »Hast du den Bericht gelesen?«

Sie nickte stumm.

»Und was sagst du dazu?«

Sie zog die Beine eng an ihren Oberkörper heran und den Kopf tief zwischen die Schultern. »Wie sicher ist es, dass Franz' und mein Kind ebenfalls missgestaltet zur Welt kommen wird?«

»Leider recht sicher. Ich habe noch gestern Abend mit Dr. Frey über den Artikel gesprochen. Er hat mir erzählt, dass Studien eine Wahrscheinlichkeit von … weit über siebzig Prozent belegt haben, wenn die Liebesfrucht aus einer Verbindung zwischen Verwandten ersten Grades stammt.«

Irene bemerkte die kurze Unterbrechungspause in seiner Antwort, maß dem in ihrem Elend aber keine weitere Bedeutung bei.

Erst während der sich endlos dahinziehenden Nachtstunden war ihr klar geworden, wie sehr sie trotz ihrer verzweifelten Lage immer noch darauf gehofft hatte, Franz würde sie finden und heiraten, selbst oder sogar erst recht, wenn Gerban sie ohne einen Heller aus Weißenburg verjagte. Dass Franz fallen könnte, hatte sie zwar immer wieder erwogen. *Aber ich hätte gespürt, wenn er tot ist. Ich habe es ja auch gespürt, als er schwer verletzt wurde. Und dass ihm nun ein Bein fehlt, hätte mir nicht das Geringste ausgemacht.*

Doch nun war alle Hoffnung dahin. *Wir werden niemals heiraten können. Niemals werden wir heiraten können.* Während sie ihren Oberkörper mechanisch vor und zurück wiegte, kreisten diese Worte immer wieder durch ihren Kopf. Sie hatten zeitweise sogar die Grübelei über das furchtbare Schicksal, das ihrem Kind drohte, verdrängt.

Erst als ihr Gerban ein schwach nach seinem Rasierwasser riechendes Taschentuch reichte, merkte sie, dass ihr die Augen schon wieder überliefen. »Und putz dir bitte auch die Nase, Irene.«

Beschämt registrierte sie, dass der Rotz bereits ihre Oberlippe benetzte.

Ihr Vater ergriff wieder die Initiative. »Irene, ich weiß, wie schwer das alles für dich ist.« Er sprach betont sanft. Seine nächsten Worte überraschten sie sogar. »Wenn du dich denn gar nicht von dem Kinde trennen magst, so gebe ich dir eine kleine Summe Geldes und lasse dich ziehen.« Er seufzte schwer. »Franz ist seines eigenen Glückes Schmied. Sein Starrsinn hat ihn bereits zum Krüppel gemacht. Nun wird er womöglich Vater einer monströsen Missgeburt. Es wird ihm das Herz brechen, aber er kann nicht behaupten, ich hätte ihn nicht gewarnt.«

Irene griff nach dem letzten Strohhalm. »Und wenn ich warte, bis die Geburt vorüber ist? Vielleicht hat Gott ja ein Einsehen und hält seine schützende Hand über uns. Vielleicht ist das Kind ja gesund.«

Wilhelm wurde zornig. Ginge sein Plan etwa wieder nicht auf? Er hatte gehofft, Irene würde nachgeben, wenn er ihr Franz' Betroffenheit drastisch vor Augen führte. »Gott?«, schnaubte er. Sein plötzlich scharfer Tonfall ließ Irene zurückzucken. »Du glaubst, es ist gottgefällig, dass ihr beide euch meinem Willen widersetzt habt? Ich denke eher, der Allmächtige straft euch für euren Ungehorsam.«

Irene schwieg. Ihre Hände zitterten.

»Ich werde Franz auf jeden Fall die Wahrheit sagen, wenn dieses Kind zur Welt kommt«, drohte Gerban. Irene wusste nicht, ob er log oder es ernst meinte.

Schon redete er weiter: »Und wohin willst du dich mit einer Missgeburt wenden, wenn du vergeblich auf Gottes Gnade gehofft hast? Wovon willst du leben, wenn das Geld verbraucht ist, das ich dir gebe? Um einen Kretin musst du dich Tag und Nacht kümmern! Und wirst du ein *solches* Geschöpf jemals lieben können?« Er griff nach dem Zeitungsblatt und hielt es ihr vor die Augen.

Irene fuhr zurück. Sein nächstes, überaus grausames Argument gab den Ausschlag und brach den letzten Rest ihres Widerstandes. »Andererseits ist natürlich Folgendes zu bedenken: Kommt das Kind bereits tot zur Welt oder stirbt es kurz nach der Geburt, kannst du den Leichnam jedem pathologischen Institut für einen guten Batzen Geld verkaufen. In Spiritus eingelegt, werden Generationen von Studenten die Missgeburt begaffen. Und du ...« Er stockte und scheute kurz vor seiner eigenen Brutalität zurück. Dann fuhr er skrupellos fort: »Und du sparst dir auf diese Art das Begräbnis.«

»Nein! Nein! Nein!« Irene hielt sich die Ohren zu. Ihre Rufe wurden immer lauter. Sie fürchtete, diese Qual keine Sekunde länger ertragen zu können. »Aufhören! Das alles muss aufhören!« Sie krümmte sich in einem heftigen Weinkrampf.

Wilhelm wartete schweigend. Er sagte kein einziges weiteres Wort, weder ein tröstendes noch ein drohendes. Schließlich hatte Irene keine Tränen mehr. Anstatt der bisherigen Verzweiflung erfüllte sie nun eine grausame Klarheit. *Mein unbarmherziger Vater wird mir nicht helfen, und Franz kann es nicht mehr. Ich, ich ganz allein muss das hier beenden.*

Sie schnäuzte sich in Wilhelms Taschentuch, zerknüllte es in ihrer Hand, schwang ihre Beine auf den Boden und setzte sich auf. »Was rätst du mir also nun zu tun?«

Erst als ein erleichterter Ausdruck über Wilhelms Züge huschte, erkannte Irene, wie sehr auch sie ihm zugesetzt hatte. Die Anspannung wich aus seinem Körper wie Luft aus einem undichten Ballon und machte einer Schlaffheit Platz, die Irene noch nie an ihm gesehen hatte. Plötzlich wirkte ihr Vater um zehn Jahre gealtert. Er setzte sich auf die umgedrehte Weinkiste vor Irenes Bett.

»Ich habe einen Arzt gefunden, der dich entfruchten wird. Er ist der Beste seines Fachs, und ich bezahle ihm eine stattliche Summe für den Eingriff. Die Prozedur ist wie eine kleine Operation. Du wirst mit Chloroform betäubt und merkst nichts davon, bis du wieder aufwachst. Das Ganze findet auch nicht wie bei den Engelmacherinnen in einer schmutzigen Hinterhofwohnung statt, sondern des Nachts in seiner sauberen und gepflegten Praxis.«

Irene nickte erschöpft. »Dann will ich es schnell beenden, am besten schon morgen, wenn ich ein wenig geruht habe.«

»Leider ist es morgen nicht möglich. Auch nicht in dieser oder in der nächsten Woche.« Jetzt klang Wilhelms Stimme wieder hart. »Wärst du bislang nicht so halsstarrig …« Er hielt inne und atmete tief durch. »Der Doktor besucht einen Kongress in der Schweiz und kommt erst Mitte Oktober zurück.«

»Mitte Oktober? Aber das ist ja fast noch ein ganzer Monat! Soll ich solange in diesem Kellerloch hausen?« Irene begann wieder zu weinen. »Nein, nein! Ich halte es hier drinnen keinen einzigen Tag länger aus!« Die Panik schüttelte sie wie ein Krampf.

Wilhelm bemühte sich, blitzschnell nachzudenken. *Sie könnte die Dachkammer beziehen. Aber dann muss ich diesen neugierigen Gehilfen entlassen.* Eine kurze Weile kämpfte er noch mit sich. Dann fasste er einen Entschluss. *Sei es drum, der Kerl wird mir ohnehin zu frech. Außerdem hat er womöglich schon Verdacht geschöpft und in meiner Abwesenheit hier herumgeschnüffelt. Diesen einen Monat werde ich schon allein zurechtkommen. Und sobald diese Sache ausgestanden ist, suche ich mir einen neuen Angestellten. Das ist die leichteste Übung.*

»Irene!« Als sie nicht reagierte, erhob er die Stimme. »Irene!« Endlich blickte sie auf. Ihr Gesicht war vom Schlafmangel und dem Gefühlssturm, dem er sie ausgesetzt hatte, völlig verquollen. »Ich mache dir einen Vorschlag. Du ziehst in die Dachkammer, verhältst dich dort tagsüber aber mucksmäuschenstill. Wenn ich das Kontor schließe, kannst du meinethalben herunterkommen und dich auch in den anderen Räumen aufhalten. Aber während der Geschäftszeiten bleibst du dort oben.«

Ein Stich fuhr Irene durch die Brust, sie spürte Freude und Trauer zugleich. *Franz! Ich werde Franz noch einmal nahe sein können. Seinen Duft im Kopfkissen riechen, die Dinge berühren, die er zuletzt angefasst hat.*

»Ja, ja, ist schon gut.« Erschrocken realisierte Irene, dass sie ihre Gedanken wohl laut ausgesprochen hatte. Wilhelms Gesicht wirkte nun wieder genauso unwillig wie schon während der gesamten Zeit ihrer Gefangenschaft.

»Mitte Oktober, wenn die Sache vorüber ist, verlässt du Weißenburg. Ich gebe dir tausend Gulden mit und stelle dir außerdem ein gutes Zeugnis aus. Dann bist du frei zu gehen, wohin du möchtest.«

Irene wollte die ihr angebotene Summe Geldes schon ablehnen, als ihr etwas einfiel. *Meine Mutter! Sie ist ja noch jung, sicherlich lebt sie noch. Mit dem Geld kann ich sie suchen gehen. Als Erstes werde ich nach Heidelberg zu Schwester Agnes gehen. Sie weiß mehr, als sie mir damals gesagt hat.*

Nach der Anspannung fühlte sie nun eine lähmende Erschöpfung. Doch sie wusste, dass sie trotzdem nicht würde schlafen können. »Ruhe, ich brauche ein wenig Ruhe«, murmelte sie.

Gerban zog ein kleines braunes Fläschchen aus seiner Anzugjacke. »Wenn du möchtest, gebe ich dir zehn Tropfen Laudanum. Damit kannst du dich richtig ausschlafen und wieder etwas zu Kräften kommen, bevor du die Dachkammer beziehst.«

Zu müde, um erstaunt darüber zu sein, dass er das Medikament bei sich hatte, nickte Irene. Wenig später schluckte sie folgsam das leicht bittere Wasser, das Gerban ihr reichte.

Dann sank sie wie tot zurück auf ihre Matratze und fiel in einen tiefen traumlosen Schlaf.

Lazarett in Saint-Quentin
20. September 1870

Er wankte durch eine endlose Steinwüste. Die Landschaft um ihn herum war völlig schwarz. Nirgendwo sah er auch nur einen Zipfel Grün.

Die Sonne brannte erbarmungslos von einem weißlich glühenden Himmel. Sie versengte sein Fleisch, es schmerzte am ganzen Körper. Sein Kopf fühlte sich so geschwollen an, als wolle er gleich in tausend Stücke zerspringen.

Wasser! Kein Laut kam über seine vertrockneten Lippen. Nirgendwo eine Quelle, nicht einmal eine brackige Pfütze.

Ich werde sterben! *Der Gedanke war plötzlich da. Mit erbarmungsloser Klarheit erkannte Franz seine Richtigkeit. Kraftlos ließ er sich auf die heißen schwarzen Steine sinken. Die Luft roch nach Schwefel und Asche. Krähen kreisten hungrig über ihm und stießen ihre klagenden, rauen Rufe aus.*

Franz! Franz! *Wie einen leichten Windhauch hörte er plötzlich Irenes Stimme.* Franz! Gib auf dich acht! Wir beide brauchen dich noch und warten auf dich!

Zart wie ein Schemen erschien Irenes Gesicht vor ihm. Es schwebte körperlos inmitten einer Wolke über seinem Lager. In ihren Augen stand ein Flehen, das ihn zutiefst berührte. Bitte! Bitte, bleibe am Leben! Für mich! Für uns! Bitte! Versprich es mir!

Nach einer Weile nickte er ihr zu.

Franz öffnete schlaftrunken die Augen, als zwei Schwestern den Raum betraten. Sie teilten ein trockenes Stück Brot und einen Becher lauwarmen Wassers an diejenigen aus, die noch bei Bewusstsein waren.

»Welche Tageszeit haben wir?« Er brachte kaum ein Flüstern zustande, so schwach fühlte er sich.

»Es ist später Nachmittag!«, antwortete die Ältere der beiden gleichgültig.

»Und warum ist es hier drinnen so heiß? Brennt draußen die Sonne vom Himmel?«

Die Frau mit der lächerlichen Flügelhaube musterte ihn halb mitleidig, halb spöttisch. »Im Gegenteil, junger Mann. Draußen regnet es in Strömen und ist so kühl, dass wir zusätzliche Decken in den Schlafsälen austeilen mussten. Es ist das Fieber, das Sie verzehrt und Ihre Hitze verursacht.«

»Ist Dr. Berger noch im Dienst?«

»Er operiert«, antwortete die Schwester kühl.

»Bitte schicken Sie ihn zu mir!«

»Hier gibt es keine Visiten. Dazu haben wir zu wenige Ärzte und Pfleger. Sie kümmern sich vor allem um die, die am Leben bleiben werden.«

»Und ich gehöre nicht mehr dazu?«

Die Schwester zuckte mit den Schultern. »Ich weiß es nicht«, sagte sie ohne sichtbares Mitgefühl. »Dies ist der Saal für die Sterbenden. Man sagte mir, Sie hätten sich geweigert, Ihren Wundbrand behandeln zu lassen. Also werden Sie wohl bald sterben.«

»Schwester!« Mit all seiner verbliebenen Kraft zog Franz sie an ihrer Schürze. »Schwester, sagen Sie dem Doktor, ich hätte es mir anders überlegt! Er soll mir das Bein noch einmal amputieren.«

Kapitel 24

Anwesen der Gerbans bei Altenstadt
27. September 1870

»Sie haben etwas erfahren, Frau Burger?« Paulines Stimme zitterte vor Aufregung. »Ich sehe es Ihnen an! Diesmal bringen Sie Neuigkeiten von Irene!«

Die Altenstädter Hausdame hob begütigend die Hände. »Ich weiß nicht, was es zu bedeuten hat, Frau Gerban. Vielleicht ja auch gar nichts. Aber lassen Sie mich erst einmal in aller Ruhe erzählen.«

Der Anfang ihrer Geschichte glich tatsächlich Frau Burgers früheren Berichten wie ein Ei dem anderen. Weder auf der Post noch auf dem Telegrafenamt hatte eine Nachricht von Irene gelegen. Auch von Franz war noch immer keine Post eingetroffen.

Das ging nun schon seit fast drei Wochen so. So lange war es her, dass Pauline Frau Burger gebeten hatte, jeden zweiten Tag unauffällig Nachforschungen in Weißenburg anzustellen. Denn Mathilde hätte sicher schnell Verdacht geschöpft, wenn sich Pauline selbst so oft nach Weißenburg begeben hätte. Außerdem hätte ihre Tochter dann sicher mitfahren wollen, sei es, um zu spionieren, sei es, um ihre beständige Gier nach Zerstreuung zu befriedigen.

Frau Burger konnte dagegen Besorgungen vorschützen. Noch immer war der Wäschevorrat des Hauses, den man für die Verwundeten verbraucht hatte, nicht vollständig ersetzt. Noch immer waren, bedingt durch die Kriegswirren, bestimmte Lebensmittel und Stoffe ein rares Gut. Selbst Dinge des Alltags, wie Nähnadeln oder Flickgarn, waren im Krämerladen in Altenstadt oft nicht zu bekommen. Also hatte Frau Burger immer wieder einen Vorwand, den Weg nach Weißenburg zurückzulegen, zumal sie die knappe Stunde Wegstrecke meistens zu Fuß ging – was sie zuverlässig vor Mathildes Begleitung schützte.

Bislang hatten ihre Bemühungen jedoch keine Früchte getragen. Ihre Erkundigungen am Bahnhof stellte Frau Burger bereits nach der ersten Woche ein. Niemand hatte Irene am Tag ihres Verschwindens dort gesehen. Auch an anderen Stellen hatte die Hausdame bislang keinen einzigen Hinweis auf Irene erhalten. Jede Pension, jedes Gasthaus, jede Zimmerwirtin hatte sie mittlerweile aufgesucht, ohne Ergebnis.

Wenn Frau Burger, um den Schein zu wahren, tatsächlich etwas einkaufte, was nur bei jedem zweiten oder sogar dritten Gang der Fall war, ließ sie die erworbenen Waren in der Regel ins Kontor liefern, von wo aus Wilhelm Gerban sie abends mit nach Hause brachte.

»Und von daher kenne ich auch seinen Gehilfen«, setzte sie ihren Bericht fort.

Pauline nickte. »Ja, Sie meinen den jungen Mann, dem mein Gatte angeblich die Lebensmittel für seine alte Mutter mitgebracht hat.«

Frau Burger lächelte mit schmalen Lippen. »Bislang ergab sich keine Gelegenheit, ihn danach zu fragen. Ihr Herr Gemahl war immer im Kontor, wenn ich vorbeikam. Aber heute habe ich den jungen Mann mitten in der Stadt getroffen.«

»Aha!« Paulines Spannung stieg.

»Er hat gar keine alte Mutter mehr«, platzte Frau Burger heraus. »Die ist schon vor fünf Jahren verstorben.«

»Woher wissen Sie das? Hat er Ihnen das gesagt?«

»Aber ja. Diesmal nutzte ich die Gelegenheit, um ihn zu fragen, ob seiner Mutter die Lebensmittel denn zugesagt hätten. Er war bass erstaunt. Doch es kommt noch besser. Er arbeitet gar nicht mehr für Ihren Gatten. Herr Gerban hat ihn letzte Woche entlassen. Sehr großzügig entlassen. Er bezahlte seinen Lohn bis zum Ende des Monats Oktober.«

»Aus welchem Grund hat mein Mann ihn entlassen?«

Frau Burger zuckte mit den Schultern. »Aus einem sehr merkwürdigen Grund, wie ich finde. Er behauptete, er hätte zu wenig für ihn zu tun.«

»Jetzt? Mitten im Herbst?«, fragte Pauline ungläubig. »Da herrscht Hochsaison im Weinhandel. Die Weine des Vorjahres sind gereift, die kühle Jahreszeit mit all ihren Gesellschaften und sonstigen Festivitäten beginnt. Da legt sich jedermann Vorräte zu, nicht zuletzt die vielen Gastwirte und Beherbergungsstätten. Und da soll es zu wenig zu tun geben? Ich kann mich an Jahre erinnern, in denen Wilhelm im Herbst sogar eine zusätzliche Kraft eingestellt hat.«

Frau Burger war zu höflich, um Paulines aufgeregten Redestrom zu unterbrechen. Schließlich merkte ihre Dienstherrin selbst, dass sie sich und ihrer Wissbegier damit im Weg stand.

»Also, was glauben *Sie*, war der eigentliche Grund der Entlassung?«

Frau Burgers Wangen röteten sich leicht. »Der junge Mann wollte anfangs nicht so recht mit der Sprache herausrücken. Der von ihm vermutete Grund war ihm zu peinlich. Doch Sie und ich wissen ja, dass da wahrscheinlich nichts dran ist.«

Pauline verstand gar nichts mehr. »Wovon sprechen Sie jetzt?«

»Nun ja.« Frau Burger wich Paulines Blick aus. »Der junge Mann glaubt, Ihr Gatte hielte sich eine Geliebte im Kontor. In den letzten Wochen hat er immer wieder merkwürdige Geräusche gehört. Ihr Gemahl bestritt aber, dass noch jemand anders im Haus wäre, als der Gehilfe ihn darauf ansprach. Doch kurz vor seiner Entlassung hörte der junge Mann Schritte über seinem Kopf. Zuvor schienen die Geräusche eher aus dem Keller zu kommen. Ihr Gatte war kurz außer Haus, also ging der Angestellte die Treppe hinauf und sah nach.«

Frau Burger machte eine Kunstpause, offensichtlich, um die Spannung zu erhöhen.

»Ja, und dann?«, drängte Pauline.

»Er traf eine junge Frau in der Dachkammer an, in der vorher Ihr Sohn Franz gewohnt hat. Sie erschrak, behauptete dann aber, sie sei dort zum Saubermachen. In der Tat glaubt der Gehilfe, die Frau früher schon einmal gesehen zu haben. Er war sich zwar nicht ganz sicher, aber er meinte, sie gliche einem der Dienstmädchen, die vor dem Krieg zum Putzen ins Kontor gekommen wären.«

Pauline war wie vom Donner gerührt. »Irene! Das ist Irene! Der Schuft hält sie im Kontor gefangen!« In ihrer Aufregung bemühte sie sich nicht länger, gegenüber der Hausdame die Form zu wahren.

Frau Burger nickte. »Das könnte gut möglich sein, Frau Gerban. Der Gehilfe hat das Mädchen zwar nur kurz gesehen, und es trug auch keine Dienstbotenuniform, aber er beschrieb mir Irenes Haarfarbe und Gestalt korrekt. Am Morgen nach seiner Entdeckung wurde er entlassen.«

Pauline zitterte mittlerweile am ganzen Körper. »Was können wir denn nur tun? Wer wird uns glauben, dass sich Irene nicht freiwillig dort aufhält?« Mit Gewalt kämpfte sie gegen den nahezu unwiderstehlichen Drang nach einer Dosis Laudanum an. Ihre Nerven schrien geradezu nach dem Beruhigungsmittel.

Schließlich fasste sie einen Entschluss. »Morgen Mittag! Morgen Mittag sehe ich dort nach dem Rechten! Mein Mann begibt sich immer um die gleiche Stunde zum Essen in den ›Goldenen Adler‹. Ich lasse mich von Riemer mit dem Landauer nach Weißenburg kutschieren. Sie haben doch sicher noch einen Schlüssel zum Geschäftshaus? Schließlich haben unsere Dienstmädchen dort früher ja regelmäßig geputzt. Vorzugsweise nach Feierabend, um die Geschäfte nicht zu stören, soweit ich mich erinnere.«

Frau Burger bejahte. »Den Schlüssel trage ich sogar hier bei mir.« Sie zog einen beachtlichen Schlüsselbund aus ihrer Rocktasche.

Pauline streckte die Hand aus. »Wunderbar! Geben Sie mir den richtigen.«

Frau Burger zögerte kurz, dann fingerte sie einen großen, mit einem mächtigen Bart versehenen Schlüssel vom Bund. In seinen Kopf war eine kunstvoll ziselierte Weintraube geschmiedet.

Pauline konnte nicht verhindern, dass ihre Hände zitterten, als sie ihn entgegennahm. Sie wandte sich schon mit einem kurzen Dank zum Gehen, als die zaghafte Stimme der Hausdame sie aufhielt.

»Ich möchte nicht aufdringlich erscheinen, gnädige Frau. Aber sollte ich Sie morgen nicht besser begleiten?«

Pauline überlegte einen Moment lang. »Gerne, Frau Burger, ich bedanke mich für Ihr Angebot. Ich freue mich, wenn Sie mit mir nach Weißenburg kommen. Aber Sie warten draußen im Wagen. Ins Haus gehe ich allein.«

Lazarett in Saint-Quentin
27. September 1870

»Kommen Sie hier entlang, Madame Serge. Da vorne liegen die leichter Verwundeten. Sicherlich ist da jemand dabei, den Sie auch zu Hause pflegen können.«

Die gut gekleidete Dame im tiefschwarzen Kleid und einem Trauerschleier an ihrem modischen kleinen Hut, der ihr Gesicht halb bedeckte, schüttelte den Kopf und protestierte leise. Doch der Arzt sprach weiter auf sie ein. Schließlich folgte sie ihm auf die andere Seite des großen Krankensaals.

Mit stumpfem Blick sah Franz ihnen nach. Schon vor einigen Tagen war seine Hoffnung erloschen, Aufnahme in einem Privathaushalt zu finden, um dort gesund gepflegt zu werden. Zwar kam täglich sicherlich ein Dutzend Saint-Quentiner Bürger vorbei, um sich »seinen« Verwundeten auszusuchen, doch Beinamputierte waren in der Regel nicht unter ihnen, wie ihm Dr. Berger erklärte. »Es sind oft alleinstehende Frauen, die ihren Mann oder Sohn im Krieg verloren haben. Ein Verletzter, der den Abort nicht selbstständig aufsuchen kann, ist ihnen nicht zuzumuten.«

In der Tat war Franz seit seiner zweiten Operation wieder auf Urinflaschen und Bettpfannen angewiesen, um seine Notdurft zu verrichten. Aus eigener Kraft aufstehen konnte er nicht. Dazu war er noch viel zu schwach.

»Leider haben Sie zu lange gezögert«, konstatierte Dr. Berger. »Je länger der Wundbrand im Körper wütet, desto länger nimmt die Genesung in Anspruch. Dabei können Sie noch von Glück sagen, dass wir Ihnen nicht den ganzen Oberschenkel abnehmen mussten.«

Der Krieg verändert wirklich jedweden Maßstab, dachte Franz bitter. *Auch das, was man herkömmlicherweise unter »Glück« versteht.*

Immerhin war er seit gestern Abend fieberfrei. Die Wunde verheilte gut. Und das verbleibende Stück des Oberschenkels würde für eine Prothese reichen, die mit einer Manschette und Bändern befestigt werden konnte.

»So ist es viel bequemer und erleichtert Ihnen das Laufen ungemein«, sagte der Arzt. »Hätten wir das ganze Bein abnehmen müssen, wäre eine Prothese womöglich gar nicht infrage gekommen. Sie hätten vielleicht im Rollstuhl sitzen und sich ausschließlich auf Krücken fortbewegen müssen.«

Bei aller Bitterkeit musste Franz sich eingestehen, dass er jetzt wesentlich besser untergebracht war als je zuvor seit seiner Verwundung. Er lag in einem sauberen Bett in einem luftigen, hellen Krankensaal, es gab einigermaßen nahrhafte Verpflegung und die Schwestern in ihren Flügelhauben, die dieses Lazarett unterhielten, waren zwar nach wie vor unnahbar, aber zumindest reinlich.

An die Operation dachte er nach Möglichkeit nicht zurück, zumindest nicht tagsüber im wachen Zustand. Nachts jedoch war ein neues Motiv zu seinen bisherigen Albträumen hinzugekommen.

Tatsächlich hatte er als Betäubung nur zwei große Gläser Schnaps bekommen. Die Qualen waren barbarisch. Schlimmer als alles, was Franz je erlebt hatte. Seine Kiefer schmerzten noch immer, so fest hatte er auf den hölzernen Knebel gebissen, den man ihm in den Mund geschoben hatte.

Doch ein weiteres Mal hatte er »Glück gehabt«, wie ihm Dr. Berger mitteilte. »Sie sind nach der Hälfte der Zeit ohnmächtig geworden. Den schlimmsten Teil der Amputation, nämlich das Durchsägen des Knochens, haben Sie nicht mehr mitbekommen. Das ist nämlich nicht so einfach, müssen Sie wissen«, dozierte der Arzt. »Oberschenkelknochen sind sehr dick und stabil. Es ist die schwierigste Art von Gliedamputation.«

Doch immerhin war er am Leben. Anders als Hubert aus Nizza, dessen Leichnam man schon wenige Stunden nach Franz' Operation in einem der namenlosen Kriegsgräber verscharrt hatte, wie es sie auch auf den Friedhöfen von Saint-Quentin immer häufiger gab. Und im Vergleich zu den Qualen der Amputation und des Wundbrands war der Schmerz der verheilenden Beinwunde erträglich.

Und ein drittes Mal hatte Franz Glück. Die Phantomschmerzen traten nach der zweiten Operation nicht mehr auf. »Danken Sie Ihrem Herrgott dafür.« Immerhin nahm sich Dr. Berger die Zeit für ein ausführliches Gespräch. »Ein Drittel aller Amputierten leidet sein ganzes restliches Leben darunter.«

Dennoch fühlte sich Franz alles andere als glücklich. Trübsinnig starrte er an die weiß getünchte Decke. Bislang war es ihm nicht gelungen, jemanden zu finden, der ihm Papier und Tinte für einen weiteren Brief nach Hause brachte. Da hörte er Stimmen und Schritte, die sich der Bettenreihe näherten, in der er lag.

»Ich sagte es doch schon, Dr. Berger. Ich scheue nicht vor den unangenehmen Pflegeaufgaben zurück. Außerdem beschäftige ich einen Hausdiener, ein Zimmermädchen und eine Zofe. Alle drei sind schon seit Jahren bei mir. Sie kannten Paul und sind mir treu ergeben. Sie haben sich freiwillig erboten, mich bei der Pflege eines Verletzten zu unterstützen. Schließlich trauern auch sie …«

Franz hörte ein leises Schluchzen und wandte den Kopf. Madame Serge, wie Dr. Berger die gut gekleidete Dame genannt hatte, bog jetzt erneut mit dem Arzt in den Gang ein, in dem sich auch sein Bett befand.

»Jung sollte der Verwundete sein und, wenn möglich, meinem gefallenen Paul ein wenig gleichen. Auch er verlor ein Bein vor Sedan und starb daran. Er lag zwei Tage auf dem Schlachtfeld, bevor man ihn fand. Da war es für jede Hilfe zu spät.« Wieder schluchzte sie leise.

Eine törichte Hoffnung stieg in Franz' Brust auf, als sich die Dame näherte. Sie war zierlich und musste im Alter seiner Mutter sein. *Du Narr!*, schalt er sich selbst. *Ein viertes Mal wird dir das Glück gewiss nicht hold sein.*

Doch er sollte sich irren. Madame Serge blieb vor seinem Bett stehen. Ihre Blicke trafen sich, der ihre traurig, der seine flehend, was sie zutiefst anrührte, wie sie Franz später erzählte.

»Wer ist dieser junge Mann, und was fehlt ihm?«, fragte Madame Serge den Arzt.

»Sein Name ist François Gerban. Er ist Elsässer aus der Nähe der Grenze zur bayerischen Pfalz. Bei Sedan hat er seinen linken Unterschenkel verloren. Auf dem Weg nach Saint-Quentin stürzte der Wagen um, auf dem er transportiert wurde. Die Beinwunde brach auf und entzündete sich erneut. Wir mussten wieder amputieren, diesmal bis zur Hälfte des Oberschenkels. Aber ich warne Sie, er kann noch nicht selbstständig …«

Madame Serge hob die Hand. »Ich sagte Ihnen doch schon, dass das keine Rolle spielt.«

Dann sah sie Franz wieder ins Gesicht. »Mein Name ist Marianne Serge. Ich bin Witwe und habe meinen einzigen Sohn Paul bei Sedan verloren. Möchten Sie mit in mein Haus kommen?« Ihre Stimme klang beinahe schüchtern. »Ich verspreche Ihnen die beste …«

»Ich danke Ihnen von ganzem Herzen, Madame Serge«, fiel Franz ihr überglücklich ins Wort. »Mit großer Freude und Dankbarkeit nehme ich Ihr Angebot an.«

Erst als er im Rollstuhl auf dem Weg zur Kutsche seiner Gönnerin saß, merkte er, dass ihm Tränen über die Wangen liefen.

Weißenburger Kontor
28. September 1870

Entschlossen steckte Pauline den Schlüssel ins Schloss des Weißenburger Geschäftshauses und bemerkte sofort, dass die Haustür abgesperrt war. Also war Wilhelm, genau wie sie es gehofft hatte, bereits beim Mittagessen.

Der Gedanke, dass ihr Mann Irene womöglich in diesem Haus gefangen hielt, hatte ihr die halbe Nacht zugesetzt. Sie kam erst zur Ruhe, nachdem sie einige Tropfen Laudanum eingenommen hatte.

Obwohl sie sich seit einigen Wochen mit mehr oder weniger Erfolg bemühte, die Dosis zu reduzieren, konnte sie immer noch nicht ganz auf das Mittel verzichten. Ihre Hoffnung, die Abhängigkeit, die sie sich mittlerweile schonungslos eingestand, mühelos zu überwinden, war geschwunden, seit Franz Weißenburg verlassen hatte. Nur in den wenigen Tagen nach der ersten Schlacht war ihr der Verzicht leichtgefallen. Die Verwundeten brauchten die Opiumtinktur nötiger als sie selbst.

Ihre Versuche, sich selbst zur Abstinenz zu zwingen, indem sie ihre eigenen Vorräte zum größten Teil vernichtet hatte, waren ausgerechnet von Wilhelm durchkreuzt worden. Immer wieder versorgte er sie ungefragt mit Nachschub aus der Weißenburger Apotheke. Erst gestern Abend hatte er ihr zwei neue Fläschchen mit Laudanum mitgebracht.

Deshalb konnte Pauline auch heute Morgen der Versuchung nicht widerstehen und nahm das Beruhigungsmittel ein, sogar doppelt so viel wie in den letzten Tagen. Die Vorstellung, mit Wilhelm am Frühstückstisch zu sitzen, war ihr so unerträglich, dass ihre Hände gleich nach dem Aufstehen wie Espenlaub zitterten.

Dennoch konnte sie der Begegnung mit ihm nicht ausweichen, so wie an den vielen vorangegangenen Tagen. Sie musste sichergehen, dass Wilhelm heute Mittag wie üblich das Kontor verlassen würde. Trotz der Tropfen beruhigte sich ihr Herzschlag erst, nachdem er ihr dies arglos bestätigt hatte. Auf die Frage, ob es etwas Neues im Geschäft gäbe, verschwieg er ihr allerdings erwartungsgemäß die Entlassung seines Gehilfen.

Und nun stand Pauline in ihrem dunkelgrünen Stadtkostüm und ihrem neuen Hut mit der Straußenfeder im Halbdämmer des Hausflurs und lauschte. Unwillkürlich krampften sich ihre Hände um die Handtasche aus zartem Saffianleder.

Anfangs blieb alles still. Doch als sich Pauline den Flur entlang in Richtung der Büroräume ihres Gatten bewegte, hörte sie plötzlich Schritte. Schon kamen sie die steile Stiege aus dem zweiten Stock hinab, in dem die Dachkammer lag.

Irene blieb wie angewurzelt auf dem untersten Treppenabsatz stehen, als sie Pauline erblickte. Stumm starrten sich die Frauen in die Augen, beide zunächst unfähig, etwas zu sagen.

Pauline fasste sich zuerst. »Also ist es wahr«, sprach sie Irene an. »Mein Mann hält dich hier fest.« Ohne es zu merken, duzte sie Irene.

Als die zunächst nichts erwiderte, fuhr Pauline fort: »Oder bist du, ich meine, sind Sie etwa freiwillig hier?«

Irene schüttelte den Kopf. Schon glänzten Tränen in ihren Augen. Langsam, wie eine uralte Frau, kam sie die letzten Stufen in den Hausflur hinab. »Nein, es ist so, wie Sie es vermuten, Frau Gerban. Ihr Gatte hält mich seit dem Tag der großen Schlacht bei Sedan hier gefangen. Zuerst war ich unten in diesem Kellerloch eingesperrt. Seit ein paar Tagen darf ich Franz' Kammer benutzen.«

Pauline holte tief Luft. »Draußen wartet mein Wagen, Irene. Du, ich meine, Sie …«

»Duzen Sie mich ruhig, Frau Gerban«, bot Irene mit zitternder Stimme an. »Hätte Franz mich geheiratet, wären Sie ja sogar meine Schwiegermutter geworden.«

»Was heißt denn, hätte er dich geheiratet?« Paulines Herz begann wieder schneller zu schlagen. »Hast du etwas von Franz gehört?«

Irene starrte Pauline fassungslos an. Die deutete deren Blick falsch. »Aber du hast natürlich Recht. Jetzt ist nicht die Zeit für solch ein Gespräch. Also, komm mit mir, am besten gleich! Deine Sachen lasse ich später holen, wenn du noch welche hier hast.«

Irene schüttelte langsam den Kopf. »Das geht leider nicht, Frau Gerban.«

Jetzt war es an Pauline, Irene verständnislos anzuschauen. »Aber wieso …? Und duze mich bitte gleichfalls und nenne mich Pauline«, unterbrach sie sich. »Wieso willst du nicht mit mir kommen?« Dann glaubte sie zu begreifen. »Ah, ich verstehe. Mein werter Gatte hat dir gedroht. Aber glaub mir, ich bringe dich noch heute in Sicherheit. Nicht zurück nach Altenstadt, nein, ich lasse Riemer nach Landau fahren. Dort suchen wir dir ein Quartier.«

Irene sagte noch immer nichts. Tränen flossen ihr über beide Wangen.

»Nun komm schon!«, drängte Pauline. »Wilhelm kann dir nichts tun. Frau Burger ist auch da. Sie wartet draußen im Wagen.«

Kraftlos sank Irene auf die unterste Treppenstufe. »Ich kann nicht mit Ihnen kommen, Pauline. Obwohl ich mir nichts sehnlicher wünschen würde.«

Pauline war ratlos. Was hatte das zu bedeuten? Schon spielte sie mit dem Gedanken, Frau Burger hereinzurufen und um Hilfe zu bitten, als Irene vorschlug: »Lassen Sie uns doch ins Kontor gehen. Dort gibt es ein Sofa. Während der Mittagspause Ihres Gatten sitze ich öfter dort. Oben in der kleinen Kammer fällt mir manchmal die Decke auf den Kopf.«

Pauline bot Irene nicht noch einmal das Du an. Stattdessen folgte sie ihr ins Büro. Das Sofa stand vor dem Fenster, durch das jetzt um die Mittagszeit das Herbstsonnenlicht fiel. Beide setzten sich dicht nebeneinander. Pauline warf einen unruhigen Blick auf die majestätische Standuhr in einer Nische. Es war kurz nach eins.

»Vor zwei Uhr kommt er in der Regel nicht zurück.« Irene war Paulines Blick gefolgt.

Die griff nun nach Irenes Hand. Sie war nass von Schweiß. »Also, was weißt du von Franz?«, fragte sie ängstlich.

»Ja, wissen Sie es denn noch nicht?«

Pauline griff sich an die Brust.

Irene verstand. »Nein, nein, Franz ist nicht tot«, versicherte sie hastig. »Er wurde zwar schwer verwundet und hat einen Unterschenkel verloren, aber er lebt und war zuletzt auf dem Wege der Besserung.«

»Woher weißt du das? Hat dir Franz denn geschrieben? Und woher wusste er denn, dass du hier …«

»Nein, Pauline«, unterbrach sie Irene. »Franz hat mir nicht geschrieben. Aber Ihr Gatte hat mir von Franz erzählt.«

»Und woher weiß er es?«

Irene zuckte mit den Schultern. »Ich dachte, Sie alle hätten einen Brief nach Altenstadt bekommen.«

Pauline riss sich zusammen. Dieses Rätsel konnte jetzt warten. »Aber es geht Franz trotz der furchtbaren Verletzung wirklich gut?«

»So sagte es mir Ihr Gatte. Er rechnet jedenfalls damit, dass Franz bald nach Hause kommt.«

»Warum willst du denn dann nicht erst recht mit mir kommen, Irene?« Plötzlich kam Pauline ein furchtbarer Verdacht. »Oder möchte Franz dich nicht mehr heiraten, weil er nun verkrüppelt ist und sich schämt? Oder ...« Sie stockte. »Oder willst du ihn am Ende nicht mehr nehmen?«

Irene schlug die Hände vors Gesicht und begann zu schluchzen. Pauline nahm sie tröstend in den Arm. Trotzdem verstand sie Irenes Worte kaum.

»Ich nähme ihn auch dann zum Mann, wenn er beide Beine verloren hätte. Selbst entstellt würde ich ihn noch lieben. Aber einen Brief habe ich nicht von ihm bekommen! Wie denn auch? Er weiß ja gar nicht, dass ich hier hausen muss.«

Pauline richtete sich auf und hielt Irene mit beiden Armen eine Elle von sich weg. »Dann sag mir jetzt auf der Stelle, was hier vor sich geht, Irene.« Sie war selbst erstaunt, wie energisch sie klang.

Irene schlug die Augen nieder. »Sie werden mich verachten, Pauline.« Ihre Worte waren kaum hörbar.

»Das halte ich für äußerst unwahrscheinlich! Also sprich!«

Irene grub die Fingernägel tief in ihre Handballen. Ihre erste Antwort verstand Pauline nicht.

»Bitte, was hast du gerade gesagt?«

»Wir können niemals heiraten, Pauline.« Auch jetzt war Irenes Antwort wenig mehr als ein Flüstern. »Franz und ich ...« Sie holte tief Luft, wobei sich ihrer Kehle ein Schluchzer entrang. »Franz und ich haben denselben Vater.«

Weißenburger Kontor
28. September 1870

Schon als die Tür ins Schloss fiel, bereute Irene, dass sie Pauline nicht doch gebeten hatte, sie sofort mitzunehmen. Sie sprang auf und hörte, wie Franz' Mutter die Haustür abschloss, bevor sie sie erreicht hatte. Die Hände, schon zu Fäusten geballt, erhoben, hämmerte Irene dann doch nicht an das massive Eichenholz, sondern beschloss, den Geschehnissen ihren Lauf zu lassen.

Müde stieg sie zu ihrer Kammer empor und warf sich aufs Bett. Dann ließ sie den letzten Teil von Paulines unerwartetem Besuch Revue passieren.

Zwei Tatsachen schälten sich immer klarer aus ihren verwirrenden Eindrücken heraus. *Pauline weiß, wer meine Mutter wirklich ist.*

Zur Salzsäule erstarrt, hatte Pauline Irenes Bericht gelauscht. Diese erzählte ihr Wort für Wort, was Wilhelm Gerban zu ihr gesagt hatte, und schloss mit den Worten: »Vielleicht erinnern Sie sich noch an meine Mutter, Pauline. Sie hat ja in Ihrem Haushalt gedient.« Als Pauline bewegungslos verharrte, ergänzte sie: »Für ein Dienstmädchen hatte meine Mutter ein ungewöhnliches Talent. Sie malte mit Wasserfarben.«

In diesem Moment entrang sich Pauline ein leises Stöhnen. »Hast du je eines ihrer Bilder gesehen?«, fragte sie mit zitternder Stimme.

Irene nickte. »Ich habe sogar ein Bild meiner Mutter bei mir.« Während der Wochen ihrer Gefangenschaft hatte sie das Aquarell, das ihr Schwester Agnes einst gegeben hatte, oft betrachtet. Sie trug es seit den Attacken Mathildes gegen ihre Habseligkeiten immer in ihrer Handtasche bei sich. Deshalb war es auch nicht wie ihre anderen Sachen in Altenstadt geblieben, als Wilhelm sie so plötzlich einkerkerte.

So schnell sie konnte, rannte Irene in ihre Kammer und

kramte den Umschlag mit dem mittlerweile schon recht zerknitterten Bild hervor. Kaum hatte Pauline einen Blick auf die düstere Gewitterlandschaft, die Irenes Mutter als Motiv gewählt hatte, geworfen, da fasste sie sich mit einem erstickten Laut erneut an die Brust.

Irene war Paulines starrem Blick gefolgt, der an der Signatur der Künstlerin hängen blieb, die Irene bislang nicht hatte entziffern können. Sie bestand aus zwei bis zur Unkenntlichkeit ineinander verschlungenen Buchstaben. Erst nachdem sie im Haus der Gerbans viele Gemälde betrachtet hatte, war Irene überhaupt klar geworden, dass die beiden grauen Zeichen für den Namen der Malerin standen. Zuvor hatte sie diese für ein abstraktes Element gehalten, das eine Pflanze oder etwas Ähnliches darstellen sollte.

Pauline hat die Signatur erkannt, da bin ich mir ganz sicher. Doch ihre gemurmelte Antwort als Reaktion auf Irenes Frage war nicht überzeugend gewesen. »Ja, ich kannte sie, auch wenn ich mich nur sehr undeutlich an sie erinnere. Ich muss zu Hause die alten Gesinde-Unterlagen durchsehen, dann finde ich sicherlich ihren Namen. Wenn ich ihn lese, erkenne ich ihn wieder.«

Schon da hatte Irene den Eindruck gehabt, dass Pauline ihr nicht die ganze Wahrheit sagte. Jetzt war sie sicher, dass es so war.

Doch noch mehr beschäftigte Irene Paulines Reaktion auf ihre schluchzend gestammelte Erklärung, sie warte in Weißenburg auf die Abtötung ihrer Leibesfrucht, um dann für immer aus dem Leben der Gerbans zu verschwinden. Diesmal war Pauline kreidebleich geworden. »Um Himmels willen, Kind! Warum willst du das tun?«

Anfangs glaubte Irene, dass auch Pauline, wie ursprünglich Wilhelm und sie selbst, nicht wusste, dass Kinder aus Geschwisteraffären meistens missgestaltet oder behindert zur Welt kamen. Ihre Erklärungen hatten Pauline jedoch nicht entsetzt, sondern wütend gemacht.

So wütend, wie Irene die zarte, zurückhaltende Frau noch nie erlebt hatte. Sie schlug mit der Hand auf die Sofalehne und packte Irene dann so fest am Handgelenk, dass es noch immer schmerzte.

»Tu nichts Unüberlegtes, Irene«, bat sie eindringlich. »Lass mich deinen Vater erst einmal zur Rede stellen. Ich verhelfe dir zu deinen Rechten als seiner unehelichen Tochter und verspreche dir, dass danach alles gut wird.«

»Wie soll es denn gut werden können?«, fragte Irene verzweifelt. »Franz und ich können doch niemals heiraten, selbst wenn das Kind gesund wäre.« Plötzlich verwandelte sich ihre Verzweiflung ebenfalls in Wut. »Und ich will gar nicht, dass mein Vater mich anerkennt! Ich hasse ihn! Ich will weder seinen Namen tragen noch einen Anteil an seinem Erbe erhalten. Ich weiß ja, Sie meinen es gut, Pauline, doch das ist für mich nicht von geringster Bedeutung.«

»Darum geht es mir nicht, Irene«, versuchte Pauline, sie zu beschwichtigen.

»Und worum geht es dann?«

Pauline öffnete schon den Mund, als jemand draußen heftig an die Eingangstür pochte. Die Frauen erschraken. Pauline fasste sich als Erste, ging in den Flur und öffnete die Haustür einen winzigen Spalt weit. Davor stand Frau Burger, die in der Kutsche auf Pauline gewartet hatte.

»Frau Gerban, Sie müssen jetzt gehen! Ihr Mann kommt gerade die Straße hinauf.«

Pauline schlug ihr mit einem kurzen Dank die Tür wieder vor der Nase zu und kehrte zu Irene zurück. Entsetzt bemerkten die Frauen, dass bereits eine ganze Stunde wie im Fluge vergangen war. Gerbans Mittagspause war zu Ende.

»Und jetzt?« Furcht stieg in Irene auf.

Pauline legte ihr flüchtig die Hand an die Wange. »Es ist jetzt zu spät, um dich mitzunehmen, Irene. Wilhelm darf mich hier nicht sehen. Ich gedenke, ihn heute Abend in Altenstadt zu überraschen. Oder besser gesagt, zu überrumpeln. Wenn der alte Fuchs meine Absichten ahnt, trifft er möglicherweise Vorkehrungen.« Ihre letzten Worte waren dabei offenkundig mehr an sie selbst als an Irene gerichtet.

Dann nahm sie Irene kurz in die Arme. »Harre nur noch einen einzigen Tag hier aus, mein Kind! Sei versichert, morgen komme ich dich holen. Dir und eurem Kind wird nichts geschehen, das verspreche ich dir.«

Dann eilte sie durch den Hausflur hinaus.

Verblüfft verharrte Gerban mitten im Schritt. War das nicht sein eigener Landauer, der dort vor dem Weißenburger Kontor stand? Er drückte sich in eine Nische. Tatsächlich, da huschte auch schon seine Frau aus dem Haus und bestieg die Kutsche. Sofort ließ Riemer, den er jetzt ebenfalls erkannte, die Zügel auf die Pferderücken klatschen und fuhr an.

Einen Moment lang stand Gerban wie vom Donner gerührt. Dann drehte er um und strebte in Richtung der Apotheke neben der Kirche St. Peter und Paul.

Als Pauline endlich allein in ihrem Schlafzimmer war, fiel die Beherrschung, die sie in Gegenwart Frau Burgers noch mit letzter Kraft bewahrt hatte, von ihr ab. Auf die drängenden Fragen der Hausdame, ob sie tatsächlich mit Irene gesprochen habe, gab sie keine Auskunft.

Also hatte ich all die Jahre über Recht mit meinem Verdacht. Ich bin nur nie darauf gekommen, dass Irene jenes Kind ist. Oh, dieser Schuft! Einen Augenblick lang durchfuhr sie wieder die mörderische Wut, die sie bereits bei Irenes Eröffnungen befallen hatte. *Dieses Schwein! Das sieht ihm ähnlich, sein eigenes Fleisch und Blut zum Dienstmädchen zu degradieren. Ich werde ihn zur Rede stellen, dass ihm Hören und Sehen vergeht.*

Dann dachte sie an Irenes Mutter. *Das arme Ding! Was hat sie nur durchgemacht! Und ich, ich ahnte es, habe aber in meiner Feig-*

heit nichts unternommen. Wie konnte ich mich nur so erbärmlich verhalten!

Die Wut verschwand und machte tiefer Verzweiflung Platz. Ein Zittern überfiel sie, das sich nicht auf die Hände beschränkte, sondern ihren ganzen Körper ergriff.

Und wenn ich erneut versage? Diesmal steht sogar das Leben meines Enkelkinds auf dem Spiel. Sie fühlte sich matt und elend.

Gegen ihren Willen fiel ihr Blick auf die Frisierkommode. *Schlafen, ich muss ein wenig schlafen und Kräfte sammeln.* Wie von einem Magneten angezogen, stand sie auf und nahm das braune Fläschchen aus der obersten Lade.

Einen kurzen Moment zögerte sie noch. *Das ist das letzte Mal,* schwor sie sich dann. *Nur noch einmal, damit ich heute Abend mutig und kraftvoll bin. Wilhelm wird toben, doch ich muss ihm Widerstand leisten. Das kann ich nicht in dem Zustand, in dem ich mich jetzt befinde. Ich muss mich beruhigen.*

Dann setzte sie das Fläschchen an die Lippen und nahm einen tiefen Schluck.

Kapitel 25

Haus von Madame Serge in Saint-Quentin
28. September 1870

Es klopfte leise an der Zimmertür. Franz, der nach einem köstlichen Frühstück gerade etwas gedöst hatte, öffnete die Augen. Er konnte das Geräusch, das ihn geweckt hatte, nicht gleich einordnen und sah sich erneut staunend um.

Madame Serge musste sehr wohlhabend sein. Jedenfalls hatte er seit seinem Auszug aus dem Altenstädter Anwesen seiner Eltern nicht mehr so komfortabel gewohnt.

Er lag in einem breiten Bett mit geschnitzter Rückenlehne unter weichen Daunendecken. Die Überzüge der Kissen und Oberbetten waren mit gehäkelten Borten verziert und den Initialen der Hausfrau bestickt. Ein rotblau gemusterter Perserteppich bedeckte den blank gewienerten Parkettboden. Die Fenster wurden von schweren blauen Samtportieren umrahmt, die das Dienstmädchen, das ihm das Frühstück serviert hatte, zuvor aufgezogen hatte. Durch die zarten Spitzengardinen schien eine sanfte Herbstsonne.

Gegenüber dem Bett stand eine ebenfalls mit Schnitzereien verzierte Kommode. Die Waschgarnitur aus feinem Porzellan mit Blumenmuster stammte vermutlich aus Meißen. Sie glich der, die seine Mutter zu Hause benutzte.

Maman. Der Gedanke an sie trübte seine Freude, die er empfand, seitdem ihn Madame Serge zu sich nach Hause geholt hatte. *Wie es ihr wohl geht? Und Irene? Ich muss ihnen schreiben.*

Es klopfte wieder, diesmal eine Spur kräftiger. Dann hörte Franz die Stimme von Madame Serge.

»Monsieur Gerban, sind Sie wach?«

Er richtete sich in eine sitzende Stellung auf. »Ja, Madame Serge. Treten Sie ein!«

Seine Gastgeberin öffnete zögernd die Tür und lugte durch einen Spalt hinein. Franz' strahlendes Lächeln überzeugte sie davon, dass sie willkommen war. Sie trat ein und schloss leise die Tür.

»Störe ich Sie auch wirklich nicht?« Wie gestern im Hospital klang ihre Stimme fast schüchtern.

»Aber ganz im Gegenteil! Möchten Sie sich nicht ein wenig zu mir setzen? Es wäre mir eine Ehre und Freude.«

Madame Serge setzte sich auf einen Stuhl, der mit demselben Stoff bezogen war, aus dem die Übergardinen bestanden. Sie trug ein hochgeschlossenes schwarzes Seidenkleid mit Spitzenbesätzen an den Manschetten und am Stehkragen. Ihr einziger Schmuck bestand aus einem schlichten silbernen Medaillon.

Franz musterte sie verstohlen. Madame Serge sah verhärmt aus. Ihre Augen waren gerötet, als hätte sie kurz zuvor noch geweint. Dennoch setzte sie ein tapferes Lächeln auf.

»Wie geht es Ihnen, mein Lieber? Haben Sie alles, was Sie benötigen?«

Franz bejahte. »Ich werde in der Tat wunderbar versorgt.« Bereits am frühen Morgen hatte der Hausdiener, ein freundlicher Mann namens Gerard, seine Bettschüssel geleert, ihm beim Waschen geholfen und ihm einen frischen Pyjama gebracht. Dann hatte sich Berthe, das Dienstmädchen, vorgestellt und ihm gebratene Eier, Weißbrot mit frischer Butter und hausgemachter Erdbeermarmelade sowie Milchkaffee serviert. Madame Serge hatte nicht zu viel versprochen, als sie gestern erwähnte, auch ihre Dienerschaft würde sich gerne an der Pflege eines Kriegsverwundeten beteiligen.

Angesichts ihres offensichtlich mitgenommenen Zustandes fasste Franz sich ein Herz. »Und wie geht es Ihnen selbst, Madame Serge? Sie wirken bekümmert.«

Sofort füllten sich die Augen seiner Gastgeberin mit Tränen. Sie glich tatsächlich entfernt seiner Mutter. Neben der zierlichen Gestalt waren es vor allem ihre dunklen, ausdrucksstarken Augen, die Franz an Pauline erinnerten.

Madame Serge zog ein zartes Tuch aus feinem, mit gehäkelter Spitze verbrämtem Leinen aus der Rocktasche und schnäuzte sich mit abgewandtem Kopf. Dann versuchte sie wieder, tapfer zu lächeln.

»Stören Sie sich nicht daran, Monsieur Gerban. Oder darf ich Sie François nennen? Sie erinnern mich ein wenig an meinen verstorbenen Sohn Paul. Er war genau in Ihrem Alter.«

»Bitte! Bitte nennen Sie mich François, Madame Serge!« Franz zögerte einen Wimpernschlag lang, dann holte er Luft. »Ich hörte gestern, Ihr Sohn sei bei Sedan gefallen?«

Madame Serge nickte. Wieder traten Tränen in ihre Augen. »Bitte nennen Sie mich Marianne!« Sie wandte sich ab und weinte leise. Dann versuchte sie sich zu fassen. Sie lächelte wieder, diesmal unendlich traurig.

Es griff Franz ans Herz.

»Möchten Sie Paul einmal sehen?«

»Sehr gerne, wenn Sie mir diese Ehre erweisen möchten.«

Marianne öffnete das silberne Medaillon. Darin befanden sich eine hellbraune Haarlocke und das Miniaturbild eines jungen Mannes in der französischen Uniform der Dragoner. Er blickte mit ernstem Gesichtsausdruck auf seine Betrachter, als habe er sein schlimmes Schicksal bereits vorhergesehen.

»Paul war ein lebenslustiger junger Mann. Doch er war auch ein glühender Patriot. Er zog begeistert für unseren Kaiser in diesen sinnlosen Krieg. Dabei wäre es gar nicht vonnöten gewesen. Mein verstorbener Gatte hatte ihn vom Militärdienst freigekauft. Doch all mein Flehen nutzte nichts. Ich konnte ihn nicht zu Hause halten.« Sie schluchzte auf, die Tränen liefen ihr nun über beide Wangen. Marianne versuchte nicht mehr, sie zurückzuhalten.

Zaghaft ergriff Franz ihre Hand und streichelte sie. Das schlechte Gewissen packte ihn mit aller Macht. *Was haben wir unseren Müttern nur angetan! Paul aus gekränktem Stolz über die besudelte Ehre seines Vaterlandes, das nicht einmal imstande war, für eine ausreichende Verpflegung seiner opferwilligen Truppen zu sorgen. Und ich…* Der Stich fuhr ihm schmerzhaft durch die Brust. *Ich habe es nicht einmal für ein idealisiertes Frankreichbild getan! Sondern ausschließlich aus Trotz gegenüber meinem Vater.*

Laut sagte er: »Möchten Sie mir mehr von Paul erzählen?«

Marianne zögerte einen Augenblick, dann begann sie zu erzählen, zunächst stockend, dann aber sprudelten die Worte nur so aus ihr heraus.

Paul war ein zartes Kind gewesen. Schon als Knabe starb er ihr zweimal beinahe unter den Händen weg, einmal als er an Scharlach erkrankte und das zweite Mal, als er sich schwer erkältete und sich aus der Grippe eine Lungenentzündung entwickelte.

»Anfangs glaubte der Arzt sogar, Paul leide an der Schwindsucht. Doch das war zum Glück nicht der Fall.«

Nächtelang wachte Marianne an seinem Bett, bis sich Paul langsam wieder erholte.

»Er blieb unser einziges Kind. Seine Geburt war so schwer, dass ich danach keine weiteren Kinder mehr bekommen konnte.« Marianne senkte verschämt den Blick. Themen rund um die Schwangerschaft und die Geburt waren in der feinen Gesellschaft zwischen den Geschlechtern heikel, zumal wenn der Altersunterschied so groß war wie der zwischen Marianne und Franz.

Aus dem schwächlichen Kind entwickelte sich dann aber zur Freude der Eltern ein strammer Jüngling. »Es war, als wollte uns das Schicksal nach Pauls schwerer Kindheit versöhnen. Er sollte einmal das Geschäft seines Vaters übernehmen. Mein Mann besaß gemeinsam mit seinem Bruder eine Eisenwarenfabrik.« Sie machte eine kleine Pause.

»Einige unbeschwerte Jahre genossen wir unser Glück. Dann wurde mein Mann, er hieß ebenfalls Paul, auf dem Heimweg von einem Pferdefuhrwerk überfahren. Der Kutscher war betrunken und hatte ihn nicht gesehen.« Mariannes Blick verlor sich in der Ferne.

»Wir führten eine sehr glückliche Ehe, François. Deshalb war ich am Boden zerstört. Nach dem Tod meines Gatten war Paul mein einziger Trost und Halt. Er hatte bereits begonnen, in der Fabrik zu arbeiten, die jetzt allein von meinem Schwager geleitet wird, und wollte sich nun auch den Führungsaufgaben zuwenden. Da traf diese ›Emser Depesche‹ ein.« Die letzten Worte spuckte Marianne verächtlich heraus.

Der Rest der Geschichte war rasch erzählt und für Franz aufgrund seiner eigenen Erfahrungen auf den Schlachtfeldern von Weißenburg und Fröschweiler-Wörth nur zu plastisch.

»In der Schlacht von Sedan traf eine Kartätsche Pauls Pferd und zerschmetterte sein rechtes Bein. Das Pferd war aber nicht gleich tot, sondern schleppte sich samt meinem Sohn in ein Dickicht, wo es dann verendete. Paul konnte sich noch aus eigener Kraft von dem Kadaver befreien und sogar das Bein abbinden. Doch die Kämpfe tobten weiter und verlagerten sich schließlich so weit von ihm weg, dass man ihn erst zwei Tage später an dieser abgelegenen Stelle fand. Da hatte er bereits hohes Fieber, das Bein war schwarz vom Wundbrand. Obwohl man ihn sofort operierte, war es zu spät. Er starb ein paar Tage danach in meinen Armen, kurz nachdem ich eingetroffen war. Sein treuer Bursche hatte mir zuvor Nachricht gegeben, dass Paul vermisst werden würde.«

Mariannes Schultern zuckten. Sie presste sich das Taschentuch vor den Mund, senkte den Kopf und weinte lautlos. Franz streichelte weiter hilflos ihre Hand. Er hätte sie gerne in die Arme genommen, doch dazu hätte er aufstehen müssen.

Schließlich versiegten ihre Tränen. Marianne verharrte noch eine Weile bewegungslos, dann hob sie den Kopf. Ihre verquollenen Augen standen in krassem Widerspruch zu ihrem tapferen Lächeln.

»Es tut mir so leid, Marianne.« Franz war aufrichtig erschüttert. »Und ich bin Ihnen jetzt noch dankbarer, dass Sie mich in Erinnerung an Paul in Ihr Haus genommen haben, als ich es zuvor schon war.«

»Dann verlange ich nur eines als Gegenleistung von Ihnen, François.« Marianne hob den Kopf und sah ihm in die Augen.

Franz erschrak. *Um Gottes willen, sie hofft jetzt doch nicht, dass ich ihr den Sohn ersetze.*

Doch Mariannes Anliegen war von ganz anderer Art. »Werden Sie wieder gesund, François! Versprechen Sie mir das! Werden Sie an Pauls Stelle gesund! Trotz Ihres fehlenden Beins. Und leben Sie Ihr Leben danach wie ein ganz normaler junger Mann.«

Jetzt spürte Franz, dass auch ihm die Augen feucht und die Kehle eng wurden. Er brachte kein Wort heraus und nickte stumm.

Marianne drückte ihrerseits seine Hand. »Jetzt bringe ich Ihnen Papier, Feder und Tinte. Sicherlich möchten Sie einen Brief nach Hause schreiben? Oder soll ich Ihnen dabei helfen?«

Franz räusperte sich. Noch immer konnte er vor Rührung kaum sprechen. »Das wird nicht nötig sein, Marianne, wenn ich dazu eine feste Unterlage bekommen kann. Doch Sie haben mir einen weiteren Herzenswunsch von den Augen abgelesen.«

Anwesen der Gerbans bei Altenstadt
Abend des 28. September 1870

Wilhelm drehte sich nicht um, als sich die Tür zur Bibliothek öffnete, in die er sich nach seinem einsamen Mahl zurückgezogen hatte. Mathilde machte einen Besuch bei ihrem Onkel und ihrer Tante in Schweighofen und würde dort auch über Nacht bleiben. Pauline hatte sich ebenfalls für das Abendessen entschuldigen lassen. Trotzdem wusste Wilhelm instinktiv, dass nun niemand anders als sie das Zimmer betrat. Es hätte ihn sehr gewundert, wenn sie nicht schon heute Abend das Gespräch mit ihm gesucht hätte. Doch das wollte er sich nicht anmerken lassen.

Er goss sich demonstrativ ein Glas Cognac ein, bevor er sich umwandte. »Ah, meine verehrte Gattin.« Er schwenkte das Getränk im Glas. »Ich dachte, du seist wieder unpässlich. Was verschafft mir die Ehre?«

Ein Blick in Paulines dunkle Augen beruhigte und beunruhigte ihn zugleich. Ihre Pupillen waren verengt, was für eine tüchtige Dosis Laudanum sprach. Doch sie blitzten gleichzeitig vor Zorn.

Er beschloss, ihr gleich den Wind aus den Segeln zu nehmen. »Du kommst sicherlich, um mir über die Eindrücke deines Besuchs in meinem Kontor zu berichten.«

Nur einen Lidschlag lang zeigte Paulines Gesicht einen Anflug von Verblüffung. Dann setzte sie ein spöttisches Lächeln auf, das er so an ihr noch nie gesehen hatte.

»Also sparen wir uns die Präliminarien, werter Gemahl. Das ist mir nur recht. Was bist du nur für ein erbärmlicher Schuft!«

Wilhelm beschloss, die Beleidigung zunächst zu ignorieren. Er wies mit einer spöttischen Verbeugung auf das Lederfauteuil, hinter dem der Servierwagen mit den Getränken stand, setzte sich Pauline gegenüber und nahm einen Schluck Cognac. Dann sprang er noch einmal auf. »Oh, ich bitte um Verzeihung für meine Unhöflichkeit! Darf ich dir auch etwas einschenken?«

Pauline schüttelte unwillig den Kopf, nahm aber auf dem Fauteuil Platz. Dennoch ging Gerban zum Servierwagen und füllte zwei Fingerbreit Cognac in ein weiteres Glas. Da der Wagen in Paulines Rücken stand, sah sie nicht, dass er zudem noch das halbe Fläschchen Laudanum, das er heute Mittag in der Apotheke erstanden hatte, hineingoss.

»Falls du es dir doch noch anders überlegst«, sagte er süffisant und stellte das Glas auf dem niedrigen Tisch vor dem schweren Lederfauteuil ab. »Nun, meine Liebe, was hast du mir zu sagen? Und falls es dir möglich ist, dein Anliegen ohne weitere Beschimpfungen vorzubringen, wäre mir das sehr genehm.«

Pauline rutschte auf dem Fauteuil ein Stück weiter nach vorne. Sie straffte den Rücken und legte betont gelassen die Hände in den Schoß.

»Also hatte Ottilie all die Jahre Recht«, begann sie unvermittelt. Zu ihrer Genugtuung verfinsterte sich Gerbans Blick sofort.

»Ich habe diesem Miststück …« Er stockte und versuchte, seine Beherrschung zurückzugewinnen. »Ich habe Ottilie seinerzeit viel Geld für ihr Schweigen bezahlt. Sowohl nach der Geburt als auch nach Sophias Tod. Aber ich verstehe deine Worte dahingehend, dass sie nun dennoch getratscht hat.« Zähneknirschend dachte er an seine ihm verhasste Schwägerin, die ihn schon zweimal erpresst hatte. *Doch ein drittes Mal wird es ihr nicht gelingen.*

Pauline lächelte wieder ihr spöttisches Lächeln. »Oh nein, mein Lieber. Ottilie hat sich an eure Abmachung gehalten. Jedenfalls so, wie sie sie verstanden hat. Sie erwähnte nie direkt, dass du derjenige warst, der Sophia geschwängert hat. Sie beschränkte sich auf beständige Sticheleien, dass du ein notorischer Ehebrecher wärst. Dabei gab sie allerdings nicht nur dir, sondern auch mir die Schuld daran. Ich könne eben die Bedürfnisse eines vitalen Mannes nicht befriedigen, war ihre beständige Rede.«

Sie schürzte verächtlich die Lippen. »Dass ich deine Bedürfnisse möglicherweise gar nicht befriedigen wollte, kam ihr anscheinend nicht in den Sinn.«

Wilhelm begriff erst jetzt, dass nicht Ottilie, sondern er selbst Pauline soeben das Geheimnis um Sophias Schwangerschaft enthüllt hatte. Er spürte sein Gesicht heiß werden und nahm einen weiteren Schluck Cognac.

»Bislang dachte ich allerdings, dass du lediglich die Hurenhäuser in Weißenburg und der näheren Umgebung unsicher gemacht und ein paar bedauernswerte Dienstmädchen geschwängert hättest, die du danach ohne einen Heller auf die Straße gesetzt hast. Manchmal habe ich ihnen im Nachhinein etwas Geld zukommen lassen, wenn jemand wusste, wo sie zu finden waren. Leider war das alles, zu was ich mich in unseren fast dreißig Ehejahren aufraffen konnte. Zumal ja Ottilies Sticheleien aufhörten, nachdem wir nicht mehr unter einem Dach in Altenstadt lebten.« Paulines Verachtung galt gleichermaßen ihrem Mann wie sich selbst.

»Und nun weißt du es besser?« Wilhelm fiel keine andere Entgegnung ein.

Zu seiner eigenen Überraschung griff Pauline nach ihrem Cognacglas und nahm einen winzigen Schluck. Sollte es wirklich so einfach gehen?

Vorläufig verzog sie allerdings nur den Mund und stellte das Glas zurück auf den Tisch.

Dann schüttelte sie den Kopf. »Nein, Wilhelm. Wenn ich schonungslos ehrlich zu mir selbst bin, spürte ich die ganze Zeit, dass du für Sophias Unglück und letztlich ihren Freitod verantwortlich warst. Ich wollte es nur nicht wahrhaben und habe jeden Gedanken daran verdrängt.« Ihre Stimme klang bitter. »Und jetzt bezahle ich den Preis für meine Feigheit.«

Wilhelm schwieg und ließ Pauline weitersprechen. Vielleicht trank sie ja freiwillig noch mehr von dem vergifteten Cognac.

»Dabei waren die Zeichen so eindeutig. Es war deine Tante Erna, diese verbiesterte alte Krähe, die mit Sophia auf ›Reisen ging‹, wie ihr Heuchler das ausgedrückt habt. Warum hätte sie das wegen des Bastards eines x-beliebigen Vaters tun sollen? Wenigstens hat Gott sie später für ihre Unbarmherzigkeit hart gestraft. Diese Genugtuung bleibt mir.«

Wilhelm zog die Augenbrauen zusammen. Seine Tante hatte zwar ebenso wie Ottilie ein tüchtiges Stück Geld für ihre Mühen erhalten. Doch sie war kurz nach Sophias Selbstmord elend und unter großen Qualen an Krebs gestorben.

»Du urteilst hart, Pauline«, konnte er sich nun doch nicht verkneifen zu sagen. »Meine Tante hatte einen schweren Tod, den kein Christenmensch verdient.«

»Nicht härter als Sophias Tod«, schleuderte Pauline ihm entgegen. »Du und Ottilie, ihr habt sie auf dem Gewissen! Ottilie mit ihrer dauernd zur Schau getragenen bigotten Geringschätzung für ihre ›gefallene Schwester‹ und du, weil du die Schwärmerei eines unschuldigen jungen Mädchens skrupellos ausgenutzt hast.«

»Aha!« Wilhelms Lippen verzogen sich zu einem schmalen Lächeln. »Das zumindest ist dir also nicht entgangen. Sophia machte mir schöne Augen, seitdem sie mir zum ersten Mal vorgestellt wurde.«

»Sie war damals erst sechzehn Jahre alt, drei Jahre jünger, als deine Tochter Mathilde es heute ist. Und in der Tat warst du in deiner Jugend ein stattlicher Mann und konntest die Frauen mit deinem Charme blenden. Wer wüsste das nicht besser als ich! Und dennoch habe ich dir diese Untat nicht zugetraut. Ich wollte nicht wahrhaben, dass ich mit einem solchen Monster verheiratet bin.«

Wilhelm verlor die Geduld. »Worauf willst du eigentlich hinaus? Du gingst damals nach zehn Jahren Ehe endlich mit unserem einzigen Sohn und Erben schwanger und klagtest beständig über Unpässlichkeit. Und wie du schon sagtest, ein Mann hat nun einmal Bedürfnisse. Sophia machte es mir allzu leicht, ihnen nachzugeben. Doch es geschah nur ein einziges Mal. Wir beide hatten etwas getrunken und waren unserer Sinne nicht mehr ganz mächtig. Dass sie gleich schwanger wurde, war einfach nur ihr verdammtes Pech.«

»Nur ihr verdammtes Pech? Du hattest also gar nichts damit zu tun?«, ätzte Pauline.

Wider seinen Willen rechtfertigte Wilhelm sich. »Ich bereute es gleich nach dem Akt, wenn du es genau wissen willst, und hätte sie sowieso nie wieder angerührt. Zumal es Sophia auch gar nicht …« Er stockte im letzten Moment.

Doch Pauline hatte bereits begriffen und beendete seinen Satz. »… auch gar nicht gefiel, wolltest du sagen? Und darüber warst du sicherlich bass erstaunt, mein Lieber! Hieltest du dich doch schon immer für einen großartigen Verführer! Doch das weiß ich aus eigener Anschauung besser. Als Frau kam ich bei dir nie auf meine Kosten.«

»Was redest du so schamlos daher?« In seiner Not ging Wilhelm zum Gegenangriff über. Plötzlich stand ihm Sophias entsetztes Gesicht so deutlich vor Augen, als hätte sich die ganze unglückselige Angelegenheit erst gestern ereignet. Sie hatte sich sogar gewehrt, als er zudringlich wurde. Doch da war es schon viel zu spät gewesen, um aufzuhören …

»Eine ehrbare Frau spricht nicht über solche Dinge.«

Denn schließlich, war Sophia nicht selbst an allem schuld? Das leichtfertige Ding hatte eingewilligt, ihm zu nachtschlafender Zeit Gesellschaft zu leisten, als die restliche Familie schon längst zu Bett gegangen war. Woher hätte er wissen sollen, dass sie gar nicht dazu bereit gewesen war, sich ihm hinzugeben?

»Und ein ehrbarer Mann tut nicht solche Dinge, wie du sie auf dem Kerbholz hast, Wilhelm«, entgegnete Pauline schlagfertig. Sie nahm tatsächlich noch einen Schluck Cognac. »Doch jetzt holen dich deine Untaten ein. Dafür werde ich sorgen!«

»Was hast du vor?« Wilhelms Schläfenader begann zu pochen. So kaltblütig und entschlossen hatte er seine zarte Gattin noch nie erlebt. Trotz des Laudanums und des Cognacs, den sie zu sich genommen hatte.

»Als Erstes werde ich dich verlassen, Wilhelm«, kündigte Pauline an. »Schon morgen ziehe ich mit Irene in ein Hotel. Dann werde ich dich zwingen, deine Vaterschaft einzugestehen und das arme Ding, das du bislang zum Dienstmädchen degradiert hast, als deine Tochter anzuerkennen. Wir werden Irene und auch ihr Kind in unser Testament aufnehmen. Und wenn Franz aus dem Krieg zurückkehrt, wird er den Weinhandel übernehmen. Ich übertrage ihm alle Rechte aus unserem Ehevertrag, die du verwirkt hast. Auch mit nur einem Bein wird er dich bestens ersetzen können.«

Wilhelm starrte Pauline ungläubig an. »Du willst diese doppelte Schande öffentlich machen? Jedem Menschen aus Weißenburg und der Umgebung kundtun? Und woher weißt du überhaupt …?«

»Von Franz«, fiel Pauline ihm ins Wort. »Seine Briefe hast du ja wohl unterschlagen, aber Irene hat mir von seiner Verwundung erzählt und dass er wieder genesen wird.«

»Mit deinem Vorhaben ruinierst du uns alle, Pauline. Dann wird auch Franz keine Möglichkeit mehr haben, unsere Geschäfte erfolgreich weiterzuführen.«

Pauline funkelte Wilhelm an. »Oh doch, mein Lieber, das wird er. Natürlich werden wir das alles möglichst diskret und nur innerhalb der Familie abhandeln. Ich werde zwar nicht länger Tisch und Bett mit dir teilen, aber mich nicht von dir scheiden lassen. Damit wird der größte Skandal vermieden und dein Ehebruch nicht bekannt werden. Auch dass Irene deine Tochter ist, bleibt unser Familiengeheimnis. Denn ich möchte nicht, dass Sophias Name und Ruf so viele Jahre nach ihrem Tod noch beschmutzt werden. Nicht einmal Ottilie soll etwas davon erfahren, denn sie würde zweifellos versuchen, ihren eigenen Nutzen daraus zu ziehen.«

Wilhelm war fassungslos. Pauline schien alles ganz genau durchdacht zu haben, jedoch ohne dabei auf den springenden Punkt zu sprechen zu kommen.

»Du vergisst die Schwangerschaft und dass Franz und Irene Halbgeschwister sind. Was gedenkst du diesbezüglich zu tun?«

Pauline holte tief Luft und trank einen weiteren, diesmal kräftigen Schluck Cognac. »Auch dafür gibt es eine Lösung, werter Gemahl. Sie ist weit einfacher, als du glaubst.«

Wilhelm lauschte Pauline mit zunehmendem Entsetzen. Anfangs fühlte er sich wie gelähmt.

Erst als sie im Begriff war, den Raum zu verlassen, zwar noch bei klarem Verstand, doch schon etwas unsicher auf den Beinen aufgrund des vielen Laudanums und Alkohols, setzte er ihr nach. Er packte sie von hinten, unterdrückte ihren erstickten Schrei mit seiner Hand und zerrte sie zurück zum Tisch. Dann bog er ihren Kopf zurück, hielt ihr die Nase zu und ergriff das Glas mit dem restlichen Cognac und dem Laudanum.

»Niemann, Niemann, kommen Sie schnell!« Wilhelm Gerbans Stimme schallte durch die ganze Halle und war selbst noch im Aufenthaltsraum der Dienstboten im Untergeschoss deutlich zu hören.

Binnen weniger Minuten hastete der erste Diener die Treppe hinauf, dicht gefolgt von Frau Burger, der Köchin und der neuen Kammerzofe, die erst vor einigen Tagen ihren Dienst angetreten hatte und auch die Pflichten eines nach wie vor fehlenden Hausmädchens übernahm.

»Meine Gattin ist plötzlich ohnmächtig geworden und schwer auf dem Boden aufgeschlagen, bevor ich sie auffangen konnte. Frau Burger, bringen Sie Riechsalz! Und Sie, Niemann, holen Sie Riemer aus seiner Wohnung. Er muss sofort Dr. Frey holen!«

Während die Angesprochenen wieder aus dem Raum eilten, Frau Burger offensichtlich widerstrebend, drehten Frau Kramm, die Köchin, und die Zofe Pauline, die auf dem Bauch am Boden lag, vorsichtig auf den Rücken und legten ihr ein Kissen unter den Kopf.

»Oh, sie muss aufs Gesicht gefallen sein«, flüsterte die Zofe. »Sehen Sie nur, die Haut um Mund und Nase ist ganz rot und schwillt bereits an.«

Während sich die Frauen um Pauline bemühten, ging Wilhelm in der Bibliothek hin und her wie ein Tiger im Käfig. Übereinstimmend berichteten die Dienstboten daher später, dass er in größter Sorge um seine Frau gewesen sei.

Erst nach mehr als einer Stunde traf Dr. Frey ein. Mittlerweile war es bereits kurz nach zehn Uhr. Pauline war nicht aus ihrer Bewusstlosigkeit erwacht und rührte sich kaum. Nur mittels des beschlagenen Spiegels, den Frau Burger ihr immer wieder vor Mund und Nase hielt, versicherten sich die Anwesenden, dass sie noch atmete.

Frey erfasste die Situation mit einem Blick und kniete neben der Ohnmächtigen nieder. Er zog ihr die Augenlider empor, fühlte ihren Puls und roch an ihrem schwachen Atem.

»Sie riecht nach Schnaps«, bemerkte er schroff zu Wilhelm. Er wies auf die leeren Cognacgläser. »Nun sagen Sie nicht, Herr Gerban, Sie hätten Ihrer Gattin neben dem exzessiven Laudanum-Konsum auch noch gestattet, Alkohol zu trinken.«

»Es war doch nur ein einziges Glas alter französischer Cognac«, verteidigte sich Gerban. »Wie konnte ich denn wissen, dass sie plötzlich zusammenbrechen würde! Sie hat sogar ihr neues Abendkleid befleckt.«

Der Arzt widersprach ihm schnaubend. »Jedermann weiß, dass sich Opiumpräparate und Alkohol in ihrer Wirkung gegenseitig verstärken. Ihre Gattin befindet sich in akuter Lebensgefahr. Sie muss sofort ins Spital gebracht werden.«

»In welches Spital denn?« Gerban gab sich betont hilflos.

»Über Nacht natürlich erst einmal ins Weißenburger Spital.« Dr. Frey warf einen Seitenblick auf die anwesenden Dienstboten, deren Mienen man anmerkte, wie peinlich ihnen die Szene war. Er machte eine Kopfbewegung in Richtung der Gruppe, die bewegungslos neben der Tür verharrte. »Verehrter Herr Gerban, möchten Sie nicht …?«

Doch Wilhelm tat so, als habe er den Arzt gar nicht gehört. »Und wohin wollen Sie sie dann verbringen? Kann sie nicht morgen wieder nach Hause kommen? Sie würde hier die beste Pflege erhalten.«

Noch einmal warf Dr. Frey einen Blick über die Schulter. Doch Gerban machte keine Anstalten, die Dienerschaft hinauszuschicken. Frey schürzte befremdet die Lippen, antwortete dann aber ohne Rücksicht auf die Anwesenden.

»Nein, werter Herr Gerban, dazu würde ich Ihnen nicht raten. Wir sprachen vor einiger Zeit schon einmal über diese Situation, obwohl ich damals hoffte, sie würde nie eintreten. Ich empfehle nach der ersten Versorgung einen Aufenthalt Ihrer Gattin in der Klinik in Klingenmünster.«

Die Dienstboten erschraken hörbar. Niemann räusperte sich, den beiden älteren Frauen entfuhren entsetzte Laute, die Zofe schlug die Hände vor den Mund.

»Sie wollen meine Frau in die Irrenanstalt einweisen?« Gerban wählte den Ausdruck ganz bewusst und bemühte sich, seine Stimme dabei verzagt klingen zu lassen.

Frey nickte grimmig. »Dort gibt es hervorragende Spezialisten für die Behandlung der Opiumsucht. Das erwähnte ich schon einmal. Wenn Sie möchten, dass Ihre Gattin wieder gesund wird, kann ich diese Klinik nur dringend empfehlen.«

Wilhelm täuschte einen letzten Versuch der Gegenwehr vor. »Und hier in Weißenburg kann man diese Krankheit nicht behandeln?«

»Nur unzulänglich, Herr Gerban. Man kann Ihre Gattin betreuen, bis sie wieder aus ihrer Ohnmacht erwacht. Doch man kann sie nicht von ihrer Sucht entwöhnen. Das geht nur in einer darauf spezialisierten Station.«

»Und in einer solchen würde Pauline mit Sicherheit wieder gesund? Wie lange muss sie denn dort bleiben?«

Frey beantwortete nur die zweite Frage. »Rechnen Sie mindestens mit einem halben Jahr! Eher mit einem ganzen!« Er ignorierte die erschrockenen Laute der Dienstboten. »Doch hier stirbt sie Ihnen eines Tages unter den Händen weg, wenn es so weitergeht. Wollen Sie das auf Ihr Gewissen nehmen?«

Gerban senkte den Kopf und hoffte inständig, dass man ihm

das triumphierende Gefühl, das ihn erfüllte, nicht ansehen konnte.

»Dann tun Sie, was Sie für richtig halten«, seufzte er ergeben. »Sie sind der Fachmann, Herr Dr. Frey.«

Anwesen der Gerbans bei Altenstadt
1. Oktober 1870

»Frau Burger, ich habe dringlich mit Ihnen zu sprechen. Ich erwarte Sie in einer halben Stunde in der Bibliothek.«

Zu seiner Genugtuung bemerkte Wilhelm Gerban, dass die Hausdame erbleichte. Ein Ausdruck von Angst trat in ihre Augen.

Als es zur vereinbarten Zeit schüchtern klopfte, hatte Gerban es sich bereits in einem der imposanten Ledersessel bequem gemacht. Der Hausdame, die mit ineinander verschränkten Händen eintrat, bot er nur einen Platz auf einem niedrigen Schemel an.

»Ich muss Ihnen zunächst eine traurige Mitteilung machen.« Gerban legte eine künstliche Pause ein, in der er sich umständlich eine Zigarre anzündete. Den Rauch blies er Frau Burger mitten ins Gesicht.

»Ich war gestern in Klingenmünster, wo ich den Klinikdirektor gesprochen habe. Wie es aussieht, ist meine verehrte Gattin tatsächlich nur knapp mit dem Leben davongekommen. Sie wird für eine unabsehbare Zeit in der Anstalt bleiben müssen.«

»Es tut mir sehr leid, das zu hören«, versicherte ihm Frau Burger daraufhin leise. Sie hüstelte leicht, unterließ es aber, den Rauch vor ihrem Gesicht wegzufächeln.

»Nun bin ich mir nicht wirklich sicher, Frau Burger, ob ich die gesamte Verantwortung für den Haushalt, an erster Stelle die angemessene Versorgung meiner Tochter, allein in Ihre Hände legen kann.«

Gerban zog ein weiteres Mal an seiner Zigarre und beobachtete, wie sich rote Flecken auf den Wangen der Hausdame bildeten.

Diese rang sichtlich nach einer Antwort. Gerban kam ihr zuvor: »Es ist mir natürlich nicht verborgen geblieben, Frau Burger, dass Sie ganz allein in der Welt stehen und auf das Einkommen aus dieser vorteilhaften Stellung dringend angewiesen sind. Andererseits …« Er zog noch einmal an seiner Zigarre. »Andererseits sind mir aufgrund der jüngsten Ereignisse doch ganz erhebliche Zweifel an Ihrer Eignung für diese verantwortungsvolle Position gekommen.«

Diesmal schwieg Gerban so lange, bis sich Frau Burger zu einer Antwort genötigt sah.

»Darf ich in aller Bescheidenheit fragen, was die Zweifel des gnädigen Herrn verursacht hat?«

»Nun«, Gerban zog das Wort in die Länge, »da sind zunächst einmal die Vorbehalte meiner geliebten Tochter Mathilde gegen Ihre Person. Es ist Ihnen zum einen nicht gelungen, für einen raschen Ersatz des ausgefallenen Dienstpersonals zu sorgen. Das brachte erhebliche Unannehmlichkeiten für meine Tochter mit sich.«

Frau Burger öffnete den Mund zu einer Entgegnung, schloss ihn aber wieder angesichts Gerbans Blicks, der sie zu durchbohren schien.

»Zum anderen scheinen Sie dieses vorlaute Dienstmädchen Irene besonders protegiert zu haben. Anstatt sie für ihre Unbotmäßigkeiten hart zu tadeln, haben Sie sie über Gebühr in Schutz genommen. Und meine Tochter sogar aktiv daran gehindert, sie in ihre Schranken zu weisen.«

Widerstreitende Gefühle spiegelten sich im Gesicht der Hausdame. Gerban las ihre Gedanken wie in einem offenen Buch. Empörung war dabei: *Ihre Tochter wollte Irene einen Diebstahl unterschieben!* Aber auch nackte Existenzangst: *Was soll aus mir werden, wenn ich diese Stellung verliere? Womöglich sogar mit einem schlechten Zeugnis!*

Gerban beschloss, keine weitere Zeit zu verlieren und weiter in diese Kerbe zu schlagen.

»Doch am schlimmsten fällt ins Gewicht, dass Sie dem Wahn meiner Frau nicht Einhalt geboten, sondern sogar noch Vorschub geleistet haben.«

Er genoss die völlige Verwirrung, in die er Frau Burger mit diesen Worten stürzte.

»Was meinen... was meinen der gnädige Herr damit?«, stammelte sie schließlich verzweifelt.

»Nun, der verehrte Medizinalrat, der der Anstalt in Klingenmünster vorsteht«, Gerban benutzte das Wort »Anstalt« anstelle der unverfänglicheren Bezeichnung »Klinik« mit Absicht, »hat mich darüber aufgeklärt, dass starker Laudanum-Missbrauch auch zu Wahnvorstellungen führen kann. So hat mir meine Gattin in unserem letzten Gespräch tatsächlich vorgeworfen, ich hielte das Dienstmädchen Irene in meinem Weißenburger Kontorhaus gefangen. Können Sie sich eine solche Absurdität vorstellen?«

Die roten Flecken im Gesicht der Hausdame breiteten sich aus. Nach einer langen Weile schüttelte sie wortlos den Kopf.

Gerban atmete betont laut aus. »Das erleichtert mich über alle Maßen, Frau Burger! So haben Sie meine Frau also vor drei Tagen nur nach Weißenburg begleitet, weil Sie bereits ebenfalls in Sorge wegen ihres geistigen Zustands waren?«

Wieder vergingen mehrere Sekunden, bis Frau Burger antwortete. »Genau so war es, gnädiger Herr«, würgte sie heraus.

»Aber Sie haben das Kontor selbst nicht betreten?«

Frau Burger schüttelte den Kopf.

»Was hat meine Gattin Ihnen auf der Rückfahrt über ihren Besuch dort erzählt?«

»Gar nichts, werter Herr Gerban. Wirklich rein gar nichts.« Diesmal schoss die Antwort geradezu aus Frau Burgers Mund. »Sie schien mir in großer Erregung zu sein. Doch sie sagte mir nichts. Gar nichts. Ich schwöre es Ihnen!«

Gerban stand auf, trat ans Fenster und sah hinaus, als müsse er überlegen, was nun zu tun sei. Ein neben dem Fenster hängender kleiner, in einen barocken Rahmen gefasster Spiegel ermöglichte ihm, die große Standuhr in seinem Rücken zu beobachten. Er wartete geschlagene fünf Minuten, bis er sich wieder zu Frau Burger umdrehte.

Zu seiner Genugtuung sah er an ihren geröteten Augen, dass sie lautlos geweint hatte. In ihren Händen zerknüllte sie ihr Taschentuch.

Gerban fixierte sie, ohne erneut Platz zu nehmen. »So will ich Ihnen eine letzte Gelegenheit geben, sich zu bewähren, Frau Burger. Doch diese Chance ist an Bedingungen geknüpft.«

Er wartete, bis die Hausdame die gewünschte Frage herausbrachte. »Welche Bedingungen meinen der gnädige Herr?«

»Ich erwarte eine absolut reibungslose Führung dieses großen und anspruchsvollen Haushalts. Solange Sie keinen Ersatz für die fehlenden Hausmädchen gefunden haben, werden Sie selbst mit Hand anlegen, damit es meiner Tochter an keiner gewohnten Bequemlichkeit mangelt.«

Frau Burger nickte.

»Da meine Gattin nicht mehr zur Verfügung steht und meine Tochter noch zu jung dafür ist, überantworte ich Ihnen außerdem die vollständige Verwaltung der Geldmittel für die Hauswirtschaft. Sie werden mir allerdings an jedem Monatsende Rechenschaft über jeden Heller ablegen, den Sie ausgegeben haben.«

Wieder nickte Frau Burger.

»Vor allen Dingen werden Sie jedoch gegenüber jedermann völliges Stillschweigen über die Vorkommnisse rund um das Verschwinden des Dienstmädchens Irene und die Wahnideen meiner Gattin bewahren. Irene hat unser Haus am 1. September ohne Abschied verlassen. Niemand weiß, wo sie sich aufhält. Diese Antwort werden Sie allen geben, die Fragen zu dieser Angelegenheit stellen, auch und insbesondere meinem Sohn Franz, wenn er nach Hause kommt. Auch dass er eine unselige Liebschaft zu dieser Dienstmagd unterhielt, werden Sie gegenüber allen Personen innerhalb und außerhalb dieses Haushalts niemals erwähnen. Kann ich mich darauf verlassen?«

»Das können Sie«, flüsterte Frau Burger.

»Lauter! Ich habe Sie nicht verstanden!«

»Der gnädige Herr kann sich vollständig darauf verlassen!« Frau Burgers Stimme zitterte, als sie ihm diesmal mit kräftigerem Tonfall antwortete.

Gerban zog demonstrativ ein eigenhändig beschriebenes Schriftstück aus der Tasche. »Dies war der Entwurf des Zeugnisses, das ich Ihnen heute Morgen bereits ausgestellt hatte, Frau Burger.« Er reichte der Hausdame das Schriftstück, das sie mit bebender Hand entgegennahm. »Lesen Sie sich gut durch, was ich geschrieben habe. Dann verwahren oder vernichten Sie es meinethalben, das liegt bei Ihnen.«

Er drückte die Zigarre in einem Aschenbecher aus und richtete sich dann zu voller Größe auf, um auf die wie eine arme Sünderin auf dem Schemel hockende Hausdame hinabzusehen.

»Doch seien Sie versichert, Frau Burger! Bei der geringsten Abweichung von unseren Vereinbarungen sorge ich dafür, dass Sie nie wieder eine Stellung in einem anständigen Haushalt finden. Da Sie zu alt für die Fabrik sind, würden Sie der allgemeinen Wohlfahrt zur Last fallen. Bedenken Sie dies wohl! Auch und vor allem, wenn mein Sohn wieder nach Hause gekommen ist!«

Kapitel 26

Weißenburger Kontor
4. Oktober 1870

Irene lag apathisch im Bett in Franz' ehemaliger Schlafkammer, als sie hörte, wie jemand die Haustür aufschloss. Kurz darauf erklangen schwere Schritte auf der Treppe. Nach kurzem Klopfen trat Wilhelm Gerban in die Kammer.

»Guten Morgen, Irene!« Sie hasste den betont freundlichen Tonfall seiner Stimme, mit der er sie morgens zu begrüßen pflegte. Ohne ihm zu antworten, drehte sie den Kopf demonstrativ zur Wand.

»Ich habe dir ein paar neue Bücher mitgebracht! Von unseren großen deutschen Dichtern Johann Wolfgang von Goethe und Friedrich Schiller. ›Wilhelm Tell‹ von Schiller handelt von einem schweizerischen Freiheitskämpfer im Mittelalter. Und die ›Leiden des jungen Werther‹ von einer unglücklichen Liebe mit tragischem Ausgang.« Offensichtlich war sich Gerban der Taktlosigkeit gar nicht bewusst, die in seinen letzten Worten lag.

Irene rührte sich weiterhin nicht. Ihr Vater runzelte die Stirn.

»Unten wird gerade der Frühstückstisch für dich gedeckt. Ich habe dir eine Gesellschafterin mitgebracht, damit dir die verbleibenden beiden Wochen nicht allzu lang werden. Sie wird jetzt für dein leibliches Wohl sorgen.«

Jetzt merkte Irene doch auf, wie Gerban zu seiner Genugtuung registrierte. Sie setzte sich auf, fuhr sich fahrig über ihre zerzausten Haare und griff nach dem Morgenmantel auf dem Schemel neben dem Bett.

»Eine Gesellschafterin? Wer ist das?«

»Wasche dich, kleide dich an, wie es sich für diese Uhrzeit schon längst gehört hätte, und komm hinunter. Dann siehst du selbst, wen ich meine.«

Während Irene ihre Morgentoilette erledigte, spürte sie zum ersten Mal seit ihrem Abschied von Pauline vor fast einer Woche etwas Zuversicht. Worauf sie allerdings hoffte, war ihr selbst nicht klar.

Nachdem Pauline sie mit dem Versprechen, dass alles gut werden würde, verlassen hatte, wartete Irene am darauf folgenden Tag mit zunehmender Verzweiflung auf deren Rückkehr. Doch weder Pauline noch ihr Vater suchten sie auf. Als bis zum Abend nichts geschehen war, befürchtete Irene das Schlimmste, ohne zu wissen, was das sein könnte.

Die Sache klärte sich dann auch auf furchtbare Weise auf, als Wilhelm Gerban zwei Tage nach Paulines Besuch anstelle seiner Frau bei Irene auftauchte. Er teilte ihr in dürren Worten mit, dass Pauline am Abend ihres Besuchs im Kontor aufgrund ihrer Laudanum-Sucht zusammengebrochen sei und die Nacht bewusstlos im Weißenburger Spital verbracht hätte. Gestern sei sie dann, noch immer schwer benommen, in die Kreis-Irrenanstalt Klingenmünster verbracht worden, wo sie bis auf Weiteres bleiben müsse.

»Du siehst also, von dieser Seite hast du keinerlei Hilfe mehr zu erwarten. Ich weiß, dass meine Gattin dich vorgestern hier aufgesucht hat. Hat sie dir dabei etwas von Franz erzählt?«

Gerbans Blicke durchbohrten sie fast. Ein eisiger Schrecken fuhr Irene durch alle Glieder. »Was … was ist mit Franz? Geht es ihm wieder schlechter?«

Zu ihrer Verwunderung schien ihre Reaktion ihren Vater zu befriedigen.

»Zum Glück nicht. Ich habe gestern einen weiteren Brief erhalten. Franz geht es den Umständen entsprechend gut. Er erholt sich von seiner Amputation.« Trotz dieser vergleichsweise guten Nachricht hatte Irene den Eindruck, dass ihr Vater sie belog. »Allerdings wird es noch Monate dauern, bis er wieder reisefähig ist, zumal ja noch immer Krieg herrscht.«

»Und was hätte Pauline mir über Franz erzählen sollen?«

Gerban wich einer Antwort aus. »Das weiß ich nicht, Kind. Sie hatte in letzter Zeit eine Menge Geheimnisse vor mir. Laudanum-Süchtige entwickeln oft Wahnvorstellungen, musst du wissen. Das hat mir der Klinikdirektor in Klingenmünster erklärt.«

Irene fühlte nichts als eine unendliche Leere in sich. Sie hatte nicht einmal mehr Tränen angesichts ihrer zerstörten Hoffnung, es könne sich auf unerfindliche Weise doch noch alles zum Guten wenden.

»Also, bleibt es bei unseren Plänen?«, schloss ihr Vater seine Rede. »Du weißt, du bist jederzeit frei zu gehen, wohin du möchtest. Allerdings mittellos, wenn du dich mit dem Kretin im Bauch dazu entscheidest.«

Von der Brutalität seiner Ausdrucksweise abgestoßen, wich Irene vor ihm zurück. Aber es gab keinen Ausweg. »Es bleibt dabei«, flüsterte sie.

Nun stieg sie, trotz ihrer Niedergeschlagenheit neugierig, die Stufen hinab. Aus dem Vorzimmer zu Wilhelms Kontor, wo sie seit der Freilassung aus dem Keller ihre Mahlzeiten einnahm, drang der Duft von frisch gebrühtem Kaffee.

Und Stimmen!

Mitten im Schritt verharrte Irene auf der letzten Stufe. Diese Frau kannte sie nur zu gut. Es war das Dienstmädchen Gerda!

Weißenburger Kontor
18. Oktober 1870

»Nur Mut, Irene! Jetzt sind es nur noch ein paar Tage, dann ist alles vorbei!«

Irene nahm Gerdas Nachricht mit einer Mischung aus Furcht und ungeduldiger Erwartung entgegen. Einerseits war sie es überdrüssig, noch länger in diesem Haus eingesperrt zu sein, und sehnte das Ende ihrer Festsetzung herbei. Andererseits erfüllte sie die Prozedur, die ihr bevorstand, mit Entsetzen.

Gerda plapperte weiter. »Sicher kannst du es kaum noch erwarten! Ich wäre an deiner Stelle schon lange verrückt geworden, wenn ich es tagein, tagaus in diesen vier Wänden aushalten müsste.«

Irene erwiderte nichts. Was hätte sie auch dazu sagen sollen?

»Immerhin finde ich es sehr großzügig vom alten Gerban, die Entfruchtung zu bezahlen und dir hinterher sogar noch Geld zu geben. Von meiner Schiffspassage gar nicht zu reden! Ich habe noch nie gehört, dass ein reicher Herr für den Fehltritt seines Sohnes mit einer Dienstmagd so viel springen lässt!«

Irene erwiderte noch immer nichts, sondern starrte in ihre Kaffeetasse.

Gerda bemerkte ihren Fauxpas und lenkte schnell davon ab. »Willst du nicht auch wie ich nach Amerika gehen? Da haben schon viele Leute ein Vermögen gemacht, die bei ihrer Ankunft keinen Pfennig in der Tasche hatten. Mit dem, was der Alte dir geben will, wäre dein Start dort ein Kinderspiel!«

»Nein, ich möchte lieber hierbleiben!«

Gerda zuckte mit den Achseln. »Wie du willst! Mit deinen tausend Gulden kannst du dir ja auch hier ein schönes Leben machen.«

Was Irene anfangs nicht für möglich gehalten hatte, war während der letzten beiden Wochen, die die jungen Frauen im Weißenburger Geschäftshaus verbracht hatten, Realität geworden. Gerda und sie waren fast zu Freundinnen geworden, auch weil Gerda sehr darauf bedacht war, Irene gut zu versorgen und aufzuheitern.

Mit der Zeit begannen die Frauen sogar, Vertraulichkeiten auszutauschen. Gerda erzählte Irene freimütig, dass Gerban ihr die Überfahrt nach New York als Lohn für ihre gute Betreuung bis zur Abtreibung versprochen hatte. Damit konnte sie sich ihren Herzenswunsch der Auswanderung erfüllen, von dem sie bislang nur geträumt hatte. Dass Gerban ihre Diskretion dabei selbstverständlich mit bezahlte, lag auf der Hand. Schließlich hatte auch Gerda in Schweighofen, wo sie nach wie vor leihweise arbeitete, vom plötzlichen Verschwinden Irenes erfahren.

Im Gegenzug gab Irene schließlich preis, warum sie sich auf den wochenlangen heimlichen Aufenthalt im Weißenburger Kontor eingelassen hatte. Dabei erwähnte sie allerdings nur die beträchtliche Summe, die ihr Gerban versprochen hatte, damit sie aus Franz' Leben verschwände. Dass Gerban ihr Vater und Franz damit ihr Bruder war, behielt sie natürlich für sich.

Gerda verschwieg Irene wiederum, dass die Schiffspassage nur als Erfolgsprämie ausbezahlt werden würde, wenn es ihr gelänge, Irene bis zur Abtreibung in Weißenburg zu halten. So honorierte Irene ahnungslos, dass sich Gerda wirklich Mühe mit ihr gab, ohne ihr wahres Motiv dafür zu kennen. In ihrer Einsamkeit und Niedergeschlagenheit hielt sie Gerdas Freundlichkeit schließlich sogar für einen Ausdruck des Mitgefühls mit ihrer schlimmen Situation und war ihrerseits gerührt.

Tatsächlich waren ihr die vergangenen Tage nicht mehr so quälend lang geworden wie die vorangegangenen Wochen ihrer Gefangenschaft. Die jungen Frauen spielten Karten und Brettspiele, um sich die Zeit zu vertreiben. Manchmal las Irene Gerda aus den Büchern vor, die ihr Vater nach wie vor mitbrachte. Auf dem kleinen Herd, der ursprünglich nur zum Kaffeekochen benutzt worden war, bereiteten sich die Frauen jeden Tag schmackhafte Mahlzeiten zu. Gerda, die das Haus jederzeit verlassen durfte, besorgte die Zutaten dazu auf dem nahe gelegenen Markt.

Jetzt überraschte Gerda sie mit einer neuen Information. »Übrigens werden wir dich übermorgen Abend in die Praxis des Arztes bringen, der die Operation vornehmen wird. Der Doktor will dich vorher noch gründlich untersuchen. Die Entfruchtung findet dann einen Tag später statt.«

Haus von Madame Serge in Saint-Quentin
19. Oktober 1870

Voll Freude betrachtete Marianne den Brief, den ihr Gerard, der Hausdiener, soeben mit der anderen Morgenpost überreicht hatte.

»Endlich! Endlich ist der ersehnte Brief von François' Familie da! Was wird er sich freuen!«

Auch Gerard lächelte strahlend. Der ganzen Hausgemeinschaft war Franz in den Wochen seiner Genesung ans Herz gewachsen.

»Wir müssen ihm das Schreiben sogleich überbringen! Ist Dr. Berger noch bei ihm?«

Gerard bejahte. Genau in diesem Moment hörten sie den Arzt, der Franz schon im Lazarett behandelt hatte, die Treppe hinabkommen.

»Bitten Sie ihn doch noch kurz in den Salon«, bat Marianne ihren Diener. Wenig später betrat der Arzt den Raum, den Hut bereits in der Hand.

»Meine Zeit erlaubt es mir leider nicht, noch länger zu verweilen.« Mit einer galanten Verbeugung ergriff Berger Mariannes Rechte und deutete einen Handkuss an. »Im Hospital erwarten mich dringende Geschäfte. Heute wird ein weiterer Verwundetentransport eintreffen.«

»Ich will Sie auch gar nicht lange aufhalten, Dr. Berger«, beteuerte Marianne. »Sagen Sie mir nur, wie es Franz geht, und ob ich die Prothese in Auftrag geben kann.«

»Die Wunde verheilt sehr gut«, bestätigte der Arzt ihren eigenen Eindruck. »Bald wird er den Stumpf ohne allzu große Schmerzen belasten können. Und wie ich höre, steht Ihr Schützling bereits zu allen Mahlzeiten auf und verbringt nur noch wenige Stunden am Tag im Bett. Das ist grundsätzlich sehr erfreulich. Doch Sie müssen darauf achtgeben, dass François mit den Krücken nicht stürzt, insbesondere wenn er die Treppe hinabsteigt.«

»Gerard ist jedes Mal bei ihm«, versicherte Marianne. »Obwohl …« Sie lächelte schelmisch. »Obwohl sich François nicht allzu gerne beim Gehen helfen lässt.«

Der Arzt runzelte die Stirn. »Vergessen Sie nicht, Madame Serge, dass François sich noch schonen muss. Es ist kaum einen Monat her, dass er auf den Tod krank daniederlag.«

»Er wird sich schonen, Dr. Berger, dafür verbürge ich mich. Andererseits begrüße ich seinen Ehrgeiz sehr, schnell wieder gesund zu werden. Das hat er mir nämlich versprochen, als er hier einzog.« Jetzt schwankte ihre Stimme ein wenig. »Versprochen im Angedenken an meinen verstorbenen Paul.«

Zwei Stunden später war Marianne zunehmend beunruhigt. Gegen elf Uhr hatte sie Franz den Brief überbracht, den er zunächst freudestrahlend entgegennahm. Schließlich hatte es viel zu lange gedauert, bis er endlich eingetroffen war. Aufgrund des immer noch tobenden Krieges waren die Postwege weiterhin gestört. Viele Briefe gingen sogar gänzlich verloren.

Jedoch war Marianne nicht entgangen, dass Franz' Lächeln gefror, als er die Handschrift auf dem Umschlag betrachtete. »Was gibt es denn, François? Ist etwas nicht, wie es sein sollte?«

»Ich weiß es noch nicht, Marianne. Das hier ist weder die Handschrift meiner Mutter noch die meiner Verlobten. Mein Vater hat mir geschrieben.«

Nun war es schon eine Viertelstunde her, dass der Gong zum Mittagessen geschlagen hatte. Aber Franz war noch immer nicht erschienen. Berthe hatte die Suppe schon wieder abgetragen, um sie in der Küche warmzustellen.

Einen Moment lang überlegte Marianne, Gerard nach Franz zu schicken, beschloss dann aber, lieber selbst nach ihm zu sehen. Während sie die Stufen hinaufstieg, pochte ihr Herz hart gegen ihre Brust. Unheil lag in der Luft. Das spürte sie deutlich.

Franz antwortete weder auf ihr Klopfen noch auf ihr Rufen. Schließlich öffnete sie vorsichtig die Tür, in der Annahme, er schliefe vielleicht. Dann erschrak sie zutiefst.

Franz lag regungslos auf dem Bett, in der rechten Hand den zerknüllten Brief. Seine Augen starrten blicklos zur Decke.

Haus von Madame Serge in Saint-Quentin
18. Oktober 1870, zwei Stunden zuvor

Mein lieber Sohn Franz!

Ich bin erleichtert und froh, dass Du auch die zweite schwere Operation, die Dir Deine Kriegsverletzung beschert hat, gut überstanden und zudem Aufnahme in einem gastlichen Hause gefunden hast, wo man Dich aufs Beste pflegt.

Madame Marianne Serge, die Deinem Brief an uns ja ein eigenes Schreiben beigelegt hat, um sich vorzustellen, macht einen sehr guten Eindruck auf mich. Ich bin ihr sehr dankbar, dass Du bei ihr bleiben kannst, bis Du wieder reisefähig bist. So hat die Tatsache, dass Du ein Bürger Frankreichs bist, am Ende doch noch etwas Gutes gezeitigt, denn für einen deutschen Landsmann hätte sie wohl kaum ähnliches Mitgefühl aufgebracht.

Ich selbst bin leider nicht in der Lage, Dich abzuholen und nach Hause zu bringen. Die Reise mitten im Krieg durch feindliches Gebiet ist noch viel zu gefährlich. Doch hier im Elsass, das ja jetzt unter deutscher Verwaltung steht, ist es zum Glück friedlich.

Dein Onkel Gregor und ich haben beide Hände voll damit zu tun, die Chancen des Neubeginns für unser Weingeschäft zu nutzen.

Leider gibt es auch unerfreuliche Anlässe, die mich hier binden. Selbst wenn ich Deiner Mutter gestattet hätte, Dich persönlich heimzuholen, worauf sie sicher trotz aller Gefahren bestanden hätte (ich wäre allerdings keinesfalls dazu bereit gewesen, es zu erlauben), könnte auch sie Dir im Augenblick keine Hilfe sein. Darüber hinaus steht sogar zu befürchten, dass dies auf unabsehbare Zeit so bleiben wird.

Wie Du weißt, nahm sie seit vielen Jahren Laudanum ein, um ihre schwachen Nerven zu beruhigen. Da dies ein Mittel ist, das frei verkäuflich in jeder Apotheke erstanden werden kann, war mir nicht bewusst, dass es auf Opium basiert, also auf demselben gefährlichen Grundstoff, den erbarmungswürdige Kreaturen, bis auf die Knochen abgemagert, in düsteren Spelunken rauchen oder kauen, bis der Tod sie schließlich von dieser teuflischen Sucht erlöst.

Dr. Frey, unser Hausarzt, hat mich nun eines Besseren belehrt. Deine Mutter ist seit Kriegsbeginn mehrmals zusammengebrochen, da sie zu viel von diesem Mittel einnahm. Dazu mag die beständige Sorge um Dich in nicht unerheblichem Maße beigetragen haben.

Wie dem auch sei, vor einigen Wochen trat aufgrund einer solchen Ohnmacht ein lebensbedrohlicher Zustand ein, der mir keine andere Wahl mehr ließ, als Deine Mutter in die Klinik nach Klingenmünster einweisen zu lassen. Man sagt natürlich, dies sei kein Sanatorium, sondern eine gewöhnliche Irrenanstalt, zumal sie auch so heißt, nämlich: Kreis-Irrenanstalt Klingenmünster. Aber es gibt dort auch eine Station für Patienten aus begüterten Verhältnissen. Ich konnte mich mittlerweile selbst davon überzeugen, dass sie dort ausgezeichnet untergebracht ist. Allerdings machten mir weder der Anstaltsdirektor noch der leitende Arzt der Station, in der sie behandelt wird, große Hoffnungen auf eine baldige Genesung.

Mittlerweile ist Deine Mutter zwar von dem gefährlichen Gift entwöhnt worden. Doch wie bei so vielen Kranken dieser Art bedeutet das keine Heilung. Infolge einer solch schweren Sucht verändert sich häufig der Charakter der Patienten, wenn sie ohne das Mittel auskommen müssen. Das ist zu meinem größten Bedauern auch bei Deiner Mutter der Fall. Sie lebt in einem andauernden Dämmerzustand, ist kaum ansprechbar und hat mich bei meinen letzten Besuchen nicht einmal erkannt. Deine Schwester Mathilde kann ich daher nicht nach Klingenmünster mitnehmen. Ihr zartes Gemüt wäre diesen Eindrücken nicht gewachsen.

Du siehst also, mein lieber Sohn, auch wir haben hier zu Hause unsere Sorgen. Meinem Brief lege ich Dein Schreiben an unsere Dienstmagd Irene bei. Sie hat unser Haus ohne Angabe einer Anschrift, wo sie zu finden sei, schon vor einigen Wochen verlassen. Ich vermute, sie hat nicht riskieren wollen, nach der Schlacht von Sedan weiter auf Dich zu warten, da sie befürchtete, Du könntest gefallen oder verstümmelt worden sein. Zumindest machte sie einmal eine Bemerkung gegenüber den anderen Dienstboten, dass keine gesunde Frau einen Kriegsversehrten zum Mann haben wolle. So hat sie wahrscheinlich ihr Glück woanders gesucht.

Doch das sollte Dich nicht weiter bekümmern. Sowohl Mathilde als auch ich waren schon immer der Ansicht, dass dieses Mädchen Deine Gutmütigkeit nur schamlos ausnutzen wollte, um sich in ein gemachtes Nest zu setzen. Also sei froh, dass Du sie niemals wiedersehen wirst.

Nun hoffe ich, dass Deine Genesung weiterhin gut voranschreitet und Du möglichst bald nach Altenstadt zurückkehren kannst.

Es grüßt Dich und Deine noble Gastgeberin, auch im Namen Deiner Schwester Mathilde und des gesamten Altenstädter Haushalts,

Dein Vater Wilhelm Gerban

Praxis von Dr. Etienne in Weißenburg
20. Oktober 1870, abends

»War es arg schlimm?« Tröstend legte Gerda Irene den Arm um die Schulter.

Die wollte jedoch nicht über die demütigende Untersuchung, der sie sich gerade unterzogen hatte, sprechen und nickte nur.

»Diese Krankenschwester scheint mir ein richtiger Besen zu sein. Schrecklicher als die alte Burger!« Verschwörerisch blinzelte Gerda Irene zu, die wider Willen lächeln musste.

»Brrr! Dieser Stuhl ist ja wirklich grässlich.« Gerda lugte durch das Ankleidezimmer in den benachbarten Untersuchungsraum, während sich Irene ihren Unterrock anzog. »Und da musstest du liegen, so ganz … ohne Wäsche?«

Obwohl sich Irene von Gerdas offensichtlicher Sensationsgier abgestoßen fühlte, ließ sie es sich nicht anmerken. Dafür war sie viel zu froh, in dieser Situation nicht mutterseelenallein zu sein, weshalb sie sich auch entschloss, Gerda diesmal zu antworten.

»Nein. Nackt und bloß liegt man dort nicht. Du musst zwar den Schlüpfer ausziehen, aber die Schwester gibt dir eine Art Kittel, der die Scham bedeckt, bevor der Doktor den Raum betritt. Der untersucht dich dann darunter, ohne dich aufzudecken.«

»Und, war das sehr unangenehm? Was macht der Doktor denn da genau?« Offensichtlich war Gerdas Neugier noch immer nicht gestillt.

Wieder antwortete Irene, ging allerdings nicht auf Gerdas letzte Frage ein. »Unangenehm ist das schon und tut sogar ein bisschen weh. Aber die Schwester steht ja dabei und sorgt dafür, dass alles seine Ordnung hat.«

Gerda verstand den Wink mit dem Zaunpfahl. »Dann bin ich froh, wenn heute alles für dich vorbei ist. Komm, ich helfe dir in dein Kleid. Und im Kontor trinkst du eine schöne Tasse Tee. Oder heiße Milch mit Honig, wenn dir das lieber ist.«

Haus von Madame Serge in Saint-Quentin
21. Oktober 1870

»François, Sie müssen endlich wieder etwas zu sich nehmen. Seitdem dieser unselige Brief eingetroffen ist, haben Sie kaum etwas gegessen.«

Bekümmert zeigte Marianne auf das nahezu unberührte Tablett mit der Abendmahlzeit. Seit drei Tagen hatte Franz sein Zimmer so gut wie nicht mehr verlassen. Nur den Abort suchte er weiterhin selbstständig auf. Dem gesellschaftlichen Leben des Hauses, an dem er sich vorher lebhaft beteiligt hatte und zu dem auch die gemeinsamen Mahlzeiten mit Marianne und gelegentlichen Gästen gehörten, blieb er fern.

Auch heute Abend hatte Franz nur an einem Stück trockenem Brot gekaut. Er fühlte sich zu kraftlos, um die knusprigen Scheiben mit Butter zu bestreichen und mit dem Schinken und Käse zu belegen, den das Dienstmädchen Berthe appetitlich auf einer kleinen Platte angerichtet hatte.

»Ich habe einfach keinen Hunger, Marianne. Mein Magen ist wie zugeschnürt. Sobald ich einen Bissen hinunterschlucke, wird mir übel.«

»Also möchten Sie langsam, aber sicher verhungern?« Mariannes Stimme wurde schärfer. Dann spielte sie den Trumpf aus, auf den sie bislang zu Franz' Erleichterung verzichtet hatte. »Sie haben mir bei Ihrem Einzug in dieses Haus versprochen, alles dafür zu tun, um gesund zu werden. Zum Andenken an meinen gefallenen Sohn, dem niemand mehr helfen konnte.«

Nur kurz meldete sich Franz' schlechtes Gewissen, bevor der Trotz es verdrängte. *Warum lässt sie mich nicht einfach in Ruhe? Ich bin ein nutzloser Krüppel, auf den nicht einmal ein Dienstmädchen warten wollte.* Die Bitterkeit verätzte seine Kehle wie Galle.

Immer wieder hatte er darüber gegrübelt, ob er sich so sehr in Irene getäuscht hatte. Andererseits: War seinem Vater wirklich zu trauen? Hatte er ihm bezüglich Irene wirklich die Wahrheit geschrieben? Doch wenn er sich abends entkleidete und den linken Beinstumpf mit der feuerroten Narbe betrachtete, ekelte es ihn ja sogar vor sich selbst. *Warum soll eine junge gesunde Frau einen Verstümmelten lieben?*

Anstatt Marianne zu antworten, begann er, mit abgehackten Bewegungen große Stücke Butter und Schinken auf eine Scheibe Brot zu häufen, von der er dann riesige Stücke abbiss und halb zerkaut hinunterschluckte.

Sind Sie nun zufrieden? Obwohl Franz die Worte nicht aussprach, las ihm Marianne den stummen Vorwurf von den Augen ab.

»So kann es nicht weitergehen, François. Möchten Sie mir nicht endlich anvertrauen, was in diesem Brief stand und Ihnen all Ihren Lebensmut und Optimismus geraubt hat?«

Franz wollte ihre Bitte schon zurückweisen, als er den flehenden Ausdruck in Mariannes Gesicht bemerkte.

»Meine Mutter ist schwer krank«, murmelte er tonlos.

Marianne nahm seine Hand und drückte sie. »Das ist das Einzige, was ich schon weiß, François. Doch Sie sagten mir auch, sie müsse nicht sterben. Wollen Sie denn nicht für Ihre Mutter gesund werden? Sie würde sich doch unendlich freuen, Sie wiederzusehen.«

Zu Mariannes Entsetzen schüttelte Franz langsam den Kopf. »Wenn ich dem Brief meines Vaters Glauben schenken darf, würde sie mich nicht einmal mehr erkennen.«

»Oh!« Zunächst war Marianne sprachlos. Dann fasste sie sich ein Herz. »So hat Ihre Mutter keine Krankheit des Körpers, sondern eine des Geistes?«

Das Lächeln auf Franz' Lippen wirkte gespenstisch. »So kann man das auch nennen, Marianne. Meine Mutter ist opiumsüchtig. Seit ich denken kann, nahm sie regelmäßig Laudanum. Nun hat sie es übertrieben und ist in einer Irrenanstalt gelandet.«

Marianne war aufrichtig entsetzt. »Um Christi willen, warum denn das?«

»Mein Vater schrieb, sie habe immer mehr von diesen teuflischen Tropfen eingenommen. Und gibt mir die Schuld daran, da ich wie Ihr Sohn Paul freiwillig in den Krieg gezogen bin und meine Mutter damit ihre Ängste um mich betäuben wollte.«

Marianne schnaubte empört. »Wie kann er so etwas Unsinniges behaupten?«

Franz zuckte deprimiert mit den Achseln. »Wahrscheinlich hat er sogar Recht. Meine Mutter wollte nicht, dass ich gehe. Genauso wenig, wie Sie wollten, dass Paul sein Leben aufs Spiel setzt.«

Marianne merkte, dass diese Erörterung in einer Sackgasse zu enden drohte, und kam auf einen anderen Punkt zu sprechen. »Aber warum musste Ihre Mutter denn in eine Anstalt für Geisteskranke?«

»Weil man dort auf die Entwöhnung von Suchtkranken spezialisiert ist. Mein Vater behauptet außerdem, dass viele Süchtige nach der Entwöhnung ihren Verstand verlieren. So sei es leider auch bei meiner Mutter. Aber er ist ein furchtbarer Heuchler. Jedem in unserer Familie war seit Jahren klar, dass es mit der Laudanum-Sucht meiner Mutter kein gutes Ende nehmen würde. Nun tut mein Vater so, als habe es ihn vollkommen überrascht, dass Laudanum aus dem Rauschgift Opium hergestellt wird. Dabei weiß das heutzutage jedes Kind. Ich hörte sogar die Dienstboten darüber tuscheln, wenn sie sich unbeobachtet glaubten.«

Marianne ließ Franz' Worte eine kleine Weile auf sich wirken. Irgendetwas daran kam ihr nicht stimmig vor. Schließlich erkannte sie, was es war.

»Aber wenn Ihre Mutter, die Sie von ganzem Herzen lieben, wie Sie mir immer wieder versichert haben, nun hilflos in einer Anstalt für Geisteskranke eingesperrt ist, müssen Sie doch erst recht schnell gesund werden, um ihr beizustehen. Zumal wenn die Sorge um Sie tatsächlich zu deren Krankheit beigetragen hat.«

Franz fühlte eine tiefe Resignation. »Und was ist, wenn sie auch mich nicht mehr erkennt?«

»Das werden Sie erst wissen, wenn Sie vor ihr stehen«, entgegnete Marianne unbeirrt.

Franz antwortete ihr nicht. Aus einem plötzlichen Impuls heraus stellte Marianne ihm eine weitere Frage. »Oder gab es noch eine schlechte Nachricht in diesem vermale… in diesem Brief?«

Franz' zutiefst traurige Miene war ihr Antwort genug. »Möchten Sie es mir sagen?«

Franz schüttelte den Kopf. »Verzeihen Sie mir, Marianne. Darüber kann ich nicht sprechen.« Der Gedanke an Irene schnürte ihm buchstäblich den Atem ab. Er holte tief Luft. »Doch unser Gespräch hat mir klargemacht, dass ich ein gleichermaßen verantwortungsloser Patient wie ein verantwortungsloser Sohn bin. Ab sofort werde ich wieder zu den Mahlzeiten hinunterkommen, das verspreche ich Ihnen. Und ich bitte Sie, mir mein Verhalten der letzten Tage zu verzeihen. Ich werde mich bessern.«

Obwohl Marianne ein freudiges Lächeln aufsetzte, war sie nicht überzeugt. Diese Sache war noch lange nicht ausgestanden.

Praxis von Dr. Etienne in Weißenburg
21. Oktober 1870

»Ziehen Sie sich schon einmal aus, diesmal ganz! Und hüllen Sie sich danach in diesen Kittel! Der Doktor kommt in zehn Minuten!«

Schwester Henriette, die Praxishilfe von Dr. Etienne, machte keinen Hehl daraus, was sie von Irene hielt. Obwohl sie wahrscheinlich gutes Geld für ihre Assistenz bei den verbotenen Aktivitäten ihres Dienstherrn erhielt, verkörperte sie die zu

Fleisch gewordene Verachtung und wahrte nur mühsam die Formen der Höflichkeit.

Jetzt stapfte sie aus dem Raum, ohne ihre Patientin eines weiteren Blickes zu würdigen. Mit klammen Fingern knöpfte Irene ihr Oberteil auf und löste die Haken ihres Rocks. Als sie schon im Unterkleid dastand, verspürte sie plötzlich ein menschliches Bedürfnis.

Sie verharrte kurz und dachte nach. *Der Abort ist am Ende des Ganges. Besser ich benutze ihn jetzt noch einmal, als dass später ein peinliches Malheur passiert.*

Rasch streifte sie sich Rock und Bluse wieder über und schlich in Strümpfen durch den Gang, in beständiger Sorge, Schwester Henriette könnte sie entdecken und zu keifen beginnen. Auf dem Rückweg durch den düsteren, nur von einer einzigen Gaslampe erhellten Flur bemerkte sie, dass die Tür zum Wartezimmer einen Spalt weit offen stand. Schon war sie versucht, hineinzuschlüpfen und noch einmal kurz mit Gerda zu sprechen. Ihre neue Freundin hatte ihr versprochen, dort auf sie zu warten und sie später zurück ins Kontor zu begleiten. Da hörte Irene die Stimme ihres Vaters.

»Sie haben Ihre Sache gut gemacht, Gerda. Irene hat sich jedenfalls besser benommen als in all den Wochen zuvor. An Flucht scheint sie nicht mehr gedacht zu haben. Hier ist Ihre wohlverdiente Entlohnung. Ihr Dampfer nach New York legt am 30. Oktober in Hamburg ab. Doch ich möchte, dass Sie schon heute Abend mit dem Nachtzug aus Weißenburg abreisen.«

»Oh!« Gerda klang überrumpelt. »Aber ich muss doch noch meine Sachen packen!«

»Natürlich«, beschwichtigte Gerban sie . »Eine Mietskutsche wartet schon vor der Tür auf Sie und wird Sie hinterher auch zum Bahnhof bringen.«

»Aber wo soll ich denn die letzten Tage noch wohnen?«, mäkelte Gerda. »Hamburg ist sicher ein teures Pflaster.«

»Ich stocke Ihren Lohn noch einmal um zwanzig Gulden auf. Davon können Sie fürstlich im besten Hotel residieren.«

Gerda kicherte. Irene, die, zur Salzsäule erstarrt, neben dem Türspalt stand, hörte Münzen klimpern. »Für Ihren Herrn Sohn lassen Sie ja wirklich einiges springen, Herr Gerban. Doch glauben Sie wirklich, er hätte dieses Flittchen nach seiner Rückkehr geheiratet? Ein einfaches Dienstmädchen? Noch dazu nicht besonders helle?«

Ein messerscharfer Stich fuhr durch Irenes Brust. Sie presste beide Hände auf den Mund, um ein Stöhnen zu unterdrücken. *Also hat mich diese falsche Schlange die ganze Zeit über getäuscht.*

»Das geht Sie nichts an«, antwortete ihr Vater Gerda grob.

Doch die ließ sich nicht so leicht ins Bockshorn jagen. »Nun haben Sie sich doch nicht so, Herr Gerban! Man wird ja wohl noch seine Meinung sagen dürfen. Schließlich musste ich der Dirne Ihres Sohnes zwei Wochen lang Honig ums Maul schmieren! Ist mir oft schwer genug gefallen, das können Sie mir glauben.«

»Das glaube ich Ihnen ganz sicher nicht«, antwortete Gerban trocken. »Denn das Lügen liegt Ihnen im Blut und ist so etwas wie Ihre zweite Natur. Aber nun ziehen Sie Hut und Mantel an und machen Sie, dass Sie endlich fortkommen.«

»Ist ja schon gut, ganz wie Sie wünschen!« Ein Stuhl wurde geräuschvoll über den Parkettboden geschoben.

So rasch sie konnte, hastete Irene auf Zehenspitzen davon und glitt hinter die Tür des Untersuchungsraumes. Ihr Herz klopfte zum Zerspringen. Sie spürte ein Würgen in der Kehle.

Draußen im Flur hörte sie ihren Vater rufen. »Dr. Etienne! Schwester Henriette! Wann geht es denn endlich los? Worauf warten wir noch?«

»Gemach, gemach, werter Herr Gerban.« Dr. Etiennes Stimme klang ölig. »Diese Sache läuft uns nicht weg! Lassen Sie die Schwester und mich noch in aller Ruhe unseren Imbiss beenden! Schließlich haben wir bereits einen langen Tag hinter uns!«

Irene konnte die Antwort ihres Vaters nicht verstehen, aber sie erkannte das charakteristische Schnauben, das er immer ausstieß, wenn er sich über etwas ärgerte. Kurze Zeit später hörte sie ihn auf dem Gang mit Gerda tuscheln. »Kommen Sie! Ich bringe Sie jetzt zum Wagen. Sonst verpassen Sie noch Ihren Zug.« Die beiden verließen die Praxis.

Kraftlos sank Irene auf den Stuhl, auf dem sie ihre Kleider ablegen sollte. Sie zitterte am ganzen Körper. Die Gedanken rasten durch ihren Kopf.

Er will mich um jeden Preis von Franz fernhalten. Dazu ist ihm jedes Mittel recht. Und er will das Kind töten. Weil es ein Kretin wird? Oder weil er einfach nur die Schande fürchtet? Was hatte Pauline gegen ihn in der Hand? Sie erschrak zu Tode, als sie von den Abtreibungsplänen erfuhr! Und sie wollte offenbar nicht, dass ich es tue! Warum nicht? Könnte Franz das herausfinden? Aber er ist mein Halbbruder. Wir können nicht heiraten. Daran besteht kein Zweifel. Würde er ebenfalls wollen, dass ich das Kind abtöten lasse? Und wenn es gar kein Kretin werden würde? Nie, nie werde ich es zu Gesicht bekommen! Wie es wohl aussähe? Gliche es mir oder ihm? Und warum meinte Pauline, es würde jetzt alles gut werden? War sie da schon verrückt?

Instinktiv legte sie beide Hände schützend über ihren mittlerweile schon leicht gewölbten Bauch. Und da spürte sie es plötzlich! Wie eine sanfte Welle! Wie ein leichtes Streicheln! Ein fast unmerkliches Pochen!

Das Kind! Es bewegt sich in meinem Leib!

Niemand hatte Irene bislang über den Verlauf einer Schwangerschaft aufgeklärt. Sie hatte auch noch nie mit einer schwangeren Frau in ihrem näheren Umfeld gelebt oder gesprochen. Trotzdem wusste sie dieses Zeichen sofort zu deuten.

Ihr Blick hastete durch den Raum und blieb an der verschnörkelten Wanduhr hängen. Zehn Minuten vor neun! Draußen war es dunkel und kalt.

Trotzdem überdachte sie ihr Handeln keine weitere Sekunde.

Mit einer Hand packte sie ihre Schuhe an den Schnürsenkeln, mit der anderen ihre Handtasche, in der sich ihre kleine Barschaft befand und die sie zum Glück mit in die Praxis genommen hatte.

Dann stieß sie vorsichtig die Tür auf. Niemand war auf dem Flur zu sehen. Aus Dr. Etiennes Sprechzimmer klang das Geklapper von Geschirr.

Neben dem Abort war der Ausgang zur Dienstbotentreppe. Ihr Vater und Gerda hatten gerade eben den Vordereingang benutzt. Hastig tappte Irene, wieder auf Strümpfen, über den kalten Fliesenboden des Gangs. Dann stieß sie die Tür zur Hintertreppe auf. Sie quietschte leise.

Einen Moment verharrte Irene und wagte kaum zu atmen. Dann stürzte sie, wie von Furien gehetzt, die enge Wendeltreppe hinunter, hinaus auf die nachtdunkle Straße.

Teil 6

Abgesang

Kapitel 27

Minnas Haus in Schweigen
22. Oktober 1870, am frühen Morgen

»Irene! Du hier? Um Himmels willen, was ist geschehen? Wo kommst du denn her?«

Minna, aufgrund der frühen Morgenstunde noch im Schlafrock, starrte Irene an wie einen Geist.

»Darf ich hereinkommen?«

Minna trat erschrocken einen Schritt von der Tür zurück. »Aber natürlich! Du zitterst ja am ganzen Leib!«

Im Haus führte Minna Irene zuerst in ihre gemütliche Küche, wo sie gerade das Feuer im Herd entzündet hatte, um das Frühstück zuzubereiten. Sie setzte Irene direkt vor die hell auflodernden Flammen und hüllte sie zusätzlich in eine dicke Wolldecke ein. Dann setzte sie Wasser auf und erlaubte Irene erst zu sprechen, als sie diese mit einer dampfenden Tasse duftenden Kaffees versorgt hatte.

Trotz ihres elenden Zustandes lächelte Irene der Freundin zu. »Du bist wirklich einzigartig, Minna. Jede andere Frau, die ich kenne, hätte mich erst einmal ausgefragt, bevor sie mich gewärmt und mir ein heißes Getränk serviert hätte.«

Minna warf Irene einen besorgten Blick zu. »Das mag ja sein, liebes Mädchen. Aber so, wie du aussiehst, bleibt einem ja gar nichts anderes übrig, als sich zuerst mal darum zu kümmern, dass du dir keine Lungenentzündung holst. Ach, du meine Güte! Zeig einmal her!«

Minna hatte Irenes Schuhe entdeckt, deren Sohlen sich auf dem langen Marsch von Weißenburg nach Schweigen über abgelegene Feldwege gelöst hatten. »Deine Füße sind ja ganz blutig!«

Noch einmal bezwang sie ihre offensichtliche Neugier, goss heißes Wasser in eine Blechschüssel und griff dann nach Irenes geschundenen Füßen.

»Deine Strümpfe sind ganz zerrissen. Die können nicht mehr geflickt werden. Darf ich sie abschneiden?«

Irene nickte schweigend. Mit beiden Händen umklammerte sie die Tasse, während Minna vor ihr kniete und ihre Füße sanft im warmen Wasser, dem sie etwas Seife beigemischt hatte, badete.

»Also, was ist geschehen?«, ergriff Minna schließlich die Initiative. »Jedermann denkt, du seist bereits vor Wochen aus Weißenburg verschwunden. Obwohl ich, offen gestanden, nie wirklich geglaubt habe, dass du dich so sang- und klanglos, ohne Abschied von deinen Freunden zu nehmen, davongemacht hast.«

Irene holte tief Luft. Nur langsam begann sich ihre innere Erstarrung zu lösen. Doch als sie erst einmal zu erzählen begonnen hatte, sprudelten die Worte aus ihr heraus wie ein Wasserfall.

Minna lauschte ihr schweigend, wenn auch zunehmend fassungslos, und stellte nur ab und zu eine Zwischenfrage. Die beiden Frauen bemerkten zuerst gar nicht, dass Minnas Mann Otto die Küche betreten hatte und ebenfalls schweigend zuhörte. Flüchtig nahm Irene wahr, dass er die Buben zurück in ihre Kammer scheuchte, als diese ebenfalls zum Frühstück hereinkamen.

Endlich war Irene mit ihrer Erzählung am Abend ihrer gestrigen Flucht angekommen. Sie machte eine Pause und trank einen Schluck ihres längst erkalteten Kaffees. Nur den wichtigsten Punkt, dass Gerban ihr Vater und Franz damit ihr Bruder war, hatte sie Minna noch nicht erzählt und wollte es in Gegenwart ihres Ehemannes auch nicht tun.

Minna stand von dem niedrigen Schemel auf, auf dem sie bislang gehockt hatte, um Irenes Füße zu baden. Sie streckte sich und rieb sich das schmerzende Kreuz. Ihr Blick fiel auf Ottos Gesicht. Er wirkte ebenfalls völlig betroffen.

»Lieber, bist du so gut und holst Irene ein Handtuch aus dem Wäscheschrank? Das Wasser in der Schüssel ist mittlerweile ganz kalt.«

Otto verstand, dass Minna einen Augenblick lang mit Irene allein sein wollte. Er nickte zustimmend und warf einen Blick auf die Küchenuhr.

»Oh weh, schon gleich acht Uhr. Sobald ich das Handtuch geholt habe, bringe ich erst mal die Buben zur Schule. Ich kaufe ihnen unterwegs eine Semmel beim Bäcker.«

»Oh Gott!« Irene packte das schlechte Gewissen. »Jetzt habe ich die Kinder um ihr Frühstück gebracht!«

Minna winkte ab. »Das muss dich nicht weiter kümmern. Mein Otto wird schon gut für sie sorgen. Aber du musst auch etwas essen.«

Schweigend begann sie, sich am Küchenherd zu schaffen zu machen, nachdem Otto mit seinen Söhnen das Haus verlassen hatte. Obwohl sie Irene, die mit einer frischen Tasse Kaffee am großen, blank gescheuerten Küchentisch saß, den Rücken zukehrte, kannte diese ihre Freundin gut genug, um zu sehen, wie zornig Minna inzwischen war. Ihre Bewegungen wirkten eckig, sie klapperte lauter als üblich mit Geschirr und Besteck, sagte aber kein weiteres Wort, bis sie Irene gebratene Eier mit Schinken und eine dick mit Butter bestrichene Schnitte Brot vorgesetzt hatte. Sich selbst goss sie nur eine weitere Tasse Kaffee ein.

»Nun iss!«, befahl sie ungewohnt barsch. Dann legte sie die zu Fäusten geballten Hände auf die Tischplatte.

»Es verhält sich also wirklich so, dass dieser Schuft dich entführt und wochenlang in seinem Weißenburger Haus eingesperrt hat, um dich zu einer Abtreibung zu zwingen? Sag nichts, sondern iss!«

Irene nickte schweigend mit vollen Backen. Trotz ihres Elends hatte sie großen Hunger.

»Und in den letzten Wochen hat er diese Schlampe Gerda beauftragt, dich zu bewachen? Die jetzt auf dem Weg nach Hamburg ist, um mit einer Fahrkarte von ihrem Judaslohn in die Neue Welt überzusetzen?«

Irene nickte wieder.

»Also taugt sie nicht als Zeugin!«, murmelte Minna. Offenbar knobelte sie einen Plan aus. »Und Franz' Mutter ist wirklich in Klingenmünster? Kann man sie dort besuchen?«

Irene zuckte mutlos mit den Schultern. »Ich denke nicht, Minna. Das ist ja kein öffentliches Spital. Und selbst wenn dort Besuche erlaubt sind, wird Gerban sicherlich Vorkehrungen getroffen haben, dass kein Fremder zu Pauline vordringen kann.«

Minna schlug sich mit der Faust in die flache Hand. Plötzlich wurde ihr Gesicht weich. »Aber du spürst das Kleine noch immer?«, fragte sie. »Es hat keinen Schaden bei deiner nächtlichen Flucht genommen?«

Irene legte beide Hände auf ihren Leib. »Ich hoffe es nicht, Minna. Obwohl es eine schlimme Strapaze war.«

Nur mit Schaudern dachte sie daran zurück, wie sie sich zuerst über eine Stunde lang in einem nahe der Praxis gelegenen Park hinter Büschen verborgen hatte. Von Weitem hörte sie Gerban nach ihr rufen, bis Dr. Etienne ihn offensichtlich darum bat, nur ja kein Aufsehen zu erregen. Im Licht einer Straßenlaterne sah Irene den Arzt verzweifelt gestikulieren, bis ihr Vater ihm schließlich folgte.

Sie wartete noch eine weitere halbe Stunde, bis sie sich nach Schweigen aufmachte. Dabei mied sie die Landstraßen und wich auf Feldwege aus. Einen Teil der Strecke marschierte sie sogar über matschige Äcker.

Ohne Hut und Mantel, die sie beide im Wartezimmer der Praxis zurücklassen musste, hatte sie schon im Park erbärmlich gefroren. Nun wurde ihr anfangs durch das rasche Gehen zwar etwas wärmer. Doch bald begannen sich ihre Schuhe aufzulösen, die nicht für solche Gewaltmärsche gemacht waren. Mit der Zeit wurden ihre Füße zu Eisklumpen, Irene spürte sie kaum noch. Zudem quälten sie Durst und Hunger, da sie aufgrund der Operation den ganzen Tag lang nichts zu essen bekommen hatte.

Mit der zunehmenden Erschöpfung betäubten Schmerzen am ganzen Körper das Hungergefühl. Ihren Durst stillte sie schließlich an einem kleinen Bach, ohne erkennen zu können, ob das Wasser darin sauber war.

Minnas Haus in Schweigen erreichte sie mit letzter Kraft gegen halb fünf Uhr morgens. Dann wartete sie noch eine ganze Stunde in einem Winkel neben der Haustür, bis sie das erste Licht hinter den Fenstern sah und folgerichtig daraus schloss, dass Minna aufgestanden war.

Nun fühlte sie sich zwar durch Minnas Gastfreundschaft etwas gekräftigt, aber zum Umfallen müde. Aber noch war an Schlaf nicht zu denken. Minnas Miene zeigte Irene, dass die Freundin über etwas brütete.

»Worüber grübelst du denn, meine Liebe?«, fragte sie schließlich.

Minna atmete mehrmals tief durch und runzelte die Stirn. »Es hilft nichts, Irene. Wir müssen noch heute früh zur Polizei gehen und Gerban anzeigen! Er hat dich wochenlang deiner Freiheit beraubt, und dafür gibt es Zeugen. Gerda, dieses falsche Miststück, ist zwar über alle Berge, aber die Polizei kann sicherlich den Gehilfen finden, der dich einmal gesehen hat. Auch Frau Burger hat vielleicht etwas mitbekommen, als sie Pauline zum Kontor begleitet hat. Und schließlich wissen wir ja gar nicht, ob Pauline nicht doch vernehmungsfähig ist. Und diesen miesen Doktor, der dich entfruchten sollte«, Minna schüttelte sich vor Ekel, »lassen wir gleich mit hochgehen.«

Irene erschrak bis ins Mark. Minna bemerkte ihre Reaktion und deutete sie falsch. »Du musst dich nicht vor ihm fürchten. Hier bist du sicher, er kann dir nichts mehr tun.«

»Vielleicht nicht Irene, aber uns schon, liebe Minna.« Schon wieder unbemerkt von den Frauen war Otto zurückgekommen. »Vergiss bei allem Mitgefühl nicht, dass das Gerban'sche Weingut in Schweighofen zu meinen größten Kunden zählt. Erst letzte Woche hat Gregor Gerban in unserer Küferei zehn neue Fässer in Auftrag gegeben.« Otto warf Irene einen schuldbewussten Blick zu, fuhr dann aber fort: »Wovon sollen wir leben, wenn ich meine Aufträge verliere? Die Gerbans sind mächtig genug, um uns zu ruinieren!«

Minna stand auf und stemmte die Hände in die Hüften. »Willst du etwa darauf hinaus, Otto, dass wir vor diesem Tyrannen und dem himmelschreienden Unrecht, das er Irene und seinem eigenen Enkelkind antun wollte, kuschen sollen?« Kampflustig blitzte sie ihren Mann an.

Auch Irene stand jetzt auf und humpelte auf ihren schmerzenden Füßen zu Minna. Sie legte ihr die Hand auf den Arm. »Lass es gut sein, Liebste. Dein Mann hat ja Recht. Gegen meinen …«, sie stockte. Fast hätte sie sich in Ottos Gegenwart verraten. »Gegen unseren ehemaligen Dienstherrn kommen wir nicht an. Das ist aussichtslos!«

»Aussichtslos?«, schnaubte Minna. »Na, das wollen wir doch erst einmal sehen!«

In ihrer Verzweiflung blieb Irene nichts als die Flucht nach vorne. »Da gibt es noch etwas, das du nicht weißt, Minna«, begann sie zögernd und warf dann einen Seitenblick auf Otto. Minnas Mann verstand den Wink sofort.

»Ich lasse euch dann mal allein«, sagte er. »Ich sollte ohnehin schon längst in der Werkstatt sein.«

Gasthaus »Zu den zwei Schwänen« in Schweigen
22. Oktober 1870, drei Stunden später

Vollkommen erschöpft versuchte Irene bereits seit geraumer Zeit, etwas Schlaf zu finden. Doch die lebhaften Geräusche, die aus der Küche und der Wirtsstube nach oben in ihre Kammer drangen, ließen sie ebenso wenig zur Ruhe kommen wie die Ereignisse der vergangenen Stunden.

Nie würde sie Minnas Gesichtsausdruck vergessen, die wie vom Donner gerührt gewesen war, als ihr Irene eröffnete, dass Franz ihr Halbbruder und das Ungeborene damit die Frucht einer inzestuösen Beziehung wäre.

»Und deshalb können wir niemals heiraten, Minna. Ich muss so schnell wie möglich von hier fort. Weder mein Vater noch Franz dürfen mich jemals finden. Und Franz darf nie auch nur ein Sterbenswörtchen von dem erfahren, was ich dir heute erzählt habe. Das musst du mir schwören!«

Bleich wie eine frisch gekalkte Wand starrte Minna sie an. »Um Himmels willen, du Ärmste! Was hast du nur durchgemacht! Das ist ja schlimmer als jeder Albtraum!«

Irene nahm ihre letzten Kräfte zusammen. »Und darum darf es nicht noch schlimmer werden. Sobald mein Vater zur Besinnung gekommen ist, wird er mich suchen. Und zuallererst wird er bei euch vor der Tür stehen. Schließlich weiß er ja von unserer Freundschaft. Und dass es keinen Zug mehr aus Weißenburg hinaus gab, als ich gestern Abend geflohen bin, weiß er auch.«

»Er soll nur kommen!«, wütete Minna. »Ich spucke ihm vor die Füße!«

»Und ruinierst damit dein eigenes Glück und das deiner Familie«, erwiderte Irene traurig. »Das kann und darf ich nicht zulassen! Ich bringe scheinbar ohnehin jedem Menschen, der mich liebt, nur Unglück. Denk doch nur an Pauline und meine arme Mutter!«

»So darfst du nicht sprechen!« Noch war Minnas Wagemut

nicht gebrochen. Aber ihr Tonfall war weniger bestimmt als zuvor. Irene merkte es und argumentierte in diese Richtung weiter.

»Ich muss sogar so sprechen! Denn ich kann nicht einmal mehr diesen einen Tag bei euch bleiben, Minna. Vielleicht hat mein Vater schon längst seine Spione ausgeschickt, um nach mir zu fahnden. Oder kommt am Ende noch selbst hierher!«

»Und wenn? Hier in meinem Haus kann er dir nichts anhaben!«

»Vielleicht nicht mir, liebe Minna. Aber euch und vor allem meinem geliebten Franz. Er hat im Krieg schon ein Bein verloren und ist bis an sein Lebensende verkrüppelt. Mein Vater hat gedroht, ihm die furchtbare Wahrheit zu enthüllen, wenn ich nicht vollständig aus seinem Leben verschwinde. Und genau deshalb muss ich das jetzt auch tun! Ihm und meinem Kinde zuliebe, das Franz niemals ohne Abscheu ansehen könnte. Zumal wenn es tatsächlich mit einem Schaden zur Welt kommen sollte.«

»Aber wohin willst du denn gehen?«

Irene hatte eine Idee. »Ich miete mich für eine Nacht im Schweigener Gasthof ein. Dort kennt man mich vom Sehen, weiß aber nicht, wer ich bin, da ich mich im Sommer dort immer mit Franz getroffen habe.« Ihre Stimme begann zu zittern, sie schüttelte traurig den Kopf. Zu schön waren die Erinnerungen an die unbeschwerten Momente, die sie miteinander im schattigen Wirtshausgarten verbracht hatten. Und zu tragisch, dass sie ausgerechnet dort vom Beginn des Krieges erfahren hatten, der sie nun ohne Abschied für immer auseinanderriss.

Minna kamen jetzt die Tränen. Sie drückte Irene fest an ihre Brust.

»Wo willst du danach hin?«, fragte sie hilflos.

»Ich gehe nach Landau. Das ist die größte Stadt in der Pfalz. Dort wird mein Vater mich schwerlich finden.«

»Und wovon willst du leben?«

Diese Frage brannte Irene seit ihrer Flucht auf der Seele.

»Nun, ich habe noch ein wenig gespartes Geld. Es ist nicht viel, aber wenn ich dazu noch ein paar Näharbeiten finden kann und mich sehr einschränke, reicht es vielleicht bis zur Geburt. Danach suche ich mir Arbeit in einer der Textilfabriken.«

Minna überlegte mit angestrengtem Gesichtsausdruck, der sich plötzlich aufhellte. Sie nahm Irene noch einmal in die Arme.

»Dann gebe ich dir jetzt erst einmal Strümpfe, Wäsche zum Wechseln und einen Mantel. Auch einen Hut werde ich noch irgendwo auftreiben. Danach bringe ich dich zum Gasthof. Lass mir die Schuhe hier, ich bringe sie zum Schuster. Für den kurzen Weg zum Gasthaus werden es auch diese Holzpantinen tun. Aber geh auf keinen Fall ohne Abschied von uns fort. Otto kann dich morgen zum Bahnhof nach Bergzabern fahren. Noch einmal hielte ich es nicht aus, wenn ich dir nicht Lebewohl sagen könnte.«

Nur wenig später fiel Irene, mit Minnas liebevollem Blick vor ihrem inneren Auge, schließlich doch noch in den tiefen Schlaf der Erschöpfung.

Haus von Madame Serge in Saint-Quentin
10. November 1870

»Nun, junger Mann? Was machen Ihre Fortschritte mit der Prothese?«

Marianne hatte Dr. Berger beim sonntäglichen Kirchgang getroffen und den Arzt spontan zum Mittagessen eingeladen, da seine Frau mit den Kindern gerade zu Besuch bei Verwandten weilte. Sie saßen in dem mit eleganten Nussbaummöbeln eingerichteten Esszimmer.

Berger sah Franz gespannt, Marianne ihren Zögling forschend an. Franz wich ihrer beider Blicke aus. »Es schmerzt immer noch sehr, wenn ich den Stumpf belaste. Deswegen habe ich in den vergangenen Tagen nur wenig geübt.«

Marianne wusste dies nur zu gut. Der Hausdiener Gerard, der Franz beim Üben behilflich sein sollte, hatte es ihr bereits berichtet. Sie ließ sich jedoch nicht anmerken, dass sie davon Kenntnis hatte.

Berger übte dagegen keine Zurückhaltung. »Nicht so zimperlich, François, nicht so zimperlich! Ihre Prothese ist die neueste Entwicklung, die auf dem Markt zu haben ist. Sie kann jederzeit angepasst und neu eingestellt werden. Soll ich einmal unseren Spezialisten Monsieur Georges diesbezüglich befragen?«

Franz wehrte ab. »Das wird nicht erforderlich sein.« Er wandte sich an Marianne. »Hat Ihnen mein Vater das Geld, das Sie dafür ausgelegt haben, zwischenzeitlich zukommen lassen?«

Dies war ein heikles Thema. Gerne hätte Marianne Franz die teure Prothese geschenkt. Das hatte ihr Gast aber heftig abgelehnt und darauf bestanden, an seinen Vater zu schreiben und ihn zu bitten, Marianne die Summe von fast fünfhundert Francs zu ersetzen, die sie dafür bezahlt hatte. Bislang waren jedoch weder eine Antwort Wilhelm Gerbans noch das Geld eingetroffen.

»Aber François!«, beschwichtigte Marianne ihn denn auch. »Sie sind viel zu ungeduldig. Es herrscht Krieg im Land. Die Geschäfte der französischen Banken sind zum Erliegen gekommen, zumal im jetzt von den Deutschen besetzten Elsass. Da hat es ein Franzose sicher nicht leicht, eine solche Summe flüssig zu machen oder gar hierher zu transferieren.«

Bislang hatte Franz Marianne wie jedem anderen Menschen in Saint-Quentin verschwiegen, dass sein Vater ein Deutscher war.

»Doch ich setze voraus, dass Ihr Vater ein Ehrenmann ist. Über kurz oder lang werde ich die ausgelegte Summe zurückerhalten.«

»Aber darum geht es doch gar nicht«, mischte sich Dr. Berger ein. »Geld hin oder her, Sie müssen üben, François, jeden Tag üben! Am besten mehrere Stunden lang. Ihr ganzer Körper muss sich an die neuen Bewegungsabläufe gewöhnen. Die Prothese ist technisch ja der letzte Schrei, wenn Sie mir diesen aus der Modewelt stammenden Ausdruck nachsehen wollen. Sie hat sowohl ein bewegliches Knie- als auch Fußgelenk. Der Umgang damit ist natürlich schwieriger als mit den herkömmlichen starren Prothesen. Aber wenn Sie ihn erst einmal beherrschen, können Sie beinahe so gut damit gehen wie mit Ihrem eigenen Bein.«

Dr. Berger redete sich in Rage, in der sich Besorgnis und Begeisterung mischten. Franz ließ seine Worte teilnahmslos über sich ergehen.

Auch wenn er nun wieder jeden Tag aufstand, sich im Haus bewegte und an allen Mahlzeiten teilnahm, war seine Stimmung nach wie vor miserabel. Er fühlte sich mutlos und niedergeschlagen. Für die komplizierten und tatsächlich noch immer schmerzhaften Übungen mit der teuren Prothese fehlte ihm jeglicher Antrieb.

Stattdessen grübelte er weiterhin stundenlang darüber nach, warum Irene das Haus in Altenstadt einfach ohne Abschied oder eine Nachricht für ihn verlassen hatte. Dass sie tatsächlich fort war, hatte ihm Frau Burger mittlerweile bestätigt. Er hatte an die Hausdame geschrieben, nachdem er seinen anfänglich ebenso furchtbaren wie tröstlichen Verdacht mit der Zeit für immer sicherer hielt, sein Vater habe Irene möglicherweise hinausgeworfen und ihn darüber belogen.

Doch Frau Burgers Antwort hatte ihn erst einmal wieder gründlich entmutigt. Irene war wirklich aus freien Stücken gegangen. Sollte er sich denn so sehr in der Geliebten getäuscht haben? Mit zunehmendem Abstand zu den furchtbaren Tagen unmittelbar nach dem ersten Brief seines Vaters sagte ihm sein Gefühl immer deutlicher, dass das nicht sein könne.

Aber warum ist sie dann aus Altenstadt fort? Sein Verstand fand keine Erklärung für ihr Verhalten. Denn von seiner Kriegsverletzung konnte sie damals noch gar nichts gewusst haben. Dem Schreiben Frau Burgers nach hatte sie schon am Tag der

Kämpfe von Bazeilles, in denen er verwundet worden war, das Gerban'sche Haus verlassen.

Aber wenn sie gar nicht geglaubt hat, dass ich gefallen bin oder so schwer verletzt wurde, dass ich sie nicht mehr heiraten kann, warum ist sie dann weggegangen?

Gab es dafür dann nicht nur eine einzige Erklärung? Nämlich die, dass ihre Liebe zu ihm nicht einmal so stark gewesen war, die unsichere Zeit des Wartens auszuhalten? War Irene wirklich ein derart schwacher Charakter? *Nein!*, sagte ihm wiederum sein Gefühl.

Plötzlich bemerkte Franz das Schweigen am Tisch. Schuldbewusst blickte er auf. Um von sich abzulenken, wählte er, ohne nachzudenken, das erste Thema, das ihm einfiel.

»Wie steht es um die Hochzeitsvorbereitungen Ihrer Nichte, Marianne? Sie haben mir doch erzählt, sie wolle noch im Dezember heiraten.«

Zu seinem Erstaunen verdüsterte sich Mariannes Miene. »Ich fürchte, daraus wird leider nichts«, sagte sie leise. »Die beiden haben die Verlobung gelöst.«

»Aber warum denn, um Himmels willen?«, fragte Dr. Berger. »Die beiden waren doch so verliebt wie zwei Turteltäubchen, wenn ich mich recht erinnere.«

Marianne nickte traurig. »Das war wohl auch so, Dr. Berger. Ungewöhnlich genug für eine von den Eltern arrangierte Ehe. Doch auch hier hat der Krieg alles verändert.«

»Wie bitte? Ich verstehe nicht, was Sie meinen.«

»Nun, der junge Mann wurde in der Schlacht bei Saint-Privat-la-Montagne verwundet. Eine Verletzung des Unterleibs, wenn Sie verstehen, was ich meine.« Marianne errötete leicht.

»Oha, damit hätte er seine ehelichen Pflichten nicht mehr erfüllen können?« Der Arzt sprach mit der brutalen Offenheit eines Wissenschaftlers.

Mariannes Gesicht lief daraufhin dunkelrot an. Sie schüttelte den Kopf.

»Das scheint es nicht zu sein, Dr. Berger.«

»Ja, was ist es dann? Heraus mit der Sprache!«

Marianne wand sich vor Verlegenheit. »Das Thema ist ein sehr unappetitliches für ein Mittagessen.«

»Wenn er nicht impotent ist, kann es nur Inkontinenz sein«, schlussfolgerte Dr. Berger ohne Rücksicht auf die Gastgeberin. Er ließ die Gabel sinken. »Die Harnröhre wird bei Verletzungen des Unterleibs häufig in Mitleidenschaft gezogen. Aber auch dagegen gibt es Hilfsmittel. Der junge Mann muss eben eine Windel tragen, wenn er das Wasser nicht mehr halten kann.«

Marianne starrte regungslos auf die Tischplatte. Franz folgte dem Gespräch mit zunehmender Betroffenheit.

»Deswegen löst man doch nicht gleich eine Verlobung auf, wenn man sich wirklich liebt.« Wieder redete sich Dr. Berger in Rage. In seinem Zorn zeigte er auf Franz. »Was soll denn erst unser junger François dazu sagen? Er wird seiner künftigen Ehefrau jede Nacht seinen Beinstumpf zumuten müssen. Aber was ist schon dabei? Die Männer haben ihre Gesundheit für ihr Vaterland geopfert. Da ist es den Frauen doch wohl zuzumuten, dass sie ihre Empfindlichkeiten überwinden. Wo kämen wir bei all unseren Gefallenen denn sonst hin, wenn jedes Fräulein unsere Kriegsversehrten verschmähen würde? Wir hätten statt der nächsten Generation strammer Söhne und Töchter nichts anderes mehr aufzubieten als einen Haufen hysterischer alter Jungfern.«

Er erhielt von keinem seiner Tischgenossen eine Antwort. Marianne stocherte in tödlicher Verlegenheit auf ihrem Teller herum. Franz war, als habe man ihm mit der Faust in den Magen geschlagen.

Ich bin ein Krüppel. Mein ganzes Leben lang bleibe ich ein Krüppel. Ein ekelerregender Krüppel. Kein Wunder, dass Irene so etwas nicht riskieren wollte.

Das Mittagessen endete in betretenem Schweigen.

Landau in der Pfalz
20. November 1870

»Fräulein Weber! Hier ist jemand, der Sie sprechen möchte!«

Die schrille Stimme ihrer ältlichen Pensionswirtin Magda Färber gellte durch den Hausflur.

Wie immer begann Irenes Herz heftig zu klopfen. Sie fuhr sich rasch durch die Haare und rückte ihren Rock zurecht. Bislang war es ihr erfolgreich gelungen, ihr wachsendes Bäuchlein vor Frau Färbers kritischen Blicken zu verbergen.

Doch wie lange noch?, dachte sie angstvoll.

Tatsächlich musterte die Wirtin Irene von Kopf bis Fuß, als sie die knarrende Treppe hinabstieg. »Mir scheint, Sie haben zugenommen«, bemerkte sie ungnädig. »Seltsam genug bei dem geringen Lohn, den Sie für diese Nähereien erhalten.«

Zu Irenes Erleichterung stand tatsächlich das Dienstmädchen eines Haushalts vor der Tür, für den Irene bereits einige Male gearbeitet hatte. Noch immer fürchtete sie, eines Tages unverhofft ihrem Vater gegenüberzustehen.

»Hier bringe ich Ihnen einen Korb Flickwäsche«, sagte das Dienstmädchen. »Sind die Bettlaken fertig?«

»Natürlich«, versicherte Irene, die die gesäumte Wäsche eigentlich lieber selbst zum Haus ihrer Auftraggeberin gebracht hätte.

»Dann soll ich die Wäsche mitnehmen.«

Irene zögerte kurz, fasste sich dann aber ein Herz. »Haben Sie auch den Lohn dafür dabei? Auch der von der letzten Woche ist noch offen.«

Die Dienstbotin betrachtete Irene unwillig. »Davon hat die Gnädigste nichts gesagt.«

Irene sank das Herz in die Schuhe. Wenn ihre geringe Barschaft bis zur Geburt ausreichen sollte, war sie darauf angewiesen, etwas dazuzuverdienen. Der forschende Blick Frau Färbers gab den Ausschlag für ihre Entscheidung.

»Dann begleite ich Sie, um den Lohn abzuholen.«

Das leichte Lächeln, das über das Gesicht ihrer Vermieterin huschte, zeigte Irene, dass sie richtig gehandelt hatte. Frau Färber war in beständiger Sorge, um ihre Miete betrogen zu werden. Zweifellos lebte die ältere Frau selbst in ärmlichen Verhältnissen und besaß nichts weiter als das bereits baufällige Häuschen in der düsteren Bachgasse der verwinkelten Altstadt von Landau, in dem sie drei der vier Zimmer untervermietet hatte.

Aber die Armut hatte Frau Färber zu einer harten, zynischen Person gemacht, die keinerlei Gedanken an die Sorgen ihrer Mitmenschen verschwendete. Mittlerweile war sie Irene von Herzen unsympathisch. Gerne hätte sie sich eine andere Bleibe gesucht, aber Frau Färber hatte ihr die Miete für drei Monate im Voraus abgenommen, bevor sie Irene die spärlich möblierte Kammer überließ.

Während sie neben dem mürrisch schweigenden Dienstmädchen durch die Straßen von Landau ging, bedachte Irene wieder einmal die Ereignisse nach ihrer Flucht. Noch immer wurden ihre Augen vor Rührung feucht, wenn sie sich an den Abschied von Minna in Schweigen erinnerte, der nun schon fast vier Wochen zurücklag.

Wie schlimm erginge es mir jetzt ohne ihre Fürsorge!

Bepackt wie ein Lastesel hatte Minna vor der Tür ihrer Kammer im Gasthaus gestanden. »Hier habe ich dir ein paar Kleider mitgebracht. Nichts Besonderes, altes abgelegtes Zeug«, kam sie Irenes Einwand zuvor. »Probiere die Sachen einmal an!«

Zwei schlichte Tageskleider, eine warme Strickjacke, Unterwäsche, Strümpfe und eine Schürze enthielt der Koffer, den Minna dabeihatte. Erwartungsgemäß waren die Sachen Irene zu weit.

»Aber das macht nichts.« Minna begutachtete sie mit kritischem Blick. »Um die Taille herum wirst du ohnehin dicker werden, wenn sich die Geburt nähert. Und den Rest machst du dir einfach passend. Schließlich kannst du ja sehr gut nähen. Schau her, Nähzeug und Stopfgarn habe ich dir in dieses Säckchen gepackt.«

»Wie soll ich dir das jemals vergelten, Minna? Hast du denn selbst noch genug zum Anziehen?«

Minna winkte ab. »Mach dir darüber keine Sorgen. Und den Mantel und den Hut, die ich dir geliehen habe, kannst du auch behalten!«

Irene schossen die Tränen in die Augen. »Aber das ist doch dein Sonntagsstaat!«

Minna zuckte mit den Achseln. »Und wenn schon. Der Mantel spannt mir um die Hüften, und den Hut hat mir Otto geschenkt.« Sie lächelte verschwörerisch. »Ich konnte das Ding noch nie leiden.«

Nur der Ersatz für Irenes durchgelaufene Schuhe erwies sich als problematisch. »Leider hat mir der Schuster gesagt, dass sie nicht mehr zu flicken sind«, sagte Minna betrübt. »Die Zeit, um dir neue Schuhe anmessen zu lassen, haben wir nicht. So kann ich dir nur diese alten Schuhe von mir anbieten.«

Auch die »alten Schuhe« gehörten zu Minnas Sonntagsausstattung. Sie waren Irene allerdings mindestens zwei Nummern zu groß.

Minna seufzte. »Wir stopfen Zeitungspapier in die Spitzen. Bis Landau muss es so gehen! Ich fürchte, dort wirst du dir neue Schuhe besorgen müssen.«

Im Leiterwagen, mit dem Otto vor der Tür der Gastwirtschaft wartete, befand sich noch ein großer Rucksack mit Lebensmitteln. Minna ließ es sich nicht nehmen, Irene noch bis zum Bahnhof nach Bergzabern zu begleiten. Da der nächste Zug nach Landau erst in einer Stunde fuhr, setzten sich die Frauen zu einer Tasse Kaffee in die Bahnhofswirtschaft, während sich Otto diskret die Füße vertrat, um ihnen einen ungestörten Abschied zu ermöglichen.

Bis jetzt hatte Minna Haltung bewahrt. Aber sobald der

Kaffee serviert war, verzog sich ihr Gesicht. Zu Irenes Betroffenheit begann sie zu weinen.

»Werde ich dich denn jemals wiedersehen? Woher weiß ich denn, ob es dir gut geht?«

Irene versuchte mühsam, ihre Fassung nicht ebenfalls zu verlieren. Was sie jetzt sagte, war möglicherweise bedeutsam für ihre ganze Zukunft. Sie legte ihre Hand auf die Minnas.

»Es ist besser, wenn du meine Adresse nicht kennst. Wenn Franz derjenige geblieben ist, der er war, bevor er in den Krieg zog, wird er Himmel und Hölle in Bewegung setzen und nach mir suchen. Doch er darf mich und das Kind niemals finden. Ich muss aus seinem Leben verschwinden. Das bin ich ihm schuldig. Nur so kann er irgendwann mit einer anderen Frau glücklich werden und eine Familie gründen.«

Minna schluchzte leise auf. Die ersten Köpfe an den Nebentischen drehten sich zu ihnen um.

»Bitte, meine Liebe!« Irene versuchte verzweifelt, jedes Aufsehen zu vermeiden. In ihrer Not griff sie zu einer Lüge. »Ich werde dir ab und zu schreiben, Minna.« Das schlechte Gewissen packte sie schon jetzt, da sie nicht die Absicht hatte, dieses Versprechen einzulösen. Tapfer fuhr sie fort: »Dann weißt du wenigstens, wie es mir geht.«

Minna schniefte, wirkte aber etwas getröstet.

»Aber du musst mir schwören, Franz nie etwas von mir zu erzählen. Für ihn bin ich am 1. September ohne Abschied aus Altenstadt verschwunden. Gelobe mir das, Minna«, ihre Stimme wurde eindringlich. »Bitte«, flehte sie, als sie Minnas Zögern bemerkte. »Bitte! Das musst du mir versprechen. Ich hätte dich niemals eingeweiht, wenn ich dir nicht dahingehend vertrauen würde.«

»Und wenn es dir nicht gut ergeht, an wen willst du dich wenden?«

Irene straffte die Schultern. »Das weiß ich nicht, Minna. Bis auf die wenigen glücklichen Wochen mit Franz war mein Leben aber noch nie einfach. Doch irgendwie bin ich immer durchgekommen!«

Ein zartes Pochen in ihrem Leib erinnerte sie an das Ungeborene. »Und jetzt habe ich den wichtigsten Grund der Welt, mich nicht gehen zu lassen! Mein Kind!« Sie legte eine Hand auf ihren Bauch.

»Nun gut!« Minna schluchzte ein letztes Mal. »Dann nimm aber wenigstens das hier an!« Sie zog einen kleinen Beutel aus ihrer Handtasche.

Irene erschrak und wehrte ab. »Das kann ich nicht, Minna. Wie soll ich es dir denn je zurückzahlen?«

Minna tat so, als hätte sie nichts gehört. Sie nahm Irenes Hand und schloss deren Finger um den Beutel. »Es sind ohnehin nur zwanzig Gulden. Otto wollte davon im Frühjahr einen neuen Wagen kaufen. Doch der alte tut es noch eine Weile.«

»Weiß Otto davon, dass du mir euer ganzes Erspartes gibst?«

Minna nickte. »Natürlich. Er hat es sogar selbst vorgeschlagen.«

Irene fehlten vor Rührung die Worte. Sie schluckte mehrmals. In diesem Moment kam Minnas Mann in den Gastraum.

»Macht schnell, ihr beiden! Der Zug fährt schon ein!«

Er warf ein paar Münzen auf den Tisch, griff sich Irenes Gepäck und hastete den Frauen voraus auf den Bahnsteig.

Mit dem Beutelchen in der Hand lief Irene an Minnas Seite hinter ihm her. Während Otto in den Wagen der dritten Klasse stieg, um Irenes Gepäck zu verstauen, umarmten sich die Frauen ein letztes Mal.

»Ich werde euch das Geld zurückzahlen, Minna. Mit Zins und Zinseszinsen. Das verspreche ich dir!«

Erst als Irene Minna und Otto nicht mehr sah, die ihr auf dem Bahnsteig nachwinkten, bis der Zug hinter einer Biegung verschwunden war, ließ sie ihren Tränen freien Lauf.

»Was ist? Träumen Sie etwa am hellllichten Tag?« Die unfreundliche Stimme ihrer Begleiterin riss Irene aus ihren Erinnerungen. »Wir sind da!«

Sie führte Irene die Hintertreppe hinunter in einen dunklen Winkel neben der Küche und zeigte auf einen harten Schemel. »Die Gnädige hat noch Besuch. Ich kann sie im Augenblick nicht wegen so einer Lappalie stören!«

Irene hockte sich auf den unbequemen Sitz. Um sich die Wartezeit zu vertreiben, ließ sie erneut ihre Gedanken schweifen.

Sie war um die Mittagszeit im strömenden Regen in Landau angekommen. Schon den ganzen Herbst über herrschte schlechtes Wetter. Es war kühl und sehr regnerisch, als wollte das Jahr einen Ausgleich für den zu heißen und trockenen Sommer schaffen.

Mit dem schweren Rucksack auf dem Rücken und dem sperrigen Koffer in der Hand konnte sie nicht durch Landau laufen, um eine Bleibe für sich zu suchen. Seufzend mietete sie sich für eine Nacht in einem einigermaßen respektabel wirkenden Gasthaus ein. Der Zimmerpreis verschlug ihr den Atem.

»Zwanzig Kreuzer! Im Voraus zu zahlen! Wenn Sie Frühstück wollen, kostet es extra.«

Irene erschrak. Wenn das so weiterging, würde sie mit ihrer Barschaft von etwas mehr als dreißig Gulden nicht weit kommen. Sie hatte zwar den Eindruck, dass der Wirt, der sie skeptisch musterte, bevor er ihr den Preis nannte, sie betrog. Aber was sollte sie machen? Sie war schon bis auf die Knochen durchnässt und musste sich erst einmal etwas ausruhen, bevor sie sich auf die Suche nach einer Wohnung machte.

Immerhin war die Kammer gemütlich eingerichtet und sauber. Ein kleiner Ofen war angeheizt und spendete angenehme Wärme. Erschöpft zog Irene die unbequemen Schuhe aus und sank auf das Bett.

Sie musste sofort eingeschlafen sein, denn sie erwachte erst, als die Uhr der nahen Kirche die fünfte Nachmittagsstunde schlug. Irene erschrak bis ins Mark. Schon so spät! Draußen war es bereits völlig dunkel. Heute konnte sie nicht mehr auf die Suche nach einem Zimmer gehen.

Da ihr der Magen knurrte, nahm sie in der Gaststube der Pension ein einfaches Abendessen aus Graupensuppe und Brot ein. Die Schankmagd, die sie bediente, musterte sie mitleidig. »Brauchen Sie eine Bleibe in Landau?«, fragte sie, als sie den blank gewischten Teller abräumte.

Irene bejahte. »Können Sie mir denn eine empfehlen?«

»Wenden Sie sich morgen früh ans Pfarrhaus der Kirchengemeinde. Da wird Ihnen jemand weiterhelfen.« Die Magd wies mit dem Kopf in Richtung des Kirchturms, dessen Glocke Irene mit ihrem Läuten geweckt hatte.

Tatsächlich schickte die freundliche Haushälterin des Pfarrers sie zu Frau Färber in die Bachgasse.

Die Alte musterte Irene von Kopf bis Fuß. »Soso, Sie suchen ein Zimmer. Ich habe tatsächlich noch eine Dachkammer frei, aber eines sage ich Ihnen gleich. Dies ist ein anständiges Haus. Keine Besuche, schon gar keine von Männern. Einwandfreies Verhalten, sonst fliegen Sie sofort raus.«

Irene nickte eingeschüchtert. Im Zug nach Landau hatte sie sich den Kopf darüber zerbrochen, was für eine Geschichte sie ihrem Vermieter am besten auftischen sollte. Schließlich erregten alleinstehende Frauen noch immer das Misstrauen der sogenannten ehrbaren Leute, zumal wenn sie jung und hübsch waren.

Doch ihre Geschichte von der alten Witwe, in deren Haushalt sie gedient hatte und die plötzlich verstorben war, wollte Frau Färber gar nicht hören. Die Miete war nicht allzu hoch, riss aber dennoch ein großes Loch in Irenes Kasse.

»Vier Gulden pro Monat, drei Monate im Voraus zu zahlen.« Irene verschlug es den Atem. Zu schwach, um zu protestieren, griff sie nach ihrer Börse und zählte der Alten die Münzen in die ausgestreckte Hand.

»Frühstück ist im Preis inbegriffen. Auch Bettwäsche und Handtücher sowie eine Schaufel Kohle pro Tag.«

Die Kammer war nur mit einem schmalen Bett, auf dem ein durchgelegener Strohsack und zwei verschlissene Wolldecken lagen, sowie einem wackligen Tisch mit einer Waschgarnitur aus angeschlagenem Porzellan, einem Holzschemel und ein paar Haken an der Wand zum Aufhängen von Kleidern eingerichtet. Der Wind pfiff durch alle Ritzen, es war beständig zugig und kalt. Die Schaufel Kohle, mit der das kleine eiserne Öfchen in der Ecke beheizt wurde, reichte kaum für zwei Stunden Wärme.

Das Frühstück erwies sich als eine unappetitliche Mischung aus altbackenem Brot, ranziger Butter und zäher Marmelade. Dazu gab es eine Tasse dünnen Ersatzkaffee. Trotzdem würgte Irene die Mahlzeit jeden Morgen hinunter, um ihre knappe Barschaft zu schonen. Ihre beiden Mitbewohnerinnen bekam sie so gut wie nie zu Gesicht. Diese arbeiteten in einer Wäscherei und verließen das Haus bereits weit vor Morgengrauen.

Irene lernte schnell, dass ihre Wirtin für zusätzliches Geld auch bereit war, zusätzliche Leistungen anzubieten. Manchmal erwarb sie an besonders kalten Tagen mehr Kohle und leistete sich ab und zu auch ein Ei zu ihrem mageren Frühstück.

Doch die Kreuzer und Pfennige in ihrem Beutel schmolzen beständig dahin. Landau war eine teure Stadt, nicht zuletzt, weil die große Garnison, die dort stationiert war, mit ihrem immensen Bedarf an Lebensmitteln und Dingen des täglichen Bedarfs die Preise des durch den Krieg ohnehin knappen Angebots noch weiter in die Höhe trieb.

Ein weiteres Loch in Irenes Kasse riss die Anschaffung eines neuen Paars Stiefel. Aber mit Minnas Schuhen hatte sie sich riesige Blutblasen gelaufen, die sie beim Gehen unerträglich schmerzten.

Zu allem Unglück begann sich ihre Schwangerschaft, die sie bislang bis auf die anfängliche Übelkeit körperlich nicht beeinträchtigt hatte, einige Tage nach ihrem Einzug bei Frau Färber unangenehm bemerkbar zu machen. Aus dem sanften Ziehen und Pochen, mit dem sich das Ungeborene zuerst gemeldet hatte, wurde eines Nachts ein immer heftigerer Schmerz, der am Morgen sogar mit einer Blutung einherging.

Das Kind! Ich werde es am Ende doch nicht verlieren! Entsetzt starrte Irene auf das Handtuch, mit dem sie sich gerade abgetrocknet hatte. Sie erinnerte sich. *Stand in dem Zeitungsartikel über die Inzestbeziehungen nicht auch, dass die Leibesfrucht häufig vorzeitig abgeht?* Der Autor des Berichts hatte dies seinerzeit als Glücksfall für die betroffenen Frauen bezeichnet. Doch Irene stürzte der Gedanke in tiefe Verzweiflung.

Soll jetzt alles umsonst gewesen sein, was ich auf mich genommen habe?

Noch hatte sie keine Arbeit in Landau gefunden. Die Wäscherei, bei der sie es versucht hatte, wies sie ab, ebenso wie eine Nähstube und mehrere Ladengeschäfte, in denen Irene nach einer Beschäftigung fragte.

Glück im Unglück, dachte sie nun halb deprimiert, halb erleichtert. *Solch schwere Arbeit hätte dem Kleinen mit Sicherheit geschadet.*

Schließlich brachte Frau Färber, die ihre vergebliche Arbeitssuche jeden Tag mit zynischen Bemerkungen kommentierte, Irene auf die Idee, es erneut im Pfarrhaus der Kirchengemeinde zu versuchen. Und tatsächlich hatte sie wiederum Glück.

Zwei wohlhabende Damen aus der Nachbarschaft hatten Heimarbeiten für Näherinnen zu vergeben. Und nun saß Irene in der Kronstraße im Haus der Frau Kommerzienrat im Untergeschoss und wartete auf ihren sauer verdienten Lohn.

Polternde Schritte kamen die Treppe hinab. Das unfreundliche Dienstmädchen erschien. »Hier sind zwanzig Kreuzer. Mehr hatte die Gnädige gerade nicht zur Hand.«

Einen Moment lang überlegte Irene, ob sie nicht protestieren sollte. Denn dies war nur die Hälfte der Summe, die ihr zustand. Dann entschloss sie sich jedoch, es für heute dabei bewenden zu lassen. Zu groß war die Gefahr, dass sie dieses bescheidene Einkommen dadurch vielleicht verlor.

»Ich bedanke mich auch recht schön und grüße die gnädige Frau.« Sie deutete sogar einen Knicks an.

Die Miene des Dienstmädchens entspannte sich. »Sicherlich erhalten Sie in der nächsten Woche auch noch den ausstehenden Lohn. Die gnädige Frau wird ihn zusammen mit dem Entgelt für die Flickwäsche bezahlen.«

Irene nickte ergeben. Dann machte sie sich zurück auf den Weg in ihr trostloses Zuhause.

Kapitel 28

Kriegsversehrtenheim in Saint-Quentin
8. Dezember 1870

Franz biss die Zähne zusammen, als er hinter Marianne den Gemeinschaftssaal des Kriegsversehrtenheims in Saint-Quentin betrat. Sein Stumpf schmerzte ihn von dem kurzen Weg zwischen Mariannes Equipage und der Eingangstür des Gebäudes, das Teil eines ehemaligen Klosters war, bereits beträchtlich. Trotz der vorwurfsvollen Blicke und gelegentlichen Bemerkungen seiner Gastgeberin hatte er nach wie vor kaum versucht, mit der Prothese zu üben.

Die stickige Luft im Saal, dem ehemaligen Refektorium der Mönche, die bis zur Säkularisierung allen katholischen Eigentums unter Napoleon I. hier gelebt hatten, bestand aus einem Gemisch unterschiedlichster Gerüche. Der Duft der vielen Wachskerzen, die überall in kleinen adventlichen Gestecken aus Tannenzweigen auf den Tischen standen, mischte sich mit dem leichten, aber unverkennbaren Gestank nach schlecht gewaschenen Leibern. Gewürze wie Zimt und Kardamom betörten Franz' Nase und erinnerten ihn schmerzlich an die Weihnachtsfeiern im Kreise seiner Familie, bis sich daneben andere, weit unangenehmere Gerüche bemerkbar machten. Einige der im Krieg schwer verletzten und größtenteils verkrüppelten Heimbewohner rochen unverkennbar nach Fäkalien und eitrigen Wunden.

Obwohl er nicht die geringste Lust dazu verspürte, hatte sich Franz Mariannes Wunsch, sie zu dieser Wohltätigkeitsveranstaltung für die Ärmsten der Armen zu begleiten, nicht widersetzen wollen.

»Stellen Sie sich vor, François, diese bedauernswerten Menschen haben niemanden mehr, der ihnen nahesteht. Oft hat sich die eigene Familie aufgrund der schweren Behinderungen und Entstellungen von ihnen losgesagt, oder sie standen schon allein in der Welt, als sie für Frankreich ins Feld zogen.« Marianne schüttelte den Kopf und seufzte schwer. »Ich hätte Paul niemals im Stich gelassen, selbst wenn er noch so verkrüppelt gewesen wäre. Daher bin ich dem Wohltätigkeitsverein, der sich bemüht, diesen Bedauernswerten ein wenig Freude und Erleichterung zu bringen, nur zu gerne beigetreten. Die Weihnachtsfeier wird aus Spenden bestritten. Sie werden mich doch begleiten, François? Vielleicht fasst der ein oder andere doch noch neuen Mut, wenn er erfährt, dass es sich auch mit einer irreparablen Verletzung zu leben lohnt. Viele Kriegsversehrte, die wieder genesen sind, wirken bei dieser Weihnachtsfeier mit.«

Was hätte ich auch dagegen einwenden können? Körperlich sind meine Wunden bereits gut verheilt. Die seelischen Verletzungen bleiben ja unsichtbar, zumindest solange man darüber nicht seinen Verstand verliert.

Nun humpelte Franz also hinter Marianne auf einen Tisch zu, um den man eine Anzahl von Heimbewohnern herum gruppiert hatte, die allesamt Amputationen hinter sich hatten. Schon beim Näherkommen fiel ihm auf, dass alle viel schwerer versehrt waren als er selbst. Vielen fehlten zwei Gliedmaßen, oft beide Beine oder beide Arme. Neben jedem Heimbewohner saß einer der sogenannten Festpaten. So bezeichnete der Wohltätigkeitsverein Kriegsverletzte, die sich bereits auf dem Weg der Genesung befanden und sich bei dieser Feier ganz besonders um einen der Heiminsassen kümmern sollten. Die Paten, die deren Pflege übernommen hatten, kamen wie Franz in der Regel aus Privathaushalten.

Marianne führte Franz ganz ans Ende des Tisches, wo es noch einen freien Stuhl gab. »Lieber Gilbert, hier bringe ich Ihnen unseren François, der Sie heute Abend betreuen wird«, begrüßte sie einen Mann, der auf den ersten Blick wie ein steinalter Greis wirkte. Sein Haar war schlohweiß. Erst ein Blick in sein Gesicht zeigte Franz, dass er höchstens zehn Jahre älter sein mochte als er selbst.

»Guten Abend, Gilbert!« Franz bemühte sich nach Kräften, den Schock zu verbergen, der ihn beim Anblick des Kameraden erfasst hatte. Gilbert fehlten sämtliche Gliedmaßen! Die Ärmel seiner abgetragenen Uniformjacke waren abgeschnitten und zugenäht, die Decke auf seinem Schoß war dort, wo sich normalerweise die Beine befunden hätten, flach.

»François wird Ihnen bei allem behilflich sein, Gilbert«, flötete Marianne. »Bitte sagen Sie ihm, was Sie essen und trinken möchten. Probieren Sie auf jeden Fall meinen Gewürzkuchen! Ich habe ihn eigenhändig gebacken. Er war zur Weihnachtszeit einst das Lieblingsgebäck meines Sohnes.« Ihre Stimme zitterte ein klein wenig, wie immer, wenn sie auf ihren gefallenen Paul zu sprechen kam.

Franz' Schock schlug in Ärger um. *Das haben Sie mit Absicht getan!* Er funkelte Marianne wütend an. *Sie wollten mir vor Augen führen, wie gut es mir geht!*

Marianne erwiderte seine stumme Anklage mit festem Blick. Dann zeigte sie Franz jenes inzwischen wohlvertraute Lächeln, das niemals ihre Augen erreichte. »Ich lasse Sie nun allein. Meine Pflichten als eine der Gastgeberinnen dieser Feier rufen.«

Franz sah ihr hilflos nach. Sein Ärger verrauchte, als er Gilberts Blick auf sich ruhen fühlte. »Was darf ich Ihnen denn bringen? Oder wollen wir uns nicht duzen?«, verbesserte er sich.

Gilbert nickte zustimmend. »Sehr gern, Kamerad. Im Moment hätte ich gerne nur einen Schluck Wasser. Du musst nicht extra zum Buffet laufen, die Karaffe steht schon hier auf dem Tisch.«

Franz sah sich suchend um, erblickte das Gefäß und goss Gilbert einen Becher ein, der vor ihm stand. Dann hielt er ihm den

Becher an die Lippen. Gilbert trank nur wenige Schlucke, bis er Franz mit einer Kopfbewegung bedeutete, dass er genug habe.

»Du willst sicher wissen, wann und wo das passiert ist«, beantwortete er Franz' unausgesprochene Frage. Der errötete und schämte sich dafür, dass Gilbert seine Gedanken so offensichtlich erraten hatte.

Gilbert achtete gar nicht darauf. »Bei Spichern im Saargebiet war es, gleich zu Anfang des Krieges. Hast du schon mal von dieser Schlacht gehört?«

Franz nickte. Die Schlacht bei Spichern in der Nähe von Saarbrücken hatte am gleichen Tag wie die Schlacht von Fröschweiler-Wörth stattgefunden. Lange Zeit hatte es nach einem Sieg der Franzosen ausgesehen, bis das Gefecht wie alle anderen nachfolgenden auch durch taktische Fehler der kommandierenden Generäle für Frankreich verloren gegangen war.

»Ich half gerade dabei, einen verletzten Kameraden zum Verbandsplatz zu bringen. Obwohl darüber die Fahne mit dem Roten Kreuz gehisst war, schlug eine Granate genau vor mir ein«, setzte Gilbert seine Erklärungen fort. »Sie zerfetzte mir beide Beine und den linken Arm. Da wäre auf keinen Fall mehr etwas zu machen gewesen. Es war mein Pech, dass sich der Verbandsplatz gleich in der Nähe befand. Deshalb bin ich nicht verblutet, sondern wurde sofort operiert. Als ich wieder zu mir kam, hatte ich nur noch meinen rechten Arm. Auch er hatte Splitter abbekommen, doch anfangs konnte ich ihn noch bewegen. Hätte ich gewusst, dass ich auch ihn noch einbüßen würde, hätte ich damals gehandelt. Denn nachdem sich der Brand erst mal in ihm festgesetzt hatte, bei all dem Dreck ringsherum, war es zu spät.«

Franz verstand Gilbert sofort. »Also bereust du, dass du noch am Leben bist«, schlussfolgerte er zögernd.

Ein gespenstisches Lächeln trat auf Gilberts Gesicht. Franz erkannte bestürzt, dass sein Schützling vor dem Krieg ein äußerst attraktiver junger Mann gewesen war.

»Würdest du gerne so leben?«, stellte er Franz die Gegenfrage. »Dahinvegetieren, schlimmer als ein Tier im Käfig, und bei allem und jedem auf die Hilfe anderer angewiesen sein?«

Nach kurzem Zögern entschloss sich Franz zur Ehrlichkeit und schüttelte den Kopf.

»Siehst du, wir verstehen uns. Auch wenn es dir so viel besser als mir ergangen ist. Du hast zwar ebenfalls ein Bein verloren, aber du kannst gehen und dich überall frei bewegen. Marianne hat mir erzählt, dass du sogar die beste aller zur Verfügung stehenden Prothesen besitzt. Du bist wahrhaftig zu beneiden.«

Franz fehlten die Worte. Der Gedanke, dass ihn jemand um sein Schicksal *beneiden* könnte, war ihm beim besten Willen noch nicht gekommen.

Gilbert lächelte wissend. »Von der Seite hast du es noch nie betrachtet, nicht wahr?« Flüchtig kam Franz der Verdacht, dass Gilbert und Marianne unter einer Decke steckten. Dann lenkte ihn Gilberts nächste Bemerkung ab.

»Weißt du, mein Freund, was ich heute täte, wenn ich noch einmal auf dem Felde von Spichern läge?« Franz ahnte die Antwort, blieb aber stumm.

»Ich nähme meine Pistole und schösse mir mit meinem verbliebenen Arm eine Kugel direkt in den Kopf. Wenn ich irgendetwas in meinem verfluchten Leben bereue, dann, dass ich das nicht getan habe. Doch damals wollte ich noch nicht sterben. Ich war frisch verlobt und wollte nicht wahrhaben, wie schlimm meine Verletzungen waren. Kannst du dir vorstellen, wie es mir ging, als Blanche mich in diesem Zustand zum ersten Mal besuchte?«

Franz suchte verzweifelt nach einer Möglichkeit, diesem furchtbaren Gespräch zu entkommen. »Soll ich dir nicht doch ein Stück Kuchen holen?« Er hasste sich selbst für seine Feigheit. »Mariannes Kuchen ist wirklich ganz wunderbar!«

»Um mich dann damit zu füttern wie ein Wickelkind?«, höhnte Gilbert. »Nein, Kamerad. Was ich am wenigsten brauchen kann, ist Getue und Mitleid. Das habe ich auch Blanche und meiner Mutter gesagt, als sie mich hier besuchen kamen. Und sie danach zum Teufel geschickt!«

»Zum Teufel geschickt? Was soll das heißen?«

Nun begann Gilbert sogar zu grinsen. Es wirkte makaber. »Was meinst du denn wohl, Kamerad? Davongejagt hab ich die Weiber und ihnen verboten, hier je wieder aufzukreuzen. Meinst du, ich verdamme Blanche, die Frau, die ich einmal über alles geliebt habe, dazu, ein Leben lang Bettpfannen mit Scheiße zu leeren und einen amputierten Torso zu waschen?«

Franz blickte sich verstohlen um. Zum Glück hörte ihnen niemand zu. Rechts und links von Gilbert und ihm waren die Paten damit beschäftigt, ihre armamputierten Schützlinge mit Kuchen und Weihnachtsgebäck zu füttern.

»Also hat deine Familie dich gar nicht verstoßen?«

Gilbert schüttelte grimmig den Kopf. »Im Gegenteil. Sie wollte mich mit nach Paris nehmen, wo ich herstamme.« Er lachte auf. In Franz' Ohren klang das Geräusch, das er dabei machte, eher wie das Krächzen eines Raben. »Paris, die Stadt der Liebe und Lebenslust! Paris, die Stadt, in der ich jahrelang das Quartier Latin unsicher gemacht habe. Du musst wissen, ich war ein rechter Hallodri. Das Studium an der Sorbonne füllte mich bei Weitem nicht aus. Warst du schon mal in Paris?«

Franz nickte betreten. In was war er hier nur hineingeraten? In diesem Moment begann ein Chor, den ein Pater in schwarzer Soutane dirigierte, Weihnachtslieder zu singen.

»Ach, du heilige Scheiße!«, fluchte Gilbert. »Jetzt kann man ja sein eigenes Wort nicht mehr verstehen. Wie gut, dass ich gerade mal pinkeln muss. Hast du Erfahrung mit Urinflaschen?« Er wartete Franz' Antwort nicht ab. »Aber natürlich hast du die! Auch wenn man so vom Glück begünstigt ist wie du und nur ein einziges Bein verloren hat, muss man nach der Operation ja eine Weile da reinpissen.«

Trotz seines Mitgefühls fand Franz Gilbert zunehmend abstoßend. Da er nach wie vor nicht wusste, was er auf dessen sarkastisch bittere Reden antworten sollte, zog er schweigend den Rollstuhl, in dem Gilbert hockte, vom Tisch zurück und schob ihn hinaus. Doch im Flur vor dem Saal erwartete ihn eine noch weit schlimmere Überraschung.

»Ich muss gar nicht pinkeln«, eröffnete ihm Gilbert. »Ich wollte nur die Gelegenheit nutzen, um unauffällig mit dir zu reden. Schieb mich da vorne in die Ecke! Ich will dich um einen Gefallen bitten!«

Mit einem immer mulmiger werdenden Gefühl kam Franz seiner Bitte nach. Es entging ihm nicht, dass Gilbert den Kopf drehte und sich verstohlen nach allen Seiten umsah.

»Sag an, Kamerad, hast du noch eine Pistole?«

Franz erschrak bis ins Mark. Instinktiv ahnte er, worauf Gilbert hinauswollte.

»Nein! Die Waffen wurden eingesammelt, als wir ins Lazarett kamen.«

»Aber du kannst dir doch sicher eine besorgen!« Gilberts Ton wurde drängend. »Oder wenigstens ein Messer! Ein einfaches Küchenmesser wird reichen. Ist zwar dreckiger als ein Schuss, aber damit geht es auch.«

»Was meinst du damit?« Franz stellte sich dumm. Gleichzeitig fühlte er sich wie gelähmt.

»Na, was wohl, Kamerad. Du hast doch selbst zugegeben, dass du nicht so dahinvegetieren wolltest wie ich. Also musst du mir helfen, es zu beenden. Bitte! Das musst du für mich tun!«

»Aber … das wäre ja Mord!« Franz fühlte sich wie in einem seiner Albträume gefangen. Hilflos sah er sich um. Weit und breit war niemand zu sehen.

»So ein Quatsch!«, zischte Gilbert. »Das ist kein Mord, sondern ein Akt des Mitleids! Du kämst dafür sicher nicht mal in den Knast! Und selbst wenn! Was sind ein paar Monate Haft im Vergleich zu dieser Hölle, aus der du mich erlösen könntest?«

Franz wich verstört zwei Schritte von Gilbert zurück.

»Du weißt nicht mehr, was du sagst, Gilbert! Das kann ich keinesfalls tun!«

»Keinesfalls tun?« Zu Franz' Entsetzen erhob Gilbert jetzt die Stimme. »Warum kannst du das denn nicht tun? Du hast doch wie alle anderen auf den Schlachtfeldern gemordet! Was verlange ich denn schon von dir? Nur ein bisschen Courage und Mitgefühl!«

Als Franz ihn nur stumm vor Schreck anstarrte, begann Gilbert, ihn lauthals zu beschimpfen. »Du Hundsfott! Du Feigling! Du Mistkerl! Du ...«

Im hinteren Teil des Flurs öffnete sich eine Tür. Der Pater, der den Weihnachtschor dirigiert hatte, und eine Krankenschwester eilten auf die beiden Männer zu.

»Aber Gilbert!«, tadelte der Pater den Kriegsversehrten. »Du hast es mir doch versprochen!«

Ohne Übergang wandelte sich Gilberts rasende Wut gegen Franz in tiefste Verzweiflung. Er begann haltlos zu schluchzen. Rotz und Tränen strömten ihm über das Gesicht. Der Pater zückte ein Taschentuch und wischte ihm sanft über Nase und Wangen.

Dann wandte er sich an Franz. »Ich muss mich für meinen Schützling entschuldigen, François. Ich darf Sie doch so nennen?«

Franz nickte stumm.

»Gilbert ist seinem tragischen Schicksal noch nicht gewachsen und versucht es immer wieder.«

»Was versucht er immer wieder?« Franz' Mund war so trocken, dass er die Worte kaum herausbrachte.

»Sich selbst das Leben zu nehmen oder jemanden zu finden, der es für ihn tut. Wir mussten ihn bereits mit einem Schlauch zwangsernähren, als er die Nahrung verweigerte. Ein anderes Mal hat er sich aus dem Stuhl mit dem Kopf voraus auf den Boden gestürzt. Zum Glück gab es nur eine mächtige Beule. Doch seit dieser Zeit müssen wir ihn anbinden!«

Der Pater lüpfte die Decke, die über Gilberts Schoß lag. Franz sah, dass er mit einem ledernen Riemen um die Taille an der Rückenlehne des Rollstuhls festgebunden war.

»Er hat schon seine Mutter und seine Verlobte angefleht, ihn zu töten. Die armen Frauen waren vollkommen verstört. Seit diesem Vorfall haben wir ihn von allen Besuchern fernhalten müssen. Die heutige Weihnachtsfeier war der erste Versuch, ihn wieder unter Menschen zu bringen. Er hat mir zuvor auf die Bibel geschworen, niemanden um Sterbehilfe zu bitten.«

Der Pater seufzte und strich dem immer noch schluchzenden Gilbert sanft über den Scheitel. »Doch er ist einfach noch zu verzweifelt und niedergeschlagen. Wer wäre das nicht an seiner Stelle? Doch bitte hängen Sie es nicht an die große Glocke. Wir möchten Gilbert hierbehalten. Wenn herauskommt, dass er sterben will, weist man ihn am Ende noch in eine Anstalt ein.«

»Ich werde kein Wort verraten«, versprach Franz tonlos.

Der Pater lächelte. »Das ist gut!« Er winkte der Schwester, die bislang stumm im Hintergrund gestanden hatte. »Bringen Sie Gilbert jetzt zurück in seine Kammer! Und kommen Sie, lieber François, doch wieder mit in den Saal. Die Feier ist noch in vollem Gange.«

Franz wehrte ab. »Pater, verzeihen Sie mir! Aber ich möchte zuerst noch etwas frische Luft schnappen.«

Ohne eine Antwort abzuwarten, hinkte er, so schnell es ihm möglich war, aus dem Flur hinaus ins Freie. Seinen Beinstumpf spürte er dabei nicht ein einziges Mal.

Zwei Stunden später war Franz vollkommen durchgefroren. Er war in Mariannes Equipage gestiegen und hatte dort in der schneidenden Kälte auf sie gewartet. Um keinen Preis der Welt wäre er wieder in den Saal zurückgegangen.

Sein anfänglicher Zorn auf Marianne wich zuerst einer tiefen Bestürzung und schlug schließlich in Scham um. Zum ersten

Mal wurde ihm klar, dass *er* sein Leben einigermaßen normal weiterführen konnte, wenn er lernte, mit der Prothese zu gehen. Seine Arme waren durch den Umgang mit den Krücken so muskulös geworden, dass er sich jetzt schon mühelos auf den Abort begeben oder in die Badewanne hieven konnte, ohne jemandes Hilfe dazu in Anspruch nehmen zu müssen.

Sollte ich mich also jemals wieder verlieben, werde ich auch meiner Ehefrau keine wirkliche Last sein.

Erst in diesem Augenblick wurde Franz klar, dass er weitaus schmerzlicher um Irene trauerte als um sein linkes Bein. Und er erkannte, dass es der Trotz und die Verzweiflung über ihren Verlust waren, die ihn bislang daran gehindert hatten, sich seinem Schicksal zu stellen.

Die Uhr eines nahe gelegenen Kirchturms schlug bereits acht, als Mariannes Diener Gerard, der auch kutschieren konnte und im warmen Saal gewartet hatte, seiner Herrin die Wagentür aufhielt.

»Also hier sind Sie, François!« Marianne heuchelte Überraschung. »Ich habe Sie schon vermisst!«

Als Franz nicht gleich antwortete, fuhr sie fort: »Pater Seulier hat mir von Gilbert berichtet. Es tut mir sehr leid, dass Ihr Schützling derart schwierig war.«

»Nun behaupten Sie nicht, Sie hätten das nicht schon vorher gewusst!« Trotz des schwachen Lichts bemerkte Franz, dass Marianne errötete. Sie öffnete schon den Mund zu einer Entgegnung, da hielt eine Geste von Franz sie zurück.

»Doch Sie hatten damit ganz Recht, Marianne. Ich habe meine Lektion gelernt. Schon mein Vater sagte immer, ich sei stur wie ein Esel, wenn ich mich seinen Wünschen nicht fügen wollte. Danach pflegte er mich in der Regel zu schlagen. Im Vergleich dazu haben Sie es weit diplomatischer angestellt, mich zu überzeugen.«

»Was wollen Sie damit sagen, François?« Marianne klang sehr unsicher.

Spontan ergriff Franz ihre beiden Hände und drückte sie an seine Lippen.

»Dass ich verstanden habe, wie undankbar ich mich bislang verhalten habe. Sie haben Ihren eigenen geliebten Sohn verloren, und ein furchtbareres Schicksal als das von Gilbert ist kaum vorstellbar. Ich dagegen lebe seit Monaten auf Ihre Kosten in Ihrem Haus, verfüge dank Ihrer Großzügigkeit über die beste Beinprothese, die für Geld zu haben ist, und weigere mich dennoch, mich meinem Schicksal zu stellen, weil meine Verlobte mich verlassen hat.«

»Oh!« Mariannes Betroffenheit war echt. »Das also bedrückt Sie so, François. Es tut mir sehr leid!«

Franz drückte erneut ihre Hände. »Das muss Ihnen nicht leidtun, Marianne. Mir tut es leid, dass ich mein Glück so mit Füßen getreten habe. Zumal ich sogar das Versprechen gebrochen habe, das ich Ihnen gab. Sie wollten, dass ich zum Andenken an Paul wieder gesund werde.«

Marianne sagte nichts. Ein leises Schniefen, das beim Rollen der Räder über das Kopfsteinpflaster kaum zu hören war, verriet Franz, wie erschüttert sie war.

Auch er hatte ein Gefühl der Enge in der Brust. »Doch ich werde mich bessern. Gleich morgen früh beginne ich mit der Prothese zu üben. Und ich werde nicht lockerlassen, bis sie mir mein fehlendes Bein bestens ersetzt.«

Landau in der Pfalz
17. Dezember 1870

Es dämmerte schon, als Irene im Licht einer einzigen Kerze endlich den letzten Kopfkissenbezug bestickt hatte. Er gehörte zur Aussteuer einer Tochter der Frau Kommerzienrat und sollte wie alle Wäschestücke mit ihren Initialen versehen werden.

Sie stand auf und streckte den schmerzenden Rücken durch.

Dann warf sie einen Blick auf den billigen Wecker, den sie auf einem Trödelmarkt gefunden hatte.

Fast halb fünf. Ich muss mich sputen, wenn ich den Korb noch vor der Teezeit abgeben will. Sonst erhalte ich meinen Lohn womöglich erst nach den Weihnachtstagen.

Schnell streifte Irene Minnas warmen Wollmantel über, für den sie der Freundin von Tag zu Tag dankbarer war, und setzte ihren Hut auf. Dann hängte sie ihre Tasche über den Arm, ergriff den schweren Wäschekorb mit beiden Händen und trat auf den engen Treppenabsatz vor ihrer Kammer.

Verärgert konstatierte sie, dass Frau Färber in ihrem Geiz die einzige Gaslampe, die das enge Stiegenhaus erleuchtete, noch nicht entzündet hatte. Es war stockfinster. Doch Irene nahm sich nicht die Zeit, ihre Augen an die Dunkelheit zu gewöhnen. Zu groß war ihre Furcht, zu spät zum Haus der Frau Kommerzienrat zu kommen und nicht mehr vorgelassen zu werden.

Und so nahm das Unglück seinen Lauf. Schon auf der dritten Stufe verfing sich ihr Fuß im Rocksaum. Irene verlor das Gleichgewicht, der Korb glitt ihr aus den Händen und fiel polternd die Stiege hinab. Sie selbst stürzte hinterher, schlug hart mit dem Kopf auf dem Boden auf und verlor das Bewusstsein.

»Heda, junges Fräulein! Heda, hören Sie mich?« Jemand klopfte ihr leicht auf die Wange.

Irene blinzelte ins Licht einer Petroleumlampe, die ein junger Mann mit besorgtem Gesichtsausdruck über ihr Gesicht hielt. Eines seiner Augen war unter einer schwarzen Klappe verborgen. Über seine Stirn zog sich eine erst kürzlich verheilte, noch feuerrote Narbe.

Irene stöhnte und griff sich an den schmerzenden Kopf. Sie ertastete eine große Beule. Nur langsam kehrte ihre Erinnerung zurück. Dann durchfuhr sie ein eisiger Schrecken.

»Das Kind! Ist meinem Kind etwas geschehen?« Sie griff sich an den Bauch.

»Aha! Dachte ich es mir doch schon seit geraumer Zeit!«, erklang da Frau Färbers Stimme grimmig aus dem Hintergrund.

Erst jetzt registrierte Irene ihre Umgebung. Sie lag in dem einzigen Zimmer, das Frau Färber selbst bewohnte, auf der schäbigen Chaiselongue, deren brüchiger Brokatüberzug darauf hindeutete, dass das Möbel schon einmal bessere Tage gesehen hatte. Mantel und Kleid hatte man ihr aufgeknöpft, um ihr Luft zu verschaffen. Ihr Bäuchlein zeichnete sich deutlich unter den weiten, üblicherweise verhüllenden Stoffbahnen ab, die sich unter ihrem Rücken zu einem Knäuel zusammengeschoben hatten.

Der junge Mann machte eine unwillige Geste in die Richtung, in der Irenes Wirtin zu stehen schien. Sein Körper verdeckte ihr die Sicht.

Er betrachtete Irene besorgt. »Ob Ihr Kleines wohlauf ist, weiß ich leider nicht zu sagen. Ich bin kein Arzt, sondern nur ein ausgemusterter Sanitätsgefreiter der königlich-bayerischen Armee. Frau Färber hat mich geholt, nachdem sie Sie ohnmächtig auf der Treppe fand. Ich bin der Sohn ihrer Nachbarin. Möchten Sie, dass ich einen Doktor rufe?«

»Nein, nein! Das wird nicht nötig sein!« Trotz ihrer Benommenheit dachte Irene sofort an ihre immer schmaler werdende Barschaft. Sie versuchte sich aufzurichten. Sofort wurde ihr schwarz vor Augen. Sie sank auf das Kissen zurück, das man ihr unter den Kopf geschoben hatte.

»In jedem Fall sollten Sie eine Weile ruhig liegen bleiben«, empfahl ihr der Helfer. »Mit Schlägen gegen den Kopf ist nicht zu spaßen, das weiß ich nur zu genau!«

Wieder ertönte Frau Färbers schrille Stimme. »Aber hier in meiner Wohnung kann sie nicht bleiben!«

Der Mann drehte sich zu ihr um und fauchte unwirsch. »Nun stellen Sie sich mal nicht so an, gute Frau. Eine halbe Stunde muss sie mindestens noch hier liegen. Ich bleibe solange bei ihr. Wenn sie dann aufstehen kann, helfe ich ihr in ihre Kammer hinauf.«

»Dort sollten Sie wenigstens morgen den ganzen Tag über das Bett hüten«, empfahl er Irene. »Zum Glück scheinen Sie sich nichts gebrochen zu haben.«

»Was ist mit der Wäsche geschehen?«, fragte Irene schwach.

Frau Färber schnaubte im Hintergrund. »Ich habe sie aufgesammelt und zurück in den Korb gelegt. Aber Lohn werden Sie dafür schwerlich erhalten. Die Stücke sind völlig verdreckt und müssen erst einmal gewaschen werden.«

Irene unterdrückte ein Stöhnen. *Eine ganze Woche Arbeit umsonst.* Sie kämpfte gegen die Tränen an. Schon seit Tagen bangte es ihr vor dem einsamen Weihnachtsfest in ihrer trostlosen Kammer. Mit dem Lohn für die Stickerei hatte sie sich ein paar Tannenzweige und ein bescheidenes Festmahl für den Heiligen Abend leisten wollen, um es sich ein bisschen schöner zu machen.

Aber der heftigste Schrecken stand ihr noch bevor. Wie er es versprochen hatte, half ihr der junge Mann eine halbe Stunde später hinauf in ihre Dachkammer. Frau Färber folgte ihnen auf dem Fuße.

»Was ist Fräulein Weber Ihnen schuldig?«, schnarrte sie.

Der Mann schnaubte. »Nichts, Frau Färber. Meine Hilfe war ein Akt der christlichen Barmherzigkeit! Zumal in der heiligen Weihnachtszeit. Daran sollten auch Sie sich ein Beispiel nehmen!« Er klang ärgerlich.

Das Gesicht der Vermieterin färbte sich feuerrot. Aber sie sagte kein weiteres Wort, bis der junge Mann die Kammer verlassen hatte.

Dann schoss sie zu Irene herum und trat dicht an ihr Bett.

»Glauben Sie ja nicht, *Fräulein* Weber«, sie betonte die Anrede verächtlich, »dass Sie mir so wohlfeil davonkommen. In meinem ehrbaren Haus werden keine Dirnen beherbergt. Aus reiner *christlicher Barmherzigkeit«,* sie betonte auch diese Worte, »werfe ich Sie nicht gleich auf die Straße, sondern lasse Sie sich noch einen Tag lang erholen. Aber übermorgen früh verlassen Sie dieses Haus!«

Landau in der Pfalz
20. Dezember 1870, am Abend

Am Ende ihrer Kräfte saß Irene vor ihrer erkalteten Erbsensuppe in der Wirtsstube jenes Gasthauses, in dem sie schon ihre erste Nacht in Landau verbracht hatte. Hilflos rührte sie in ihrem Teller herum, ohne einen Bissen zum Munde zu führen.

Du musst etwas zu dir nehmen, ermahnte sie sich selbst. *Es könnte dem Kleinen schaden, wenn du nichts isst.* Doch allein der Gedanke, etwas zu essen, verursachte ihr Übelkeit.

Wie ein Racheengel hatte Frau Färber gestern um sieben Uhr in der Früh an die Tür ihrer Kammer gepocht. »In einer Stunde haben Sie mein Haus verlassen. Sonst wende ich mich an die Gendarmerie«, ließ sie keinen Zweifel an ihren Absichten.

Im Nachhinein bedauerte Irene sogar, dass sie es darauf nicht hatte ankommen lassen. Denn Frau Färber verweigerte ihr die Rückgabe der bereits bis Ende Januar bezahlten Miete.

»Keinen Heller gebe ich Ihnen zurück«, lehnte sie schroff auch Irenes Kompromissvorschlag ab, die Miete bis Ende Dezember zu behalten, aber ihr wenigstens die Gulden für Januar zurückzugeben. »Sie haben mich böswillig getäuscht! Ich habe nie einen Zweifel daran gelassen, dass ich nicht mit sittenlosem Gesindel unter einem Dach leben will. Ich war mein ganzes Leben lang eine ehrbare Jungfer und habe mich nie auf eine schandbare Beziehung mit einem Mann eingelassen. Nun möchte ich weder mich selbst noch mein Haus auf meine alten Tage hin in Verruf bringen, indem ich dulde, dass solche Personen wie Sie hier wohnen dürfen.«

Ob ein Gendarm Irene zu ihrem Recht verholfen hätte, wusste sie zwar nicht mit hundertprozentiger Sicherheit. Aber die empörte Reaktion der jungen Schankmagd, die sie seinerzeit an das Pfarrhaus der Kirchengemeinde verwiesen und der sie mit wenigen Worten Frau Färbers Verhalten geschildert hatte, bestärkte sie zumindest in dieser Annahme.

Nun kehrte die junge Frau, die in der Zwischenzeit weitere Gäste bedient hatte, an ihren Tisch zurück. »Aber Sie haben ja kaum etwas gegessen«, bedauerte sie. »Schmeckt Ihnen die Suppe denn nicht? Sie gehört eigentlich zu den Spezialitäten unserer Küche.«

Irene sah zu ihr auf. »Die Suppe ist sicher sehr köstlich«, flüsterte sie. »Doch der Magen ist mir wie zugeschnürt.«

Die grauen Augen der ungefähr Gleichaltrigen blickten sie besorgt an. Sie strich sich eine Haarsträhne hinters Ohr, die sich aus ihrem schweren dunkelblonden Zopf gelöst hatte.

»Darf ich mich zu Ihnen setzen?«, bat sie höflich.

»Natürlich! Wenn Ihnen Ihre Zeit nicht zu schade ist.«

Die Magd zog sich einen Stuhl heran. Dann hielt sie Irene die Hand hin. »Übrigens, ich heiße Greta. Wir können uns gerne duzen, wenn Sie mögen.«

Irene lächelte schwach. »Sehr gerne. Ich bin Irene.«

»Und du weißt wirklich nicht, was aus deinem Verlobten geworden ist?«, nahm Greta den Faden wieder auf, wo Irene die nicht ganz vollständige Schilderung ihres Schicksals unterbrochen hatte.

Irene schüttelte den Kopf. »Er wurde in der Schlacht bei Sedan schwer verwundet. Das ist alles, was ich weiß.« Das war die reine Wahrheit. Irene hasste es, Greta oder jemand anderen zu belügen.

»Und dieses anmaßende Weibsstück hat dich einfach auf die Straße geworfen? Jetzt sogar kurz vor Weihnachten? Obwohl man dich damals im Pfarrhaus zu ihr geschickt hatte?«

Irene nickte. Sie fühlte sich leer. Sogar zu erschöpft, um zu weinen. Zwar hatte der Gastwirt nicht wie bei ihrer Ankunft in Landau auf seiner unverschämten Forderung von zwanzig Kreuzer pro Nacht bestanden, sondern den Preis um die Hälfte reduziert, das nahrhafte Frühstück sogar inbegriffen. Zwar waren auch die restlichen Mahlzeiten, die das Gasthaus anbot, schmackhaft und erschwinglich, aber bis zur Geburt würde

Irenes Geld keinesfalls reichen. Doch wenigstens über die Weihnachtstage hinweg wollte sie nicht auf der Straße liegen. Zumal ohnehin nicht daran zu denken war, vor den Feiertagen noch irgendwo Arbeit zu finden.

Denn auch ihre Auftrags-Näharbeiten hatte sie wohl schon verloren. Wahrscheinlich mokierten sich ihre Auftraggeberinnen bereits über ihre Verworfenheit. Frau Färber hatte ihr jedenfalls unter die Nase gerieben, dass sie die Frau Kommerzienrat über die Gründe für die Rückgabe der Aussteuerwäsche in solch einem verdreckten Zustand in Kenntnis gesetzt hatte. Sie hatte den Korb, ohne Irenes Zustimmung einzuholen, noch am Abend ihres Unfalls eigenhändig dorthin gebracht, wahrscheinlich, um dafür ein Trinkgeld einzustreichen.

»Und wie soll es jetzt weitergehen?«

Irene zuckte mutlos mit den Schultern. »Ich werde bis zum neuen Jahr erst einmal hierbleiben. Dann fahre ich nach Lambrecht und suche mir eine Arbeit in den Textilfabriken.« Sie bemühte sich, den Zweifel auf Gretas gutmütigem Gesicht zu ignorieren.

»Du bist eine tapfere Frau, Irene. Doch ich möchte dir einen Vorschlag machen. Ich habe seit gestern darüber nachgedacht.« Greta lächelte breit über das ganze Gesicht.

»Ich glaube, ich weiß eine bessere Bleibe für dich, als dieses Gasthaus sie bietet. Aber ich stelle eine Bedingung, bevor ich dort einmal nachfrage.«

Alarmiert sah Irene auf. Doch Gretas Augen blitzten übermütig, nicht berechnend. Schon sprach sie weiter.

»Ich nehme diesen Teller jetzt mit in die Küche und mache die Suppe noch einmal warm. Du verzehrst die Mahlzeit dann bis auf den letzten Bissen. Denn dort, wo ich wegen dir fragen möchte, ist das Abendessen schon längst vorbei.«

Irene stimmte erstaunt zu. Ein winziger Funke Hoffnung glomm in ihr auf.

Sie saß noch über der dampfenden Suppe, als Greta mit einer

Frau im Schlepptau zurückkam, die sie sofort wiedererkannte. Es war die Haushälterin im nahe gelegenen Pfarrhaus.

»Das ist meine Tante Theresia«, stellte Greta sie vor. »Sie lädt dich im Namen des Pfarrers von Heilig Kreuz ein, über die Weihnachtstage ihr Gast zu sein.«

Haus von Madame Serge in Saint-Quentin
24. Dezember 1870

»Ich bin so froh, dass Sie heute Abend bei mir sind, François.« Mariannes Stimme zitterte. »Ganz allein wäre das Weihnachtsfest für mich kaum zu ertragen gewesen.«

Franz ergriff Mariannes Hand und lächelte ihr liebevoll zu. »Und ich bin froh, dass ich Ihnen zumindest ein wenig vergelten kann, was Sie für mich getan haben.«

Sie saßen nach dem Abendessen im Salon, in dem ein großer, mit Glaskugeln, Glanzpapiersternen und Holzspielzeug geschmückter Weihnachtsbaum stand. Die roten Wachskerzen verbreiteten einen betörenden Duft.

Mariannes Augen schimmerten feucht. »Im letzten Jahr saß Paul genau an der Stelle, wo Sie jetzt sitzen. Er strotzte vor Tatendrang. Bis zum Jahresende wollte er zum gleichberechtigten Leiter der Eisenwarenfabrik aufsteigen. Ihm lag vor allem die Verbesserung der Arbeitsbedingungen unserer Lohnarbeiter am Herzen. Im letzten Jahr hatte es einige schwere Unfälle gegeben, einer sogar mit tödlichem Ausgang. Dem wollte Paul entgegenwirken.«

Auch darin gleicht ihr verstorbener Sohn mir selbst. Franz hatte Marianne nur wenig von seiner eigenen Jugend erzählt. Zu sehr schmerzten ihn manche Erinnerungen, zumal sein Vater zwar mittlerweile das Geld für die Prothese geschickt hatte, es ihm aber offenbar keineswegs eilig damit war, dass Franz nach Hause zurückkehrte.

Darin gleichen sich unsere Familien wiederum nicht. Seine trüben Gedanken mussten ihm anzusehen gewesen sein, denn Marianne sagte besorgt: »Aber Sie wären heute wahrscheinlich viel lieber zu Hause im Elsass, anstatt einer einsamen Witwe Gesellschaft zu leisten.«

»Oh nein«, widersprach Franz im Brustton der Überzeugung. »Dort ist niemand mehr, mit dem ich an Heiligabend lieber zusammen wäre als mit Ihnen.«

»Glauben Sie, dass sich die Dienstboten über die Bescherung gefreut haben?«, lenkte er rasch auf ein anderes Thema ab.

Ein fröhliches Lächeln erhellte Mariannes Gesicht. *Sie sieht gleich um zehn Jahre jünger aus.*

»Das glaube ich wohl«, antwortete sie. »Ihre Freude war echt und aufrichtig. Ich bin sehr froh, dass ich Gerard die Taschenuhr meines verstorbenen Mannes geschenkt habe. Er hat sie sich durch seine Treue mehr als verdient. Berthe und Lisa waren ebenfalls sehr glücklich über die Kleiderstoffe, zumal ich ja auch die Kosten für die Schneiderin übernehmen werde. Durch den Krieg ist alles so knapp und teuer geworden, dass sich einfachere Leute kaum mehr etwas Besonderes leisten können.«

»Sie haben wirklich außergewöhnlich loyale Bedienstete, Marianne. Auch ihnen bin ich von Herzen dankbar für ihre Unterstützung. Sobald ich wieder zu Hause bin, werde ich mich bei jedem von ihnen erkenntlich zeigen.«

Ein Schatten huschte über Mariannes Züge. »Ja, lieber François, manchmal vergesse ich schier, dass unsere gemeinsame Zeit demnächst zu Ende gehen wird. Unsere Nation liegt geschlagen am Boden. Der Sieg der Preußen ist nur noch eine Frage von Wochen.« Sie setzte ihr tapferes Lächeln auf. »Sie machen ganz wunderbare Fortschritte mit der Prothese. Dr. Berger sagt, dass Sie diese bald den ganzen Tag über tragen können.«

Franz beugte sich vor und ergriff wieder ihre Hand. »Auch das verdanke ich Ihnen. Ihrer Lebensklugheit ebenso wie Ihrer Herzensgüte. Deshalb seien Sie versichert: Wenn Sie es ebenfalls möchten, würde ich gerne in Kontakt mit Ihnen bleiben und Sie auch mindestens einmal pro Jahr besuchen, sobald endlich wieder Frieden im Lande herrscht.«

Marianne erwiderte Franz' Händedruck. »Das würde mich von ganzem Herzen freuen, François.«

Es klopfte an die Tür. Gerard trat ein. Er trug seinen warmen Kutschermantel. »Es ist angespannt, gnädige Frau. Die Glocken läuten schon zur Mitternachtsmette.«

Hinter ihm erschien Mariannes Zofe Lisa mit dem warmen Pelzmantel ihrer Dienstherrin über dem Arm. Sie knickste höflich. »Darf ich Ihnen auch den Pelzhut und Ihren Muff bringen, Madame Serge? Draußen ist es sehr kalt.«

Marianne bejahte. Während Lisa ihr in den Mantel half, lächelte sie Franz ein weiteres Mal zu. »Dann lassen Sie uns diesen Christabend würdig beschließen und darum beten, dass der Krieg bald zu Ende ist. Auch wenn der Preis dafür ist, dass ich Sie gehen lassen muss.«

Kirche Heilig Kreuz in Landau
24. Dezember 1870

Das Weihnachtsevangelium war verlesen, die feierlichen Töne der Orgel verklungen. Auf ein Zeichen des Pfarrers hin ließ sich die Gemeinde, die im Kriegsjahr 1870 die Heilig-Kreuz-Kirche in der Christmette bis zum letzten Platz füllte, auf den harten Kirchenbänken nieder.

Der Priester, ein freundlicher Mann Ende fünfzig, bestieg die reich mit Schnitzereien verzierte hölzerne Kanzel. Er rückte seine Stola zurecht, die er zu Ehren der Geburt Christi über sein Festgewand gelegt hatte, und schien noch einmal seine Notizen für die Predigt zu überfliegen, bevor er mit sonorer Stimme zu sprechen begann.

»Werte Gemeinde! Dieses heutige Weihnachtsfest mitten

im Kriege gemahnt uns alle ganz besonders an die Friedensbotschaft, die unauflöslich mit der Geburt unseres Heilands verbunden ist. Nächstenliebe und Barmherzigkeit sind die wichtigsten Werte, die jeder wahre Christ und jede wahre Christin in diesen Tagen …«

Die Stimme des Pfarrers lullte Irene ein, sie fühlte sich gesättigt und warm. Unwillkürlich schweiften ihre Gedanken ab.

Bislang waren ihre Erfahrungen mit Vertretern der katholischen Kirche eher unangenehmer Art gewesen. Nie würde sie die Härte der Ordensschwestern im Waisenhaus von Speyer und die damit verbundenen Demütigungen vergessen. Auch dem Pfarrer der Kirche St. Ulrich in Altenstadt war Irene lieber aus dem Weg gegangen.

Doch Pfarrer Hansberg und seine Haushälterin Theresia schienen die Botschaft Jesu aus der Bergpredigt nicht nur zu zitieren, sondern wirklich zu leben. Wie ein geehrter Gast war Irene in ihrem Hause aufgenommen worden. Sie bewohnte eine heimelige Kammer mit einem weichen Bett, in dem sie sich nach den Strapazen der letzten Tage zum ersten Mal seit Langem wieder richtig ausgeschlafen hatte. Am Morgen erwartete sie ein leckeres Frühstück mit Weißbrot, frischer Butter und Honig, alles Köstlichkeiten, die Irene seit ihrer Ankunft in Landau nicht mehr genossen hatte.

Nur zu gerne half sie der freundlichen Haushälterin in der Küche beim weihnachtlichen Backen und Kochen und bestand darauf, sich auch an allen restlichen Arbeiten im Haus zu beteiligen. Eine besondere Freude war das Schmücken des Christbaums in der behaglichen Wohnstube. Es war eine kleine Tanne, die Irene mit Wachskerzen bestückt und mit Strohsternen und allerlei Naschwerk behängt hatte. Auch beim Ausschmücken der Kirche für die feierlichen Gottesdienste hatte sie nur zu gerne geholfen.

»Sie sind ja ein richtiger Glücksfall für mich«, scherzte Theresia. »Bei der vielen Arbeit vor den Feiertagen.«

»Sie können gar nicht ermessen, wie dankbar ich Ihnen bin«, antwortete Irene. Doch die bescheidene Haushälterin wehrte ab. »Bei all dem Unglück, das Ihnen zuteilgeworden ist, ist das nichts weiter als meine schlichte Christenpflicht.«

Bereits am ersten Abend hatte Irene ihren Gastgebern ihre traurige Geschichte erzählt, wobei sie nur ihre fatale Blutsverwandtschaft mit dem Vater ihres ungeborenen Kindes unerwähnt ließ.

Nun lag ein wunderbarer Christabend hinter ihr. Zuerst waren arme Kinder aus der Gemeinde im Pfarrhaus mit Gebäck und kleinen Spielzeugen beschert worden. Dann nahm Irene mit ihren Gastgebern ein köstliches Festmahl bestehend aus Rehbraten, Klößen und glasierten Maronen ein, bei dessen Zubereitung sie natürlich geholfen hatte.

Auch wenn sie wusste, dass sie das Pfarrhaus nach dem Neujahrstag wieder verlassen musste, genoss sie jede Minute ihres Aufenthaltes bislang mit vollen Zügen. Seit den Sommertagen mit Franz hatte sie sich nicht mehr so unbeschwert und zufrieden gefühlt. Selbst ihre zuletzt immer wieder aufgetretenen Schwangerschaftsbeschwerden waren verschwunden.

»... Pharisäer und Pharisäerinnen in unserer Mitte!« Der Klang der Stimme Pfarrer Hansbergs hatte sich verändert, und Irene schreckte aus ihren Tagträumen auf.

»Da maßt sich ein Weib, das unter dem Anschein der Ehrbarkeit mitten unter uns lebt und sich auch heute nicht scheut, diese heilige Christmette zu besuchen, an, unseren Herrn Jesus persönlich zu verhöhnen.« Der Pfarrer machte eine kleine Pause, die Gemeinde sog hörbar den Atem ein.

»Hat nicht unser Erlöser der heiligen Maria Magdalena ihre Sünde verziehen und sie in Gnaden wieder in die Gemeinschaft aufgenommen? War ihm Maria Magdalena dafür nicht so dankbar, dass sie ihm die Füße wusch und mit ihren eigenen Haaren trocknete? Sollte uns dies nicht ein Zeichen und Beispiel sein, zumal in der heiligen Weihnachtszeit?«

»Doch nein!«, donnerte er. »Da wirft dieses habsüchtige Weib, das für einen hohen Mietzins dürftige Kammern in der Bachgasse vermietet«, fuhr er fort, und Irene glaubte ihren Ohren kaum zu trauen, »eine fast mittellose Frau, deren Verlobter vielleicht sein Leben für unser Vaterland geopfert hat, unbarmherzig auf die Straße, nur weil sie guter Hoffnung ist. Und enthält der Ärmsten wie die schlimmste Wucherin sogar den bereits bezahlten Mietzins vor.«

Die Gemeinde hielt den Atem an. Aller Augen hingen an der Gestalt des Priesters. Nur in einer der vorderen Kirchenbänke entstand eine merkwürdige Unruhe, deren Ursache Irene von ihrem Platz in einer der hinteren Reihen aus nicht erkennen konnte.

»Stellt euch vor, liebe Gläubige, der heilige Josef hätte solcherart an seiner Frau Maria gehandelt, die ja ohne sein Zutun gesegneten Leibes war. Unser Erlöser hätte womöglich niemals das Licht der Welt erblickt. Wer sind also wir schwache Menschen, dass wir uns anmaßen, über die Würde und den Wert eines anderen Menschen ein Urteil zu fällen, der zwar gesündigt hat, aber dafür Vergebung verdient wie ein jeder von uns?«

Pfarrer Hansberg machte eine Pause. Die Unruhe in den vorderen Reihen wuchs. Offensichtlich versuchte dort eine Person, ihren Platz zu verlassen. Irene erhaschte einen flüchtigen Blick auf eine in ein steifes schwarzes Kostüm gekleidete Frau, die sich durch die vollbesetzte Reihe Richtung Gang drängte.

»Doch auch dir kann vergeben werden, Sünderin, sofern du bereust und deine Hartherzigkeit aufrichtig beichtest!«, rief der Priester der Gestalt in Schwarz hinterher, die nun den Seitengang entlanghastete. Irene erkannte das tiefrote Gesicht ihrer Zimmerwirtin und konnte sich ein Lächeln nicht verkneifen.

Da Schadenfreude ebenfalls eine Sünde ist, möge mir der Herr Jesus diese verzeihen. Dann wandten sich ihre Gedanken Pfarrer Hansberg, Theresia und der Schankmagd Greta zu. Zum ersten Mal, seit sie das Heidelberger Waisenhaus mit der gütigen

Schwester Agnes verlassen hatte, sprach sie aus vollem Herzen ein aufrichtiges Gebet. *Wenn es dich gibt, lieber Gott, dann vergelte diesen dreien und allen anderen Menschen, die gütig und freundlich sind, ihre Barmherzigkeit und ihre Nächstenliebe. Und auch ich verspreche dir, nach Kräften Gutes zu tun, wo immer es mir möglich ist.*

Kapitel 29

Lambrecht in der Pfalz
4. Januar 1871

Mutlos und traurig machte sich Irene auf den Rückweg zu der bescheidenen Pension in der Nähe des Bahnhofs, wo sie für fünf Kreuzer pro Tag eine schlichte Kammer gemietet hatte. Den ganzen Tag lang war sie von einer Fabrik zur nächsten gelaufen. Überall hatten die Verwalter sie sofort abgewiesen, nachdem sie ihre Schwangerschaft bemerkt hatten, die sich jetzt im siebten Monat nicht mehr verbergen ließ.

Obwohl die Haushälterin des Pfarrers ihren Rucksack mit Köstlichkeiten aller Art gefüllt hatte, würden die Lebensmittel für nicht mehr als eine Woche reichen, selbst wenn sich Irene mit kargen Mahlzeiten begnügte. Zudem waren einige davon auch leicht verderblich und mussten binnen weniger Tage gegessen werden.

Die kleine Dachkammer, die sie für den billigsten Preis gemietet hatte, der möglich war, bot zudem keinerlei Annehmlichkeiten, nicht einmal einen Ofen. Sich tagsüber bei der momentan herrschenden Kälte darin aufzuhalten, war unmöglich. Wie im Mittelalter stand zwar ein kleines Kohlebecken im Raum, aber der Brennstoff dafür musste extra erworben werden.

Selbst wenn ich hungere und friere, wird mein Geld nicht reichen, bis das Kind auf der Welt ist.

Irene merkte gar nicht, dass ihr die Tränen über die Wangen liefen. Wieder einmal fühlte sie sich mit ihren Kräften am Ende.

Lieber Gott, bewegten sich ihre Lippen in einem lautlosen Gebet, *warum schickst du mir nach diesen herrlichen Tagen im Pfarrhaus schon wieder die nächste Prüfung?*

Eine junge Frau, die ihr bekannt vorkam, kam Irene entgegen. Sie trug einen Säugling auf dem Arm. Irene erkannte die Frau an ihrem bereits verblassenden Veilchen am Auge, das wohl auf irgendeinen Grobian zurückging. Sie war Textilarbeiterin in einer der Fabriken, in der sie heute vorgesprochen hatte.

Zu Irenes Überraschung blieb die Frau vor ihr stehen. Sie mochte einige Jahre älter als Irene sein, hatte ein hübsches, wenn auch bereits verhärmtes Gesicht mit großen dunkelgrauen Augen und einem vollen Mund. Erst aus der Nähe sah Irene, dass ihre Oberlippe ebenfalls leicht geschwollen war.

»Du weinst ja«, sprach sie Irene an. »Ich habe dich heute in der Fabrik gesehen. Hast du Arbeit gesucht?«

Irene schniefte und griff nach einem Tüchlein, das sie in der Manteltasche trug. »Ja, doch leider hat man mich fortgeschickt. Dort und woanders auch.«

»Und jetzt hast du Angst, dass dich dein Vater oder dein Mann deshalb schlagen werden?« Offensichtlich schloss die Frau von ihrem eigenen Schicksal auf das Irenes.

Die blickte überrascht auf. »Ich habe leider gar keinen Mann, ich bin ganz allein …«

»Oh, ist er im Krieg gefallen?«, fiel ihr die Frau ins Wort. Dann streckte sie Irene ihre Hand entgegen. »Ich heiße übrigens Emma.«

»Ich bin Irene. Mein Mann ist zumindest bisher noch nicht nach Hause gekommen«, beantwortete Irene vorsichtig Emmas Frage. Wie so oft versuchte sie, eine Lüge zu vermeiden.

»Tja, das ist traurig«, bestätigte Emma. »Viele von unseren Männern sind ebenfalls spurlos verschwunden. Verschollen irgendwo auf den Schlachtfeldern. Man munkelt, die Gefallenen wurden einfach in Massengräbern verscharrt. Ihre Familien verzehren sich ganz umsonst nach ihrer Rückkehr und weinen sich darüber die Augen aus.«

Sie musterte Irene aufmerksam. »Aber du bist guter Hoffnung«, konstatierte sie. »Wann ist es so weit?«

»Wahrscheinlich im März.«

»Hm, das ist nicht mehr lange hin. Kein Wunder, dass die Verwalter dich abgewiesen haben. Eigentlich brauchen sie jede helfende Hand in den Fabriken, da die Männer ja fehlen. Aber eine Frau, bei der die Schwangerschaft schon so weit fortgeschritten ist wie bei dir, noch einzuweisen, lohnt sich nicht für sie. Man braucht schon eine Weile, um sich mit den Maschinen zurechtzufinden, erst recht, wenn man schwerfällig ist. Bis du vollwertig mitmachen könntest, wäre dein Kind längst auf der Welt. Und da fragen sich die Verwalter natürlich, warum sie die Geburt nicht einfach in aller Ruhe abwarten sollten.«

Irene begann unwillkürlich erneut zu weinen. Sie konnte einfach nichts dagegen tun, dass ihr die Tränen aus den Augen strömten.

»Andererseits«, begann Emma laut zu überlegen, »hat unser Fabrikherr sogar darauf bestanden, dass alle Schwangeren sofort nach der Geburt wieder zu arbeiten beginnen. Er hat sogar eine Stillstube für uns eingerichtet, damit wir zwischendurch nicht nach Hause müssen, um unsere Kleinen zu nähren. Im Augenblick wechseln wir uns stundenweise mit ihrer Betreuung ab. Vielleicht wäre das ja eine Lösung.«

Irene war verwirrt. »Was meinst du damit?«

Ein Funkeln trat in Emmas dunkelgraue Augen, die jetzt einen silbernen Schimmer annahmen. *Sie ist wirklich außergewöhnlich hübsch,* schoss es Irene durch den Kopf.

»Komm mit! Wir gehen noch mal zurück.« Sie drehte sich auf dem Absatz um und packte Irene mit ihrer freien Hand. Auf dem Weg erläuterte sie ihr ihren Plan.

»Eine Betreuerin für die Stillstube?« Die Stimme des Verwalters klang skeptisch. »Na, ich weiß nicht.«

»Aber warum denn nicht, Herr Plotzer?« Emma lächelte den

dicken Mann in mittleren Jahren mit dem herabhängenden, gezwirbelten Schnauzer nahezu verführerisch an.

»Sie brauchen doch jede erfahrene Arbeiterin für die Maschinen! Irene hier kann nicht in der Weberei helfen. Aber wir anderen könnten es. Anstatt abwechselnd die Kleinen zu beaufsichtigen, könnten wir bis auf die Stillpausen voll mitarbeiten.«

»Nun, ich weiß nicht«, wiederholte der Verwalter. »Von so einer Idee habe ich noch nie gehört. Ich glaube kaum, dass unser Fabrikherr den Lohn dafür ausgeben möchte.«

»Das kommt auf die Höhe der Forderung an«, ertönte plötzlich eine Stimme aus dem Zimmer hinter dem Kontor des Verwalters, dessen Tür halb offen stand. Ein gut aussehender Herr im Gehrock trat ein.

»Oh, Herr Reuter!« Der Verwalter verbeugte sich, während Emma knickste. Irene tat es ihr nach. »Ich wusste gar nicht, dass Sie schon von Ihrer Reise zurück sind.«

Der Fabrikherr lächelte und entblößte dabei blitzend weiße Zähne. Obwohl er noch jung war, Irene schätzte ihn auf höchstens Mitte dreißig, war sein blassblondes Haar bereits spärlich geworden. In die Stirn gekämmt, verdeckte es seine Halbglatze nur schlecht.

»Von einer sehr erfolgreichen Reise, wie ich betonen möchte, Plotzer. Wir erhalten demnächst einen großen Auftrag von unserer glorreichen Armee. Ich komme gerade aus Landau.«

Stechende kalte Augen, die im Widerspruch zu seinem Lächeln standen, musterten Irene und verliehen ihm ein wenig das Aussehen einer Viper. Irene bemühte sich, ein Schaudern zu unterdrücken.

»Was erwarten Sie denn als Lohn?«, fragte er sie.

Die Frage machte sie ratlos. Sie hatte keine Idee, was der Fabrikherr wohl als angemessen erachten würde.

Da sie nicht sofort antwortete, machte er einen eigenen Vorschlag. »Fünf Kreuzer pro Tag wäre mir die Sache schon wert.«

Die Miete! Damit kann ich die Miete bezahlen! Irene übersah das fast unmerkliche Kopfschütteln Emmas. Sie knickste noch einmal.

»Mit Freuden wäre ich dafür bereit, die Kleinen zu betreuen!«

Der Fabrikherr hielt ihr die Hand hin. »Gut, dann ist das abgemacht! Und wenn Ihr eigenes da ist, erlaube ich Ihnen natürlich, es mitzubringen!«

Er wandte sich an den Verwalter. »Plotzer! Setzen Sie das entsprechende Schriftstück auf. Und informieren Sie die Vorarbeiter von der Maßnahme. Ab morgen früh sind alle erfahrenen Arbeiterinnen bis auf die Stillpausen wieder ununterbrochen an ihrem Platz! Wir brauchen jede Hand für den großen Auftrag!«

In ihrer Glückseligkeit, eine Arbeit gefunden zu haben, bemerkte Irene zuerst gar nicht, dass Emma, die ihren überschwänglichen Dank mit einem Kopfnicken entgegengenommen hatte, im Vergleich zum Hinweg recht schweigsam war.

»Was ist denn?«, fragte sie schließlich. »Freust du dich denn gar nicht für mich? Es war doch deine Idee!«

»Na ja!« Emma hob die Schultern. »Er hat dich ganz schön übers Ohr gehauen! Aber so ist er, der Reuter! Immer auf seinen Vorteil bedacht, auch wenn es nur um ein paar Heller geht.«

»Was meinst du damit?« Irene war betroffen. »Was hätte ich deiner Ansicht nach denn verlangen sollen?«

»Na, mindestens das Dreifache! Dann hättet ihr euch vielleicht in der Mitte getroffen! Zehn Kreuzer pro Tag wären angemessen gewesen.«

Irene ließ sich das durch den Kopf gehen. »Ich habe in Landau Näharbeiten gemacht«, erwiderte sie schließlich. »Dafür habe ich pro Korb auch nie mehr als dreißig, höchstens vierzig Kreuzer bekommen. Manchmal habe ich eine ganze Woche dafür gestichelt.«

»Na gut! Hauptsache, du freust dich darüber! Kommst du denn damit über die Runden?«

»Ich kann mit dem Lohn die Miete für meine Kammer bezahlen.«

Emma merkte auf. »Wo wohnst du denn hier?«

Irene beschrieb ihr die billige Pension, in der sie untergekommen war.

»Da wohnst du? Die Betten sollen voller Wanzen sein, und es zieht durch sämtliche Ritzen. Hast du dort denn schon übernachtet?«

»Nein«, antwortete Irene kleinlaut. »Ich habe nur mein Gepäck untergestellt, als ich heute Morgen dort ankam.«

»Aber noch keinen Vorschuss bezahlt?«

Irene schüttelte den Kopf. »Nur das Geld für die erste Nacht. Einen Mietvorschuss zahle ich nirgendwo mehr.« Sie erzählte Emma kurz von ihren Erfahrungen mit Frau Färber.

Die Arbeiterin lächelte über das ganze Gesicht. »Dann lade ich dich ein, bei mir unterzukriechen. Wir bewohnen zu viert zwei große Zimmer, mein Mann, ich selbst und unsere zwei Kleinen. Schon länger sind wir auf der Suche nach einem Untermieter, seit unser Schlafbursche eingezogen wurde und bei Wörth gefallen ist. Was hältst du davon? Für die fünf Kreuzer pro Tag hättest du sogar ein Bett ganz für dich allein. Außerdem ist es bei uns warm, und Frühstück gäbe es auch dazu, wenn du noch ein paar Kreuzer pro Woche drauflegst. Die könntest du mit einem Nebenverdienst erwerben, wenn du magst.«

»Einem Nebenverdienst?« Emmas Angebot klang allzu verlockend.

»Ja! Ich reihe jeden Sonntag Glasperlen auf Schnüre. Für einen Kasten davon gibt es fünfzehn Kreuzer. Da könntest du mitmachen!«

»Gerne!«, stimmte Irene zu. Auch wenn Emmas Mann kein angenehmer Zeitgenosse sein mochte, der angebotene Familienanschluss war ihr wesentlich lieber als eine einsame Kammer voller Ungeziefer.

Und wenn ich noch ein paar Kreuzer dazuverdienen und auf die

Seite legen kann, könnte ich davon vielleicht eine Hebamme bezahlen, wenn es so weit ist.

Anwesen der Gerbans bei Altenstadt
21. Januar 1871

Franz goss sich selbst eine weitere Tasse Kaffee ein, noch bevor der Diener Niemann herbeigeeilt war, um dies zu übernehmen. Seit gestern Abend war er wieder zu Hause.

Obwohl sein Vater und Mathilde ihn relativ freundlich empfangen hatten, war beim Abendessen keineswegs sein eigenes Schicksal, sondern die Proklamation des preußischen Königs Wilhelm I. zum deutschen Kaiser, die am 18. Januar stattgefunden hatte, das beherrschende Thema gewesen. Sein Vater und Mathilde waren begeistert.

»Wie gerne wäre ich mit dabei gewesen!«, schwärmte Mathilde. »Sicherlich trugen die Damen kostbare Kleider nach der neuesten Mode.«

»Soviel ich weiß, waren überhaupt keine Frauen dabei«, entgegnete Franz. »Höchstens Offiziere in ihren Galauniformen. Wo sollen mitten im Krieg auch deutsche Adelsdamen herkommen?«

Mathilde zog einen Schmollmund. Nun ergriff ihr Vater das Wort. »Ein großer Triumph ist es allemal. Nun dauert es nicht mehr lange, bis die Welschen aufgeben werden. Erst wird Paris fallen, dann wird der Rest ihrer erbärmlichen Truppen kapitulieren. Was für ein kluger Schachzug Otto von Bismarcks, die Proklamation ausgerechnet im Palast zu Versailles stattfinden zu lassen, dem protzigen Sitz des verschwenderischen Sonnenkönigs.«

Franz' Magen zog sich zusammen. Trotz seiner guten Vorsätze, sich nicht gleich nach seiner Heimkehr mit seinem Vater zu streiten, konnte er sich eine Erwiderung nicht verkneifen.

»Diese Demütigung der französischen Nation wird uns auf

Dauer nicht zum Vorteil gereichen. Sie treibt wie die Annexion von Elsass-Lothringen auf Jahrzehnte einen Keil zwischen Frankreich und Deutschland.«

»Das Deutsche Reich«, korrigierte ihn sein Vater. »Vorbei ist die Zeit der Kleinstaaterei und des Flickenteppichs. Allein dafür hat sich jedes Opfer in diesem Krieg gelohnt.«

»Wie schön, dass mein verlorenes Bein dann doch noch einem guten Zweck gedient hat.« Franz ließ seinem Sarkasmus jetzt freien Lauf. Schon jetzt sehnte er sich zurück in Mariannes Haus in Saint-Quentin.

Sein Vater zog drohend die Brauen zusammen. Zum Glück rettete ausgerechnet Mathilde die Situation. »Nun langweilt ihr beiden mich doch nicht dauernd mit dieser blöden Politik«, schmollte sie.

Dann schnitt sie ein ganz anderes Thema an. »Wirst du Mutter in Klingenmünster besuchen?«

»Das habe ich vor. Schon in den nächsten Tagen, wenn es sich einrichten lässt.«

Sein Vater hob die Hand. »Es ist dir nicht anzuraten, Sohn, dich gleich nach deiner Heimkehr derart zu belasten.« Sein Tonfall glich dem eines salbadernden Predigers. »Deine Mutter bietet unglücklicherweise alles andere als einen erfreulichen Anblick.«

»Was meinst du damit?« Franz war alarmiert.

»Nun, das Laudanum hat wohl einen Teil ihres Verstandes zerstört. Sie ist oft nicht mehr bei sich. Ohne das Gift traten sogar immer wieder lebensbedrohliche Zustände ein, da sich all ihre inneren Organe an die Droge gewöhnt hatten. Mittlerweile erhält sie sogar jeden Tag wieder eine kleine Dosis Laudanum. Doch sie dämmert nur noch vor sich hin und erkennt selbst mich nicht mehr.«

»Das glaube ich nicht«, entgegnete Franz spontan. *Meine schöne Mutter, eine Irre mit zerrüttetem Verstand?* Der Gedanke war ihm unerträglich. »Spätestens übermorgen fahre ich hin.«

Sein Vater seufzte. »Tu, was du nicht lassen kannst, Sohn. Riemer soll dich mit dem Landauer kutschieren. Aber behaupte später nicht, ich hätte dich nicht gewarnt.«

Nun saß Franz beim Frühstück und fügte seinem Kaffee Zucker und Milch hinzu. Dann rührte er weiter unschlüssig in der Tasse herum. *Soll ich Mathilde wirklich nach Irene fragen?* Beim gestrigen Abendessen war das Thema nicht erwähnt worden. *Andererseits ist die Gelegenheit günstig. Meine Schwester ist schwatzhaft, vielleicht erfahre ich auf diese Weise ja etwas Nützliches. Wenn Vater dabei ist, würde er das Thema sofort unterbinden.*

Aber zuvor musste er Niemann loswerden. Franz schob seinen halb vollen Teller zurück. »Ich habe keinen Hunger mehr. Lassen Sie abräumen, Niemann.«

Der Diener ging hinaus. Kurze Zeit später betrat ein Dienstmädchen den Raum, das Franz nicht kannte. Nachdem sie den Raum mit dem schmutzigen Frühstücksgeschirr verlassen hatte, fragte er Mathilde: »Wer ist denn die Neue?«

Seine Schwester hob uninteressiert die Schultern. »Sie heißt Heidi und ist erst seit einigen Tagen bei uns. Frau Burger hat lange genug gebraucht, bis das Gesinde wieder komplett war. Zwei Mädchen musste sie auch schon wieder entlassen, weil sie nichts taugten.« Sie seufzte theatralisch. »Es ist so schwierig, gute Dienstboten zu finden, besonders in Kriegszeiten.«

Dann kam sie zu Franz' Erstaunen selbst auf Irene zu sprechen. »Du willst sicherlich wissen, was aus deiner Irene geworden ist.« Ihr Blick hatte etwas Lauerndes.

Trotz seiner warnenden inneren Stimme nickte Franz mit Entschlossenheit. »Wenn du etwas weißt, würde ich es gerne erfahren.«

»Nun«, Mathilde zog das Wort genüsslich in die Länge, »sie ist quasi bei Nacht und Nebel abgehauen, nachdem sie erfuhr, dass du nunmehr ein Krüppel bist. Gegen ein fehlendes Bein kam wohl auch das größte Vermögen nicht an.«

Obwohl Mathildes Worte Franz zutiefst verletzten, bewahrte er die Fassung. »Woher wusste Irene denn von meiner Verwundung?«, stellte er ihr eine Fangfrage.

»Wahrscheinlich hat Mutter ihr davon erzählt! Sie hatte ja einen Narren an diesem Weibsstück gefressen, genau wie du! Unverständlich, wenn du mich fragst«, sagte sie geziert. »So ein gewöhnlicher Trampel! Aber wo die Liebe hinfällt …«

Franz' Miene ermunterte sie zu ihrem letzten verbalen Schlag. »Sei froh, dass du sie losgeworden bist! Ein Krüp… ich meine natürlich ein Kriegsversehrter und ein Dienstmädchen! Was für eine Liaison! Ihr wärt eine Schande für unser ganzes Haus gewesen.«

Franz schmiss die Serviette, die noch immer auf seinem Schoß lag, auf den Tisch, stand abrupt auf und verließ grußlos den Raum.

Draußen vor der Tür holte er erst einmal tief Luft. Er griff nach seinem Überzieher und ging in den winterkahlen Garten hinaus. Langsam beruhigte sich sein Puls, und er konnte wieder klarer denken.

Da gab es einen eklatanten Widerspruch zwischen dem, was Mathilde behauptet hatte, und seinen eigenen Informationen. Nach kurzem Überlegen ging er deshalb zurück ins Haus und stieg die Treppe ins Untergeschoss hinab. Hier befand sich außer der Küche und den Wirtschaftsräumen auch das kleine Kontor von Frau Burger.

Auf sein knappes Klopfen hin öffnete ihm die Hausdame selbst die Tür. Franz entging der panische Ausdruck in ihren Augen nicht, als sie ihn erkannte. Sie wurde bleich wie ein Laken.

»Guten Tag, Frau Burger. Darf ich eintreten? Ich möchte Sie gerne etwas fragen«, ergriff Franz zuerst das Wort.

Die Hausdame erwachte aus ihrer Erstarrung und riss sich sichtlich zusammen. »Natürlich, treten Sie ein, junger Herr.«

Sie rang sich ein Lächeln ab. »Wir freuen uns alle sehr über Ihre Rückkehr nach Altenstadt.« Ihre ineinandergekrampften Hände straften ihre Worte Lügen. Ihre Augen huschten unruhig umher, als befürchte sie Lauscher.

Franz beschloss zunächst, nicht weiter darauf einzugehen. Er machte die Tür sorgfältig hinter sich zu und dämpfte sogar die Stimme. »Ich möchte Sie etwas über Irene fragen.«

Mit zitternder Hand wies die Hausdame auf einen Stuhl und setzte sich kerzengerade auf die Kante eines zweiten. »Natürlich, Herr Gerban. Wie kann ich behilflich sein?« Ihr höfliches Entgegenkommen widersprach ihrem nach wie vor angestrengten Gesichtsausdruck.

Nun erschien es Franz doch angebracht, deutlicher zu werden. »Ich sehe, dass Sie etwas stark beunruhigt, Frau Burger.« Er wagte einen Schuss ins Blaue. »Dass es hier in meiner Abwesenheit weder mit der Einweisung meiner Mutter nach Klingenmünster noch dem Verschwinden meiner Verlobten Irene mit rechten Dingen zugegangen ist, vermute ich schon, seitdem mein Vater mir nach St. Quentin geschrieben hat.«

Die Hausdame wich seinem Blick aus und verschlang jetzt ihre Hände so fest ineinander, dass die Fingerknöchel weiß hervortraten.

»Ich fürchte, ich kann Ihnen zu beiden Vorfällen nichts Wesentliches sagen.« Ihre Stimme war kaum mehr als ein Flüstern.

»Dann beantworten Sie mir einfach nur ein paar Fragen. Und ich verspreche Ihnen, dieses Gespräch bleibt unter uns. Da mein Vater Sie augenscheinlich unter Druck gesetzt hat, wird er nie etwas von unserer Unterredung erfahren.«

Allein die Tatsache, dass Frau Burger nicht widersprach, bewies ihm die Richtigkeit seiner Annahme. Sie seufzte schwer. »Fragen Sie«, antwortete sie nach einer Weile sichtbaren inneren Kampfes. »Ich antworte Ihnen, so gut ich es vermag.«

»Wann hat meine Verlobte Irene dieses Haus verlassen?«

»Das war am 1. September.« Die Antwort kam wie aus der Pistole geschossen. »Das habe ich Ihnen doch schon geschrieben.«

»Sind Sie da ganz sicher?«

»Ja, das bin ich.« Frau Burgers Stimme klang fest. Dennoch nahm Franz ein leichtes Flackern in ihren Augen wahr.

»Und sie ging, ohne sich von meiner Mutter zu verabschieden?«

»So ist es, junger Herr.«

»Was macht Sie so sicher, dass es der 1. September war?«

»Um die Zeit, als Irene ging, wussten wir alle noch nichts von der großen Schlacht, die gerade begonnen hatte. Diese Nachricht traf erst gegen Abend in Altenstadt ein.«

»Also konnte Irene weder wissen, dass ich dort mitgekämpft habe, noch dass ich verwundet wurde«, konstatierte Franz mehr an sich selbst als an Frau Burger gerichtet.

Die antwortete dennoch. »Nein, das wussten wir alle nicht. Ihre Mutter war wochenlang in schwerster Sorge um Sie.«

»Hat sie denn meinen Brief nicht bekommen, den ich ihr aus dem ersten Lazarett schreiben ließ?«

Frau Burger wirkte ehrlich erstaunt. »Nein, ich weiß nichts von solch einem Brief.«

»Vielleicht ist er in den Wirren verloren gegangen«, murmelte Franz vor sich hin. Sein Gefühl sagte ihm jedoch, dass das Schreiben sehr wohl in Altenstadt eingetroffen war. »Oder jemand hat ihn abgefangen.«

»Für die Dienerschaft kann ich die Hand ins Feuer legen, Herr Gerban. Niemand von uns hätte einen solchen Brief unterschlagen. Dazu litten wir alle viel zu sehr mit Ihrer verehrten Frau Mutter mit.«

Franz holte tief Luft und wappnete sich gegen die nächste mögliche Antwort. »Haben Sie meine Verlobte Irene jemals sagen hören, dass eine gesunde Frau keinen Kriegskrüppel heiraten würde? Oder dass zumindest sie selbst dies nie in Betracht ziehen würde?«

Das ehrliche Erstaunen auf Frau Burgers Gesicht erleichterte ihn. »Nein. So etwas habe ich nie von Irene gehört. Es würde auch gar nicht zu ihr passen. Im Gegenteil, sie schuftete wie eine Sklavin, um die Verwundeten nach der Schlacht von Weißenburg zu versorgen. Besonders die verkrüppelten und entstellten Soldaten taten ihr unendlich leid.« Frau Burger dachte kurz nach. Dann hellte sich ihr Gesicht auf. »Einmal hat sie sogar gesagt, sie hoffe, diese Ärmsten würden jetzt nicht auch noch ausgegrenzt und geächtet werden, nachdem sie ihre Gesundheit für diesen Krieg geopfert hätten.«

Franz atmete auf. *Dann hat mich mein Gefühl also doch nicht getrogen. Irene hat nie daran gedacht, mich zu verlassen.*

Doch die kurze Erleichterung wurde rasch von neuer Unruhe verdrängt. »Und was könnte dann der Grund dafür gewesen sein, dass sie ohne Abschied verschwunden ist?«

Frau Burgers Gesicht verschloss sich wie eine Auster. »Dazu kann ich Ihnen beim besten Willen nichts sagen, junger Herr.«

»Wirklich gar nichts?«, drängte Franz.

Frau Burger presste die Lippen zusammen und schüttelte stumm den Kopf.

Franz sah ein, dass er diesbezüglich nichts von ihr erfahren würde. Er wechselte das Thema.

»Dann möchte ich Sie noch etwas über meine Mutter fragen. Halten Sie es für möglich, dass sie in den letzten Wochen vor ihrer Einweisung in die Klinik so viel Laudanum einnahm, dass sie sich damit an den Rand einer Vergiftung brachte?«

Wieder mied Frau Burger seinen Blick.

»Ihre verehrte Frau Mutter wurde in den Tagen davor mehrmals ohnmächtig. Und leider weiß ich, dass sie das Medikament immer wieder benutzte, ganz entgegen ihrer guten Vorsätze. Auch am Vormittag ihres Zusammenbruchs.«

Es klopfte laut an die Tür. Frau Burger schreckte auf. »Wer ist da?«, rief sie, ohne die Tür zu öffnen.

»Ich bin es, Frau Kramm!«, rief die Köchin. »Sie müssen mir

jetzt endlich die Zutaten für das Mittagessen aus der Speisekammer aushändigen. Sonst kann ich nicht rechtzeitig zu kochen beginnen.«

Frau Burger sah auf die Wanduhr. Es war bereits kurz nach halb elf. »Ich komme in fünf Minuten!«, rief sie durch die Tür nach draußen. »Lassen Sie mich gerade noch diese Abrechnung fertig machen. Sonst muss ich danach wieder von vorne beginnen.«

»Gut! Aber beeilen Sie sich!«, erklang die mürrische Stimme der Köchin. Dann entfernten sich die schweren Schritte der fülligen Frau in Richtung Küche.

Frau Burger huschte zur Tür, öffnete sie einen Spalt weit und spähte vorsichtig hinaus. »Es ist niemand zu sehen«, flüsterte sie. »Gehen Sie rasch, bevor Sie noch jemand bemerkt!«

Minnas Haus in Schweigen
28. Januar 1871

Auf Minnas Zügen malte sich eine Mischung aus Freude und tiefer Beunruhigung, als sie Franz die Tür öffnete. Sie wischte sich die bemehlten Hände an ihrer Schürze ab.

»Der junge Herr Franz!« Sie knickste aus alter Gewohnheit. »Wie schön, Sie zu sehen! Möchten Sie hereinkommen?«

Sie führte Franz in ihre gute Stube. »Ich komme gleich mit frisch gebrühtem Kaffee und Gebäck.«

Franz' Proteste nutzten nichts, Minna verließ den Raum. Erst nach zehn Minuten kam sie mit einer dampfenden Kanne, Tassen und etwas Gebäck zurück. Die Schürze hatte sie abgelegt.

Sie goss Franz Kaffee ein und bot ihm die Kuchenplatte an. »Es ist leider Kuchen von vorgestern. Da hatte mein ältester Ziehsohn Geburtstag. Aber ich hoffe, er schmeckt Ihnen dennoch. Irene mochte ihn immer sehr gerne. Es war ihr Lieblingskuchen.«

Obwohl er zuvor keinen Hunger verspürt hatte, griff Franz nach einem Stück. *Und wenn ich ihr nur dadurch ein wenig näher komme, dass ich den gleichen Kuchen esse wie sie.*

Er biss herzhaft hinein und genoss den wunderbaren Geschmack nach Butter und Zimt. »Er ist wirklich köstlich!«, betonte er.

»Dann wissen Sie also schon, was mich zu Ihnen führt?«, ging er in die Offensive.

Minna nickte. »Ich kann es mir zumindest denken.« Franz konnte den Ausdruck in ihren Augen nicht deuten.

Er spürte einen Kloß in der Kehle. »Können Sie mir sagen, wo ich sie finden kann?«

Minnas Augen verdunkelten sich vor Traurigkeit. »Leider nicht, Herr Franz. Sie hat es auch mir nicht gesagt.«

Franz spürte, dass das die Wahrheit war. Verzweiflung stieg in ihm auf. Minna war seine letzte Hoffnung gewesen. Es hatte ihn zwei weitere mühsame Gespräche mit Frau Burger gekostet, ehe sie ihn mit den Worten »Gehen Sie einmal nach Schweigen. Wenn jemand mehr über Irene weiß als ich, dann ist es Minna« an Irenes alte Freundin verwiesen hatte.

»Wann haben Sie Irene zuletzt gesehen?«

Über Minnas Züge huschte ein Schatten. »Ich weiß es nicht mehr so genau. Es muss irgendwann im Herbst gewesen sein.«

»Im Herbst?« Franz merkte auf. Minna biss sich auf die Lippen. »War sie denn nach dem 1. September noch einmal hier?«

Minna wich seinem Blick aus. »Ich weiß es wirklich nicht mehr so genau, Herr Franz«, murmelte sie.

Franz verlor die Geduld. »Ich schätze Sie sehr, liebe Minna. Aber das glaube ich Ihnen nicht. Hat Irene Ihnen verboten zu sagen, wo sie sich aufhält?«

Minnas Schweigen sagte ihm genug. »Sie wollte nicht, dass Sie es erfahren«, presste sie schließlich hervor. »Aber ich weiß selbst nicht, wohin sie gegangen ist.« Jetzt wurden Minnas Augen feucht. »Sie wollte mir schreiben. Aber sie hat es nie getan.«

»Aber warum? Warum hat Irene mich verlassen?« In seiner Ratlosigkeit griff er auf die Erklärung zurück, die er eigentlich schon verworfen hatte. Er zog sein linkes Hosenbein hoch. Der metallene Teil seiner Beinprothese kam zum Vorschein.

»Ist es deswegen?« Er deutete auf sein Bein. »Weil ich verstümmelt bin?«

Nun begann Minna sogar zu weinen. »Nein! Nein, so ist es nicht! So etwas dürfen Sie nie von Irene glauben!«, schluchzte sie. »Sie wäre nie gegangen, nur weil Sie versehrt sind.«

»Aber warum denn dann? Hat mein Vater seine Hände dabei im Spiel?«

Minna schüttelte eine Spur zu heftig den Kopf. »Nein! Ihr Vater hat auch nichts damit zu tun.« Sie schnäuzte sich in ihr Taschentuch.

Franz überging ihre Antwort. »Hat er Irene Geld gegeben, damit sie aus meinem Leben verschwindet? Ist es das?«

Wieder schüttelte Minna den Kopf.

»Hat sie Ihnen verboten, mir den Grund dafür zu sagen, sollte ich Sie danach fragen?« Minna schwieg lange und schniefte in ihr Tuch. Dann nickte sie fast unmerklich. »Ich musste es ihr schwören«, sagte sie matt.

Franz ballte die Hände zu Fäusten. Es war zum Wahnsinnigwerden. »Kennt meine Mutter den Grund?«

Zu seiner Überraschung nickte Minna wieder. »Möglich wäre es!« Sie klang um eine Spur erleichtert. »Fragen Sie Ihre Mutter danach!«

Franz lachte gequält auf. »Meine Mutter ist leider nicht bei Verstand. Ich habe sie in dieser Woche in Klingenmünster besucht. Oder besser gesagt, durch eine gläserne Scheibe hindurch betrachtet. Man hatte sie nach einem Anfall fixiert. Sie saß in ihrem Stuhl, starrte blicklos vor sich hin und reagierte nicht auf mein Klopfen.«

»Was sind das für Anfälle?«, fragte Minna erschrocken.

»Angeblich Krampfanfälle, bei denen sie zuckt und wild um

sich schlägt. Sie soll sogar Wahnvorstellungen haben! Mittlerweile gilt sie als unheilbar. Das Laudanum hat angeblich ihr Gehirn zerstört, was sich aber erst nach dem Entzug herausstellte, hat mir der Oberarzt der Station erklärt, auf der sie untergebracht ist. Der Klinikleiter selbst war auf einer Dienstreise. Ein sehr seltener Fall, hat er noch hinzugefügt, der ihm in seiner Praxis so bislang noch nicht untergekommen sei.«

Minna war offensichtlich schockiert und biss sich auf die Lippen.

Franz stand plötzlich auf und sank vor der entgeisterten Minna auf die Knie. Er ergriff ihre Hände.

»Minna! Ich flehe Sie an! Helfen Sie mir! Irene ist die Liebe meines Lebens! Ich kann nicht ohne sie sein. In den furchtbaren Stunden, in denen ich mit qualvollen Schmerzen im Lazarett lag, verkrüppelt und geschunden, hat mich nur der Gedanke an sie am Leben erhalten. Bitte, bitte sagen Sie mir, warum sie mich verlassen hat!«

Minna schwieg. In ihrem Gesicht spiegelte sich der schwere innere Kampf, den sie ausfocht. Schließlich wich der Ausdruck der Unsicherheit dem fester Entschlossenheit, was Franz nichts Gutes ahnen ließ.

»Ich darf Ihnen den Grund nicht sagen. Ich habe es Irene in die Hand versprochen.« Sie machte eine Pause und holte tief Luft. Dann blickte sie Franz gerade in die Augen. »Aber glauben Sie mir, Herr Franz. Sie wollen den Grund auch nicht wirklich wissen. Es würde Sie todunglücklich machen. Und genau das wollte Irene verhindern. Deshalb fühle ich mich ihr auch verpflichtet.«

Franz riss seine Hände zurück und stand auf. »Also hat sie einen anderen!« Die Verzweiflung machte ihn bitter. »Sie hat sich in einen anderen Mann verliebt. Krüppel oder nicht, ich bin ihr gleichgültig geworden!«

Minnas Gesichtszüge wurden weich. Nun griff sie nach Franz' Hände und streichelte sie. Tränen schimmerten in ihren Augen, als sie zu ihm aufsah.

»Oh nein, Franz!«, nannte sie ihn spontan beim Vornamen. »Oh nein! Das dürfen Sie nicht von Irene glauben. Wenn es je eine Frau gegeben hat, die einen Mann aus ganzem Herzen aufrichtig liebt, dann ist das Ihre Irene! Denken Sie immer daran, wenn Sie allzu traurig sind! Das ist auch der Grund, warum sie von Ihnen fortging. Sie wollte Sie glücklich wissen!«

»Mich glücklich wissen?« Franz schrie die Worte heraus. »Aber Sie sehen doch, wie unglücklich ich bin!«

Minna sah ihn liebevoll an. »Glauben Sie mir, Herr Franz! Irene riss es das Herz aus dem Leib, Sie verlassen zu müssen. Aber sie hat es wirklich um Ihres Glückes willen getan!«

Epilog

Lambrecht in der Pfalz
März 1871

»Pressen, pressen, noch einmal fest pressen! Und schrei ruhig, wenn du musst!« Die Hebamme kniete vor Irenes geöffnetem Geburtskanal.

Irene umklammerte die Hand ihrer Freundin Emma. Dann presste sie mit all der Kraft, die sie nach den langen Stunden der Wehen noch aufbringen konnte, und stieß dabei einen markerschütternden Schrei aus.

Aus dem Nebenzimmer erklang ein Fluch. »Wann gebt ihr Weiber denn endlich Ruhe?« Es war Emmas Mann Georg. Wie so oft, schien er wieder betrunken zu sein.

Emma lächelte Irene zu. »Kümmere dich nicht um ihn! Er wird sich schon wieder beruhigen!«

Flüchtig erwiderte Irene Emmas Lächeln. Die Oberlippe ihrer Freundin war schon wieder geschwollen und aufgeplatzt. Trotz ihrer Schmerzen wunderte sich Irene ein weiteres Mal darüber, wie es Emma bei diesem gewalttätigen Burschen nur aushielt. Dann überrollte sie die nächste heftige Wehe.

»Ja! Ja! Mach weiter!«, rief die Hebamme, die sich Irene tatsächlich von ihrem Nebenverdienst als Perlenknüpferin hatte leisten können. »Ich sehe schon das Köpfchen! Bald ist es so weit!«

Ein weiteres Mal schrie Irene und presste, so fest sie konnte. Sie spürte einen scharfen, reißenden Schmerz, zusammen mit einem starken Druck, der abrupt nachließ. Sanft glitt das Kind aus ihr heraus.

Emma strahlte. »Wunderbar, Liebes! Es ist ein Junge! Ein kräftiger Junge!«

Nach der Erleichterung, das Kind endlich geboren und die schrecklichen Schmerzen überstanden zu haben, überfiel Irene wieder die jähe Angst, die sie in den letzten Wochen ihrer Schwangerschaft fast täglich heimgesucht hatte.

Das Kind! Mein Kind! Ist es gesund? Sie hörte einen leichten Klaps und dann ein kräftiges Schreien.

»Was ist denn das für eine Frage?«, brummte die Hebamme. »Ein strammes Bürschchen! Natürlich ist er gesund!«

Erst jetzt realisierte Irene, dass sie ihre Ängste laut ausgesprochen hatte. Sie streckte die Arme nach dem Säugling aus, den die Hebamme in ein Handtuch gewickelt hatte.

»Gib ihn mir!«

»Er sollte zuerst gebadet werden!«

»Gib ihn mir!«

Die Hebamme gab nach und legte Irene das Bündel in den Arm.

Die betrachtete andächtig das Wunder, das sie geboren hatte. »Kein Wasserkopf! Kein entstelltes Gesicht!«

»Was redest du denn da?« Jetzt war auch Emma erstaunt. Irene beachtete sie nicht und schlug das Handtuch auf.

»Gesunde Gliedmaßen! Alle Finger und Zehen vorhanden! Kein offener Rücken!« Überströmendes Glück zersprengte ihr schier die Brust.

Die Hebamme trat vor. »Natürlich! Das haben wir dir doch gesagt! Nun gib ihn mir! Ich muss ihn baden und wickeln, sonst erkältet er sich noch. Danach kannst du ihn anlegen!«

Erschrocken gab Irene das Kind frei. »Nein, erkälten darf er sich nicht!«

Emma betrachtete sie zärtlich. »Wie schön, dass du so glücklich bist! Nicht jede Frau in deiner Lage würde sich so sehr freuen!«

Irene erwiderte Emmas Lächeln wortlos.

»Wie möchtest du ihn denn nennen, Liebes?«

Bislang hatte Irene mit Absicht nicht darüber nachgedacht. Zu groß war ihre Furcht vor einer Totgeburt gewesen, die in jenem fatalen Artikel, den sie im Weißenburger Keller gelesen hatte, ebenfalls erwähnt worden war.

Nun kamen ihr die Worte wie von selbst über die Lippen.

»Franz soll er heißen! Aber ich werde ihn Fränzel nennen!«

ANHANG

Wahrheit und Fiktion

Als ich begann, mich mit dem Deutsch-Französischen Krieg von 1870/71 zu beschäftigen, stellte ich als Erstes fest, dass ich so gut wie gar nichts über ihn wusste.

Zwar war mir bekannt, dass der für Frankreich schmachvolle Friede geradewegs zu einem gegen Deutschland gerichteten dauerhaften Revanchismus führte, der die deutsch-französischen Beziehungen weit über den Ersten Weltkrieg hinaus stark belastete.

Zwar wusste ich auch, dass der Sieg über das sogenannte Zweite Französische Kaiserreich zur Abdankung Napoleons III. führte und die Proklamation des Preußenkönigs Wilhelm I. zum ersten deutschen Kaiser einer geeinten deutschen Nation zur Folge hatte. Aber das war es auch schon.

Dass die Schlacht von Sedan am 1. September 1870 eine Entscheidungsschlacht war, aber keineswegs das Kriegsende bedeutete, war mir zum Beispiel nicht klar. Geschweige denn, dass zuvor innerhalb nur eines knappen Monats im Abstand von wenigen Tagen elf (!) mörderische Schlachten ausschließlich auf französischem Boden stattgefunden hatten, die Hunderttausende von Soldaten auf beiden Seiten das Leben oder die Gesundheit kosteten.

Und mir war nicht bewusst, dass die Quellenlage, insbesondere die Berichte zeitgenössischer Augenzeugen, so eindringlich und plastisch ist, dass mich vor allem die Beschreibungen der Zustände auf den Schlachtfeldern während und nach den Kampfhandlungen bis in meine Träume verfolgten.

Gar nicht zu reden von der erbarmungswürdigen Versorgung der Verwundeten in den Lazaretten (sofern es eine solche überhaupt gab). Obwohl der Schweizer Henry Dunant bereits einige Jahre zuvor angesichts der Gräuel der Schlacht von Solferino das Rote Kreuz gegründet hatte, unter dessen Zeichen es erstmals auch Sanitätssoldaten auf beiden Seiten gab, steckte die medizinische Versorgung der Verletzten 1870 noch in den Kinderschuhen und wurde nach Abzug der Truppen häufig der örtlichen Zivilbevölkerung überlassen.

Insofern wird der geneigte Leser in meinem Roman zwar nur relativ wenigen historischen Persönlichkeiten begegnen, aber der allergrößte Teil der von mir beschriebenen Kriegsepisoden ist wahr. Ich musste meine fiktiven handelnden Personen nur an ihnen teilhaben lassen. Ob es sich dabei um den Tod des Mädchens, im Roman Céline genannt, beim deutschen Überraschungs-Artillerieangriff auf das kleine, friedliche Grenzstädtchen Weißenburg an der Lauter handelt, um den selbstmörderischen Angriff der Liegnitzer Königsgrenadiere unter ihrem Kommandanten Major von Kaisenberg auf das Schloss Geisberg oder um die Kriegsverbrechen beider Seiten in Bazeilles bei Sedan. All diese Geschehnisse und viele andere sind historisch belegt. Und teilweise von mir bereits in der Beschreibung entschärft, aber nicht verfälscht worden. Denn die Augenzeugen mussten noch weit Fürchterlicheres aushalten und verarbeiten, als ich meinen Leserinnen und Lesern zumuten wollte.

Auch die Schicksale der Soldaten Gérome und Gilbert sind realen Schicksalen nachgestellt.

Zunehmend fasziniert hat mich auch die Mentalität der Menschen im letzten Drittel des 19. Jahrhunderts. Zum Beispiel erkannte ich, dass ich damals, selbst als Frau von Stand, angesichts der bigotten Moral des Großbürgertums, das von Männern dominiert wurde, die Frauen nur eine untergeordnete Stellung zuwiesen, nicht gerne gelebt hätte. Und schon gar nicht als Dienstmädchen, deren Los manchmal nicht besser als das früherer Sklavinnen war, obwohl es im Hause Gerban noch vergleichsweise human zugeht.

An Lemminge haben mich dagegen die auf beiden Kriegsseiten dahingemetzelten Opfer der Schlachten erinnert, die sich in einer Art euphorischer Massenhysterie, als die man den sogenannten Nationalstolz aus psychologischer Sicht durchaus bezeichnen könnte, den feindlichen Kugeln und Kanonen für »Volk und Vaterland« entgegenwarfen. Auch die deutschen Siege wurden dabei mit einem ungeheuren Blutzoll bezahlt. Ganze Heeresteile büßten fast all ihre Offiziere ein, die sich aus einer für uns heute befremdlich anmutenden Vorbildhaltung in vorderster Linie in den Tod stürzten.

Insbesondere im pfälzisch-elsässischen Grenzgebiet spaltete der Krieg, wie in meinem Roman, ganze Familien und machte Menschen zu Todfeinden, die vorher friedlich als Nachbarn zusammengelebt hatten. Die Szene im Schweigener Wirtshausgarten am 19. Juli 1870, dem Tag der Kriegserklärung, ist zwar fiktiv, aber die Weißenburger Feuerwehr war der Schweigener tatsächlich nur kurze Zeit vorher bei der Löschung eines Großbrandes zu Hilfe geeilt.

Doch gleichzeitig erklären sich aus dieser ehemals gegenseitigen Sympathie andererseits vielleicht auch die Situationen, in denen Freund und Feind große Solidarität miteinander zeigten. Sie versorgten gemeinsam ihre Verwundeten, halfen sich mit Lebensmitteln und Gerätschaften aus und setzten damit mitten im schlimmsten Gewaltchaos ein Zeichen der Menschlichkeit. Der größte Teil der im Buch geschilderten Episoden dieser Art ist ebenfalls historischen Ereignissen nachgestellt.

Nur an wenigen Stellen habe ich mir die schriftstellerische Freiheit erlaubt, die Abfolge der geschichtlichen Ereignisse ein wenig zu verändern. Dazu zählt, dass im April 1870 die umstrittene Frage der spanischen Thronfolge, die den Krieg letztlich auslöste, noch geheim gehalten wurde, im Hause Gerban aber bereits diskutiert wird.

Auch ob man zu dieser Zeit schon süchtige Menschen in Irrenanstalten behandelte, konnte ich meinen Quellen nicht sicher entnehmen, da die dort beschriebenen Krankheitsbilder vielen Diagnosen zugeordnet werden könnten. Historisch belegt sind dagegen diverse Fälle, in denen unliebsame Verwandte von ihrer Familie in diese Irrenanstalten abgeschoben wurden, wenn auch nicht nach Klingenmünster, was man mir großmütig nachsehen möge. Die Ereignisse im Zusammenhang mit dieser bis heute renommierten Klinik sind reine Fiktion.

Sehr vereinfacht habe ich auch die hochkomplizierten wirtschaftlichen Beziehungen der deutschen Einzelstaaten vor dem Krieg dargestellt, da sie mir ohne Mehrwert für den Spannungsbogen des Romans erschienen und ich den Leser damit nicht überfrachten wollte.

Auch dieses Buch möchte ich mit einem Dank an all die Menschen beenden, die mir die Veröffentlichung ermöglicht haben.

Hier möchte ich an erster Stelle Frau Dr. Barbara Heinzius nennen, die dem ersten Band meiner Familiensaga bei Goldmann die grandiose Chance des Spitzentitels eröffnete und mir seit Beginn unserer Zusammenarbeit eine jederzeit gesprächsbereite und sehr einfühlsame Ansprechpartnerin ist.

Dennoch hätte ich diese Chance nicht bekommen, wenn mein wunderbarer Literaturagent Thomas Montasser nicht unermüdlich darauf bedacht wäre, mich mit seiner Diplomatie und seinem Verhandlungsgeschick immer besser im heiß umkämpften Buchmarkt zu positionieren, da er an mich und mein schriftstellerisches Talent glaubt.

Und ein besonderer Glücksfall ist, dass mich auch bei Goldmann meine bewährte Lektorin Dr. Heike Fischer begleiten darf, die all die Fehler findet, die mir entgangen sind, und der ich nach wie vor unschätzbare Tipps verdanke, meine Handlungen noch spannender und nachvollziehbarer zu gestalten.

Bedanken möchte ich mich auch bei meiner zunehmend wachsenden Leserschaft, die von diesem Buch bislang noch gar nichts wusste, mir aber durch ihr Feedback für meine anderen Bücher beständig den Rücken stärkt.

Gewidmet habe ich diesen Roman meinem Mann Jürgen. Ich habe das Buch zum Teil in einer für mich privat schweren Zeit geschrieben, und seine unerschütterliche Loyalität und Verbundenheit war und ist eine große Quelle der Kraft für mich. Danke für alles in mittlerweile siebenunddreißig gemeinsamen Jahren!

Glossar

Absinth	alkoholisches Getränk mit Gewürzen, überwiegend Anis
Apanage	monatliche Zuwendung zur Finanzierung eines standesgemäßen Lebenswandels
Aphrodisiakum	Mittel zur Steigerung der Libido
Apokalypse	Beschreibung des Jüngsten Tages im Johannes-Evangelium
Bajonett	Stichwaffe, die am Gewehrlauf befestigt wurde
Bataillon	militärischer Truppenverband, bestehend aus mehreren Kompanien
Boches	abfällige Bezeichnung für Deutsche
Chaiselongue	kombiniertes Sitz- und Liegemöbel für eine Person
Chassepot-Gewehr	Gewehr der französischen Armee im Krieg von 1870/71 mit großer Schussweite
Chinin	fiebersenkendes Medikament
Chose	französisch: Sache
Diskant	hohe, manchmal schrill klingende Tonlage
Dünken – mich dünkt	Bezeichnung für »ich denke«
Engelmacherin	Frau, die illegal Abtreibungen durchführt
Entfruchtung	alte Bezeichnung für »Abtreibung«
Equipage	elegante Kutsche nebst Ausstattung
Fabrikherr	Veraltet für Fabrikant, Industrieller

Fauteuil	französisch: schwerer Lehnsessel
Fauxpas	französisch: Fehler, Taktlosigkeit
Filius	lateinische Bezeichnung für »Sohn«
Freischärler	freiwillig kämpfender Zivilist
Fuß	altes Längenmaß; ein Fuß = zirka dreißig Zentimeter
Gazette	französisch: Zeitung
Gebäranstalt	oft einem Frauenkloster angeschlossenes Heim, in dem Frauen im 19. Jh. uneheliche Kinder zur Welt bringen konnten
Gulden	vor der Reichsgründung gebräuchliche Währung in der bayerischen Pfalz
Hausdame	weibliche Vorgesetzte des Dienstpersonals in einem herrschaftlichen Haushalt
Hotte	kiepenähnlicher Korb zum Transport der Trauben während der Weinlese
Hydra	Ungeheuer aus der griechischen Mythologie in Gestalt einer vielköpfigen Schlange
Intendantur	zuständige Stelle für Ausrüstung und Nachschub in der Armee
Kollaborateur	jemand, der mit dem Feind zusammenarbeitet
Kompanie	militärische Einheit aus sechzig bis zweihundertfünfzig Soldaten
Kretin	schwachsinnige Missgeburt
Kreuzer	vor der Reichsgründung gebräuchliche Münze in der bayerischen Pfalz; ein Gulden = sechzig Kreuzer
Küfer	Handwerker, der Holzfässer herstellt
Lafette	zweirädriges Gestell zum Transport von Kanonen
Landauer	vierrädrige, viersitzige Kutsche mit zwei gefederten Achsen

Laudanum	im 19. Jh. gebräuchliches Beruhigungsmittel auf Opiumbasis
Liegnitzer Königsgrenadiere	preußische Elite-Infanterietruppe
Livree	einer Uniform nachgestellte Kleidung männlicher Dienstboten
Lokus	Toilette
Malheur	französisch für Ungeschicklichkeit oder Unglück
Meile	altes Längenmaß; 1 Meile = zirka sieben Komma fünf Kilometer
Mitrailleuse	französisches Schnellfeuergewehr; Vorläufer des Maschinengewehrs
Paradiesapfel	alter Begriff für »Tomate«, die im 19. Jh. nur als Zierpflanze gebräuchlich war
Paravent	Wandschirm
Pickelhaube	preußischer Helm im 19. Jh.
Pontonbrücke	Brücke aus Schwimmkörpern
Rappschecke	schwarz-weiß geflecktes Pferd
Rebschere	besondere Schere zum Gebrauch im Weinberg
Refektorium	Gemeinschaftsspeisesaal in einem Kloster
Senkgrube	Grube zur Aufnahme der Exkremente unter einem Abort
Skalitz	Ort einer Schlacht im Preußisch-Österreichischen Krieg von 1866
Solferino	Ort einer Schlacht im Sardinischen Krieg im Juni 1859
Souper	französisch: festliches Abendessen
Stellmacher	Handwerker, der landwirtschaftliches Gerät, z. B. Räder und Wagen, aus Holz herstellt

Stücklohn	Lohn je gefertigtes Produkt, unabhängig von der benötigten Arbeitszeit
Tambour	Trommel
Tornister	rucksackähnliches Gepäckstück für Soldaten
Turnüre	Gestell, das den Rock über dem Gesäß aufbauscht
Turko	französischer Kolonialsoldat, zumeist aus Algerien, Marokko oder Tunesien
Walhalla	Festhalle der Götter aus der nordischen Sage
auf die Walz gehen	auf Wanderschaft gehen
Welschen	abfällige Bezeichnung für Franzosen
Wingert	umgangssprachlicher Begriff für »Weinberg«
zotig	derb, vulgär
Zuave	zunächst nur algerischer, dann allgemein nordafrikanischer Angehöriger einer französischen Kolonialtruppe

Verzeichnis der wichtigsten Quellen

Über den Deutsch-Französischen Krieg von 1870/71

Baumann, K. & Stroh, P.: 1870. Diesseits und jenseits der Grenze. Otterbach-Kaiserslautern, Verlag Arbogast 1976.

Ganschow, J.; Haselhorst, O. & Ohnezeit, M. (Hrsg.): Der Deutsch-Französische Krieg 1870/71. Graz, ARES Verlag 2009.

Mehrkens, H.: Statuswechsel. Kriegserfahrung und nationale Wahrnehmung im Deutsch-Französischen Krieg 1870/71. Essen, Klartext 2008.

Über die Situation der Verwundeten

Dunant, H.: Eine Erinnerung an Solferino. Berlin, Omnium Verlag, Neuauflage 2014.

Unschuld, P. U. & Locher, W.: Der freiwillige Sanitätsdienst im Krieg 1870/71. Das Tagebuch des Franz Clarus. München, Verlag Cygnus 1987.

Über die Situation der Frauen im 19. Jahrhundert

Weber-Kellermann, I.: Frauenleben im 19. Jahrhundert. München, C.H. Beck 1991.

Über die Situation der Dienstboten

Müller, H.: Dienstbare Geister. Leben und Arbeitswelt städtischer Dienstboten. Berlin, Dietrich Reimer Verlag 1985.

Von der Lütt, I.: Das feine Dienstmädchen. Wie es sein soll – 1892 –. Stuttgart und Leipzig, Deutsche Verlagsanstalt 1. Reprintauflage 2011.

Über die Psychiatrie im 19. Jahrhundert

Blasius, D.: Einfache Seelenstörung. Geschichte der deutschen Psychiatrie 1800–1945. Frankfurt a.M., Fischer Taschenbuch 1994.

Brink, C.: Grenzen der Anstalt. Psychiatrie und Gesellschaft in Deutschland 1860–1980. Göttingen, Wallstein Verlag 2010.

Über das Alltagsleben im 19. Jahrhundert

Grenke, A. & Winzen, M.: Schöner. Wohnen. Damals. Findung der bürgerlichen Familie im 19. Jahrhundert. Katalog zur gleichnamigen Ausstellung in Baden-Baden. Oberhausen, ATHENA-Verlag 2011.

Rittmann, H.: Auf Heller und Pfennig. Die faszinierende Geschichte des Geldes und der wirtschaftlichen Entwicklung in Deutschland. München, Battenberg Verlag 1976.

Thiel, E.: Geschichte des Kostüms. Die europäische Mode von den Anfängen bis zur Gegenwart. Leipzig, Henschel Verlag 2010.

Die Geschichte um Irene und die Familie Gerban geht weiter:

Marie Lacrosse:

Das Weingut. Aufbruch in ein neues Leben

ISBN 978-3-442-20555-4

Lesen Sie hier weiter:

Die Ehe zwischen dem Dienstmädchen Irene und dem reichen Erben Franz sollte eine Liebesheirat sein. Doch nach einer ungeheuerlichen Enthüllung von Franz' Vater verlässt Irene Franz ohne ein Wort. Einsam bringt sie ihren Sohn Fränzl zur Welt und tritt eine Stelle als Textilarbeiterin in einer Fabrik an. Dort wird sie mit menschenunwürdigen Arbeitsbedingungen konfrontiert. Nach einigen Jahren bitterer Plackerei lernt Irene den Arbeiterführer Josef kennen. Obwohl sie Franz noch immer liebt, beginnt sie eine Beziehung mit ihm. Franz ist tief deprimiert durch Irenes Weggang, zumal er den Grund hierfür nicht kennt. Doch eines Tages steht Irene zufällig vor ihm …

Prolog

Irrenanstalt in Klingenmünster
Februar 1871

Franz Gerbans Puls beschleunigte sich, als der Landauer von der kleinen Landstraße abbog und nach einer kurzen Auffahrt vor einem hohen, schmiedeeisernen Tor anhielt. In dessen gemauertem Bogen prangte in großen silberfarbenen Lettern die Aufschrift »Kreis-Irrenanstalt Klingenmünster«. Franz fuhr ein Stich durch die Brust. Erst jetzt bemerkte er auch den dumpfen, pochenden Schmerz in seinem Beinstumpf, der sich regelmäßig einstellte, wenn er aufgeregt war.

Riemer, der Kutscher, stieg vom Bock und betätigte eine Glocke aus Messing, deren schriller Ton über das von einem hohen Zaun umschlossene, weitläufige Gelände schallte. Nach kurzer Zeit öffnete sich die Tür des kleinen Gebäudes links neben dem Tor, das wohl dem Wächter als Wohnung diente. Riemer verhandelte kurz mit dem Mann, Franz hörte undeutlich die Worte »Klinikdirektor« und »wird erwartet«.

Der Mann zog seine Wollmütze vom Kopf, nachdem er das Tor mit einem großen, eisernen Schlüssel geöffnet und eine schwere Kette, die den Eingang zusätzlich sicherte, gelöst hatte.

In der Nacht hatte es geschneit. Da die Kranken bei den kalten Temperaturen den Park mit seinen hohen, jetzt winterkahlen Bäumen anscheinend nicht betreten durften, glitzerte die dünne Schneedecke unberührt in der fahlen Nachmittagssonne, die durch die Wolken brach. Doch Franz hatte keinen Blick für den Zauber der stillen Gartenlandschaft.

Würde seine Mutter Pauline heute in einem besseren Zustand sein als vor drei Wochen, als er sie nach seiner Heimkehr aus dem Krieg zum ersten Mal besucht hatte? Und was würde ihm der Klinikdirektor über die Heilungschancen seiner Mutter sagen? Bei seinem ersten Besuch war er auf einer Dienstreise gewesen, sodass Franz nicht mit ihm hatte sprechen können.

Deshalb wusste er bislang nur von seinem Vater Wilhelm und einem überarbeitet wirkenden Oberarzt, dass Pauline angeblich als unheilbar galt. Sie war aufgrund ihres jahrelangen Gebrauchs der Opiumtinktur Laudanum im Herbst des vergangenen Jahres zusammengebrochen und in lebensbedrohlichem Zustand nach Klingenmünster eingeliefert worden. Nach dem Entzug des Giftes wäre sie in Krämpfe verfallen, ihr Verstand sei irreversibel durch das Laudanum geschädigt, hatte man ihm erklärt.

Tatsächlich fand Franz seine über alles geliebte Mutter bei seinem ersten Besuch in einer erbärmlichen Verfassung vor. Nach einem Anfall war sie fixiert worden und so verwirrt, dass sie ihn nicht erkannt hatte. Nun hoffte er, dass sie sich zwischenzeitlich doch noch ein wenig erholt hätte.

Denn da Frau Burger angeblich nicht weiß, warum Irene fortgegangen ist, und Minna es mir nicht sagen will, ist Maman meine letzte Hoffnung.

Irene war Dienstmädchen im Herrenhaus der Gerbans in Altenstadt gewesen, einem Vorort des ehemals zu Frankreich gehörenden und nun schon seit August 1870 von den siegreichen Deutschen annektierten elsässischen Städtchens Weißenburg. Franz hatte sich heftig in Irene verliebt, die seine Gefühle zu erwidern schien. Er hatte ihr versprochen, sie ungeachtet ihres niedrigen Standes nach dem Krieg auch gegen den heftigen Widerstand seines Vaters zu heiraten.

Trotzdem hatte Irene aus unerfindlichen Gründen das Haus mit unbekanntem Ziel genau an dem Tag verlassen, an dem Franz in der Schlacht von Sedan sein linkes Bein verlor. Und weder Frau Burger, die Hausdame in Altenstadt, noch Minna,

Irenes beste Freundin, noch sonst jemand konnte oder wollte ihm sagen, was der Grund dafür war.

Der Landauer hielt mit knirschenden Reifen auf dem Kies vor dem Hauptgebäude der Anstalt, die im Jahr 1857 mit dem Ziel eröffnet worden war, sich vor allem der Heilung psychisch kranker Menschen zu widmen. In den vergangenen Wochen hatte Franz sich ausführlich über die Anstalt informiert.

Dabei erfuhr er, dass die Klinik zwar weit moderner gebaut und fortschrittlicher geführt wurde als das Irrenasyl in Frankenthal, in dem die Kranken unter unwürdigen Umständen vor sich hin vegetierten und aus dem die Anstalt in Klingenmünster eigentlich heilbare Kranke aufnehmen sollte. Doch es hieß, dass auch Klingenmünster mittlerweile völlig überfüllt wäre und es dort, ebenso wie in anderen ähnlichen Einrichtungen, an Ärzten und geschulten Wärtern fehlte.

»Doch dies gilt nur für die niederen Klassen, Herr Gerban«, versicherte ihm Dr. Frey, der seit Jahren der Hausarzt der Familie war und Franz' Mutter nach ihrem letzten Zusammenbruch nach Klingenmünster eingewiesen hatte. »Für Patienten aus Ihrem Stand werden sogar gerade zwei Landhäuser errichtet, das eine für Männer, das andere für Frauen. Deren Insassen genießen den gleichen Komfort wie in ihrem Zuhause. Die Gebäude können bereits in wenigen Tagen bezogen werden.«

Tatsächlich hatte Wilhelm Gerban seinem Sohn vor seiner Abfahrt aus Altenstadt mitgeteilt, dass Pauline seit einer Woche zwei Zimmer in der Frauenvilla bewohne. Auch eine eigene Wärterin habe er für sie eingestellt, die sie rund um die Uhr betreuen würde. »Du siehst, deine Mutter liegt mir sehr am Herzen, Franz«, beteuerte Wilhelm Gerban. »Die Kosten für ihre Unterbringung sind immens. Doch jeden Gulden, den ich dafür bezahlen muss, ist sie mir wert.«

Franz glaubte seinem Vater kein Wort. Die Ehe seiner Eltern war seit vielen Jahren zerrüttet. Wilhelm Gerban, heute der wohlhabendste Weinhändler im nördlichen Elsass und der südlichen

Pfalz, hatte Franz' französische Mutter einst wegen ihres Vermögens geheiratet. Auch wenn Franz widerwillig zugeben musste, dass sein Vater mit deren Geld überaus geschickt agierte und den Reichtum der Familie Jahr um Jahr mehrte, hatte vor allem der Deutsch-Französische Krieg die Zerrissenheit der Familie offenbart und sogar noch vertieft. Franz, der laut des Ehevertrags seiner Eltern als einziger Sohn und Erbe französischer Staatsbürger war, hatte gegen den Feind gekämpft. Und noch war der Krieg nicht vorbei, auch wenn niemand mehr daran zweifelte, dass ihn die bislang siegreichen Preußen und die mit ihnen verbündeten süddeutschen Staaten gewinnen würden.

Am Herzen liegen dem Alten nur sein Stand und sein Status. Nur deshalb wäre es ihm ein Gräuel, wenn Maman in einem überfüllten Schlafsaal dahinvegetieren würde, sinnierte Franz bitter, während er seinen Zylinder aufsetzte, nachdem er die Kutsche verlassen hatte. Wie immer lehnte er Riemers Arm ab, den dieser ihm fürsorglich anbot, seit Franz verkrüppelt nach Hause zurückgekommen war. Obwohl ihn seine Prothese, die ihm das verlorene Bein ersetzte, heute besonders quälte, biss Franz die Zähne zusammen, als er die immerhin von Schnee befreite und gegen die Glätte mit Schotter bestreute breite Eingangstreppe hinaufhumpelte.

Ein adrettes Dienstmädchen in weißer Halbschürze und Häubchen öffnete Franz und nahm ihm Mantel und Hut ab. Während sich Riemer in die Gesindeküche begab, wo er mit heißem Tee und Kuchen versorgt werden würde, betrachtete Franz das Porträt des Klinikleiters Dr. Dietrich, das die Eingangshalle, in der er wartete, dominierte.

Ein dichter, bereits ergrauter Vollbart mit Koteletten verbarg den unteren Teil des Gesichts und bedeckte sogar teilweise den Mund. Umso imposanter stach die große, leicht gebogene Nase ins Auge, die Dr. Dietrich gemeinsam mit dem stechenden Blick das Aussehen eines Habichts verlieh. Franz war der Dargestellte auf Anhieb unsympathisch. Seine Beklommenheit verstärkte sich, als er daran dachte, dass dieser Mann der unumschränkte Herrscher dieser Anstalt war, dem alle anderen, seien es Ärzte, Wärter, Bedienstete für die Wirtschaft und natürlich sämtliche Patienten, ungeachtet ihres Standes, aufs Wort zu gehorchen hatten.

»Herr Gerban?« Das Dienstmädchen kam zurück, knickste und lächelte ihm schüchtern zu. »Herr Dr. Dietrich erwartet Sie nun.«

Franz folgte dem Mädchen in ein mit dunkel gebeizten, schweren Möbeln eingerichtetes Zimmer, das ihn wegen der bis zur Decke reichenden Bücherregale entfernt an die Bibliothek seines Altenstädter Elternhauses erinnerte. Hinter einem mächtigen, perfekt aufgeräumten Schreibtisch erhob sich ein Mann von überraschend kleiner Statur, die das Porträt in der Halle nicht offenbarte. Franz überragte Dr. Dietrich nahezu um Hauptеslänge.

»Der junge Herr Gerban!« Der Klinikleiter umrundete den Schreibtisch und bot Franz die Hand. »Herzlich willkommen in der Heil- und Pflegeanstalt Klingenmünster!«

»Ja, ich sehe, nun sind Sie erstaunt«, kam Dr. Dietrich Franz' Frage zuvor. Sein Lächeln enthüllte blitzende Zähne zwischen schmalen Lippen. Doch der Blick, mit dem er ihn musterte, erinnerte Franz jetzt weniger an einen Raubvogel als an einen Wolf, der seine potenzielle Beute fixierte und sie aufmerksam auf Schwachstellen hin untersuchte.

»Ginge es nach mir und nicht nach der bayerischen Landesregierung, trüge dieses Haus einen vielversprechenderen Namen als den von oben verordneten einer Kreis-Irrenanstalt. Das können Sie mir glauben, junger Herr Gerban«, fuhr Dietrich fort. »Denn hier wird den Heilbaren die beste Behandlung zuteil und den Unheilbaren wie Ihrer verehrten, bedauernswerten Frau Mutter die beste Pflege.«

»Aha.« Franz war erst einmal sprachlos angesichts der Unverblümtheit des Nervenarztes, die seine Hoffnung auf eine Besserung der Gesundheit seiner Mutter schon zunichtemachte, bevor das Gespräch überhaupt richtig begonnen hatte. Dann riss er sich zusammen. »Und was bedeutet ›die beste Pflege‹?«

»Gemach, gemach, junger Herr Gerban.« Der Klinikleiter war Franz bereits derart zuwider, dass er am liebsten auf dem Absatz kehrtgemacht hätte. Kurz überlegte er, ob er sich die dümmliche Anrede verbitten sollte, mit der Dr. Dietrich ihn offenbar ansprach, um den Unterschied zu seinem Vater Wilhelm deutlich zu machen. Doch ein Gefühl warnte ihn, dass Dr. Dietrich ihm dies verübeln könnte. *Am Ende lässt er das noch an Maman aus.* Der Gedanke sprang ihn an wie ein Raubtier und ließ ihn während des gesamten Gesprächs nicht wieder los.

Daher verzog Franz seine Lippen zu einem Lächeln und erhob auch keinen Einspruch, als ihm Dr. Dietrich keinen Platz in der behaglichen Sitzgruppe vor dem Kamin, sondern auf einem harten Holzstuhl vor seinem Schreibtisch anbot, wo er nun seinerseits Franz überragte. Auch den türkischen Mokka, den das Dienstmädchen auf das Läuten des Direktors hin servierte, nahm er dankend entgegen und musste sich widerwillig eingestehen, dass der Kaffee tatsächlich vorzüglich war.

»Ich freue mich, dass das Getränk Ihnen zusagt, junger Herr Gerban«, meinte Dietrich und fletschte dabei die Zähne wie ein Wolf. »Es gibt Ihnen zugleich einen Einblick, auf welch hohem Niveau unsere Patienten in der ersten Klasse verpflegt werden. Wenn es die Verfassung Ihrer Frau Mutter erlaubt, erhält sie diesen Kaffee sowohl morgens als auch am Nachmittag.«

»Und was bedeutet dieses: *Wenn es die Verfassung meiner Mutter erlaubt*?«, kam Franz endlich zur Sache. Dietrich ließ sich Zeit mit seiner Antwort. Er nahm noch einen Schluck Kaffee und wischte sich dann umständlich mit einer Serviette über die Lippen.

Franz versuchte, sich seine Ungeduld nicht anmerken zu lassen. Wieder sagte ihm sein Gefühl, dass Dietrich negativ darauf reagieren würde.

»Nun, junger Mann. Die Wissenschaft über die sogenannten Seelenstörungen ist noch jung«, begann der Arzt schließlich in belehrendem Tonfall zu dozieren. »Vieles erschließt sich uns Medizinern trotz all unserer Forschung und unseres Wissensdrangs bis heute nur unzulänglich, was ich auch schon Ihrem verehrten Herrn Vater erklärte.«

Er machte eine Pause. Franz' Puls beschleunigte sich. Aber er nahm sich weiter zusammen.

Dr. Dietrich fixierte ihn. »Ihre Frau Mutter ist wahrscheinlich bereits von Haus aus von schwacher Konstitution. Sie ist Französin, wie man mir mitteilte?«

»Was tut das denn zur Sache?« Nun verlor Franz doch die Beherrschung. Dr. Dietrich betrachtete ihn weiterhin ungerührt.

»Ich konstatiere mit Wohlgefallen, dass in Ihren Adern das Blut Ihres deutschen Vaters dominiert. Sie wissen sich zu wehren, wenn Ihnen etwas nicht behagt.«

Franz verschlug es vor Empörung die Sprache. Das gab Dietrich die Gelegenheit, ungestört fortzufahren.

»Frauen haben ohnehin eine schwächere Konstitution, junger Herr Gerban«, dozierte er. »Tritt dann noch eine gewissermaßen angeborene Nervenschwäche hinzu, entwickelt sich auf dieser Grundlage rasch ein schwacher Charakter. Ihr verehrter Herr Vater teilte mir mit, Ihre werte Frau Mutter habe aus diesem Grund schon über Jahre hinweg Laudanum eingenommen, um sich zu beruhigen. Diese Information ist doch korrekt?«

Franz erstickte fast an seiner zustimmenden Antwort.

»Ich sehe, das alles nimmt Sie sehr mit, junger Herr Gerban.« Dietrich beobachtete ihn scharf. »Glauben Sie denn, überhaupt in der Verfassung zu sein, Ihrer Frau Mutter heute einen Besuch abzustatten? Ich kann keine Visite erlauben, die sie aufregen könnte.«

Franz erschrak bis ins Mark. Gewaltsam riss er sich zusammen und bemühte sich wieder um ein Lächeln. »Ich bin ganz gelassen«, versicherte er Dr. Dietrich.

Der bleckte die Zähne erneut wie ein gefährliches Raubtier. »Nun gut, das will ich einem Kriegshelden glauben, selbst wenn er auf der falschen Seite gekämpft hat«, konnte er sich den Seitenhieb nicht verkneifen. Franz' Mundwinkel begannen langsam zu schmerzen. Trotzdem erhielt er sein Lächeln aufrecht.

»Dann fahre ich also fort. Es ist Ihnen bekannt, dass Laudanum ein Präparat auf der Basis von Opium ist?«

Franz nickte.

»Und ist Ihnen auch bekannt, welche Folgeschäden übermäßiger Opiumgenuss haben kann?«

Franz nickte wieder. »Man sagt, dass die Konsumenten davon abhängig werden.«

»Sie sagen es!« Nun klang Dietrich sogar begeistert. »Die Dosis, die sie benötigen, um zur Ruhe zu kommen, wird ständig höher und höher. Das können Sie doch auch bei Ihrer Frau Mutter bestätigen?«

Diesmal beschränkte sich Franz auf ein knappes Ja.

»Man weiß noch nicht allzu viel über die Langzeitwirkungen dieses Gifts«, salbaderte Dietrich weiter. »Doch die Forschung geht davon aus, dass eine Folge des dauerhaften Abusus die unheilbare Schädigung des Gehirns ist. So könnte es auch bei Ihrer Frau Mutter sein. Nachdem wir ihr das Laudanum entzogen hatten, entwickelte sie zunächst eine große Unruhe, die auch durch die bewährten Dauerbäder nicht zu vertreiben war. Schließlich verfiel sie sogar in Krämpfe, als litte sie an der Fallsucht. Sie brabbelte zudem wirres Zeug, sodass ich davon ausgehe, dass sie auch an Wahnvorstellungen leidet.«

»Was sagte sie denn?«, fand Franz endlich seine Sprache wieder.

»Zum Beispiel behauptete sie, Ihr Vater würde ihr nach dem Leben trachten.« Nun klang Dietrich theatralisch. »Um eines Dienstmädchens willen wolle er sie ermorden. Können Sie sich so etwas vorstellen?«

Franz saß wie erstarrt. *Also weiß meine Mutter etwas über Irene!*

»Was für ein Dienstmädchen meinte sie denn?«, fragte er mit schwacher Stimme.

Dietrich schüttelte unwillig den Kopf. »Das tut doch überhaupt nichts zur Sache. Außerdem weiß ich es nicht.«

»Darf ich jetzt zu ihr?« Plötzlich war Franz des Gesprächs mit dem Klinikdirektor völlig überdrüssig. Von ihm würde er nichts weiter von Wert erfahren.

Dietrich zog seine buschigen Augenbrauen zusammen. Dann läutete er. »Rufen Sie einen Wärter, der den jungen Herrn Gerban zu seiner Frau Mutter in die Frauenvilla begleitet!«

Während sie warteten, ergänzte er: »Da Sie ja schon einmal hier waren, ist Ihnen bekannt, dass Ihre Frau Mutter zuerst im oberen Stockwerk dieses Gebäudes untergebracht war, wo die Patientinnen erster Klasse eine eigene Station haben. Nur die ganz Begüterten finden einen Platz in der hochmodern eingerichteten Frauenvilla. Dorthin dürfen sie sogar ihre eigenen Möbel mitbringen und speisen wie zu Hause stilvoll alleine für sich, anstatt im gemeinsamen Speisesaal. Letzte Woche ist Ihre Frau Mutter dorthin übergesiedelt, nachdem ihre Möbel geliefert wurden. So hat sie wenigstens eine beständige Erinnerung an die glücklichen Zeiten ihres Lebens.«

Franz antwortete nichts. Die Kehle war ihm wie zugeschnürt.

Dietrich beachtete es gar nicht. »Denn dass Ihre liebe Frau Mutter uns je wieder verlässt, ist sehr unwahrscheinlich, junger Herr Gerban. Ihre Pflege ist ganz besonders aufwändig und schon aufgrund der fehlenden Möglichkeit der beruhigenden Dauerbäder in Ihrem trauten Heim gar nicht zu leisten.«

Wieder erwähnte Dietrich dieses für Franz unverständliche Wort. *Was versteht man unter einem Dauerbad?* Die Worte lagen ihm schon auf der Zunge, als ein Klopfen ankündigte, dass sein Begleiter zur Frauenvilla eingetroffen war.

Da Franz der unangenehmen Gegenwart Dietrichs so rasch wie möglich entkommen wollte, verzichtete er auf die Frage. Sie sollte ihm jedoch nur allzu schnell wieder in den Sinn kommen.

Zehn Minuten später saß Franz im Salon, wie das kombinierte Wohn- und Esszimmer seiner Mutter genannt wurde, und wartete auf Pauline.

In den Räumen seiner Mutter, die im ersten Stock der Villa lagen und deren Fenster auf den winterlichen Park hinausgingen, erwartete ihn die Privatwärterin seiner Mutter. Sie war in eine Schwesterntracht gekleidet und stellte sich ihm als »Rosa« vor.

»Ihre Frau Mutter ist noch nicht ganz fertig angekleidet, Herr Gerban«, erläuterte sie Franz. »Darf ich Ihnen derweil einen Tee anbieten?«

»Ja, müssen Sie denn meiner Mutter nicht behilflich sein?«, wunderte sich Franz.

»Dr. Dietrich bat mich, Sie hier zu erwarten, Herr Gerban. Zudem gibt es für die Badestuben eigenes Personal«, erläuterte Rosa ihm kryptisch. »Es kleidet unsere Patientinnen nach der Behandlung auch wieder an. Ihre Frau Mutter ist also bestens versorgt. Bis sie fertig ist, hole ich Ihnen derweil den Tee aus der Küche.«

Während Franz wartete, sah er sich um. Wieder schnürte es ihm die Kehle zu, als er den kleinen Schreibsekretär seiner Mutter erkannte, eine verglaste Vitrine mit einem Teil ihres Meißener Porzellans sowie den Teppich, der zuvor im kleinen Salon gelegen und den seine Schwester Mathilde im vorigen Jahr mit Cassis-Torte befleckt hatte. Die Sitzgarnitur, in der er Platz genommen hatte, und eine Kommode mit vergoldeten Beschlägen stammten aus ihrem Altenstädter Schlafzimmer. Offensichtlich war das zweite Zimmer, in dem Pauline schlief, zu klein, um diese Möbel aufzunehmen. Der kleine, runde Esstisch aus hellem Kirschbaumholz mit den vier gedrechselten Stühlen war dagegen neu.

Nach ungefähr fünf Minuten öffnete sich die Tür. Rosa brachte den Tee und schob seine Mutter wenig später in einem Rollstuhl ins Zimmer. Franz durchfuhr es heiß und kalt, sein

Beinstumpf begann heftig zu schmerzen. Schon vor drei Wochen hatte Pauline elend ausgesehen. Aber heute erkannte er sie fast nicht wieder.

Ihre ehemals ausdrucksstarken, dunklen Augen starrten stumpf und blicklos vor sich hin. Tiefe Schatten lagen darunter. Ihr Gesicht war verhärmt, sie sah mindestens zehn Jahre älter aus, als sie war. Das grünseidene Nachmittagskleid, das aus ihrer Altenstädter Garderobe stammte und ihr früher so gut zu Gesicht gestanden hatte, kontrastierte nun äußerst unvorteilhaft zu ihrer käsigen Gesichtsfarbe.

»Heute geht es Ihrer Frau Mutter leider gar nicht gut, Herr Gerban«, erläuterte Rosa. »Es ist nicht davon auszugehen, dass sie Sie überhaupt erkennt.«

»Woher wollen Sie das im Voraus wissen? Sie kennen meine Mutter doch erst seit ein paar Tagen!« Franz unterzog die Wärterin einer näheren Inspektion und stellte fest, dass sie ihm genauso unsympathisch war wie Dr. Dietrich. Er schätzte sie auf ungefähr Anfang fünfzig, also in etwa gleichaltrig mit seiner Mutter. Ihr hageres Gesicht mit der dünnen Nase, den schmalen Lippen und den leicht vorstehenden Zähnen erinnerte ihn an eine Spitzmaus.

Rosa schürzte auf seine Frage hin beleidigt die Lippen. »Ich verfüge über große Erfahrung im Umgang mit seelengestörten Patientinnen«, erklärte sie.

»Soso!«, erwiderte Franz. »Dann wollen wir doch einmal sehen, ob Sie Recht behalten!«

Er beugte sich, behindert durch die Beinprothese, zu seiner Mutter hinunter, küsste sie auf die Wangen und ergriff ihre Hände. »Maman, Maman«, sprach er sie an, »ich bin es, Franz! Dein Sohn! Erkennst du mich?«

Ein winziges Zucken der Mundwinkel antwortete ihm. Noch ehe Franz sich über dieses mögliche Zeichen seiner Mutter freuen konnte, erstarrte er jedoch vor Entsetzen. Erst jetzt fiel ihm auf, dass ihre beiden Hände ganz aufgequollen waren wie die einer Wäscherin. Die Haut war faltig und leicht gerötet. Als er den Ärmel ihres Kleides ein Stück hinaufschob, bemerkte er überdies, dass ihre Handgelenke mit Lederriemen an die Armlehnen des Rollstuhls gebunden waren.

Sein Entsetzen schlug in Wut um. »Was soll das denn bedeuten, Rosa?«, schnauzte er die Wärterin an. »Wieso binden Sie meine Mutter fest wie ein wildes Tier? Und warum ist ihre Haut derart rau und geschwollen?«

Rosa richtete sich kerzengerade auf und sah Franz ruhig in die Augen. Anscheinend gehörte zu ihrer Berufserfahrung auch der Umgang mit den medizinisch ungebildeten, erregten Verwandten ihrer Patientinnen.

»Ihre Frau Mutter kommt geradewegs aus dem Dauerbad«, erklärte sie mit fester Stimme. »Dort hat sie die letzten acht Stunden verbracht, da sie zuvor wieder einen ihrer Anfälle hatte und wild um sich schlug. Da wir die Behandlung eigens wegen Ihres Besuchs unterbrochen haben, erschien es mir angezeigt, die Arme Ihrer Frau Mutter festzubinden, damit sie weder Ihnen noch sich selbst Schaden zufügen kann.«

»Was? Wie bitte? Meine Mutter soll irgendjemandem Schaden zufügen? Wollen Sie mich auf den Arm nehmen?«

Anstatt einer Antwort zog Rosa den Ärmel ihrer Schwesterntracht hoch und zeigte Franz zwei frisch verschorfte Kratzer. »Diese Wunden hat mir Ihre Frau Mutter erst heute früh zugefügt, als wir sie ins Bad brachten. Zuvor tobte sie und schlug um sich. Dr. Dietrich persönlich hat die Badekur angeordnet.«

»Wovon reden Sie da?« Plötzlich fasste Franz einen Entschluss. »Ich will sehen, was das für eine Behandlung ist. Führen Sie mich zu einem solchen ›Dauerbad‹, wie Sie das nennen!«

Rosa betrachtete ihn kühl. »Sie haben Glück, Herr Gerban«, äußerte sie dann mit einem schnippischen Unterton. »Ihre Frau Mutter verfügt in der Tat über ihr eigenes Badezimmer, sonst könnte ich Ihnen den Raum gar nicht zeigen. Die anderen Wannen in den Gemeinschaftsbädern sind ununterbrochen belegt.

Dr. Dietrich scheint geahnt zu haben, dass Sie sich über die Behandlung Ihrer Frau Mutter informieren möchten. Er hat ausdrücklich erlaubt, dass ich Ihnen diesbezüglich alle Auskünfte geben darf.«

»Ausdrücklich erlaubt!«, echote Franz. Dann straffte er sich.

Wenig später starrte er fassungslos auf eine Wanne aus weißem Porzellan, über die ein Holzbrett mit einem Loch am Kopfende gelegt war.

»Was geschieht hier mit meiner Mutter?«

Rosa blieb weiterhin gelassen. »Das Dauerbad ist die bewährteste Kurmethode für unruhige Kranke. Das Wasser ist warm, es wird auf genau fünfunddreißig Grad erhitzt. Dann werden die Kranken in die Wanne gesetzt und mit leichten Riemen fixiert, damit sie sich nicht stoßen. Zuletzt wird das Brett über die Wanne gelegt mit einem Loch für den Hals. So hält sich das Wasser länger warm, wobei es natürlich beständig nachgeheizt wird, um die Temperatur zu halten. Ihrer Frau Mutter lege ich außerdem immer ein kleines Lederkissen unter den Kopf, damit sie es recht bequem hat.«

Franz glaubte, nicht recht gehört zu haben. Dieses Szenario stand den Schrecken seiner Albträume, die ihn seit den Schlachten des vergangenen Jahres immer wieder heimsuchten, in nichts nach. »Acht Stunden und mehr sitzt meine Mutter in diesem nassen Gefängnis? Angebunden an Händen und Füßen?«

»Sie wird währenddessen auf das Beste versorgt«, verteidigte sich Rosa, nun doch zunehmend nervös. »Sie erhält zu essen und zu trinken, so viel sie begehrt, und das Wasser wird sofort gewechselt, wenn sie es verschmutzt hat. Außer dem Mittel Laudanum, das das Gehirn Ihrer Frau Mutter weiter schädigen würde, ist es die einzige Methode, um sie zu beruhigen. Ihr Herr Vater hat ausdrücklich darauf bestanden, dass Ihre Frau Mutter ein eigenes Badezimmer zusätzlich zu ihrer Wohnung erhält. Es ist das einzige Einzelbad in der ganzen Anstalt!«

Franz hatte genug gehört. Er trat hinter seine Mutter, packte selbst die Griffe des Rollstuhls und schob ihn zurück ins Wohnzimmer. Dann nestelte er an den ledernen Riemen herum, mit denen ihre Arme gefesselt waren.

»Was tun Sie da?« Rosas Stimme wurde schrill. »Dr. Dietrich hat ausdrücklich angeordnet, dass Ihre Frau Mutter fixiert bleiben muss.«

»Dr. Dietrich?«, brüllte Franz. »Ich schere mich einen feuchten Kehricht um Dr. Dietrich! Verschwinden Sie auf der Stelle und lassen Sie mich mit meiner Mutter allein! Ich nehme sie später mit mir nach Hause.«

»Das dürfen Sie gar nicht, Herr Gerban«, widersprach Rosa. »Ihr Herr Vater ist der Vormund Ihrer Frau Mutter, er allein entscheidet darüber, ob sie nach Hause kommt oder nicht.«

Trotz seiner Wut musste Franz einsehen, dass die Wärterin Recht hatte. Heute konnte er nichts für Pauline tun. »Ich will wenigstens ungestört mit ihr sprechen«, beharrte er auf seinem Vorhaben. »Also lassen Sie uns jetzt allein!«

»Das widerspricht meiner Dienstanweisung. Ich darf Ihre Mutter unter keinen Umständen …«

»Verschwinden Sie, ehe ich mich vergesse!« Seit den Kämpfen um Weißenburg und Bazeilles hatte Franz nicht mehr so laut gebrüllt. Er hob drohend die Fäuste.

Rosa gab nach. »Das wird ein Nachspiel haben, Herr Gerban«, drohte sie noch, bevor sie den Raum verließ. »Ich hole jetzt Hilfe!«

Die Tür schlug donnernd hinter ihr ins Schloss.

»Maman, Maman! Hörst du mich? Kannst du mich verstehen?«

Da seine Prothese, die nach den neuesten technischen Möglichkeiten gefertigt war, über bewegliche Gelenke verfügte, kniete Franz trotz der Schmerzen in seinem Beinstumpf vor Paulines Stuhl nieder. Er streichelte ihre Hände, die er sofort losgebunden hatte, nachdem Rosa hinausgestürmt war.

Erst beim dritten Anruf zeigte ihm ein erneut schwaches Zucken ihrer Miene, dass Pauline ihn hörte. »Franz!« Ihre Stimme lallte.

»Maman! Maman! Geht es dir gut?«

Ein fast unmerkliches Kopfschütteln ersetzte ein Nein!

»Ich sorge dafür, dass du hier herauskommst!«, beteuerte Franz.

Wieder das Kopfschütteln. Erst nach und nach glaubte Franz, Paulines undeutlich gemurmelte Antwort teilweise zu verstehen.

»Vater? Was ist mit Vater?«

Pauline begann, am ganzen Körper zu zittern. Ihre Lippen bewegten sich tonlos, ihr Blick flackerte.

»Willst du mir etwas über Vater sagen? Was ist es?« In einer plötzlichen Eingebung fügte er hinzu: »Weißt du etwas über Irene? Wo ist sie?«

»Du weißt es nicht?«, deutete Franz ihre Antwort mit zunehmender Verzweiflung richtig.

Pauline begann zu wimmern. »Vater … nicht«, lallte sie.

»Was ist mit Vater? Was soll er nicht tun?«, versuchte Franz weiter, sie zu verstehen.

Unten im Haus schlug eine Tür. Schritte polterten die Treppe hinauf. Paulines ganzer Körper verkrampfte sich.

»Vater … nicht! Irene! Kind! Nicht!«

Paulines Hände krallten sich um Franz' Handgelenke.

Als die Tür zu ihrer Wohnung aufgerissen wurde, steigerte sich ihr Wimmern zu einem durchdringenden Heulen.

Unsere Leseempfehlung

480 Seiten
Auch als E-Book erhältlich

Köln 1908: Caspar Marquardt herrscht in seinem Kaufhaus wie ein König über die Welt des Luxuskonsums. Da er keine Söhne hat, soll ein entfernter Verwandter sein Erbe werden – eine Provokation für seine älteste Tochter Louisa, die das Geschäft gerne selbst führen möchte. Doch nicht nur ihr Schicksal ist mit dem Kaufhaus verbunden. Während sich die kapriziöse Sophie in einen Konkurrenten ihres Vaters verliebt, sucht die unehelich geborene Mathilda ihren Platz in der Gesellschaft. Folgenschwere Konflikte machen die Schwestern gleichermaßen zu Verbündeten und Rivalinnen ...